外国文学名著丛书

〔保〕伐佐夫 / 著

轭 下

施蛰存 / 译

"外国文学名著丛书"编委会

人民文学出版社

ИВАН ВАЗОВ
ПОД ИГОТО
据英译本《UNDER THE YOKE》(WILLIAM HEINEMAN LONDON, 1912)转译,据保文本《ИВАН ВАЗОВ СЪБРАНИ СЪЧИНЕНИЯ》В XX ТОМА 中第十二卷(БЪЛГАРСКИ ПИСАТЕЛ 出版社,СОФИЯ,1956)校订,补译

图书在版编目(CIP)数据

轭下/(保)伐佐夫著;施蛰存译.—北京:人民文学出版社,2022
(外国文学名著丛书)
ISBN 978-7-02-014877-6

Ⅰ.①轭… Ⅱ.①伐…②施… Ⅲ.①长篇小说—保加利亚—近代 Ⅳ.①I544.44

中国版本图书馆 CIP 数据核字(2021)第 241376 号

责任编辑	李丹丹
装帧设计	刘　静
责任印制	王重艺

出版发行	人民文学出版社
社　　址	北京市朝内大街 166 号
邮政编码	100705
印　　刷	河北新华第一印刷有限责任公司
经　　销	全国新华书店等
字　　数	395 千字
开　　本	850 毫米×1168 毫米　1/32
印　　张	18.875　插页 3
印　　数	1—4000
版　　次	1982 年 4 月北京第 1 版
印　　次	2022 年 2 月第 1 次印刷
书　　号	978-7-02-014877-6
定　　价	95.00 元

如有印装质量问题,请与本社图书销售中心调换。电话:010-65233595

外国文学名著丛书

〔保〕伐佐夫／著

轭 下

施蛰存／译

"外国文学名著丛书"编委会

人民文学出版社

ИВАН ВАЗОВ
ПОД ИГОТО
据英译本《UNDER THE YOKE》（WILLIAM HEINEMAN LONDON，1912）转译，据保文本《ИВАН ВАЗОВ СЪБРАНИ СЪЧИНЕНИЯ》В ХХ ТОМА 中第十二卷（БЪЛГАРСКИ ПИСАТЕЛ 出版社，СОФИЯ，1956）校订，补译

图书在版编目（CIP）数据

轭下／（保）伐佐夫著；施蛰存译．—北京：人民文学出版社，2022
（外国文学名著丛书）
ISBN 978-7-02-014877-6

Ⅰ．①轭… Ⅱ．①伐…②施… Ⅲ．①长篇小说—保加利亚—近代 Ⅳ．①I544.44

中国版本图书馆 CIP 数据核字（2021）第 241376 号

责任编辑	李丹丹
装帧设计	刘　静
责任印制	王重艺

出版发行	人民文学出版社
社　　址	北京市朝内大街 166 号
邮政编码	100705
印　　刷	河北新华第一印刷有限责任公司
经　　销	全国新华书店等
字　　数	395 千字
开　　本	850 毫米×1168 毫米　1/32
印　　张	18.875　插页 3
印　　数	1—4000
版　　次	1982 年 4 月北京第 1 版
印　　次	2022 年 2 月第 1 次印刷
书　　号	978-7-02-014877-6
定　　价	95.00 元

如有印装质量问题，请与本社图书销售中心调换。电话：010-65233595

伐佐夫

出版说明

人民文学出版社自一九五一年成立起,就承担起向中国读者介绍优秀外国文学作品的重任。一九五八年,中宣部指示中国科学院文学研究所筹组编委会,组织朱光潜、冯至、戈宝权、叶水夫等二十余位外国文学权威专家,编选三套丛书——"马克思主义文艺理论丛书""外国古典文艺理论丛书""外国古典文学名著丛书"。

人民文学出版社与中国科学院文学研究所,根据"一流的原著、一流的译本、一流的译者"的原则进行翻译和出版工作。一九六四年,中国社会科学院外国文学研究所成立,是中国外国文学的最高研究机构。一九七八年,"外国古典文学名著丛书"更名为"外国文学名著丛书",至二〇〇〇年完成。这是新中国第一套系统介绍外国文学作品的大型丛书,是外国文学名著翻译的奠基性工程,其作品之多、质量之精、跨度之大,至今仍是中国外国文学出版史上之最,体现了中国外国文学研究界、翻译界和出版界的最高水平。

历经半个多世纪,"外国文学名著丛书"在中国读者中依然以系统性、权威性与普及性著称,但由于时代久远,许多图书在市场上已难见踪影,甚至成为收藏对象,稀缺品种更是一书难求。在中国读者阅读力持续增强的二十一世纪,在世界文明交流互鉴空前频繁的新时代,为满足人民日益增长的美好生活的需要,人民文学出版社决定再度与中国社会科学院外国文学研究所合作,以"网罗经典,格高意远,本色传承"为出发点,优中选优,推陈出新,出版新版"外国文学名著丛书"。

值此新版"外国文学名著丛书"面世之际,人民文学出版社与中国社会科学院外国文学研究所谨向为本丛书做出卓越贡献的翻译家们和热爱外国文学名著的广大读者致以崇高敬意!

"外国文学名著丛书"编委会
二〇一九年三月

编委会名单

(以姓氏笔画为序)

1958—1966

卞之琳	戈宝权	叶水夫	包文棣	冯 至	田德望
朱光潜	孙家晋	孙绳武	陈占元	杨季康	杨周翰
杨宪益	李健吾	罗大冈	金克木	郑效洵	季羡林
闻家驷	钱学熙	钱锺书	楼适夷	蒯斯曛	蔡 仪

1978—2001

卞之琳	巴 金	戈宝权	叶水夫	包文棣	卢永福
冯 至	田德望	叶麟鎏	朱光潜	朱 虹	孙家晋
孙绳武	陈占元	张 羽	陈冰夷	杨季康	杨周翰
杨宪益	李健吾	陈燊	罗大冈	金克木	郑效洵
季羡林	姚 见	骆兆添	闻家驷	赵家璧	秦顺新
钱锺书	绿 原	蒋 路	董衡巽	楼适夷	蒯斯曛
蔡 仪					

2019—

王焕生	刘文飞	任吉生	刘 建	许金龙	李永平
陈众议	肖丽媛	吴岳添	陆建德	赵白生	高 兴
秦顺新	聂震宁	臧永清			

目　次

译本序 …………………………………………… 樊　石 *1*
原序 ……………………………………………………… *16*

第 一 部

第 一 章　不速之客 ………………………………………… *3*
第 二 章　暴风雨 …………………………………………… *12*
第 三 章　修道院 …………………………………………… *24*
第 四 章　再说马尔科家里 ………………………………… *29*
第 五 章　当夜的事 ………………………………………… *37*
第 六 章　一封信 …………………………………………… *44*
第 七 章　英雄行为 ………………………………………… *47*
第 八 章　在尤尔月财主家里 ……………………………… *55*
第 九 章　释疑 ……………………………………………… *64*
第 十 章　女修道院 ………………………………………… *71*
第十一章　激动的拉达 ……………………………………… *79*
第十二章　鲍依乔·奥格涅诺夫 …………………………… *88*
第十三章　一本小册子 ……………………………………… *95*
第十四章　到锡利斯特拉之路 ……………………………… *99*

1

第 十 五 章	邂逅	110
第 十 六 章	坟墓里出来的声音	116
第 十 七 章	演戏	123
第 十 八 章	在甘科咖啡店里	139
第 十 九 章	反响	150
第 二 十 章	不安	155
第二十一章	奸计	161
第二十二章	在史塔夫利神父家做客	167
第二十三章	瓮中意外人	177
第二十四章	天幸	185
第二十五章	艰难的使命	193
第二十六章	令人不快的访问	198
第二十七章	亡命者	203
第二十八章	在维里戈沃村	211
第二十九章	窘遇	219
第 三 十 章	殷勤的熟人	224
第三十一章	阿尔特诺沃村的缝纫会	230
第三十二章	天高皇帝远	244
第三十三章	胜者宴请败者	254
第三十四章	狂风暴雪	267
第三十五章	在茅屋中	273

第 二 部

第 一 章	白拉切尔克瓦	283
第 二 章	索科洛夫医生的病人	286

第 三 章	两个极端	296
第 四 章	丈人和女婿	303
第 五 章	叛卖	309
第 六 章	一个女人的心	320
第 七 章	委员会	325
第 八 章	科尔乔的激情	331
第 九 章	奥格涅诺夫主持会议	334
第 十 章	一个一八七六年的特务	338
第十一章	维肯蒂	344
第十二章	绿钱包	352
第十三章	重逢	359
第十四章	樱桃树	372
第十五章	马尔科的新祈祷	382
第十六章	一个民族的疯狂	389
第十七章	一个耳光	394
第十八章	坎多夫	397
第十九章	清晨的拜访	402
第二十章	坎多夫的疑团增大了	406
第二十一章	安魂祈祷	410
第二十二章	哲理和两只麻雀	413
第二十三章	治病良药	416
第二十四章	波澜迭起	423
第二十五章	起义	431
第二十六章	兹利多尔的大炮	435
第二十七章	盘查	439
第二十八章	士气沮丧	444

第二十九章	洗礼	448
第 三 十 章	斯特列玛河谷燃烧了	451
第三十一章	一个新的企图	459
第三十二章	阿甫拉姆	465
第三十三章	夜	468
第三十四章	晨	471
第三十五章	战斗	475
第三十六章	拉达	482
第三十七章	溪流和人流	488

第 三 部

第 一 章	觉醒	495
第 二 章	牧人的面包	498
第 三 章	往北去	502
第 四 章	旗	511
第 五 章	墓地	513
第 六 章	送信的小姑娘	516
第 七 章	玛丽卡的失败	521
第 八 章	牧场	526
第 九 章	一个同盟者	532
第 十 章	爱情——英雄主义	538
第十一章	一个土耳其团丁	542
第十二章	一个没有起义的城市的故事	545
第十三章	故事续	550
第十四章	一番重要的谈话	555

第十五章　会合 …………………………………… 559
第十六章　毁灭 …………………………………… 566

译 本 序

《轭下》是保加利亚著名作家伊凡·伐佐夫(1850—1921)写的一部不朽的长篇小说。它问世一百多年来,一直以深刻的爱国主义内容、真实的生活画面和动人的形象吸引着广大读者,有着经久不衰的艺术魅力。在十九世纪后半期中欧、东南欧各国民族解放斗争所产生的许多文学杰作中,《轭下》也是很有代表性的。

一

鲁迅先生为了介绍东欧被压迫民族立意在反抗的呐喊文学,一九二一年翻译过伐佐夫的短篇小说《战争中的威尔珂》,一九二五年义译过他的《村妇》(今译《一个保加利亚妇人》),并称赞他"不但是革命的文人,也是旧文学的轨道破坏者,也是体裁家"①。这不是偶然的。伐佐夫一生写了许多作品,包括诗歌、小说、剧本、游记等。这些作品真实地再现了十九世纪七十年代至第一次世界大战末近半个世纪中保加利亚人民的生活和斗争,有力地推动了保加利亚现实主义文学的

---

① 《鲁迅全集》第11卷,第368页,并见《鲁迅译文集》第1卷,第411页。

发展；同时，使长期处于异族统治下不为人们所注意的保加利亚文学"在各文明民族之林中迅速地占有它应得的地位"（高尔基语）。

伊凡·伐佐夫于一八五〇年六月二十七日诞生在巴尔干山南麓的索波特城，从小在本地学校读书。他十五岁时去卡洛费尔和普罗夫迪夫中学求学，除熟读为数不多的保加利亚文学作品和译作外，还从俄文和法文书籍中吸取精神食粮。从此爱好文学，习作诗歌。早期的诗作大都描写爱情，深受当时流行的感伤主义的影响。大部分手稿毁于火灾，未曾发表；少数得以保存，后来收在诗集《五月的花束》中。

伐佐夫的文学爱好得到母亲的赞赏和支持，但遭到父亲的冷落和反对。他的父亲是商人，一心想让儿子继承己业，于是迫使他中途辍学，竭力培养他对商业的兴趣，一八七〇年又把他送到在罗马尼亚经商的一个伯父那里当学徒。当时，保加利亚民族解放运动空前高涨，许多爱国志士和革命领导者侨居罗马尼亚，积极准备起义。伐佐夫往来于他们之中，受到他们的思想感情的熏陶。结识革命诗人和民族独立运动领袖赫里斯托·波特夫，对他尤其产生了深刻的影响。这时，他在革命刊物上发表了《松树》等爱国诗篇，博得了声誉。从此伐佐夫的诗歌便摆脱了感伤主义的羁绊。

一八七二年，伐佐夫回国。他先在斯维列格勒任教，努力向学生们灌输爱国主义思想，因而引起当局不满，被迫离职去索波特，加入了由著名活动家卡勒列什科夫领导的秘密革命委员会，从事武装起义的准备工作，并写了许多战斗诗篇。家喻户晓的诗《帕纳丘里什特的起义者》成为四月起义的战歌。

起义失败后,伐佐夫被迫流亡罗马尼亚。在那里,他担任保加利亚侨民进步组织"慈善协会"秘书长,为团结分散的爱国力量而积极活动;同时又以文艺为武器,号召人民进行新的斗争。他在布加勒斯特出版了《旗与琴》和《保加利亚的悲哀》两部诗集。前者是四月起义的颂歌,表达了人民"不自由,毋宁死"的决心;后者则是对异族统治者残酷镇压起义的愤怒控诉,反映了人民的苦难与悲痛。随后,伐佐夫又出版了诗集《拯救》,除了继续描写前两部诗集中已经表现过的主题外,主要反映保加利亚人民迎接独立时的喜悦心情。这三部诗集组成了以四月起义为题材的诗歌三部曲。这些诗继承了波特夫诗歌的现实主义传统,充满革命浪漫主义色彩,为保加利亚诗歌的进一步发展开辟了道路。

一八七八年保加利亚独立后,伐佐夫回到祖国,起初担任贝尔科维察地方法院院长,后去普罗夫迪夫,从事社会和文学活动。他组织名为"科学"的文学团体,出版同名刊物。该刊停办后,又主编《曙光》文学杂志和《人民之声》报,将文学界进步力量团结在这些刊物的周围。这一时期,他的作品扩大了题材范围,从思想内容到艺术形式都达到新的高度,相继出版了揭露资产阶级政治上钩心斗角、爱钱如命的诗集《琴》《田野和森林》;描写旅行意大利观感的诗集《意大利》;表现小巿民生活的幽默中篇小说《叔叔伯伯们》;反映爱国侨民生活、歌颂民族解放斗争的中篇小说《流亡者》和塑造出一系列英雄形象、标志着伐佐夫爱国主义诗歌高峰的组诗《被遗忘者的史诗》等。

十九世纪九十年代,伐佐夫当选为议员,担任过教育部长。他看到,资产阶级"使人和人之间除了赤裸裸的利害关系,除了冷酷无情的'现金交易',就再也没有任何别的联系了"①。严酷的现实打开了伐佐夫的眼界,他在作品中由八十年代对现实生活的间接抨击转为直接揭露与批判。他先后写出了《中短篇小说集》(三卷),短篇小说集《痕与斑》《花花世界》《见闻录》,讽刺喜剧《升官图》等,这些作品都具有高度的政治倾向和艺术概括力。作者一方面对官僚政府的贪污腐败、警察的恐怖统治、资产阶级的道德堕落等丑恶现象作了淋漓尽致的揭露;同时,他还广泛地描写了农民、职员这些小人物在资本主义制度下的悲惨遭遇,对劳动人民寄予无限的同情。在此期间,伐佐夫还著有长篇小说《新的土地》和《卡扎拉尔的女皇》。前者以主人公纳伊登·斯特雷姆斯基的生活经历为线索,广泛表现了从一八七八年独立至一八八五年南北保加利亚合并这一时期的社会政治生活;后者以二十世纪初的社会生活为背景,描写一个乡村女教师的悲惨遭遇。在这两部作品中,作者对资产阶级社会生活的空虚和伪善,对资产阶级家庭的变态关系进行了剖析,然而作者把道德完善作为理想加以歌颂,幻想以阶级调和或通过文化教育去填补相互对立的阶级之间的鸿沟,从而削弱了作品的思想价值。

　　巴尔干战争爆发前,伐佐夫处于思想矛盾之中。现存的资本主义制度使他感到失望,可是他又看不到新的社会力量,找不到出路。因此,他便把目光转向保加利亚的中世纪历史,写了小说《斯维托斯拉夫·特尔特尔》《伊凡·亚历山大》,剧本《走向深渊》《鲍里斯拉夫》和《伊瓦伊洛》等。这些作品具有爱国主义内容,但其中有一部分美化了资产阶级统治集团。

---

① 《马克思恩格斯全集》第1卷,第253页。

一九二〇年,保加利亚人民为伐佐夫的七十寿辰及从事创作五十周年而举行了隆重的庆祝活动。翌年九月二十二日,他在写作剧本《宝座》时,因心脏病突发而与世长辞。

二

伊凡·伐佐夫谈到构思《轭下》的过程时说:"我的目的在于描写保加利亚人受奴役的最后年代的生活和四月起义时代的革命精神。"①我们知道,像许多巴尔干国家一样,保加利亚从一三九六年至一八七八年遭受奥斯曼土耳其的奴役,将近五百年之久。长期的异族统治,使保加利亚的经济遭受严重破坏,民族文化受到摧残,人民处于水深火热之中。另一方面,保加利亚人民为争取民族独立和自由,进行了可歌可泣的斗争。最初,这种斗争处于分散状态。许多人被逼得无路可走时,便逃进深山,伺机报复土耳其统治者,这就是民间史诗中所歌颂的"海杜特运动"。

十八世纪中期,奥斯曼封建帝国开始解体,资本主义关系逐渐发展。"资本主义闯进了被排挤的民族的平静生活中,惊醒了它们,使它们动作起来。"②以帕伊西·希伦达尔斯基所著《斯拉夫保加利亚史》为标志,保加利亚开始了民族复兴。许多爱国志士为教会独立和政治独立而斗争,促进了民族意识的觉醒。十九世纪中期,保加利亚掀起了波澜壮阔的民族解放运动。在瓦·列夫斯基、留·卡拉维洛夫、赫·波特

---

① 《伐佐夫全集》第19卷,第161页。
② 《斯大林全集》第2卷,第301页。

夫等革命民主主义者的领导下,建立了中央革命委员会,秘密革命组织遍布全国,积极准备推翻奥斯曼帝国的统治。一八七六年四月,保加利亚爆发了席卷全国的武装起义,虽然遭到残酷镇压,但它动摇了奥斯曼土耳其统治的基础,在保加利亚历史上写下了光辉的篇章。《轭下》就是一部以四月起义为题材的史诗般的作品。

如同亚当·密茨凯维奇的著名长诗《塔杜施先生》一样,《轭下》成书于作者流亡国外时期。

一八七八年,保加利亚获得独立。从此资本主义经济迅速发展起来,而资本主义社会所固有的各种矛盾和弊病也日益暴露。篡夺了革命胜利果实的资产阶级,热衷于争权夺利,聚敛财富,背叛了民族复兴的理想。新的社会现实使伐佐夫感到失望和悲愤,他力求在自己的作品中再现被权贵们忘却的民族英雄们的形象。

一八八七年,由于国内政局的变动,伐佐夫被迫流亡俄国敖德萨。在那里,他"感到失去祖国的悲哀和痛苦"①,他的心"每时每刻都向祖国飞去"②,"四月起义期间祖国蓬勃生活的画面"③占据了他的脑海。于是,他天天写小说,以减轻精神上的痛苦和寄托对祖国的思念。用作者自己的话来说:"写小说时,我心灵中激起的许多美好回忆,使我跟失去了的祖国经常保持着联系;在流亡生活的辛酸滋味中,写小说成为我唯一的安慰了。"④他又写道:"我忘却了放逐的痛苦,沐浴在珍贵的和永志不忘的回忆的浪潮之中,感觉到幸福愉快。

---

①②③ 出自《轭下》第五版《原序》。
④ 《伐佐夫全集》第19卷,第179页。

这些回忆给了我灵感,给了我的文思以新的翱翔和新的青春。"①伐佐夫就是在这种环境和心情中完成《轭下》前半部的。起初,他为自己的小说酝酿了近十个书名,如《血染朝霞》等。有一天,他将书名写在纸上,请朋友们选择,大家都不约而同地选中了《轭下》。于是,作者就以此为本书的名称了。

一八八九年春,伐佐夫回到保加利亚。他继续写完了《轭下》后半部。一八八九年至一八九〇年,这部作品连载于伊凡·希什曼诺夫教授创办的《民间文学、科学和文学丛刊》头三期上。

三

《轭下》是一曲民族解放斗争的颂歌。它以广阔的社会生活为背景,真实地表现了奥斯曼土耳其统治末期保加利亚人民前赴后继、不屈不挠的战斗精神。人民的觉醒,四月起义的准备和爆发,是贯穿全书的主线。作者通过一系列矛盾和冲突,绘出了一幅波澜壮阔的时代画卷。

小说开头,从马尔科家平静的生活中,就可看出新的思想已经渗透到这个家庭里,他们憎恨地谈论土耳其人的暴行,盼望获得自由。革命者克拉利奇的到来,打破了白拉切尔克瓦城平静的局面。他在磨坊里杀死了两个行凶作恶的土耳其人后对磨坊主人说:"我没干多少事啊,老爹!我们只杀掉了两个,但是还有成千上万个这样的妖魔呢。如果我们保加利亚

---

① 出自《轭下》第五版《原序》。

人大家都拿起斧头来劈倒这些敌人,那么保加利亚才能得到自由而生活在和平里。"这段话点明了克拉利奇来到该城的使命。它告诉我们:保加利亚人民不会再任人宰割,他们将复仇、反抗。接着,从索科洛夫被捕所引起的不同反应和女子小学考试时克拉利奇化名奥格涅诺夫公开与土耳其的走卒斯特弗乔夫发生冲突等描写中,我们看到各种政治力量之间的矛盾和斗争逐步展开。在《演戏》一章中,作者对保加利亚人民心中蕴藏已久的爱国热情作了生动的描绘。本来是演《根诺薇娃哀史》,但演出结束时,全场当着土耳其知事的面,突然唱起了"对祖国的热爱,火焰一样地燃烧吧,我们要与土耳其人堂堂对阵"这首革命歌曲,"一种突如其来的爱国热情充满了全场人们的心。这支歌的雄壮的调子像一阵看不见的波浪,奔腾涌起,充满了剧场,越过门槛倾泻而出,淹没了庭院,一直飘扬到外面夜色里……这歌声划破了夜空,点燃起人们的心灵,使人们兴奋得如痴如狂。它那有力的音节在观众心里唤起了一种新的情感。"从这段热情洋溢的描述中,我们可以看出保加利亚人民的精神面貌发生了多么深刻的变化。无论在《轭下》还是在其他作品中,伐佐夫从不以旁观者的身份纯客观地描写事件和人物,而总是明确地表明自己的态度,将自己的思想感情融贯其中,作者的心随着时代的脉搏而跳动。

伐佐夫力图通过日常生活的描绘,再现人民的革命热情。因此,作者以敏锐的眼光和透彻的洞察力,深入到生活的各种场景之中,从社会到家庭,从城市到农村,总之,从现实生活的各个角度发掘和表现时代的革命精神。如甘科咖啡店简直像个小小的议会厅,人们常常聚集在这里谈论政治,进行争论,打听外界传来的新消息,公开谴责土耳其人的暴行,赞扬其他斯拉夫民族的英勇斗争。连日常的娱乐活动也改变了内容和性质,乡村晚间集会和缝纫会上,响彻着嘹亮的革命歌声,连小学生们也像士兵一样步伐整齐地操练着。作者通过许多生活细节的描绘,生动地表现了人民的新的精神面貌。我们看到革命热情已在青年们、知识界、小市民阶层和农民的心间沸腾起来,到处都在谈论和准备武装起义。在《一个民族的疯狂》一章中,作者有力地概括了起义准备工作进入高潮时的真实情景:全国像一座巨大的火山。川流不息的宣传员跋涉了山野里,组织斗争。人民如饥似渴地倾听他们关于自由的演说。为了响应"准备好,我们必须不怕牺牲"的号召,教会献出了神父,学校献出了教师,田地献出了农夫,母亲献出了儿子。各地革命委员会和中央委员会昼夜不停地派遣信使。农民赶着造枪弹,年轻人整天练枪法,妇女们缝袜子、烤饼干,皮鞋匠做背包、子弹带和军鞋。每一个村里,武器、子弹和火药的储藏一天天地增多。这是有各阶层参加的人民起义的生动写照。伐佐夫曾参加四月起义的准备工作,亲身感受到了时代的革命气息。因此,在他的笔下,人民高涨的爱国热情和时代的面貌被描述得如此生动逼真,感人至深。

　　读者自然想从这部作品中了解四月起义本身的情况。遗憾的是,小说中描写起义的篇章却显得苍白无力,只是像大事记似的叙述了起义头五天的情景,见不到表现群众性的英雄主义的场面,这显然与作者亲身体验不足有关。伐佐夫在《一个民族的疯狂》一章中告诉我们:他注意的只是"这一次斗争的序曲",即起义的准备过程,因为"保加利亚的民族精神从来没有发扬到这样的高度"。他认为这一场斗争本身是"最乐观的希望之完全失败",不值得作为范例,所以不打算描写它。不过,在小说的结尾,作者以动人的笔调描写了奥格涅诺夫、索科洛夫等人的英勇战斗和壮烈牺牲的情景。虽然他们为数不多,但毕竟是小说中的主要人物,从他们的英雄行为中可以窥见保加利亚人民崇高的革命精神之一斑。

伐佐夫在《轭下》中生动地塑造了众多的人物形象,他们都置身于起义运动这个矛盾焦点上,按照自己的社会地位、阶级特性、生活习惯活动着,斗争着,变化着,都具有鲜明的个性。作者告诉我们:"其中大部分人物都是索波特的真实人物,不过用别的名字来叙述罢了。"①

奥格涅诺夫是小说中的主要人物,他由于参加反抗土耳其人统治的游击队,被判无期徒刑,经历八年的监狱生活后逃出虎口,来到白拉切尔克瓦城,改名换姓,以教师职业为掩护,继续革命,很快就成为各阶层人民注意的中心人物。他从到达该城之日起,直至最后壮烈牺牲,始终处于斗争的旋涡和生活的激流之中,经历过无数次出生入死的考验。虽然伐佐夫没有用很多笔墨直接描写他的革命活动,但从他出现后白拉切尔克瓦城的思想气氛和人们的精神面貌所发生的深刻变化中,从各阶层人们的谈论和对待他的态度中,从他自身的言谈中,读者处处感觉到他是起义的组织者和领导者。他热爱祖国,忠于人民,将自己的一切都服从于祖国的自由和独立这一崇高目的。作者通过阿尔特诺沃、维里戈沃等地的农民对奥格涅诺夫的无比尊敬和热爱,突出了他与人民群众的血肉联系和他的深厚的群众基础。他是革命领导者,同时又具有普通劳动人民的高贵品质。为了拯救因他而被捕的索科洛夫,

---

① 《伐佐夫全集》第19卷,第161页。

他决心作出自我牺牲。对钟情于他的女教师拉达,他真诚而坦率地说出了自己以往的经历及面临的危险处境;起义失败后,又不顾一切危险去救她。这样一个具有崇高的爱国主义精神和勇于自我牺牲的人物,自然会受到一切革命者和广大群众的拥护和热爱。就是那些与革命毫不相干的人也对他怀着几分敬意和同情。连追捕他的土耳其人,也把他当作神话中的勇士来传颂。作者通过奥格涅诺夫的革命活动,真实地反映了一八七六年四月起义的历史面貌,给人以很大的鼓舞。应当指出的是,在《到锡利斯特拉之路》一章中,作者在写奥格涅诺夫同大学生坎多夫辩论时,把前者写成这样一个人物:他是领导者,但他否定和反对社会主义思想的传播,认为它不是人民的理想,在保加利亚没有基础。这种描写违反了历史的真实,反映了作者的思想局限性。伐佐夫出身于商人家庭,就其经济地位来说,属于中产阶级。保加利亚独立后,这个阶级在政治上不断发迹,经济地位日益上升,逐步走向了人民群众的对立面,他们是否定和反对当时初露头角的社会主义运动的。

另外两个革命者索科洛夫和坎多夫的形象不及奥格涅诺夫那样生动,但都具有自己的个性特征。索科洛夫年轻活泼,热情奔放。他有自己的爱好,热心参加各种社交和娱乐活动。坎多夫脱离实际,死啃教条,思想偏激。由于作者不理解社会主义运动的意义,所以在他笔下只能出现这种苍白无力的歪曲了的社会主义者的形象。

如果问这部作品中哪个人物形象最丰满,回答既不是奥格涅诺夫,也不是索科洛夫和坎多夫,而是马尔科。这个人物的原型是作者的父亲,自然是他最熟悉的。因此,他对马尔科特别偏爱,写得有血有肉,栩栩如生。马尔科是个富商,受到各方面的器重,有一定的社会地位,但他十分小心地避免与官场发生关系。这样一个人,当然是不会轻易去冒斗争风险的。在事变的激流中,他一直矛盾重重。而客观事件又推动他前进,使他的思想处于不断变化和发展之中。起初,虽然他具有爱国思想,热爱和尊重奥格涅诺夫,并机智地偷换了警察送往衙门的革命传单,使被捕的索科洛夫得救,但是,他不赞成起义,不相信革命会胜利;后来在革命运动的影响下,他开始支持起义,献出樱桃树做大炮,但他赞成的只是准备工作,而不是起义本身。"谁知道呢?"这个问题老是纠缠着他,因此,他不让自己的儿子们参加革命活动;最后,当他看到全国的革命形势如火如荼,连他自己的家也变成了一所完备的军火库时,他才相信革命会成功,生平第一次为保加利亚祈祷。作者详细描绘了马尔科由疑虑、动摇到坚定的思想转变过程,细致地刻画出了在政治上要求获得自由,但又十分软弱的那一部分资产者在四月起义年代的矛盾的心理状态,使他成为一部分资产者中的典型代表。

伐佐夫在《轭下》中还塑造了许多农民形象,其中以杀熊者伊凡最为读者所喜爱。作者是以起义为背景来描写他的。尽管着墨不多,但他的形象却像浮雕似的突现纸上。他外表像座山,魁梧奇伟,膂力过人,一个人就把一门由樱桃树干做的大炮背上了山峰;他在斗争中积极主动,态度坚决,即便新婚之夜,他也毫不迟疑地参加战斗;他对待同志真诚友爱,在起义失败后的艰苦日子里,宁可自己吃血淋淋的生兔肉,也不肯接受奥格涅诺夫的面包;当许多人灰心失望时,他认为保加利亚没有完,仍然信心十足地到罗马尼亚过流亡生活,准备未来的战斗。作者以浪漫的笔调,通过这个色彩鲜明的形象概括了作为四月起义基本力量的农民群众的特点。

小说真实地表现了当时保加利亚社会的阶级分化。一方面是包括手工业者、小市民、农民和知识分子在内的人民群众,他们团结在奥格涅诺夫等革命者周围,是起义的主力军;另一方面是资产阶级中依附于土耳其统治者、反对民族解放运动的这一部分反动的资产者,其代表人物有尤尔丹·狄阿曼迪耶夫、基里亚克·斯特弗乔夫等。作者有力地揭露了他们阴险、残暴的阶级本性。

《轭下》在艺术上也颇具特色。伐佐夫运用现实主义创作方法,全面地展示了一幅反映保加利亚人民在四月起义年代的生活和斗争的画面。它具有这样的魅力:一开头就把你紧紧抓住,使你的思想情绪不知不觉地随着情节的发展而起伏,不能平静,迫不及待地想知道故事的发展和主人公的命运如何。小说第一章,随着不速之客克拉利奇的出现,马尔科家的局面发生了急剧的变化:墙上几片瓦噼噼啪啪砸下来,鸡群乱飞乱扑,女仆惊叫有贼,妇人和孩子们躲进屋里,马尔科抓起手枪,急忙奔向马厩。紧接着响起了警察沉重的敲门声,克拉利奇翻过院墙,隐身于夜幕之中。正当读者为他捏着一把冷汗时,又出现了磨坊里惊心动魄的搏斗场面。情节发展如此之快,使读者一下子进入到暴风雨般的事件之中了。作者开门见山地揭开斗争的序幕,创造了冲突的开端,为伟大历史事件的演变准备了气氛。这样,克拉利奇的出场便象征着一场革命暴风雨即将来临。紧接着,作者通过发掘各种生活细节,突出作品的中心主题,使读者处处感觉到时代脉搏的跳动。在故事情节的展开中,显示了人物性格。

伐佐夫描写人物时,运用了这样的手法:关系亲近的人,其个性差异总是很大,各有各的鲜明特征。尤尔丹·狄阿曼迪耶夫是革命运动的死敌,然而他儿子却成了当地革命委员会委员,他女儿为起义烤面包干;奥格涅诺夫和索科洛夫都是革命者,但他们的性格和气质又各不相同,前者全力贯注于革命事业之中,后者则充满浪漫主义的遐想。正如实际生活中人们的性格有很大的差异一样,《轭下》虽然人物众多,但他们的性格迥然不同,给人以真实感。

《轭下》的写景也很出色,恰到好处地起了烘托气氛、表现人物的命运和暗示历史事件的发展趋势的作用。如克拉利奇被警察追赶时,"闪电愈来愈急,好几个霹雳打在这个逃亡者的头顶上","巨大的雨点稀稀落落打下来,像枪弹那样射击着地面"。这种描写有力地烘托了当时的紧张气氛。作者有时又借景抒情,如描写起义准备工作进入高潮时,他写道:"这一年,春天来得非常早……玫瑰园里,那些花开得空前的繁茂和艳丽,农田也预卜着神奇的丰收。"这里充满抒情诗意。

伐佐夫不仅是小说家,而且是政论家。在这方面他与列夫·托尔斯泰的风格颇为相似。在许多篇章中,他放下小说家的笔,而以政论家的身份出现,直接对事件作出自己的评价,对读者直抒胸臆。这些充满感情、语言极其形象化的政论插曲,自然地糅合在小说中。伐佐夫对事件观察细致,体验入微,只是他的理解并不完全正确。

综观伐佐夫一生,十九世纪八九十年代和二十世纪初,他的创作达到高潮,许多优秀作品都产生于这一时期;后期作品的思想性和艺术性则有所削弱。但总的说来,他是致力于真实地反映人民的生活和斗争,将自己的创作同祖国的命运紧密相连的。直至晚年,他仍然在推动本民族的进步文学,坚定地捍卫现实主义,反对形形色色的资产阶级文艺流派。他的创作,有着很大的认识价值和教育意义,在保加利亚文学史上产生了深远的影响。正因为如此,高尔基称他是"为多灾多难的保加利亚的自由和复兴而斗争的诗人和战士"。

樊　石
一九八一年七月

原　序

　　第五版《轭下》就要问世了。我要说两句很早就渴望着讲的话。

　　一八八七年我被逐出保加利亚，在敖德萨过了一年光景，在那里我深深感到失去祖国的悲哀和痛苦，我的脑子，我的心，我的灵魂每时每刻都向祖国飞去。那时，我有了写这部小说的灵感，我重新嗅到了保加利亚的空气，千万桩回忆复活了，千万幅鲜明而美丽的画面，在四月起义期间祖国蓬勃生活的画面，占据了我的脑海。

　　呵，幻影呵，你们是怎样使我的灵魂感到慰藉！呵，决定命运的日子呵，你们又是怎样在我灵魂中引起了颤抖！我忘却了放逐的痛苦，沐浴在珍贵的和永志不忘的回忆的浪潮之中，感觉到幸福愉快。这些回忆给了我灵感，给了我的文思以新的翱翔和新的青春，于是我这本书便从敖德萨偏僻的街上的那间可怜的斗室中出来，周游了整个保加利亚，而且越过它的边界，在欧洲飞翔。

伊·伐佐夫
一九二〇年十月十九日于索非亚

第 一 部

第一章　不速之客

在五月里的一个美好的晚上,马尔科财主①光着头,穿着睡衣,正在院子里和他一家人坐着吃晚饭。餐桌照例放在葡萄架下;一边是清冷的溪泉,泉水像一只燕子似的呢喃着日夜流过;另外一边,是一大片茂密高大的黄杨树,终年青翠地遮盖着墙壁。一盏灯从一株丁香树的横枝上照下来,而那些丁香花则在这一家人的头顶上发散着浓郁的香气。这是一个大家庭。在马尔科、他的老母亲和他的妻子的四周,围了一大群孩子,大的小的,都挥舞着刀叉准备在他们的肴馔上作一次残酷的杀伐,他们简直成了土耳其俗语中所谓的"粮秣的仇敌"。他们的父亲不时地看他们一眼,好像非常赞赏这些有着尖利的牙齿和坚韧的胃的、喘着粗气的劳动者,同时还向他们微笑着,鼓励他们道:"吃呀,孩子们,快快长大吧!把酒壶再斟斟满,佩娜。"于是那女用人就走到泉边,从浸在冷水里的大酒樽里倒出酒来,把一个陶器酒壶灌得满满的。马尔科把酒壶递给孩子们的时候,总是兴高采烈地说:"喝呀,你们这些淘气鬼!"于是那酒壶就在餐桌上巡行着。大家眼睛里闪着亮光,两颊都变得红红的。他嘴微张,露出了一个心满意

---

① 土耳其人统治保加利亚时期有钱有地位的保加利亚人,类似富绅。

足的微笑。这时,马尔科转向妻子,看见她有点不大高兴,就神态严肃地说:"让他们在我面前喝点儿吧——只是别让他们贪酒……因为我不愿意他们将来长大了变成酒鬼。"

马尔科对于教育有一套合乎实际的看法。他的文化程度虽然不高(因为他是个老派人物),但是由于天赋的常识,他很懂得人的脾气,知道人常常对于越是不准做的事就越是想做。为了这个理由,他常常把钱柜钥匙交给儿子们,这样来防止他们起偷窃的歹念。"戈乔,去把那杉木柜子打开,把我的钱包拿来!"或者,他对另一个孩子说:"孩子,从小笸箩里数出二十个小金币,等我回来的时候交给我。"

当时社会上的习俗,在吃饭的时候,为了表示尊敬长辈,孩子们只能立着吃。马尔科却不理睬这种规矩,他准许他的孩子们坐着一起吃,就是有客人在座也是如此。"我要让他们交际交际惯,"他总是这样说,"不要变野了,看见陌生人就羞得无地自容,像安科·拉斯波切一样。"安科·拉斯波切一见穿黑呢长裤的人就害羞得要命。

因为整天忙于营业,马尔科只有在吃晚饭的时候,才能和他全家的人见到一面,所以,也就是只有在这个时候,他才有机会实行他那套特别的教育制度。

"迪米特尔,你祖母还没有吃呢,你可不能先吃——你都要变成一个共济会①会员了!""伊利亚,你不要像一个屠夫似的拿刀子呀;好好地切面包,不要乱砍乱剁的。""戈乔,你怎么像个乡巴佬那样敞开衣襟呀?坐下来吃饭的时候不要忘记

---

① 中古时代的反宗教秘密团体,以互助友爱为目的。当时在保加利亚,这个词差不多与新教徒同义,指反对东正教的人物,无神论者,或自由思想者。

把帽子摘掉。怎么,你的头发长得像一个都脱拉干①的农民了,快去甘科那里剪剪短,要哥萨克式的。""瓦西尔,把你的胳膊靠拢些,整个桌子都要给你占掉了。在田里可以这样,在这里可不行。""阿甫拉姆,你吃完饭站起来的时候总是不画十字,我这里不准有这种新教徒的样子。"

不过这只是当马尔科兴致好的时候才如此;如果他不高兴,吃饭时就没有一个人敢开口了。

马尔科非常之虔信与严格,他竭力用一种正规的宗教精神去教育他的儿女。每天晚上,全家的大人都必须在神龛前一起念祈祷文。每一个礼拜日或是节日,全家人都要到教堂里去——这是一个绝不容许打破的老规矩;任何一个人破了例,就会在家里引起一场风波。有一年圣诞节前夕,马尔科吩咐基罗到教堂里去办神功,因为他要在第二天早晨领圣体。基罗从教堂里回来,早得可疑——他实在没有参见神父。"你办了神功没有?"他父亲不信似的问。"办过了。""交谁办的?""交——埃纽神父办的。"基罗着了慌,讷讷地说。这一下就明白了,他是在撒谎,因为埃纽神父不过是一个年轻的神父,他还没有权利给人家赦罪。马尔科立刻就戳穿了这个谎话,大发雷霆地扭着他儿子的耳朵,拖到街上,然后一直把他拖到教堂里,交给史塔夫利老神父,说道:"神父,给这个驴子办神功吧。"于是他就坐下来等着,一直等到神功办完为止。

如果他的儿女有偷懒逃学等事情,那么他就更为严厉了。虽然他自己没有受过多少教育,但是他却喜爱学问和学者。当时有许多热心于新教育运动的爱国志士,在短短的时间里

---

① 都脱拉干是索波特附近的一个城市,那地方的人以鄙野粗俗著称。

就使保加利亚到处开满了学校,马尔科也就是这些志士中间的一个。不过,对于一个在当时差不多只有农民、工匠和商人的国家,知识到底会有些什么实在的好处,这个观念在他却是很模糊的。马尔科很歉疚地看到那些从学校里毕业出来的学者既找不到工作,又没有饭吃。但是他觉得,他心底里知道一定有一种秘密的力量潜伏在学问里,它会改变整个世界。他信赖学问正如他信赖天主一样——是毫不怀疑的;因此他就尽他的能力去提倡它。他唯一的愿望就是被选举为白拉切尔克瓦①这座小城的一个校董,由于各方面对他的尊敬和器重,所以他的确一直就被选任着这个职务。在这个卑微的社会职务上,马尔科一点不偷闲,毫不厌烦地工作着;但是他很小心地避免与官僚们发生别的关系。尤其是那些衙门②里的人物。

餐桌收拾干净之后,马尔科就站起身来。他的年纪五十左右,身材很高,略微有些驼背,可是体格还很匀称。他那红红的脸(因为常常往来于剪羊毛场和市集,已经被风吹日晒而变得粗糙和黝黑了)有着一种严肃而冷漠的表情,即使在微笑的时候也如此。两道横卧在他的蓝眼睛上的浓眉毛,又给他的丰采增加了一些庄严。但是另外有一种温和、坦率和诚恳的神情缓和了那严肃的调子,使得他整个容貌还是显得可亲可敬的。

马尔科在黄杨树丛中铺着红色坐垫的凳子上坐下,吸着

---

① 即巴尔干山南麓的索波特城,是伐佐夫的出生地,现已改名为伐佐夫格勒。在土耳其人统治保加利亚时期,土耳其人叫它白教堂,保加利亚语为"白拉切尔克瓦"。
② 土耳其行政首长的官邸。

他的长烟管。孩子们分散在四下里自由自在地玩,女用人把咖啡端了上来。

这个晚上,马尔科兴致很好。他很起劲地看着他那些吃得好、养得胖的孩子们喧哗嬉闹。他们玩耍的花样时时在改变,而他们的脚步声和嬉笑叫嚣声也愈来愈响,正像一群麻雀在树丛里游戏。但是这个天真而快乐的游戏不久就发展成为一种严重的状态;叫声变得愤怒起来了,小手激烈地伸起来威胁着了,小拳头你打过来,我打过去,一个愉快的音乐会登时变作一场七嘴八舌的争吵。于是胜利者和失败者——大家都奔向他们的父亲,急于去替自己辩护,或者诉苦。一个奔到祖母身边去寻求保护,另外一个就奔向他母亲身边去找帮手。这时候,马尔科就从一个不偏不倚的旁观者的地位,忽然担任起审判官的职务来了。他有权利和责任判断谁是谁非。但是,他完全不顾一切法律的程序,对于原告被告双方的控诉全都不要听,干脆就宣布并执行了他的判决——抚摸几下这个孩子的脑袋,以示安慰;扭扭那个孩子的耳朵,以示惩罚。但是对于那几个小的(受了委屈的孩子们)往往就亲吻一下来适应这种情况的需要。

于是一切又都归于平静,但那已被喧嚷声惊醒的睡在祖母伊凡妮查怀里的最小的孩子哭了起来。"别作声,宝宝,别作声,要不然土耳其人就会来把你抓走的。"祖母伊凡妮查一边轻轻地摇着那孩子,一边低低地说。可是这又引起了马尔科的不快。他说:"妈,可别再拿土耳其人来吓唬孩子们,你这样就只会把他们养成一些胆小的人了。"那祖母说道:"是啊,是啊,我就是这样子,为什么我不该这样说呢?那些土耳其人不是够可怕的吗?让老天爷把他们消灭干净吧!我已经七十岁,快要入土了,看来,我是活不到那幸福的一天了,真是死也难瞑目啊!"于是小彼得就接口说:"啊!奶奶,等我和瓦西尔哥哥,还有格奥尔基哥哥长大起来,我们一定拿镰刀去把土耳其人杀个精光!""你一个都不留下他们吗,亲爱的?"

"小阿森怎么了?"马尔科问刚从屋子里出来的妻子。"现在他退烧了,已经睡熟了。"她回答说。"为什么让他去看这种事情?现在弄得他生病了。"那老祖母埋怨着说。

马尔科皱着眉头,一声都不响。在这里,著者必须交代明白,原来小阿森是在学校窗子里望见了人们把那个没有头的尸体,那个漆匠甘乔的儿子,从田野里抬到教堂院子里的时候吓坏了,因此得了惊风症。马尔科赶忙改变了话题,对孩子们说:"好吧,孩子们,我要你们大哥哥给我们讲一个故事,然后你们一起来唱个歌。瓦西尔,老师今天教了你些什么,讲给我们听听。""今天讲了一课世界历史。""好的,讲给我们听。""是关于西班牙王位继承战争的。"①"什么,讲那些西班牙人吗?别说了,我的孩子,那没有什么意思……给我们讲些俄国的事情吧。""哪些事情?"瓦西尔问。"譬如,关于伊凡雷帝的故事,或者那个放火烧掉莫斯科的波拿巴②的故事。"

马尔科还没有说完话,院子的黑暗角落里忽然有了窸窸窣窣的声音,墙上有好几片瓦噼噼啪啪地砸下来。大大小小的鸡都吓醒了,咯哒咯哒地叫起来,到处乱飞乱扑。那个正在把晾在外面的那些洗过的东西收进去的女用人惊喊着:"有贼,有贼!"

---

① 法兰西王路易十四为了他孙子继承西班牙王位而与西欧诸国进行的战争,起于一七〇一年,讫于一七一三年。
② 即拿破仑。

院子里的情景立刻变得非常慌乱。妇人们都躲进了屋子;孩子们也不见了;只有马尔科,他不是一个胆小的人,站了起来,对那发出响声来的黑暗角落察看了一眼之后,就跑进屋里,每只手抓了一管手枪,立刻反身出来,急忙向马厩奔去。

他这个与其说是果断,不如说是鲁莽的动作,敏捷得使他的妻子来不及细想和拦阻他。她所能做到的只是低声叮嘱他小心些,但就连这个声音也被那条惊怒得闪在井边的看家狗的狂吠所掩盖了。

在马厩和鸡棚中间的暗地里,的确有一个不速之客在那里,但是因为太暗了,所以什么都看不出来,再加以马尔科刚从灯光下跑出来,他的眼睛尤其看不清楚。

马尔科蹑手蹑脚走进马厩里,先抚拍他的马,使它安静下来,然后从窗格里向外窥看。不知是由于他的眼睛已经习惯于黑暗呢,还是由于幻觉,他看见在角落里,就在那窗子旁边,有一个东西直立着,像是人的样子,但是一动都不动。

马尔科擎起了手枪,身子伛向前,严厉地吆喝道:"别动,不然就把你打死!"①他把手指按在扳机上,等了一会儿。

"马尔科大爷。"②一个声音轻轻地叫着。

"你是谁?"马尔科用保加利亚话问。

"马尔科大爷,不用害怕,是个朋友。"于是那人向窗子走近些。现在马尔科可以很清楚地看出他的身段了。

"你是谁呀?"马尔科收起了他的手枪,狐疑地问。

"我是伊凡,是马诺尔·克拉利奇老爹的儿子,维丁地

---

① 这句话是用土耳其语说的。
② 这句话是用保加利亚语说的。

方的。"

"我不认识你啊。你来这里做什么?"

"我就会告诉你的,马尔科大爷。"那陌生人压低了声音说。

"我看不清你。你是从哪里来的?"

"我要告诉你的,马尔科大爷,我从远地方来。"

"从哪里呢? 你说的远地方是哪里呢?"

"是很远的地方,马尔科大爷。"那陌生人轻轻地说,几乎听不见了。

"什么地方?"

"从狄亚倍吉尔①来的!"

这个字在马尔科的记忆中起了电一般的作用。他记得马诺尔老爹有一个儿子曾经被流放到狄亚倍吉尔去。马诺尔跟他有过长期的商务关系,而且还帮过他许多忙。

他出了马厩,走到那个躲在黑暗里的夜客的身边,握着他的手,带他穿过马厩走进披屋里。

"怎么,伊凡乔②,是你吗? 我记起你小的时候来了,我的孩子……你可以在这里过夜,明天早晨再想办法。"马尔科轻轻地说。

"谢谢你,马尔科大爷。在这个地方,我认识的只有您一个。"克拉利奇悄悄地说。

"不必这样说。我是你父亲最好的朋友。你放心在这里好了。有人看见你没有?"

---

① 奥斯曼土耳其属小亚细亚东南部的城市。当时城中要塞是拘禁政治犯,特别是拘禁保加利亚民族解放运动者的地方。

② 伊凡的昵称。

"我想不会有;我进来的时候,街上一个人都没有。""进来?就这样进来吗,孩子?像冲锋似的爬过墙头!别担心,马诺尔老爹的儿子在这里永远是一个受欢迎的客人,尤其是当他从那么远的地方跑来。你肚子饿吗,伊凡乔?"

"谢谢,马尔科大爷,我不饿。"

"来吧,来吧,你总得吃一点晚饭。让我先去把家里人安定下来,我就回来,那时我们可以好好地谈谈了……考虑如何把你安置好。天主保佑你,孩子,我差一点儿要对你不起啦。"马尔科说着,把他的手枪退了膛。

"对不起,马尔科大爷,我做了件蠢事。"

"你在这里等我回来。"于是马尔科走了出去,同时把马厩门关上了。

他看见他的妻子和母亲都吓昏了,她们看见他平安无恙,就尖叫了一声把他的手抓住,仿佛要阻止他再走出去似的。马尔科装作若无其事的样子,笑嘻嘻地安慰了她们;他说院子里并没有什么人——说不定是野猫或是狗碰落了几片瓦,而使那个呆气的女用人佩娜吓了一跳。

"就这么一回事,我们却把四邻八舍都惊动了。"他说着,把两支手枪放进枪套里,重又挂回墙上。

一家人又都安定了下来。

老祖母伊凡妮查高声叫着那个女用人:"佩娜,我的姑娘,你见了鬼啦!你害我们受了一场虚惊。赶快去把孩子们叫来在蓝矾上撒泡尿罢!①"

正在这个时候,大门上传来一阵沉重的敲击声。马尔科

---

① 流传于保加利亚民间的一种为小孩治惊风的旧风俗。

走到院子里,问道:"谁敲门呀?"

"开门,财主老爷。"是用土耳其话回答的。

"警长,"马尔科仓皇地自言自语,"我们该把他藏到别的地方去。"于是,他来不及注意第二次敲门声,赶紧奔到马厩里去。

"伊凡乔!"他向披屋里喊着。

并没有回答。

"他一定是睡熟了。伊凡乔!"他又高声叫了一遍。

还是没有回答。

"可怜的人!他一定已经逃跑了。"马尔科心里想。这时才注意到那马厩门开着。"现在这孩子会碰上什么命运呢?"他着急地自言自语。

为了放心起见,他又叫了一两声,仍旧没有回答,他这才回到大门边,此时敲门的已经愈来愈凶,快要把门砸破了。

第二章 暴风雨

事实是,在第一阵敲门声响起的时候,伊凡·克拉利奇,自己都不记得怎么样的,赶紧又翻过墙头跳到街上。他站在那里迷糊了一会儿,随后又仔细向四周看了一下,除了一团昏黑之外,什么都看不见。乌黑的暴风雨的阴云已经遮满了天,凉爽的晚风已经变成寒峭的大风,声音很尖锐地在空静的街道上刮过。克拉利奇转进了第一条街,急忙顺着这条街沿墙脚走去,踩在一些水坑里跌跌撞撞的。所有的大门、护窗板和窗子都关闭了,里面是黑洞洞的,一点亮光也不能从窗缝里透露出来——到处都没有生气。这座小城静寂得像死了一样,正如一切外省的市镇,虽然离午夜还有许多时候,可是已经鸦雀无声了。他依然胡乱地往前走了一阵,希望走到旷野里。忽然他走到了一个宽阔的屋檐底下,他站住了。他的眼睛约略看得出有几个黑影在那里。克拉利奇屏息地站着,小心地躲进他身旁的那个大门口。可是一阵咆哮声,接着一阵狂吠声,把他吓退了。原来他把睡在门廊里的一条看家狗惊醒了。他的行动和狗的吠叫使他露了形迹。那夜巡队马上行动起来,戛响着武器,用土耳其话吆喝着:"站住!"在碰到了躲不过去的危险的时候,一个人的理智就会可恶地遗弃他,只有一种企图保护自己的盲目的本能代替了他的一切精神力量。在这个时候,一个人可以说已经没有了脑袋,只留了一双自卫的手和两条逃跑的腿。克拉利奇如果回身就走,那么黑夜就立刻会在他与夜巡队之间安下一道安全的栅栏。然而他却向前跑,正对着那夜巡队像一阵旋风般冲过去,从他们身边擦过。于是那些夜巡兵在后面追,街上登时响起了叫声和脚步声。在许多别的吆喝声中间,可以听到那个保加利亚警察的嘶哑的声音,"站住,混蛋,我们开枪啦!"但是克拉利奇头也不回地向前逃去。后面开了几枪,都没有打中——黑暗救了他。看来他的逃奔并不十分顺利,因为没多久就觉得有人扯住了他的衣袖。他一面朝前跑,一面设法甩掉他的外套,结果是那件外套给追他的人扯了去,而他却脱身了。后面又开了两枪。克拉利奇继续朝前奔,也不知道要奔到什么地方;他简直不知道自己是在做些什么。他的两条腿疲乏得很酸软了,仿佛每一步都会跌倒在地上爬不起来。忽然一道耀眼的闪电照亮了黑夜,于是克拉利奇才看清他已经在旷野里,而且没有人在后面追赶他了。这时他精疲力尽地扑倒在一株核桃树下,想定一定神。山风刮得很紧,树叶的窸窣声和风声及隆隆的雷声混合在一起。暴风雨不久就凶猛地来了;闪电愈来愈急,好几个霹雳打在这个逃亡者的头顶上。短暂的休息和清新的空气恢复了克拉利奇的精力。他看看马上便要下雨,就急忙向前去寻找一个可以避雨的地方。周围的树木都在哀怨地籁籁作响,那些高耸的榆树在风的威力之下弯曲下来,草与芦苇不停地摇摆着,整个大自然仿佛都在作紧急戒备,在恐惧地发抖。巨大的雨点稀稀落落打下来,像枪弹那样射击着地面。又是一道闪电照亮了巴尔干山背后的天空,接着就是一串深沉的滚雷,仿佛要把天庭劈作两半。暴雨从铅色的太空中直泻而下,一道一道的闪电劈破了浓云,使树木与山崖显现出幻异的轮廓。这些一瞬间的景色,闪现之后立刻又被吞没在黑暗中,很像一幅神奇而可怕的画景。在这种暴风雨里——在这天与地的搏斗里——在这深渊里的地狱之光里,有着一种狂野的美,这是一种奇观,在这里,"无垠的地"与"神秘的天"的奇异的结合酝酿成为一种非人间所有的鬼怪的和谐。在暴风雨里,大自然探获了最壮美的诗题。

虽然淋着雨水,被闪电迷眩了眼,被雷鸣震聋了耳朵,克拉利奇还在田里、果树园里和菜园里胡乱奔走,简直找不到一个可以避雨的地方。最后,一道水流的喧声压倒了其他一切声音而传到他的耳中。原来这是一道磨坊边的溪流。忽然又是一道闪电,使他看见一座隐伏在垂柳丛中的磨坊。克拉利奇跑过去,躲在屋檐下避雨。他试着推门,谁知一推就开了。他走了进去。磨坊里又暗又静。外面,风暴已在静止下来,雨也在慢慢地停住,云隙里已经开始透露出月光。夜色已经清朗了。这种天气的剧变,只有在五月里是常有的事。

一会儿,就听见外面有脚步声走近,克拉利奇急忙躲进麦囤与墙壁之间的一个狭窄的空隙里。

"你看,风把门都吹开了。"在暗地里有一个粗哑的声音说,随即有一盏煤油灯亮了起来。

躲在角落里的克拉利奇,探了探身子看见了那个磨坊主人,那是一个高大而干瘦的农民。跟他一起的还有一个赤脚的小姑娘,穿着一件很短的蓝粗布袄,大概是他的女儿,她正在把门关上,并且费劲地上了门闩。她大约十三四岁,但依然很稚气,她那乌黑的眼睛从长长的睫毛底下天真无邪地看着一切。尽管她蓬头粗服,但从她的身材上可以看出她将来一定会长得很苗条秀丽的。他们好像是从附近的一个磨坊里来,因为他们身上都是干的。那磨坊主人又说:

"幸亏我们把水轮打开了,要不然这一场大雨准得把它冲坍的。斯坦乔老爹的故事是永远讲不完的。没有歹人溜进来,总算是天保佑。"他向四周看了一遍,"现在,玛丽卡,你上床去睡吧。我不懂你妈为什么要把你送到这里来,徒然叫我多担心些。"那磨坊主人说着,把水槽里的闸板捶下了些,自得其乐地哼着一支小曲。玛丽卡就立刻依了他的话,走到磨坊尽头去,为自己和父亲念过祈祷文,铺开被褥,睡了下去,像任何一个无忧无虑的人那样,一会儿就安然睡熟了。

克拉利奇非常好奇地看着这情景。那磨坊主人的虽然粗鲁,可是显得很善良的脸色,使他觉得可信赖。在这样一副诚实正直的容颜背后,不可能隐藏着一个叛卖者的灵魂。他决定走出去,请求他帮助和出主意。但是就在这一刹那间,那磨坊主人停止了哼唱,挺直了身子,倾听着门外的声音。有人很响地敲门。

"开门,磨坊老板。"有人用土耳其话喊着。

他走到门边,小心地把门闩紧,回身过来,脸色已经吓青了。

大门依然在被猛敲着,又有些别的吆喝声,跟着还有一只狗的叫吠声。

"土耳其人出来打猎,"那磨坊主人喃喃地说,他的耳朵已经听出了那猎狗的嗥叫声,"这些畜生要来做什么? 这一定是埃麦西兹·佩赫利凡①了。"

埃麦西兹·佩赫利凡,这个十恶不赦、昼夜作恶的强盗,是附近一带人民的大恐怖。半个月之前,他曾在伊凡诺沃村子里杀死了甘乔·达利全家。人家又说——这并不是毫无根据的——昨天被抬进城来的那个孩子的头也是他砍掉的。

门被敲打得在震动了。

那磨坊主人沉思了一会儿,两手捧着头,想不定该怎么办才好。他额上吓出了一头冷汗。忽然他趴到一个积满灰尘的板架下,摸出一柄斧头,走到那快要被打破的门边。但是,当他回头对他的女儿看了一眼之后,他那一瞬间的决心就消失了。一种可怕的绝望和苦痛显现在他脸上。父亲的感情压倒了他的被激愤的良心。他想到了一句保加利亚谚语:"刀不杀臣服之头",于是他决定不采取抵抗的办法,而向不仁不慈者去恳求仁慈了。他匆匆地把那柄斧头放在麦囤后边,刚巧

―――――――――

① 据本书著者伐佐夫说,实有此人。他是一个住在索波特的土耳其人,身材硕大,残酷如兽。

在克拉利奇所躲的地方,又小心地把玛丽卡遮盖好,才去开了门。

在门槛上站着两个穿猎装带武器的土耳其人。一个用皮带牵着一条猎狗。前面的那一个,果真是杀人不眨眼的埃麦西兹·佩赫利凡。他向磨坊里搜索地环视一番后走了进来。他身材很高,驼着背,瘦得像死人一样,没留胡子。他的相貌倒并不像他的名字和行为那样使人恐怖,但是他那双灰色的、几乎是无色的小眼睛,狡猾地闪动着,很像一只猴子的眼睛。他的伙伴是一个矮小精壮的瘸子,生着一副凶恶的脸相,分明显露着最低级动物的本能和残暴;这个人牵了猎狗跟着走进来,站在门口。

埃麦西兹·佩赫利凡怒气冲冲地看着磨坊主人。

这两个人都脱下了他们的湿漉漉的斗篷。

"你刚才为什么不开门,磨坊老板?"他问。那磨坊主人结结巴巴地说了些道歉的话,打躬一直打到地上,同时偷偷地向玛丽卡睡着的磨坊尽头投了一瞥不安的眼色。

"这里只有你一个人吗?"于是埃麦西兹向四周看着。

"只有一个人,"那磨坊主人赶紧回答;但是,心想说谎是没有用处的,于是又补上一句,"还有一个孩子睡在那里。"

正当这时候,玛丽卡翻了一个身,脸转向了他们。惨淡的煤油灯光照着她白皙的颈子。这两个土耳其人把贪婪的眼光盯在这个睡着的小姑娘身上。冷汗润湿了磨坊主人的额角。

埃麦西兹转身向他用一种假装的和善态度说道:"老板,麻烦你一下,请你去给我们打一瓶拉基亚酒①好不好?"

---

① 东南欧用水果酿造的烈性酒。

"可是,佩赫利凡大人,这个时候城里所有的酒铺都关门了——现在已经是半夜啦。"磨坊主人回说,他一想到把玛丽卡孤零零地留给这两个人,就害怕得发抖了。

那个瘸子回说:"你尽管去,只要你说是给我们打酒,就没有铺子敢回绝你了。我们要你好好地招待招待,这才是讲交情的办法呀。"

他开玩笑似的说着这话,他以为一定有把握可以达到目的。他甚至竟不想把这个歹念头瞒过这不幸的父亲。

埃麦西兹一双眼睛盯着那天真而不经意地睡着的女孩子。看看磨坊主人还不动身,他就忍不住发脾气了,但是还假装和气,安静地说:

"喔,你的姑娘好标致呀,老板。你去吧;我们是你的客人,你知道,你应该招待我们的。你去打酒,我们给你照看磨坊。"接着他又用威胁的口气说:"你认识不认识埃麦西兹·佩赫利凡?"

磨坊主人一开头就懂得这个诡计背后的阴谋了。他那淳朴正直的心愤慨起来。然而他已经落在陷阱里了——他孑然一身对抗着两个武装的恶棍。在这种情形下,抵抗是愚蠢而无效的:纵使他现在并不介意于一死,但他的死也不能救他的女儿。他只好再哀求仇敌大发善心。

"大人,我是一个多病的老头儿——可怜我这副老骨头吧。我已经给一天的工作累垮了……让我安静地睡吧。别叫我丢脸吧。"

这些话简直像是对聋子说的。这瘸腿的土耳其人嚷着:"去,去,老头儿,我们口渴了——你讲得太多了。你不是住在这个磨坊里吗?去打酒去!"于是他把他推到门口。

"在这深更半夜里我决不离开我的磨坊!别差使我吧!"磨坊主人哑声地说。

于是这两个土耳其人立刻就扯下了他们那副和气的假面具,他们凶恶的眼光像利箭似的瞪着磨坊主人。

"什么!竟敢说个不字,猪猡!看看这是什么?"埃麦西兹嚷着,拔出了他的佩刀,他的两眼变得血红。

"你就是杀了我,我也不离开我的孩子!"磨坊主人恭顺而坚决地说。

埃麦西兹挺直了身子。"托帕尔·哈桑,"他说,"把这条狗赶出去——我不想弄脏我的刀子。"

于是那瘸子就冲到磨坊主人身边,抓住了他,把他推到门口,然后一脚把他踢出门外。那磨坊主人站起身,又跳了进来,叫:"发发慈悲呀!发发慈悲呀!"

吵闹声惊醒了玛丽卡,她吃惊地站了起来。当她看见埃麦西兹手中握着出鞘的刀子的时候,她惊叫着跑到她父亲身边。

"发发慈悲呀!开开恩呀,大人!"这不幸的父亲把他的女儿拥在怀里,哀求着。

埃麦西兹做了个手势,壮健的托帕尔·哈桑就像一头猛虎似的扑向磨坊主人,抓住他两条胳膊,反剪起来。

"好,托帕尔·哈桑,让我们把这只磨坊里的老鼠绑起来;既然他要待在这里,就让他在这里看好戏吧——那是这个傻瓜自作自受。让他一直绑着,直到我们把这个磨坊放一把火烧掉,那时候就该让我们来看好戏开心了。"

于是这两个强盗,不管磨坊主人怎么叫喊和哀求,把他推到一根木柱旁边,用绳子把他绑起来。

那磨坊主人，想到他马上就要看到一个多么凄惨的景象，恐惧得发狂了，于是像一只野兽似的呼号起来；但在这样一个荒僻的地方，是毫无得救的希望的。

玛丽卡打开了大门，哭着叫喊起来。可是也只有回声在答应她。

"喂，姑娘，你进来。我们要你呀。"埃麦西兹喊道，为了不让她跑掉，便把她拖进屋里，然后又去帮助托帕尔·哈桑。"救命呀，救命！"磨坊主人绝望地叫喊着，"难道一个人都没有吗？玛丽卡，过来，亲爱的。"他疯狂地叫着——叫他的孩子去救他。

克拉利奇始终一动都不动地看着这一场情景；他的两腿不由自主地抖动着，他的头发直竖了起来，全身起了鸡皮疙瘩。

这个晚上，从离开马尔科的家一直到现在，他所看到和经历过的一切，都是非常奇怪而可怕的，使他宛如在做一个梦。枪弹的呼啸声，震雷的轰鸣声，都还在他耳边响着。他的思想简直混乱得很。最初，他以为这两个土耳其人一定是为他而来的，于是他的命运是被判定了。无能为力之感扼杀了他的一切勇气，他浑身所有的力气只够让他乖乖地让土耳其人带走，从而拯救那个磨坊主人免遭追究。但是现在，他才知道他将要成为一场更可怕得多的事情的看客，这时又听见那磨坊主人向玛丽卡求救的哀呼，愤怒的无名之火和绝望的心情使他热血沸腾。他以前从来没有看过流血的事情。但是这两个土耳其人，在他看起来就像两只苍蝇一样。疲倦、怯弱、犹豫——这些感觉都忽然消失了。他机械地伸出手去抓住了那柄斧头，机械地从空隙里走出来，机械地挨身过去，伛曲地躲在麦子袋后面,接着,站起身来,脸色白得像死人一样,扑向背朝着他立着的埃麦西兹,举起斧头从他背后猛劈过去。这一切都像在梦里似的干下了。

那土耳其人哼都来不及哼一声,就倒在地上了。

一看到这个突如其来的危险的敌人,托帕尔·哈桑丢下了他正在绑缚磨坊主人的绳索,拔出手枪,向克拉利奇开了一枪。磨坊里登时充满了烟,煤油灯被震熄了,因此一切就都在黑暗中。于是在这个黑暗中发生了一场格斗,手、脚、指甲、牙齿,全都用到了。格斗的人,开头是两个,但不久就变为三个,在暗地里滚洬着,狂野地叫喊着。他们的呻吟与咆哮,和那猎狗的高噪声混合在一起。那个壮健得像雄牛一样的托帕尔·哈桑拼命抵抗着他的两个敌手,而这两个敌手呢,他们知道必须获得胜利,否则他们就准死无疑。

当煤油灯重新被点亮起来的时候,哈桑已经在做垂死的抽搐了。原来克拉利奇在格斗中偶然抢到了他的刀子,一刀戳进了他的喉头。现在是两具尸体浸渍在血泊中了。

磨坊主人站起来,很诧异地看着这个突然跑来搭救他的陌生人。在他面前,站着一个又高又瘦的年轻人,脸色惨白如纸,眼睛乌黑而又非常锐利,披了一头蓬乱的长发,全都沾着灰土;他的外衣撕破了,沾满了烂泥,又是湿透了的;他的背心已没有了扣子,敞开着,而且里面还没有衬衫;他的裤子简直像破布片,两只靴子也穿破了底。总之,看这个人的样子,不是刚从监牢里出来,就是刚要到监牢里去。那磨坊主人估量他是这样一种人。但是他同情地看了他一眼,至诚地说:

"先生,我不知道你是谁,也不知道你怎么会在这里的。但是,我到死都无法报答你今天的恩德;你救了我的性命,而且还把我从比死更坏的命运里救了出来,你使我的孩子和我这一头白发免遭耻辱。但愿天主保佑你,报答你。全体人民都会尊敬你的。你可知道他是谁?(他指着埃麦西兹)他一直使母亲和孩子们哭泣。现在,这个世界总算逃脱了这个妖魔的爪牙了。天主保佑你,我的孩子!"

克拉利奇眼睛里含着泪听了这一番朴实而至诚的话,他仍喘着粗气说:

"我没干多少事啊,老爹!我们只杀掉了两个,但是还有成千上万个这样的妖魔呢。如果我们保加利亚人大家都拿起斧头来劈倒这些敌人,那么保加利亚才能得到自由而生活在和平里。可是,现在得告诉我,我们该把这两具尸体埋到什么地方去,免得留下痕迹?"

"我早已替这些异教徒预备了一个坟墓,你只要帮我把他们抬出去就成了。"老头儿说。

于是他们俩(这个血腥的夜晚已经把他们永远联系在一起了)把两具尸体抬到磨坊后面的一个旧坑边,把他们抛了下去,仔细盖上了泥土,不留一点痕迹。当他们拿了尖头锄和铁锹回到磨坊门边的时候,有一个白色的东西在他们周围转着。

"啊,还有这条狗!"克拉利奇叫着,"它会在这里转来转去,出卖我们的。非把它打死不可。"于是他悄悄跟上去,在那条狗的脑袋上打了一锄头。那狗就狂叫一声在水边倒下。克拉利奇用尖头锄把它推进转动磨轮的溪沟里,它就沉在那里了。

"我们应该把它和那两条狗埋在一处的。"磨坊主人说。

他们洗掉了衣衫上的血渍,又用土铺掩了地面。

"怎么,你手上在流血?"那磨坊主人问,他看见克拉利奇的手上正在冒出血来。

"不要紧的,那个畜生咬了我一口,当我把刀子戳进他喉咙里的时候。"

"让我马上给你包扎起来。"磨坊主人说着,就捡一块破布给他扎住了。然后,放下了他的手,瞅着他说道:

"对不起,孩子,你到底是从哪里来的?"于是他又对这个陌生人投了一瞥惊异的目光。

"以后我会告诉你的,老爹;现在我只能告诉你,我是一个保加利亚人,而且是个好的保加利亚人。你不用疑心我。"

"我的天主!我难道没有看见你是什么样的人吗?你是一个属于人民的人,先生,为了像你这样的人,我情愿贡献出自己的性命。"

"现在请告诉我,老爹,什么地方能让我找到些衣服换,而且住一宿。"

"我们到修道院里去找维肯蒂辅祭吧。他是我的亲戚。他为这样的人做过不少善事。而且他也是一个好的保加利亚人。走吧,我们都去住在他那里,幸而没有人看见我们的事。"其实斯托扬老爹这句话说错了:在那核桃树背后,这时月光正照出了一个高个儿的人影,这个人曾经一动都不动地看着他们掩埋掉两个土耳其人。可是他和克拉利奇都没有觉察到。

一会儿之后,磨坊主人、克拉利奇和玛丽卡(在格斗的时候,她跑开去,躲在一株榆树背后可怜地哽咽着),就动身向修道院走去。那修道院的高墙,屹立在月光里,在核桃树与白杨的深暗的枝叶中间显现着。在他们三人的背后,那个没有被发现的人影也在跟着向修道院走去。

第三章 修 道 院

　　从那些因为年深日久而磨损了树身的老核桃树的枝柯下面,他们穿过了一片到处散布着一大块一大块鹅卵石的空地,那修道院的高墙已渐渐地看得清楚了。在神秘的月光里,这座修道院显得像一座有着古怪的飞甍的哥特式古堡。
　　几年以前,这座古老的围墙还以一株巨大的松树为骄傲,让它那些高高地伸展着的树枝——几千只鸣禽的老家——荫护着古色古香的教堂。但是后来,一场暴风雨击倒了那株松树,并且压坏了教堂。修道院院长就在老地方造起了一座有一个很高的新式圆顶塔楼的新教堂,它和那些旧时代遗留下的古屋形成了一个奇怪的对照;它使人惊异的感觉,就好比看到了一角新的白纸贴在一张古旧的羊皮纸上那样。这座古老的教堂和古松在命运的打击下坍毁下来,从那时起这个修道院也变得很阴沉起来,人们的眼睛已经不再跟着高耸的松树望到云端里去;人们的灵魂也不再从壁画上的那些曾经被克尔加利和德利巴希①强徒们挖去了眼睛的圣人、大天使、神父和殉教者中间去虔诚地吸取灵感了。
　　这一行三人绕到修道院背后,在后墙边站住,这里离维肯蒂辅祭的修道室较近,而且也较容易去些。这里既没有看守

---

① 均为十八世纪末蹂躏巴尔干一带的土耳其匪徒。

修道院的狗会来吠他们,也没有仆役会察觉他们。

附近山上有一道瀑布,水声在周围激起了很响的回声。

必须有一个人先爬过墙去,从里面搬出一架梯子来,递给外面的人。这个差使当然落在克拉利奇身上,因为在今天晚上他一开头就爬过了马尔科家的围墙。这三个人很敏捷地爬过了墙,冒着被那好斗的院长枪击的危险,因为万一他从窗子里望见了他们,他一定会开枪。他们走进了小小的后院里,从这后院通到里面的那个大院,必须要经过一扇从里面锁着的门。那辅祭的修道室是在底层里的,它的后窗正对着后院。他们立定在这扇窗下,看见里头还有亮光。

"维肯蒂还在看书。"磨坊主人说着,踮起脚尖望进去。他轻轻地敲着窗子。于是那窗子开了,有一个人声问:

"怎么,斯托扬,是你吗?你来做什么?"

"把门上的钥匙给我,辅祭,我待会儿再告诉你。就你一个人吗?"

"是的;全都睡熟了。喏,钥匙。"

那磨坊主人消失在黑暗里,两三分钟之后,他又出现了,给克拉利奇和自己的女儿带路走进了内院,回身把门仍旧锁上。

他们走进那个大院子,院子里非常幽静。只有那单调而催眠的泉声(很像在为亡人祈祷的声音)冲破这里的沉寂。一排一排阴暗的、静寂无人的走廊,沿着这个四合院环列着。乌黑的柏树高耸着,宛如巨大的鬼魅。那辅祭的修道室开了门,于是三个夜客走了进去。

这辅祭是一个年轻人,生着一副很活泼的相貌,一双很聪明的黑眼和一道新长出来的胡子。他以友爱的态度接待了克拉利奇,原来他表兄的匆忙的介绍已经使他信任这个陌生人的品格了。他以又敬重又惊奇的眼光看着这个简直像扭断两只小鸡的脖子那样轻易地结果了两个恶汉,因而搭救了这老头儿及其女儿的英雄。这辅祭正直的灵魂立刻就感觉到,这个陌生人不但是一个英雄,而且还有高贵的品格。斯托扬老爹已经匆忙而激动地把磨坊里的事情给他讲过一遍,并且还大大地颂扬了他的救命恩人。维肯蒂看到他极度疲乏和脸色苍白,就建议带他到一个修道室里去,说可以在那儿歇息一夜。他们便向那修道室走去。辅祭挟着一包衣服和晚餐,在前面带路穿过那沉睡着的院子。他们走到对面那座有三层的屋子的楼梯边,就上了楼。他们穿过许多走廊,走上另一层楼梯,来到了最高的一层楼上。虽然他们走得非常小心,但是正如每一座没有人住的木房子都会有的现象一样,每走一步整个地板都在他们脚底下爆响着。维肯蒂点亮了一支蜡烛,于是他们把走进去的那个修道室看清楚了。这是一个空荡荡的房间,看上去一点儿不使人高兴,里头只有一张铺着草荐的床和一樽水。与其说它是一间卧室,还不如说它更像一间牢房。但那时克拉利奇已经觉得心满意足。在稍微谈了些磨坊里的事情以后,维肯蒂就预备跟他道晚安了。

"您已经累坏了,需要赶快休息;所以我不能再多问话麻烦您了,况且也没有这个需要,您今天晚上所做下的英雄事业已经把一切都告诉了我。我们明天再见吧,现在我要说的只有一句话:一切都不用着急。我维肯蒂辅祭完全听您的盼咐。晚安!"这样说着,他就伸出手来告别。

克拉利奇握着他的手不放。

"不,"他说,"您是在盲目地款待着我啊,您在为我担风险。您至少应该知道我是谁。我的名字叫伊凡·克拉利奇!"

"什么,伊凡·克拉利奇,是那个流放者吗?怎么,他们什么时候放您回来的?"那辅祭吃惊地问。

"放我回来?我是从狄亚倍吉尔要塞里逃出来的。我是个逃犯。"

维肯蒂紧握住他的手,向他致敬道:

"欢迎您到这儿来,克拉利奇大哥,现在您是我的更加亲密的客人和兄弟了。保加利亚需要它的许多好儿子。现在有许多事情要做——许多事情。土耳其人的暴虐是这样难以忍受,全国人民的不满已经达到了极点。我们必须有所准备。在我们这里住下来吧,克拉利奇先生,没有人会知道你在这里的。在这里跟我们一起工作吧——好不好?"辅祭非常兴奋地问。

"我也是这么想的,维肯蒂辅祭。"

"明天我们再仔细谈。你在这里是十分安全的。我从前还在这个修道室里藏过列夫斯基①。没有人会到这里来的——在这里,倒是鬼的危险还比人的危险更多些。晚安!"那辅祭开玩笑似的说着,离开了那房间。

"晚安,辅祭。"克拉利奇回答说,随后就关上了房门。

他很快换了衣服,吃过晚饭。然后上了床,吹熄了蜡烛;但是他躺在床上翻来覆去,折腾了好几个钟头,眼皮虽然疲倦,可是竟睡不着。种种可怕的回忆搅乱着他的心灵。在他

---

① 瓦西尔·列夫斯基(1837—1873)是保加利亚民族解放斗争的杰出领袖。一八七三年被奸细出卖给奥斯曼土耳其警察,被绞死于索非亚。

的幻觉中,当晚的各种吓人的景象和人物一一显现过,都是很惹人厌而又怪逼真的。这种痛苦的局面延续了好久。终于,人的本能获得胜利:他那疲乏到极点的体力与心力遂屈服于休息的急需之下。他睡熟了。但是,忽然他又惊醒过来,在黑暗中睁开了眼睛。他听见有人在走廊里迟慢而沉重地行走。接着又听到一个唱歌的声音,几乎有点像悲泣的声音。脚步声更近了些,奇怪的歌声也更响了。有时像高声的哭泣,有时像悲哀的呜咽。克拉利奇起初以为这声音是从别处来的,由于四周寂静,所以使它们显得好像很近,很古怪似的。然而并不——那脚步声就在附近,清清楚楚地就在那走廊里。忽然有一个黑黝黝的人影出现在窗外,并且在向窗子里窥望。克拉利奇大吃一惊,定睛看着这个人影,战战兢兢地看见他在做着非常奇怪的手势,好像在招呼他。这一切,在半明半暗中看得很清楚。克拉利奇无法把眼光从窗上移开。他似乎感到这神秘的人影就像是被他所杀了的埃麦西兹·佩赫利凡的模样。后来他又想这一定是自己在做梦,于是揉了揉眼睛。再定睛一看,那个影子依旧在窗外向里面窥探。

克拉利奇不是迷信的人,但这座荒凉的屋子,死一般的静,又是在黑暗里,的确使他不由自主地害怕起来。他想到刚才那辅祭戏谑似的提到过鬼,于是这地方使他觉得加倍地可怕了。但是,忽然他觉得有点自愧起来,他摸到手枪,抓在手里,起了床,悄悄地开了门,赤着脚跑到走廊里。那高大而神秘的影子还在那样古怪地走着唱着。克拉利奇大着胆走近了他。这个唱歌的鬼魅,并不像神话里所说的那样登时不见,反而被吓得叫了起来,原来穿着那辅祭给的白色内衣的克拉利奇比他还更像一个鬼。

"你是谁呀?"这个新鬼拉着那个老鬼的前襟问。

惊慌锁住了这个不幸的人的嘴。他只会画着十字,含混不清地不知说些什么话,频频摇着头,像一个呆子。克拉利奇立刻就懂得了他真是一个呆子,就放他走了。

原来维肯蒂忘记通知他的客人,修道院里有一个住了多年的无害于人的呆子蒙乔,他每夜都要出来巡游的。那个偷偷地看见他们掩埋两个土耳其人的,也就是他。

第四章　再说马尔科家里

再说昨天晚上,克拉利奇跑掉之后,马尔科就去把门打开了,在门槛上碰到了那个警长和警察,他们戒备地冲了进来。

"什么事,马尔科财主?"那警长问。

马尔科泰然地给他解释:其实没有什么事情,只不过是那胆小的女用人无缘无故闹了一场虚惊罢了。那警长当下就表示满意于这个勉强的解释,他摆脱了一件不愉快的公事,觉得很高兴,就此走了。

马尔科正要关门的时候,他的邻舍来了。"您受惊了,马尔科大爷!"

"哦,伊儿乔!请进来,我们喝一杯咖啡。"

"晚安,马尔科大爷。小阿森好些了吗?"在街中间,正有一个高个儿的年轻人在抢步走近来,他问。

"来吧,来吧,医生。"于是马尔科把他们请到屋子里。那儿立刻点亮了两支插在灿烂的黄铜烛台上的鲸油蜡烛。

他们走进的那个客厅是一个小房间,既安静又舒服。它装饰得大方而新颖,即使现在,在我们外省的几个城市里,这样的装饰也算是挺漂亮的。地板上铺了鲜艳的地毯,两条长靠椅上铺了大红毡子,都是家里自己做的。靠一堵墙边,放着一个铁炉子,那是只有冬天才生火的,但是在夏天也不把它撤除,因此也就作为一种装饰品了。在火炉对面的神龛上,点着一盏长明灯,钉贴着几张圣像,上面挂着几张到阿索斯山①上朝圣时得来的纪念品圣迹图。那些圣像都是很旧的画本,是老祖母伊凡妮查所宝贵的,正如收藏家珍视古兵器一样。其中有一幅最古的,是老太太特别重视的,她很骄傲地说这张精美的圣像是她的曾祖父亚森尼哈吉②画的,而且还是他用脚画起来的——这件事情,她说得非常有凭有据,因此就从来没有人想去反驳。在神龛上面,系着一束洒过圣水的、干了的矢车菊,和一枝从上一个棕榈主日③的装饰物上留下来的杨柳条。这些东西在一个屋子里,就带来了健康与兴隆。四周墙上架子里摆满了瓷盘(这是每一个值得尊敬的人家所必有的装饰品),墙角上装置着三角架,上面放着花盆。土耳其式的长烟管,作为一种日用的器具,早已过时了,但是配着黄琥珀的烟嘴和嵌花纹的烟斗的长烟管,还陈列在墙上作为摆设。马尔科为了维持旧传统起见,还留着一个烟管给自己用。面对窗子的那堵墙担任了一个画廊的重要任务。它等于是马尔

----

① 希腊山名。
② 曾经朝觐圣城麦加的伊斯兰教徒,尊称"哈吉",受伊斯兰教影响的东欧人民,亦称曾参拜耶路撒冷的基督教徒为"哈吉"。
③ 棕榈主日,复活节前的礼拜日,是纪念基督受难前进入耶路撒冷的日子。

科家的"艾尔米塔什"①。这墙上一共挂了六幅装在金色框子里的、从罗马尼亚带回来的石印画,它们的奇怪的选择证明了当时人对艺术品的欣赏力之庸俗。有些画着日耳曼人家庭日常生活的情景;一幅画着全身披挂的、骑在马上的阿宇都尔-梅奕特②;旁边几幅画着克里米亚战争中的情景:阿尔玛河战役,埃帕托里亚战役,一八五二年的锡利斯特拉突围战役。③这幅画上用不准确的罗马尼亚文写着题词"锡利斯特拉战役",不知哪个聪明人在下面用保加利亚文把它译成了"锡利斯特拉抢劫图"。最后一幅画的是许多在作战中的俄国将领,都只画到膝部为止。史塔夫利神父断定他们的腿都是被英国大炮轰掉了,有了这样的说数,伊凡妮查祖母就常常称他们为"殉难者"。"谁又碰过这些殉难者啦?"她会恼怒地问孩子们。在这些殉难者的画上面,竖起了一架荷兰大钟,钟摆及其链条一直垂到靠椅背上。这架古老的时钟早已过了服役期了:它的发条已经坏了,它的机件也都走了样,钟面上的白釉也已经脱落,长短针都已折断和扭曲了。它正如一件活着的废物。但是马尔科还不惜一切努力和心思去延续它的寿命。他不准别人去碰它,他会修理它,把它拆开来,上好发条,用一

---

① 十八世纪设在俄国圣彼得堡的美术博物馆,一八五二年开放,现为俄罗斯国立艾尔米塔什艺术博物馆。
② 阿宇都尔-梅奕特(1823—1861),一八三九年至一八六一年的奥斯曼帝国苏丹。曾于帝国内基督教区域中,尝试一些所谓新秩序的改革,目的在缓和发展中的保加利亚民族解放运动。
③ 克里米亚战争,即俄国和英国、法国、奥斯曼及撒丁王国的战争。起于一八五三年,讫于一八五六年。阿尔玛河战役,在一八五四年九月二十日,俄国败。埃帕托里亚战役,在一八五五年二月十七日,土耳其败。锡利斯特拉之围始于一八五四年,本书著者谓突围战役在一八五二年,恐有误。

根羽毛蘸了油洗刷它,用小纸片保护齿轮的轴杆,这样就给了它几天的新生命,过后,它又停了。马尔科开玩笑地把它叫作"肺痨病人",但是他和他的家人全都对它非常熟悉,只要它的钟摆一停,整个屋子里就好像都寂静了。当马尔科上紧它的发条的时候,这个病人就会从心底里发出一阵古怪而愤怒的响声,使那只猫吃惊得逃去。

两帧合家欢的照片也挂在这堵墙上,这样就使那画廊里的珍品完备了,再加上那架钟,就构成了一个博物馆。

索科洛夫医生是一个二十八岁的活泼青年,体态端正,生着有光泽的浅色头发和蔚蓝的眼睛,一张直爽而坦率的脸和急躁、随便与执拗的脾气。他曾经在门的内哥罗边境的一个土耳其联队里当过医生,因此得到了充分的关于土耳其语言及风俗的知识。每天晚上,他都和那警长一起喝拉基亚酒,交朋友,但到了夜里,就对着他的烟囱开枪,吓唬他。他还费了不少时间去训练一只熊。有钱人对他多少有点疑虑,所以宁可信任那个希腊医师雅涅利;但是由于他的快活、直爽和热烈的爱国情绪,他却成为城里所有的年轻人所欢迎的人物了。在各种社会娱乐活动和"委员会"①计划中,他常常是带头的活跃分子,事实上,他的大部分时间也就花在这两个方面。他从来没有受过正规的医学教育,但是他的年轻朋友送给他"医生"的头衔,使他的地位比那个希腊医师高些,而他自己也没有想到有对这种诬说提出抗议的必要。至于他给病人的诊疗,是完全把他们交托给两个忠实的助手——那就是健康

---

① 在一八七二年至一八七六年间,保加利亚人民在民族解放运动中组织了许多革命委员会,土耳其人把保加利亚革命组织统称为"委员会"。

的巴尔干山区适宜的气候和大自然。因此他也不大求助于他的药书,而且,那本书是用拉丁文写的,对他简直是一本天书。他的整个药房都在一个小小的架子上。他这样占取了他的对手的上风,原是不足为奇的。

索科洛夫是马尔科的家庭医生,所以他来看看小阿森。

另外一个客人是伊凡乔·约塔。这个好邻舍是来打听打听出了什么事,同时聊聊天安慰一下马尔科的。有好几分钟,谈话老是围绕着当晚发生的那件事情,于是伊凡乔生动地形容了他的印象和惊慌。

"我把实在情形告诉你们,"他拉杂地说下去,"我们的拉拉正在收拾餐桌的时候,我听见你们院子里发生了一阵很大的骚动,马尔科。接着狗就拼命地叫起来。我吃了一惊——至少可以这样说。虽然我并不真的惊慌,我对拉拉说:'拉拉,马尔科家出了什么事情?快到前廊去看看他们院子里呀!'后来我觉得这不是一个女人的事情,因此我就大着胆子爬到前廊上望过来。你们的院子里漆黑。到底出了什么事情啦?我这样想,整个居民区的人大概都惊动了吧。拉拉站在我背后,扯着我的衣服。'你到哪里去?'她说,'别到马尔科家里去,我希望。'我说:'不要紧的,把通到马尔科家里去的那扇门锁上吧。'"

"不必不必,伊凡乔——没有什么事。"马尔科微笑着说。

"后来,"约塔接着说,"我自个儿说:'我们应当报告当局:马尔科先生是我的邻舍,决不应该让他受到危险。'因此我跑下扶梯。拉拉在后面嚷着。我就雄赳赳地说:'别作声。'我就出了大门,啊,一看街上,安静得鸦雀无声。"

"小阿森睡熟了没有,马尔科大爷?"为了打断伊凡乔的

滔滔不绝的啰唆话,那医生问。但是伊凡乔却抢上去接着说:

"我看到街上安静得鸦雀无声,就对自个儿说:'这倒是该使你害怕的,伊凡乔。'于是我回身打后门出去——那就是说,我走出那条死胡同,出了巷口,走过奈德科夫家的大门,又走过马赫穆德卡家的门口,走过了根科的粪堆,然后一直走到了衙门。我走进去,周遭一看,马上就大胆地告诉了那个警长,说你家里来了强盗,鸡都在你们院子里吓得乱飞乱扑的。"

"我告诉你,实在并没人进来;你这样费心真是不必要的,伊凡乔。"马尔科说。这时候,外面已经狂风大作,大雨倾盆。

"说起来,马尔科大爷,我竟忘记了问你,"那医生忽然说,"今晚上有没有一个年轻人来找过你?"

"哪个年轻人?"

"一个样子古怪的年轻人,衣衫穿得非常破烂,不过,据我看来,倒是很聪明的样子。他曾经打听过你的住处。"

"你在什么地方看见他的?没有人来过啊。"马尔科回答说,显然有些张皇失措的样子,然而,他的客人却没有注意到。

那医生静静地说下去:

"天色刚晚的时候,在巴维尔哈吉的玫瑰园附近,一个年轻人追上了我。他很客气地问我:'先生,您能不能告诉我,马尔科·伊凡诺夫的家远不远?我要去看他,'他说,'我还是初次来到这个地方呢。'刚巧我是同路的,因此我就让他跟我一路走。在路上,我仔细看了看他:这个可怜人简直是衣不蔽体了——他那件外衣很薄,而且已经很破,我就是在黑暗里也能看出来了。他很衰弱,很疲倦,简直像是站不住的样子,而且又是在这样坏的天气！我不敢问他从哪里来的,为什么狼狈到这个光景,但我觉得很可怜这个穷人。我看看自己的外套也已经磨旧了,但还是想给他。我禁不住问他:'我希望你不会恼我,先生,假如我把我这件外套送给你——不然你会着凉的。'他说了一声:'谢谢你。'就收下了我的外套。我们一起走到你家门口,我就和他分手了。我想问问你,这个人到底是谁？"

"我跟你说过了,没有人来过。"

"那就怪了。"医生说。

"这个人说不定是个强盗,他爬上了你们的屋顶,马尔科大爷？"伊凡乔说,"因此引起了这一阵骚动。"

"说这个年轻人会是一个强盗,那是不可能的,"医生断然地说,"那种人从外表可以看得出来。"

于是谈话显出了不愉快的调子,为了转换话题,马尔科向索科洛夫说:

"你看过报纸没有,医生？黑塞哥维那起义①的事情怎样了？"

"都完了,马尔科大爷。这些英雄的人民虽则完成了些奇迹,但是对着这样的优势,他们有什么办法呢？"

"唉！像那样一点点人居然还坚持了这么长久。这种事我们怎么也干不了。"马尔科说。

"我们从来没有试过啊,"医生说,"我们的人数要比黑塞哥维那人多五倍,可是我们还不知道自己有多大力量。"

---

① 黑塞哥维那人民于一八七五年举行起义反抗土耳其人统治,虽失败,但对巴尔干民族解放运动的发展很有帮助。

"别这样想,医生。"马尔科说,"我们是一回事,黑塞哥维那人又是一回事;我们是已经在地狱的深处了:我们动一动,就只会给人家像绵羊似的宰杀掉。没有人会援救我们啊。"

"我问你,我们试过一试没有?"医生忍不住又说,"我们动都没有动,他们还把我们虐杀和肢解了:我们愈是顺服,他们待我们也愈坏。甘乔的那个可怜的孩子犯了什么法?昨天给人家砍了头抬回来,他们威吓我们,如果敢反抗他们的暴政,就得上绞刑架,可是埃麦西兹·佩赫利凡那帮人,却可以随心所欲地为非作歹而不受惩罚。你说这是哪一种公道?连麻木不仁的人也受不了这种罪。正如俗话所说:即使是一条虫子也要翻翻身的。"

这时伊凡妮查老祖母进来了。

"你们知道吗?"她说,"佩娜说,在下雨之前,她听见过枪声。天啊,天啊!我不知道又出了什么事。圣母啊,我想,说不定又有哪一个可怜的基督徒受难了。"

马尔科吃了一惊,他的脸色立刻变了。他预感到一定是克拉利奇出了岔子。他登时觉得满心悲伤,简直无法掩饰了。

"怎么啦?马尔科大爷,你怎么啦?"医生问,同时望着他那张显示着内心苦痛的脸。

这时雨已经住了。两个客人都站起来告辞。这个消息惊扰了他们的心。

"哼!这一定又是那女用人想象出来的——大概是什么人家关窗板的声音。不用害怕——胆子大些!"伊凡乔·约塔勇敢地说,"伊凡妮查老太太,你们的边门开着吗?"当马尔科在送医生出门的时候,伊凡乔已经由他的妻子在那边给他开了边门,赶紧溜回家了。

第五章　当夜的事

索科洛夫医生敲着自家的大门。

一个老妇人给他开了门。他匆匆地走进去,问道:"克莉奥佩特拉怎么样了?"①

"她已经找过你了。"老妇人微微一笑,回答他。

医生穿过一个长长的院落,走进了他的房间。这个房间,同时是他的诊所、药房和卧室,是一间宽阔的空荡荡的房间,墙上装着壁橱,还有一个很深的壁炉。在一个小架子上,陈列着他的一切药物;一只小桌子上,乱放着一个小药臼和药杵、几本医书和一支手枪;一杆双管的火绳枪挂在床头上。装饰着那些墙壁的唯一的画幅,是一幅门的内哥罗的尼古拉亲王②的肖像,在这幅画像底下,挂着一些女伶的照片。一切都表示这是一个落拓不羁的独身男子的房间;乏味的,空洞的,而且是凌乱的。屋角上是一扇通到储藏室去的半开的门。三年以前,列大斯基就曾经在这储藏室里住过一夜。

医生随随便便地甩落了他的毡帽和外衣,走到储藏室门边,拍着手掌叫着:

---

① 克莉奥佩特拉是古埃及女法老的名字,索科洛夫用来给他的小母熊做名字。
② 门的内哥罗的尼古拉亲王(1841—1921),于一八六〇年至一九一〇年间受封为门的内哥罗亲王,仍受奥斯曼土耳其管辖。一九一〇年,宣布独立,自称为门的内哥罗国王,是为尼古拉一世。

"克莉奥佩特拉！克莉奥佩特拉！"

里边没有回音。

"出来，克莉奥佩特拉宝贝！"

于是从储藏室里发出了一个声音。

医生在屋子中央的一把椅子上坐下，又叫着："这里来，克莉奥佩特拉！"

于是出来了一只熊，或者更确切地说，一只小母熊。

它拖曳着它的大掌走近来，欢喜地发着呜呜的声音。接着就纵身起来把两只前掌搭在医生膝上，张开它的大嘴，露出了那副尖锐而白亮的牙齿。它像一只狗似的撒着娇，医生轻轻地抚摸着它的毛茸茸的头，并且把自己的手给它舔。它舔遍了手，然后轻轻地咬着它嬉戏。

这只熊，当它还很小的时候，是在斯列德那山①中被一个农民捉来的，那农民因为索科洛夫医生给他的儿子治好了一场重病，所以就把熊送给了他。医生非常喜欢它，费了挺大的劲给它找合适的食物。在这样精心的照料之下，克莉奥佩特拉长得非常好了。它接受体育训练很快，而它对主人的依恋也与日俱增。

现在，克莉奥佩特拉会跳熊式的波尔卡舞②，会给医生拿帽子，会侍候他，会像一只狗似的给他管房间。但是这些真可以说是一种"熊的服务"③，因为它在屋子里，就把医生的病人吓得都不敢来了；然而，那医生对于这情形却毫不

~~~~~~~~~~~~~~~~

① 巴尔干山脉的一部分。
② 十九世纪创始于布拉格的一种舞蹈，继而盛行于巴黎，以后就流行于全欧。
③ 俗语，意思是适得其反。

介意。

克莉奥佩特拉在跳波尔卡舞很起劲的时候,总要凶猛地咆哮起来,因此它一跳舞,所有的邻舍都会知道的。每逢这种时候,索科洛夫总很高兴地和它一起跳。

那个晚上,他对这只熊兴致勃勃。他丢给克莉奥佩特拉一块牛肉,说道:"吃吧,宝贝,老人说饿熊是不肯跳舞的,我要你现在给我跳得像一个公主一样。"

那熊懂得他的意思,吼了一声作为回答,这意思就是"我预备好了"。医生就在一个铜碟子上敲着节拍,唱起歌来:

亲爱的迪米特拉,我的金发姑娘,
　去告诉你的妈妈,迪米特拉,
你是我所爱的唯一的姑娘……

克莉奥佩特拉用它两只后脚直立着,热情地跳着舞,嘴里一直呼吼着。忽然它倏地跳到窗边,怒吼起来。医生神情恍惚地望出去,才看见院子里有些人。

他拿起手枪。"谁在那里?"他喝问着,一边推推那只熊,叫它安静下来。

"医生,衙门里要你去一趟!"

"是你吗,谢里夫大人?这个时候你要我去见什么鬼?谁生病了?"

"先叫你那只熊停止叫嚷!"

医生对克莉奥佩特拉做了个手势,它就不高兴地吼叫着,回储藏室去了,医生关上了储藏室的门。

"我们奉命把你带到衙门里去。你被捕了。"那警长严厉地说。

"被捕？为什么？谁要抓我？"

"待一会儿你自己会知道的。走吧!"于是他们就带着这个有点心慌意乱的医生走了,他预感到会碰到一些麻烦事。

他走出门的时候,听到了克莉奥佩特拉的一声凄惨的咆哮,那声音简直像人的哀号一样。

衙门里一切都很纷乱。人们把医生带到知事①那里。

知事坐在屋角里他的老位子上。他旁边坐着基里亚克·斯特弗乔夫,正在看什么文件,那个县议员奈乔·皮隆科夫站在他背后瞧着那个文件。这位知事,大约有六十岁光景了,冷冷地接待了医生,但是还请他坐下。土耳其人常用这种策略对待被告,引诱他们招供。此外,索科洛夫本来是知事的家庭医生,而且还是他的一个好朋友。

医生向屋子里四周看了一下,吃惊地看见昨天晚上他送给克拉利奇的那件外套放在靠墙的长凳上。

这个发现解开了他的疑团。

"医生,这件外套是你的吗?"知事问。

医生并不想否认这事实,因为事情本身已经很显然。所以他就承认了。

"那么为什么不在你身上呢?"

"因为昨天晚上我把它给了一个穷人。"

"在什么地方?"

"在夏道夫哈吉街上。"

"在什么时候?"

---

① 奥斯曼土耳其地方官职,相当于县长之类。

"在土耳其时间两点钟①。"

"你认识这个人吗?"

"不认识。我不过因为他穿得破烂,可怜他罢了。"

"这个可怜的家伙多会说谎啊!"奈乔轻蔑地说。

"这是很自然的,奈乔,一个落在水里的人总是连一根稻草都要抓牢的。"他旁边的那个回说。

知事阴险地微笑着,仿佛侦查出了一个明显的谎话。他十分肯定这件外套是从医生身上扯下来的,因为那个巡夜的警察对他做了这样肯定的报告。

"基里亚克先生,把那报纸给我。你认识这报纸吗?"

医生看了一眼,那是一份《独立报》②和一份铅印的起义者宣言。他说他一点都不知道这些东西。

"那么是谁把它们放到你外套口袋里的呢?"

"我已经告诉过你们,我把这件外套送给了一个人。也许就是他把这些东西放在口袋里的。"

知事又冷笑了几下。医生瞧着事态对他不利——他们至少要证实他和一个起义者有关系。这说明昨晚那个陌生人确是一个起义者。如果他早知道了这事,他一定会设法使那个人和他自己都免遭麻烦的。

"叫那受伤的奥斯曼上来。"知事吩咐。

一个手臂包扎到肘边的警察走了进来。从克拉利奇的肩膀上扯下那件外套来的就是他,当时他被另外一个警察开的

---

① 指日落后的两小时。
② 《独立报》是一八七二年至一八七四年间在布加勒斯特出版的保加利亚中央革命委员会的机关报,由留本·卡拉维洛夫主编。

枪打伤了。他十分肯定地,也许是有意,也许是糊涂,说是那个在逃的"委员会分子"①对他开了枪。

奥斯曼向医生走近一步:"就是这个人,大人。"

"你是从他身上扯下那件外套来的吗,是不是这个人?你认准他了吗?"

"就是这个人,就是他在彼得甘乔夫街上对我开枪的。"

医生莫名其妙地对他看着:他简直被这样严重的诬陷气得发火了。

"这位警察简直信口雌黄。"他说。

"你去吧,奥斯曼阿加②。唔,先生。"知事改了一种严厉的口气对医生说,"难道你不承认这一切吗?"

"全都是诬陷和谎言。我身上从来不带枪,而且昨天晚上我根本没有走过彼得甘乔夫街。"

那警长走近烛光,把他从医生桌子上拿来的那管手枪检查了一下,就颇有意味地说道:"四个膛是实的,可是有一个空了。"知事注意地点着头。

"你们弄错了——我昨天晚上根本没有带枪。"医生说。

"先生,昨天晚上三点钟,当这一切事情发生的时候,你在哪里呢?"

这个意外的问题像一个霹雳似的打在索科洛夫头上。他窘得脸红了,但是还竭力用一种自信的口气回说:

"三点钟,我在马尔科·伊凡诺夫家里——他的孩子病了。"

---

① 指当时参加革命委员会的人。
② 对土耳其人的称呼。

"你到马尔科家里去的时候,已经将近四点钟了——那时我们刚出来。"那个在马尔科家门外碰到医生的警长说。

医生一声不响。形势对他越来越不利。他看出他是碰到一个难关了。

"唔,那么,告诉我们,从你在夏道夫哈吉街上送掉你的外套直到你去马尔科家里,这中间一段时候你在哪里?"知事这样狡猾地提了一个问题。对这个明确的问题必须作出明确的回答。但是索科洛夫医生没有回答。他那开朗的脸上显出了一种剧烈的内心冲突,一种心灵上的苦痛。

他的窘急和沉默比招供还明白清楚,因此就更坐实了那些证据。知事相信他已把真正的罪犯抓到了;然而,他还要最后问一下:

"告诉我们,那时候你在什么地方,先生?"

"我不能告诉你们。"医生用沉静而坚决的口气说。这个回答震惊了每一个人。奈乔议员,对斯特弗乔夫讽刺地眨巴着眼,好像在说:这可怜的家伙落网了。

"说呀,先生,你到底在什么地方?"

"这个我决不能告诉你们!这是一个秘密,我的名誉,无论是作为一个人或一个医生的,都不让我说出来。不过我没有去过彼得甘乔夫街。"

知事还逼着他回答这个问题,并且指出了,如果他仍然拒绝回答,将有什么危险的后果。但是医生倒仿佛非常镇静,像一个已经把要说的话都说完了的人。

"你还不肯说吗?"

"我没有话要说了。"

"那么,先生,今晚你得在这里做我们的客人了……来,把这个医生带到牢房里去!"知事厉声地说。于是医生走了出去,心里着实被这一大堆使他无法反驳的控告弄得惶惑了;因为,正如他自己所说,他是决不能把他昨天晚上三点钟时候所到过的那个地方说出来的。

第六章 一封信

那天夜里,马尔科睡得很不好。晚上的那些事情扰乱了他心里的平静。所以他比平时起身得更早些,当他走到甘科的咖啡店里去喝咖啡的时候,那个咖啡店老板刚好取下了他的窗板,正在生火。马尔科是他的第一个主顾。

咖啡店老板都是很爱说话的人,所以甘科,在开了几句照例的玩笑(那是在给马尔科端上咖啡的时候说的)之后,马上就把医生在彼得甘乔夫街上的事情及其后果告诉了他,还在这故事里头加进了许多粗野而乏味的戏谑。甘科非常起劲地讲着他的故事。一般说来,别人的灾殃在小人们心里一定会发生三种感想:第一,是惊讶;第二,是私自庆幸,因为灾殃没有落到自己头上;第三,是暗地里幸灾乐祸。这些都是在人的天性中潜伏着的本能。至于甘科,他另外还有更重大的理由,希望医生遭殃,因为那医生曾经扣除过十二杯咖啡的账款,作为给他出诊一次的诊费。对于这笔过分的、从来没有听见过的诊金,甘科一直没有原谅过他。

马尔科惊讶得很。昨晚他还和医生见过面,谈过话,无论从他的面色和说话中间,都看不出有过这种非常的事故。况且,他想,医生也不会把这种事情瞒过他的。

这时,警长走进咖啡店里来了。他的到来给了马尔科一个多知道些详情的机会。马尔科知道由于警察方面犯了可怕的错误,而使医生做了这种错误的牺牲品,同时他又知道克拉利奇已经逃出了他们的魔掌,于是,他便喜形于色了。他回头对警长说:"我愿意拿我的生命来打赌,医生是冤枉的。"

"但愿如此,"警长说,"可是我不知道他怎么能证明呀。"

"他会证明的,不过他们也许会先害了他。知事什么时候上衙门?"

"大约再过一个钟头;他来得很早的。"

"你们得把医生放出来。我可以为他作保:我愿意用我的屋子和孩子们一起担保他无罪。"

警长诧异地看了他一眼。

"现在已经用不到保释了——他们已经把他押走了。"

"什么时候?押到哪里去了?"马尔科惊叫着。

"早在昨天夜里就派了一队警卫兵把他押到卡城①去了。"

马尔科简直无法掩饰他的懊丧了。

那警长对马尔科一向很敬重,所以就很恳切地说:"马尔科人爷,你最好不要去管这种讨厌的事情。这跟你有什么相干?现在是各人自扫门前雪的时候呵!"

那警长喝过了咖啡,又说:

"我也得在半点钟之后出发,给知事送一封信去,这封信

---

① 可能是指离白拉切尔克瓦三公里的卡尔洛沃城。

里就装着医生的那些造反报纸。如果你想知道,这些报纸就是控诉他的最重要而且也是足够的证据了,这会送掉他的命……至于另外那件事情——奥斯曼的受伤——那是一个误会,医生实在没有对他开枪——是我们自己人开的——这从伤口就可辨认出来。唔,那些当官的老爷们会知道的。甘科,给我一张旧纸,把这封信包起来,免得弄皱了。"

这样说着,他从怀里拿出一个打着红印的大信封来,用咖啡店老板给他的纸包裹好。后来又抽完了一支卷烟,向马尔科打个招呼就走了。

"再见啊,马尔科,今儿你怎么走得这样早?"那理发师一边在那个主顾的头上使劲地搓着肥皂沫,一边说,"你要去保医生出来吗?一个人种了什么因,就得自食其果。人家为什么不来抓佩特科·勃祖纳克呢?唔,勃祖纳克,你说是不是?"

一个含混不清的声音从肥皂沫中间发出来,可是一点都听不懂。几分钟之后,那理发师已经给他的主顾洗好了头脸,用一块大可怀疑的所谓干净毛巾给他揩抹了一阵,然后递了一面镜子给他,说道:"好了。"

甘科正要往街上倒脏水的时候,在门口碰到了马尔科。

"我忘掉了我的烟草袋。"马尔科说,就急急地走到他刚才丢下烟草袋的座位边。

这时勃祖纳克把钱放在镜子上,走了出去。甘科回身进来。

"我说,甘科,趁这会儿有空,我该了你多少钱啦?我是每逢月底清账的,你知道。"马尔科说。

甘科指着那用粉笔画满了许多道道的天花板。"这就是总账了,"他说,"你只要加起来照数目付就是。"

"可是那儿没有我的名字呀。"

"我就是这么个记法,这是法兰克式的①。"

"如果你这样记账啊,甘科,你这爿店就快要关门了。"马尔科戏谑地说着,掏出了他的钱包。"啊,你看,那个家伙把信忘记在那儿啦!"他指着橱架说。

"怎么?!警长的那封信!"甘科吃惊地嚷起来,询问似的对马尔科看了一眼,仿佛在问他该怎么办才好。

"给他送去,马上给他送去,"马尔科蹙着眉头说,"这儿是我的钱,一个金币又二十八个格罗什②,你把我最后的一个子儿都拿走了,你这个无赖。"甘科感到很奇怪,心里想:"马尔科真是一个古怪的人。他情愿用他的屋子去保那个养熊的家伙,可是又不把这封信丢在火里烧掉——这是一分钟就办得了的事……"

这时又有别的主顾们来了,烟雾随即腾满了那个咖啡店。人们都在谈论着医生的灾难。

第七章　英雄行为

太阳已经高高升起,阳光透过修道院里那些碧绿的葡萄架照射着。这院子里现在是又明亮又愉快,不像夜里那样又

---

① 法兰克为西欧古代的士著民族,九世纪后才分为法、德、意三国。此语意为"西欧式的",即不写明赊欠者的名字。
② 旧辅币单位。

黑暗又可怕,仿佛什么东西都像鬼怪似的。满院子全是鸟儿愉快的啁啾唧唧声。清澈的泉水在快乐地窃窃私语,枝叶扶疏的柏树和白杨树在清晨的山间微风中轻轻款款地簌簌作响。这里一切都显得晴朗和欢快。甚至四周那些黑暗的修道室外面的走廊看起来也更使人高兴,在那里筑巢的燕子,飞出飞进呢喃不绝。

在院子里,葡萄架下,站着一个形貌庄严的老人,光着头,穿着一件蓝色的长袍,一把又长又白的胡子一直垂到腹上。这是耶罗泰神父,一个八十五岁的老人,上一个世纪流传下来的壮观的遗物,几乎也可以说是一堆废墟,不过这是一堆壮健而可敬的废墟。他正在那里平静而朴素地度他的余年。每天早晨,他总在那里散步,呼吸山里的新鲜空气,像一个孩子似的欣赏着太阳和天空,——这是他已经启程,不久就将到达的地方。

维肯蒂辅祭在离他不远的地方,靠着葡萄架站着,好像和这个过去时代的纪念物相对照似的。他手里拿着一本书(因为他正在准备考一个俄国的神学校)。他那少年的脸上焕发出青春和希望的光彩:精力与生命透露在他的充满幻想的目光里。他代表的是将来。他怀着与那老人瞻望永生的同样的信心瞻望着将来。

只有修道院里的寂静的围墙才能将这种闲静给予人的心灵。

在到教堂去的石阶上,坐着圆胖的盖德昂神父,他正在出神地看着那些像扇子似的张开了尾羽在院子里漫步的吐绶鸡。他把它们比之为福音书里所说的那些骄矜自满的法利赛人,而它们的啼鸣声又使他想起智慧过人的、懂得鸟语的所罗门王来。盖德昂神父一面沉浸在这些虔诚的思想之中,一面静候着招呼午餐的愉快的铃声,因为他已经闻到从厨房里散发出来的佳肴的香味。

蒙乔的伙伴,修道院里那个斜眼的呆子,正坐在门槛上晒太阳。他正在以同样深沉的哲学的沉思注视那些吐绶鸡的和驯的行为——实则,我们这样说了,却并不能说明当时的实际情况,因为那呆子的眼光并不单看着那些吐绶鸡,而且还同时看着整个地平线;原来当他一只眼睛向西看的时候,另外一只眼睛却看着东边。

蒙乔自己叉着手直立在他伙伴旁边,抬头注视着最高一层楼上的走廊,为了那只有他自己知道的理由。

如果我们把那个出去了的修道院院长,还有几个仆役,一起都算进去,那么我们就把这个修道院里的全部人口都数齐了。

突然之间,修道院院长骑着马疾驰而来。他下了马,把缰绳交给了他那个斜眼的师弟,同时满怀忧愁地对维肯蒂说:"我刚从城里来,带来了坏消息。"

于是他就把索科洛夫的不幸遭遇详细地讲给他们听。"可怜的索科洛夫!可怜的索科洛夫!"他慨叹着。

这位纳塔那伊尔院长是一个机警而高大有力的人,生着一张雄武的脸,动作敏捷泼辣。如果脱下了他的法衣,他身上就很少僧侣气息了。在他修道室里的墙上,挂满了枪;他是个头等的射手,喜欢随口骂人,又善于医治枪伤,他治伤的本领与他使人受伤的本领一样高明。他不去做巴尔干山中的首领,而来做一个修道院的院长,这完全是由于机缘。况且,还有谣言说他从前的确做过首领,不过现在已经忏悔了。

"盖德昂神父呢？"院长向四周巡视着问。

"我在这里。"盖德昂神父从厨房里出来，尖声地答应。他是进去看看午餐是不是快做好了。

"又在厨房里了，盖德昂神父！你不知道贪嘴是一桩顶坏的罪孽吗？"那院长说罢就吩咐他去把鞍子缚上驴背，并且动身到伏依尼亚科沃村去监督那些在修道院的草场上割草的工人。

盖德昂神父浑圆滚胖，活像一个胀大了的羊尿泡。他刚才做的这一点点动作，就使他的额上布满了苦难的汗水。

"院长神父，"他用一种愁苦的祈求的口气喃喃地说，当胸合着掌，他无论如何不想到这个罪恶的世界上旅行一趟，"院长神父，把这个苦杯从你顺从的兄弟的嘴边拿开，是不是更好些呢？"

接着，他向院长神父深深鞠了一躬。

"什么苦杯？难道我要你徒步去吗？我叫你骑着驴子去，至于你在村里的工作，你只要一只手拉着缰绳，另一只手给他们祝福，就没有别的事了。"院长微笑着看了他一眼。

"纳塔那伊尔神父，我并不是怕做工作；我们是为了劳动和苦难的人生而来到这个世界上的。只是现在气候不好。"

"什么？五月里的气候还不好？走一趟对你会有好处的。"

"这个时令，神父，这个时令呵，"盖德昂神父喃喃地说，"你看，他们把医生抓去了，也许他们会把这个基督徒害死的。夏甲①的后代是没有慈悲心的。天啊，如果他们控诉我

---

① 据《圣经》，夏甲为亚伯拉罕的埃及婢女，为亚伯拉罕生一子，名以实玛利，即阿拉伯人的始祖。

煽动人民革命,那么我们的修道院就要遭难了。危险真大呀!"

院长不禁大笑起来。

"哈!哈!哈!"他把两手叉着腰,看着盖德昂神父那个浑圆的身子,忍不住大笑起来,"你以为那些土耳其人会疑心你吗?会以为盖德昂神父是一个政治间谍吗?哈!哈!哈!我本来不想笑,可是你却使我大笑了。维肯蒂辅祭!维肯蒂辅祭!你来听听盖德昂神父的话。蒙乔,你去请维肯蒂辅祭来;我要让他笑笑。"

的确,这位院长喧闹的笑声使四面走廊都响起了回声。

蒙乔听了院长的吩咐,却更古怪地摇着头,他的眼睛恐惧地直瞪着。

"俄——罗——斯人!"他颤抖地说,指着刚才那个辅祭走去的走廊。为了逃避这个差使,他马上跑到院子对面去了。

"俄罗斯人!这是什么意思?"

"他的意思是指的鬼,院长。"盖德昂神父说。

"从什么时候起,蒙乔变得这么胆小了。早先他总是像一个荒野里的猫头鹰那样生活着。"

"的确,纳塔那伊尔神父,真有一个鬼每天晚上在廊里走动。昨天夜里,蒙乔非常惊惶地跑到我的修道室里来。他看见了一个穿白袍的鬼从那间有窗户的修道室里出来。他还告诉我一些别的事情,但愿天主懂得他说的话。我们必须用圣水去洗洒洗洒最高的那一层楼。"

这时蒙乔远远地站立着,吃惊地凝视着最高层的楼房。

"他到底看见了什么呢?来,神父,我们到屋子里走一趟。"院长说,他猜想可能有小偷躲在那儿。

"啊,天主保佑!"盖德昂神父画着十字说。于是院长独自上楼去了。

事实是,当院长呼唤维肯蒂辅祭的时候,他已经到克拉利奇的修道室里去了。

"有什么消息,神父?"克拉利奇看到他脸上惊慌不安的神情,就这样问。

"没有什么危险,"那辅祭急忙说,"不过我们院长带来了一个很坏的消息。昨天夜里,索科洛夫给抓走了,而且押到卡城去了。"

"索科洛夫是谁呀?"

"他是个本城的医生———一个很好的青年。仿佛是他们在他的衣服里找到了革命文件。我知道他是个热心的爱国人士。"那辅祭惋惜地说。停了一会儿,又接着说:"昨天夜里,当警察追他的时候,他开了一枪,打伤了一个拉住他外套的警察。可怜的医生啊!他这回可完了。感谢天主,你却平安脱身了,城里仿佛没有人知道你。"

那辅祭说完了这些话的时候,他惊愕地发现克拉利奇正在用两手捧着头,在屋子里像一个疯子似的来回踱着,还痛苦地叹息着。这些失望的表示,使那辅祭不胜惊讶,但又不能理解。

"怎么啦?怎么回事,朋友?谢天谢地,没有事了。"维肯蒂说。

克拉利奇立停在他面前,脸上由于内心的苦痛而变了样,几乎有点发怒似的嚷着:

"没有事,没有事了吗?那倒说得容易!"于是他敲着他的前额,"你是怎么想的,维肯蒂?你知道吗?我的天!今天早上我忘了告诉你,那件外套是我的。昨天晚上,在郊外,有一个和气的青年人指给我到马尔科家里的路——显然这就是索科洛夫医生了——他看见我穿得那么狼狈,就把他自己的外套给我穿了,而那个警察所扯去的也正是这件外套。我曾经从撕破的内衣袋里拿出了几张报纸,放在外套袋里:那是一份《独立报》和一份宣言,是我在特罗扬①过夜的一个茅屋里,人家送给我的。这还不够,他们还要咬定他向一个警察开了枪,可是我绝没有碰过手枪!啊!这些无赖!现在你懂得了吧?那个人是为我牺牲的!我的命运真不幸,使一切对我行好的人反而遭殃!"

"这真是一个大大的不幸了,"维肯蒂怜悯似的说,"尤其可惜的是,现在事实上也无法帮助他。"

克拉利奇面红耳赤地向他看着。

"怎么无法帮助他?难道我就让一个慷慨的恩人,而且还是一个,像你所说的,热心的爱国人士,为我而牺牲吗?这简直是卑鄙的行为!"

辅祭惶惑地对他看着。

"不,我一定得去救他的难,即使送了命也要去!"

"怎么救法呢?告诉我,我预备赴汤蹈火。"维肯蒂说。

"我一个人就救得了他!"

"你?"

"是呀,我。我要去救他。只有我能够救他,只有我应该去救他。"克拉利奇激动地说,在修道室里走来走去,表现出一种绝大的决心和勇气。

---

① 这是横截巴尔干山脉的一个山隘。

"难道我们去劫狱吗?"维肯蒂问,他已经惊诧得迷惘了,有点害怕克拉利奇是不是失去了理智。他问:

"克拉利奇先生,你预备怎样去救医生呢?"

"怎么?你还没有听懂吗?"

"怎么救法?"

"我就去投案!"

"怎么?你去投案?你一个人去?"

"难道你以为我应该去求他们释放他吗?你听着,维肯蒂辅祭!我是一个正直的人,我不愿意用别人的苦难来换取我的生命。我走了一千五百里路并不是要来做一件卑鄙事情的。我要是不能光荣地牺牲我的生命,至少我也应该把它牺牲得正直些,你懂了吧?如果我今天不去向那些土耳其人自首,说:'这个人是冤枉的——我以前跟他从未有过任何关系——那件外套是从我身上扯下来的——那些报纸都是我的——我是那个危险分子——犯罪的是我——我也可以招认开枪打过那个警察——你们爱怎么办我,就怎么办我吧。'——如果我不这样做,那么,索科洛夫医生就完了——尤其是因为他不能够,也不愿意说出他当时在什么地方。你说,我还有什么别的办法呢?"

那辅祭一声不响。作为一个正直的人,他心里明白克拉利奇是对的。这种自我牺牲的精神是正义感及仁人之心所赋予他的,他不必等别人来给他指示该走的路。现在,在他眼里,这个人似乎格外伟大和高尚了。他的脸色泛出了一种沉静、高贵而卓绝的光辉,这是只有当一股勇气大大闪耀的时候,才能使人的容颜上显现出来的神采。克拉利奇的那些至诚、简单而响亮的话,动听而庄严地在他的耳朵里响着。他真想处于克拉利奇的地位,说出这些话来——而且,实行这些话。他的眼睛里充满了感动的泪水。

"告诉我到卡城去的路。"克拉利奇说。忽然,那院长的须发鬈鬈的大头颅出现在窗外了;原来当他们热烈地谈论的时候,竟没有听到他的脚步声。克拉利奇吃了一惊,询问似的看着维肯蒂。

维肯蒂赶紧走到门口,把院长拉到走廊里,激昂而长时间地和他窃窃私语,做着兴奋的手势,同时又频频偷眼看着克拉利奇焦急地等候在他的修道室。当房门再打开,维肯蒂和纳塔那伊尔一同进来之后,克拉利奇向院长走去,想吻他的手。

"不,不,我不配让你吻我的手。"院长含泪说,于是用两只胳膊搂住了他的颈项,热烈地吻着克拉利奇的嘴唇,犹如一个父亲吻着他的离家好久的爱子。

第八章　在尤尔丹财主家里

那一天,在尤尔丹财主家里有一个盛大的女儿回门宴会,这是依照保加利亚旧俗,庆贺家里最近的一件婚事的。这一家人的亲戚和朋友全都请来了。

尤尔丹·狄阿曼迪耶夫现在已经是个老人了,身体有点衰弱,有点神经质的怪脾气。他是属于当时保加利亚称为"财主"的阶级,这些人做了许多坏事情,使他们声名狼藉、被人憎厌。尤尔丹的财富愈来愈多,他的人丁兴旺的家族愈来愈繁荣,他到处都使人敬畏,可是没有一个人喜欢他。他从前所犯过的一些虐害和压迫人民的不法行为,他同土耳其人的勾结,使他到现在还很不得人心,虽则现在他已经没有能力,或是不想再伤害什么人了。他完全属于过去一代的人物。

尤尔丹的脾气虽然坏,可是宴会却进行得很愉快。瑾卡大姐——他那出嫁了的女儿,长得还是很好看的,喜欢说话,应对非常敏捷,又很活泼,对于她那温和顺从的丈夫,在必要的时候,会毫不迟疑地打他一下——现在以她那不会疲倦的唇舌到处散播着笑话与故事,把客人们逗得接二连三地哄笑着。最欣赏她的口才的是三位修女。其中有一位就是尤尔丹的妹妹,修女罗沃阿玛哈吉,她是个跛子,心地狠毒,喜欢搬弄是非,多嘴多舌的程度不亚于瑾卡,她对于一些没有在场的人说了不少刻薄的笑话。那主人的妹夫,斯米昂哈吉,嘴里塞满了食物纵声大笑着;帕夫利哈吉,就是这场喜事里的亲家,由于高兴得糊涂了,拿了米哈拉基·阿拉弗朗迦的汤匙去吃菜,这种粗心使米哈拉基老大不高兴,对他瞪了好几个白眼。米哈拉基之所以获得"阿拉弗朗迦"①这个很恰当的绰号,是因为在三十年前,他是本城第一个穿西欧式裤子的人,同时他又会说几句法国话。不幸他却一直停留在老地方。现在他穿的外衣还是克里米亚战争时期流行的那个样式,而他那贫乏的法国词汇也始终没有增加一个。但是他的被认为是学者的名誉,和这个恭维他的绰号,却一直传到今天。米哈拉基充分了解到这一点,而且颇以此自负;他的举动神气十足,说话的口气也很傲慢,不许人家简略地叫他"米哈尔大爷",以避免和

---

① 意为"西欧式的",此处用音译。

那个名字叫作米哈尔的保加利亚警察相混。真的,米哈拉基在关于名字这方面是毫不马虎的。他跟他的邻舍伊凡乔·约塔曾经不睦过好几年之久,就因为约塔在一次会上接连两次把米哈拉基·阿拉弗朗迦叫成了米哈拉基·马拉弗朗扎,他以为这两种叫法没有什么区别。

坐在阿拉弗朗迦对面的是达岷乔·格里戈尔,一个五十岁光景的人,长脸形,又瘦又黑,眼神聪敏伶俐,两片细薄灵活的嘴唇显着讽刺的才能,可是他的脸上表情非常庄重。他也是一个以才智著名的人物,一个口若悬河的讲故事者,一开口就像一个无尽藏的泉源,而且有极强的想象力,丰富得像哈列曼老爷的金库①。他能把一滴水变作一片汪洋,把一个鼹鼠丘变作一座大山——的确,他的故事也常常是从一个杜撰的鼹鼠丘说开头的。他的特点在于他自己竟很相信他的那些故事——这就是使人家不得不相信的最好办法了。此外,达岷乔还是几位大商人中的一个,又是一个爱国分子,一个足智多谋的顾问。

瑾卡大姐的丈夫正在以一种顺从的态度吃他的酒菜,因为他知道,如果他一开口或大笑一声,他的妻子立刻就会严厉地刺他一眼,因此他就不敢在她面前开口了。他是一个毫无特点的懦弱的人,一点都不被人家重视,因此,他的妻子不因为嫁给他而被人称为根科家的瑾卡,而他自己却反而被称为瑾卡家的根科了。他旁边坐着奈乔·皮隆科夫,那个议员,正在郑重其事地和基里亚克·斯特弗乔夫窃窃私语。斯特弗乔夫今天穿了挺时髦的服饰,不时心不在焉地点着头,以应酬他

---

① 哈列曼老爷的金库,是阿拉伯传奇小说中的事情。

那位邻座,可是他实在一点都没有听见那位议员在说些什么,却不住地以恋慕的眼光微笑地看着尤尔丹的女儿拉尔卡。但是他这个心不在焉的态度终于受到了惩罚,因为奈乔端起酒杯来想要与他碰杯,他却没有接应,因此他的白裤子上就泼满了酒。

这个年轻人,我们已经在上文讲到知事的时候提起过他,而在我们这个故事中他还要出场的。他的出身和教养都是属于"财主"阶级。他是一个和尤尔丹·狄阿曼迪耶夫同类的人的儿子。虽然还很年轻,但他的思想却很老式,那些新的、高尚的自由思想还没有进入他的头脑。可能就为了这个缘故,土耳其人才对他另眼看待——然而,这却使他在年轻人中间不受欢迎,因为那些年轻人把他看作土耳其人的耳目。况且,他那傲慢的性格,恶毒而好嫉妒的心和卑鄙的灵魂,又加重了他的不受欢迎的程度。可是,尽管有这样的缺点,或者也正因为有了这样的缺点,尤尔丹财主却毫不掩饰地对斯特弗乔夫有了一种偏爱。因此就有谣言说他是尤尔丹未来的女婿。

收拾餐具后,一个脸色绯红、穿着黑衣裳的高个子黑眼睛姑娘端上了咖啡,对于这个女孩,谁都不去注意。吃饭时开始的谈话又活泼地继续下去了,因为瑾卡善于用滔滔不绝的辞令和笑话来娱乐她的客人。不久,当天的话题(索科洛夫的被捕)就被谈论到了。这个话题立刻引起了普遍的注意,使这场饭后闲谈得到了一个新的、配胃口的刺激。

"我不知道那医生太太怎么样了?"修女赛拉菲玛俏皮地说。

"什么医生太太?"那亲家母问。

"唔,当然就是克莉奥佩特拉喽。"

"我们应该去跟她谈谈,让她写一封信给他——他一定在为她憔悴了。"瑾卡大姐说。

"米哈拉基,"那亲家母回头对阿拉弗朗迦说,"这'克莉奥佩特拉'是一个什么字?库娜奶奶简直说都说不上来,硬说是皮便鞋①。"

米哈拉基蹙紧了眉头,深思了一会儿,才倨傲地说:"'克莉奥佩特拉'是一个希腊字,意思是:为某某而哭泣……"

"为医生而哭泣。直截了当地说吧!"斯米昂哈吉大笑着说,同时毫无意义地瞎摸着他的衣袋。

"唔,唔,这个名字真合适!"修女罗沃阿玛哈吉说,"还有一个人,她更要为医生而哭呢。"这样说了,她俯身向斯米昂哈吉的太太和另外一位女客的耳边低低地说了几句。于是她们三个都诡谲地笑起来。这笑声一下子传遍了所有的客人。

"是什么意思,瑾卡?难道真是知事的太太?"那个惊讶了的玛乔薇查问。

"别管闲事——狼有时会到牛棚里去吃小牝牛的。"瑾卡大姐说。

听了这句妙语,大家都笑了。

"基里亚克,他们在索科洛夫身上搜到了些什么报纸呀?"尤尔丹问,他一点儿也没有懂得人家在笑些什么。

"全是大逆不道的。知事在半夜里就派人来要我去给他翻译出来。尤尔丹大爷,都是些荒谬而蠢笨的废话,只有疯子

---

① 保加利亚有一种皮便鞋叫卡列夫拉,与克莉奥佩特拉音似。

才想得出来。还有一个从布加勒斯特委员会①发出来的宣言,叫我们都起来,把祖国一切都化为灰烬,这样祖国就可以自由了。"

"叫你们统统都给人家杀光,这样我们就自由了!"奈乔·皮隆科夫讽刺地说。

"这些流氓是真预备杀人放火的——为什么不?他们所要毁灭的又不是他们的产业。他们自己一块地都没有,也没有一片瓦。他们说起来多容易——这一批煞神!"尤尔丹财主怒气冲冲地说。

"强盗,全是一批强盗!"斯米昂哈吉说。

达岷乔·格里戈尔一直在不耐烦地等候着讲长故事的机会,一听到斯米昂哈吉说起强盗,就赶紧接嘴说:

"你说他们都是强盗,哈吉,这就叫我想起一个故事来了——不过那是许多许多的强盗。我曾经有一回到过什蒂普地方——那是在一八六三年,恰巧在五月里,二十二日,三点钟,是一个礼拜六的晚上,那是一个有云的夜晚……"达岷乔就这样开始讲起他那个冗长的碰到强盗的故事,这里讲到了什蒂普的小客栈老板、两个帕夏②、一个希腊船长和瓦拉几亚公国的库扎亲王③的姐姐。

大家都很留神地,虽然未必很相信地听着达岷乔讲那个动人的故事,一边很满意地喝着他们的咖啡。

---

① 即当时的中央革命委员会,指挥一八七〇年至一八七五年间保加利亚人民起义的组织,由卡拉维洛夫及列夫斯基所创立。
② 旧时土耳其的高级军事长官。
③ 即亚历山大·约翰·库扎,一八六一年至一八八六年间瓦拉几亚大公国的统治者。

"哎,哎,他们既要杀人放火,再下去难道不会把我们的修道院也都烧掉了吗?"修女赛拉菲玛说。

"让天火烧死他们。"罗沃阿玛哈吉喃喃地说。

"诸位想想看,"斯特弗乔夫说,"传播这种岂有此理的玩意儿就是大逆不道。它们教坏了青年人的心术,不是使他们成为游手好闲的懒汉,就是送他们上绞刑架!请看索科洛夫——他就是一个悲惨的例子!"

"真是一个悲惨的例子!"斯米昂哈吉附和着他的话。

米哈拉基接着说:

"昨天我还和医生闲谈过一阵,从那些话里就很容易看出他的思想来。他抱怨我们中间还没有一个留鲍布拉季奇①分子!"

"你怎么回答他的呢?"

"我说留鲍布拉季奇分子可能没有,可是绞刑架却有的是。"

"这倒回答得好。"尤尔丹说。

"留鲍布拉季奇分子是些什么人呀?"那个爱管闲事的亲家母问。

根料是个经常看《权利报》,而且对于政治很懂得一些的人物,他刚要回答,可是被他妻子的一瞥眼光所震慑了。她抢着回答说:

"他就是黑塞哥维那人的首领,多娜奶奶。啊!要是我们中间有一个像他这样的人,我一定会自告奋勇去做他的旗

---

① 八七五年黑塞哥维那人民反抗土耳其运动的领袖。

手——那时我们就一起去砍白菜①了！"

"啊！如果我们中间有一个像他那样的人，那情形就不同了，我也一定会去听他的指挥。"斯米昂哈吉说。

尤尔丹严厉地看了他们一眼。"瑾卡，这种事情可不能开玩笑。你呀，哈吉，你简直在胡说了。"于是转向米哈拉基问道："那医生会吃些什么官司？"

"根据法律，"斯特弗乔夫抢着回答，"对于一个向国家的公仆袭击的人是要判处死刑的，或者终身监禁在狄亚倍吉尔。"

于是，他露出一副得意扬扬的神态。

"对他正合适，"罗沃阿玛哈吉气愤地说，"修道院碍他什么事，他一定要烧掉？"

"他自作自受，"议员老爷奈乔说，"昨晚上的雷雨并不是白来的。"

"说起雷雨，我又想起克里米亚战争时期，伊凡·鲍什纳科夫和我一同到波斯尼亚去。我还记得很清楚，仿佛就是今天的事：那是在圣尼古拉节②前一两天。我们被困在皮罗特③，那时我们突然遇到了从来没有过的大风暴……"于是达岷乔就这样开始讲他的故事，那些霹雳怎样打在他们周围，烧了一株核桃树，劈死了五十头羊，还把他的马尾巴打掉了，使他后来只好以极低的价钱把那匹马卖掉。

达岷乔很认真而又很有口才地讲着他的故事，使他的听

---

① 即杀土耳其人之意。
② 基督教的圣尼古拉节，在每年十二月十九日。
③ 城市名。位于塞尔维亚境内。

众聚精会神地一直听到结束。斯特弗乔夫和那位议员老爷奈乔彼此微笑着。米哈拉基一直神气十足地站着,稍稍低着头,照样地傲慢,斯米昂哈吉被达岷乔讲的那一场仲冬季节非常凶猛的雷雨吓呆了,一声不响地听着。

当达岷乔还在忙着讲故事的时候,瑾卡大姐就在四处寻找拉尔卡了。"拉达,拉尔卡到哪里去了?马上去叫她来。"罗沃阿玛哈吉用命令的口气对那穿黑衣的姑娘说。

拉尔卡,当她听了斯特弗乔夫以那样凶恶冷酷的态度讲着那医生所可能遭遇的命运,就悄悄回到自己房里,倒在一张长椅上,伤心地啜泣起来。一股泪泉像是从长期积蓄的水池里冒出来一样,从她眼睛里涌流出来。这可怜的姑娘哭得浑身颤抖,简直要窒息了。她的脸上显出了多情的忧虑和内心的苦痛。这些人对那医生的不幸所持的无情嘲弄的态度,使她满心反感。"我的天主啊——我的天主啊——难道他们都没有怜悯心吗?"她想。

但是,即使是最绝望的悲哀,眼泪也会将它冲淡;况且那医生的命运到底还没有决定,至少还有希望的余地。

拉尔卡站起来,擦干了她那美丽的惨白的脸,在开着的窗口坐下,好让微风快些吹干她的泪痕。她没精打采地看着街上那些无忧无虑和漫不经心的路人,但是这一切对她都是一片空白。因为在她心目中,并没有这个残酷的世界,她不想看到也不想听到任何别人,她要看的只有一张脸,要听的只有一个声音—— 这就是她的整个世界了。

忽然一阵急促的马蹄声引起了她的注意。她抬头一望,简直不相信自己的眼睛了。原来索科洛夫医生兴冲冲地骑在一匹白马上回来了。在经过她窗下的时候,他恭恭敬敬地对

她行了一个礼。她高兴得竟没有想到回礼,仿佛被一股不可抗拒的力量推动着,一口气跑进了客厅,兴奋地嚷着:

"索科洛夫医生回来了!"

一种惊异和不快的情绪立刻在大多数客人脸上显现了出来。斯特弗乔夫的脸色登时变得惨白,然而他还若无其事地说:

"也许他们把他押回来听候复审。他不会这样容易地逃过狄亚倍吉尔或者绞刑架的。"这时他碰到了拉达的一瞥轻蔑的眼光,使他觉得又羞又怒,脸上登时红了。

"不,不,基里亚克,我希望那可怜的人逃过来,他还很年轻呢。"瑾卡大姐感动地说。

她刚才对于医生的那些嘲笑,只是口头说说而已;她的心地原是好的。只要在人心中还存在着人性,那么当苦难袭击着人心的时候,光辉的人性的火花,常常会一下子爆发出来的。

凭良心讲,斯米昂哈吉对于医生的回来也真正同样觉得高兴的,不过不敢在尤尔丹面前像他的大女儿瑾卡这样说罢了。

第九章 释 疑

医生一回到家,立刻又出去了。他很快地经过甘科的咖啡店,那儿有许多人庆贺他:"医生,你平安回来啦?恭喜恭喜。"而最热心欢迎他的却是店老板甘科。他一径向马尔科家里走去。在路上,他发觉斯特弗乔夫正从街上走过,那是刚从尤尔丹家里出来。

"我给您请安啦,通事先生。"医生轻蔑地微笑着喊。

马尔科刚吃过午饭,正坐在黄杨树下的长凳上喝他的咖啡。

一看见医生,他就高兴极了。彼此问候了一番之后,索科洛夫医生就说:"马尔科大爷,我要告诉你一桩有趣的事,你听了一定会笑起来的。"

"你说,怎么一件事?"

"这是我自己都猜不透的怪事。简直好像是一个神话——连我自己也不敢相信。昨天夜里,我从你这里走了之后,就回家了,一回家就给他们抓到衙门里。关于他们对我的审问,和他们对我提出的罪状,你总已经听人家说过了。谁想到我那件破旧的外套会惹出这许多麻烦来呢?好,我就给他们关起来。大约一小时之后,进来了两个警察。'医生,你起来!''什么事?'我问。'要把你押解到卡城去了。这是知事的命令。''很好。'这样,我们就走了,一个警察在我前头,一个在后头,都背着上了膛的来复枪。我们在天亮的时候到了卡城。因为时光还早,没有到坐堂的时候,他们又把我关起来。我在监牢里整整等了四个钟头,仿佛过了好几个年头。终于被带到堂上去了。那里有几位议员老爷和要人,他们宣读了一个侦查文件之类的东西,我简直一个字儿都不懂。于是又问了我许多关于那件不幸的外套的傻话,那件外套也陈列在一张绿色的桌子上,好像在怜悯似的看着我。那法官拆开了一封信——显然是我们这里的长官送去的——从信壳里拿出了几张纸,就问我:'这些纸是不是你的?''我一点都不知道这些东西。''那么它们怎么会跑到你的口袋里去？''这不是我放在口袋里的。'于是他又念那封信。那个保加利亚议员丁科·巴尔托鲁拿起那些纸仔细看了一番。'对不起，大人，'他低声对那法官说，'这些报纸没有什么要不得，这是在君士坦丁堡印的。'他说这句话的时候，对我微微地笑了一笑。我不懂他的意思，像一段木头似的站着。那法官问道：'这不是罗马尼亚的造反报纸吗？''不是的，大人，'巴尔托鲁回答说，'这个报纸是不谈政治的——这是新教教会发行的一份宗教报纸。'我听了这话，简直不能相信我的眼睛了！原来那是一张《晨星报》①。丁科·巴尔托鲁又拿起那个宣言来看了一眼，又看看我，微笑起来了。'这一张纸也没有什么危险思想，大人，这是一份方单！'于是他就高声念出来：'请试用伊凡·鲍戈罗夫医生秘制的灵药。'那法官惊讶地看着他；大家都笑起来了，连法官都微笑了；至于我呢，我也哈哈大笑起来——谁能够不笑呢？这些报纸不知怎么会发生这样神奇的变化……不管怎么样，那法官，在和那些陪审的官员稍稍讨论了几句之后，就对我说：'医生，这件事情有点误会了。我很对不起，累你麻烦了一趟。'——原来我给他们在监牢里关了几个钟头，连夜被押解着从一个衙门转到另一个衙门，他却轻易地说是一个'麻烦'。——'要是你能够找保的话，我可以立刻放你出去。'我那时完全莫名其妙地站着。"

"可是关于那个受伤的警察的事，他们难道没有问你吗？"马尔科问。

---

① 这是美国教会办的报纸，自一八五八年开始在奥斯曼帝国京城君士坦丁堡出版。

"关于他的事,他们一个字儿都没提。据我所知道的,我们那位知事,也许是他自己想到的,也许是别人提醒的,已经查过这件事,所以一定在他那封信里说明白了,他并不以为我犯了那个罪。也许那警察自己承认了他是说谎。"

马尔科满意地微笑着。他原先以为马诺尔老爷的儿子确曾开了枪,所以对这件事的结果非常担心。

"好哇,感谢天主,现在你没事了。"

"唔,没事了。不过且慢——还有更奇怪的事情在后头呢。"医生说着,仔细向周遭看了一眼,知道没有什么人能听得到他的话,才接下去说,"尼科尔乔大爷把他的马借给我骑着回家,他还给我做了保人。我刚出城,正走在犹太坟场旁边,我就看见有两个人从巴尔干山那边走过来。其中的一个是维肯蒂辅祭,他喊着我,叫我停住。'你到哪里去,索科洛夫医生?'他看到我自由无事,就吃惊地问我。'我回家去,'我说,'没有什么事。'他睁大了眼睛,你要是看到了也一定会觉得诧异的。于是我就把这件事情的前前后后都告诉了他。忽然他用胳膊勾住了我的颈项,乱吻乱抱了一阵。'怎么啦?怎么回事,辅祭?'我问。'我给你介绍——这位是鲍依乔·奥格涅诺夫先生。'他说着,就把我拉向他的同伴。这时,我才细看那个人,你道是谁,原来就是昨天晚上我把外套送给他的那个!"

"什么——马诺尔老爷的儿子吗?"马尔科不禁叫起来。

"怎么——你也认识他吗?"医生惊愕地问。

马尔科立刻就克制住了。"你说下去看。"他激动地说。

"哦,我们就拉拉手交了朋友。他谢了我的外套,而且非常诚恳地向我道了歉。'不必提起这件事了,奥格涅诺夫先生,'我说,'我向来不后悔我帮助过人家的任何小事情的。你们到哪里去啊?'维肯蒂辅祭回答说:'奥格涅诺夫先生正要去找你呀。'——'去找我?'——'是呀,他要去救你!'——'去救我?'——'是呀,他要向官方去自首,承认这一切是他一个人的罪。'——'你的意思是不是说,你们就是为了这个而到这里来的呢?啊,奥格涅诺夫先生,你想做什么呀?'我差不多发怒似的问。可是他简单地回答说:'我尽我的责任。'于是,我忍不住了。我流下了眼泪,就在大路中间,仿佛他是我的亲兄弟似的,我紧紧地抱着他的颈项。这是一个多么崇高的人啊,马尔科大爷——这是真正的骑士精神。保加利亚需要的正是这种人啊。"

马尔科并不回话。两串泪珠慢慢地从他脸上流下来。他为马诺尔老爹感到骄傲了。

医生静默了一会儿之后,又说下去:"后来我们分了手——他们穿过田野回去了,我就继续往前走。可是这一番会合,使我更莫名其妙了,尤其是那两张纸的变化。我自己分明看见那是一张《独立报》和一张宣言,到了那里怎么会忽然变成一张《晨星报》和鲍戈罗夫医生的方单的呢?到底是谁调了包?难道是那知事弄错了?我想来想去,还是猜不透是怎么回事。你说,这到底是怎么回事,马尔科大爷?"

于是医生叉起了手等待马尔科回话。

马尔科沉思地吸着他的旱烟,露出了一丝难以察觉的微笑,于是说:

"你不知道这一定是有朋友给你干的吗?怎么会弄错呢?知事那里怎么会有《晨星报》和鲍戈罗夫医生的方单呢?"

"那么这个使我转危为安,同时救了奥格涅诺夫性命的无名恩人,到底是谁呢?请你帮我去打听他出来——我一定要谢谢他——我一定要吻吻他的手和他的脚。"

马尔科附在医生耳边,轻轻地对他说道:

"医生——你听好。我要告诉你的话,你必须一辈子保守机密。"

"我保证不说出去。"

"调换那报纸的人就是我。"

"你,马尔科!"医生直跳起来,叫着。

"坐下坐下,你听我说是怎么回事。今天早晨,很早,我到甘科咖啡店里去,就从店老板嘴里知道了你被捕的消息,这使我非常吃惊和担忧。谁知碰巧那警长走了进来,他告诉我说,你已经连夜被押解到卡城去了,他自己也得马上动身到卡城去,给知事送一封信,在这封信里,就封着那些危险的报纸。当时我竟不知道该怎么办才好。那警长停留了一会儿,走了。谁知道,我一看他竟忘记了带走那封信。甘科在忙着给人家洗头。当下我就想把那封信拿走,把它毁掉;可是又一想,这不会对你有多大好处——你的嫌疑还是存在的。那怎么办呢?当时我简直没有时间仔细想。好,于是我想到了一个主意,这个主意啊,要是平日我是怎么想都想不出来的。你要知道,医生,我做了这么多年的买卖,头发都花白了,可是从来没有私拆过一封别人的信件。我总认为这是一个人的最不名誉的事情。但是今天早晨我却做了这种事情,求天主饶恕我!这是第一次,也是最后一次了。当时我就跑回家来,把公事房的门锁上,小心地把那封信上的火漆弄了下来,随手找两张纸换了进去——你知道,那些土耳其人对于这些事情是不大精明的。我又把那封信带回咖啡店里,放在原来的地方,没有给那个咖啡店老板看见。感谢天主,事情居然办得很顺利——现在我的良心也轻松了些。"

医生出神地听了之后,就感动地说:

"马尔科大爷,我一辈子都感激你。你称之为不名誉的事情,正是光荣的事情,正是功勋卓著的行为。你冒了生命危险,搭救了两个人的性命。就是父亲为他们的儿子,也不一定做这样的事。"

医生情绪激动得再也说不下去了。

马尔科又说:"昨天晚上,马诺尔老爹的儿子的确来找过我,因为他爬墙进来,有了响声,因此惊动了警察。"

"是鲍依乔·奥格涅诺夫吗?"

"你们叫他这个名字吗?不错,不错,就是那个人。他的父亲是我的好朋友;而他,可怜的孩子,一个人都不认识,所以投奔到我这里来藏身,是你带他到这里来的。因为在伊凡乔面前,我不愿意告诉你这件事;不过当警察来的时候,他就跑掉了。"

"他是从哪儿来的?"已经被这个非凡的人物所震骇了的医生问。

"他没有告诉你吗?他是从狄亚倍吉尔逃出来的。"

"从狄亚倍吉尔来的!"

"别这样响——你这会儿到哪里去?"

"我到修道院去,那个辅祭把他藏在那里。我应该同他谈谈。可不可以让我把你刚才告诉我的那些话去告诉他——只告诉他一个人?他应该知道是谁救了他的命,因为,如果他们不把我放出来,他一定已经去自首了。"

"不成,不成;你已经给我保证过了。你永远不可泄露这件事——而且,最好设法忘掉它。我只是作为一种忏悔,使我良心上轻松一些,才告诉你的。至于马诺尔老爹的儿子,你只要替我问候他,并且告诉他,我欢迎他到我家来——不过希望他下一次来的时候,要从前门进。"

接着,医生就告辞了。

第十章 女修道院

白拉切尔克瓦的女修道院和我们在上文叙述过的那个深隐在巴尔干山中的、永远荒凉寂静的男修道院比较起来,真是一个明显的对照了。

在这个女修道院里,恰恰相反,有着六七十位老老少少的修女,整天在四方的院子里和走廊里穿梭往来,使宽阔的围墙(这是她们与浮华的罪恶世界之间的一道栅栏)之内这一大片地方充满了愉快的谈笑声。她们从早晨到夜里一直在走动个不停。

这个女修道院是以在全城传播新闻最活跃而出名的。那些使本城有罪的俗人在家中谈论和轰动的一切流言蜚语,都是从那里产生出来的。许多婚约都是在那里窃窃地讲起,然后又在那里筹备成功;有时,一场即将举行的婚礼也会在那里宣告取消。毫无意义的小故事会从这个女修道院里出来,传遍全城,然后又放大一百倍,再传回来。或者相反,几粒芝麻到了这里会变成几座大山。这样一个谣言的中心,自然就吸引了许多俗家的客人,尤其是每逢节日,这批客人都来享受那些虔诚的修女们的故事和蜜渍樱桃。

修女罗沃阿玛哈吉,我们已经在她哥哥尤尔丹家里认识了她,是以最精于打听全城一切秘密出名的,同时她也是全城中最喜欢传播丑闻的人。她曾经一度当过女修道院院长(但是院里的一次革命把她革下来了),然而到现在她仍旧是全院的精神领袖。什么事情都得去请教她。她证实真实的传闻的准确性,而指出哪些是不可靠的;她掌握着发表新鲜故事的特权,这些新鲜故事,在修道院里给修女们做了几天精神食粮之后,就被传播到院外去了。

对于索科洛夫医生这个女修道院的死对头的释放,修女罗沃阿玛哈吉着实气愤了好几天。她暗中怀着恶意,寻思着谁可能帮助了他。她要每天听听他的命运,她要每天捏造出关于他的命运的新闻来;她要从这里感到心满意足,而现在,这个不让她称心满意的人,到底可能是谁呢?这是一件丢脸的事。的确,她为了这件事情,烦恼得竟有四五夜没有合眼。她一直在动脑筋想解决这两个疑问:第一,为什么医生不肯告诉知事,在他被捕的当晚三点钟的时候,他在什么地方?第二,是谁换掉了那些报纸?终于,当她正在念着临睡的经文的时候,灵机一动就想到了一个极妙的主意。她高兴得拍起掌来,正如阿基米德①发现了他的物理定律一样。她立刻就到修女赛拉菲玛房里,看见她已经脱了衣服,就以一个兴奋得震颤的声音说:

"姊妹,你知道不知道那天晚上,医生在什么地方,他不

---

① 阿基米德(前287—前212),古希腊的著名数学家和物理学家。

肯告诉知事的？"

修女赛拉菲玛竖起了她的耳朵。

"他在知事太太那里，亲爱的。"

"你以为是这样吗，哈吉？"

"当然是在那里，赛拉菲玛——要不是，他为什么不肯说呢？他发疯了吗？啊，圣母！我怎么早一点没有想起来！"罗沃阿玛哈吉在神龛前说，一面画着十字，"还有，你知道是谁救了医生的？"

"谁，哈吉？"赛拉菲玛问。

"还有谁？当然就是她——知事太太呗。"

"真的——你不要胡说吧！"

"我的天主！圣母！这几天来我的脑袋怎么啦？"罗沃阿玛哈吉倾吐了激动着她的心灵的想法之后，便回去念完了临睡前的经文，心情舒畅地睡了。

第二天早晨，整个修道院里都在谈论着这个秘密。医生和知事太太的故事从此就发展起来，达到了惊人的程度。

每一个修女，在听到这个故事之后，就问："这是谁告诉你的？"

"是罗沃阿玛哈吉说的。"

这个名字杜绝了一切的怀疑；于是大家都跑到罗沃阿玛哈吉那里去打听个仔细。

两小时之后，这个谣言已经传遍全城了。

但是每一件丑闻，不管它多么新鲜有趣，过了三天也就变得陈旧了。人们开始对它厌倦起来，于是要求另外找些新的食粮了。克拉利奇之出现于本城，虽然没有什么人认识他，对于这个女修道院却是一件天赐的新闻。因此整个修道院又在为他而着忙了。他是谁?他是从什么地方来的?他是来干什么的?他是怎样一个人?虽然有许多最古怪的故事讲到他,可是竟没有人能回答这些疑问。这些故事中除了他的名字以外,其他部分就大不相同了。

修女索菲娅说他一定是到这里来疗养身体的。

修女莉普西米娅认定他是一个玫瑰油商人。①

修女尼菲朵拉一口肯定他是应聘来当教师的。

修女索洛蒙娜和修女帕拉什凯娃都说这些说法全不对;她们说他是到此地来物色妻子的,而且,事实上,她们都已经知道了他所选中的是谁。

修女阿普拉西娅认定他是一个微服而来的俄国王子,他是来视察这个古城,同时给他们的教堂分发法衣的。可是人家却不大相信修女阿普拉西娅的说法,因为她平常不在大户人家走动,而只是从佩特科·勃祖纳克的妻子或是牲口贩子法契科的家属那里去听取消息,何况她的耳朵还有点聋。

修女罗沃阿玛哈吉听了这许多说法,她那胡髭鬖鬖的嘴就笑开了——她的上下嘴唇上都长着胡髭。这件事情,她也全部知道,不过她故意不说出来,要让那些修女们去努力猜测。所以一直等到深夜这个先知才宣布了她的消息。

次日早晨,整个修道院都知道了这个陌生人奥格涅诺夫是一个土耳其间谍。

为什么罗沃阿玛哈吉要对奥格涅诺夫造出这样可恶的谣言来呢?其中主要的一个理由,也许是唯一的理由,就因为奥

---

① 这个故事发生在保加利亚玫瑰产地玫瑰谷附近,著名的保加利亚玫瑰油是这地方的特产。

格涅诺夫到如今还没有来拜访她:这是对她虚荣心的一个极大的侮辱,因此奥格涅诺夫便给自己树立了一个危险的敌人。

这天正是礼拜日。在那修道院的教堂里,挤满了信徒们,弥撒快要做完了。许多人拥在教堂外面的院子里,站在窗下和那棵枝柯伸展的大梨树底下。其中一些人是俗人——年轻的媳妇和妇人,都插戴着花,穿了最鲜艳的假日衣裳,像布娃娃一样。她们在一起快活地谈天,不时向门口看那些陆续走进修道院来的其他妇女代表们的假日衣裳。其余的一些都是修女,大多数都还年轻,她们也同样高兴地,有说有笑地,忙着东张西望,不时笑出声来。她们时常会一窝蜂地跑上前去拾取一个刚从树上掉下来的成熟了的金黄色梨子,为了争夺这个梨子,有时还会争吵一场,然后就红着脸,一边画着十字,回到其余那些信徒们那里。

弥撒做完了。人流从教堂里出来,在院子里散开,走进了各个修道室。

罗沃阿玛哈吉舒适的修道室,装饰得相当华丽,可是几乎容不下她那些客人。这位修女用喜悦的笑脸迎送他们。而拉达呢,穿着一件干净的黑衣裙,戴了一方黑头帕,用一个红盘子托着蜜渍果品和咖啡走来走去伺候着。一小时之后,这批客人开始走散了。罗沃阿玛哈吉不时站起来眺望窗外,好像在盼望什么特别的客人。不久就又有一批客人来了,这里有阿拉弗朗迦、斯特弗乔夫、史塔夫利神父、奈乔·皮隆科夫,还有一位年轻的教师。这位修女的脸上登时容光焕发,她所盼望着的显然就是这些人了。她很亲热地跟这些新客人逐一握手,而这些客人则连拉达都握了手;斯特弗乔夫甚至把她的手紧紧地握了一下,还对她挤了一下眼眼,这使那姑娘羞愧难当,脸上红得像朵牡丹。

"基里亚克,我还要问问你关于那个医生的事情,"寒暄之后,那修女就这样发问,"关于这件事情,有各式各样的传闻呢。"

"怎么说的呢?"斯特弗乔夫问。

"人家说是你故意使知事相信那些报纸是叛逆的,这样来陷害索科洛夫。"

斯特弗乔夫火起来了:"说这话的人是头蠢驴,一个下贱坯。从他口袋里找出来的报纸明明是一份《独立报》第三十期,还有一份宣言。让奈乔说说,这究竟是不是真的?"

奈乔马上就给他证明了。

"我们不必问奈乔。奈乔能告诉我们些什么呀?"史塔夫利神父说,"这件事情我们全都知道。那医生无论走到哪里,总是带了绞刑架一道去的。就在前天我还对赛拉舍兹这样说过。我到他家里去尝过他新酿的拉基亚酒……他是很懂得该放进多少大茴香的。你好不好,哈吉,身体好吗?"

"托福托福,神父。我同青年人生活在一起,自己也变得年轻了。"那修女说,她立刻又回头对斯特弗乔夫说道:"可是,你难道真的不知道是谁换掉了那些报纸吗?"

罗沃阿玛哈吉已经忍不住要说出她的大发现了。

"这个,警察局会查出来的。"

"你们的警察局一文不值……要不要我来告诉你,到底这是谁做的手脚——要不要?"她露出了牙齿笑着;随即俯身到他的耳朵边,轻轻地说出了一个人名。可是这个"轻轻地"实在是很响,所以这个秘密大家都听到了。那位议员奈乔乐得把手里的一串念珠往上一抛,仰面大笑,那位年轻的教师怪有意味地看看这个人,又看看那个人,而史塔夫利神父低声地说:"啊,主啊,别把我们带上邪路啊!"

拉达羞得躲到储藏室里去了。

"瞧,他来了——他来了!"斯特弗乔夫叫起来,因为他看见了索科洛夫正陪着两个朋友穿过院子走进来。一个是维肯蒂,还有一个就是克拉利奇,他穿着一身崭新的灰呢法国式服装。于是大家都挤到窗口来看。

这就给这位修女一个好机会来宣布她的第二个大发现了。"你们知道这个人是谁?"

"你说这个陌生人吗?他是一个叫作鲍依乔·奥格涅诺夫的,"斯特弗乔夫回答,"不过据我看来,他好像跟委员会也有些关系。"

罗沃阿玛哈吉摇着头,表示了异议。

"你以为不是吗?"斯特弗乔夫问。

"不对,不对,他是另外一种人,咱们打赌吧……"

"他总是一个革命党。"

"不是,他是一个间谍。"那修女极有把握地说。

斯特弗乔夫诧异地对她睃了一眼。

"连聋子都听说了,只有你还不知道。"

"该死的家伙!"史塔夫利神父嘟囔着。

罗沃阿玛哈吉妒忌地看他们走到什么地方去。

"他们走进修女赫丽丝蒂娜的修道室里去了。"她说。

修女赫丽丝蒂娜的名誉很坏。她被认为是一个爱国分子,而且与那些委员会有联系。列夫斯基曾在她的修道室里住过一夜。

"真奇怪,那些辅祭为什么都喜欢这个该死的赫丽丝蒂娜,"罗沃阿玛哈吉苦笑着说,"你们知道维肯蒂要还俗了吗?的确,这可怜的孩子会过得很好的。他出家时太年轻了。"

"他做得对啊!要么早早结婚,要么就早早出家。"史塔夫利神父表示异议说。

"我觉得他会照你说的第一点去做的,神父。"

"天主啊,拯救拯救吧!"

"他要请媒人去跟奥连科夫家的女儿求婚呢。要是她肯答应他,他就要脱下法衣,两口子到罗马尼亚去结婚了。不过我想她不会答应他的。"说到这里,那修女就对那教师丢了一个意味深长而关切的眼色,因为她正在给他介绍所说的这个女孩子。那教师窘迫得红了脸。

这时,又来了几位客人。

"啊,是哥哥来了!"罗沃阿玛嚷着,奔出去迎接尤尔丹·狄阿曼迪耶夫。

客人们都站起来跟着她迎出去。斯特弗乔夫稍微落后了一段,就趁机会抓住拉达的手跟她告别,又在她那绯红的脸颊上大胆地吻了一下。拉达马上回敬了他一个嘴巴,就挣脱了身。

"你真不害臊!"她喃喃地说,哽咽着,噙着眼泪逃回储藏室里去了。

斯特弗乔夫(他对女人的轻薄失态,正如对男人的狂妄自大一样的程度)整理了一下因这一个嘴巴而弄歪了的土耳其帽,凶狠地目送着拉达,然后头晕目眩地离开了那修道室。

第十一章　激动的拉达

拉达·戈斯波日娜①（人家这样称呼她，表示她是修女罗沃阿玛哈吉的人）是一个修长、苗条而美丽的姑娘，生着一双炯炯有神的眼睛和天真坦率的脸；在她所用的黑色头帕底下，她的脸显得愈加白净和美艳了。

拉达从髫龄时候起已是一个孤女了，她长年都住在罗沃阿玛哈吉那里，因为从小就被罗沃阿玛哈吉收养。后来她的这位监护人使她做了一个见习修女，那就是说，一个预备将来做修女的姑娘，因此就硬叫她穿上了规定的黑色衣服。现在，拉达在女子小学里担任低年级的教师，由此她可以得到每年一千格罗什的薪金。

凡是孤女的命运都是很艰苦的。很早就失去了父亲的爱护，又失去了母亲的慈祥的关切，听命于世界上的善心或恶意，甚至连一个足以鼓励她们的亲热的微笑也没有受到过，四周尽是些陌生人的漠不关心的脸色，她们就是在这样的环境中长大起来。她们正如一些在屋顶笼罩下萌长的花朵，没有欢乐，也没有馨香。只要有一道宽宏慷慨的光照到她们身上，她们所蕴藏着的香味立刻就会发散出来。

拉达生长在这个修道院生活的僵死而窒息的空气中，在

---

① 保加利亚人称呼修女为"戈斯波日阿"，这里的"戈斯波日娜"意为"修女的"。

这个爱搬弄是非的老修女的严厉的、毫无同情心的监视之下。罗沃阿玛哈吉从来没有一刻想到应该待这个孤女善良些,她全看不见拉达随着个性的逐渐发展和自尊心的逐渐增强,已愈来愈觉得受不了她的暴虐。因此,拉达虽则已经是一个女教师,可是不久前我们还看见她在罗沃阿玛哈吉的哥哥尤尔丹家里侍候客人。

好几天来,拉达一直在学校里忙着,因为一年一度的考试日已经近了。到了这一个早晨,小女孩都很早就来到学校里,母亲把她们打扮得像蝴蝶似的。她们捧着翻开的课本,像一窝蜂似的哄来哄去,还想在考试以前再把功课温读一遍。

弥撒刚做完,人们就照例挤到学校里去参加这场考试典礼,想看看孩子们一年来的学习成绩如何。门、窗和讲坛上都雅致地装饰着花。基里尔和麦托迪①的画像大半被遮掩在一个由玫瑰花、缀满露珠的野花、松枝和黄杨树编成的框子里。前排的长凳立刻被学生们坐满了,其余的地方都挤满了来宾。最重要的人物都在前排,有些甚至还有椅子坐。在这些坐椅子的人物中间,有几个是我们已经认识了的。但是有几个空椅子还保留着给那些即将到来的要人。这时,拉达忙着把她的学生们安置在一排一排的长凳上,同时轻轻地对她们最后叮嘱了一番。在这一个重要的日子,她那美丽的脸显得很兴奋,一对水汪汪的大眼睛使她好像比平时更好看了。一朵朵透明的红云在她脸上飞过,显示着她那单纯的心灵的激动。拉达感觉到几百双好奇的目光都集中在她身上,使她格外地羞涩和局促不安。但是当那女校长开始演说,人们的注意力

---

① 基里尔(827—869)和麦托迪(826—885)是斯拉夫字母的创造者。

都转移到她身上去了时,拉达才感觉到大大地轻松起来,甚至敢抬头向四周巡望了。她发觉基里亚克·斯特弗乔夫没有在场,觉得非常高兴,于是重新鼓足了勇气。女校长的演说在庄严的静寂中结束了(因为当时还没有通行鼓掌的风气)。于是,按着程序单,考试就从最低级的小学生开始了。主任教师克利门的和悦安详的容颜与鼓励的言辞使那些孩子都加强了自信心。拉达紧张地注意着孩子们的回答,她们所犯的每一个轻微的差错都使她的脸上苦痛地抽搐一下。但是她们的清晰而响亮的小声音,她们的仿佛要诱人亲吻的小嘴唇,决定了她们的命运。她以明亮的眼色去抚慰她们,以天仙般的微笑去鼓励她们,想把她自己的整个灵魂注入她们那些喏嚅着的小嘴唇里去。

正当此时,站在门口的来宾分开在两边,让路给两位迟到的客人。他们肃然地走了进来,在空椅子上坐下。拉达抬起头来看见了他们。那个年长的是学校的董事长——米佐财主,还有一个就是基里亚克·斯特弗乔夫。她不由得脸色都吓白了。但是她竭力不去看这个令人讨厌的人,因为他使她充满了厌恶和恐惧。

基里亚克·斯特弗乔夫跟熟人点了点头,但是,对那坐在他旁边的索科洛夫医生却没有打招呼,索科洛夫也不去看他一眼。他叉起了腿,装出一副傲慢的神气。他漫不经心地听着,不时对尤尔丹的女儿拉尔卡所站立的屋角偷偷地瞄一眼。只有一两次,他从头到脚,仔细而轻蔑地打量着拉达。他的脸色表现出他心地冷酷与凶恶。他不时地闻着手里拿的一枝石竹花,然后重又冷淡地傲视四周。教师克利门把书本递给米哈拉基·阿拉弗朗迦,可是他挥着手谢绝了,他说他要考孩子们的法文。于是那教师转身向右,把书本递给了斯特弗乔夫,他就接了下来,把椅子向前挪了一下。

来宾中间响起了一阵悄语声。每个人都注视着这位先生。现在要考问的科目是保加利亚简明历史。斯特弗乔夫把书本放在桌子上,两手搓搓太阳穴,仿佛要清醒一下他的记忆,然后高声地发出了一个问题。那受试的孩子一直不响。这个考试者的冷冰冰的、拒人于千里之外的神气,已经把她的心都凝冻成冰了。她心慌意乱起来,连问题都记不得了,只是对拉达可怜地望着,仿佛在求援。斯特弗乔夫又重复问了一遍,但是所得到的还是一个缄默。

"让这个孩子下去,再叫一个来。"他冷冷地对女教师说。

另外一个孩子上来了,于是又问她这个问题。她听清了他提的问题,可是不懂,因而也一直不作声。来宾们也鸦雀无声,他们已在开始感觉到一种苦痛的紧张。那小女孩仿佛被钉住在那儿似的站着,她的眼睛里噙满了屈辱之泪,然而吓得不敢流出来。她想开口,但是竟说不出话来。斯特弗乔夫冷冷地瞟了拉达一眼,说:

"这门功课好像教得太马虎了。请再叫一个学生来吧。"

拉达轻声地又叫了一个学生的名字。

这第三个学生简直是答非所问;她根本没有听懂那问题。等她一看见斯特弗乔夫脸上的不满意的表情,她就失去了自制力,失望地仓皇四顾了。斯特弗乔夫又问了一个问题。这回那孩子干脆就不回答了。她目光慌乱,她的嘴唇抖索着,一点血色都没有,忽然大哭起来,跑回她母亲所坐着的那儿躲了起来。每个人的心里都好像感到了沉重的窒息。那些还没有被叫到的孩子的母亲们,都在疑虑和恐慌地望着前面,每人都战战兢兢地唯恐听到自己女儿的名字。

拉达宛如被雷震了似的站着。她脸上也一点血色都没有了;她的两颊痛苦地颤动着,大滴的汗珠从她那白皙的额上冒出来,沾湿了太阳穴。她不敢抬起眼睛来。她自己仿佛已经在沉到地底里去;她的胸口堵住了,她真想哭,但竭力忍住眼泪,不让它流下来。

那些来宾再也不能忍受这样极度的紧张,所以就响起了一阵嘈杂不安的声音。人们彼此吃惊地看着,好像在问:这到底是什么意思?每人都极希望赶快结束这个僵局。只有斯特弗乔夫的胜利的容色在表示着满意。人们的喃喃声正在愈来愈响,忽然却变得寂静无声;大家都凝视着前面,原来待在不引人注意的地方的鲍依乔·奥格涅诺夫,已从人群中走出来,走到了斯特弗乔夫身边。

"对不起,先生,"他毅然说,"我还没有荣幸认识您,不过您的那些问题实在太抽象太模糊了,即使是五年级的小学生也会被弄得莫名其妙的。可怜一下这些没有经验的孩子吧……"

于是他回头问拉达:

"你答应我来问几个吗,小姐?"于是,他仍旧站着,请她把刚才失败了的孩子叫一个起来。

群众就普遍地觉得情绪上轻松了。嘈嘈杂杂地对奥格涅诺夫的举动表示同情与赞成。在一刹那间,他已经把所有的眼睛都拉到自己身上来,而获得了群众的好感。罗沃阿玛哈吉对他捏造的诽谤已经堕地粉碎了。他那坦直的容颜——虽然因受难而变成苍白的,可是却透露着一种英毅的大丈夫气概——已经使大家无抵抗地归心于他。观众们的脸色都显得光辉起来;胸膛自由地呼吸了。每个人都满意地看出奥格涅诺夫已经控制了这个局面。

奥格涅诺夫用简单的字句,把斯特弗乔夫问过的问题再问那小女孩。这回,她一点没错地回答出来了。那些母亲们都松了口气,用感激的眼光看着这陌生人。他的那个又新又奇怪的名字,在人们的嘴上传呼着,又在他们的心里铭记着。

另外一个孩子被叫起来。她也回答得恰如一个像她那样年龄的孩子所应该做到的那样使人满意。

于是这些在一刻以前还是非常害怕的孩子们,现在都以友爱的眼光看着奥格涅诺夫。她们的精神振作起来;大家都希望先叫到自己的名字,好走上前去和这个和气的人讲话,因为现在她们已经都喜欢他了。

拉达的情绪改变了。刚才还是惊惶、失望、急得要哭的人,现在却感激地看着这个在如此危急的时候来帮助她的善良而勇敢的陌生人。这是她生平第一次碰到这样温暖而友爱的同情——而且又是一个陌生人给她的。难道他会是一个间谍?他站在那儿,在她看来仿佛是她的守护天使。他已经把斯特弗乔夫压倒得像一条小虫豸了。她胜利了;她又飞腾起来了,骄矜而喜悦地向到处看着,到处都碰到了同情的眼光。她的心中充满了感激的柔情,而她的眼睛里却充满了泪水。

奥格涅诺夫用这些话问第三个孩子:

"拉依娜,亲爱的,你能不能告诉我,哪一个保加利亚皇帝给我们行了洗礼——让我们做基督徒的?"

于是他温和而友善地看着那双向他望着的,还留着泪痕的天真的小眼睛。

那小姑娘想了一会儿,嘴唇哆嗦了一下,随后用一个清朗

的尖音,宛如一只百灵鸟的清晨试啭,回说:

"是鲍里斯皇帝①给保加利亚人行洗礼的。"

"好哇,拉依娜,不错。现在你能不能告诉我,是谁创造了保加利亚的字母?"

这个问题使那孩子有点迷糊了。她眨眨眼,思索这个问题的答案。她想说,可是又感到没有把握而停住了,差不多要发慌了。

于是奥格涅诺夫就帮助她:"我是说,我们的 АБ,拉依娜,是谁想出来的?"

那孩子的脸色登时开朗起来。拉依娜伸出了她那条袒露到肘部的臂膀,一声不响地,指着基里尔和麦托迪的画像,他们正在很嘉许似的朝下看着她。

"不错,亲爱的,圣基里尔和麦托迪。"坐在前排椅子上的几个来宾齐声说。

"很好,拉依娜。让圣基里尔和麦托迪保佑你将来做一个皇后吧。"史塔夫利神父很感动地说。

"好极了,拉依娜,你可以去了。"奥格涅诺夫和气地说。

拉依娜骄矜而胜利地跑回到她母亲那里。母亲把她紧紧搂在怀里,又喜欢又痴爱地吻着她,甚至噙着眼泪。

奥格涅诺夫回身把书本交还了教师克利门。

"要不要考考我的瑟勃卡,先生?"米佐财主问奥格涅诺夫。

一个活泼的秀发的小姑娘已经立在他面前,用一种温驯

---

① 鲍里斯皇帝于八六五年下令以基督教为国教,并亲自为保加利亚人民行洗礼。

的神气看着他。奥格涅诺夫想了一下,就问:

"瑟勃卡,你能不能告诉我,是哪一位皇帝把我们保加利亚人从希腊人的羁轭底下解放出来的?"

"把保加利亚人从土耳其人的羁轭底下解放出来,那是……"那孩子就这样错误地说开了头。

"不对,不对,瑟勃卡,"她父亲叫起来,"要你告诉我们的是,哪一位皇帝把我们从希腊人的羁轭底下解放出来。至于哪一位皇帝会把我们从土耳其人的羁轭底下解放出来,那……"

"天主所规定了的事情,没有人能阻止得了。"史塔夫利神父感慨地说。

米佐大爷这番直截了当的暗示在群众中引起了同情的微笑,于是教室里响起了窃窃私语声和隐隐约约的笑声。

瑟勃卡起劲地说:"从前,把保加利亚人从希腊人的羁轭底下解放出来的是亚森皇帝①,但是把他们从土耳其人的羁轭底下解放出来的,将是俄国的亚历山大沙皇。"

原来她误会了她父亲的话。

教室里立刻静下来了。

许多人的脸上,显出了惶惑与不安。大家都不由自主地看着拉达,这时她红着脸,垂下了头。她紧张得胸膛不停地起伏。一部分人投射给她的眼光是谴责,其余的却是赞许。但是每个人都觉得局促不安。斯特弗乔夫已经从他暂时的沮丧中恢复了他的盛气;他抬起头来得意扬扬地向周遭看着。大

---

① 保加利亚的封建贵族的代表彼得和亚森,在一一八五年起义反对拜占庭的统治,宣布保加利亚独立。

家都知道他和那知事的密切关系,还有他奉承土耳其人的习惯,所以大家都想从他的脸色中去推测他心里在怎样想。不久以前,对拉达和奥格涅诺夫怀着好感的那种群众的热情,现在忽然冷却下去,被一种暗暗的不满取代了。追随斯特弗乔夫的人开始在人丛中幸灾乐祸地高声表示他们的不满意了,而那些倾向于可怜的女教师的人都保持沉默。那老神父史塔夫利心里也着了慌。他很替他自己刚才说的话担忧,所以心里就默祷了一句虔诚的"好天主,保佑我们啊"。但是在女人们这方面,这两个阵营就对立得非常尖锐了。尤其是罗沃阿玛哈吉,因为刚才斯特弗乔夫的挫败而生着气,此刻就对拉达和奥格涅诺夫怒目而视,并且高声地斥责着。她甚至把奥格涅诺夫骂作一个乱党,忘记了在几天以前她自己还说过他是一个间谍。但是,另外还有些女人却在同样高声地袒护他们。瑾卡大姐就用大家都听得到的声音说:

"为什么大家都这样大惊小怪呀?这孩子没有什么错处,她错在哪里?她不过是说了老实话罢了。那有什么关系,喏,我也要这样说,亚历山大沙皇会来解放我们的,而且只有他,没有别人。"

"闭嘴,你这个蠢人。"她的母亲轻轻地对她说。

再说那瑟勃卡,她是完全莫名其妙了。她不过把每天听她父亲和来客们所说的话,说了出来而已,她简直不懂,为什么她这些话竟会引起这样大的骚动。

斯特弗乔夫站起来,回身对前排的来宾说:

"列位,这里已经公然散布了反对苏丹陛下的政府的革命思想,我不能再待在这里听这种话了。"

于是他走了出去,奈乔·皮隆科夫和其他三四个人也跟着他走了。但不再有别人学他的样。

在激动了一阵之后,人们开始觉得这件事情并不值得特别注意。终不过是一个小女孩懵懵懂懂说了几句不合时宜,然而却是真实的话——还有什么呢?于是又渐渐地寂静下来,刚才的对奥格涅诺夫的同情心也恢复了,他又从各方面获得了友好的眼光。他成为当天的英雄,所有心地纯良的人和所有的母亲都站到他这边来了。

考试继续在非常安静的气氛中进行到结束。

学生们唱了一支歌,人们就都满意地散了。当奥格涅诺夫走到拉达身边去告辞的时候,她十分激动地对他说:"奥格涅诺夫先生,我衷心地感谢你,为了我自己,也为了我那些孩子们。我一辈子都忘不了你的好心。"这样说着,她对他看了一眼,这一眼里,表现出极深的热情。

"小姐,我自己也当过教师的,所以很同情你——如此而已。我为你的学生获得优异成绩而祝贺你。"奥格涅诺夫说着,温暖而友爱地跟她握了握手,接着就走了。自从他走了之后,拉达对于那些走上前来跟她握手告别的来宾,一个都没有注意了。

第十二章 鲍依乔·奥格涅诺夫

鲍依乔·奥格涅诺夫在本城的出现(因为克拉利奇已经决定采用维肯蒂在卡城城外坟场旁边把他介绍给索科洛夫的时候所捏造的名字),在很短时间里已经引起一般的注意了。

事前,他的三个朋友,维肯蒂、索科洛夫医生和那修道院院长曾经商量过好久,到底他应该怎么办。最初,他们都认为他不应该公开露面,但是奥格涅诺夫却毫不费力地祛除了他们的顾虑。他说,他是从很远的维丁来的,除了马尔科·伊凡诺夫之外,几乎没有一个白拉切尔克瓦城里的人曾经到过那地方;况且他已经离家好久了,即使有从维丁来的人,也不会认识他;再加以在亚细亚的八年流放中所受的种种苦难,以及那边的水土,使他老了不少,已经完全把他的容貌改变了。

但是流放与苦难非但没有把他对于为之付出了代价的理想的热忱镇压下来,反而使他回来时成了一个更热忱的理想家——他勇敢到了疯狂的程度,爱祖国的情绪几乎如痴如醉,而他的忠诚也达到了自我牺牲的地步。好几次生死关头的事情已经把他的功夫显示给我们了。是的,他是为了保加利亚的解放而来到保加利亚的。像他这样的一个人(从流放中逃亡出来,取了一个假名字,没有任何家庭或社会的联系,随时都会被人出卖或发觉,他的生命没有任何前途和个人的目的)是只有为了这样一个伟大的目标才来到保加利亚的,或者说,在他犯了两条人命案之后,才留在这里的。他应该怎样做,才会有结果呢?这里的基础如何呢?他能做些什么事呢?他的目标是否能达到呢?他不知道。他只知道他会碰到很大的困难和危险,那是在他一开始工作的时候就已经包围着他了的。

但是,对于像他这样富于骑士精神的人,困难和危险只不过是锻炼他的力量的铁砧而已。这种骑士精神往往因逆境而愈坚强,因迫害而愈刚劲,因危险而愈滋长;因为这是一场斗争,而每一场斗争使他愈坚强愈崇高。一条虫豸抬起头来咬那践踏它的脚,这是美丽的;人为了自卫而斗争,这是英雄的;而当这种斗争是为了人民的话,那就更是神圣的了。

在开头几天里,罗沃阿玛哈吉对他的诽谤,使许多人对他都敬而远之,而这些人却正是他的朋友希望他认识的。但是,由于斯特弗乔夫的卑劣,促使他在考试时挺身而出,这一义举登时就堵住了那些诽谤者的嘴,而给他打开了所有的门扉和人心。于是奥格涅诺夫就成为全城最受欢迎的客人了。他欣然接受了马尔科·伊凡诺夫和米佐·倍扎岱的邀请,担任了教师的职务,这样就可以有一个居留在这里的名义了。他的同事有:主任教师克利门·贝尔切夫、弗朗戈夫;教生①波波夫;还有唱诗班的领唱者斯特凡·麦代文基夫,他同时又是土耳其语教师。那主任教师是一个俄国神学院的毕业生,是一个心地善良、脱离实际和热情洋溢的人;当学校的董事来找他时,他居然对他们背诵起霍米亚戈夫的诗句和杰尔查文②的《上帝颂》来。马尔科大爷倒是喜欢听他讲些关于俄罗斯的伟大的故事或者关于波拿巴的故事。波波夫是一个热血青年,是列夫斯基的一个老朋友,他一味梦想着委员会、革命和起义队伍。他非常欢迎他那新来的同事,而且立刻就热忱地拥戴他了。唯一的那个话不投机的人物就是麦代文基夫,他整天虔诚地念着圣诗集,而且爱好土耳其语。前者表现了他的思想已经太陈旧,后者却表现他已经屈服于皮鞭之下了。因为作为一个保加利亚人而爱好土耳其语,若不是他真心在喜欢土耳其人,那就是希望从土耳其人那儿得到些好处。所

---

① 高年级学生兼任低年级教师者。
② 霍米亚戈夫(1804—1860)和杰尔查文(1743—1816)都是俄国诗人。

以,这种嗜好的相同,就自然而然地使他和斯特弗乔夫关系密切了。

依照派给他的任务,奥格涅诺夫是在男校和女校里都有课的,因此他每天都碰到拉达。他每逢看到她一次,总在这个少女的内心发现一点新的动人之处。有一个早晨,当他醒转来的时候,就觉得自己已经在深深地爱着她了。至于她也早已在秘密地爱着他,这还用得着说吗?自从他勇敢地挺身出来帮助她的那天起,她心里已经对他充满了那种极强烈的感激之情,而这种感情不久就变成爱情。她那颗渴望着同情与温柔爱抚的可怜的心,一下子就被对奥格涅诺夫的热烈、纯洁和无限的爱情所控制了。在他身上,她看出她平时梦想和希望着的朦胧的理想,在这种充满活力的情感的影响之下,拉达就像一朵五月里的玫瑰花似的变得越来越美,盛开怒放了。

这样两个正直坦率的性格,不需要长时期的认识或很多周折就能互相了解的。每天,奥格涅诺夫在和她分手时总感到更加恋恋不舍,更加幸福。他对于她的爱情,和他对祖国的另外一个伟大的爱情,同时在他心里滋长着,散发着馨香。一个好比一株参天大松树,预备经受猛烈的风暴;另外一个好比一朵娇嫩的花,渴望着阳光和雨露。这两种爱情生长在同一片泥土上,只不过照射着它们的是两种不同的阳光罢了……

但是一些悲哀的思绪常常像铅弹似的压在他的心上。这个天真的姑娘的前途会怎么样呢?她的命运现在已经和他自己的不稳定的命运联系在一起了。他在把她带到哪里去呢?他们的结局会怎么样呢?他,是一个斗士、一个处于危险和灾难中的人,他是不是要把这个在爱情的仁慈光芒照射下刚刚开始生活的、纯洁而可爱的女孩子带上他自己的可怕的道路呢？她正想从他身上寻求和期待一个幸福而光明的将来，正想在他的爱情给她创造出来的一片新的天空之下，获得愉快而不被侵扰的生活。为什么要使这个可怜的女孩子去分受那命运单为他一个人而安排的残酷的打击呢？

不行不行，他应该把一切都告诉她，要剔去她眼睛里的那片翳障，要使她明白，她是在同什么样的人交往。这些思想沉重地压在他那颗正直的心上，所以他决定要向她完完全全地坦白陈述一切真相，以解脱这种痛苦。

于是他就去找拉达。

她现在已经搬出了修道院，住在学校里的一个房间里了。这个房间陈设得很简陋，它所能夸耀的唯一的装饰品，就只有这个住在里面的人物而已。

奥格涅诺夫敲敲门，走了进去。

拉达眼里还流着泪，微笑着接待他。

"拉达，你在哭吗？什么事，亲爱的？"他温柔地扶着她的头，慰抚她那红晕的脸颊。

她闪回了身子，揉着眼睛。

"什么事，亲爱的？"奥格涅诺夫吃惊地问。

"修女罗沃阿玛哈吉刚才来过了。"拉达哑着声音回答。

"她又伤了你的心吗？她又虐待你了吗？告诉我，到底是怎么回事。怎么，有人踩了我的歌谱？"

"你看，鲍依乔，她把它们丢在地上，还用脚踩踏了一阵——她在桌子上找到的——她说这些都是'造反歌曲'，于是她用许多可怕的话来骂你。我怎么能忍得住不哭呢？"

奥格涅诺夫严肃起来了。

"她说了我些什么可怕的话？"

"什么话她没说呢？她说你是一个乱党，一个强盗，一个杀人犯！……我的主啊，她怎么会这样刻毒啊！"

奥格涅诺夫深思地看着拉达，然后说：

"你听我说，拉达，你和我虽然是朋友，但是我们彼此还没有了解；或者应该说是，你还不了解我。这是我的过错。如果我真是她所说的那种人，你还能爱我吗？"

"不，鲍依乔；我很了解你，你是世界上最高尚的人——因此我才爱你。"这样说着，她就像一个小孩子似的勾着他的颈项，爱慕地注视着他。

他苦痛地微笑着，大大地被她那天真的信任所感动了。

"你也了解我，是不是？否则我们怎么会彼此相爱起来呢？"拉达轻轻地说，用一双炽热的大眼睛看着他。

奥格涅诺夫热情地吻了她一阵，然后说：

"拉达，亲爱的，如果我要做一个高尚的人，像你所说的那样，我就应该把你所不知道的事情告诉你。我对你的爱情使我一直到现在都瞒着你，因为怕使你苦痛，但是现在我的良心却逼我非说出来不可。你应该知道，你是在和什么人交往。我没有权利再守秘密了。"

"统统都告诉我吧——对于我，无论你是什么人，都是一样的。"她激动地说。

奥格涅诺夫叫她坐下了，自己就坐在她旁边。

"拉达，罗沃阿玛哈吉说我是一个乱党。她自己并不知道这是什么意思——她把每一个正直的青年都叫作乱党。"

"是啊，亲爱的，她是一个很恶毒的女人。"拉达连忙说。

"但是，我倒的确是一个乱党，拉达。"

拉达吃惊地看着他。

"是的,拉达,我是一个真正的乱党,我正在忙着布置起义。"

他停了一下。拉达也一声不吭。

"我们想在明年春天发动起义。我到这里来,就是为了这件事情。"

拉达依旧不作声。

"这就是我的前途了——一个难以预测、充满危险的前途。"

拉达以一种黯然惊诧的眼色看着他,但还是一言不发。

奥格涅诺夫从她的冷静的沉默中看出了他的命运。他的每一句话都使那少女对他的热情消融下去。他努力使自己镇静下来,继续他的自白。

"这就是我的前途。现在我应当把我过去的生活告诉你了。"

拉达烦扰地注视着他。

"我的过去,即使算不得更可怕些,也可以说是更黑暗些,拉达。你要知道,我曾经为了政治的罪名,在亚细亚被监禁过八年……我是一个从狄亚倍吉尔来的逃犯,拉达!"

拉达震惊得发呆了。

"告诉我,拉达,那个修女有没有说过我这些话?"

"没有,她一点都不知道这些事情。"拉达干巴巴地回答。

奥格涅诺夫忧郁地沉思了一会儿,又接着说:

"她说我是个杀人犯……可是她实在连这个都不知道,拉达!几天之前,她还说我是一个间谍呢——可是,你听着……"

这回拉达觉得要碰到可怕的事情了。她的脸色变得像死灰一般。

"你听着！我杀过两个人,而且还没有多久呢！"

拉达不知不觉地坐开了些。

奥格涅诺夫看都不敢对她看一眼,他只是在对着墙头说话。他的心仿佛被一个铁钳在撕成一块块。

"是的,我杀死过两个土耳其人;我,从前是连一个苍蝇都没有打死过的……我非把他们杀死不可,否则他们就会当着我的面强奸一个姑娘了,——当着我的面和那姑娘父亲的面,他是被他们绑起来了的。是的,我是一个杀人犯,如果不是绞刑架在等着我,那么狄亚倍吉尔一定又在等着我了！"

"说下去,说下去。"她疲弱地轻声说。

"我已经全都告诉你了,现在你知道我是怎样一个人了。"奥格涅诺夫声音颤抖地说。他等着听取那已经可以从她脸色中看出来的可怕的判决。

但是拉达扑倒在他的脖颈上。

"你是我的！"她说,"你是最高尚的人,你是我的英雄,我的美丽的骑士！"

于是这一对年轻的情人热烈地拥抱在一起,如痴如狂地陶醉于爱情与幸福之中。

第十三章　一本小册子

从门外楼梯上传来了沉重的脚步声。上楼的人走得如此急促匆忙,使整所木板房子都震动起来了。这响声打断了一对年轻人热烈的拥抱。

鲍依乔留心听了听,说:

"这个莽汉准是医生。"

拉达站到窗前,将炽热通红的脸紧贴在玻璃上,以掩饰自己内心的激动。

医生像往常一样,一阵风似的闯入房间里。

"读吧!"他一面说,一面把一本小册子递给奥格涅诺夫,"这是火啊,火啊,老兄!……简直会使你发疯!……吻一吻那只写这本小册子的神妙的手吧!"

奥格涅诺夫打开了小册子,它是旅居罗马尼亚的侨民出版物。像许多类似的书籍一样,这也是一本相当平常的作品,充满了老生常谈的爱国主义辞藻、乏味的空谈、声嘶力竭的叫喊和对土耳其人的谩骂。但正因为如此,它也唤醒了渴望新的精神食粮的保加利亚人的热忱。从这本小册子满是皱褶和斑斑污迹、简直被弄得破烂不堪的情况来看,显然它曾经过无数双手,点燃了成千上万人的心灵之火。

索科洛夫读过了小册子,已经心神陶醉,就连文学修养比索科洛夫略高一筹的奥格涅诺夫也被吸引住,眼睛一霎也离不开这本书。医生羡慕地看着他,急不可耐地从他手中把书夺了过来。

"等一等,让我来读给你听!"他大声说,便开始朗读,精神更加振奋起来。每当读到强烈的句子时,他就用力挥动起左手,跺着脚,并向鲍依乔和拉达射去炽热的目光。在他们的心里,刚才如醉似狂的欢乐已被索科洛夫的战斗热情所代替。房间里乃至整个学校都响彻着他已达到了最高强度的声音。当小册子快读完,念到结尾的一首长诗时,全身抖动和汗水淋

淋的医生停了下来,转身对奥格涅诺夫说:

"这是火啊,火啊,老兄!……给你吧,你来念念这首诗……我已经累了……不,还是我来念吧,你读起诗来就像史塔夫利神父念'我们的天父'一样,会煞风景的。拉达,你拿去吧!"

"拿去吧,拉达,你挺会朗诵。"奥格涅诺夫说。

姑娘开始朗读起来。

这首诗如同小册子中的散文部分一样,写得相当平淡,有许多高谈阔论和矫揉造作之处。但是,拉达念得很流利,并且充满感情,她那洪亮而颤动的声音赋予每行诗句以人为的生命和力量。

医生仔细聆听每一个字,用力跺着脚。正念到最精彩的地方时,门不声不响地打开了,一个教堂老女仆走了进来。

"你们叫我吗?"她问。

医生狂怒地看了她一眼,一声不吭,把她推出门外,使劲踢了一下门,锁上了。这个可怜的老妇人就住在楼下,她慌慌张张走下楼去,叫那些教堂仆役的孩子们不要喧哗,因为女教师正在给男教师和医生上课呢。

"又是哪个鬼来了?"医生咆哮着,"看我不把他从窗口扔下去才怪呢!"于是他去开了门。

进来一个手里拿着信的小姑娘。

"你这是送给谁的?"他大声问。

姑娘走近拉达,把信交给了她。

拉达看了看信封上陌生的字迹,感到很惊奇,便拆开信读了起来。

鲍依乔望着她,感到困惑不解,他发现她的脸上泛起一阵阵红晕,最后露出了笑容。

"怎么回事?"鲍依乔问。

"一封信,你拿去看看吧!"

鲍依乔接过了信。

这是麦代文基夫写的情书。

鲍依乔大笑起来。

"哟,这个麦代文基夫!现在他成了我的情敌啦。拉达,看来他还是个可怕的对手呢!我感到奇怪的是他那个空洞的脑袋瓜竟能编出这样的信来。应该查查书信大全,看有多少句子是从那里抄来的。"

拉达笑着把信撕掉了。

"为什么把它撕掉呀?给他回信吧!"索科洛夫对她说。

"我怎么给他回信呀?"

"你就写:'啊,声音动听的夜莺啊!啊,叫声悦耳的鸭子啊!啊,心地温柔的鹦鹉啊!今天六时我非常荣幸……'"索科洛夫看了看表,继续往下说。然后转向奥格涅诺夫:"你发现了吗?这头蠢驴是个极其下贱的小人。……你看出了没有?他是个卑鄙的阴谋家。可能是个间谍,你说对吗?这是我的恭维!听我说,今天你去学校的时候,就往他脸上吐唾沫,我要是你的话,就要打他的耳光……"

"他是个傻瓜,别理他!"

"不,不,对那些卑鄙家伙光藐视他们是不够的,应该惩罚他们……你让我来对付他吧!"医生带威胁地说。

"这关你什么事!别往稀泥里扔石头,会把你也溅脏的……"

"啊,等一等!"医生大声说,并用手抓住额头,好像要捉住自己的脑海里浮现出来的某种想法似的。

"什么事?"

"想出了一个办法,你等着瞧吧!"接着他大笑起来。

奥格涅诺夫困惑不解地望着他。

"没有什么,没有什么……再见……明天别忘了去到锡利斯特拉①之路!"

"又去吗?你老是搞这些活动干什么,亲爱的?"

"到时候再说,再见!"接着医生快步走了出去。

医生回家后,模仿女人的字迹,给麦代文基大写了这样一个字条:

谨致谢意,不便复函。今晚我在雅基奇查老太的花园里等您,请走小门。

您的女友
一八七五年九月二十八日

那位唱诗班的领唱者准时去赴约,但迎接他的并不是拉达,而是发出吼叫声的克莉奥佩特拉,它是被住在附近的索科洛夫带来,拴在一个黑暗角落里的。

第十四章　到锡利斯特拉之路

男修道院所在的那个山谷里的河边,有一片绿茵茵的草地,四周环绕着枝叶繁茂的柳树和高丛的核桃树及榆树,这片

---

① 保加利亚北部城市。

草地就叫作"到锡利斯特拉之路"。虽然已是秋天,这一片美妙多荫的地方还原封不动地保持着它的青翠与新鲜,正如卡里普索①所住的四季常春的小岛一样。从纷披的树枝间,向这个快乐之谷的北方望过去,可以见到斯塔拉山②的两个高峰——弯峰和尖峰。在这两个山峰之间,是巴尔干山脉的隘口,呈现着那些陡峻的悬崖和嵯峨的岩石,而底下则有一道溪涧湍急地流着。清冷的山风轻轻地吹拂着树叶,把巴尔干山中的芳香和那些瀑布的声音送到这里。在溪涧对岸,闪亮着一道道白色的大沙石坡,这是山洪所冲积出来的。这时太阳已升到高空,它的光线透射过那些树木,在草地上洒满了圆形的、金黄的、颤动的鳞片。美妙的阴凉和愉快统治着这样一片诗意,然而却有着这样一个毫无诗意和毫不适当的名称的地方。因为没有一条路,无论是到锡利斯特拉或别的地方去的,需要经过这个隐藏在人迹所不到的斯塔拉山脚下的孤寂的草地。原来它这个名称,并不是因地理位置而获得的。而是由于一个可以说是根本不同的历史原因而获得的。这个幽僻地方的美妙和阴凉,使它许多年来就成为一切野宴、娱乐和酒会的最为理想的场所了。白拉切尔克瓦的许多轻浮的商人和许多挥金如土的公子哥儿,就在这个"喀波亚"城③里把他们的金钱挥霍在放浪的宴乐里了:当他们的钱财花光了之后,就动身到锡利斯特拉去赚钱。由于那地方的富饶和人民的落后,在那里很容易获得生计,有时甚至还可以发财。从白拉切

---

① 古希腊诗人荷马所著史诗《奥德赛》中所叙述的女妖。她所住的小岛名奥琪嘉。
② 巴尔干山的主脉。
③ 意大利南部城名,古时以富庶奢华著称,此处用作譬喻。

尔克瓦到那里去的第一批人——雅佐诺夫一家的成功就吸引了许多破产的人跟着到这块乐土——锡利斯特拉平原上去了。

这样，现在锡利斯特拉及其四周的村落里就有了许多从白拉切尔克瓦来的人，他们在这个地方起了文明先驱者的作用，因为他们供给了这个地方十来个神父和二十二个学校教师。所以，在白拉切尔克瓦的居民看来，这片草地就是到锡利斯特拉去的最短的捷径。

尽管它有了这样糟糕的含义，这个"到锡利斯特拉之路"的光荣还继续在发扬着，现在还引诱着那些爱逍遥作乐的人们去狂欢痛饮，而这些人数量可真不少。因为在这个被奴役的国度里，虽然有千条坏事，却还有这么一点点好处，那就使百姓愉快了。在这个国度里，一切政治的和精神的活动都是绝对封锁的，急于发财的欲望，在那儿得不到刺激，一切好高骛远的虚荣心，在那儿也没有用武之地，人们都把他们的精力浪费在琐碎的个人日常生活里，向简单而容易获得的物质享受中去寻求安慰与消遣。在清莹玲珑的小溪旁，清凉的柳荫下，喝一樽美酒，就能使人忘却奴役；一份家常的红焖肉，配上紫红的茄子、芳香的芹菜和极辣的朝大椒，在那草地上享用着，上面是交横着的树枝，从那些枝叶的隙缝中窥看着高高的青天，这就是一个王国了；如果还有一个小提琴手在场，这就成了人间的极乐世界。被奴役的人民有着他们的一种听天由命的哲学。一个人到了一败涂地的时候，常常是对脑袋开一枪，或者悬梁自尽。但是被奴役的人民，无论他们的处境是多么绝望，也决不会自杀的；他们还是吃、喝和生男育女。他们会自己享乐。你只要看一看这个民族的诗歌，就可以很清楚地看到他们所表现的这种民族的精神、生活和他们的生存观念。所以,在这些诗歌里,除了苦难、沉重的铁链、黑暗的地牢和脓血淋漓的创伤之外,也还歌咏烧烤的肥羊、一樽一樽的红酒和强烈的拉基亚酒、饮乐无度的婚宴、纷乱的舞蹈、绿色的树林和浓密的树荫,这些都成为一个国家的全部诗歌海洋的题目。

当索科洛夫和奥格涅诺夫来到的时候,这个"到锡利斯特拉之路"上已经有一批兴高采烈的人在喧闹。这些人中间,有尼科莱·奈德科维奇,一个受过教育的开明的青年;有坎多夫,在一个俄国大学里读书的学生,他是到巴尔干山里来疗养身体的,他虽然是个博览群书的人,但是一个偏激的理论家,醉心于一切社会主义的乌托邦;还有弗拉丘先生;弗朗戈夫,一位教师,一个性情急躁的青年;波波夫,一个狂热的爱国人士;迪姆乔神父,也是一个爱国人士,同时又是个酒鬼;此外还有瞎子科尔乔,他是个小个子青年,双目完全失明,生着一张瘦小憔悴的,然而极聪敏的脸;他吹笛子的本领非常高明,流浪遍了保加利亚全境,他能说笑话,能讲故事,这些本领使他成为一切宴乐场中不可缺少的客人。

午餐早已摆放在一张铺在草地上的鲜艳的毯子上了。两个大玻璃坛——一个盛着红葡萄酒,一个盛着白葡萄酒——冷浸在那从草地旁边流过的磨坊水沟里。一群吉卜赛人拉着提琴,唱着土耳其情歌。一支竖笛和一副铙钹凑成了这一班喧阗的乐队。这次午宴是十分愉快的。干杯祝酒接连不断,依照当时的习俗,大家都坐着敬酒。

第一个祝酒的是好奇鬼伊利乔。

"这是祝我们全体健康的,朋友们!我们无论需要什么东西,天主都会赐予我们大家。但愿他降罚给那些希望我们遭难的人们,把他的震怒降给那些仇恨我们的人们。"

于是酒杯愉快地碰响着。

"我们大家万岁!"弗朗戈夫喊着。

"我为'到锡利斯特拉之路'和它的崇拜者干杯!"迪姆乔神父说。

波波夫擎起他的酒杯,喊着:

"兄弟们,为'巴尔干的狮子'①干杯!"

已经停止了的音乐,现在又响了起来,打断了他们的祝酒;但是弗拉丘先生还没有说出他的祝酒词来,所以他做个手势吩咐那些吉卜赛人停止奏乐,自己就站起来,手里擎着酒杯,环顾四周,热忱地说:

"各位,我提议为保加利亚的 Liberte'而干杯,Vivat!"②于是他喝干了他的酒。但是大家都没有听懂他的意思,所以仍旧留着满杯的酒,看着他那兴奋的神气,以为他要发表一番演说了。弗拉丘先生看看他的提议没有人响应,不觉慌乱了,只好坐了下去。

"你想说什么,先生?"坐在弗拉丘对面的坎多夫冷冷地问。弗拉丘皱着眉头。

"我想我已经说得很明白了,先生,"他说,"我为保加利亚的自由而干杯!"这个词他说得很低,又疑心地看着那些吉卜赛人。

"你说的自由到底指的是什么?"那大学生钉着问。

---

① 指保加利亚人民。
② 这里是两个法国词:Liberte'即自由,Vivat 即万岁。

索科洛夫回头对他们说:

"我想我们还是应该为保加利亚的被奴役而干杯,因为保加利亚的自由是并不存在的。"

"还不存在,但是我们会得到它的,我的朋友。"

"我们要怎样去得到它呢?"

"只要给它干杯就成了。"有人讽刺地说。

"不,我们要为它而奋斗。"弗拉丘激动地说。

"弗拉丘,那么你试试吧——一头牛还有两只角来奋斗,人却用空话。"伊利乔诙谐地说。

"用剑,各位,用剑!"于是弗拉丘疯狂似的挥动着他的拳头。

"既然是这样,那么我就为剑、这个奴隶们的天主,而干杯吧!"奥格涅诺夫擎起了他的酒杯说。

这句话震惊了全席。

"喂,"有人在喊,"奏一支骄傲的尼基佛尔定命曲①吧。"这是当时保加利亚的"马赛曲"②。

音乐响起,全体都唱起来了。当他们唱到"打呀,杀呀,直到祖国获得了自由"这一句的时候,他们的情绪达到了高潮,刀与叉都疯狂地挥舞起来了。

弗拉丘先生抓了一柄很大的刀,就在空中呼呼地挥响着。他做了一个狂放的姿势,恰好打翻了一大杯侍者正送给别人的红葡萄酒。那酒泼了弗拉丘一身,把他的浅色夏服和裤子

---

① 这是歌颂保加利亚第一位皇帝克鲁姆领导人民在公元八一一年挫败侵略者拜占庭王尼基佛尔的歌曲。

② 马赛曲是法国大革命时候流行的歌曲,后来成为法国国歌。此处是用作比喻。

都沾湿了。

"蠢驴!"弗拉丘嚷着。

"别生气,弗拉丘先生,"迪姆乔神父说,"哪里有打呀杀呀,哪里就要流血,这是理所当然的。"

这时候,大家都在高声叫喊,彼此都听不清楚在嚷些什么,因为那些乐师正在演奏一支土耳其的进行曲,用震耳欲聋的铙钹伴奏着。

奥格涅诺夫和坎多夫已经离开了众人,在一株树下激烈地争论着什么。尼科莱·奈德科维奇也和他们在一起。

"你说我们必须进行这场斗争,"坎多夫继续着他们的讨论,"因为它的目的是自由。自由?这个自由到底是什么呢?这是不是说,我们应该再有君王,甚至苏丹、官吏,让他们来掠夺我们,让僧侣和教士们从我们的劳动中吃得又肥又胖;还要让军队来吸干我们人民的生命之泉源。这是不是你所谓的自由呢?我决不愿意为这种自由而牺牲我小指头上的一滴血。"

"你听我说,坎多夫先生,"奈德科维奇回答说,"我尊重你的意见,但是你的这些意见在这里却用不上。我们首先需要的是政治上的自由——那就是说,我们要做我们自己的国土和命运的主人。"

坎多夫摇着头表示异议。

"可是你刚才讲给我听的是另外一回事。你们要推选一批新的主人来代替旧的;因为你们不要那个土耳其的伊斯兰教主①,你们要拥戴另外一个人,这个人你们称之为'叶克沙

---

① 指奥斯曼土耳其统治者。

赫'①——那岂不是以暴君易暴君吗?你们强迫人民受统治者的统治,而灭绝了每一个平等的思想;你们尊重了强者剥削弱者的权利,资本剥削劳动的权利。给你们的斗争一个更人道些的、更近代些的目的吧;使它成为一种不单是反抗土耳其奴役的斗争,同时也是为了近代思想的胜利而进行的斗争吧,这所谓近代思想,就是,毁灭一切被长期以来的偏见所尊崇着的愚蠢的秩序,例如皇权、宗教、产权和强者的特权,这些都是人类的野蛮所造成的不可侵犯的原则。你们去读读赫尔岑②、巴枯宁③和拉萨尔④的著作吧。丢掉这个狭隘的、庸俗的爱国主义,举起合理的现代人道主义和清醒的科学的旗帜吧……那时我就和你们在一起了。"

"你所表现的思想,"奥格涅诺夫尖锐地回说,"只不过显示了你的博学,但同时也很清楚地证明了你对于保加利亚问题一点都不懂。只有你一人站在这面旗帜下,全国的人民都不会懂得它的。你要明白,坎多夫先生,我们只能向人民提出一个合理的和可能的目标——那就是:打碎土耳其的羁绊。目前我们只看见前面有一个敌人——土耳其人;为了反对这个敌人,我们要起义。至于你刚才给我们讲的社会主义思想,不合我们的胃口。保加利亚人的正常头脑接受不了它们,它们永远不会在保加利亚占一席之地,无论是现在或任何别的

---

① 东正教的大主教。
② 赫尔岑(1812—1870),俄国革命思想家及政论家。
③ 巴枯宁(1814—1876),俄国著名的无政府主义者,曾极力反对马克思主义,在国际工人运动中起了极有害的作用。
④ 拉萨尔(1825—1864),十九世纪中叶德国工人运动的重要活动家,曾接受马克思的影响,后来完全堕入了改良主义的泥潭里,成为机会主义、改良主义的代表人物。

时候。你那些说得挺响的'现代人道主义思想和理智的清醒的科学'这一套理论和旗帜,只能混淆我们的视线。我们现在所应该做的,就是要保卫我们的家园、我们的名誉和我们的生命,免得受那些卑鄙的警察的随意破坏……在解决社会科学的一般问题——或者,说得更准确些,在解决那些难懂的理论之前,我们首先必须从桎梏中把自己解放出来。你所熟读的那些大作家对于我们是一点都不了解的,他们对我们的苦难也一点都不关心。我们只能依靠全国人民,这中间,我们也不能不把'财主'阶级和教士都包括在内,因为他们也是我们所必须利用的力量。打倒了那些土耳其警察之后,人民才能达到他的理想。如果你有别的理想,那它绝不是人民的理想。"

这时音乐停了,喧闹也静了下来。那瞎子正在吹起他的笛子,发出异常美妙的声音。

"你们到这里来呀。在那里谈什么哲学啊?"有人对这三个辩论者说。

可是这三个人连头都不回,继续热烈地辩论着。

瞎子科尔乔继续在庄严的静寂中吹了一会儿笛子,使所有的人,虽然他们多少有了些酒意,都欣赏着他用黑色的笛子吹出来的令人神往的旋律。忽然那瞎子停止了吹奏,说道:

"你们知不知道我现在看见了什么?"

人们哄然大笑了。

"你们猜猜看!"科尔乔说。

"要是猜对了,你给我们些什么?"有人问。

"我的天文镜。"

"在哪里?"

"在月亮里。"

"你看见了米尔卡·托多里金娜的红脸蛋。"迪姆乔神父说。

"不是这!要说看见她的脸,不如说亲吻她。"

"唔,我说你看见了弗拉丘先生。"波波夫说,因为弗拉丘刚巧站在瞎子前面,在他眼前挥动着胳膊。

"不是,你能看得见风吗?"

"那么,你看见了太阳!"

"不是,你知道太阳跟我早已吵翻了,我赌过咒,一辈子不看它一眼了。"

"那么,你看见了夜。"那医生说。

"不对,不对!我看到的是你们正要给我的酒杯啊——瞧你们都忘记我了。"

立刻就有几个人把酒杯斟满了,笑着递到他面前。

"祝你们健康,朋友们!"他说,接着干了一杯。

"我还会得到些什么,你们不会猜到的。"

"我们还有几杯给你斟好的酒。"

"有几杯?"

"七杯——就是七宗罪①的数目。"

"唔,我宁可得到四十个殉教圣人的数目。"迪姆乔神父说。

"说得好——祝你健康!"

"保加利亚万岁,巴尔干共和国万岁!"弗拉丘用法语

---

① 旧教以骄傲、嫉妒、贪婪、淫逸、饕餮、愤怒、懒惰为七罪宗,说一切罪恶皆从此七罪产生。

喊着。

科尔乔唱起了祈祷歌。

欢宴一直进行到天黑。大家都站起来,预备进城了。

"朋友们,别忘了明天到学校去排戏啊。"奥格涅诺夫叫喊着。

"你预备演什么戏?"那个大学生问。

"根诺薇娃①。"

"为什么挑那么一出老戏?"

"为了两个理由——第一,因为这个戏没有煽动性——那些财主们坚持这一点;第二,因为大家都读过这个戏而且欢迎它。我们不能不照顾到他们的趣味。反正我们要的是一笔大收入;我们要给我们的读书室②买书报,还为了一些'别的'事情。"

这一群愉快而喧闹的同伴动身进城了,一会儿,他们就消失在那些已被暮色所包裹的园子里。一刻钟之后,他们胜利地进入了城里的那些已经黑暗的街路,一路雄壮地唱着革命歌曲。这个热闹的游行队伍吸引了成群的妇人和孩子走出到大门口来看。

只有奥格涅诺夫不在他们中间。当他还在草地的时候,一个小男孩在他耳边悄悄说了几句什么,于是他就离开了他的同伴,谁都没有觉察。

---

① 即德国作家弗莱特里克·赫贝尔(1813—1863)在一八四一年所著五幕名剧。
② 当时保加利亚民间阅读书室林立,它们都由各地的民主知识分子管理,同时又成为地下革命工作的中心。

第十五章 邂 逅

奥格涅诺夫一直往北,向巴尔干山隘口那边走去。天已经黑了。太阳已经平静而庄严地落了山。它给斯塔拉山顶披上的那层金色的余晖在消隐下去。唯有几朵云,它们的西边拖着一些金黄色的流苏,还在紫霞笼罩的高空中对太阳微笑。现在,这个山谷已经完全包裹在暝色中。西边的那些白色的沙石坡都已隐没在朦胧的幽阴里,这个幽阴,愈来愈多地爬上了修道院的草地、岩石和那些轮廓逐渐模糊起来的杨柳树和梨树。没有鸟叫,没有虫鸣。那些整天使这个山谷很愉快的禽鸟都静伏于安全地建筑在树枝上或托庇在修道院屋檐下的窝里了。夜里的那种古怪忧郁的寂静,同黑暗一起统治了整个世界;只有一个声音在冲破这种孤寂,那就是山涧瀑布的喧响。时而有一阵风吹来远处迟归的牛羊在急忙地赶进城去的铃铎声。不久,月亮出来了,于是增加了这个牧歌情调的时光的魅力。一片金光照在草地和林木上,那些树木就把那怪异的影子投射到地上。那些沙石坡显得格外清楚,像古老废墟的墙垣;那个新造的穹顶又高又白地矗起在修道院屋檐和白杨树上面,在它的后面,斯塔拉山顶耸起在半天,一直隐没在深蓝色的太空里。

奥格涅诺夫走过修道院背后,顺着那条幽暗僻静的山谷走去;他在乱石块上徘徊了一会儿,就走到一个磨坊旁。

斯托扬老爹正在门外迎候他。

"什么事?"奥格涅诺夫急忙问。

"这里来了一个朋友。"

"什么朋友?"

"是我们的人。"

"我们的人?"

"是的,一个人民的保护者。"

"他是谁?"

"我不认识。他昨天夜里从山上下来,径直到了我这里。起先他吓了我一跳,我以为他是个强盗。待会儿你就可以看到他是怎么个情形了;他骨瘦如柴……看样子是自己人。我给了他一些面包。"

"带我去见你的客人吧!"

"我把他小心地藏起来了。跟我来。"

于是斯托扬老爹带他走进了磨坊。里面很黑。他点亮了一盏煤油灯,引导奥格涅诺夫从墙壁和磨石中间走去,经过了两个谷仓,立停在一个小门前。这小门上还留着一个扯掉了一半的大蜘蛛网,表示它已经关闭了好久。

"怎么,他在这里头吗?"

"怎么不是!藏好了的牛奶,猫都偷不到……不是吗,老师?"

于是斯托扬老爹敲着那扇门,还叫着:

"喂,先生,请出来吧。"

门开了,一个年轻人弯着腰走了出来。他是一个很矮很弱的人,一头淡黄的头发,一张非常瘦小的脸,好久没有修刮了,行动很敏捷,眼光很活泼;但使奥格涅诺夫感到惊异的却是他那种极度的衰弱和憔悴。他身上穿着流亡的革命者平常所穿的那种紧身白粗布衣裳,背上、胸前和膝部也镶绲着那些传统的流苏、圆球和穗带,但是这件衣裳已经完全破损了,所以在许多破洞里露出了他的皮肉。

当第一眼相见的时候,他和奥格涅诺夫同时都吃惊地叫起来:

"穆拉利斯基!"

"克拉利奇!"

他们彼此热烈地握手和拥抱了。

"怎么?是你吗?你从哪里来呀?"奥格涅诺夫问,原来他在他所隶属的一支小队里认识了这位穆拉利斯基同志。

"我吗……你这些时候到哪里去了?我怎么见不到你呀?真的是你吗,克拉利奇?"

克拉利奇忽然一惊,转身向磨坊仔细看了看,对那擎着灯呆立在他们面前的斯托扬老爹说:

"斯托扬老爹,吹熄了灯火,把门关上……或者,不必了,还是我们到外面去吧。这里太闹,不好谈话。"

斯托扬老爹擎着灯带路,然后在他们背后把门掩上,一面说:

"好,你们在外面好好地谈一会儿吧。我可要睡了。如果你们觉得倦了,就进来睡觉。"

山谷里已经完全黑暗,但对面的崖石上却被月光照得很亮。奥格涅诺夫和他的同伴一直走到山谷里最暗的地方,挑一块宽阔的山石坐下了,在那旁边,溪涧里的水淙淙奔流着。

"让我们再亲一亲,兄弟。"奥格涅诺夫感动地说。

"唉,克拉利奇,告诉我,你怎么会到这里来的?我最后听到的你的消息,是说你在狄亚倍吉尔那个天堂里。"

"你呢,多勃里,你还没有上绞刑架吗?"奥格涅诺夫开玩笑地问。

他们是很亲密的老朋友。共同的命运和共同的苦难能把最不契合的性格联结起来。而鲍依乔和穆拉利斯基已经在行动上及思想上都成了一对好弟兄。

"唔,你把一切都告诉我吧,"穆拉利斯基说,"你的故事比我长得多,所以你先说吧。你是什么时候从狄亚倍吉尔回来的?"

"你是说,我什么时候逃出来的吗?"

"怎么?你是逃出来的?"

"不错,五月里。"

"你居然平安地来到这里?你走的哪一条路?"

"我从狄亚倍吉尔徒步走到俄国的亚美尼亚,在俄国人的帮助下,从那里穿过高加索到敖德萨,在敖德萨,我乘小火轮到瓦尔纳,又从那儿爬过高山,到了特罗扬附近的那些牧人的棚屋,然后又从那里翻过斯塔拉山来到白拉切尔克瓦。"

"但是你怎么会偏偏找到白拉切尔克瓦来呢?"

"我不敢到一个没有熟人的地方去,但是,另一方面,即使有熟人,因为不知道他们现在的思想怎样了,也怕不可靠。我想起父亲有一个好朋友,一个很不错的人,他住在白拉切尔克瓦。而这个地方,除他外,不会有别人认识我;再说,要不是我自己告诉他,他也认不得我了。"

"可是,我怎么立刻就认出你来了呢?那么,你就这么住下来了?"

"是啊,我父亲的那个朋友给我找了个教师的职位,所以,一直到如今,感谢天主,一切都过得很好。"

"这样说来,你现在已经变成一个教师了,克拉利奇?"

"表面上——是一个教师;但是,骨子里,还是老行业。"

"什么——传道①吗?"

"是的,革命。"

"唔,你们这里搞得怎么样?我们把事情都弄糟了。"

"现在事情很顺利。人心都很振奋,这块地方已经像一座火山了。白拉切尔克瓦本来是列夫斯基的一个根据地。"

"你的计划怎样呢?"

"现在我们还没有什么计划。我们现在还只是在理论上为起义做准备的阶段,在等候情况的发展。但是这个运动正在一天一天地强大起来,不单是这里,而且周围都是这样,迟早总会有一次起义的。"

"好,克拉利奇!干得好!你是个了不起的家伙。"

"现在,让我听听你所经受的苦难吧。"

"哦,那件事情你是都知道的。我们在旧扎戈拉把事情弄得一塌糊涂,我们弄得简直不敢见人。"

"不,不,你从头讲起,从我们的支队被打散,我们大家分手的时候讲起。你要知道,我在狄亚倍吉尔待了八年呢,这许多时候,我一点都没有听到你的消息,或是任何一个朋友的消息。"

穆拉利斯基躺倒在岩石上,头枕着双手,在这样一个休息的姿态中,他把他的故事详详细细地讲了出来。他曾经参加了迪米特尔·奥勃什蒂②所领导的那一次索非亚起义,也参

―――――

① 即宣传革命之隐语。
② 十九世纪后期保加利亚的反奥斯曼土耳其民族解放运动的首领之一。一八七三年被土耳其人绞死。

加了袭劫奥尔哈尼邮局的行动。后来他被人出卖而遭逮捕,全亏一个奇迹,才得以幸免了绞刑架或狄亚倍吉尔。以后他就跑到罗马尼亚去,在那里流浪了一年半,一直与饥饿和困苦奋斗着;从那里又负担了一个任务回到保加利亚,和伴随着一个宣传家的那些恐怖与危险斗争着。同年春天,他出现在旧扎戈拉,热心从事于起义①的准备工作。在这次起义中,他只在艾尔霍沃的小接触中被土耳其人打了个轻伤,随后就逃进斯塔拉山里,被土耳其缉捕队追踪着,甚至那些保加利亚的牧人,他向他们去乞取一块面包或想换一件乡下便服的,也追着他。

他这样在巴尔干山上流浪了十天,听命于千万种的危险和苦难。后来肚子饿得慌了,逼得他只好下山来,拄着枪,向第一个碰到的人乞取一块面包。幸而,他碰到了斯托扬老爹。他很感激地陈说这磨坊主人待他怎样怎样好;他说,自从他流落在斯塔拉山上以来,斯托扬老爹是第一个像兄弟般对待他的人。

奥格涅诺夫激动地倾听着穆拉利斯基讲述他的种种危险的遭遇。他仿佛亲身经历着这些惊恐与苦难,以及因人们的卑鄙与懦怯而感到的羞耻和痛苦的失望。人们的这种卑鄙与懦怯,往往是随着革命失败而来的。现在,他正怀着一个兄弟的情谊,思忖着穆拉利斯基的命运。

穆拉利斯基说完了。溪流潺潺地在他们脚下流过。四周是一片寂静。对面被月光所照亮的那些岩壁也是鸦雀无声。

---

① 旧扎戈拉起义,由斯塔姆保洛夫领导,发动于一八七五年九月,立刻被土耳其人镇压下去了。

唯有山间的夜风在野丁香和其他丛莽中吹得簌簌地响。

第十六章　坟墓里出来的声音

到了早晨,奥格涅诺夫就动身进城了。他翻过巴尔干山隘口,走到修道院附近。在修道院旁边的草地上,那些高大的核桃树底下,他看见那修道院院长光着头在那里散步。他正在欣赏这个浪漫的地方的清晨美景,并且深深地呼吸着清新而卫生的山中空气。在那些枯萎的树叶中,在巴尔干山的黄色的柔和的山脊上,以及到处是忧郁和萧瑟的景象里,秋天显现着一种新的美艳。

奥格涅诺夫和修道院院长彼此打了招呼。

"这些都是好地方,神父,"奥格涅诺夫说,"您真是好福气,住在这大自然中间,可以安安逸逸地享受它的神奇的美景。如果我有一天想到要干你们这门行业,那一定是为了爱好大自然和它那永恒的美景。"

"当心,奥格涅诺夫;要是你做了'使徒'①之后再来出家做修士,那不是降低了身份吗? 不必,不必,还是做你的事吧。况且,我也不能把你收留到我的修道院里;你会把耶罗泰神父也教坏的,你是一个不信天主的无神论者啊。"那院长戏谑似的说。

"这个老头为人怎样?"鲍依乔突然问道。

---

① 当时尊称革命者为使徒。

"一个很规矩可敬的僧侣,简直像万军之主①一样。他唯一的缺点就是爱把钱埋在地里,让它生锈……有时为了公用,我们问他要一些钱的时候,他总是唠叨个不停,所以我们有一句比喻说法,常说某人'唠叨得像耶罗泰神父'。你这么早从哪里来呀?"

"我在斯托扬老爹的磨坊里过夜的。"

院长有点吃惊地看着他。

"为什么?你受了什么惊吓吗?"

"不是不是——因为来了一个朋友。"

于是奥格涅诺夫简单地把他和穆拉利斯基相遇的事情告诉了他。

"那么你为什么不陪他到修道院里来过夜呢?"院长责备似的说,"你们一定是睡在麦袋上吧?"

"我们委员会分子是什么都过得惯的。"

"好,好,愿天主保佑你们。你说你给他取了一个什么名字?"

"快腿雅罗斯拉大。"

纳塔那伊尔院长大笑起来。

"你们这些使徒们真是大胆的人;可是当心你的水壶,不要第三次再打翻了。"

"放心放心,我们委员会分子是有一个天主照顾着的,正如他照顾强盗们一样,"鲍依乔意味深长地微笑着,"怎么,你还带着枪吗?"他瞥见纳塔那伊尔院长的来复枪靠在一株柳树上。

---

① 上帝耶和华的称号之一。

"是啊,我想今天早晨来试试看。我好久不碰它了。你鼓动了所有的人,我们现在每天早晨,在修道院门前都有音乐听——那就是枪声:这声音连死人都能唤起来,别说我这样一个老罪人了。"

"唔,再试试手劲,这也不坏,神父。"

他们俩且说且走,不觉已到了那个恐怖之夜的磨坊边。奥格涅诺夫一看见它,就蹙紧了眉头。

这个磨坊现在已经关闭了。斯托扬老爹早已废弃了它,而在修道院背后的山溪旁边另外租赁了一座,那就是我们在上文叙述到的。

这个废弃了的、隐没在芳草中的磨坊,在这个美丽的地方,就像一座坟墓。

这时候,蒙乔偷偷地走过来。他立停了,两眼瞪着奥格涅诺夫。一道古怪的微笑显现在他那傻气的脸上。在这个痴癫的神色里,可以看出鲍依乔在他心里所引起的那种好感、恐惧和惊异。原来在好几年以前,他曾经在一个警长面前咒骂了穆罕默德,那警长就把他打个半死,躺在地上什么都不知道了。从那时起,他那朦胧的意识里只留着一种感情、一种思想——那就是对土耳其人的狠毒的、恶魔似的仇恨。碰巧他看见了那两个凶汉在磨坊里被杀死和以后的掩埋情形,他心里对奥格涅诺夫就产生了无穷的钦佩和尊敬。这个感情差不多发展到了崇拜的程度。所以,为了某些不很清楚的理由,他就称他为俄罗斯人了。第一天夜里,他在走廊里碰到了奥格涅诺夫,简直大受惊吓,但是后来因为奥格涅诺夫常常到修道院里来,他也就习惯了,他仿佛被奥格涅诺夫迷住了似的——眼睛一直不离开他,把他看作自己的保护人。如果修道院里的仆役弄恼了他,他总抬出俄罗斯人来吓唬他们:"我要去告诉俄罗斯人,把你们也杀掉。"说着还把手指在喉咙上一抹。但是,幸而没有人懂得他这些话的意思,因为他在城里的时候,有时也会说出这些话来。修道院院长和鲍依乔一点都没有注意到这个一直在摇着头,并且亲善地傻笑着的蒙乔。

"你看!警长走过来了。"院长说。

果然,有一位警长在走近来。他肩膀上挂着枪,背了一个背包,他是出来打猎的。

这位警长年纪大约在三十五岁上下,生着一张黄肿的脸,一个大脑门子,一双灰色的小眼睛,懒洋洋的一副瞌睡样子。他显然是一个有鸦片烟瘾的。在寒暄了几句客套话,还交谈了些关于本年狩猎情况的话以后,那警长就拿起了院长的来复枪,像每一个狩猎家那样仔细地察看着,然后说:

"这是一管好枪,神父先生,你预备打些什么?"

"唔,我正在想呢,谢里夫大人。我已经一年没有用它了,所以我想今天早晨来玩玩。"

"你预备打哪个靶子?"那警长问,同时从肩膀上取下了他那管马棍尼枪,显然是想显显他的本领。

"唔,靠近泥坑边的,那峭壁上像顶帽子似的大蓟草吧。"院长说。

警长看着觉得惊奇。

"那很远呢。"他说,然而,他走到一块大石头旁边蹲了下来,把枪搁稳了,瞄准了大约十秒钟,就放了一枪。子弹打在离开目标几步远的地方。

谢里夫阿加红着脸,现出局促不安的神气。

"让我再来一枪。"他说着,依旧靠在那块石头上,差不多瞄准了一分钟之久。开了枪之后,他就马上站起来望去,可是只见峭壁上那株高大的蓟草还在迎风摇曳。

"混账,"他恼怒地说,"先生,打这么远一个靶子可不成。现在你来吧,院长,不过我警告你,你也不过浪费弹药而已。可是,也许只打得中峭壁!"他俏皮地说。

院长立着,把枪抵着肩窝,眼光顺着枪管望出去,就放了一枪。

那株蓟草不见了。

"这个老家伙总算没有欺侮我。"院长说。

"这是侥幸,"那警长嚷说,"再来一枪。"

院长就瞄准了另外一株蓟草放了一枪,子弹依然打中了目标。那警长气得脸色都青了。

"你的眼力简直好极了,院长先生,不过我可以打赌,你决不会有一年没有打枪了。好吧,你去教教你们那些整天在这里打枪的年轻人吧,"然后他又不怀好意地说,"他们仿佛对某一件事情很起劲。可是归根结底,他们会遭殃的。"这时那警长转脸向着奥格涅诺夫,脸色显得更凶恶和充满仇恨了。

这些时候里,蒙乔一直站在远处,但现在他的神情却因为恐惧与痛恨而变得很吓人了。现在,他用威胁的眼光看着那警长,咬牙切齿地伸开了双臂,像正要扑过去打人似的。那警长无意间回头轻蔑地看了他一眼。于是那疯子就显得更凶恶,满口沾着唾沫,嚷道:

"俄罗斯人会把你也杀掉的!"接着骂了他一顿,连他的母亲都骂到了。那警长虽然略微懂得一点保加利亚话,但是对于蒙乔的那些疯疯癫癫的话却一点都听不懂。

"这畜生在嚷些什么?"他问那院长。

"他没有什么恶意,先生,难道你还不了解他吗?"

"为什么蒙乔在这里竟这样兴奋?他在城里的时候倒总是很安静的。"鲍依乔问。

"那是因为,每一只雄鸡都只会在它自己的粪堆上叫。"

这时,忽然有一只腰间带黑斑的大猎狗,颈项上戴了一个皮领圈,圈上拖着一段断残的皮带,穿过草地向他们跑来。

大家都转身看这只狗。

"这只狗是从什么地方逃出来的,"那院长说,"附近一定有打猎的人了。"

奥格涅诺夫不由得颤抖起来。

那猎狗跑到磨坊边,停住了,净嗅着磨坊门。然后又绕到磨坊背后去,悲惨地嗥叫着。

奥格涅诺夫禁不住直打冷战。

"怎么,这是那失踪的埃麦西兹·佩赫利凡的猎狗呀!"那警长诧异地喊着。

这一条奥格涅诺夫很熟悉的猎狗,一直绕着那磨坊奔走,在门槛上抓抓,在丛莽中刨刨,嗥叫着。最后,它像要让人认出它似的,仰天悲号起来,这声音沉重地打击着奥格涅诺夫的心。他和院长惊慌地交换了一个眼色。那警长惊诧地看着这情景,脸上现出疑惑的神气。

那猎狗直朝这边嗥叫着,忽然冲向奥格涅诺夫。他赶紧闪退,脸色变得像死灰一般。那条狗又向他疯狂地扑过来,悲哀地嗥叫着。

他不由自主地抽出他的匕首来抵抗这凶猛的狗,以保卫自己,同时,那院长也竭力企图把它赶退,但随手找不到石块,所以竟毫无效果。

警长一声不响地看着这奇怪的情景,他用怀疑和恶意的眼光看着奥格涅诺夫和他的亮晃晃的匕首。但是,当他看出奥格涅诺夫会为了自卫而伤害那条躲开匕首而从另一边扑上来的狗后,他就插身进来,把那条狗牵开了。他回头对那窘急和用力得脸上又红又气喘吁吁的奥格涅诺夫说:

"先生,为什么这条狗对你这样凶呀?"

"我想一定是因为有一回我用石头打了它。"奥格涅诺夫佯装镇静地回答。

那警长怀疑而探询似的看了他一眼。他显然是对这个回答没有满意。他心里起了一种隐约的疑惑。他已决定要研究这件事情,所以,为了要表示他很满意于奥格涅诺夫的回答,就说:"这一种狗是很有报复心的。"于是他向院长打了招呼,就告别而去,一会儿就隐没在巴尔干山隘口那边了。

那条猎狗翘起尾巴,跑过草地,去追赶它的新主人了。

"你不是把那个家伙弄死了吗?"院长问。

"我把它打个半死,就丢在溪沟里淹了,可是它竟又活了过来,真倒霉。"奥格涅诺夫忧虑地说,"斯托扬老爹说得不错,我们应该把它和那两条狗一起埋了的。这也是命该如此,刚巧碰上谢里夫这个蠢家伙也到这里来。麻烦总是在你最想不到的时候出来。"

"你到底是不是把那两个家伙都杀死了,他们会不会也像这条狗似的活转来呢?"那院长责备似的问,"一个人要做这种事情,就应该做得彻底,手脚要做得干净。看来,你干这一行还是初出茅庐呢,鲍依乔。可是,也用不着害怕。我们当时所散布的关于那两个人的谣言已经把土耳其佬迷惑住了。不过我还得留心听着。"

这时奥格涅诺夫正在仔细地打量着掩埋那两个土耳其人的地点。使他很惊奇的是，他看见那地方已经堆起了一大堆石头。他和磨坊主斯托扬都没有在那地方堆上过石头呀。他把这件怪事告诉了修道院院长，院长就推测着安慰他说，可能是偶然有人在那地方堆放的。他们谁都想不到这是蒙乔干的把戏。原来蒙乔每天跑到这地方来，嘴里咒骂着，手里拿着一块石头，投掷着这土耳其人的坟墓，日积月累，居然已经堆积了好大一堆了。

奥格涅诺夫伸手告别。

"你现在到哪里去？"

"再会，我很忙，为了排戏，还有许多事情要做——那只该死的狗简直使我把台词都忘记光了。"

"你扮什么角色？"

"伯爵。"

"伯爵？你是哪里的伯爵？我倒要知道。"院长开玩笑似的问。

"狄亚倍古尔要塞的——谁要是喜欢那地方，我随时都可以奉让。"

于是奥格涅诺夫上路走了。

第十七章 演 戏

当晚要在男校里演出的那出戏《根诺薇娃哀史》，已经是大多数青年读者所不熟悉的了。但是在三十年前，这出戏曾经风靡一时,在整整一代人中引起过轰动,当时足以和它抗衡的戏只有《亚历山大外史》①《聪明的贝托尔德》②和《米哈尔》三出③。它的情节,简而言之,是这样的:一位日耳曼的伯爵齐格弗里,奉命到西班牙去征伐摩尔人④。他的妻子,年轻的伯爵夫人根诺薇娃留在家里,哀愁万分,无以慰藉。他刚一出师,他的总管高乐士就纠缠他的夫人,施以无礼,可是被她愤慨地拒绝了。于是这个怀恨在心的高乐士就杀害了她的忠仆德拉科,把她关进牢里,同时他还送信给伯爵,诬蔑伯爵夫人与德拉科有奸情。伯爵大怒之下,就派人传谕,吩咐把他不贞的妻子处死。但是高乐士派遣去杀害伯爵夫人的那两个刽子手,却对她动了恻隐之心,并没有杀死她,把她和她的孩子抛弃在森林中的一个山洞里,让他们去听天由命,回去谎报高乐士,说已经执行了他的命令。七年之后,伯爵班师归来,甚是忧悒怅惘,他从根诺薇娃留给他的一封信里知道了她的清白无辜。他读了这封信,只好哀恸她的早死。高乐士被锁上了脚镣,由于良心的谴责,发了疯。后来伯爵到森林里去打猎散心,偶然在那山洞里碰见了伯爵夫人和他们的孩子,还有一头用乳汁喂养他们母子的牝鹿。于是夫妇和好如初,欢喜地回到堡邸里。这个质朴动人的故事,使城里的每一个老妇人和年轻新妇都感动得流泪。直到今天大家都还记得它的情

---

① 《亚历山大外史》是关于古马其顿王亚历山大的生活和功绩的故事,这是拜占庭文原著的译本,著称于中古的保加利亚,原作者佚其名。
② 《聪明的贝托尔德》是德国民间的幽默故事。
③ 《米哈尔》是萨瓦·多布罗普洛德尼著的喜剧(1856年),从塞尔维亚剧作家约万·波波维契的剧本改编而成。
④ 居于北非的一个民族,信奉伊斯兰教,中世纪时侵入西班牙,西班牙人遂称伊斯兰教徒为摩尔人。

节,而许多贵妇人甚至连剧里的台词都记得烂熟。

这就是这出戏公演的消息这些天来一直轰动着全城的缘故了。人们都把它当作一件大事情,焦急地等候着,认为这是白拉切尔克瓦城里的单调生活的一个愉快的调剂。每一个人都在为看戏而张罗着。富豪的太太们都在拣选她们的艳装和首饰,贫家小户都向市场上卖出了他们纺的绒线,立刻把所得的钱拿去买戏票,因为生怕拿去买盐或胰子了。公众所谈论的都是关于演戏的事,在社交场合和家庭里的那些流言蜚语都被这个话题压了下去。老太太们在教堂里碰头的时候,都彼此问着:"葛娜,今晚你去看《根诺薇娃》吗?"她们都准备去为那受尽苦难的伯爵夫人洒些伤心之泪。在家里,人们都怀着好奇的心情议论着谁扮演什么角色,对于奥格涅诺夫扮演伯爵,一致表示了满意。那个以发疯为下场的奸人高乐士,将由弗拉丘来扮演,因为他喜欢演激情角色(为了加强扮演这个角色的效果,弗拉丘特地在一个月之前就留起他的头发了)。那个好奇鬼伊利乔扮演忠仆德拉科的角色,他今天已经是第二十次练习他应当怎样死在高乐士的剑下。他还得在这之后做出伯爵的猎狗的吠叫声,他也同样专心地练习着这个效果。至于根诺薇娃这个角色,最初有人主张让维肯蒂辅祭扮演的,这是因为他的美貌和长头发;但是后来因为想到一个有神职的人不宜于登台表演,就把这个角色交给别人去演了,同时还交给那人一种白色的香脂,让他去掩盖他的胡子。其余的配角也都安排好了。

布景是个更大的困难,因为必须用很少的费用把舞台的一切都安排好。唯一的开支是留着购置一块幕布用的,他们买了一幅红呢,为了要使它看起来更艺术化一些,就请了一个德勃拉来的画圣像的画工,在那幅幕上画了一架七弦古琴①,但是,他画出来的却更像一把挑干草工人用的六齿杈。为了伯爵堡邸的布景,城里好一些的家具都搜罗出来听候支配。拿来了鸠拉哈吉的有白杨树印花的窗帘;卡拉·高佐鲁的两只小亚细亚式的细颈陶罐;米佐·倍扎岱的那些精致的玻璃花瓶;米乔·萨拉诺夫那幅大壁毯;尼科莱·奈德科维奇的普法战争画件;本乔鲁那只坐穿了底的旧沙发——这是本城唯一的沙发椅了;还借来了马尔科·伊凡诺夫那面从布加勒斯特带来的大镜子和那些"殉教圣人"画幅;女修道院的那些鸭绒靠垫;学校的澳大利亚地图和一个地球仪;教堂的那座小的枝形挂灯,它的灯光照亮着整个这些花哨的摆设。甚至连衙门里的牢狱也借给了高乐士所用的镣铐,至于服装,他们穿的是三年前演出《拉伊娜公主》②那出戏的时候所做的衣服。因此,那伯爵就穿了斯维托斯拉夫的大红丝绒披风,根诺薇娃穿了拉伊娜的服饰。高乐士加了一些装饰品,譬如带穗的肩章和擦得锃亮的高筒马靴。甘乔·波波夫,他扮演两个刽子手中叫洪斯的那个人,佩着他那柄预备起义时用的长刀。德拉科得意扬扬地戴着米哈拉基·阿拉弗朗迦的那顶已经有些瘪缩了的高筒礼帽。鲍依乔虽然竭力反对这些五光十色的化装,认为是不合时宜的,但是终于无效。多数演员都坚持这样可以使那一场演出更有效果,他也无可奈何,只好作罢了。

太阳刚一落山,人们就纷纷到剧场里来了。在前面几排入座的是当地的名人,其中包括着那被特别邀请的知事。他

---

① 古希腊的弦乐器,形如两只翘起的牛角,中间拉起琴弦。
② 保加利亚剧作家多勃里·沃依尼科夫在一〇六六年根据俄国作家维尔特曼的历史小说《保加利亚的拉伊娜公主》改编的。

旁边坐着达岷乔·格里戈尔,这是特意安排在那里设法讨好知事的。其余的座位全给形形色色的一般观众占满了,大家闹嚷嚷地在等待着开幕。妇女之中嗓门儿最大的是瑾卡大姐,她把这出戏记得烂熟,正在不住嘴地给她前后左右的邻座讲解那伯爵出场后应该说些什么开场白。斯米昂哈吉坐在另一排长凳上,正在给人家讲说布加勒斯特的戏院比这个剧场大多少,还有那幕上画的干草又是什么意思。乐队是由本地的那些吉卜赛竖琴手组成的,他们大部分时间都奏着奥国国歌,这分明是为了向那日耳曼伯爵大人致敬。

终于,开幕的时间到了。奥国国歌停了下来,戏幕企企扭扭地拉起来了。伯爵首先出场。剧场里顿时变得鸦雀无声,好像是没有人的空屋子。那伯爵开始说话了,于是瑾卡大姐就在座位上给他提词。当那伯爵偶尔漏掉或改动了一个字时,她就嚷:"错了!"一阵号角声响了起来,卡尔大帝的使者进来宣谕他去征伐摩尔人了。那伯爵于是和根诺薇娃告别,根诺薇娃晕倒在地,伯爵就走了。当根诺薇娃苏醒过来之后,看见伯爵已经去了,就痛哭起来。这个哭泣引起了群众的一片笑声。瑾卡大姐喊着:"哭呀!你不知道怎么哭吗?"于是那伯爵夫人号啕得更响些,观众也就报以更喧闹的哗笑。瑾卡大姐笑得最响,她还嚷道:"让我到台上去,我给你哭个样子看!"斯米昂哈吉就向观众大发议论,他说哭是一种特别的技能,还说在罗马尼亚,人家小丧事的时候,有一批女人专门被雇用去哭泣的。有人嘘着叫他静些,他就转而去嘘那些正听他议论的人。但是高乐士的出场却把这乱哄哄的情况改变了过来。他想诱惑根诺薇娃失节,但是她鄙夷不屑地拒绝了他的要求,并且叫德拉科来,要他带上一封信,把高乐士押送到伯爵那儿去。德拉科出场了,人们一见他那顶高筒礼帽,全场又发出一阵大笑,这却把他弄了个上场昏。瑾卡大姐嚷道:"德拉科,把阿拉弗朗迦的那个汤罐摘掉!光着脑袋好啦!"于是他真的摘掉了那个高筒帽——观众越发笑得厉害了。但是舞台上发展到了悲剧性的情节。那盛怒的高乐士拔出剑来向德拉科刺去,但是剑尖还没有碰到,德拉科已经像一段木头似的倒在地上,一动都不动地死去了。观众对于这样蠢笨的死法都不满意,有人竟嚷着要德拉科抽搐扭动几下。仆人们进来抓着这具僵尸的脚,让他的头撞着地,把他拖了出去。德拉科居然很英勇地忍着痛,一丝不苟地扮演着死人的角色。那伯爵夫人就被关进了监牢。

第一幕到此完结,接着奏起了奥国国歌。剧场里乱哄哄地响着观众的议论和嬉笑。老太太们都不满意于根诺薇娃,因为她演得不够苦;相反地,高乐士却把他那个不讨人喜欢的角色演得很好,因此获得了几位老奶奶的应有的憎恨。一位老太太对演员的母亲说:"塔娜,你们的弗拉丘干的勾当真不像话!那个小娘子对他怎么啦?"

在前排座位里,达岷乔·格里戈尔正在不厌其详地给知事解说第一幕的剧情。他由于自己的口才而忘乎所以了,于是便讲起一个法国总督的故事,是说那个总督也中了类似的阴谋,因而遗弃了他的妻子。知事很用心地听着,结果却以为戏里的那个伯爵就是法国总督,一直到最后他还没分清楚。

"据我看来,这个总督真是一个大糊涂虫,"他带着严厉的口吻说,"他怎能就这样下命令杀死他的妻子,连审问都不审问她一番呢?唔,我在把一个街头醉汉关起来以前,总得先叫那个保加利亚警察①闻闻他的气息。"

"但是,这个戏是故意要这样写的,知事大人,使它格外有趣些。"达岷乔说。

"唔,那个编剧本的是个傻子,而这个总督是个更大的傻子。"

坐在邻近的斯特弗乔夫也在吹毛求疵地品评着伯爵这个角色。

"很显然,"他拿出权威的架势傲岸地说,"奥格涅诺夫根本不懂得演戏。"

"为什么?他演得很好呀。"斯米昂哈吉居然反驳他。

"演得很好!——他演得像一只猴子,他对观众一点都没有表示尊重!"

"那倒是,我也看出来了他没有表示尊重。你没看见他是怎样坐在本乔鲁的那只沙发上的吗?人家一定会把他当作库扎亲王的亲兄弟呢。"斯米昂哈吉说。

"我们该吹口哨,给他起哄。"斯特弗乔夫恨恨地说。

"对,我们该给他起哄。"斯米昂哈吉附和着。

"谁要起哄?"在同排上,有人喊着问。斯特弗乔夫和斯米昂同时掉头一看,原来是卡勃列什科夫②。

卡勃列什科夫这时还没有成为一个"使徒"。他到白拉切尔克瓦来探望一个亲戚,恰好躬逢其盛。

斯米昂哈吉被这位未来的"使徒"的两道严厉的眼光盯

---

① 指奥斯曼土耳其统治时期由保加利亚人充当的警察。
② 托多尔·卡勃列什科夫(1853—1876),君士坦丁堡高等学校学生,铁路员工。他曾指挥起义,占领了科普里夫什帝察城中的土耳其衙门,并歼灭土耳其岗警。起义失败后,他藏身山中,结果被捕,自杀。

得局促不安,于是稍稍缩进了一些,好让他看到斯特弗乔夫这个肇事者。

"我要起哄!"基里亚克盛气凌人地回说。

"你当然有自由可以这样做,先生,不过你应该先请出到街上去。"

"难道还要得到你的许可吗?我倒要知道!"

"这个公演是为了慈善事业的目的,演员都是业余性质的。要是你能演得更好一些,那么就不妨上台去试试。"卡勃列什科夫激动地说。

"我出钱买了我的座位,你别在这儿指手画脚!"斯特弗乔夫回答。

卡勃列什科夫火起来了。双方的口角几乎就要发展到不可开交的局面,米佐·倍扎岱马上插身进来调停:

"好了,好了,基里亚克,你是个明理的人……你也算了吧,托多尔。"

幸亏这时候奥国国歌停奏了,舞台幕也拉起了。

这回的布景是一间牢狱,只有一盏小油灯照亮着。根诺薇娃抱着在牢里生下的孩子,在可怜地悲叹她的命运,凄切地啜泣着。现在她的表演自然得多了。午夜时分,昏黑的牢房,一个伶仃无告的不幸的母亲的悲叹,这一切都打动了观众的心。许多女人脸上都挂了眼泪。眼泪也像笑一样的会蔓延开的。所以哭的人还在加多——甚至,当她写信给伯爵的时候,有几位男的看客也流泪了。连卡勃列什科夫也被感动了,以至在一段激情的台词之后鼓起掌来。然而,他的鼓掌声却没有人响应,只让它孤独地消沉在完全的静默中。许多愤怒的眼光都投射到他这个不讲礼仪的人身上,因为他扰乱了最精彩的地方。那个正在哽咽得很响的伊凡·赛拉舍兹,盛怒地瞪了他一眼。后来,根诺薇娃被押解到森林里去处死,幕就降落了。卡勃列什科夫又鼓了掌,这回还是没有人跟上来。原来鼓掌的风气还没有流传到白拉切尔克瓦。

"在这个国度里,他们好像都是一式一样的恶棍,"那知事对达岷乔说,"你刚才说这些事情发生在什么地方的?"

"在德国。"

"在德国吗?我还没有看到过这样的异教徒。"

"啊,怎么,知事大人,本城现在就住着一个德国人。"

"你是不是说那个没长胡子的,四只眼,戴着蓝眼镜的家伙?"

"是他,大人,就是那个照相师。"

"是他吗?是个挺好的异教徒。他在街上看见我的时候,总是按照欧洲习惯把帽子摘掉的。我以为他是个法国人呢。"

"不是,大人,他是个从特兰达堡①来的德国人。"

第三幕接着开场了。这一幕的布景还是堡邸。伯爵已经班师归来,因为看不见根诺薇娃而伤心得很。一个女仆把根诺薇娃临死以前在监牢里写的那封信递给他。在这封信里,她告诉他,她是高乐士的卑鄙行为的牺牲者,她的死是无辜的,而且还说她饶恕了他。伯爵哽咽着大声读完了这封信。接着就声泪俱下,悲恸欲绝。观众分受着他的苦痛;他们也哭了,有些人竟哭出了声,知事就是其中之一,他

---

① 应为普鲁士东部的勃兰登堡,达岷乔误称为特兰达堡了。

131

此刻不需要达岷乔给他讲解剧情了。当伯爵吩咐仆人把那个奸恶的高乐士（他的一切不幸的制造者）带进来的时候，在观众心头上郁积起来的哀伤情绪就达到了愈加痛楚难堪的程度。高乐士被带进来了，蓬头散发，面目可憎，脸上显着悔艾的痛苦，手脚戴着监牢里借来的镣铐。观众发出一阵敌意的喃喃之声来迎接他，都对他怒目而视。伯爵把那封信读给他听，在那封信里，伯爵夫人还说到也饶恕了他。伯爵号啕痛哭起来，扯着自己的头发，捶胸顿足。观众都悲哀得不能自制。连瑾卡大姐都流着眼泪。但是她想安慰别人，就解释道：

"不要哭了，根诺薇娃还在森林里活着呀！"

有几位不熟悉剧情的老太太听了觉得很诧异。

"她真的还活着吗，瑾卡？那么，快告诉这个可怜人，让他别哭了。"佩特科薇查奶奶说。帕夫柳薇查哈吉奶奶简直耐不住了，就流着眼泪对台上的伯爵嚷着：

"我的孩子，不要哭了，你那娘子没有死呀！"

其时，高乐士发疯了。他直瞪着眼，披散了头发，恐怖地向四周看着，乱做着各种手势，扭曲着身躯，绝望地咬着牙齿。他受到良心的谴责；但是他的苦痛，并没有使观众感到宽慰。人们的脸上都严酷地显出一种恶意的满足。"活该，活该！"妇人们嚷着。她们甚至还恼恨根诺薇娃，因为她在信里饶恕了他。弗拉丘的母亲，看见她儿子被沉重的脚镣和群众的憎恨折磨成这个可怜的样子，就完全不知所措了。

"他们害了我的儿子啦！"她叫喊着，"他们作践他，叫他丢人现眼！"于是她差一点要跑上台去把他拉下来，幸而旁边的观众把她拦住了。

这一幕取得了辉煌的成就。连莎士比亚戏里的奥菲莉娅①也从来没有在一个晚上引出过这许多眼泪。

最后一幕是在森林里。台上显出一个山洞。披了兽皮的根诺薇娃和她的孩子出现在洞口。一只山羊代表着那头在山洞里用乳汁来养活他们的野鹿,为了怕这只羊跑掉,还替它预备了许多嫩叶,让它在台上咀嚼。根诺薇娃正在悲哀地对她的孩子讲述他的父亲,但是一听到猎狗的吠声,就急忙带着孩子躲进山洞去,一手拉着山羊的角,要把它也牵进去,但是那头羊却倔强地往后挣扎。狗吠声愈响了,观众都认为那好奇鬼伊利乔扮演这个角色是甚为娴熟的。他嗥吠得更加卖力气了,以至外面街路上有几只狗竟响应起来。于是伯爵穿着猎装,带着随从登场了。观众都屏气凝神,睁圆眼睛,静候着看他和根诺薇娃的会见。伊凡妮查奶奶唯恐他会走过了那个山洞,所以她主张告诉他一声,说他的妻子就在这个山洞里。可是那伯爵已经看见了。他弯着腰向山洞里喊道:

"喂,你是人,还是野兽?给我出来!"

有回答了,然而,并不是来自山洞,而是从观众中间发出来的,这是一个尖厉的口哨声。大家都愕然地回过头去看斯特弗乔夫,他的脸色登时通红了。

"谁在起哄?"赛拉舍兹发怒地问。观众里议论哗然,都在表示着不满。

奥格涅诺夫也用眼光搜寻着到底是谁吹的口哨。当他看见斯特弗乔夫的眼光放肆地盯着他的时候,他就压低嗓子冲着他说:

---

① 奥菲莉娅是莎士比亚名剧《哈姆雷特》中的一个女主角。

"我会好好地教训你一顿的!"

于是来了个更响的口哨声。观众都屏住了气息,茫然地面面相觑。但是,霎时间,普遍的不满情绪就一下子爆发了。

"把这个捣蛋的家伙抓起来,让我把他从窗口扔出去!"一个身高七尺的巨人安盖尔·约甫科夫咆哮着。跟着就有许多人喊:"把吹口哨的那个家伙轰出去!"

"滚出去,斯特弗乔夫!"

"我们不是到这里来听拍手和吹口哨的。"赛拉舍兹喊着,他把刚才卡勃列什科夫表示赞赏的鼓掌误解了。

"基里亚克,我不同意你这样的做法!"连瑾卡大姐都很生气地喊起来,坐在她旁边的拉达已经泪流满面了。

斯米昂哈吉对斯特弗乔夫轻轻地说:

"基里亚克,你应当听信我的话,我不是对你说过了吗,可不能吹口哨啊,你不知道他们都是普通老百姓,他们是不懂的吗?"

"这位先生吹口哨做什么?"那知事问达岷乔。

达岷乔耸耸肩膀;知事就对一个警察低声吩咐了几句,这警察走到斯特弗乔夫面前:

"基里亚克,"他轻轻地对他说,"知事大人说,您好像心里有点不舒服,最好还是到外边去抽一支烟卷儿。"

斯特弗乔夫嘴上挂着一丝微笑,自鸣得意地走了出去,他感到满意的是他破坏了奥格涅诺夫的表演效果。

随着他的退场,纷扰也就立刻停止了。戏还照旧演下去。伯爵发现了他那失去已久的伯爵夫人。他们拥抱了——又是一阵呜咽和眼泪。观众也是一阵心酸和伤感。善对于恶的胜利到此就圆满地完成了。伯爵和他的夫人彼此诉说了以往的悲哀和现在的欢乐。佩特科薇查奶奶劝他们道:"回家去吧,孩子们,两口儿快快活活地在一起,不要相信那些该死的高乐士了。"

"你自己才是该死的!"弗拉丘先生的母亲冲她骂着。

那知事也用佩特科薇查奶奶的话来劝告他们,不过声音轻些。此时大家的情绪都很愉快和满意。伯爵处在同情的目光环抱之中。戏的结局是一支歌,伯爵、伯爵夫人和那一班随从一起唱着——"齐格弗里伯爵啊,现在你欢庆吧!"

但是在唱过了这支美好欢乐的歌曲的开头两段之后,忽然舞台上唱出了那革命歌曲:

> 对祖国的热爱,火焰一样地燃烧吧,
> 我们要与土耳其人堂堂对阵!①

这歌声像晴天霹雳似的落到剧场里。

最初只有一个声音开头,接着,有些演员也跟着唱,其他的演员后来也都参加了进来,最后竟发展到全体观众都唱起来了。一种突如其来的爱国热情充满了全场人们的心。这支歌的雄壮的调子像一阵看不见的波浪,奔腾涌起,充满了剧场,越过门槛倾泻而出,淹没了庭院,一直飘扬到外面夜色里……这歌声划破了夜空,点燃起人们的心灵,使人们兴奋得如痴如狂。它那有力的音节在观众心里唤起了一种新的情感。每一个会唱这支歌的人——男的和女的都同声合唱起来。它把所有的心联系在一起,把演员和观众打成一片,像一首祈祷词似的直升到天庭。

---

① 这是保加利亚爱国诗人多勃里·钦图洛夫(1822—1886)的诗句,作于一八五六年,在一八六〇年至一八七〇年间,非常流行。

"唱呀,孩子们。天主保佑你们! 唱呀!"米佐心情激动地喊着。

但是也有一些老年人在叽里咕噜,以为这种狂放的兴奋是不合乎时宜的。

甚至那知事,虽然对于这支歌一个字都听不懂,也很高兴地听着。他要达岷乔·格里戈尔把这段歌词一句一句地讲给他听。换了别人,这时候一定会张皇失措了。但达岷乔可不是一个碰到了难题就慌张起来的人物。况且,这正是表现他的能力的一个好机会。他以非常自然和饶有风趣的手法把知事给蒙骗过去了。依照他的叙述,这支歌是表示了伯爵对伯爵夫人的倾心之爱。伯爵对她说:"我爱你,百倍于从前了。"她回说:"可是我爱你,还得增加千倍呢。"他说他要在那山洞口造一座教堂,以资纪念;她则要卖掉她的珠宝,把所得的钱施舍给穷苦人,还要造一百口大理石的井。

"这样,似乎井太多了,"那知事打断他的叙述说,"我看为了行善还再造几座桥为好。"

"还是水井好,大人,水在德国是很少的;所以他们那边的人都要喝许多啤酒。"格里戈尔回说。

知事点点头,对于这句回话很满意。

"那么,高乐士到哪里去了?"知事问,他正用目光在演员中寻找弗拉丘先生。

"现在他不应当出场了,大人。"

"不错,他们应该把这个恶汉绞死。如果下回再演这个戏,你去告诉那总督,不要放他活着——这样才更好一些。"

弗拉丘的确不在演员群中,当那危险的歌曲开始唱起来的时候,他不想等到观众的喝彩,就明哲保身地溜掉了。

演员把歌子停了下来,在一片欢呼喝彩声中闭了幕。奥国国歌又开始演奏起来,伴送着那些观众出去。屋子里一会儿就空了。

演员们都在后台换衣服,还很高兴地和那些进来祝贺他们的朋友说话。

"哎呀,卡勃列什科夫!你简直是活见鬼啦!怎么会这样蛮干起来?你忽然出现在我背后,像一条牛似的吼出这个歌来了。你真像一个吉卜赛人似的胡来一气!"奥格涅夫一边脱着斯维托斯拉夫王子的长靴,一边说。

"我实在忍耐不住了,老兄。听了你们的那些呜咽,和你那受苦受难的夫人的哀怨,我简直厌恶得很。应当想个办法振作一下人们的精神,于是我灵机一动,就来到了台上……你看多么精彩的效果!"

"我随时都在等着有警察来扭我的胳膊呢。"奥格涅夫大笑着说。

"别害怕,斯特弗乔夫早就滚出去了。"索科洛夫说。

"是知事赶他出去的。"教师弗朗戈夫说。

"可是知事自己却在场啊,"有人说,"我看见他很注意地在听着。说不定明天我们就要倒霉了。"

"哈,你不必担心他。达岷乔·格里戈尔不是坐在他旁边吗?他一定是把他摆布得昏头昏脑了。否则大家就再也不承认他是能说会道的了。"

"是我特意把他请来,安排在知事旁边的,因为知事爱听讲故事。你用不着担心,他不会露马脚的。"尼科莱·奈德科维奇说,他正在脱下神父迪姆乔的那件长袍,他用这服装在戏里扮演了根诺薇娃的父亲。

他以为没有人会去告密的。次日早晨,奥格涅诺夫被传到衙门里去。

他看见那知事正在怒气冲冲的。

"总督先生,"他说,"昨天晚上你们唱了造反的歌子,是吧?"

奥格涅诺夫进行了抗辩。

"可是警长的报告和你说的完全相反。"

"他的消息靠不住,大人,你自己也在那里呀。"

于是知事就把警长叫了进来。

"谢里夫大人,那种歌是什么时候唱的——是我在场的时候呢,还是我走了之后?"

"那个叛乱歌子是当着你的面唱的,知事大人。基里亚克先生不至于说谎……"

知事严厉地瞪了他一眼:觉得自己的尊严受到损伤了。

"你说些什么废话,谢里夫大人!是我在那里还是他在那里?难道我没有亲耳听到吗?达岷乔不是把这个歌一个字一个字地翻译给我听了吗?昨晚我还跟马尔科大爷谈起,他也说那个歌唱得非常好听。以后不要再干这种岂有此理的事情了。"那知事很生气地训斥他说。于是转身向奥格涅诺夫说:"总督,我很抱歉,麻烦了你;这都是搞错了。啊,等一等。那个人叫作什么?——我说的是,那个戴脚镣的。"

"高乐士。"

"啊,不错!高乐士。你若是吩咐把他吊死,那就更好些。要是我就这样办他。你不应当听女人们的话。可是那出戏委实很好,那支歌更是精彩。"知事说,一边吃力地欠着身子。

奥格涅诺夫行了个礼就出来了。

当他走出大门的时候,他轻声地自言自语说:"很快你就会听到另外一种歌了,那时不要达岷乔的翻译你就会懂的。"

但是他没有留心到,当他走过的时候,那警长正在阴险地看着他。

第十八章　在甘科咖啡店里

这件事情发生过几天以后,甘科咖啡店像往常一样,大清早就顾客满堂,人声喧闹,烟雾缭绕。它是老年人和青年人的聚会之所,他们在那里讨论本地的各种问题,还有东方问题和欧洲的内政外交方针,犹如一个小小的议会。但在目前,《根诺薇娃》的演出仍是中心话题,它引起人们热烈的议论。不仅如此,它还长期占据着这个小天地,而且随着时间的推移,它在人们心中留下的印象愈来愈深刻。对那首造反歌的议论也不少,它引起了人们最热烈的争论。现在,经过冷静的思考,许多人指摘奥格涅诺夫,他已获得"伯爵"的诨名,就像那些给观众留下深刻印象的业余演员往往会获得绰号一样;弗拉丘先生也被人们称为"高乐士"。今天早上,他甚至惊奇地发现一些德高望重的老人由于不能原谅他对根诺薇娃的那种残忍态度而向他投来白眼。一个老妇人在路上把他拦住,对他说:

"我的天啊,你为什么这样做?你这不是在上帝面前犯罪吗?"

但随着米佐·倍扎岱财主走进咖啡店,今天的话题重又转向漫无边际的政治方面。

米佐·倍扎岱是个黑黝黝的老人,身材矮小,穿着肥裆裤①和毛呢短褂。他和同龄人一样,没有受过多少教育,知识有限;然而生活和许多经历却把他造就成一个经验丰富和明白事理的人。一双活泼机敏的眼睛在他那消瘦和深深布满皱纹的脸上闪烁着智慧之光。一种怪癖使他成为同乡们谈笑的话柄,这就是他对于政治简直入迷和毫不动摇地坚信土耳其即将灭亡。不用说,他是个彻头彻尾的亲俄派,达到了狂热和可笑的地步。大家都记得在一次考试中,当一个学生说到俄国在塞瓦斯托波尔被打败时,他发怒到了何种程度。

"你错了,孩子,俄国是不可能被打败的;你从教你的先生那里把学费讨回来吧。"米佐财主气冲冲地对他说。

可是历史教员在场,手里还拿着历史课本,他证实说,在克里米亚战争中俄国确实被打败了。这时,米佐大声喊叫起来,说他的历史课本写错了;而米佐恰巧又是学校董事长,他便将那位教师辞退了。

米佐是个脾气暴躁而热情奔放的人,只要有人敢于对他的固执的信念说个不字,他就会勃然大怒。这时他会火冒三丈,喊叫和漫骂。但今天他却很开心,一坐下来就得意扬扬地说:

"我们的人又打赢了!"

"什么?"几个人惊奇地同时问道。

---

① 土耳其式粗呢裤。

"留鲍布拉季奇和鲍若·彼得罗维奇①干掉了好几千个土耳其人。"米佐大爷回答说,他故意一点一点地透露这消息,好更久地保持自己的高兴劲儿。

"好极了!愿上帝保佑他们!"大家齐声喊了起来。

"连波德戈里察也攻下来了。"米佐大爷继续说。

大家惊奇到了极点,好像被攻下来的不是波德戈里察,而是维也纳一样。

"武器呀,志愿军呀——你要多少都有,从奥地利源源而来。"

"真的吗?"

"连波斯尼亚也重新燃烧起来了。塞尔维亚也在行动起来,正在组织军队。而只要塞尔维亚一动,我们这里也会跟着动起来的。那时,我们这里的……就要完蛋了。"

"让他们见鬼去吧!"

"可是奥地利却会一动也不敢动,因为圣彼得堡的戈尔恰科夫②会对他说:'别动!管他们互相杀呀砍呀的,那是他们自己的事。……'要完蛋了,要完蛋了。"

大家竖起耳朵,以感激的心情听着米佐财主发布的令人高兴的消息。

"杀掉了多少人?"尼科迪姆问。

"土耳其人吗?我说是几千人。要说是两千,是五千,是一万,都不会错的。那些黑塞哥维那好汉们可不是闹着玩儿的。"

---

① 均为一八七五年黑塞哥维那起义领袖。
② 阿·姆·戈尔恰科夫(1798—1883),俄国外交官。

"如果是真的,那就好了!"

"我对你们说,这可是真的。"

"你这是从哪儿听说的?"马尔科财主问。

"从可靠的地方听来的,亲爱的。是格奥尔基·伊兹米尔先生前天从卡城的药剂师雅纳基·达弗尼斯那儿听来的,据说这一切都登在的里雅斯特的《克利奥》报上……"

"我不相信黑塞哥维那人能干出大事来……他们厮杀呀,厮杀一阵,最后会弄得精疲力尽的。他们有多少人?只不过那么一点点人。"帕夫拉基一边说,一边在人群中寻求对自己的意见表示赞同的目光。

"我也这么说,帕夫拉基,黑塞哥维那人算得了什么?——只不过是一小撮。土耳其并不怕他们。"斯米昂哈吉附和说,一边抚平自己左脚上的袜子。

米佐财主激烈地反驳说:

"你,帕夫拉基,请原谅我,还有你,哈吉,你是个没有头脑,容易上当的人……在政治斗争中捕风捉影。戈尔恰科夫本人就说过,黑塞哥维那点起的星星之火,会在整个土耳其帝国燃成熊熊烈焰。"

"我好像觉得德尔比①也讲过这样的话。"弗拉丘先生慎重其事地说。

米佐财主紧锁双眉。

"德尔比作为英国人,不可能说这样反对苏丹的话……我们了解英国的政策:'土耳其一切都好,土耳其繁花似锦。'

---

① 德尔比伯爵(1826—1893),英国国务活动家,保守党人。一八七四年任外交部长时,支持奥斯曼土耳其的反动政策。

我告诉你,德尔比不可能说这样的话。"

"弗拉丘,是的,是的,他没有说过。"斯米昂哈吉证实说。

"要是发生一场大火,把君士坦丁堡化为灰烬,那我们就能永远摆脱这些恶魔了。"鞋匠伊凡乔·杜多插进来说,他对于政治,坦率地说,还是个新手。

"这里谈的是另一种火,伊凡乔!"帕夫拉基严肃地解释说。

"只有当保加利亚燃烧起来的时候,才会爆发真正的大火。"弗拉丘先生说。

"保加利亚干吗要燃烧?我不需要保加利亚燃烧。我们就安分守己吧!难道你们不知道前几天在旧扎戈拉市惹出了什么样的麻烦吗?"迪莫财主蹙起眉头反驳说。

"你弗拉丘之所以这样讲,"面包师丹乔应声说,"因为要是有一天发生这种事,你就会在罗马尼亚的波杜莫古绍街①上作出反应,你会从那儿叫喊:'抓住他们!'而我们却要在这里掉脑袋!你别在我面前说得天花乱坠了……丹乔对人是有眼力的。"

"恰恰相反,我会留在这里,会做出牺牲的。"

"唉,假如真的要起火的话,那就让它快点烧起来吧,难道这算得上是个国家吗?就是现在它也在烧呀,只不过还没有冒烟罢了。我们连身上的衬衣也被剥走了,在城外连面也不敢露,难道这还算得上是个国家吗?糟透了!"

"你们不用担心,这种日子不会长久了。"米佐大爷说,"土耳其注定要灭亡的。"

---

① 布加勒斯特的主要街道,今名胜利路。

"土耳其是个腐朽透顶的国家,是具骷髅,就是这么回事儿……推它一下,它就会倒下的!"一个人说。

"假如我们还不去推倒它,那我们就是傻瓜蛋!"迪姆乔神父激动地说。

"是呀!是呀!"史塔夫利神父赞同说,"人心已经沸腾起来了,你只要瞧瞧就会发现,无论是老人还是小孩,都在谈论这件事,甚至连妇女和三岁小孩也在成天不停地议论。听听她们的歌声吧,再也没有那种'哎呀''呵呀'的悲戚声了,而刀枪的铿锵声愈来愈响:'战鼓一响,我心潮澎湃,起来同土耳其人斗争!'还有一些措辞激烈的新歌。而小伙子们,你们去瞧瞧吧,都在修道院的草坪上,那儿整天砰砰地响着枪,去鲍扎兰的路也不通了。我的甘科不知从哪里弄来许多短枪和步枪,学生一放学,就专门耍弄这些东西。'孩子,你要这些古董干什么?'我问。'这些东西不久就会有用的,爸爸,'他回答说,'一支蹩脚手枪要用同等重量的黄金才能买到的时刻就会到来……'我的话可只在我们之间说说,这个充满火药味的时代将会产生一种什么奇迹来。上帝保佑啊!"

史塔夫利神父这番质朴而坦率的话语讲的确实是真情。正像斯特弗乔夫也已经发觉的那样,自奥格涅诺夫出现后的几个月来,人心发生了某种波动,这种波动一天天在增长,特别是在旧扎戈拉九月事件之后。

在一些团体举行的酒会上,祝酒词中充满爱国主义辞令,公开地谈论着起义;修道院周围整天回响着青年们练枪的射击声。革命造反歌成了一种时髦,渗透到每一个地方:在家庭里唱,在乡村青年缝纫晚会上唱,从那儿又飞向街道,歌手们的那些忧伤的情歌已到处被爱国主义的歌曲所取代。一个人

只要听听缝纫会上姑娘们的歌声,就会感到万分惊讶:

啊,妈妈,可怜的妈妈!
别哭泣,妈妈,别悲伤,
因为我当了海杜特①,
海杜特,妈妈,就是造反者。

或者听听那些子女众多受人尊敬的母亲们如何激昂地高歌吧!

义勇军们,鼓起勇气,万众一心,
我们再也不当牛马,不做顺民!

这一切还只不过是空喊,土耳其人假装没听见,因为他们根本不把这些放在眼里。但是,在旧扎戈拉发生了不幸的九月事件之后,土耳其人震惊了,他们的狂怒在对保加利亚人的血腥镇压中爆发出来了。他们把枪弹射入保加利亚人的躯体以回答人们在荒山野岭里的打靶;他们用强奸保加利亚姐妹或割断她们的兄弟们的头颈来回敬妇女们的造反歌声。土耳其人屠杀手无寸铁的行人,焚烧村庄,任意抓人,并同警察们一起瓜分赃物。整个色雷斯被这种野蛮的暴行逼得呼天号地。

马尔科财主在许多问题上同意米佐的看法,但对起义却完全持另外一种意见。他把这种想法叫作疯狂。他热爱并且保护奥格涅诺夫,但对奥格涅诺夫当着他面说的每一句危险的话,都要严加斥责。

"我对那些轻浮的青年人的想法感到惊奇,他们跑到修

---

① 十八九世纪东南欧人民反奥斯曼土耳其统治的武装战士。

道院后面对着峭壁射击,大白天说着梦话;而对那些老是唠叨着这一类古怪念头的头发花白的老年人,我就更不能理解……我们是在玩火呀!这个五百年来使全世界毛骨悚然的帝国,难道是一些乳臭未干的小孩子用几支火枪所能推翻的吗?昨天我碰上我家的瓦西尔拿着我的马枪往修道院走去,——他也要推翻土耳其!……有一回我叫他杀只鸡,他却跑到路边请别人割断鸡脖子,他连见了一滴血都感到害怕……'回去吧,'我对他说,'你这个疯子,你要杀的人,最好还是让上帝去惩办他吧!'我们现在是生活在地狱里,造反吗?可不得了,那会是一场大灾难……这里会弄得寸草不留的……"

咖啡店老板甘科插嘴说:

"马尔科说得对,起义对我们来说将是一场灾难……"接着他望了望天花板,那儿用粉笔做的各种记号,就是他的债户们欠的账目。

马尔科的异议使米佐有点生气。

"马尔科,"他说,"你说得倒挺聪明,但是有比我们更聪明的人,他们预言这一切将要实现。不管怎么说,土耳其该灭亡了。"

"我不相信你们的预言,"马尔科说,他这里指的是马丁·扎德克①的预言,因为米佐对他佩服得五体投地,"我不要听你的扎岱克的预言,即使所罗门王来到这里,说我们能干出一番事业来,我照样不信……我不要这种孩子气的玩

---

① 十八世纪在保加利亚流传很广的一本启示录的化名作者,书中预言奥斯曼土耳其即将灭亡。

意儿。"

"你听我说,马尔科,假如这是天主注定的呢?"史塔夫利神父说。

"上帝叫我们安分守己啊,神父!如果它决定要毁灭土耳其,也不会把这样的事情交给我们这些饭桶来干。"

"那么究竟由谁来干,已经是大家都明白的了,亲爱的。"帕夫拉基说。

"伊凡爷爷,伊凡爷爷①!"顿时响起了一片嘈杂声。

米佐财主的脸上浮现出满意的神情,他马上活跃起来了:

"得了,这难道还用得着对我说吗?我知道我们会前进的,而伊凡爷爷会拿起武器跟在我们后面……一直进到神圣的索非亚!没有他过问行吗?就是留鲍布拉季奇,假如没有坚强的后盾,难道能杀死几千只这样的狗吗?我的意思是说,土耳其帝国的日子屈指可数了,就像个害肺痨的人一样,白纸黑字写得清清楚楚,不是我凭空想出来的……请再听听吧,谁不相信:'君士坦丁堡——土耳其苏丹的京城,将不费吹灰之力被攻克。土耳其帝国将彻底毁灭,饥馑和疾病将成为一切灾难的终结,他们正以最可悲的方式自取灭亡!'而在另一处又写道:'你们的教堂已经毁坏,你们的偶像和《古兰经》将会全部消灭!穆罕默德!你这东方的反基督者!你的时代已经过去,你的坟墓已烧光,你的尸骨将会变为灰烬……'"

米佐在激动中站了起来,挥舞着手臂。

"可是这些预言什么时候能实现呢?"史塔夫利神父问。

"我告诉你快了,时辰已经来到。"

---

① 意即俄国。

这时门打开了,尼科莱·奈德科维奇走了进来,他手里拿着一份刚刚收到的《世纪》①报。

"是新的吗,尼科莱?"几个人同时问,"读吧!读吧!"

"让我们看看有多少棵白菜倒在留鲍布拉季奇的刀下。"其他一些人急不可耐地说。

"我不是已经告诉过你们了吗,好几千人。来,这儿坐,尼科莱!"于是米佐在自己身边给他腾出了一个位子。

尼科莱·奈德科维奇打开报纸。

"先读读关于黑塞哥维那起义的消息吧!"米佐命令说。

在一片庄严肃穆的气氛中,奈德科维奇开始念起来。大家屏息静听,但《克利奥》报上登的令人高兴的胜利消息并没有得到证实;相反,来自战场的报道令人沮丧:不仅波德戈里察没有拿下来,而且留鲍布拉季奇的最后一支小队也被击溃了,他本人逃到了奥地利。

大家都垂头丧气起来……他们的脸上显出了极大的失望和痛苦的表情。奈德科维奇本人也心灰意懒,他声音嘶哑,变得有气无力了。

米佐·倍扎岱突然汗如雨下,脸色苍白,气得直打战,他高声喊道:

"撒谎,撒谎,撒谎!他们用一些胡言乱语来糊弄我们。是留鲍布拉季奇打败了他们,并把他们击溃了!……这份报上的话你们一句也不要相信!"

"可是,米佐大爷,"奈德科维奇说,"这里用的是欧洲各

---

① 马尔科·巴拉巴诺夫于一八七四年至一八七六年在君士坦丁堡出版的一种保加利亚文报纸,宣扬通过改良的办法解决民族问题。

报的电讯,其中有些可能是真实的。"

"是谎话,是谎话,是土耳其在君士坦丁堡捏造出来的谎话!你找一份《克利奥》报读读吧!"

"我也不信,"斯米昂哈吉说,"那些办报的人像吉卜赛人一样撒谎,记得在摩尔多瓦,有一家报纸无论讲些什么——全是谎话!"

"真是蛊惑人心啊!"

"是呀,我不是对你们说过了吗?对于土耳其人发布的消息应该从反面去理解:如果他们说打死了一百个黑塞哥维那人,那就是说消灭了一百个土耳其佬,如果你说是一千个,那也不会错。"

米佐的这番话使人们的心灵稍微得到一点安慰。它之所以令人信服,因为它符合每个人内心隐秘的愿望。那些消息之所以被认为是不真实的,因为都是些坏消息,连报纸也不可信。但是,当在同一种报上出现留鲍布拉季奇胜利的消息时,谁也不会怀疑它的真实性了。不管怎么说,今天的新闻在甘科咖啡店的顾客们的心上投下了阴影。此后,议论便冷落下来,人们的心情都有些沉重。米佐大爷自己也感到不自在,他对自己、对这份报纸、对整个世界都有气,因为《克利奥》报上的消息没法得到证实。因此,他暴跳如雷了,当彼特拉基·希科夫打破死一般的寂静,以讽刺的口吻说:

"米佐大爷,看来你那黑塞哥维那的火星只不过是一点火星罢了,成不了气候……你听我说——今年,明年,直到一百年以后,土耳其还会安然健在,而我们将受你那预言的诓骗,直到去见上帝。"

"希科夫!"米佐气冲冲地大叫起来,"要是你那空洞的脑袋瓜理解不了这件事,那你就闭上嘴好了!像你这样的畜生即使用重槌擂,也不会开窍的。"

一场争吵爆发了。但斯特弗乔夫的出现结束了这场争吵,也结束了关于土耳其行将灭亡的危险的议论。

第十九章 反 响

咖啡店里重又笼罩着一片寂静,斯特弗乔夫在场使顾客们感到拘束。他坐下来,同几个人打了招呼,便扬扬得意地侧耳倾听众人的谈话……他以为刚才人们谈论的是今天晚上已经到处散布开来的那些讽刺奥格涅诺夫和索科洛夫的流言蜚语。可是,谁也没有谈论到这件事,也许是他们不知道,也许是他们不重视这些事。

米佐大爷气呼呼地走了出去,接着还有几个人离开了咖啡店。这时,新来了两位客人,正是奥格涅诺夫和索科洛夫。他们刚坐下来,斯米昂哈吉就对第一个人说:

"伯爵,圣诞节期间能不能再演出一出喜剧呢?"

"《根诺薇娃》不是喜剧,而是悲剧。"弗拉丘先生纠正说。"演出时令人发笑的戏,叫作喜剧;有着悲哀的和凄婉动人的场面的戏,就叫悲剧……我们演的那个戏是悲剧……我扮演的角色是悲剧角色……"弗拉丘先生滔滔不绝地解释说。

"我知道,我知道,我在布加勒斯特不知看过多少这样的戏了!你扮演疯子演得可真好啊!我不是捧你,弗拉丘!我说,可真是活灵活现……头发帮了你的大忙。"斯米昂哈吉夸奖他说。

刚刚进来的伊凡乔·约塔也插嘴说：

"你们在谈什么？是演戏的事儿吗？"他问，"前年我去卡城看过戏，演的是……什么来着？我记不得了……哦，是《海杜特伊凡》。"

"叫《刺客伊凡科》。"弗拉丘先生纠正说。

"不错，是叫刺客……不过我们这出戏的结尾更动人……我的拉拉整晚都说梦话……她像吵架似的高喊：'高乐士！高乐士！'害怕得直发抖。"

弗拉丘先生骄傲地看了大家一眼，这种夸奖使他感到很舒服。

"是的，是的，正因为如此，我请求伯爵再给我们演一出喜剧……那肯定会演得成功的……只不过那首歌得换一下。"斯米昂哈吉说完后，就开始在衣兜里摸来摸去，因为他对那首歌作了间接的否定。

"《根诺薇娃》不是喜剧，而是悲剧。"弗拉丘先生再次严肃地指出。

"是的，是的，是悲剧……总而言之——是戏。"

"哼，是喜剧吧……它引起了笑声。"坐在角落里的斯特弗乔夫开腔了，一面阴险地冷笑。

奥格涅诺夫中断了同索科洛夫的谈话，说：

"斯米昂大爷，我担心可能有人想再次使我丢丑……"

斯特弗乔夫的目光没有离开他手里的报纸。

"谁会使你丢丑呀，任何人也不能使你丢丑！"尼斯托尔老爹喃喃地说，"你给我们重演一次《根诺薇娃》吧……孩子们一个劲儿在谈论这出戏……当时我的潘卡正在发烧，所以没有去看。现在她老是说:'爸爸,我要看《根诺薇娃》,我要看《根诺薇娃》呀!'"

"好吧,尼斯托尔老爹,不过我担心有人会喝倒彩。"奥格涅诺夫说,一面迅速瞟了斯特弗乔夫一眼。

"喝倒彩最起劲的是那帮坏蛋。"索科洛夫刻薄地补充了一句。

斯特弗乔夫脸都气红了,但还是继续看着报纸。在奥格涅诺夫轻蔑的目光下,他感到不自在,甚至害怕起来。的确,奥格涅诺夫的眼里正燃烧着可怕的火焰。

"我也赞成你的意见,尼斯托尔老爹,"乔诺·多依钦诺夫说,"我也想看《根诺薇娃》……只不过高乐士这个角色要由基里亚克来扮演,他更合适些;弗拉丘虽然爱夸夸其谈,但他是好人,挨人骂是冤枉的。"

这番纯朴直率,但充满怨恨的恭维话,使斯特弗乔夫的脸一直红到耳根。同时,这种赞扬也涉及了弗拉丘先生。

奥格涅诺夫和索科洛夫不由自主地笑了起来。斯米昂哈吉尽管不大理解,也跟着笑了。

斯特弗乔夫抬起眼睛,恼怒地对奥格涅诺夫和索科洛夫看了一眼。他装出一副镇静的样子,但他的声音却气得颤抖起来:

"是的,我希望从洛赞格勒来的奥格涅诺夫先生不久以后给我们演一出悲剧。可以相信,谁也不会笑的——他本人更是如此。"

斯特弗乔夫对"洛赞格勒"一词说得特别重(因为奥格涅诺夫说过,他是出生在那里的)。奥格涅诺夫觉出了这点,于是脸色起了一些变化,但他用坚决的语气回答说:

"既然有经验如此丰富的后台,我是说有像斯特弗乔夫这样的间谍,发生一出悲剧也是不足为奇的。"

接着,他轻蔑地看了斯特弗乔夫一眼。这时,索科洛夫拉了一下同伴的袖子,说:

"别理他,别让他再放屁了!"他悄声说。

"我不能容忍这些卑鄙家伙!"奥格涅诺夫大声说,他故意放大嗓门,好让斯特弗乔夫听见。

就在这时,鲍依乔望见蒙乔站在咖啡店门口,因为门是开着的。他发现蒙乔凝神注视着他,同时点着头,对他亲热地微笑。这个傻子的表情是那样的善良、温和和幸福!在这以前,鲍依乔也曾发觉蒙乔这样仔细而深情地端详过他,但猜不透这种亲热的原因。现在,当他俩的眼光碰到一起时,蒙乔的脸上更加浮现出愉快的笑容,他眼里闪现着模模糊糊、没有什么含义的喜悦。他向里面迈了几步,一直注视着奥格涅诺夫,接着大笑起来,拉长声音喊道:

"俄——罗——斯——人!……"

然后,他把手指放在脖子上拉来拉去,做着杀头的样子。所有在场的人都惊奇地望着他。奥格涅诺夫也惊奇地站着。这已不是蒙乔第一次给他做这种手势了。

"伯爵,蒙乔对你说的是什么呀?"几个人同时问。

"不知道,"奥格涅诺夫微笑着回答,"他很喜欢我。"

蒙乔显然发现大家没有理解他的意思,为了更好地说明他为什么钦佩奥格涅诺夫,便庄重而呆滞地看着大家,用手指着奥格涅诺夫,更响地喊道:

"俄——罗——斯——人!……"

然后,他朝北方挥了挥手,更起劲地用食指在自己喉咙上抹着。这种反复的动作使奥格涅诺夫不由自主地着急起来,他忽然想到蒙乔一定是看见或听说了斯托扬老爹磨坊里发生的事情。他激动地看了斯特弗乔夫一眼,但当他发现斯特弗乔夫正背朝着他,在同一个人悄悄交谈,根本没有注意蒙乔时,他又平静下来了。

这时,斯特弗乔夫站起身来,用充满恶意和复仇的眼光瞟了奥格涅诺夫一眼,把站在门口的蒙乔推到一旁,就走出去了。

斯特弗乔夫满腔愤恨,他的狂妄自大已多次遭受奥格涅诺夫的打击,却还没有找到一次报复的机会。他想报仇,但必须暗暗地进行,因为他害怕同鲍依乔进行公开的斗争。演戏时唱的造反歌给他提供了反对奥格涅诺夫的武器,但正如我们已经看到的,他碰了钉子,知事不允许说奥格涅诺夫当着他的面唱过造反歌,根本不相信斯特弗乔夫的告密。在这种情况下,他认为固执己见是不明智的。他发现另一件事情可以弥补这个损失,那就是三天前,他在卡城偶然从一个洛赞格勒人那里探听到,在那座城里根本没有叫鲍依乔的,也没有叫奥格涅诺夫的人。这对斯特弗乔夫来说是可以使他发现新材料的一线希望。大概在鲍依乔·奥格涅诺夫这个名字后面隐藏着另一个人,而且并非没有原因的。他老是同索科洛夫形影不离,后者早已被公认是个兴风作浪的家伙了。准是有什么东西把这两个人联结在一起,但究竟是什么东西呢?很明显,是不可告人的勾当。在他的脑海里浮现出各种各样的假想。斯特弗乔夫本能地感觉到奥格涅诺夫与发生在彼得甘乔夫街上的那件神秘的事情不无关系,而这件事对他来说至今仍是一个谜。正是在这个时候,奥格涅诺夫在本城出现了,人们的思想也开始更加活跃起来,而他斯特弗乔夫却成了这一切的局外人。基里亚克决心拨开这层迷雾,他便以一颗充满恶意和嫉妒的心所能给予他的全部狂热和顽强精神投入了这项工作……在斯特弗乔夫同奥格涅诺夫暗中进行斗争时,一些新的致命的情况助了斯特弗乔夫一臂之力。

第二十章 不 安

　　浓云密雾就这样出现在奥格涅诺夫的头顶上,可是他却几乎没有料到。在白拉切尔克瓦六个多月平安无事的逗留使他自信到高枕无忧的程度。他全神贯注于事业之中,以致很少有时间去考虑这件小事——自身的安全。在人类的一切情感中,他最不知道什么叫害怕。这里需要重提一下他对拉达的感情——她像一个晶莹闪光的三棱镜,他就是透过这个三棱镜来看整个世界的。

　　不过他现在也并非完全平静,因为在走出咖啡店时,他问医生:

　　"你是怎么想的?在斯特弗乔夫的威胁中有没有什么值得认真注意的东西?"

　　"斯特弗乔夫恨死你了,只要有可能,他就会给你使坏,这个混蛋一直在想这样做。他不会满足于搞阴谋的。"

　　"那么蒙乔呢,他那些滑稽的动作到底是什么意思呀?他简直把我气坏了。"

　　医生笑道:

"别那么孩子气!"

"是啊,这没有什么,可是斯特弗乔夫——斯特弗乔夫别是知道了什么吧?"

"他会知道什么?大概又是罗沃阿玛哈吉在他面前造了我们的谣……你知道,这个多嘴的家伙不搬弄些是非是连一小时也过不去的。"

"不,她是个危险的巫婆,她能够嗅出别人需要看见或听到的东西。她唆使斯特弗乔夫,是虐待拉达的暴君……"

"你记得吗?她曾说你是个间谍,我告诉你,她只会说些胡言乱语。"

"但是,她说过你的另一件事——却是真的。不过,编造娘儿们的谣言却是她的拿手好戏……啊,你知道吗?斯特弗乔夫明天就要订婚了。"

医生一下子变了脸色。

"是同拉尔卡吗?"

"是的。"

"你从哪里听来的?"

"是拉达说的……不用说,这是罗沃阿玛哈吉一手造成的,媒人是斯米昂哈吉这条到处乱钻的变色龙和阿拉弗朗迦。"

医生难以掩饰自己内心的激动,他走得快起来。奥格涅诺夫惊奇地看着他。

"医生,你没有告诉过我,你已经有了心上人。"

"我爱拉拉①。"索科洛夫愁眉不展地回答。

---

① 拉尔卡的爱称。

"她知道吗？"

"她也爱我……或者更确切地说，比起斯特弗乔夫来，我更中她的意。想来她不会有比这更深的感情了。"医生禁不住脸红起来。

"唉，无论你幸运还是不幸，她对你的感情比你想的还要深厚，老弟，这点我是很了解的。"奥格涅诺夫一面说，一面同情地瞧着自己的朋友。

"你怎么知道？"医生涨红着脸问。

"拉达告诉我的。你知道，她俩是一对好朋友，拉尔卡总是对她说知心话。你可曾知道，当你被押往卡城的时候，她流了多少眼泪……而当你放回来时，她又是多么高兴啊！这一切都是拉达亲眼见到的。"

"她是个天真的孩子。"医生闷声闷气地说，"她会被折磨死的，如果把她嫁给这样一个……"

"你为什么至今不向她求婚呢？"奥格涅诺夫同情地问。

医生奇怪地看了看他。

"难道你不知道她的父亲根本不愿意见我吗？"

"那就偷偷地把她抢走吧！"

"现在吗？当我们正在准备起义的时候？起义可能两年后爆发，也可能就在明天，谁知道呢？在这样动乱不安的时刻，我根本不愿想结婚的事……免得给这个姑娘带来不幸……"

"这样做是对的。"奥格涅诺夫若有所思地说，"同样的想法也阻止了我同拉达结婚。这样做可以使这个可爱的孤女免受许多沉重的痛苦，我愿使她幸福……她有一颗美丽的心，我的朋友……但是，她却正在毁灭自己，她把自己的命运同我连在一起了,可怜的姑娘!"

奥格涅诺夫的脸色变得阴沉起来。

医生对自己同拉尔卡的感情估计不足。他确实说过,在这个动乱不安的时刻他拿不定主意娶她,可是真正的爱情是不知道危险和障碍的。的确,他感觉到对尤尔丹的女儿有某种类似爱情的东西,但这种感情还很淡薄,谈不上是热烈的恋情,而只不过是偶然的爱慕罢了,没有深厚的根基。他的气质和他那闲散愉快的生活使他不能专心一意地致力于一桩事情。他的心分散在知事太太——假如我们听到了这种传闻的话,和克莉奥佩特拉、拉尔卡、革命和天知道别的什么事情之间……但是现在,当奥格涅诺夫透露了拉尔卡对他的爱恋,从而甜蜜和强烈地满足了他的自尊心,同时又告诉了他威胁着拉尔卡的不幸后,他的心被突如其来的灾难和痛苦压紧了。他仿佛觉得自己从来就爱着拉尔卡,没有她简直不能活下去似的。可能他身上那种人的本性中根深蒂固的利己主义已经复活了;可能真诚炽热的爱情之火已在他心中燃烧起来了。但是他被一种思想弄得极其沮丧,那就是他将永远失去拉尔卡。怎样能使这个订婚仪式延期举行呢?怎样去消灭自己的情敌呢?如何拯救拉尔卡呢?这些隐藏在他内心的问题,现在已经极其明显地流露在索科洛夫消瘦而忧郁的脸上了。

奥格涅诺夫理解这一切,医生的痛苦和拉尔卡的命运引起他强烈的同情。

"这只癞皮狗!我要去同他决斗!应该杀死他!……否则他会伤害别人的!"奥格涅诺夫突然发火了。

两位朋友忧郁地走着。

奥格涅诺夫以坚定的姿态站住了。

"你愿不愿意我去叫他放老实点,并在咖啡店大庭广众之中打他一个嘴巴?"

"他会像以往一样忍气吞声……他是个厚颜无耻的家伙……而且这样做也无济于事。"

"至少能侮辱他一下。"

"在尤尔丹·狄阿曼迪耶夫看来,挨一个嘴巴不算是耻辱。"

"那是为那姑娘做的。她会听到这事的。"

"他们不问拉尔卡的意见,况且她对于她父亲的意志也是唯命是从的。"医生忧伤地说,接着伸出了手。

"你要回家吗?喂,晚上一起到史塔夫利神父那里去吧。"

"我不想去了,你自己去吧!"

"不,我们应该去,已经同他约好了。史塔夫利神父没有了不起的本事,但有一颗正直的心……在那里我们也许能想出点办法来……"

"好吧,那我就在家等你吧。"

然后,两位朋友就分手了。

奥格涅诺夫往学校走去。教员休息室里只有麦代文基夫一个人,他正专心阅读一本土耳其文的书。奥格涅诺夫没有同他打招呼。从第一次见面起,他就对这个青年的样子产生某种反感。这个人一只胳膊夹着圣诗集,另一只胳膊夹着土耳其《文选》,两者证明他的智力发展是令人可疑的。他给拉达的信又把这种不好的看法变成了对这位唱诗班的领唱者的憎恶;在见到他对斯特弗乔夫的那副奴颜婢膝的样子后,这种憎恶的感觉就更加增长起来。奥格涅诺夫在房间里来回踱着,抽着烟卷,一面吐出大口大口的浓烟,只顾思量着自己同医生的谈话,没有去注意唱诗班领唱者低俯在书本上的那副冷漠和萎靡不振的面容。突然间,他发现桌上有一份新到的《多瑙河报》,城里只有麦代文基夫一个人为了寻求他的土耳其支柱,订了这种报纸。他心不在焉地草草看了一下有关保加利亚的消息,当他准备放下报纸时,他的眼光一下子落到了用大号字体印的一个标题上,他非常震惊地读完了下面一段文字:

"通缉狄亚倍吉尔要塞逃犯:伊凡·克拉利奇,多瑙河省维丁市人,二十八岁,高个子,黑眼睛,鬈发,脸色黝黑,因参与一八六八年叛乱而被判处终身监禁于狄亚倍吉尔要塞。该犯于本年三月越狱逃跑,重又潜入帝国国土,各地方当局已收到将该犯捉拿归案的有关指令。忠于国王陛下的臣民们如有发现该逃犯者,务必立即告发或将他扭送地方当局,以便根据公正的帝国法律,给予他应得的惩处。如有违者,严惩不贷。"

尽管奥格涅诺夫竭力控制自己,但他在这个外人面前怎么也不能保持平静,他的脸色变了,嘴唇发青。这件意外的事来得太突然了。他迅速瞟了麦代文基夫一眼,他还是那样一动不动地在看书。他大概一点也没有发现奥格涅诺夫的激动,也未必注意到那篇毫不起眼的短文。这种聊以自慰的推测使奥格涅诺夫稍微恢复了镇静。他的第一个念头就是毁掉这个危险的传声筒。

他克制住自己对唱诗班的领唱者的反感,不顾丢失面子对他说:

"麦代文基夫先生,"他平静地说,"这份报纸您看过了吗?让我带回家去看看吧,这里的新闻很有意思。"

"我还没有看,但是您拿去吧。"唱诗班的领唱者懒洋洋地回答说,还是继续看他的书。

奥格涅诺夫拿着白拉切尔克瓦唯一的一份刊载着可怕消息的《多瑙河报》走了出去。

第二十一章 奸 计

基里亚克·斯特弗乔夫今天在咖啡馆里也退出了战场,但是他有自己的打算,他是要反身重新厮杀的,那时他将更加凶猛地扑向他的敌人。

一系列的事件加剧了他对这个人的强烈憎恨。在他那丛生着种种卑鄙天性的污秽心灵里仅存的一点点正直,也被这强烈的憎恨所淹没了。

今天,在咖啡馆里,他第一次起了一个残酷的念头:通过出卖来毁灭对方。并且他是有足够的材料和手段来做到这一点的。过去为反对奥格涅诺夫而策划的那些小小的诡计和诽谤都没有起什么作用;相反地都被他势如破竹地一一粉碎了,结果,他在众人的眼里却变得更加高大。特别是演出《根诺微娃哀史》时观众袒护奥格涅诺夫的那种情景,使得斯特弗乔夫的这个念头更加坚定了。假若他是米哈拉基·阿拉弗朗迦,他就会心境坦然地去出卖别人,因为他会认为这是在做一件什么好事。而在基里亚克,尽管他的心地极其龌龊,他还是能感觉到这种行为的丑恶,只是他无力自拔而已。疯狂的报复欲望在他身上燃烧。他决计诡秘地去干这个勾当。

"对的,这个混账家伙并不叫作奥格涅诺夫,也不是什么洛赞格勒人,这是其一;其二,在彼得甘乔夫大街上被追捕的那个人就是他,而不是别人,那些革命党的报纸和宣言也是他的……医生索科洛夫在那个时刻也真是逗留在知事太太那里,罗沃阿玛哈吉的说法是对的。我们那个保加利亚警察菲柳也曾经向我暗示过这件事。那些报纸也是她藏起来的。究竟是怎么藏的?不得而知。还有第三点……这要稍晚些时候才能揭晓。而这也是最厉害的一点——这回就不是把他再送到狄亚倍吉尔去,而是把他送到绞刑架上去了……我要把这个混账东西碾成肉酱!"

他向女修道院走去,因为已经约好和麦代文基夫在那里相会。

"修女,你是对的。"他走进罗沃阿玛哈吉的修道室时对她说。

"天主保佑你,基里亚克。可我总以为我弄错了呢,"她戏谑地说,但是她很清楚他的话指的是什么,"像有谁在追你,看你气喘喘的像拉风箱一样!"

"我刚才和奥格涅诺夫吵了一架……"

"这个该诅咒的混蛋把我们那个蠢货拉达给迷得神魂颠倒了。"修女恼怒起来,"他给了她一些乱党的歌曲,让她教……这是一种什么传染病?现在连老太婆也唱起乱党的歌儿来了……他们来到这里,想杀人放火,说是要用这种办法来改变天下!人家一辈子都是像蚂蚁一样在那里一点一点地拾呀,讨呀,积攒点钱,置一些家业,而他们却要把一切都化为灰烬。他们也算是人?都是一些乳臭未干的家伙……我们的拉达也跟他们成了一路货!神灵的圣母啊,明天她也会成为第二个赫丽丝蒂娜,招徕乱党,甚至让那些吉卜赛人去糟蹋她……你看,前天他们在戏场里唱了多么坏的歌儿。天哪,难道土耳其人都睡着了吗?"

"我和奥格涅诺夫势不两立,我已经下决心要搞掉他。"斯特弗乔夫恶狠狠地说,但是一转念,觉得向这个饶舌的修女吐露真情是不妥当的,就又补上了一句:

"就是说警察将要采取行动,而且也应当这样做……可是,修女,请对这件事保守秘密。"

"难道你不了解我……"

"我是了解你的,因此我才说:保守秘密。"

这时,前廊里传来了脚步声。斯特弗乔夫隔窗望了一眼,就高兴地说:

"麦代文基夫来了!嗯?"他向那个正在匆匆走进来的唱诗班领唱者问道。

"老鼠上圈套了!"麦代文基夫说着,一边取下颈上的围巾。

"怎么?露出什么迹象了吗?"

"他的脸色一下子变得刷白,马上又发青了,浑身颤抖起来……就是他!"

"可他说了些什么?"

"他向我借那张报纸,说要拿回去看看……他这样做还是第一次,因为他是瞧不起那家报纸的,正像他瞧不起我一样。"

斯特弗乔夫霍然站起身来,情不自禁地拍手称快。

"什么事啊?"罗沃阿玛哈吉疑惑地问他。

"他没有觉察出这是个圈套吗?"斯特弗乔夫问。

"丝毫都没有。我装作看书,似乎什么都没看见,可我把一切都看在眼里了:熊在睡觉,可耳朵还在动。"麦代文基夫踌躇满志地补充说。

"你真不简单,麦代文!那些讽刺诗文也是精心之作。原来你还有做编辑的本领。"

"可是请你今后也不要忘记我这个麦代文①……那个职位一空出来,就请你帮我使使劲。"

"这个你放心好了。"

唱诗班领唱者按照土耳其的习惯做了个表示感谢的手势。

"我打算把那个波波夫也收拾一下,他看你的时候,就像公牛那样凶狠,真是克拉利奇的忠实走狗。"

"这个克拉利奇是谁呀?"罗沃阿玛哈吉问。她感到惊讶,因为她竟会对此毫无所知,在她说来还是第一次。

斯特弗乔夫心不在焉地望着窗外,对她的问话没有给以答复。这时,他内心里忙于打着种种算盘。

"喂,你知道吗?校董们昨天到学校里来了。"麦代文基夫告诉他。

"哪几个校董?"

"都来了。米哈拉基提议宣布开除他,但是别人都袒护他。最使劲的是马尔科·伊凡诺夫……为那支歌的事,只是训诫了他一下。总而言之,毫无结果。"

"马尔科大爷已经和这个克拉利奇结成莫逆之交了,但

---

① 这里"麦代文"一词没有大写,意为"台阶""阶梯",此处用作双关语。

是,有朝一日他是要吃苦头的,这个蠢货,他往里钻什么?"

"那米佐呢?"

"米佐大爷,他也是跟着奥格涅诺夫跑的。"

"当然啰,天下乌鸦一般黑。米佐也总是动不动就骂官府,就像马尔科总是骂土耳其人的宗教一样。"

"人以群分,物以类聚。"罗沃阿玛哈吉喃喃地说。

"那格里戈尔呢?还有平科夫呢?"

"也是和他们坐一条船的。"

"哼,如果我不把他们这所学校关掉,就叫我见鬼去吧!……不然就让雕鸮与猫头鹰在那里抱窝下崽啦!"斯特弗乔夫狂怒地喊,他在屋子里急促地走来走去。

"对呀,对呀,'捆起牧师,村里就平安无事!'那些伤风败俗的歌曲,还有那些乱党的歌曲都是从这些学校里传出来的。"修女接过话头说,"可是这个克拉利奇究竟是谁呀,基里亚克?"

"克拉利奇吗?就是小王子①,就是保加利亚的未来的小王子。"他带着挖苦的语气回答说。

麦代文基夫拿起自己的土耳其毡帽,打开了屋门,说:"基里亚克!不要忘了我的那件事。"说完这句恳求的话之后,就走了出去。这个唱诗班领唱者以为他们所谈论的只不过是把奥格涅诺夫开除而已,他一直在梦想着奥格涅诺夫的教师职位。

"就像神父办事那样,一定成功……"

斯特弗乔夫留下来单独和修女计议另一件重要的事情:

---

① 原文是"克拉尔切",意为小王子。与"克拉利奇"同出一个字根。

他和拉尔卡的婚约。黄昏时分,他向衙门走去。

在皮佩尔科夫大街,他碰到了米哈拉基·阿拉弗朗迦。

"你上哪儿去,基里亚克?"

"你知道吗?《多瑙河报》把奥格涅诺夫的假面具完全撕掉了:使他现了原形!他是从狄亚倍吉尔逃跑出来的,到处都在搜捕他。我敢发誓,就是他……他也不叫这个名字。"

"你以为怎么样,基里亚克?这个人是个危险分子,他会把无辜的人们都推入火坑的。我昨天提议把他赶出学校,应当是这样的——我们不能要这个人……你到哪里去?你去报告给知事吧,要他采取行动……"

"这不是我的事,我也没有报纸,那份报是麦代文基夫的,他知道……"斯特弗乔夫狡黠地回答说,他想隐匿在暗处,以防备人们怀疑他的叛卖行径。他还有意透露了唱诗班领唱者的名字,把他暴露在众人面前。

"你去报告吧,去吧;这是给居民百姓做一件大好事。"米哈拉基重复了一遍,他说得那样轻快自然,就好像市场上来了上等的鲜鱼劝他去买一样。"噢,明天我要同哈吉一起到尤尔丹老爷家去……我现在就向你祝贺。那是十拿九稳的了。"于是米哈拉基就使劲地握了握他的手。

"多谢,多谢。"

夜色已经变得漆黑了。斯特弗乔夫和米哈拉基在暗地里叽叽咕咕地又讲了一阵之后才分手。

斯特弗乔夫一路哼着土耳其情歌,向衙门走去。

第二十二章　在史塔夫利神父家做客

当索科洛夫和奥格涅诺夫动身向史塔夫利神父家走去的时候，天色已经晚了。

史塔夫利神父的家几乎是在城区的边缘。这两个朋友默默无言地走过了几条黑黝黝的街道。两人都陷入沉思之中。奥格涅诺夫已经毁掉了本城唯一的一份《多瑙河报》，感到轻松了一些。此后，他在麦代文基夫那里也没看出有什么可以令人担忧之处。后来他变得无法形容地大胆，竟到了无所顾忌的地步。这是所有那些天性临危不惧、履险如夷的人都会发生的情形。尽管如此，一层薄薄的疑云还是给他的心灵带来了一些纷扰。自然，医生则是更加忧心忡忡……他们离开市区的中心愈远，街上来往的车马行人也就愈加稀少。弯弯曲曲的狭窄街道变得阒无一人。只有狗叫声显得更响了。

"喂，那是什么？"医生指着贴墙站着的一个人影问。说话间，那个形迹可疑的人拔腿就跑。

"这位先生害怕了！来，我们追上去，问问他为什么不让我们向他道一声'晚安'。"奥格涅诺夫说，接着就跟踪追赶下去。

医生正沉浸在忧伤抑郁的情绪之中，无心去做这种长跑的锻炼，但还是跟着跑了过去。

那个身份不明的人拼命地奔跑。显然他心里有鬼，或者他害怕鬼怪。他很快就甩掉了追赶他的人，因为勇敢把翅膀插在人们的肩上,而恐惧则把翅膀安在人们的脚上。两个追赶者不久就发现他们是在枉费气力了。身份不明的人钻进了不知哪家的大门,已经听不到任何动静。这时,他俩哈哈大笑起来。

"为什么我们要追赶这个可怜的人呢?"医生问。

"我怀疑他是斯特弗乔夫手下的奸细……他们总是在晚上出来散发讽刺诗文的。我很想抓住一个。"

索科洛夫凝神地思索着往前走去。

"医生,你往哪里走呀?神父家的门在这里。"奥格涅诺夫对他喊着说,同时敲着大门。

神情恍惚的医生这才反身走了回来。

门开了,老神父黑黑的身影出现在他们眼前。

"我们这儿永远欢迎你们!① 请进吧,医生!伯爵!"史塔夫利神父唠唠叨叨地说,神情很是愉快。

如前所述,奥格涅诺夫已经留下了"伯爵"这个名字;只有知事称他总督。根诺薇娃的丈夫在戏场里博得的同情,已经转移到奥格涅诺夫的身上,并且这在街上都有所表现。孩子们呼喊着追赶他:"伯爵,伯爵!"然后跑到他身边,让他亲热地抚摸他们的脸儿。老神父起初对他怒目而视,但是自从演出那场戏之后,斯特弗乔夫就失去这一个同盟者了。

靠阳台的那间房子里传出了笛声。神父把两位客人领进大客厅,他们看到这里已经来了不少客人。其中有坎多夫、尼科莱·奈德科维奇和那个盲人。大家寒暄问候。甘乔(老神父的儿子,也是鲍依乔的朋友)又拿来一些拉基亚酒,还有下

---

① 此处原为古斯拉夫语。

酒的菜,这是一种碧绿的泡菜,切得很细,浇有橄榄油,并撒上了足够数量的辣椒粉①。笛声已经沉静下来。

"科尔乔,"尼科莱·奈德科维奇对他招呼说,"你再吹起来吧!"

于是科尔乔又开始吹笛,他非常成功地吹奏了几支欧洲歌曲。

"喂,给我拿些酒菜来,好滋润滋润笛子的喉咙,你们把我给忘记了。"他停下来说。

"你说得对,科尔乔。'有求者,才有得。'"神父说。

奥格涅诺夫给他斟了酒,但是递过去时没有作声。科尔乔抚摸了他的手之后,立刻认出了他,就说:

"你是奥格涅诺夫大哥,对吧?谢谢……别人都叫你伯爵,但是那天有一件小事使我没能看到你在戏院里扮演伯爵。"

客人们不禁相视而笑。

"科尔乔老弟,给我们唱唱那支赞颂修女的圣诗吧!"奥格涅诺夫微笑着请求他说。

科尔乔立刻摆出一副庄严肃穆的神态,咳嗽几声清清嗓子,模仿着教堂唱诗班老领唱者阿塔纳西哈吉的腔调,开始唱起来:

"仁慈天主,请降福佑,佑彼善人,主言是从:圣洁的赛拉菲玛和温柔的海露维玛;眼睛乌黑的索菲娅和白净的莉普西米娅;肥胖的玛格达琳娜和干瘦的伊丽娜;美丽的艾诺哈是修道院的光华;修女帕拉什凯娃是一个善良的姑娘出了家;还有

---

① 保加利亚人喜食辣味,常以辣椒佐食,或在菜肴中调以辣椒粉。

哈吉罗沃阿玛真是纯洁无瑕……"

科尔乔把每一个修女都数说到了,依照她们各自的特征,给她们都加上一个含义恰好相反的评语。

大家都捧腹大笑起来。

"请,请,都请就座呀!你们为什么嘲笑那些虔诚的修女啊?"神父的老伴诙谐地对他们嚷着说。

客人们都坐到铺有一条长桌布的餐桌周围。

老神父做过了晚餐祈祷,客人们就动起手来,开始对餐桌上的菜肴表示应有的敬意,只有索科洛夫例外,他的内心还在受着痛苦的折磨。老神父的面前放着一只玻璃酒瓶,里面盛着琥珀色的葡萄酒,他一会儿向左,一会儿向右地给客人们满满地斟酒。

"喝酒快人心,喝酒强筋骨!"①他说,同时把客人的酒杯斟满。

"伯爵,请喝呀!尼科尔乔,多喝些!坎多夫,你得大口喝,你是俄罗斯式的人物嘛,医生你要喝得更猛一些呀,这不是药,而是上帝的礼物!科尔乔,喝吧,喝吧,我的孩子,喝了好给我们唱那支罗马尼亚歌:'丽娜呀丽娜,让他过去吧。'"

心情欢快的老神父就是用这样别具风格的礼仪向客人劝酒,让客人们过足酒瘾,同时又挑起他们喝酒的欲望。餐桌上大家频频碰杯祝酒,觥筹交错,有如跳舞时手臂和身影交叉穿梭一样。

晚饭过后,大家谈得兴致勃勃,涉及各种话题。自然谈到了《根诺薇娃哀史》和斯特弗乔夫吹口哨起哄的事,老神父对

---

① 此处原为俄语。

吹口哨这件事表示了很不客气的意见。奥格涅诺夫巧妙地把谈话引到大家有兴致的话题上来,譬如谈起了今年葡萄酒的丰盛景象。这时老神父如鱼得水似的施展起自己固有的本领,他把这里所有葡萄园产的酒都详细地品评了一番。他认为毕克林山谷的酒是香槟酒之冠。

"这种酒像阳光那样暖人,像黄金那样璀璨夺目,像琥珀那样闪烁着黄色的光辉,又像剃刀那样地刮你的喉咙。先知大卫就是喝这种酒才返老还童的……一个人若是喝十滴这样的酒,他就会成为哲人,喝五十滴就会成为皇帝,喝半斤①就会成为使徒。"史塔夫利神父说得妙趣横生,甚至连东方的斋戒者听了也会垂涎三尺。

他说完之后就噗地长长吐了一口气,表明他已经说得心满意足,结果却把蜡烛吹灭了。

"来呀,快把蜡烛点着!"他说。

"神父老爷爷,"科尔乔说,"你家里有三件东西:神父、烛台和蜡烛,②但是,说句实话,我一件都看不到……"

"可你家有什么呀,孩子?"神父问,他没听懂这个微妙的诙谐。

"我家里也有三件东西:科尔乔、穷棒子和瞎子!"

客人们听了这些机敏的俏皮话都大笑起来。大家的谈论不久就转向一般的日常话题了。突然听到外边街上有人在唱一支有趣的歌曲,准是哪个嗓音嘹亮的小伙子唱的:

---

① 原文为一百德拉姆。德拉姆系旧重量单位,合三点八九克。
② 原文中神父、烛台和蜡烛三个词的词形相似,读时也很谐音。下面的科尔乔、穷棒子和瞎子三词也是如此。

"银打的项链雪花白;
俊俏的米尔卡·托多里金娜呀,
这串项链是谁给你买?"
"是基里亚克买给我戴,
为了我脖子白嫩多娇态。
我戴起项链他就心爱。"

"是谁给你买的百褶裙?
俊俏的米尔卡·托多里金娜呀,
这绸裙呀如花又似锦。"
"是基里亚克向我献殷勤,
为了我这袅娜的腰身。
我穿起绸裙他就悦目倾心。"

  歌声打这里经过,由近渐远,慢慢地消失在远处的街巷里。但它却使大家的话题转到了米尔卡·托多里金娜身上;她是神父的近邻。米尔卡是一个漂亮,然而却很放浪的姑娘,在这个小城镇里流传着关于她的种种风流韵事,她的名气也就与日俱增,从而使那些多嘴的女人如获至宝。不久就有人给她编出了歌曲。街坊都因邻里有这样一个风骚女人而皱起双眉,对他们来说这总不是一件称心的事——坏的榜样是会传染人的。她们都劝她的父母把她嫁给小铜匠拉契科·利洛夫,因为他正在如痴如狂地爱恋着她。但是小铜匠的父母却不答应。谁愿意把自己的孩子交给这样风流的女人呢?

  "可是老铜匠利洛夫为什么连提都不让提一下这桩亲事呢?"神父的老伴说,"他想给他那麻脸的拉契科娶个什么样的姑娘呀?财主的女儿,还是贵族的小姐!米尔卡是一个既年轻又漂亮的姑娘……是呀,她有过错,由于糊涂走错了路,可不会老是这样下去的!以后会醒悟过来的……既然情投意合,那就让他们结婚,蒙天主的恩赐,就让他们相亲相爱地过日子。这样不是更好吗?"

"唉,她是个糊涂姑娘,但是魔鬼的诱惑也总是缠住她不放,"神父插嘴说,"不是冒出个流氓来追求她,就是编出个歌儿来嘲笑她……那你有什么办法呢?人们总是听到风就是雨,把蚂蚁说成大象!于是米尔卡·托多里金娜就出了名!我对她父亲讲过,等拉契科这个小熊崽子到他女儿那里去的时候,就把他抓住,干脆利落地让他们结了婚,这件事情就算完结了:婚礼的面纱会把一切都遮掩过去的。"

"原先不是说财主斯特弗乔夫的儿子要娶她吗?"一个女客人问,"那时候她还是一个贞洁的姑娘呢。"

"从那个时候到现在,人们的嘴里又给她添上了多少人!结果这个姑娘只落得个坏名声。"另外一个女人转过身来对她讲。

"你知道吗?斯特弗乔夫家的基里亚克要和拉尔卡·尤尔丹诺娃订婚了?"又一个女客人搭腔说。

这句话像尖利的钢锥一样刺疼了医生。

"斯特弗乔夫的眼睛自然是瞟着高门大院啦……"神父说。

"可是米尔卡对拉契科会中意吗?"奥格涅诺夫问,他想把话题岔开。

"我不是对你讲过吗?他总是偷偷摸摸跑到姑娘那里去,就像通常说的那样:他们互相追寻……不应当再拖下去:赶紧给他们罩上一块婚礼的面纱,好使人们的议论平息下来。

宽恕吧,天主啊,耶稣啊……我们经不住人世间种种诱惑,都成了罪人……可是明天就是圣安得烈节了。甘乔,给我们都斟上一杯下河沟的葡萄酒吧,嗓子都干坏了……安卡,还有米哈尔乔,我的孩子,你们都去吧,睡觉去吧,你们还都是娃娃。"

孩子们站了起来,当他们走出去的时候,都显出一副不满意神情,因为那些对他们的米尔卡·托多里金娜大姐的谈论把他们吸引住了。

"依我说,他们应当让米尔卡自由自在的;为什么一定要强迫她结婚呢?"坎多夫说。

老神父看了坎多夫一眼。

"为什么不能让她结婚呢?"他困惑不解地问。

"她应当是自由的,她也有做人的权利。"这个大学生加重语气说。

"怎么自由呢?是把她的衬衣挂在木棍上吗?这个咱们得说清楚!"

"这都是些荒唐的人权观念。"尼科莱·奈德科维奇说。

"既然她不妨碍别人的自由,就应当随她喜欢怎么生活就怎么生活,有什么关系。"坎多夫解释说。

"如果她成了最放荡的人物,还是说'有什么关系'吗?"神父问他。

"什么最放荡的人物?"

"共和国①呀,不是吗?"神父急不可耐地解释说。

---

① 此处老神父原想说娼妓,因"娼妓"和"共和国"在保加利亚语里发音相近,误说成了"共和国",这两个词在当时都是比较陌生的新名词。

坎多夫看了他一眼,有些莫名其妙。

奈德科维奇低声地对他解释了神父随随便便地使用这些词的含义。

"这是关系到原则的事情,"坎多夫郑重其事地回答,"我们文明时代的进步思想是致力于解放妇女,要把她们从隶属于男人的这种野蛮时代的残余中解放出来。"

"那又怎样呢?"神父问,他什么都没有听懂。

坎多夫转过身去,面对着奥格涅诺夫和奈德科维奇继续说下去:

"现代科学承认妇女有和男人相同的本领,有和男人平等的权利。直到现在,妇女一直是那些把她们的意志禁锢在枷锁之中的一整套迂腐成见的牺牲品,男人的专权或兽性强加给她们许多屈辱性的义务,她们在这些羁轭之下呻吟;给她们规定了一连串的清规戒律,使她们在生活的道路上每走一步都要受到牵绊!"

坎多夫发表这些议论,是出于自己的信念。他有一颗真挚的心;他杂乱无章地吸收着各种社会主义学派信奉者的乌托邦学说,结果在他的心里造成了真理和谎言的概念的混杂;那些响亮的辞藻和一套套时髦的高调,在他听来,都胜过生活的真理,它们的新颖别致则使他叹为观止,他也乐于用它们来炫耀自己。坎多夫在以前的那个生活环境里感染上了病态的理想主义。只要在保加利亚再住上一个时期,他就会清醒过来的。

"请你们给我讲一讲,"这个大学生继续说,"那些装腔作势的大话,譬如贞操、婚姻、夫妻间的忠诚、神圣的母亲天职和其他一些荒谬的东西,这些都意味着什么?只不过是利用女人的弱点对她们进行压榨而已!"

"他好像是在朗读经书!"神父嘟哝着说。

"坎多夫先生,"奈德科维奇反驳他说,"每一个通情达理的人都会赞同你开头所讲的那些思想。但是你来了个头昏眼花的急转直下的跳跃,从而跌进了狂妄的极端……你摈弃了法规。你所摈弃的不是男人们的,而是自然的法规;你是在破坏人类社会赖以存在的永恒基础……如果我们毁灭了婚姻、家庭、母亲,并且剥夺了妇女的高尚的天职,那世界上将会发生怎样的情景呢?"

老神父这次听懂了,于是皱起了眉头。

"我主张妇女解放。"坎多夫说。

"对不起,你主张的是对妇女的贬谪。"奥格涅诺夫转过去对他说。

"奥格涅诺夫先生,那些论述妇女问题的哲学家的著作,你读过吗?我劝你去读一读……"

"坎多夫啊,坎多夫!"神父对他说,"可是你读过福音书吗?"

"读过……那是以前的事。"

"你知道吗,那里面说:女人们,你们顺从自己的丈夫吗?① 下面还说:因此而遗弃父母,宠爱妻子?②"

"我只依据合理的科学,老神父。"

"然而哪种科学会比上帝的科学更合理呢?"老神父愠怒地接过话头说,"你呀,坎多夫,你得把这些新教徒思想从脑子里挖掉,孩子。婚姻是伟大的圣礼,没有婚事行吗,啊,孩

---

①② 此处原为古斯拉夫语。

子？既然人们都像猪猡那样地繁衍后代,不要婚礼,不要上帝的祝福,那还要教堂做什么,还要信仰和神父做什么？"

门开了,甘乔走了进来。

"外面,米尔卡的家里吵得很凶。"他说。

"吵什么呀？"

"我不大清楚,"甘乔迟疑地回答说,"但是好像他们把小铜匠关在那里了。所有的街坊也全都聚拢在那里。"

"如果是拉契科,我就猜到了会发生什么事,"老神父说,"喂,小伙子们,我们去吧……到那里去看看;也许那里还用得着你们的老神父……没有神父的祝福,就成不了事。……坎多夫,随他胡诌去吧。我们两个总是走不到一块儿的。"

大家都走了出去。

第二十三章　瓮中意外人

从神父家再过去几个大门就是米尔卡·托多里金娜的家。院落狭小。屋门的台阶前一片嘈杂声,而且喧闹得越来越厉害。好奇的邻居陆续到来,不断扩大着聚拢在这里的人群,还有两三盏提灯在人堆里闪烁着。很多人都使劲地往前挤,想爬上窗口朝里看看关在屋里的那对情人。米尔卡的父母在那里喊着,嚷着,她的母亲像一只受惊的母鸡一样在人群里来回乱窜。不久,拉契科的父亲也来了,他推开人群挤了过去,猛捶房门,想把儿子拉出来……但是几只有力的手臂把他拖到后边去了。

"这是什么世道啊,天哪!"他喊着,于是又冲向房门。

"利洛大叔,你静一静吧!"一个邻居对他喊着,"难道你看不出这是怎么回事吗?"

"我的孩子啊!"利洛薇查①哭喊着,"我不能把孩子交给那样的破烂货呀!"她像秃鹰一样扑向那些拦阻她的人。

"利洛薇查大婶!"一个人粗鲁地对她喊,"她是'破烂货'吗?那拉契科去她那里干什么?我们得按习惯在这里管教管教他。"

"你们要把他怎样啊?要把他绞死吗?他杀了什么人吗?"她披头散发,发疯似的向房门冲过去。

"我们要让他们结婚,理应如此。"

"我不要这个妖精!"

"可是你儿子要她呀——我们要让他们结婚。"

这个绝望的母亲已经不知所措了。她觉得这个公众的法庭,是无法抗拒的。

她唉声叹气地数落着:

"可把我孩子给坑害了!这是不让我活下去呀!这条发疯的母狗勾引上了我的儿子,让瘟疫把她瘟死吧!"

人愈聚愈多,吵吵嚷嚷的声音也越来越大。在这混乱的吵闹声中,有几个声音听得比较清楚,但是大家都异口同声地要求一件事:

"结婚,让他们结婚!管它好赖,三天就不新奇了。"一个人喊。

"捆住骚和尚,全村得安宁。"另一个街坊插上去说。

---

① 利洛薇查,即"利洛之妻"或"利洛家的"之意。

"他要找什么,就让他得到什么。"第三个人说。

"等一等,我们还得看看,是不是姑娘勾引他来着?"

"嘿,是小伙子要她的嘛!"

"既然是那样,还嚷个什么呀?"

"等衙门里来人,好把门锁打开。"

"看,警长来了。"大家喊着。

谢里夫阿加带着两名警察拨开了人群。

"现在就在这儿让他们结婚。"有人大喊了一声。

"不行,先得敲着鼓,带他们到浴池去,让他们洗个澡。"绰号叫"蜘蛛"的甘乔接着说。

"天哪,不用费那么大劲;我们就在这里好歹让他们结了婚就算了,然后让他们请我们喝杯喜酒。"尼斯托尔·弗勒卡采说。

"有人去请神父了吗?"甘乔·斯托扬诺夫问。

"我就在这!"史塔夫利神父说着,就带着自己的那些客人向前边挤去,"你们都别操心,你们的老神父是懂得基督的教规的……甘乔,你去把十字褡①和祈祷书给我拿来。"

正说话间,房门打开了。

"你们出来吧!"警长喊道。

"米尔卡、拉契科!出来吧!"别人也跟着喊。人群蜂拥到警察的周围。大家都争先恐后地去看那小伙子和姑娘,好像以前从来没有见过似的。几盏提灯都挑了起来举到人们的头顶上,把洞开着的房门照得很亮。最先走出来的是米尔卡,她羞臊得两眼只向下看着,昏头昏脑地站在那里,也不回答她

---

① 神父做弥撒或圣餐时穿的无袖长袍。

那不知乱嚷着什么的母亲。她只抬起过一次眼睛,惶恐地看了一下。米尔卡现在显得更加俊俏了,使那些恼怒的邻居对她产生了怜爱之心。她的青春和美貌消除了人群中的愤怒情绪。很多人的脸上都显出了宽恕的表情。

"她会是一个多么漂亮的新娘!"一个邻居说。

"现在木已成舟,这倒也好……祝贺他们新婚之喜吧!"尼斯托尔·弗勒卡采说。

老神父和客人们都站在前面,客人中间有的还不认识那个小伙子。

"拉契科,你也出来吧!"老神父喊道,同时从门口向那黑洞洞的屋里窥望着。

"不要害羞嘛,孩子,出来吧,"另一个人说,"大家都会原谅这一切的,而且老神父也会祝福你们白头到老的。"

坎多夫回头对自己的伙伴们说:

"这处境真叫人难受啊,"他低声说,"一个人在这样的时刻会衰老十年的。"

"这是一种独特的民间风俗,"奈德科维奇说,"两个礼拜以前,也有一对情人是这样结的婚。"

"这样的风俗多少有些强制的味道。"奥格涅诺夫说。

小伙子还是不出来。

"他不是在屋里吗?为什么不出来呀?"神父问米尔卡。

她表示肯定地摇了摇头①,还有些奇怪地向屋里望了一眼。

警长等得不耐烦了,说:

---

① 保加利亚人通常用摇头表示同意。

"喂,你快出来呀!"

别人也都乱喊着催促拉契科出来。人群向前拥挤过来。人们好奇的心情是那么急不可耐,好像剧场里的观众急切地等待着拉开幕布一样。而在这里则是幕已拉开——只待人物登场了。但是这个人物却迟迟不见出场。

这时,警长就闯了进去,围观的人们也一拥而入。那小伙子纹丝不动地木立在角落里。

但他不是小铜匠拉契科,而是斯特弗乔夫站在那里。

所有的人都惊呆了。警长不由得倒退了几步,他不相信自己的眼睛了。在场的其他人也都不相信自己的眼睛。史塔夫利神父失神之中把十字褡掉到了地上;他的朋友们也都惊愕地面面相觑。索科洛夫以胜利者的神态恶狠狠地用眼睛盯着这个仇人,脸上露出了幸灾乐祸的笑容。他贪婪地注视着使这个仇人威信扫地的耻辱场面,感到心满意足。斯特弗乔夫在众目睽睽之下,感到羞臊、懊丧,陷入了绝境。他已经失去了原来的气度,畏缩胆怯地左右顾盼着。"斯特弗乔夫!斯特弗乔夫!"人们在喊喊喳喳地把他的名字传开去。他又窥视了一眼,好像要找个什么地方藏匿起来或者遁到地底下去……

他是怎么来到这里的呢?——这是一种命中注定的机缘。

这天晚上,他和米哈拉基告别后就继续向衙门走去。但他走到衙门口时,却停了下来,因为心情有些烦乱。不管他的心灵怎样阴暗和残酷,这时他作为保加利亚人的感情还是有些萌动,并且在和他抗争。他对自己的这个行为感到惊骇,于是决定把这件事推迟到明天,以便在有更大的勇气时去完成它。他走过衙门,向住在城边的一个亲戚家走去,但却没有见到那人,他反转身来沿着大街往回走。这时,在黑暗中遇到了医生和奥格涅诺夫,凭着自己的本能立刻认出了他们,他做贼心虚,扭头便跑,竟吓得失魂落魄。当他跑过米尔卡的家门时,为了找个藏身之所,就下意识地推开了她家的街门,隐伏在庭院里茂密的草丛中。他在那里停了很久,街上已经听不到任何动静。这时,一个女人的身影穿过庭院,走上了台阶。从她走路的姿态,斯特弗乔夫认出了这是米尔卡。是他第一个把米尔卡诱骗到手,过了一个时期之后又把她抛弃的。他从这一次的堕落又走向另一次,就这样沿着陡峭的斜坡滑了下去,并且无法遏止地坠入了深渊。但是,今天,在他订婚的前夕,他想起一件令他心中不安的事,原来在米尔卡那里还有他的几封信,当她得知他的婚事之后,她是可以拿着这些信去危害他的。他的某个仇人便能轻而易举地把这个激怒了的姑娘挑动起来。于是他决定把这些会惹是生非的书信收回,如果可能的话,就在今天晚上。他悄悄走到她门前,接着就进屋去找这个旧时的情人了。

斯特弗乔夫的一举一动都被米尔卡的父亲看到了。米尔卡的父亲——他的继父——正在守候着拉契科的来访,准备依照邻居们的主意行事。黑夜之中,他把斯特弗乔夫错当小铜匠锁在米尔卡屋里。然后跑出去招呼近处的邻居,接着所有邻里街坊都陆续地聚集到这里。

那警长很快就想出了对策。

"财主们,你们都回家去!我要回到衙门去审讯这位先生!"他声色俱厉地向人群喊着,同时抓住斯特弗乔夫的手。

"不用,不用到衙门去!就在这里把一切事情都办完。"人群后面的一个人嚷起来。他没有弄清抓住的是斯特弗乔夫,而不是拉契科。

"嗨,是斯特弗乔夫呀!"有几个人喊。

"斯特弗乔夫!怎么回事?"

吵嚷的声音越来越大了。

"是财主的儿子又怎么样?"一个人喊,"对他也得照样办理,就跟对拉契科一样——他头上又没有长角,有什么特别的!"

"反正都是一样,让他们结婚吧!"又有人嚷。

"这个姑娘配不上他。"有人带着袒护斯特弗乔夫的口气搭腔说。

"那他深更半夜到她这里来做什么呀?要不然就是财主们可以随便糟蹋别人的名声,而规矩只是给穷人们定的?"

又有几个人说了一些对斯特弗乔夫有利的话。

"到澡堂去,到澡堂去!"绰号叫"蜘蛛"的甘乔嚷着说。

奥格涅诺夫低声对警长说:

"谢里夫大人,快点把这位带走吧;这么多人看他……怪难堪的。"

他忘记了这是自己的仇人,而只是看到一个在耻辱之下被压垮了的牺牲品。他无法忍受这种玷辱人的尊严的场面。

警长用怀疑的眼光看了看奥格涅诺夫。

"不要管,关你什么事!让他出丑去吧!"报复心切的索科洛夫拉了他一下。

斯特弗乔夫直到这时才看到刚才追赶过自己的这两个人。立刻想起使他丢人出丑的肇事者正是他们;他还瞥见他们在微笑,不由得从心底里爆发起一股强烈的怒火,他投射过去的目光,假若被他们看到的话,那一定足以使他们胆战心惊……

警长带着斯特弗乔夫开始往外走。

"你们都闪开,"他喊着,"这不是你们的事……你们是来这里抓小铜匠的……都回去吧,先生们!"大家给他们闪出了一条通道。

"这件事是怎么闹出来的?"谢里夫带着同情的口吻压低着嗓子问他。

"是奥格涅诺夫和索科洛夫把我出卖了。"斯特弗乔夫喃喃地说。

人群跟在他们后面拥过来。

"把他留在这里吧,大人,这个姑娘没有着落了,她剩下的只有一条死路!"伊凡·赛拉舍兹喊着说,他是刚刚赶到这里来的。

在场的人们都吵吵嚷嚷地表示不满,反对把他带走,但是,他们的抗议也只能如此而已。

"你们为什么不吭声呀,啊?开口说话呀,你们这些人!"赛拉舍兹用雷鸣般的嗓子喊着,"再不然就是财主斯特弗乔夫的儿子用什么把你们的嘴给堵住了!"

赛拉舍兹是早就憎恨斯特弗乔夫的,但是他的呼吁却没有得到任何人的响应。

这时,另外一些人正聚拢到台阶那里,给米尔卡浇冷水,原来她已晕厥过去了。

这个不幸的姑娘坚持不下去了,她再也无法忍受这种使她精神上遭到严重摧残的折磨,以至从此一蹶不振。

人群散了，人们都悻悻而去。

第二十四章　天　幸

一个节日的清晨，修道院院长纳塔那伊尔站在修道院教堂里圣坛的一边，靠近讲道台，正在唱最后的几段圣诗。忽然他觉得有人拉扯他的袖子；回头一看，是蒙乔站在他眼前。

修道院院长严肃地对他瞪了一眼。

"你干什么，蒙乔？走开走开。"他申斥两句，就转过头去继续唱他的圣诗。

但蒙乔却再次用力拉他的胳膊，这次竟抓住不放了。院长恼怒地回过头去，这时才看出蒙乔气呼呼的，两眼直瞪瞪的，露出了一种恐怖的神气，从头到脚，通身都在发抖。

"唔——什么事，蒙乔？"院长严厉地问。

蒙乔疯狂地摇着头，眼睛瞪得更大了，憋起一股劲，然后吃力地嚷出来：

"那俄——罗——斯——人……在那——磨——坊里……土——耳——其人！"于是，他用手势做着挖掘的样子，代替了下半句话。

修道院院长起先莫名其妙地看着他；忽然，一道令人骇然的闪光掠过他的脑际。蒙乔一定知道那磨坊旁边埋葬着什么东西；而他既然也提到"那俄罗斯人"，就应该是知道这整个秘密的。他怎么会知道的呢？修道院院长简直猜不出来……只有一点他已经明白：这个秘密已被官方发觉了。

"鲍依乔完了!"纳塔那伊尔院长绝望地自语着,忘记了他的圣诗和一切仪式,也没有看见盖德昂神父在对面那个讲道台上向他做手势,使眼色,暗示着该轮到他上去了。纳塔那伊尔对祭台上看了一眼,那里维肯蒂正在虔诵着祈祷文。他断然地撇下盖德昂神父,随他想办法去应付念诵圣诗的事,自己就匆匆走出了教堂。一霎时他就到了马厩里,再一霎时,他已经跨马飞奔,像离弦之箭似的疾驰向城里去了。

这是个很冷的早晨。狂风夹着雪片猛烈地吹着,夜里降下的大雪覆盖了草木。一片洁白。修道院院长毫不仁慈地刺踢着他那匹小黑马的腹部;黑马奔跑得从鼻孔里喷出一团团的白雾。他知道当时散布出去的描述两个土耳其猎人失踪情节的谣言,已经广为流传,从而消除了关于这起事件的一切怀疑。那么,现在到底是什么人又勾引起那个对此事本已无所作为的警长采取行动的呢?一定是有人出卖了。是谁呢?一时还揣测不出。他不相信这件事会是蒙乔做的,即使说蒙乔真的知道这个秘密。他知道这个呆子非常崇拜奥格涅诺夫。或许是无意间泄露了他的秘密?但是,这也未必,一定是有别人干了出卖勾当。而这个结果,对于奥格涅诺夫,一定是很可怕的。

在四分钟内,他走完了平时总得走一刻钟的进城的路程。那匹马已经浑身都是汗水了。他顺路把马放在他兄弟家里,自己急忙步行到奥格涅诺夫的住所。

"鲍依乔在家吗?"他焦急地问。

"不在,他出去了,有几个警察刚才来找过他,把每一个角落都搜到了。这些畜生要找他做什么?——就好像他犯了人命案似的!"那房东气愤地回答着。

"他到哪里去了?"

"我不知道。"

"糟糕,不过还有希望。"修道院院长自言自语地说着,又急忙向索科洛夫医生家里跑去。他知道奥格涅诺夫不是一个经常到教堂里去做礼拜的人,所以一点都不想到教堂里去找他。在走过甘科的咖啡店的时候,他往里头望了一眼,可是鲍依乔也不在那里。"我可以从索科洛夫那里打听出他在哪里,只要还没有把他抓进牢房。"纳塔那伊尔院长这样想着,就匆匆闯进了院子。

"有人在家吗,老奶奶?"

"没有人,神父。"那管家妇回说,她丢下了手里的扫帚,急忙来向修道院院长施礼并吻他的手。

"医生哪里去了?"他面带愠色地问。

"我不知道,院长。"这老妇人有些张口结舌,惶惑不安地向前边张望着。

"哎呀!"修道院院长叹了一口气就向门口走去。

老妇人跟在他背后跑来。"等一等,神父,等一等!"

"什么事?"他不耐烦地问。

她显出一副神秘的样子,轻轻地说:

"他在家,不过他躲起来了;因为那些该死的土耳其人刚才来找过他。对不起,神父!"

"他用不着躲我。你为什么不马上告诉我呢?"修道院院长不满意地说着,就很快地穿过院子,敲门之后,医生立刻在里头把门开了。

"鲍依乔呢?"这是修道院院长的第一句话。

"在拉达那里——什么事?"医生感到一定发生了更严重

的祸事,所以脸色立刻就变白了。

"他们此刻正在挖掘那个磨坊。有人叛卖了。"

"啊!鲍依乔完了!"医生绝望地喊起来,"应该尽快去通知他。"

"他们也到他家里去找过了,可是没有抓到他。"修道院院长气急地说,"我是骑了马拼命赶来通知他的。我的主啊!这孩子会碰上什么命运呢?愿上帝保佑他!你要到哪里去?"他吃惊地问。

"我跑去找鲍依乔——只要来得及,我们一定要救他的。"医生一边开门,一边说。

修道院院长愈加惶惑地对他看着。

"喂,你自己呢?他们也在搜捕你呀。还是我去好些。"

医生做了个不赞成的手势说:

"这是不可想象的。在这大清早的时候你出现在拉达的房间里,这会引起人们的注意;甚至会变作一件丑闻的。"

"不过你去的话,就会落在他们手里的!"

"不管它;但是无论如何,我总得去通知他。鲍依乔现在太危险了。我走僻静一些的街道去……"

于是那医生就飞奔而去了。

修道院院长眼睛里噙着眼泪给他祝福。

医生知道这天早晨奥格涅诺夫应当是在女校里。今天没有课,女校里寂静无人,他要在那里会晤一个从 π 城革命委员会派来的传信密使。他几步就窜到了那教堂的院落里,没有被警察看见;他一直冲上女校的楼梯,到了拉达的住所,一阵旋风似的卷进她的房间里。索科洛夫这样突如其来地出现使那姑娘感到非常惊慌。

"鲍依乔来过没有?"他气急败坏地问,一句寒暄话都不说。

"他刚才出去。"拉达回答,"你为什么脸色这样难看啊?"

"他到哪里去了?"

"到教堂里去了。有什么事?"

"到教堂里去了吗?"索科洛夫叫起来,也不对她做任何解释,开门就走。但是他非常惊慌地缩了回来。他看见那警长正在布置警察把守教堂的各个出口。

"你怎么啦,医生?"那可怜的女教师问,她预感到某种灾祸了。

索科洛夫透过窗口,指着那些警察给她看。

"你看,他们在守候鲍依乔。他被人家告发了,拉达。他们也在找我呢。啊,糟透了,糟透了!"他说着,两手抱着头。

拉达有气无力地跌坐到长椅上。由于惊慌而变得惨白的圆脸儿,显得比平常更白了:简直像一尊白色的大理石雕像。

索科洛夫从窗子里向外注视着。他已经不能在警察跟前露面,想找到一个可靠的人,托他去把这危险的情况通知奥格涅诺夫,而在他的脑海里,同时在衡量着这个危险情况会是多么严重、可怕。

忽然他一眼看见弗拉丘先生正在经过窗下到教堂里去。

"弗拉丘!弗拉丘!"他轻轻地叫着,"走过来些。"

弗拉丘先生就走到他附近停下了。

"弗拉丘,你是到男教堂里去吗,是不是?"

"不错——像往常一样。"弗拉丘先生回答。

"鲍依乔也在那里；你去告诉他，有警察在外边等着他，叫他想个办法。"

弗拉丘先生不安地对那教堂看了一眼，看见三个出口真的都有警察把守着。他那瘦小的脸儿登时显露出恐惧的神色。

"你肯去告诉他吗？"医生焦急地问。

"我吗？……好，我去告诉他。"这个胸有城府的弗拉丘回答，显然有所踌躇的样子。于是他又怀疑地问：

"可是为什么你自己不去告诉他，医生？"

"他们也在找我呢。"医生轻轻地说。

弗拉丘的脸色变得更难看了。他急忙躲开这个和他谈话的危险人物，扬长而去。

"尽快去告诉，弗拉丘——你听见了吗？"索科洛夫最后又叮嘱了一次。

弗拉丘先生表示承诺似的点点头，向前走了几步，然后竟转身进入女修道院里去了。

医生看见他走进了女修道院，就绝望地扯着自己的头发。现在他已不是在考虑自己，而是为他的朋友感到忧心。他看出即使此刻有人去通知他，也已经迟了！——恐怕只有出现一个神迹才能把他从官府的魔爪里救出来。但是现在只剩下这一线希望了，而它只不过是希望。

原来的确是有人叛卖的。还在昨天夜里斯特弗乔夫就被找到衙门里去，他向那知事陈说了对奥格涅诺夫这个人物所发觉的一切情况和对他所怀着的重重疑心。同时，又有一个可怕的思想在他心上一亮。他想起了那警长在前些时候告诉他的关于埃麦西兹的那条猎狗的事情。当时，他和那警长谁都没有想到应当更深入地思索一下那条猎狗为什么对奥格涅诺夫这样凶狠，它为什么抓挖磨坊附近的土地。这条狗在那刨掘些什么呢？为什么它要冲到奥格涅诺夫身上去？会不会就是在这里隐藏着那两个土耳其人神秘地失踪的奥秘？况且，这件事情又恰巧是和奥格涅诺夫在本城出现的时间相吻合。无疑，奥格涅诺夫一定和这件事情有关系了。斯特弗乔夫的恶毒的思想闪电一样飞快地掂算了这么许多情况，于是，他蓄之已久的那些怀疑就更加明显，并且也更增加了无可反驳的力量。

斯特弗乔夫主张立刻就挖掘斯托扬那个磨坊附近的土地。知事咬咬嘴唇，立刻发了这道命令。他决计一大清早就把奥格涅诺夫拘捕起来，以免他夜里设法逃脱，或者伤了人。而在今天早晨，两个土耳其猎人的尸体已被掘出来了，于是奥格涅诺夫的命运就被判定了。他现在已经像一只被猎人围困住的野兽。那警长宁愿在教堂门外守候他，而不到里面去逮捕，因为那会在人群里酿成惊恐万状的不愉快局面，并且还会逼使奥格涅诺夫做死命的抗拒。最好还是乘其不备的时候把他抓起来。当索科洛夫正在焦急烦恼，而拉达将要昏厥的时候，忽然，听到外面楼梯上有沉重的脚步声。医生陡然一惊，随即侧身倾听着。那脚步和着手杖点地的声音慢慢地在走近来，接着在门外停下了。于是听见他模仿着教堂里的唱诗班，唱起大家都非常熟悉的利尔乔的独特的短赞歌：

"仁慈天主，请降福佑，佑彼善人，主言是从：圣洁的赛拉菲玛和温柔的海露维玛；眼睛乌黑的索菲娅和白净的莉普西米娅；肥胖的玛格达琳娜和干瘦的伊丽娜；修女罗沃阿玛，里面早已不见她……"

"这是科尔乔。"医生说着,就把门打开了。

这瞎子自由自在地走了进来,他是无论到什么地方都这样落拓不羁的。

"你到教堂里去过吗,科尔乔?"

"是的。"

"你看见奥格涅诺夫在那里吗?"医生焦急地问。

"哦,我的眼镜还没有从美国运来呢,所以没看见他。不过我知道他在那儿,在弗朗戈夫旁边的坛座那里。"

医生就对他郑重地说:

"科尔乔,现在不是说笑话的时候。警察正在教堂门口等着奥格涅诺夫,要抓他呢。他自己还一点都不知道。要是没有人去通知他,他就完了。"

"我去!"

"好,科尔乔大哥,我求你去一趟。"拉达搭话说,她由于有了希望而又清醒过来了。

"我本该自己去的,不过那些警察也在搜捕我呢。他们不会注意你的——去吧。"医生说。

"如果必要的话,我这条苦命是情愿送给奥格涅诺夫的。你们要我去对他怎么说?"这瞎子热忱地问。

"你就这样对他说:一切事情都被发觉了;教堂门口都给警察把守着了;尽可能地想法子逃命吧。"他又沉郁地说,"只要他们还没有派一个人进去骗他出来就好了。"

科尔乔懂得了现在每一分钟的重要,赶紧就走。

第二十五章　艰难的使命

科尔乔用手杖敲点着楼梯的梯磴,摸索着走下楼。但一到院子里,他就放心大胆地加快了步伐,走进了教堂的门廊。他停了下来,为了能在那儿逗留一会儿,就动手翻腾所有的衣袋,好像是在寻找手帕,这时他听见那谢里夫警长正在发号施令:

"哈桑大人,"他轻声地说,"去吩咐大家把眼睛睁开。如果他拒捕的话,就立刻把他打死,不用等我的命令。"

"南科,好孩子,快进去叫那个伯爵出来,就是那个教师奥格涅诺夫……告诉他,有一个人要见他。"科尔乔从语音听得出这是保加利亚警察菲尔乔在对一个小孩子说。

于是他有点害怕起来,唯恐他们会比他先得手:他就掀起那正厅入口处垂挂着的沉重帷幕走了进去。教堂里挤满了人。阿塔纳西哈吉正在念圣休降福仪式之前的最后一章圣诗,就是说整个礼拜仪式快要结束了。人特别多,因为这一天有许多人要领圣体,还要举行好几场亡魂祭礼。所以整个廊庑里都挤满了人。通道都堵塞了。这瞎子就仿佛走进了一个茂密的森林,黑暗得像在夜里一样,当然,对于科尔乔来说,这黑夜就是永恒的了。他的本能虽然很准确地引导着他,但是他怎么能够越过拦阻在他面前的由手臂、腰、胸、肩膀和脚组成的人墙呢?他生得那样瘦小,孱弱无力,要想挤到祭坛对面奥格涅诺夫所在的坛座那里去,简直是不可想象的。就是歌利亚①那个巨人身当此境,一定也认为是一件艰难的事。他向前挤进了一段路,就疲惫不堪,不得不停下来。在这个黑夜里,他这边推推,那边挤挤,想走过去,但是徒然,这人墙却是无法动摇的。而且,还有许多人恼怒地斥责他,叫他不要向前推挤,说会把他憋死或挤扁。几只铁一般硬的肘子顶得他那瘦弱的肋骨几乎要折断了。他喘得上气不接下气。再过几分钟,就可以听到那一句"敬畏天主,信仰天主,汝等偕行",那时人们就会向外拥,科尔乔一定会被他们挤出去的。那时奥格涅诺夫也就完了。况且——谁知道呢?——说不定就在这时候,那小孩子已经从另外一边挤出一条路走到奥格涅诺夫身边,把他诓出去了,因为奥格涅诺夫并不知道其中的圈套。可能那孩子还从科尔乔身边走过,还撞了一下他的肘子,可是科尔乔却没有觉察到。于是他本能地伸出手去,想摸摸有没有一个小孩子在那儿。他居然摸到了一个仿佛是小孩子的身体;他那惊慌的心灵似乎觉得那就是奉命去叫奥格涅诺夫的会带来厄运的孩子了。他气势汹汹地猛力捏住他的膀臂把他往后面推了一把,匆遽而几乎不自觉地说:"是你吗,孩子?你叫什么名字,孩子? 站到后边去,孩子!"可是,后面拥挤的人群一下子把他们冲开了。科尔乔心里在着急和失望。他那可怜的善良心灵感到一阵难堪的痛楚。科尔乔恐惧地觉得奥格涅诺夫的生命是系于一根很细的头发上,而他,这个时乖运蹇、瘦小孱弱的、在这人海之中简直看都看不见的科尔乔,就是这一根头发了。此时,圣诗快要唱完了。阿塔纳西哈吉这个人平常总是很舒缓地唱他的圣诗,可现在他却觉得似乎唱

---

① 非利士人中的巨人,被大卫以投石机杀死,见《旧约·撒母耳记》。

得异乎寻常地快。该怎么办呢？形势危急，使他获得了急智。科尔乔就绝望地叫喊起来：

"让路啊，列位！我要死了，快要死了，我——要断气了，我的妈呀！"于是他用力推搡着前面的人的后背。由于他这样的呼喊，挨了他拳头的那些人就都吃力地闪开位子让这个可怜的快要挤死的盲人走过去，因为没有人愿意让他挤死在自己的背后。科尔乔利用了这个策略，才终于从人丛中挤到奥格涅诺夫所在的坛座那里，可是已经累得半死了。他用不着询问别人，马上就找到了奥格涅诺夫——这是丧失了视力的人们所独具的一种奇妙的本能。他很有把握地抓住了衣服的下摆，低声问道：

"是你吗，鲍依乔大哥？"

"是的，什么事！"奥格涅诺夫问。

"低下头来！"

奥格涅诺夫俯身下去，把耳朵凑在这个瞎子的嘴边。

当他抬起头来的时候，面色已经煞白了。

他沉思了一会儿。太阳穴上暴起的青筋显示着他的头脑正在进行着紧张的活动。

他又俯身下去，对科尔乔轻轻地耳语了几句。

于是他离开坛座，向前挤了几步，就消失在那些站在祭坛前等候领圣体的人堆里了。

正当这个时候，圣事亭的门打开了，神父尼科迪姆手里擎着圣体开始念着："敬畏天主，汝等偕行！"于是弥撒仪式结束了。

拥挤着的人群向各个门口拥过去，正如一股刚被放泄的洪流。半点钟之后，教堂里就空落下来，几个落在后面的领圣体的老妇人也都走出去了。

只有那个司祭神父还留在祭坛那里,他正在脱掉他的法服。

这时土耳其和保加利亚警察都进来了。那警长因为不见奥格涅诺夫走出去而大发雷霆。他一定是躲在教堂里。于是把所有的门都从里边锁上了,开始搜寻。有的爬上装有格子屏门的女席里;有的留在下边,钻到坛座底下和各个角落里;还有人从侧门钻进了圣事亭里。每一件东西都翻转了,每一个可以躲人的角落都查看过了;那些警察爬到讲道台上把读经台也搬开了,还查看祭坛上主教宝座的下边,安放法服圣物的那些壁橱,供奉古圣像的龛子,和窗洞里——但是哪里都找不出人来。奥格涅诺夫好像是遁到地底下去了。教堂里的那个执事,因为相信奥格涅诺夫并不躲在那里,就自告奋勇地把所有可疑的地方都指示给他们。后来,神父尼科迪姆也来加入搜寻了。他到处都瞎摸瞎找了一阵,脸上显现着迷惑不解的神色。他甚至连法服都翻腾一遍,主教宝座上的圣物和圣书里也都寻到了……那警长对于他这样的热心都有点感到惊异。而保加利亚警察米阿尔则给他指出,别说是一个人,即使是一只小鸡,也不可能躲在这些东西里头。

"你说什么?我是在找别的东西。"神父有些心慌意乱地说。

"你找什么?"

"我的皮外套不见了,还有我的神父帽,还有我的蓝眼镜,放在帽子里的。"

这可怜的神父已经冻得瑟瑟地发抖了。

"唔,我懂了,谢里夫大人。"米阿尔喊起来。

谢里夫阿加气喘吁吁地赶过来,他已经汗流浃背了。

"无耻之徒终归是个无耻之徒!"米阿尔内心里暗自得意地说,"他偷了这位老神父的衣裳。"

谢里夫阿加大吃一惊。

"怎么回事,神父?"

"我的外套不见了,还有我的神父帽和眼镜——哪儿都找不着。"神父非常吃惊地说。

"准是那个家伙偷的。"谢里夫阿加说,显示出一副有了大发现的神气。

"那还用说?那伯爵一定是穿了那件外套,戴了帽子,就这样乔装打扮,走了出去,我们没有认出他来。"

那保加利亚警察解说了一番。

"一定是这样的了,"神父赞同他的说法,"一定是当我正在付圣事的时候,有人把那些东西偷走的。"

"不错,我看见有一个戴蓝眼镜的神父走出门去的。"一个警察证实了这件事。

"你却没抓住他,蠢货?"他的上司大声斥骂。

"我怎么能想到是他呢?我们不是要抓神父,而是要抓一个普通人的。"那警察辩解说。

"原来那就是他呀,妈的!"米阿尔惊讶地说,"怪不得他把外套裹得紧紧的——只看得见他的眼镜。就是他的亲爹也不会认识他了。"

有人在很响地敲门。谢里夫阿加吩咐把门开了。

进来的是保加利亚警察菲尔乔和教堂看守人。

"谢里夫大人,那伯爵已经进网了。"菲尔乔人声地说。

"他躲到女修道院里去了,有人看见他的。"那教堂看守人补充着说。

"到女修道院去——立刻就去!"

于是他们就蜂拥而去了。

第二十六章　令人不快的访问

那些警察几步就赶到女修道院大门口。谢里夫阿加派两个警察在那儿把守着,刀出了鞘,枪机也扳上了。

"任何人都不准进,也不准出!"他下了命令,就带了其余的警察赶进院子。

他们的侵入,在这个女修道院里引起了一场很大的纷扰,并且在所有的斋房里引起了混乱和惊恐。修女们从修道室里跑出来,在各个廊庑里奔窜着,来到她们这里做客的那些人也跟着奔跑,人们乱喊乱叫,掀起一片混乱的嘈杂声。那警长虽然打着手势竭力安抚她们,要她们不要害怕,还对她们用土耳其话喊了些什么。但是她们根本没有听见,即使听见了也不懂得他在说些什么。其时,警察把他们所找得到的每一个神父,还有,凡是戴眼镜的人,即便眼镜不是蓝颜色的,都抓起来了,甚至把两个名字叫作保乔的人也逮捕起来,他们把这许多被捕的人一同关进一个小房间里。坎多夫和快腿雅罗斯拉夫也在其内。不过,快腿雅罗斯拉夫马上由那警长来赔小心说了许多抱歉话释放了,因为他不是一个土耳其的顺民①,而是奥国皇帝陛下的百姓。坎多夫从窗洞里

---

① 土耳其语中的"顺民",指奥斯曼土耳其统治下的不信奉伊斯兰教的人民。

抗议着这种对于他的人身自由的无理侵犯,气愤得几乎发狂了;但是他那些同伴却都比他安静得多,因为他们都很懂得土耳其人的规矩。

"你也不是没见过土耳其人,坎多夫!"一位神父说。

"但是这是压迫,这是暴虐,这是践踏法制!"

"用乱喊乱叫对付这种暴虐和践踏法制的行为是不行的,谢里夫阿加的脑袋瓜懂得你这一套吗?——对付它是要用这个家伙的。"那个做屠夫的保乔晃着他的小刀子说。

谢里夫在匆遽间竟没有想到问一声,到底是什么人看见奥格涅诺夫走进女修道院去的,也没有问明白,他穿着什么衣服;他立刻就开始搜查那条走廊,因为据报告,那个逃犯就躲在那儿。罗沃阿玛哈吉的修道室就在这条走廊上。那些修女们这时已经从最初的惊慌中镇定下来,都在高声地表示抗议;她们竟受到窝藏反抗朝廷罪犯的嫌疑,因此都在大叫冤屈。罗沃阿玛哈吉由于气愤而吵闹得最凶,因为她认为这种怀疑是有损她的体面的;她会说土耳其话,于是把那警长痛骂了一顿,然后就撵得他狼狈地走开了。但是在别的修道室里,还在继续紧张地进行搜索。他们翻砖揭瓦地到处搜寻奥格涅诺夫,决心最终是一定要把他抓到手。这次搜查的成败,是谢里夫阿加名誉攸关的事情;所以他们发疯似的翻腾所有的壁橱或箱子,还有那些什物间和隐蔽的角落也都仔细寻遍了。大家都怀着恐惧的心情,想着随时都会听说那不幸的"伯爵"已经从某一个修道室里拉出来了。

这时,传来了一个不祥的喊声:"抓到他了!"但是,原来抓到的是弗拉丘先生,是从修女尼菲朵拉修道室的长椅底下给拖出来的——立刻就把他放走了。

拉达,把身子靠在走廊的栏杆上,心情痛苦地注视着他们的搜索进程。她由于惊恐已经全身瘫软无力,两颊都给眼泪浸湿了。她这样毫不掩饰地流露自己的感情,使每个人都一望而知她是在爱恋着奥格涅诺夫;许多人对她抛着敌意的眼色。她们对于这种威胁着她的爱人的灾难,竟显得如此冷酷无情。但她对于这些信口雌黄的女人们的情绪却毫不介意。她让她的眼泪尽情地流着。

旁边有两个修女正在窃窃私语,并且用眼睛瞟着达丽娅哈吉的修道室。达丽娅哈吉是医生索科洛夫的姑母,又是鲍依乔的保护人。所以鲍依乔现在多半是在那儿,而那些搜索的人员也正在逐渐地走近达丽娅哈吉的修道室。拉达的心几乎要揪碎了。她已经吓得呆若木鸡。啊!主啊,怎么好呀?

科尔乔悄悄地走到她身边——他从她的啜泣声里辨出了是她,就低声说:

"拉达,你是独自一个人在这儿吗?"

"是的,科尔乔大哥,没有别人。"她哽咽着回说。

"不要担心,拉达。"他轻轻地对她说。

"怎么回事,科尔乔大哥?若是他们找到他呢?他在这儿呀……是你自己说的,有人看见他到女修道院里来了。"

"我想他不会在这儿,拉达。"

"但别人都说他躲在这儿呢。"

"这是我放的风……在教堂里的时候,鲍依乔教我这样说的,好让警察们在这里多费些时间。此刻,奥格涅诺夫已经像一只归山之虎那么自由了。"

那可怜的姑娘听了这话,几乎忍不住要拥抱这个瞎子了。她的脸色豁然开朗起来,像暴风雨后的天空一样。她安静而愉快地走进罗沃阿玛哈吉的修道室;那修女立刻就看出了她那令人费解的泰然自若的神情。

"难道这个臭婆娘知道他不在这里吗?"她满心不是滋味地想着。

于是,修女带着讯问的神色,对她审视一番,然后说:

"怎么,拉达,你哭够啦?好啊,好啊!你去让人家笑话吧,去为那个强盗和杀人犯哭天抹泪吧!"

但拉达的心里却洋溢着幸福的感情。

"我是要哭的,"她大胆地回答,"当别人都高兴的时候,总该有一个人哭泣的……"

这样一句大胆的回答,使那修女觉得实在不成体统,简直是不可想象。她从来没有听惯人家对她这样还嘴,于是她咬牙切齿地说:

"住嘴,你这个不要脸的贱货!"

"我可不是不要脸的贱货。"

"你是一个不要脸的贱货,还是一个疯子!你那个万恶的嗜血鬼,今天就要上绞刑架了!"

"兴许会;要是他们能逮到他的话。"拉达火刻地回答。

罗沃阿玛哈吉气得暴跳如雷,怒不可遏。

"滚出去,你这个该死的魔鬼!不许你再跨进我的门槛!"她扯着嗓门喊叫着,把拉达推出房门。

拉达若无其事地回到走廊里。罗沃阿玛哈吉鄙视地,或是粗暴地把她赶出修道室,对于这些,她又何必去介意呢?她心里很安静,而且,兴致盎然,她甚至反而因为从此和她那暴虐的保护人断绝了关系而谢天谢地了。

从明天起,也许就在当天,她们还会把她赶出学校,那时她就会无家可归,手无分文,落得茕茕孑立,无依无靠。然而,这又有什么大不了呢?她知道鲍依乔是得救了,正像科尔乔所说的,他犹如归山之虎那样自由了。主啊!科尔乔这个人多么好啊!他是个多么善良而富于同情心的人啊,他怜悯别人的灾难——却看不见,也忘记了他自己的,可怜的人啊!有多少睁眼人对别人的苦难视而不见和冷酷无情啊!譬如,斯特弗乔夫这个畜生,现在是多么迫不及待地在等候鲍依乔的灭亡呢!但是,现在鲍依乔已经离开险境很远了。敌人是高兴不着了;而那些好心的人则会觉得多么欣幸啊——但是,没有一个人,这世界上恐怕没有一个人会像她那样幸福呢!当她正在这样愉快而天真地寻思着的时候,她忽然看见科尔乔正在悄悄地摸索着走下楼去。

"科尔乔!"她自己都不知道为什么要叫他。

"拉达,是你叫我吗?"于是科尔乔转身上来。

"我的天主!我为什么要无缘无故喊他,把这个可怜的人折腾回来呀,"她抱愧地这样想着,就跑到他身边,止住了他,说,"科尔乔大哥,没有什么事——让我握握你的手吧。"于是她满心感激地紧紧握了一下他的手。

那边,搜索还在进行。谢里夫阿加因为累了,就让他的手下人去干这件事,自己就去到那些被拘留起来的戴神父帽子和蓝眼镜的人那里,现在他才想到去发落他们。

坎多夫还在那里大声抗议这种无视一切正义而加之于他的非法暴行。

那警长看了感到奇怪,就请其中的一个人把这位大发脾气的老爷所说的话译给他听。

"再说一遍,坎多夫,我好翻译给这位大人听。"本乔·代尔曼说,他是在场的那些人中间最精通土耳其文的。

"请你告诉他,好不好,"坎多夫说,"你说,我的人身不可侵犯,我的最宝贵的人权,不顾一切法律和每一条正义的原则……"

本乔·代尔曼无可奈何地对他摆摆手说:

"唔,土耳其话里头根本就没有这些字眼!你还是算了吧,坎多夫!"

女修道院终于摆脱了这些令人不愉快的客人。他们到城街和周围郊区搜查去了。

第二十七章 亡 命 者

奥格涅诺夫再度地因为沉着镇定而得救了。

他一走出城,第一件关心的事就是把那神父的帽子和皮外套藏在一丛灌木里。

这场暴风雪使他得以穿过许多冷静的街道,而不被人家看见,出了城,暴风雪愈加厉害了。山风呼啸着,斯塔拉山的山岭上仿佛撒上了一层盐。荒寂无人的田野,盖上了一层灰蒙蒙的冰的殓布,显出一幅极为凄惨的景色。幸而太阳出乎意料地从云堆里露出来,温和地照在这个冰冻了的大自然上。

奥格涅诺夫一直向西走,慌不择路地穿过那些布满沟壑和干涸水道的葡萄园。在一个隐蔽的地方,他坐下来略事歇息,也想借以思忖一番自己的处境。而处境是严峻的。好像有一种厄运和斯特弗乔夫联合着在无情地跟踪他,压迫他。一时间,他看见那座自己怀着满腔热忱建筑起来的大厦,忽然倒塌成一堆废墟。他看见那个辅祭、医生、斯托扬老爹,还有别的亲密忠诚的朋友,都被关进监牢里。拉达由于哀愁而形容憔悴,他的那些敌人却都在弹冠相庆。他简直无法猜度促使敌人策划的这次阴谋得逞的种种情况。《多瑙河报》上的那道通缉令以及唱诗班领唱人的丑恶奸细行为,使他的那些敌人掌握了强有力的武器。他所设想得到的最坏的后果都闪现在他的眼前。但是,这一局棋是否真已输定了呢?这一次的不幸事件,会不会招致在别的地方发生新的破坏呢?现在,他觉得,他的逃跑,乃是一种很卑鄙的懦怯行为。所以他很想回去,亲眼看看事情到底坏到什么程度。此时此刻,他并没有顾及自己,他的大胆无畏,是足够使他去采取这个行动的。但是再一寻思,他觉得至少总该先乔装一下,使人家认他不出。因此他只得仍旧向前赶路。他心下决定到奥夫切里去,这是他最信得过的村子,是他在定期巡游中最常到的地方。他一定可以在迪亚科大叔家里好好地乔装一下。但是因为奥夫切里这个村子,是隐没在斯列德那山北麓的一个山谷里,对于奥格涅诺夫,这是一段非常危险的路程,因为他必须经过许多土耳其人的村庄。那两个土耳其暴徒的尸体被发现,这个消息一定会在今天就飞速地传遍这些强盗坯的出没之所。即使他们不因怀疑而拘捕他,也会因为他是个异教徒而杀死他的:在这些村庄附近,可以说是没有一天不发生几起这种事情的;况且他身上穿的那套城里人的服装,尤其可能使他碰到这种事情。所以如果想要大着胆子贸然走去,眼睁睁地去送死,这就太傻了。于是他决定等到夜晚再走,因此就退向斯塔拉山山麓更深幽的地方,预备躲在那些茂密丛生的千金榆中。

在陡峭和荒凉的山径中艰苦地攀爬了两小时之后,他到达了最近的一个林薮。在干燥的丛莽中,他找到一块藏身之地,于是就放倒全身,仰面而卧,想休息一下,或者还不如说是想好好地思索一番。天色已经晴朗了。秋天的太阳照得又亮又温暖,野草上的霜雪消融之后转化成的水珠,在阳光的照耀下,闪烁着晶莹的亮光,头顶上有几只孤独的麻雀在静悄悄地飞扑,它们不时降落到小径上来寻食。一只巴尔干山中的老鹰高高地在奥格涅诺夫头上盘旋:它或者是看到了附近什么地方有一具兽尸,或者是把奥格涅诺夫当作一具尸体了。在他脑际闪现的这个推想,使他更加阴郁起来。这只老鹰,在他看来,仿佛是一个凶兆。他把它看作是他那严峻冷酷的命运的一个活的象征;这只噬尸成性的猛禽好像在等候着别人给它筹办血肉的飨宴,一旦准备就绪,它就会离开那蔚蓝色的高空,猛扑下来。而在这里一切危险的事情都是可能发生的。这荒野地方绝不是一个安全的去处,这里是那些简直就是强盗的土耳其猎人经常出没的地方。奥格涅诺夫焦急地等待着太阳落山,而且换了好几处地方以求匿伏得更安全些。时间过得可怕地慢,看看太阳还在令人厌倦地慢腾腾地爬着。而那只鹰还一直在头上打着盘旋,它鼓动两三下翼翅,然后又伸展着,在高空中显得那么黑,那么静。奥格涅诺夫的眼睛被这个悠然游动着的鸟魅惑住了,但是他的思想却在窥视着另一个深邃的远方。在他那思潮激荡的脑海里,许多过去的景象一个又一个地闪现着——那些少年时候的岁月,那些奋斗、受苦和坚信着一个崇高理想的岁月。还有,保加利业,鼓励人们去接受一切考验的祖国——保加利亚是这样美,这样光明,这样值得为它牺牲一切啊！她是一个由她的信仰者为之贡献血汁而滋养的女神呀！她那血色的圆光上记录着一卷卷光荣的名字；于是奥格涅诺夫就向这些名字中间去寻找他自己的名字，他仿佛居然看到了……他是多么骄矜啊（他已经准备好为她而死），不，更要为她而奋斗！死不过是一个崇高的牺牲，而奋斗却是一个伟大的圣迹。

忽然，听见了一声枪响，奥格涅诺夫惊起了。

他环顾一下周围。巴尔干山里震荡着这枪声的回响，一会儿就又沉寂下来。

"可能是有人在打猎。"他给自己解释。

但他的安心只是暂时的。一刻钟之后，他就听见在离他不远的地方有狗吠的声音了。这个狗吠声之后，立刻就传来了人的声音。奥格涅诺夫不由得想起了埃麦西兹的那条猎狗，因为埃麦西兹就是住在附近村子里。这个狗吠声，他仿佛很熟悉，也许只不过他觉得是如此。它又吠了一阵，这回是更近了些，听得更加清晰。那些丛莽开始簌簌作响，好像吹过了一阵风，于是有两只猎狗出现了，它们一路上不停地用鼻子嗅着地面。

奥格涅诺夫松了一口气。

原来这里并没有埃麦西兹·佩赫利凡的猎狗；那条猎狗经过他的训练，已经学会了向人身上猛扑，就像猛扑猎物一样。一般的猎狗的性格，都比较迟钝而温和，而这一条可恶的畜生却已经被训练得非常有复仇心理，正如那天在修道院门外所表现的那样。它已经成为斯特弗乔夫的盟友，而准备着毁灭奥格涅诺夫了……且说现在的这两条猎狗，它们看见他畏缩地躲在树丛里，就走到他身边，嗅了他一阵，便走过去了。但奥格涅诺夫忽然听见有人的脚步声走近来，他就头都不回地向丛莽中逃进去。听见了三响枪声,他觉得大腿上被什么东西咬了一口,于是就加倍地使劲快跑。是不是有人在追赶他,或者后面到底怎么样,他全不知道。一道河谷出现在他面前。他就窜进遍布河滩上的那些低矮的榛子林中,钻到一堆树丛底下。也许那些猎人已失去了他的踪迹。奥格涅诺夫躺着倾听了好一会儿,可是一点动静都没有。直到这时他才觉得腿上有些发热和潮湿。"我受伤了!"看到他靴子里满是血,他就惊慌地想。他脱下了左脚上的靴子,看见腿上全是血迹,血从两侧的伤口里涌出来;那子弹只是洞穿了他的大腿。他从衬衫上撕下一条布来堵住了伤口。疼痛加剧了,而前面还有一段很长很难走的路程。失血已经使他的身体非常疲弱,况且他整天都没有吃过一点东西。天色不久就黑暗下来,于是他离开了躲藏的地方,无疑地,明天一定会有一群土耳其缉捕队到这里来搜查的。气候也随着夜色的变浓而越发寒冷了。他所走到的第一个土耳其人村子已经是寂静得毫无生息了。那些土耳其人的村子,一到天黑,就沉静和荒凉得像墓园一样。他所听到的只是从一家伙食店里传出来的嘈杂声。但是奥格涅诺夫不敢去敲门,虽然他已经饿得有气无力了。他又向前走了两个多钟头,经过了许多村落,最后看见有一道白亮的东西横阻在前面……原来这是斯特列玛河。他很艰难地涉水而过,到了河对岸就坐下了,因为溪水冻冷了他的腿,伤口痛得很厉害。他看出那条腿已经肿胀起来,害怕发炎的地方会快速地扩展,使他无法前进。他站起来,折取了一段长在溪岸上的已经干枯的芦管,褪了褪裤子,用他在哈吉·迪米特尔①时期所学到的方法,洗涤他的

---

① 哈吉·迪米特尔(1842—1868),保加利亚民族解放运动中的起义队伍领袖,一八六八年在与奥斯曼土耳其部队作战时英勇牺牲。

伤口。他用嘴将芦管吸满了溪水,从伤口的一侧注入进去,使水从伤口的另一侧流出来。这样冲洗了几次,又用这样的办法把伤口裹扎好,站起身来向斯列德那山走去,原来他此刻已经在这个山的脚下了。黑暗随时都在加深,奥格涅诺夫是要赶到奥夫切里村去的,但是他始终没有看到那个村子。不久,他就知道自己迷路了:发现自己走进了一个丛莽横生的不熟悉的地方。于是他茫然地停下来,凝神谛听。现在他已经到了斯列德那山的山岭上。一阵低沉的人声传入了他的耳鼓。他一想,在这深更半夜,除了烧木炭的人之外,不会有人在这深山里。这时他才想起刚才从远处曾看到这边有一点红红的火焰。但是,不知他们到底是保加利亚人呢,还是土耳其人?他现在已经迷失了方向,身子有些冻僵了,而且感到精疲力尽;如果这些人是基督徒,那么就可能有希望从他们那儿获得同情和帮助。他又往山上走了一段,于是看到了燃烧着的篝火就在附近,他向那边走了过去。现在他透过树木的枝丫可以清楚地看见火边坐着的那些人影,同时耳朵里也听到了几句保加利亚话。他该怎样露面呢?他身上都是血。他的出现说不定会把这些保加利亚人都吓跑掉,可能还会产生对他来说更不好的结果……他们一共是三个人——一个人身上盖着东西躺着,还有两个坐在火边谈话。旁边有一匹苫着马被子的驮马,正在啮草。奥格涅诺夫侧耳倾听他们的谈话。

"再加些柴火,别瞎聊啦。我去给牲口再添些干草。"那两个当中年长的一个说着,站了起来。

"嘿,我认得他呀!这是南科,维里戈沃村里的那个伊凡老爷爷的儿子呀。"奥格涅诺夫很高兴地对自己说。

维里戈沃是在斯列德那山背后的一个村子,那也是奥格涅诺夫很熟悉的地方。

南科走到那匹牝马旁边,伛下身子从一个羊皮袋里抓出些干草来。这时奥格涅诺夫就从丛莽中向他走过去,对他说:

"晚安,南科大哥!"

"你是谁?"南科吓得跳起身来。

"你没认出我来吗,南科大哥?"

柴火的微光照亮了奥格涅诺夫的脸。

"怎么,是你吗,老师?来来来,这里都是自己人:这是茨维坦,那是多依钦大伯……哎呀!你已经冻成冰块了,浑身都僵了。"那农民说着,把奥格涅诺夫带到火边。

"茨维坦,多加些柴火,把火烧得旺旺的……这里有一位基督徒冻坏了;我们得把他好好地烤一烤,让他暖和过来……你认识他吗?"

"原来是老师!"那小伙子高兴地叫起来,"你从哪儿来呀?"他问,同时放下了一些干燥的树枝给奥格涅诺夫坐。

"天主保佑你,茨维坦!"

"那些畜生把他打伤了,"南科愤怒地说,"但是并不要紧,谢谢天主。"

"啊,打伤啦!"

"多依钦大伯,起来,来客人啦!"南科叫醒了,或者更确切些说,是踢醒了那个睡着的同伴。

一会儿,一堆很旺的火就在他们面前熊熊地燃烧起来。奥格涅诺夫简单地把他经历的事情告诉他们的时候,这些烧木炭的人都同情地看着他那惨白的脸。不久他就感受到火的好处了。他那冻僵了的手脚已经暖和过来,而伤口上的痛楚也不那么厉害了。多依钦老爹从他那褴褛的口袋里掏出了一块面包和一颗葱头,都给了奥格涅诺夫。

"我们只有这些,也只能用这些招待你了……不过,你要暖和的话,感谢天主,我们可以比皇帝还给得多些。吃吧,老师。"

奥格涅诺夫觉得随时都在好起来。他满心感到有一种新的、说不出的舒适。那惹人喜爱而又慷慨地赐人以温暖的金色火焰;那四周荫郁茂密的森林;那些虽然显得有些粗糙,但是非常纯朴的黝黑脸庞和那些闪烁着热情友好的目光;那些皴裂而又弄脏了的劳碌之手,以保加利亚人特有的好客盛情递过来的穷苦人仅有的一口面包——所有这一切都在他心里唤起一种无法形容的动人肺腑的感情。如果没有伤口带来的痛楚的话,奥格涅诺夫一定已经欢快怡情地高声唱起"森林啊,苍翠的森林……"这首民歌来了。

在天明的时候,南科牵了那匹奥格涅诺夫骑着的马,已经在维里戈沃村中敲一户人家的大门了。院子里的狗叫起来,马林大叔自己出来了。这样特别早的时间叩门告诉了他一定来了不平常的客人。

在略略寒暄几句之后,接着就简要地把事情说明了。

"但愿天主把这些万恶的邪教徒都连根拔光;但愿恶狗吃掉他们;但愿魔鬼勾去他们的灵魂。"马林大叔一边轻轻地帮助着因颠簸而创痛加剧的奥格涅诺夫下马,一边这样诅咒着。

他们把他送到一个僻静的房间里,这是奥格涅诺夫从前也曾经住过的。马林大叔仔细地查看了他的伤口,就把它裹上了。

"会像狗的伤口那样,很快就会愈合的。"他说。这时天色已经大亮了。

第二十八章 在维里戈沃村

奥格涅诺夫的金疮治疗得很顺利,虽然并不如马林大叔所预言的那样快。这个殷勤好客的人家对这个受伤者服侍得非常周到,凡是足以减轻他的痛楚的事情,无不一一办到了。他的医生就是这位稍微懂得一点外科医术的马林大叔,而马林的老伴则不遗余力地施展她在烹饪方面的绝技。斯列德那山中的白葡萄酒,一桶一桶地源源运来;每天早晨总有一只被剁去了头的小鸡在满院子里奔扑着,然后把它烹好来装点奥格涅诺夫的餐桌。只有他一个人能享受这些佳肴,因为在东正教的教友中间,这几天正在守着降临月的斋戒。

三个星期过去了,在这时期中,由于这家保加利亚人的热心调护,奥格涅诺夫一天一天地好起来。只是还有一种焦急的心情在使他苦恼——他急于要知道白拉切尔克瓦城里后来的情形如何,拉达怎样了,他那些朋友怎样了,由于这些不幸的遭遇使他已经失去联系的事业,现在处于怎样的境况。他嘱托马林大叔派一个人到白拉切尔克瓦去打听一番,但他总是不肯依他的话。

"不,我不派任何人去;下星期我自己要去买些东西来过节。你耐点性子等到那时候吧,孩子。你得老老实实地待着,好使你的身体好得快些。天主是仁慈的!"

"可是,下星期我自己也能去了。"

"我会放你走吗?这是我的事情;我是你的医生,这得听我的……"那庄稼人用一种慈父般的严肃说。

"至少也得让他们带一个信去给拉达,说我平安。"

"既然那些土耳其人没有抓到你,她当然知道你是平安的。"

于是奥格涅诺夫无话可说,只好顺从他了。

只有几个忠实的村民被准许来探望他:他们都是在再三请求之后,才得到马林的准许的。他们的心灵都如饥似渴地需要着这个"老师"的热烈的言论;当他们离开他的时候,他们的脸色都是红红的,眼睛都是亮亮的。最常来看望奥格涅诺夫的客人是神父约瑟夫。他是当地革命委员会的主席。现在他已经被推选为将来起义时候的行动领袖了,他把起义时用的旗帜藏匿在教堂里的法服堆里。另外还有一个小学里的老教师——米纳老爹也常来。奥格涅诺夫确信除了这几个人和马林大叔的家族之外,整个村子里再没有别人知道他藏在这里的秘密了。房主人就是这样告诉他的,并且要他相信这一点。同时,他又吃惊地注意到他的餐桌上一天一天地丰盛起来:炸小鸡、黄油煎蛋、牛乳米粥、油煎脆饼,甚至还常有野鸭和兔子;各式各样的酒也摆到他的桌面上。这种奢侈使他很觉得不安;他自觉歉愧于这种因他而引起的耗费。有一天,当他到院子里走动时,看到鸡棚已经空了。他就对马林大叔说:

"马林大叔,你会把自己折腾穷的啊。要是你再不改变主意,我就要拒绝吃你的饭菜,到伙食店里去买面包和乳酪吃了——这对于我就足够了。"

"你不用管到底我是不是会折腾穷。我是你的医生,我认为应该怎样治,就怎样给你治。各有各的办法,我的事情你不要插手。"

于是奥格涅诺夫深受感动,只好不再说什么了。

他不知道这时全村的人都在争先恐后地供应他们深为喜爱的"老师"。

他的秘密已经是人所共知的了,但是决不会有人去出卖。现在他在群众中享有广泛的同情。关于他曾经清算掉两个土耳其暴徒的传说,即使在漠不关心的人的心目中,也使他大受尊敬。原来英雄行为是最能使淳朴的人民为之赞赏不已的一种美德啊。

然而奥格涅诺夫的伤口却好得很慢,把这个生气勃勃而又不甘寂寞的人约束在这里而无法活动。因此他焦灼得很苦痛了。在所有的来客中间,他觉得和善良的米纳老爹谈话是最能减轻他的苦楚的。所以他们俩每天总有好几个钟头在一起,奥格涅诺夫已经习惯了和他相处,简直少不了他。米纳老爹是一个过去时代的遗老,也许是那些已经绝种了的老派教师中尚存人间的一个残余者,这种教师的课本是祈祷书和圣诗,而他们就是那些在保加利亚开创了著名的修道院学校①的元老。米纳老爹今年已经七十岁了,头发斑白,身材硕壮,面庞宽阔,穿着农村的老式肥裆裤。在过了一段岁月悠长而又充满献身精神的生活之后,他在这个僻静的村庄里定居下来,就在这里宁静地安度他那长寿的晚年。他的寿命长过了他的世代,他那些旧世界的学问在现代已经都不适用,于是就

---

① 十九世纪四十年代在保加利亚兴起的"修道院学校"均由热心的进步人士捐款,附设在寺院中,由神职人员教给孩子们斯拉夫式教会读物及其他科学常识。这种教育,对保加利亚的民族自觉大有帮助。

在教堂的唱诗班里义务唱诗;因为,近代的改革是不允许侵入到教堂里去的。在节假的日子,村里人都簇拥着他,出神地倾听他讲那些趣味无穷的老年人的故事。他的故事,都像传经说道一样,掺和着一段一段的《圣经》。其实,《圣经》就是他的唯一读物,也是他心灵的食粮。奥格涅诺夫最喜欢这种古声古韵的格调,他满怀感激的心情听着他的讲述,这个勤劳终生、须发皆白的老人抒发着富于哲理的真知灼见,而这就好像是一个已被忘却的时代在当今人世间的回音。当一个人在遭受苦难的袭击,无论是精神的或肉体的苦难的袭击的时候,他的灵魂总会倾向宗教;他会意外地在《圣经》中找到安慰。它会像神效的油膏似的缓和他的苦痛。现在,从那老人在言谈中所引用的那些诱导人们笃信天主的句句经文中,奥格涅诺夫第一次体验到这种感化的力量。米纳老爹最初来到病床前探望他的时候,曾经肃穆地讲道:

"又是一个受难的基督徒!又有无辜的血流出来了!啊,主啊,这种恶魔还要多久才会受到责罚啊?……为什么不伸出你的手来帮助我们啊?起来吧,主啊,审判吧!你总得举起你的手来对付那些傲慢的人们啊!①"

于是他热忱地向奥格涅诺夫致意,并且很关心地问了他的事情。但是当奥格涅诺夫想要翻身的动作带来一阵剧痛,因而呻吟起来的时候,他又怜悯地说:

"挺一挺吧,孩子!悲叹的人是受福佑的,因为他们将获得安慰。"

"啊,米纳老爹,我们是命里注定了该受点苦的……我们

---

① 此处原为古斯拉夫语,下同。

不是叫作使徒吗?就是说会倒霉的呀!"奥格涅诺夫微笑着说。

"你们在这个世界上的工作是一种艰难的工作,老师——一种艰难的工作;但这是光荣的,值得赞扬的,因为这是天主亲自启示你们去为百姓服务的。你是世界的光:一座造在山上的城是遮蔽不了的。基督不是曾对圣徒们说过这句话吗:收获的确是丰富的,但是工作的人太少了。你们去吧,我派你们去做狼群中的羔羊。"

这些简单的话给奥格涅诺夫的灵魂带来了慰藉与生气。他请这位老人给他几本圣书看看:于是米纳带来了一卷诗集。奥格涅诺夫开始热忱地读着这些富有灵感的文字,从这里涌出如此崇高的诗歌的泉源。这些战歌,绝望的悲歌,和感奋的祈祷歌词,在他那纷扰的心灵里唤起了一种感应。从此以后,大卫的诗篇就永远没有离开他。

终于,马林大叔到白拉切尔克瓦去了。奥格涅诺夫焦灼不安地等着他回来。他的思想里充满了种种最坏的揣测。一个多月以来,他一直不知道那些最亲近的人究竟发生了怎样的情况。拉达怎样了?自从他逃跑之后,她该会为了他而受到怎样的欺侮和迫害呢!她孤零零一个人留在那儿领受社会的凌辱,也许还要饱尝官方的虐待。可怜的姑娘,她命里并没有注定与他幸福地在一起的。这个不幸的女孩子又得受命运的摆布了,最美好的希望全都破灭,还会由于舆论的中伤而蒙受耻辱。人们的残酷会把她的倾心于他当作是一种罪恶,因而要她以难堪的苦痛来赎取她对他的爱情所给她的短促的欢乐。而他却不能在那儿安慰她,保护她这个荏弱可怜的女孩子。

他正陷于这种悲伤的思想中,米纳老爹来了,他高兴地欢迎了他。至少,总还有一个人可以让他诉诉心曲。米纳老爹关切地听他诉说了他的思绪。

"希望,希望来自天主,老师,"他说,"不要懊丧:全知的天主决不会遗弃那些信赖他恩赐的受难者。凡是信任天主的人都将见到天国。天主决不会遗弃那些悔罪的罪人。凡是流着眼泪播种的人,都将因丰收而欢喜。"

好像是为了应验这些安慰的话,那门开了,马林大叔走了进来。

奥格涅诺夫兴奋得颤抖着,想从他的脸色中看出消息来。

"晚安!不要动,不要动,老师!我就要统统都告诉你的。你是不是活动得太多了?"他一边说,一边脱下他那沉重的外套。

"你们城里人都是些奇怪的家伙,"马林大叔又接着说,"他们都像鬼魂一样——没法找到他们讲几句话。"

"你没有一径去找那医生吗?"

"他给抓走了。"

"哦,修道院的神父哪里去了?"

"神父躲起来了。"

"你找到斯托扬老爹没有?"

"啊,天主宽恕他吧!他和我们永别了,他就在被抓去的那天夜里,给他们打死了;他们说这个可怜的人在拷打之下,把一切都说出来了。"

"啊!苦命的斯托扬老爹!那么拉达呢,拉达?"

"我没能见到她。"

"为什么?——她怎么样了?"他的脸色陡然变得刷白。

"她好好地在那里——你别烦恼;不过他们已经把她赶出学校了。"

"你若是到那些修女们那里,到罗沃阿玛哈吉那里看看就好了!"奥格涅诺夫烦躁地嚷着说。

"那个修女也狠心地把她赶出去了。"

"我的天——这样说来,她一定是流落街头了!这可害死她了。"

"也不是——马尔科财主把她送去住在他的一个亲戚家里了,不过我没找到那屋子,而我的伙伴们又急着要回来……可是我打听到她是好好地在那儿。"

"啊,那个马尔科大爷,他对我的恩惠简直没法子报答了。那么他们关于我说了些什么呢?"

"关于你吗?在那里他们都叫你另外一个名字的。等到我弄清楚的时候,我的头发都变白了。"

"怎么?是不是伯爵?"

"是的——伯爵。他们都说那伯爵在阿希耶沃树林里挨了猎人的子弹。"

"唔,这倒是真的。"

"未必,因为你却活在这里,可是他们都以为你已经死了——我想这样倒也好。"

奥格涅诺夫像被蛇咬了一口似的直跳起来。

"什么?那她呢?难道她也以为我死了吗?这个苦命的姑娘也只缺这点了!"

他在屋子里踱起步来,仿佛试着要走的样子。

"你不要走动啊,别又裂开了你的伤口。"

"现在我已经能走了。"奥格涅诺夫坚决地说。

"你想走到哪里去呀?"马林大叔吃惊地问。

"到白拉切尔克瓦去。"

"你发疯了吗?"

"还没有,不过要是我在这里再耽搁一天的话,我就要发疯了。给我拿衣裳吧!还有你的马也能借我用用吗?"

马林大叔晓得奥格涅诺夫的固执脾气,所以他丝毫不想再去阻止他。

"衣裳和马你都可以拿去用。不过我却为了你的青春而感到惋惜。"他心情郁郁地说,"每一条路上,都有土耳其歹徒来回穿梭:他们干的那些杀人越货伤天害理的勾当,真是不计其数……你不替自己想想吗?"

"你不用替我担心。我会像一只鹰似的平安而健实地回到你这里来的。"奥格涅诺夫又戏谑似的加上一句:"只要你不把我拒于门外。"

那老人沉郁地看了他一眼。

"不行,我不让你走,"他斩钉截铁地说,"我不惜惊动起全村的人,硬把你关在这里。我们需要你,就像需要圣体一样——而你却要去让他们杀掉你!我不想让人家将来这样说:'马林大叔把我们的使徒,那个老师鲍依乔放走了,让他去自寻死路。'"马林大叔很生气地冲他喊叫起来。

"别这样响,马林大叔——老远都会听见的。"奥格涅诺夫提醒他。

米纳老爷的胡子里露出了微笑。

马林大叔也忽然嬉笑起来。

奥格涅诺夫莫名其妙地看着他们。看样子很可能是他最后的那句话使他们感到开心了。

"你们笑些什么?"他问。

"唔,老师,天主保佑你!你害怕些什么?我们这里,整个村子里,连小孩都知道你在我这里。我们全村的人都分担了供养你的责任……我们虽然都是粗人,可是我们决不会出卖一个基督徒的。至于你呢——唔,为了你,我们会把心都掏出来的!"

奥格涅诺夫方才知道,原来这是整个村子的秘密,这回就轮到他笑起来了。

又争辩了一番之后,奥格涅诺夫终于打消了居停主人的顾虑,他的动身就此决定了下来。

第二十九章 窘 遇

一小时以后,一个土耳其人——或者,说得更准确些,一个土耳其佬——骑马出了维里戈沃村。

一个蓍旧褴褛的绿色缠头,盖在他的额上,几乎遮到眼睛;他的颈项修刮得精光;他那印花布的背心,敞开着领口,纽襻残缺不全;一件破旧的短褂披在他肩膀上,两个袖管已经磨破了边;束在腰间的那条油污的皮带卜挂着一支燧石枪,一根装火药用的短挪棒,一柄索波特产的土耳其剑,还有一支土耳其烟管;一条不合身的肥裆裤,已经磨得破旧不堪,裤口散落着;脚上穿着一双土耳其军人穿的皮便鞋,是用皮条缚着的。在这全套装束之上,还披了一件破烂的本地粗毛料做的旧外套。

这样一打扮,简直认不出是奥格涅诺夫了。

现在已经完全是隆冬季节,地上积着厚厚的一层雪。斯塔拉山的巉岩峭壁突破雪的覆盖,露出黑魆魆的颗颗利齿般的身影。整个宇宙间都显得寂静和阴郁:除了在昏沉欲睡的天空中成群地盘旋着聒噪的乌鸦之外,简直一点活物都看不到。

往白拉切尔克瓦去的最短的捷径是向东北走的,但奥格涅诺夫却不走这条路,因为这条路须得经过埃麦西兹·佩赫利凡的村子,使他不免有些害怕。他还不放心那个死人的猎狗,仿佛这个土耳其人已经把他恶毒的仇恨附在这条猎狗身上,使他即使在坟墓里也还能够追踪和威胁着奥格涅诺夫。奥格涅诺夫决计往北走,先到卡尔纳里客栈,再从那里往东拐,沿着斯塔拉山麓走向白拉切尔克瓦。这样走法,就要绕很多路,虽然也得经过几个土耳其人的村子,但危险可以少些。当奥格涅诺夫走到第一个村子的时候,雪花就大片大片地落下来,完全遮住了这个旅人的视野。天气越发冷了,严寒冻僵了他的手脚——他简直拉不住他的马缰了;真的,这匹马可说是完全凭它的本能往前赶路的,因为这茫茫大雪已经遮盖了整个原野,一点都看不出路的痕迹。他不声不响地走进村子里的那些空荡荡的街路,到处都看不见一个人影,不久他就在清真寺对面的那个唯一的小客栈里落了脚。他要使那由于跋涉雪路而非常疲乏的马休息一下,同时也使自己暖和一会儿。一个年轻的伙计出来给他牵了马去将息,他自己就走向那咖啡间的门口去。因为一点声音都没有,那咖啡间里好像是空的。但是当他推开门进去之后,就吃惊地看见里面坐满了土耳其人。马上转身退出吧,那显然是不行的。他只好决心坐下来，向大众打着招呼，人家也很客气地还了礼。他在土耳其人中间住过很久，所以完全通晓他们的语言和习惯。那些客人都坐在地上铺的席子上，拖鞋脱下在一边，手里擎着烟管。满屋子弥漫了烟雾。

"来一杯咖啡。"他郑重其事地吩咐伙计。

他随即伛弯了身子往烟管里装烟，这样可以多少遮掩些他的面目。他以这种姿态喷喷作响地喝着咖啡，并倾听着周围那些人的谈话。最初，没有听到什么使他发生兴趣的，但忽然他不禁侧耳细听：原来有人意外地谈起那两个凶汉被杀死的事情。在这地方附近，早就不提这件发生过的事情，因此那些土耳其人直到今天一提起这件事，还是气恼万分，暴跳如雷。这个到现在为止一直是很平静的咖啡间里，登时笼罩着一种激愤的情绪。大家都恶毒地痛骂和气势汹汹地威胁着保加利亚人。奥格涅诺夫也愤怒地皱起眉头很响地喝他的咖啡，表示他也参加了众人的愤恨。忽然，谈话转到了杀害这两个土耳其人的凶手身上，他才吃惊地发现就是在这里，他的名字和他这个人物也已成为大家都很熟悉的了。已经有许多关于他的故事在流传着。

"这个邪教徒的总督是什么地方都找不到的，也没法认出他来。"其中的一个人说。

"有个魔鬼在帮助他；一会儿你看见他是个教师；可是过一会儿他又变作一个教士出现了；今天他是一个农民，明天就变作一个土耳其人；他会在顷刻之间改变他的外貌；他会从一个小伙子变作一个老头儿；今天他嘴上没毛，眼睛是黑的，明天他会长一脸胡子，变成碧眼金发。你去抓他吧！阿赫麦德大人告诉我，他们有一回掌握了他的行踪，就派了缉捕队到泰基亚树林一带追捕他。他穿着农民的服装。好,忽然间,他们看见前面是一只乌鸦:没有别的了,没有了那个农民,连个鬼影子都没有。大家都开了枪,那只乌鸦就不见了,只听到前边有乌鸦的叫声。"

"那是胡说。"有几个人表示怀疑地说。

"这个邪教徒总有一天会抓住的——只要我们找到他藏身的老窝就行了。"另外一个人说。

"我跟你说这个乌龟王八蛋是抓不到的,"那第一个说话的人又说,"他倒是不躲的——但是你能认出他来吗?唔,说不定现在他就在我们这里,就在这个咖啡间里,可是我们还是认不出他来。"

听了这些话,每个人都不期而然地抬起眼睛来向四周巡视。有几道好奇的眼光就落到了奥格涅诺夫身上。

现在奥格涅诺夫正在猛啜他的第三杯咖啡,不时喷出一股浓重的烟雾来,使他自己淹没在烟雾里,使人家看他不真切。但是他已经感觉到那些盯着他的目光,一滴一滴的汗就从鬓角底下流了出来。他无法再忍受这样紧张的局面,他想找个恰当的时机放下咖啡,到外面去呼吸新鲜空气。

"你往哪里去,请教?"有人问他。

"到克里苏拉去,托福安拉①。"奥格涅诺夫回答说,一边解开一个很长的卷拢的钱袋,付他的咖啡账。

"怎么,顶着这样的大风雪去吗?你最好是在这里歇一夜:明天还是能赶上集市的。"

"旅人喜欢道路,青蛙喜爱水洼。"奥格涅诺夫微笑着

---

① 伊斯兰教的"真主"。

回答。

"你刚才所说的那些故事都是婆婆妈妈的见识,拉赫曼大人——你那个邪教徒既不是一个魔鬼,也不是什么乌鸦,而是一个委员会分子,像任何一个别的委员会分子一样的。"

"好,那么你去把他抓起来吧!"

"我们就要抓到他了——我们已经嗅着他的窝了。"

"但愿抓到他就好了。"有几个人喊叫起来,眼睛里闪射着嗜血的目光。

"我可以拿我的头颅来打赌,不是今天就是明天,那个委员会分子鲍依乔一定可以落网了。"

"可他们到什么地方去找这条狗呀?"

"他躲在斯列德那山里的一个邪教徒的村子里,他在那里找到了一个温暖的窝。昨天有一些警察抄巴尼亚那一路,还有一批抄阿勃拉什拉尔草地那一路……我们马上就会把他包围起来的。"

"你也是去抓他的吗?"

"是呀。我们在维里戈沃会合,就在那儿开始动手。"

直到此刻,奥格涅诺夫才注意到这个说话的人是一个警察——因为他坐在角落里,所以早先没有看见。此刻,他发现自己刚刚逃脱掉曾在维里戈沃等待着他的这场可怕的灾难,这使他更加恐慌起来。他们的那些怀疑的眼光虽然已经撤了回去,但这个咖啡间却使他感到窒息……他向众人点头告别,走了出来。

当他走出到新鲜空气里,在降雪的天空下获得了逍遥自在之后,他才深深地呼一口气,放了心。于是跳上马走了。

又跋涉了三个小时的路程之后,他和坐骑已是满身白雪,于是在卡尔纳里客栈停了下来。

第三十章　殷勤的熟人

卡尔纳里客栈是特罗扬高山通道的驿站。过路的人们在这里停下来歇息,吃些东西,烤烤火暖暖身子,积蓄了新的精力之后就开始去攀登斯塔拉山的陡坡。但是每到冬天,这个客栈总有一两个星期是无人问津的,因为暴风雪给巴尔干山峰上的罗马古道覆盖上一层厚厚的积雪,使它变得无法通行。色雷斯地区同保加利亚境内多瑙河流域之间的联系全部中断,直到特罗扬的运货夫费尽平生之力从积雪中踏出一条小路来为止。现在正是大雪封山的时候,客栈里空荡荡的。店老板是个保加利亚人,身材矮小,一副痴呆的面孔,但总是嬉皮笑脸。他很有礼貌地迎接了新来的客人,把他领到那间除做客厅之外,还兼做其他用处的大房间里。灶膛里烧着火,奥格涅诺夫拿起长管烟袋点着了烟。

"这里还有别的客人吗?"他问店老板。

"没有客人。大雪封住巴尔干山的时候,我的客栈就也给封住了……你到哪里去呀,啊?"店老板问,同时似乎有些好奇地打量着这个来客。

"你能给我来一杯咖啡吗?"奥格涅诺夫问,没有理睬他的问话。

"行,当然行,怎么不行呢?……可你是到哪去呀,啊?"店老板还是钉着问。

"到特罗扬去。"

"你打哪儿来呢?"

"从白拉切尔克瓦来……前边的路好走吗?"

"我也是白拉切尔克瓦人。但是,我跟你说,到特罗扬是过不去的,你得相信我……"店老板一边唠叨着,一边递过咖啡,他两眼紧盯着奥格涅诺夫,想要认出他是什么人似的。

奥格涅诺夫蹙起额头,随即微微弯下身子,避开这个令人讨厌的目光。店老板又从侧面看了他一眼,然后透过胡须露出一丝微笑。

"店老板,你这是甜咖啡!"奥格涅诺夫沉着脸说,放下了咖啡。

"请原谅,哦,我以为你是喝加糖咖啡的。那么再给你来一杯吧?"

"不用啦!"

"不,还是喝吧,喝一杯吧,我跟你说,最好……"

"这一带有什么新消息吗?"

"都是些可怕的事,杀人,抢劫,天天如此……路上没有过往行人,巴尔干山给封锁住了,我也倒了霉。特别是自从扒出了埃麦西兹·佩赫利凡的尸首以后(这个你是知道的),土耳其人干尽了坏事……表面上好像是搜捕乱党,可他们净是杀害无辜的人。我给你讲的都是真话,你得相信我。"

奥格涅诺夫感到惊异的是,店老板竟如此大胆:这样的话是只能在保加利亚人面前说的。因此,他就扮演着土耳其人的角色,勃然大怒。

"你这个坏蛋,要是你再这样胡说八道,也会轮到你头上的。"

"我晓得现在我是在谁的跟前讲话。"店老板带着狎昵的口气说。

奥格涅诺夫更加诧异地看了他一眼,想训斥他一顿。

"你喝醉了吧,邪教徒!"

"伯爵,请不要动气,我看《根诺薇娃》时也是哭过的!"店老板已经是用保加利亚话回答他了,并且把他的右手抓起来,和他握手。

奥格涅诺夫知道已经被认出了。这使他感到非常烦恼。加上店老板的那副面孔和厚颜无耻的举止,全都令他厌恶。他把他打量一遍,然后冷冰冰地问道:

"你是什么地方的人?"

"我是白拉切尔克瓦人,叫拉契科·普勒德莱①!"店老板自我介绍着,跟着就又伸出手来,这次他的手却落空了。

但是拉契科并没有感到受辱。

"你为什么怕我呀,伯爵?再不然就是嫌我的名字难听?这名字是从父亲那里传给我的,并且是我的荣幸,因为名字有什么意义?——名字没有关系,只要一个人正直,那他的名字也会是美好的。你到白拉切尔克瓦去问问谁叫臭屁精,谁都会告诉你的……你应当相信我的话……一个人若是保持着自己的荣誉,那他的名字,譬如说……我是拉家带口的,我有三个孩子——祝你也儿孙满堂——他们每个人都是尊敬我的……人为什么活着?——是为了荣誉,为了有一个好的名声。"

---

① 普勒德莱意为臭屁,是拉契科的绰号,下面译为"臭屁精"。

"你说得很对,拉契科老兄,真是高见。"

"是呀,我的话是对的么,你别看我是这个样子:我也是个机灵鬼……我在这里招待过多少次人民战士。刚才我一见到你,就心下打算:等一等,看伯爵还能不能认出我来。"

奥格涅诺夫一直想不起什么时候曾见到过这位了不起的人物。

"你早就开了这个客栈吗?"

"有一年半了,但是上演《根诺薇娃》时,正好赶上我去了白拉切尔克瓦……你演的是伯爵。"

"你不能拿点什么东西给我吃吗?"

"上帝恩赐了什么,我就用什么来招待你。"于是拉契科就在一张油污的加布洛沃式样的餐桌上,放了一小盘辣椒粉煮的菜豆,还有酸白菜和面包。

"我也来陪你吃。"拉契科献殷勤地说,接着就坐下来和奥格涅诺夫一起吃午饭。

奥格涅诺夫默不作声地吃着。这个拉契科以不体面的举止和更加不体面的名字,特别是竟然不请就自动入座,给他留下一个很坏的印象。

"这个店老板多么粗野!还有些傻气。"他思忖着。好像为了证实他的这些想法,拉契科斟了两杯酒,然后说:

"来碰碰杯!喝他两盅!祝你健康!"他一口就吞下了那杯已经变酸了的葡萄酒,"可不是,我一下子就把你给认出来了,是吧?我在这里招待过多少次列夫斯基辅祭[1],还和他一

---

[1] 列夫斯基少年时期曾被父母送入教堂,取得辅祭之神职。他从事革命活动后即弃绝了神职,但却留下了"辅祭"的称号。

起喝过酒呢!他是我的朋友,我也是人民战士,你不要看我是这个样子……"

奥格涅诺夫发现了他言谈之中的矛盾,或者说简直就是谎话,因为列夫斯基辅祭在三年前就已经牺牲了。这就愈发加重了对他的怀疑。

"把你那杯酒喝了吧,啊!怎么?你不喝吗?那就让我喝了吧。"于是拉契科拿过奥格涅诺夫那杯也一饮而尽,这酒酸得和醋一样,他喝下去之后不由得紧皱起双眉。

这顿午餐很快就结束了,尽管兴致勃勃的拉契科本来是不希望吃得这样快的。

"你坐一坐么,忙什么呀?不是在这里过夜吗?我得请你留下一会儿,我要到卡尔纳里去一趟……请等我一下。今晚你就住在这里吧,我们聊一聊,我也是人民战士啊。"

"谢谢你,拉契科老兄,请你把我的马牵过来,我得赶路。"

"可是路很坏呀……我对你讲的是真情实话;你得相信我……我拿脑袋瓜担保……"

"这用不着,"奥格涅诺夫冷淡地回答,然后又不耐烦地接着说,"我的马!"

店老板走了出去。

奥格涅诺夫细心地观察了这个房间和隔壁的几间内室。他不禁想起了克克林客栈,列夫斯基就是在那里被人出卖的。那些在土耳其村庄里经营酒店的人——都是保加利亚人——由于铺面上的需要,而且也是因为相沿成习,都惯于和土耳其人交好,因此全是靠不住的。拉契科这个絮絮叨叨的家伙,能够非常心安理得地去干伤天害理的事。

"你的马在外面,已经备好了,可是去特罗扬的路不好走……"拉契科回来之后对他说道。

"连人的伙食和马的草料在内,你总共要多少钱?"

"但是,伯爵,请原谅,我是把你作为客人招待的。"

"不,你说吧,我付给你钱,我非常感谢你的殷勤招待,特别是感谢你的酒。"奥格涅诺夫带着讥讽的口吻说。

"是呀,酒是不错的……但是不论是酒,还是饭食和草料,都不要你付钱,对你这样好的朋友我是不要钱的。"

"既然如此,那就多谢你了,拉契科老兄,"奥格涅诺夫说着,向四周巡视了一下,"这里没有别人吗?"

"只有我和我的儿子,伯爵,但是我把他打发到白拉切尔克瓦去了,今天晚上才回来。我现在还要到村子里去一趟,没有人留在这里帮我照料一下,你还是留下吧!"

奥格涅诺夫朝附近的一根柱子望了一眼。然后抓起店老板的胳膊,做着很友好的样子对他说:

"现在请你稍微忍耐一下,拉契科老兄,我得把你绑起来。"于是奥格涅诺夫就用一只手从木柱的钉子上取下麻绳,用另一只手把店老板推到那里紧贴到柱子上。

店老板还以为是跟他闹着玩。

"你现在要绑我吗?那就绑吧。"他很开心地说。

奥格涅诺夫从容不迫地匝匝缠着绳子,把店老板捆在柱子上。待到拉契科看出这是当真的时候,才大吃一惊,随即气恼地说:

"你不要胡闹!我是强盗吗,你捆绑我?"于是拉契科挣扎起来。

奥格涅诺夫声色俱厉地对他说:

"你叫,我就剖开你的肚皮。"

店老板吓得目瞪口呆,他看了一眼奥格涅诺夫腰间插着武器的皮带。他晓得伯爵做起事来是无所顾忌的,只好乖乖地像个孩子似的畏缩在那里。

"我本来想只把你的嘴捆住,但是没法捆住嘴,只有把你这人捆起来。"奥格涅诺夫嬉笑着对他说。把他牢牢地捆在柱子上。然后问他:

"你的孩子什么时候回来?"

"今天晚上。"拉契科战战兢兢地说。

"那好,他会给你松绑的。再见吧,拉契科老兄,我要赶到特罗扬去。你记住伯爵吧,但是只能记在心里……"

奥格涅诺夫丢给他几块钱之后就跨上马赶路去了。

第三十一章　阿尔特诺沃村的缝纫会

现在,奥格涅诺夫不向白拉切尔克瓦去,而折回向阿尔特诺沃走了。这是深藏在那山谷西角里的一个村子。不过,因为他的马已经精疲力竭,而且道路难行,所以这两小时的路程他走到天色黑下来,才总算赶到了,一路上被狼群的叫嗥声追逐着,直到村口。

他走进了保加利亚人聚居的街区(这是一个土耳其人与保加利亚人杂处的村庄),不久就到了苍科大叔的门口。

苍科大叔是出生在克里苏拉的,但是从好久以前就搬来住在这个村子里务农。他淳朴和善而又生性乐观,他还是一个热爱祖国的志士。使徒们常常在他家里过夜。他很表欢迎地接待了奥格涅诺夫。

"你到我这里来得正好……今晚上我们这里有一个缝纫会——至少你可以有机会看看我们那些姑娘。我相信,你一定不会觉得时间过得太闷气了。"苍科在给他带路走进去的时候,笑着说。

奥格涅诺夫赶紧把自己被人家追踪着,以及这事情的起因,统统都告诉他。

"听说了,我们也听说了,"苍科大叔说,"你不要以为我们这里很闭塞,难道我们不是生活在世界上吗?"

"但是我会不会给你惹些麻烦呀?"

"不用担心,我告诉你,今天晚上由你挑选出一个姑娘来,准备擎大旗,"苍科开着玩笑说,"那边——你可以从这个小窗子里把所有的姑娘都看得清清楚楚,像一个国王一样……"

奥格涅诺夫被安顿在一间又小又暗的内室里,从一扇花格子板的小窗子里,可以窥望那一大间起居室,缝纫会已经在那里聚集起来了(那儿聚集了村子里比较漂亮的姑娘和媳妇,她们是来帮苍科的女儿冬卡做嫁妆的)。火生得很旺,火焰欢乐地跳动着,照亮了四壁。壁上除了一幅印刷的"圣·伊凡·里尔斯基"①画像,和架上的那些彩釉陶盘之外,没有别的装饰品了。那里的家具——正如所有小康的农家一

---

① 圣·伊凡·里尔斯基是保加利亚历史上著名的修道隐士,死于九四六年。后人在他修道的里拉山中建造了一所大修道院以纪念他,成为保加利亚的名胜古迹。

样——是一个水桶架,一个碗橱,一个壁架,还有一只大木柜,其中放着苍科所有的那些日用什物。所有的客人,男男女女,都坐在铺了毛织地毯的地板上。除了炉膛里的火光提供的照明之外,还点起了两盏煤油灯——这是专为这个集会添设的特别奢侈品。

奥格涅诺夫已经好久没有参加这种集会了——这是古时传下来的一种饶有趣味的风俗。他隐藏在那黑暗的小房间里,潜心地看着这个还很原始的农村生活的淳朴的景象。门开了,苍科的老伴走到他身边来——她是一个好事多嘴的女人,也是克里苏拉人。她在奥格涅诺夫身旁蹲了下来,开始把姿色出众一些的姑娘们指点给他看,并且还附加了必要的说明。

"你看那边的那个胖胖的、脸儿红红的姑娘,那是乔诺的女儿斯塔侬卡。你瞧,那'杀熊者伊凡'①在一个劲儿地对她丢着多么可怜的眼色。为了要逗她发笑,他能像一只守羊狗似的为她而狂吠起来。她很勤谨,总是打扮得整整齐齐、干干净净的。只是她发胖得太早了些,可怜的姑娘,不过等她结婚之后,就会瘦下来的。可你们城里的姑娘一结婚反倒会丰满起来……在她左边的那个姑娘是茨维塔·普罗丹诺娃:她心里爱着那边的那个小伙子,那个胡子像烧焦了似的。她是一个机灵鬼,你看她的眼光,一下子就扫到了每一个角落;她倒是一个好姑娘。她旁边的是德拉甘的女儿茨维塔,再旁边就是神父的女儿拉侬卡。这两个姑娘呀,就是拿二十个菲利波

---

① "杀熊者"是伊凡的绰号。

波利斯①城的土耳其美人来我也不换她们。你看见她们那雪白的脖子吗,就像天鹅一样?哼,有一回,我家苍科说,只要能够香一香这两个姑娘里随便哪一个的脖颈儿,他情愿送掉他那片马尔台佩坡地上的玫瑰香葡萄园。当时为这事我打了他一火铲……这个该革出教门的家伙!你看见胖姑娘斯塔依卡右边的那个姑娘吗?这是卡拉维柳夫的女儿!她是这里最显赫的名门闺秀啊,已经有五个很出色的年轻人向她求婚,可是她父亲对他们都不中意。他要把她留着当摇钱树,这个老田鼠——你知道,他看起来就活像一只田鼠。伊凡·奈迪亚科夫的儿子一定会把她抢去的,若是我说得不对,我就把舌头割掉。那边的是腊达·米尔金娜:她是个歌手,唱得就像我们李树上的夜莺一样,不过她是个懒骨头——这件事只能你我之间说说。我更喜欢迪姆卡·托多罗娃一些,就是站在壁架旁边的那个:你看她长得多窈窕、俊俏!如果我是一个单身男人的话,我就要娶她——哎,就把她嫁给你吧。她那两只眼睛真漂亮得要命……站在我家冬卡旁边的是佩耶夫的女儿。她是个漂亮姑娘,外加又勤谨——所以人家说她跟我家冬卡比,不相上下。她的嗓子也好,像腊达·米尔金娜一样,笑起来就像一只燕子在啭,你听着她吧。"

苍科的老伴在黑暗中俯在奥格涅诺夫身旁,不停地讲着。这不禁使人想起《神曲》里的那个场面:贝亚德在地狱里,向但丁指点着地狱里的一个个人物,并叙述着他们的经历。

---

① 即保加利亚的第二大城普罗夫迪夫。公元三一四年,马其顿王菲利普占领此城后曾命名为菲利波波利斯,故十八世纪时的一些老人有时还沿用这个古名。

233

奥格涅诺夫完全被这个景象所吸引,她的讲解没有引起他的兴趣,所以对那些无穷无尽的唠叨,他并不十分经心去听。姑娘们中间那些胆大的都在和小伙子们说笑,调皮地挑逗他们,同时又高兴地喧笑着。小伙子们则冲着那些饶舌的姑娘反唇相讥,同时还报之以哄笑。戏谑、嘲弄和恶作剧一个接着一个,有如炒爆豆一般。每一句有双关意思的笑话都引起了一阵大笑,有时甚至连那些最能沉住气的姑娘们也羞得脸蛋儿绯红。只有苍科参加着这个戏乐。他的老伴要忙着张罗准备请客人吃的饭菜。至于冬卡呢,她也不能安静地坐下来,总要来回走动。

"好,你们大家开玩笑也够了;现在,再唱唱歌吧。"那女主人快活地喊着。这时她已经离开鲍依乔身边回到烧着菜的灶上,把菜锅的盖子打开。"喂,腊达、斯坦卡,唱个歌让那些小伙子们丢丢脸吧。如今的小伙子简直不值一个铜子了,他们都不会唱歌……"

腊达和斯坦卡居然不待第二次催促,马上就唱起了一支歌,凡是会唱歌的姑娘也就跟了上去。于是她们立刻就分成两个合唱队:第一队唱了一段之后就停下来,就等第二队来复唱。唱得好的都在第一队里,这是由女高音所组合成的,其余的人就用较低的音来复唱。

她们所唱的歌词是这样的:

呀得儿喂!这年轻的一对;呀得儿喂!他们两心相爱;

呀得儿喂!两心相爱呀;呀得儿喂!童年就两小无猜;

呀得儿喂!昨天夜晚里;呀得儿喂!他们又相会;

呀得儿喂！相会街路旁；呀得儿喂！夜幕巧遮盖；

呀得儿喂！俩人并肩坐；呀得儿喂！娓娓诉情怀；

呀得儿喂！一弯新月升；呀得儿喂！银光白皑皑；

呀得儿喂！繁星挂满天；呀得儿喂！点点金光洒下来；

呀得儿喂！这年轻的一对；呀得儿喂！依然相偎而坐难分开；

呀得儿喂！相偎而坐难分开；呀得儿喂！互倾衷肠情脉脉；

呀得儿喂！她那挑桶里的水呀；呀得儿喂！早已冻起冰凌；

呀得儿喂！她那小巧的扁担呀；呀得儿喂！已经长大成了材；

但是呀，呀得儿喂！这年轻的一对；呀得儿喂！他们还坐在那儿难分开！

唱到末尾，那些青年男子都高声喝起彩来：他们每个人都赞赏这支歌，也是因为那描述爱情的叠句勾起了他们自己的共鸣。至于杀熊者伊凡，他正在两眼炯炯地瞅着乔诺的女儿斯塔依卡；他一直在拼命地追求着她。

"这支歌唱起来要有叠句，跳起来要有回环步子！"他瓮声瓮气地说。

所有的姑娘们都笑起来，许多嘲弄的眼光都投向这个杀熊者。

他简直可以说是一座人山，生得魁梧奇伟，膂力惊人，一副又大又露筋骨的脸，显得有些憨相。他也是一个大歌唱家——那是说，他的嗓子和他的个子很是相称。他这时有些发火了,悄悄地退了出去,片刻之后,忽然出现在那些姑娘背后,居高临下,像一只守护羊群的老狗似的在她们头顶上叫吠起来。那些姑娘们最初都给他吓唬得尖叫起来,跟着就是一阵哄然大笑,有几个大胆的竟揶揄他。其中有一个姑娘嘲谑地唱着:

> 伊凡,你这个美丽的斑鸠,
> 伊凡,你这个窈窕的白杨树。

一片笑声。

另一个姑娘接下去:

> 伊凡,你这个鬅鬙的老母熊,
> 伊凡,你这个又长又大的晾衣竿子!

跟着又是一阵嬉笑和大笑。伊凡气极了。他惶惑地看着那脸蛋儿胖胖的斯塔依卡,她也是那样毫不客气地嘲笑她的热情的崇拜者,于是他张开了蟒蛇似的大嘴,咆哮地唱起来:

> 佩依卡的姨母有一天对她说:
> "佩依卡,我的姑娘啊,佩依卡,
> 人们都在说起你,
> 人们,所有的邻居,
> 都说你长得又胖又壮,
> 都说你长得肚大腰圆,
> 都是你伯父家年轻的长工造成的。"
> "啊,亲爱的姨母啊,亲爱的姨母,
> 让人家去说我吧,
> 让他们,让所有的邻居去说吧,

如果我长得又胖又壮,
如果我变得肚大腰圆,
这是由于我父亲种的白小麦,
白小麦做的白面包,
当我做面包揉面的时候,
我吃了一篮子的葡萄,
还喝了一樽葡萄烧……"

斯塔依卡听了这恶毒的讽刺,登时臊红了脸;她那本来是红润的脸,现在越发红得像用胭脂虫染过的一样。别的姑娘们的恶意的呆笑尤其刺痛了她的心。有几个爱捉弄人的还装傻似的问:

"怎么啦,她怎么会同时又吃葡萄又喝酒呀?这个歌儿一定是骗人的。"

"唔,事情很清楚,不是这个歌儿骗人,就是这个姑娘骗人了。"有几个人回答说。

这个辛辣的挖苦愈加激怒了斯塔依卡。她对那由于感到胜利而得意扬扬的杀熊者伊凡投射一道报复的眼光,就用一个愤怒得颤抖的声音唱起来:

"啊,佩依卡,美丽如化的佩依卡,
你那些精巧的针黹,
还有我多次的拜访,
但愿不会全都落空,
但愿啊,佩依卡,我们结发伴终生。"
"啊,约恩科,你这个苦命的长工,
如果佩依卡会爱上你,

爱上你这样的牧猪奴;
你这样的牧猪奴,你这样的看牛工——
你这样的财主家的长工;
我就和小伙子们修起一道篱,
约恩科啊,把你按倒在那里,
用你做小门的门槛,
当我走出走进
去赶小牛的时候,
如果碰巧弄脏了鞋子,
我就要在你的背上擦个干净。"

这是对于猛烈的攻击的一个锐利的还手。

现在,斯塔依卡又骄傲地看着四周。她这一剑已经刺中了。杀熊者伊凡瞪大着眼睛木立着,好像钉住在那里似的。突然爆发出一阵哄堂大笑。大家都好奇地看着那可怜的伊凡。由于羞惭和虚荣心经受不了的痛楚,他的两眼已经热泪盈眶。看的人笑得越发起劲。这时,那女主人吵起来了。

"这开的是什么玩笑呀?姑娘们能这样尖嘴尖舌地对待男孩子们吗?你们在一起应该温存些呀。应该像一对小斑鸠似的在一块儿咕咕咕地谈情的啊。"

"对,对!他们真是一对小斑鸠,两个人都是那样漂亮,惹人喜爱。"一个贫嘴的姑娘嘟哝着说。

"他们吵嘴,是因为他们相爱。"苍科用一个排解的口气说。

杀熊者伊凡马上站起来,气愤地走了出去,好像是反对这些话。

"而他们相爱,是因为他们相像。"涅达·廖戈维奇娜说。

"唔,涅达,靠天主的福佑,玩笑也会变成真的。"杀熊者的表弟戈兰说。

"好了,小伙子们,现在给我们唱一个海杜特的歌,好让我们心里舒展一下。"苍科说。于是这些年轻人就合唱着:

> 哎呀,可怜的斯托扬,哎呀!
> 他们为他布置过两道埋伏,
> 但是在第三道上终于捉住了他。
> 他们打开了黑色的绳子——
> 捆绑起他那坚实的手臂。
> 哎呀,他们把可怜的斯托扬
> 押到村中埃林神父的院里。
> 这位神父有两个女儿,
> 还有一个鲁娅,他的小儿媳:
> 鲁娅在园子的小门旁
> 搅着牛奶不停息,
> 那两姊妹在打扫庭院忙东忙西,
> 她们对斯托扬说:
> "大叔啊,斯托扬大叔!
> 明儿早晨他们就要绞死你,
> 在皇宫的院子里,
> 把你的耻辱摆给皇后看,
> 还让那些王子和公主也称心如意。"
> 斯托扬对鲁娅说:
> "亲爱的鲁娅,你,神父的儿媳,
> 生命我并不顾惜,

我也并不留恋这个光华的世界——
一个壮士从来没有顾惜,也绝不哭泣。
但是,亲爱的鲁娅,我请求你,
叫他们给我梳理一下头发,
啊,叫他们把我的衬衫洗一洗,
亲爱的鲁娅呀,我的愿望就是这些——
当一个人给带出去就义,
他的衬衫应该雪白无垢,
他的头发应该高傲地迎风飘起……"

奥格涅诺夫带着内心的激动,听完这个歌儿的结尾。

"这个斯托扬,"他心里想,"真是传说中的保加利亚海杜特的典型——他显示出一种阴沉而淡漠的面对死亡的目光。没有一句惋惜的话,没有一句懊悔的话,也没有一句希望的话……他只要漂漂亮亮地死去……啊!要是这种英雄主义的宿命论能传给今天的保加利亚人,那我对斗争的结局就一定会很安心的了。这就是我所憧憬的斗争,这也是我所要寻求的力量……一个人如果知道他应当怎样地死——这就是取得胜利的法宝了……"

这时,芦笛①吹起来了。这个声音,起先是温柔而忧郁的,渐渐地嘹亮起来,乃至于愈吹愈高昂;吹笛人的眼睛里闪着光,连脸都兴奋得红了,那清越的音调使夜色中充满了荒野深山的旋律。把人们的心灵带到了巴尔干群山的峻岭幽谷之中;它们使人想起了林木参天的深谷里那种幽静的情调,和正午时分,当羊群都在眠息的时候,那些树荫处簌簌作响的情

---

① 民间乐器,是牧人所吹弄的一种竖笛。

景;那山林中生长着的浓香欲滴的罗勒花,崖石间的回声,以及在山谷中倏然消失的为爱情而苦恼的叹息。这种芦笛真是保加利亚的山林原野的竖琴啊。

这时大家都着迷似的听着,仿佛已陶醉于这种音乐诗篇所抒发的亲切而又熟悉的声调里。苍科的老伴,又着手站在灶火旁边,也好像失神似的听着。但是最受感动的却是奥格涅诺夫,他简直忍不住要喝彩了。

喧嚷的谈话和嬉笑又热闹起来。奥格涅诺夫注意到他们的谈话中提起了他的名字。彼得·奥甫恰罗夫,拉依钦,斯皮里顿,赶牛杖伊凡,还有其他几个人,都在谈论着将来的起义。

"我已经为这次婚礼做好了充分的准备,只等我的手枪从菲利波波利斯运来了。我已经把钱送了去,一百七十块。这是三只公羊的价钱啊。"村革命委员会的主席彼得·奥甫恰罗夫说。

"可是我们真不知道什么时候这面义旗才会高举起来。有人说我们将在报喜节行动,有人说是圣乔治节,①鲍日尔舅舅说是要等到五月底。"斯皮里顿说,他是一个漂亮而健壮的青年。

"你看吧,等布谷鸟叫,树林转绿的时候……不过我现在已经一切准备就绪,只等他们发命令了。"

"好哇,好哇;我们这个斯塔拉山曾经迎接过许多勇敢的人,它也得要迎接我们了。"赶牛杖伊凡说。

"彼得——你不是说那个老师干掉了他们两个家伙吗?

---

① 报喜节是四月七日。圣乔治节是五月六日,此日民间有吃小羊的风俗。

这真是一条好汉。"

"他什么时候会到我们这里来？我要吻吻他这两只干得这么漂亮的手呢。"拉依钦问。

"他倒比我们先动手了,这位老师,可是我们也会设法赶上去的。干这个玩意儿,我们也是懂得一些的。"赶牛杖伊凡说。

赶牛杖伊凡是个勇敢的年轻人,又是一个好枪手。去年那土耳其人代利·阿赫麦德之死,普遍传说是他干的,所以当地的土耳其人早已要抓他,而竟没有抓到。

当他们吃晚饭的时候,大家都为奥格涅诺夫干杯。

"但愿天主赐福,让我们不久就可以看见他平安而健康地在这里。把他当作模范啊,孩子们！"苍科边说着,边喝干了酒。

"我可以和你们随便哪一个打赌,"苍科的老伴耐不住性子地说,"明天大清早这位老师就会来到我们这里,像一只鹰一样。"

"你说什么,苍科薇查大嫂？这怎么办,我明天要到卡城去呀？"拉依钦有些焦虑地说,"要是他来了,你们一定要留他在这儿过圣诞节,节日里好让我们在一起热闹热闹。"

"外面吵闹些什么？"苍科嚷着,搁下了他的酒,站了起来。

果然,院子里有了男男女女的喧闹声。苍科和他的老伴奔了出去。客人们也跟着站起来。就在这时,那女主人很兴奋地跑回来,说：

"好,这件事也完结了。祝他们吉祥如意啊！"

"什么事？什么事？"

"杀熊者把斯塔依卡抢去了!"

大家听了这个意外的消息,都惊讶得叫了起来。

"把她抢去了,这个胡闹的家伙,他把她驮在肩膀上,就仿佛在圣乔治节日驮一只羊一样;现在,他们俩都在他屋子里了。"

于是听众快活地议论开来。

"哦,怎么能这样啊?"

"怪不得他和他的表弟戈兰老早就走了。"

"他躲在大门旁马车挡板的后面等着她,"苍利薇查大嫂接着说,"就把她抢去了。可怜的小伙子,这个姑娘把他折磨得够受的了。谁想得到杀熊者这个该死的家伙会干这一手的呀?"

"说真的,他们正是蛮好的一对。"有人说。

"女的就像一只塞尔维亚小肥猪;男的就像一匹匈牙利良种马。"又有一个人笑着说。

"天主保佑他们吧!明天我们该喝他们的红拉基亚酒了。"苍科说。

"不错,我还要跟他们讨媒人钱呢,"他的老伴嚷着说,"我一定要一副绣花衣袖,因为这一对夫妻是我给他们撮合到一起的。"

过了一会儿,客人都兴高采烈地散了。

第三十二章　天高皇帝远

苍科急忙走到内室里的奥格涅诺夫那里。

"喂,鲍依乔,你喜欢我们这个缝纫会吗?"

"啊,真好,好极了,苍科大叔!"

"你把那些歌记下来没有?"

"怎么能记下来呀!这里又没有蜡烛,你看不是吗?"

苍科的老伴手里擎着一支蜡烛也进来了。

"有人在敲门呢。"她说。

"一定是斯塔依卡家里来的人。说不定这会儿是要跟我们讨回他们的姑娘呢。好啊,这也算是我们的一件麻烦事吧。"

这时冬卡进来了。她说敲门的是两个警察,由村长代科老爹陪着来的。

"见鬼的东西,警察,代科老头儿,都给我见鬼去!我把这批猪猡放到哪里去呢?他们不是来找你的,"他有把握地对奥格涅诺夫说,为的是要他放心,"不过你还是避一避为好……老伴,你告诉老师,到哪儿去躲一躲。"

于是苍科走出去了。不久他就把两个警察迎了进来。他们都紧紧地裹缩在外套里,满身是雪,怒冲冲地出着粗气。

"你这是什么意思,叫我们在街上等了整整一个钟头,你这个王八蛋。"那个独眼的警察,一面使劲地抖搂着外套上的雪,一面说。

"要让我们在外面都冻僵了,才肯开门吗?"另外一个满脸疙瘩的矮个子警察喊叫着。

苍科连连赔了几个不是。

"你还在这里多说什么废话?去给我们杀一只鸡,再煎几个黄油鸡蛋来,快些!"

苍科还想说话,可是那独眼警察就发起火来:

"不准开口,邪教徒;快去,告诉你的老婆,马上给我们弄晚饭……想用邪教徒吃的这些烂菜汤和核桃壳招待我们吗?"他鄙夷不屑地看着那些还没有收拾干净的餐桌,这样说。

苍科惊悸不安地走进门去执行他的命令。那矮个子警察又在他背后喊道:

"慢点走,那些姑娘呢?"

"她们早已回家了;现在时光不早了。"苍科回答说,他已经从酒意中完全清醒过来。

"你去把她们找回来,让她们吃完这顿晚饭……也给我们斟斟酒。你为什么把她们打发回家去?"

苍科害怕地看着他。

"你的女儿呢?"

"她已经上床了,大人。"

"叫她起来伺候我们。"那个独眼警察说着,脱下了他那双湿漉漉的靴子,放在柴火上烘,靴子上升起了一团团的水汽和一阵阵令人作呕的臭味。

"请不要惊吓我的孩子吧,大人。"苍科乞求地说。

正好这时那村长走进来,卑顺地在门边站着。

"你这个猪猡!你带我们走了二十几家,一家一家地打门,活像一批叫花子。你硬是把我们带到这里来了!你把你们那些……藏到什么地方去了?"

这里,他用一个肮脏的形容词称呼着那些姑娘。

这两个保加利亚人忍气吞声地听着。他们都已经习惯于这种情况了。几世纪的奴役创造了一句使人类屈辱的格言:"刀不杀臣服之头。"苍科只是默祷着老天爷,祈求他们不至于凌辱他的女儿。

"财主,"那独眼警察问,"你们是不是在打算造反?"

苍科大胆地否认了这个罪状。

"唔,那么,这把匕首是干什么的?"那个矮个子问。他捡起了彼得·奥甫恰罗夫遗忘在地毯上的那把匕首。

"嗯!财主,你们没有打算造反,嗯?"那独眼的家伙奸险地笑着说。

"没有,大人,我们都是土耳其皇帝陛下的驯良百姓,"苍科竭力想保持镇静地回答,"这把刀不知是哪一个客人忘在这里的。"

"这是谁的东西?"

"我不知道,大人。"

那两个警察就仔细地审视着刀上用金丝镶嵌着的一些花纹,他们居然辨认出其中还有铭文。

"这几个字怎么讲?"他们问苍科。

他把那刀子看了一下:一边直到刀背满嵌着金丝图案,并有一行文字:"不自由,毋宁死。"另外一边嵌着刀主人的名字。

"这里镂刻的是葡萄藤。"苍科骗他们说。

那独眼的警察就用他那只泥污的靴子打了他一个嘴巴。

"邪教徒！你以为我只有一只眼,就是个瞎子了吗?"

原来苍科的回答反而引起了他们的疑心。

"村长,你过来!"

那村长刚好走进来,手里端着一个铜盘子,盛着已经擀好的薄脆千层酥饼,正想拿到苍科的炉灶上去烘烤。当他看见警察手里那柄出鞘的匕首,不觉颤抖起来。

"念念这几个字!"

那村长看了一眼,就惶恐地直起腰来。

"我看不大清楚,大人!"

那个没长胡子的警察抓起他的皮鞭,唰的一声就打在那村长的颈项上,皮鞭绕了两匝。一股血登时从他的脸颊上涌了出来。

"你们这一伙坏蛋!"

那村长一声不响地把血抹掉了。

"念出来给我听,要不然我就用刀刺你的喉咙了!"那警察吆喝着。被吓晕了的村长知道事情已经没有别的办法,只好向他们低头。

"彼得·奥——甫——恰——罗——夫。"他故意结结巴巴地一个一个字念出来。

"你认识他吗?"

"他是我们村子里的人。"

"是不是就是人家叫作牧人彼得的那个家伙?"那独眼警察问,他显然是稍微懂得一点保加利亚文的。

"就是,大人。"那村长说着,就把匕首递还给他,因为跳过去了那几个可怕的字而从心里感谢天主。可是,他未免感谢得太早了些。

"再看看那一边!"那警察说。

村长就很害怕地伛着身子去看那一边的字。他踌躇了一会儿。但当他斜着右眼角看见那矮个子警察又在预备用皮鞭打上来的时候,就说:

"这几个字是'不自由,毋宁死',大人。"

那独眼警察倏地跳起来道:"什么,自由,呃?"他不怀好意地狞笑了一下,"这些匕首是谁造的?这个牧人彼得在哪里?"

"他会到哪里去,大人?自然是在家里。"

"去,把他找来。"

那村长就往外走了。

"等一等;我跟你同去,你这个混蛋!"

于是那矮个子警察披上了他的外套,和他一道走了。

"不错,尤素福大人;这个牧人看来不折不扣是个海杜特。"那独眼警察说。

这时,苍科溜到厨房里,他的老伴正在预备晚饭,一边咒骂着土耳其人:"但愿天主收拾他们!把他们根根叶叶的都拔个干净!让蛇骨头鲠在他们喉咙里,把他们都卡死,要不然就让他们都中毒死掉!在圣诞节前还要我给他们烧肉、黄油煎鸡蛋!在这个时候,这些魔鬼是从哪儿钻到我们这里来,吓唬我们,祸害我们的?"

"冬卡,亲爱的,"苍科对他那个脸色吓得惨白而站在门边的女儿说,"你还是到你伯伯家里去睡一晚吧,从篱笆那儿跳过去。"

"代科为什么又把他们带到这里来?上个礼拜他已经带过来两个了呀。"他的老伴嘟囔着。

"你叫他有什么办法,可怜的人?"苍科说,"他把他们带着到处去走了一转。可是他们要到这里来——他们听见了唱歌……况且他已经挨了五六鞭子了。"

苍科走回到独眼警察那儿。

"财主,你到哪里去了？拿拉基亚酒来,再弄些泡菜来。"

这时那矮个子警察和村长一起回来了,他气呼呼地说:"那牧人不在家里。"

"就是把这个村子翻个个儿,我们也要把这个委员会分子找出来。"那独眼警察喝着酒说。

"要不然给这老头儿一点厉害尝尝,你说怎么样?"那矮个子警察低声问,接着又轻轻地说了些别的话。那独眼的点头表示同意。

"村长,去把那老家伙叫来；我们要问他话——同时把这个拿去。"矮个子说着,把空酒瓶递给他。

"打酒恐怕太晚了,大人——店门都关了。"

那独眼警察用靴子照他脸上打了一个嘴巴,代替了回答。比较起来,他的禀性稍微和善一些,可是每当喝酒,或者说想喝酒的时候,便兽忭大发了。

一刻钟之后,斯托依科老爹来了。他大约五十来岁,生着一副生动而又充满活力的脸,显露着果断和坚毅的性格。

"斯托依科,你说,你的儿子在什么地方——你自己总知道你把他藏在什么地方的——别让你的脑袋瓜遭殃。"

那独眼警察说了这话,拿起酒瓶子贪婪地对着瓶嘴喝了一大口。他的眼睛亮了起来,好像迸发着火星一样。接着他把酒瓶递给了他的同伴。

"我不知道他到哪里去了,大人。"老头儿回答。

"你知道,邪教徒;你一定知道。"那警察恶狠狠地说。

那老头儿依然矢口否认。

"你得告诉我们!"

"否则我们就要打掉你的大牙;明天还要把你拴在马后面拖!"那矮个子警察咆哮着。

"你爱怎么办我,就怎么办我吧,反正我只有一条命。"那老头儿坚决地回说。

"到那边去想一想,过一会儿你会后悔的。"那独眼警察装着温和的样子对他说。他们的目的是想从斯托依科老爹身上敲诈些油水,但却要那村长去暗示他。这是一种地地道道的劫掠,但是他们偏要把这件事做得像自愿献赠的;这是这类抢掠所特有的一种方式。

但是斯托依科老爹却一动都不动。

他们吃惊于他的大胆,彼此看了一眼,于是三只眼睛一齐凶恶地瞅着那老头儿。

"你听见我说的话了吗,老家伙?"那独眼警察冲他喊。

"我没什么可想的——让我回家去。"他神色黯然地说。

于是这两个警察勃然大怒了。

"村长,把这个老不死的给我摔倒!"那独眼的暴徒抓起他的皮鞭说。

村长和苍科同时都给那老头儿求情。

但唯一的回答是斯托依科身上吃了一脚,栽倒在地上了。

接着是一阵凶狠的抽打落在他身上。斯托依科老爹号叫了一阵,逐渐地转为呻吟,随后就不作声了;打手已经汗流满面,他由于这样的折腾而感到非常疲倦了。

他们把已经打得晕厥过去的老头儿拖到外面,好让他清醒过来。

"等他醒了之后,告诉我——我一定要他说出来。"

"我求求您,哈吉大人,可怜可怜这个老头儿吧,他再也受不起一点苦楚了,他就要死了。"苍科祈求地说着。

"苏丹万岁,你这个乱党!"那矮个子警察突然发作起来,"你自己就是应该绞死的;你把这些委员会分子招到家里来,哼,说不定那牧人就藏在你家里什么地方。把屋子里抄一抄才对!"

苍科的脸色不由得变了。那个独眼警察虽然喝得昏头昏脑,却还看出了他的慌张。他立刻若有所悟地对那个同伙说:

"尤素福大人,咱们来搜一搜——这个邪教徒的屋子里好像藏了什么东西。"说着他就站起来。

"请搜吧。"苍科沙哑地说着,拿起一盏灯给他们带路。

他带他们在所有的屋子里走了一转,单把那内室留在最后。待别处都搜过之后,他才照着灯带他们走进那内室里去。在黝黑的天花板上有一扇小活板门,这扇小门关着的时候是一点都看不出的。苍科算定奥格涅诺夫定已经从这扇门里爬到橡子底下去躲着,而把这扇隐形门关好了。所以他非常放心地把这两个土耳其人带了进去,并且用灯照亮了整个房间。他第一眼就先看那天花板。

可是那扇活板门竟然洞开着。

苍科站在那里呆住了。那两个土耳其人在内室里搜寻了一遍。

"这个小洞通到哪里去的?"

"通到橡子底下。"苍科讷讷地说。他的两腿发抖了,使他不得不倚到墙上。

那矮个子警察看到了他的惊慌。

"把灯照到这里来,我好爬上去。"他说,但他心里忽然想到有些不妙,就请他的同伙说:

"哈桑大人,你比我高些;村长,你俯下身去,给垫垫脚!"

这位哈桑大人只要一喝饱酒,胆子就大了;饮酒使他的心变得残忍,使他那暴徒的血液沸腾起来。他立刻就爬上了村长的脊背。

"财主,把灯拿过来,你没长眼睛吗?"

苍科的脸色白得像纸一样,不由自主地把灯递给他。

那警察先把灯擎在前面,然后把头探进天花板洞里去。从他身体的转动看来,可以看出他正在用灯照着巡视每一个角落。

终于他缩回了头,跳下来说:

"你在这里窝藏过什么人?"

苍科对他呆看着,不知道该怎样回答才好。这个晚上他经受了这么多的惊吓和折磨,使他觉得似乎是一个梦魇,思想已经混乱了。他胆战心惊地回答警察对他的诘问。

"这个乱党一定要到克里苏拉才会有真切一些的回答。那儿有一个好些的监牢……今儿晚上且让他在这里过一夜。"

于是两个警察把他锁在这又黑又冷的内室里。苍科惊惧和昏乱得完全不知所措,过了好几分钟才能勉强集中他的思绪。他用两手捧着头颅,仿佛是为了不让他的思想从他的脑子里跑掉。他这个人本来就不够刚强,再加上这会儿的苦难,一下子就把他压垮了。他绝望地唉声嗟叹起来。

有人在打门,同时又听见了代科的声音:

"现在你打算怎么样呀,苍科?"

"我不知道,代科大叔,你告诉我吧,怎么办最好?"

"喂,你是知道土耳其人的脾气的。你该狠狠心送他们一点东西;只要能摆脱这场灾难就好……否则他们就要把你带着去一个一个的衙门,上一个一个的公堂,直到把你弄得家破人亡才完事。那个可怜的斯托依科老爹假如肯送他们一点东西,也就可以没事了。苍科,给他们一点吧!破财免灾吧!"

他的老伴这时也痛哭着走过来了。

"苍科,我们给吧!什么都别心疼了,苍科!不然的话,没法从这些魔鬼的手里逃出活命的……可怜的斯托依科老爹已经死去了!哎,我的妈呀,我们活到什么份儿上啦!"

"可是我们还有什么东西可以给他们呀,老伴?你知道我们一个钱都没有呀。"

"我们把那个项链给他们吧!"

"什么?冬卡的那串金钱项链吗?"

"是呀,是呀,这是我们所有的一切呀;给他们吧,只要你能脱身就行……你看,现在他们又在找寻冬卡了,这两个天杀的畜生。"

"好吧,老伴,天主教你怎么办你就怎么办吧。我已经心慌意乱了。"苍科在他的牢房里呻吟着说。

他的老伴和代科就走开去了。

一会儿之后,一道烛光从板壁缝里透进来,接着那内室的门锁就打开了。

"出来吧,苍科,现在你自由了。"代科说,"到底这两位大人都是好人。他们把匕首还给你了,免得你再担惊受怕的。

这回又算便宜了我们。"

于是,他又凑到苍科的耳朵边,轻轻地说:

"这是不会拖得长久的;不是我们把他们杀光,就是他们把我们杀光……至少得有个结局……这种生活是过不下去的。"

第三十三章 胜者宴请败者

正当此时,奥格涅诺夫已在敲彼得·奥甫恰罗夫家的大门了。原来奥格涅诺夫从天花板的一条罅缝里窥见了两个警察的暴虐行为,实在受不了精神上的苦痛,他几乎忍耐不住,想挺身出来向这两个暴徒清算血债了——然而,再一想,这毕竟是一个鲁莽的举动,因为会发生非常严重的后果。因此他就失神似的爬出了那屋子,跳到街上,一径奔到斯托依科老爹家里。门开了。

"彼得在哪里?"他问,竟忘记了自己还躲着没有露面。

"怎么,是你吗,老师?"那可怜的母亲老泪纵横地问。

"你们的彼得呢,斯托依科薇查妈妈?"

"轻些,孩子,别让他们听见……彼得在杀熊者家里。"

"那杀熊者在什么地方,妈妈?"

"在神父老爹家的隔壁,如果你知道的话,就是那个新大门;但是你要当心些,孩子。"

这时候她的丈夫正在咽最后一口气,可是这可怜的老妈妈一点都不知道。奥格涅诺夫毫不停留,转身便跑,他完全忘记了腿上的伤痛。当他走近神父家的门口,就看见一群人闹嚷嚷地从那边走出来。奥格涅诺夫听出了彼得的声音。他就迎上去拦住了他们。

"怎么,老师!"他们都认出了他。

"不错,是我,兄弟们——你们到哪里去?"

"我们刚才到杀熊者家里去了,"彼得回说,"他今晚抢走了他的姑娘,我们刚在他那里吃过了喜酒……你也应该去看看他们是多么情投意合!好像天生来就应该配成一对的……你是哪阵风刮来的?"

"彼得,你过来一下,我跟你说句话。"

于是他把彼得扯在一边。

"再会吧,晚安,朋友们。"彼得向那一伙同伴道别之后,就跟着奥格涅诺夫急急忙忙地一径走回家里来。

"爸回来了没有?"彼得向妈妈问。

"还没有,孩子。"

奥格涅诺夫把他拉到地窖里。

"听我说,彼得。那两个警察把你父亲打得很凶,为了你的缘故……说不定这两个畜生在苍科家里会干出更坏的勾当来。我们没有法子禁止这种暴虐,除非用武力。要不是怕结果会害了别人,当时我一个人就会把他们的头都打扁的。现在我们不能到苍科家里去了。"

"我要报仇,报仇!"彼得发疯似的嚷着。

"不错,我也要报仇,要狠狠地报仇,彼得,不过必须保全我们自己。"

"那么该怎么办呢?"彼得问,随手从墙上取下了他的枪。

"忍耐一会儿,让我们想一想。"

"我不能待在这里想,我要去看看他们在怎样糟蹋我爸的。"

奥格涅诺夫虽然自己也非常气愤,可是现在却不得不设法阻止这个比自己更加气愤的人,使他不至于去走那虽则极其应该,但是准要送命的一着。如果彼得到了苍科家里,那就免不了一场流血事件了。奥格涅诺夫认为最后决斗的时刻还没有到。让这样一个勇敢而有决心的英雄汉,在太早与没什么用处的情况下去牺牲掉,他是非常心痛的。

但是他的努力竟是徒然。彼得像一只老虎似的咆哮着:

"我要给爸爸报仇,就是毁了全世界我也要去!"

他猛烈地推开正在拖着他的奥格涅诺夫,挣脱了身子,就向门口冲去。

奥格涅诺夫无可奈何地扯着自己的头发。对于彼得的猛烈的感情冲动,他简直无力阻止了。

但是在彼得冲到门边之前,外面已有人在敲门了。他先扳起枪栓,然后去开了门。三个保加利亚人,苍科的邻居,抬来了用一条毡子裹着的斯托依科老爹,或者,还不如说,他们抬来了斯托依科老爹的尸体。

"彼得,可怜的孩子,天主保佑你平安。①"其中的一个农民说。

院子里立刻就响满了女人们的哀哭声。那可怜的斯托依科薇查妈妈撕扯着衣裳哭倒在她丈夫冷冰冰的尸体上。彼得已经被这件祸事打击得完全委顿了,奥格涅诺夫拉着他又回到了地窖里,他含着眼泪,竭力阻住他,这时彼得在看见了父

---

① 这是一句成语,吊唁的人常用这句话安慰死于非命的人的家属。

亲的惨相暂时震骇了一阵之后,就比刚才更疯狂地吵着要即刻去报仇。

"我们一定要给他报仇,兄弟——我们一定要给他报仇的,"奥格涅诺夫将两臂合抱着彼得说,"对你我两人,现在没有比给他报仇更神圣的责任了。"

"以血还血!以牙还牙!"彼得发疯似的怒吼着,"啊,爸啊!爸啊!他们竟打断了你的老骨头了,这两个匪徒!现在,叫我那可怜的妈怎么办啊?"

"别哭了,可怜的兄弟,自己克制些,冷静下来吧!我们一定要狠狠地惩罚我们的敌人。"

半个钟头之后,这一场灾难的激动才平静了下来,因为即使是最厉害的精神苦痛,终究也会由于本身的极度紧张而自行缓和的。在奥格涅诺夫、赶牛杖伊凡和斯皮里顿一同在圣像面前立誓决不让这两个警察生还之后,彼得才答应留在家里不出去。

"偏偏杀熊者挑了今晚娶亲,"赶牛杖伊凡抱怨着,"要不然,就会把他也拉来一起干……这个大力士对我们米说是大有用处的。"

于是他们这样商量好了复仇行动的计划:他们要去埋伏在那条往西边通到莱斯科夫山口去的路上,往克里苏拉去的大道就是从这个山口经过的。他们挑定那个森林茂密的山谷,就是贝列什蒂察河在和斯特列玛河汇合之前所经过的那个山谷,作为埋伏的地方。他们要在那里等候这两个土耳其人,准备扑上去用刀子把他们杀死,然后把他们的尸体拖到丛莽里藏匿起来。但是为了预防这两个家伙脱逃的种种可能性,他们都得带枪去;然而,这些枪只限于万不得已的时候才准许用,因为怕枪声有引起注意的危险。这个计划是根据代科所提供的关于这两个警察将要离开本村的情报而拟订的:这两个警察将会起得很早,因为他们吩咐过,不等天亮就早早地叫醒他们,在第二遍鸡鸣以前就得出发,他们急于要赶到克里苏拉去。

在第一遍鸡鸣的时候,这一小支队伍就走出这寂静的村子,在山野里行进了。天下着鹅毛大雪,满路上都仿佛铺了一层白色的苫布。这样却使他们能够在黑暗中认出路来。这几个赶路的人,把枪支都藏在外套里,静悄悄地踏着掩盖一切的深厚的积雪前进。一点声音都没有,好像这里不是活人在走路,而是鬼魂或僵尸,这是民间迷信所认为在圣诞节前后经常出现的。雪还在不停地下着,沟壑里都积满了极厚的雪堆,因而延缓了他们的行程,但是他们都没有理会到这些。他们心里只在转着一个念头——报仇。他们勇敢的伙伴彼得的号叫,他的母亲和家里人沉痛欲绝的悲泣,还在他们耳朵里响着。此时此刻,他们只担心着一件事:就是唯恐这两个警察逃过了他们——其他的一切惊恐情绪和种种心事都被搁在一边了……他们又走了好久,彼此不交一言。忽然他们听到背后有一阵嗥吠声,冲破了夜的寂静。他们吃惊地回转身去。

"这个时辰哪里会有狗呢?"奥格涅诺夫问。

"这很古怪。"斯皮里顿踟蹰不安地说。

那狗吠声更响地叫起来,还没等他们闹清楚是怎么回事的时候,就看见树林里有一个硕大的黑东西在向他们跳跃着奔驰过来。这个东西一点儿都不像狗:倒有点像怪物,一只直立而行的大熊。

奥格涅诺夫和斯皮里顿都不由自主地退到路旁一个大橡

树墩旁,准备抵抗这个莫名其妙的袭击者的进攻。就在这时,这个怪物已经跳到了他们面前。

"杀熊者伊凡!"大家都异口同声地喊起来。

"可不是杀熊者伊凡吗!你们都把他给忘记了!他妈的……"

的确是杀熊者裹在他的外套里。当他听见街上人声嘈杂的时候,就到彼得家里去了,从那里知道了一切事情。他毫不耽搁时间,马上回到自己家里,把新娘送到她母亲处,然后把斧头插在腰带里,拿了他的枪,急忙赶来加入他们的队伍,参加报仇。

这个厉害的生力军使这一队人增加了新的勇气。

"我们走吧。"赶牛杖伊凡说。

"前进。"奥格涅诺夫跟着说。

"等一等,还有一个人。"杀熊者说。

"哪一个人?还有什么人?"他们都诧异地问。

"唔,彼得的小兄弟,达纳伊尔,他也跟我一起来了。"

"你带他来干什么?"

"啊!彼得叫他来的,这样可以让他兄弟亲眼看到一切事情。"

"怎么?他不信任我们吗?我们立了誓来的!"

"立誓?一百个誓也跟了钱跑①……我也不信任你们……"

"你这话是什么意思?"

"什么意思?你们没有叫杀熊者就走了!他妈的!……"

---

① 这是一句成语,在这里仅仅表示立誓不可靠之意,与钱无关。

这末一句是杀熊者的口头禅,差不多每一句话里都会带进去的。这句话表达了他的思想和感情,比他的口所能说得出来的任何别的话都准确些。

"别生气了,伊凡,"赶牛杖伊凡说,"我们不是没有想到你,不过因为你刚结了婚。"

"啊!达纳伊尔来了!"

一个少年喘息着来到他们面前;他的武装只有一把插在腰带里的长刀。

这个队伍现在已经从三个人增加到五个人了。他们仍旧静悄悄地向前赶路。他们一直沿着斯列德那山岭走,恰在鲍格丹山峰耸起的地方,从这山峰上直泻而下地流着贝列什蒂察河。终于他们走到了河边。这里的确是一个狙击的好地方。右边就是斯特列玛河,两个土耳其人必须要打这儿涉水而过;左边是一个陷得很深的峡谷,长满了灌木和丛莽,上面耸立着高山。这一队人就停在那里。他们离开阿尔特诺沃大约已有一小时的行程,所以,如果为了必要而开枪的话,那枪声也不至于为村子里听见。当他们在矮树丛中找好了埋伏地点,天已透出了曙光。雪比先前下得更大了。这五个伙伴潜伏妥当之后,就眼看着东方耐心地等着,因为那两个警察是要从东边走来的。但他们所听到的第一个声音却是一阵狼嗥。这是从他们脑后传来的,而且在渐渐地逼近了。这些畜生说不定是想下山来,向平地上寻觅它们的早餐。

"它们在对着我们走过来呢。"赶牛杖伊凡说。

"我们无论如何不能开枪。"

"这件事情一定要用刀子和枪柄来解决,大家听见了吗?"奥格涅诺夫说。

同志们倾听着。在他们头上的那些丛莽里,持续不断地发着簌簌之声,这表示那些恶狼正在成群结队地奔袭过来。一会儿之后,又是一阵嗥叫。这时天色已经开始发亮了。

"这些该死的狼!它们可能会破坏我们的整个计划。"奥格涅诺夫气哼哼地说。

这时已经有几条狼跳到他们眼前的那块草地上,停了下来。然后向上耸起它们的尖嘴巴,嗥叫起来。其余的那些跟着也出现了。

"一共八只,"杀熊者轻轻地说,"我给你们留四只——还有四只是我的!"

一看见这许多食物,这些饥狼马上就向丛莽里冲过来。这个丛莽现在就仿佛是个要塞了,狼在向它进攻,而人在守卫。到处都闪着刀光剑影;枪杆子忽上忽下地挥动。狼的嗥叫声和人的喊杀声混成一片。有几条畜生不久就受了致命伤,滚倒在草丛边;另外几条就扑到它们的伙伴身上,在它们还没有死的时候,饕餮地大嚼起来;不久,它们都被杀熊者伊凡赶出了那个林莽。原来他有几次跑出去模仿着看守羊群的狗吠叫起来,又挥动着他的斧头,狠狠地打坏了几条狼。他使人联想起那个用驴腮骨击溃了非利士军队的大力士参孙①。

保住性命的那些狼都被赶到峡谷对岸的山岗上去了。它们都蹲在那儿舐它们的创伤。

幸而,在这一场搏斗进行的时候,并没有人走过。

"这些狼是不肯离开这里的。"奥格涅诺夫说。

"你看,又开来一支队伍在那里等候了!"

---

① 参孙的故事见《圣经·士师记》第十五章。

"那么就让它们在那里等着吧,待一会儿我们会给它们预备一顿丰盛的酒宴,让它们好记得杀熊者的婚礼。"斯皮里顿说。

"他妈的!"杀熊者扬扬自得地说。

于是他们又静静地等了一会儿。

虽然鸡已经啼过了第二遍,可是两个土耳其人还没有来。这一小队人早已听见附近村落里的鸡鸣从夜的寂静中传过来了。天色逐渐在亮起来;平原上的树木愈来愈看得清楚,周围的景物也都依稀可辨了。这些年轻人等得有些不耐烦起来;他们由于伏在雪地里不动,身子都冻僵了,这时忽然想到也许这两个警察不会来了,可能他们是因为夜里雪下得铺天盖地,所以延迟了行程,或者,说不定他们是为了预防可能出现的意外袭击。再过一会儿,就是大白天了,这条路上就会有人来往,那时就无从下手了……他们每人心里都这样想着,因此都感到极度的焦急,情况愈来愈不可忍受了,这真是一个莫大的苦痛。赶牛杖伊凡竟失望得叹气了。

"我们一定要在这里等他们走过,不管是什么时候,我们决不离开这里。"奥格涅诺夫哑着声音说。

"可是如果有别人走过呢?"

"让他们走他们的路,我们只要这两个。"

"这样说来,我们要公开地干了?"

"如果我们不能秘密地干,那就只好公开地干。"

"我们可以从这里开枪,然后溜到山里去……在树林里没有人会看得见我们的。"赶牛杖伊凡说。

"那是不错的。不过万一他们有了同伴,和别的土耳其人一路走呢?"

"那么我们就要真正地打一仗了:我们有武装,我们占着一个好的地形。"奥格涅诺夫说,"只要记住一句话——我们都在天主面前立过誓,决不让他们活着。"

"他妈的!……"

"孩子们,我担心的只有一件事情。"奥格涅诺夫说。

"什么?"

"说不定他们走了另外一条路。"

"这个你放心,"赶牛杖伊凡说,"没有第二条路,除非他们走回头路!如果真是那样,可就麻烦了!"

这时,杀熊者挺直了身子,向远方张望着。

"有人来了!"他指着东边说。

大家都把眼睛凝看着这个方向。在树木中间蜿蜒伸展着的山路上出现了两个人影。

"他们是骑着马的。"奥格涅诺夫烦恼地说。

"不会是这两个。"斯皮里顿说。

"我们要的那两个是跑路的。"赶牛杖伊凡说。

"他妈的!……"

奥格涅诺夫又兴奋又恼怒。他不断地盯着这两个并排而行的骑马的人。他们越来越近。已经走到了不过百码开外的地方。

"是他们!是他们!"他高兴地说。

"对的,我认得他们的外套和相貌。那独眼的家伙走在那一边。"

于是大家都准备好了枪,转身对着这两个漫不经心地骑着马走近他们的警察。

"现在我看得出这是苍科的马了。"斯皮里顿说。

"那另外一匹马是我的。"奥格涅诺夫接口说。

"这两匹马一定是他们抢来的。"

但奥格涅诺夫的高兴却维持不了多久。他很快就发觉这两个土耳其人现在骑了马来,是很容易逃脱的。这件事情已不可能明晃晃地用刀子劈面下手,而非得躲在丛莽里放暗枪不可了——然而枪却是一种最容易失风的武器。况且,那两匹马也是一大祸害。

"好吧,这是无可奈何了。"他低声地自语着。

"我们只好开枪打他们了!"

"留神呀,小伙子们,要一枪就打中才好。"

"等他们走近那棵榆树的时候,我们就开枪。"赶牛杖伊凡说。

"我来打掉独眼的那个。"杀熊者说。

"杀熊者和斯皮里顿打那个独眼的,我和老师打另外那一个。"赶牛杖伊凡发了命令。这时那两个骑马的人已经走到了榆树跟前。

隐蔽在丛莽里的枪口瞄准了目标,四管枪同时开了火,枪的轰鸣引起了空谷里的回声。他们急急地从烟雾中望过去。一个警察已经倒在地上,还有一个吊在马踏镫上。那两匹马蹴踢和跳跃了一阵,随后就立停了。

"老师,哪一个是杀害了我爸的?"达纳伊尔问,他第一个跳出了丛莽。

"倒在那边的,那个独眼的。"

这孩子转身就向路上跑去,转眼间已经到了那里,拔出了佩刀,开始在杀害他父亲的暴徒身上乱砍乱剁起来。

当大家都走上前来的时候,他还在那里几乎发疯似的砍剁——正像一只渴于饮血的野兽。这个土耳其人,还没有气绝,可是已经变成一堆不成人形的血肉了。厚厚的积雪浸饱了鲜血,上面聚成了许多血泊。

奥格涅诺夫看到了这样的屠戮景象,感到震惊和厌恶。如果这种屠戮行为是一个懦怯的人做出来的,他可能会气愤起来;但彼得的小兄弟却足够勇敢了,这不过是一种报仇心理,驱使他做出这样野蛮的狂暴行为来……奥格涅诺夫心里暗暗地想:

"这是一种野蛮的报复,但在天主和自己的良心面前,这是无可惶愧的。事情虽然残忍,但未始不是一个好的特点。五百年来,保加利亚人一直在做着柔顺的绵羊,如果他现在变为一头野兽,岂不很好?在一只公山羊和一只驯服的母山羊之间,人们更器重那公山羊;在狗与公山羊之间,人们更器重狗;在猛虎与狼或熊之间,人们更器重猛虎,而在噬肉成性的鹰隼和谷仓门口的母鸡之间,人们更器重的是鹰隼,尽管母鸡可以给他们做精美的肴馔。这是为了什么呢?就因为它们代表着力量,而力量就意味着正义和自由……哲学尽管发达,天性还是依然故我,一点没有什么改变。基督曾经说过:'有人打你这边的脸,你就连那边的脸也送过去由他打。'这是圣人的教诲,我顶礼它。但是我却宁可赞同摩西的话:'以眼还眼,以牙还牙。'这是自然的法律,我遵循它。这是严峻的、神圣的原则,我们对于暴君的斗争就必须根据了这个原则……对残暴的人表示仁慈,这就与希望从残暴的人那里获得仁慈同样卑鄙……"

在奥格涅诺夫脑海里激荡着的这些思绪,正像此刻眼前的景象那样,纷乱而又严酷,这和他平生的善良性格相比是大不相同的。他站在这具尸体旁边,沉浸在这样的思潮之中,凝神地注视着那片片雪花不断地覆盖着鲜红的血泊和那混杂着碎布片的肉泥。

忽然,在这一堆形骸模糊的血肉中,他看见了一串小的金币。他就指给斯皮里顿看了。

"拿它们去送给穷人买点荤腥好过圣诞节。"斯皮里顿用剑尖挑起了这串项链。

"强盗!不知道他们又抢了哪一个保加利亚人?啊,这是冬卡的项链呀!就是她那串呀!"斯皮里顿吃惊而又不安地喊起来。原来他就是冬卡的未婚夫。

"一定是他们把这个东西做贿赂,用来解救了你的岳父。"奥格涅诺夫说。

"可是这里只有半条项链啊:还有一串想必是砍断了,混在这一堆废物里!"

尽管斯皮里顿感到厌恶,还得用剑尖去寻拨,可是那一半却不在这里。后来,从那矮个子警察的衣袋里搜到了,原来他的伙伴分了一半赃物给他,正如此刻也分了一半刑罚给他一样。

这当儿杀熊者用斧头也给他补了几下,结束了他的性命。

这两个土耳其人的尸首很快地被拖进林莽中。苍科的马自己跑回村子里去了,而另外那匹马,已经闻到了狼的气味,就涉过了斯特列玛河,尾巴高高地扬起,穿过平原跑掉了。

"以血还血,以牙还牙。"奥格涅诺夫呆木地喃喃重复着。

这些小伙子走远了之后,狼就过来了。于是,大自然和野兽联合起来,把这桩为公理而采取的复仇行动所留下的一切痕迹,都消灭掉了。

雪还在下着。

现在已经是大白天了,但四野里还是阒无人迹。一切都还没有动静,无论路上或田里,都只有铺着的一片白雪。在这样早的时候和这种大雪天,没有人会出门的。因此,打死这两个土耳其人的事,竟没有一个人看见。但这支队伍的人都不愿意被人家看见他们回村里去。而他们来的那条路上,这时候可能已经有人在行走了;况且,沿这条路上,还有座磨坊。他们开了个会议,决定爬上那长满了山毛榉树林和茂密矮树丛的鲍格丹山峰的北坡,翻过山头,顺着另一侧的山崖下去,再回到村里去。这条路是很险峻难走的,但是人迹罕至,而且他们还可以在那里找到藏躲的地方。至于达纳伊尔,他们打发他直接从原路回去了。

第三十四章　狂风暴雪

这一伙人沿着贝列什蒂寮河边的山谷,爬上丛林密集的山岭,他们攀登的是一条陡峻的山路。杀熊者对这一带的路径最为熟悉,所以他背着枪在前带路。他们的行进非常艰难,因为路上都积满了厚厚的雪。走了约莫半点钟,这些久经风雪吹凌的年轻人都已挥汗如雨,仿佛在悬崖上已经攀爬了几小时。终于,他们登上了一个峰顶。雪已经停了;从一片灰白色的凝冻的天空中,不久就有太阳透出来,把它那灿烂的阳光照射在山峦上和幽谷里,使那漫山遍野的皑皑白雪变得格外耀眼;它在日光中闪动着万点银花,仿佛洒上了一层金刚钻的粉屑,宛如巴格达的苏丹女王所穿的长袍。已经睡醒过来的山坳里,有一缕缕的青烟正在从村庄上升起,随处可以看见有农民在大街小巷里走动,他们从那些覆盖着的积雪里踏出一条条可以通行的道路。山岭底下,阿尔特诺沃村也可以很清楚地看见了,甚至还可以看得见某些行动。他们看见黑魃魃的一群(可能是村子里的人)在向村边的坟场那边移动;他们推断这是斯托依科老爹的殡仪了;他们甚至还听出了教堂里敲那块云板的声音。但是,重叠的峰峦和山岭上都还没有人去攀登,它依旧在那处女般纯洁的罩盖下庄严地沉睡着。在那山谷的西边,雄伟的里巴里察山把它那圆顶样的峰巅高高地耸入天际,被一群较低的山峰围绕着;阵阵云霭,宛如波浪起伏,像烟一般笼罩在它上面。北方的天边,被白雪覆盖的斯塔拉山脉直挺挺地横亘在大地上,沐浴在金黄的阳光中。它平常那种愁眉蹙额的神情,已经舒缓开来,显出一派风采宜人的姿态。唯有那些被飞泻而下的瀑布经久冲刷而裸露出来的灰色峭石,还没有盖上白雪,仍然狰狞地伫立在那里,使这种景色保留着一种严肃的情调。绵延不断的山脊像一堵墙似的迤逦伸展到阿姆巴里察①,而巴尔干山脉的那些巍峨山峰的序列就从那儿开始了。

这一小队人在行进的过程中时时停下来,不期而然地欣赏着这冬景的美丽,但都默不作声。彼得的不幸和随之而来的报仇,都很沉重地压在他们心头。他们只是偶尔交谈几句,但也不外乎关于路上攀山越涧的话。偶尔有人失足陷下去,

---

① 阿姆巴里察是斯塔拉山脉的一座山峰,已于一九四二年改名为列夫斯基峰。该峰俯视索波特(今称瓦佐夫格勒)及卡尔洛沃(今称列夫斯基格勒)。

于是其余的人就得很困难地把他拖上来。在这种场合，杀熊者伊凡的过人膂力是最为有用的。他们虽则常常停下来休息，但是他们都很累了；一则是由于饥饿，二则是由于从北面刮起了凛冽的寒风，扑打着他们的脸，冻僵了他们的耳鼻和双手。同时那些丛莽也愈来愈茂密，愈不容易穿过了。他们又走了一程，但终于不得不停顿下来。这地方简直看不出一点儿路的样子。在他们前面的只有一片翳密纠缠、无法通行的山毛榉树丛，到处都堵塞着隆起的厚雪堆，而且那暴风雪也愈来愈厉害了。

他们狼狈得面面相觑。

"要不要回到山谷里去，仍旧走那条通到村子里去的路呢？"斯皮里顿说。

"不好不好，"赶牛杖伊凡表示异议说，"我们可以从另外一个方向走，但是不能回头。"其他的人都同意了他的主张。

在商量过一番之后，他们决定退回一段路，再向右边去尽可能地在那些树丛中打开一条路，爬上山顶那片空地之后，就可以翻过山，下到另一边的山谷里。

"狄乔看守羊群的茅屋就在那个山谷里，"赶牛杖说，"我们可以到那儿去烤个火，还可以弄点东西吃。不然的话，照这样下去，我们连枪都会拿不住的。"

"我也赞成赶牛杖的主意，"奥格涅诺夫转身背着风说，"我们到那茅屋里去吧，第一是为了歇歇力，第二是为了我们可以在那里打听打听阿尔特诺沃村里有些什么动静。我们不可以盲目地回去啊。"

奥格涅诺夫还应该加上第三个理由，那就是他腿上的伤口，因为走了这许多艰难的路，再加以受了冷，所以又发作起来,非常痛楚了。

"这话不错,"斯皮里顿同意了,"苍科的马现在一定已经回到了村子里,这件事情一定会引起骚动的。"

"啊,那不要紧,"赶牛杖说,"此刻那些狼一定连这两个警察的骨头都吃干净了。如果土耳其人来寻他们,恐怕只找得到一些破布了。这一场好雪一定已经把路上所有的血迹都盖没了,而且我还留心看过苍科的马,它身上一点血迹都没有。"

现在他们已经穿出了树丛,走到山顶上的空地来了,于是他们又计议一下应该取哪一个方向走。

杀熊者伊凡正在仔细察看天色。他的同伴都静候他发表意见。

"走吧,我们立刻就到茅屋那里去吧,我不喜欢看里巴里察山的这个神气……他妈的……"他严肃地说。

于是这群人转向东北,开始向山上爬去。风在猛烈地刮着,吹起了他们的外套,袭进他们的衣领和裤脚,一直刺到他们的肌肤。山风的狂暴一步一步地在加剧……奥格涅诺夫渐渐地落在后面了。他觉得他的精力已经在遗弃他了:他的耳朵里一直在鸣响,脑袋也晕眩得很,他已经疲乏极了。但是他不愿喊叫别人来等他——事实上,即使他叫喊起来,风也会阻住他的声音使别人听不到的。幸而他天赋一种非常坚毅的意志力,他打算凭借着这种意志力而前进,即使他的筋骨不听使唤也罢。但是一个人,不管他精神上多么坚强,迟早总得屈服于机体的规律。纵然有最坚强的意志力和最强大的精神力量,也决不能使肌肉的力量达到某一种限度之外。固然,心灵能够鼓励人体的动作,但它的作用只是激励和运用人体的力量,而决不能够创造出一种并不先已存在的体力来……所有的山谷里都传响着风的怒吼,这时候已经变成为一阵猛厉的暴风了。它的冷气冻僵了他们的四肢,还凝结了他们的血脉。空气就像一片翻腾的冰海似的包围着他们,太阳的光线并不使他们觉得温暖,反而像荆棘似的刺痛着他们。不久,即使这样的光线也被一场大风暴所遮盖了。狂风挟持着飞快旋转而又不断滚动的雪浪猛袭过来。霎时间,怒吼的风暴使世间变成了地狱,把地上的雪垒掀起,刮起一阵雪的旋风和狂舞的雪团,然后把雪卷成高高的柱子,仿佛一直耸入天空。太阳和光线都消失了:天与地混合在黑暗里,成为一个雪的混沌世界,横冲直撞的雪凶猛地向他们扑来;暴风呼啸着,咆哮着,简直就像到了世界的末日。

这样大约有两分钟光景。于是这一阵巴尔干风暴卷到别的山峰上去把它包裹在一重很厚的雾幕里了。太阳又从惨淡无色的天空中透出了它那冷冰冰的灰白色的光线。

这一小队人幸而被一道像墙壁似的矗立的山崖所掩护。给他们稍稍抵挡了一些风雪的威势;就像一个神迹似的搭救了他们,使他们没有被这场风暴所埋葬。他们一个一个地站起来,仿佛从一个可能会就此死去的睡眠中醒过来。他们的身子完全麻木了,手脚都失去了知觉,已经冻得有些睡眼惺忪的样子。这种情况对他们来说的确是一种极大的危险。第一个恢复知觉的是杀熊者伊凡——他喊道:

"起来呀,孩子们——我们必须赶快上山去,要不然就冻僵了!"

他们这才清醒起来,于是把枪挟在腋下,再继续前进。忽然,杀熊者把他们叫住了。

"怎么,老师到哪里去了?"

他们都吃惊地四下里一看,果然,奥格涅诺夫不见了。

"一定是风暴把他卷去了!"

"他一定是埋在雪堆里了。"

大家慌忙地四处寻觅他。在他们脚底下张开着大口的那个深涧使他们心里好生害怕。他们简直不敢向那里看。

"在这儿哪!"赶牛杖伊凡叫起来。

就在这个山涧的边沿上,从雪里露出了两只穿着粗草鞋的脚。他们扒开雪,把奥格涅诺夫拖了出来。他的脸色已变得像死人一样的铁青,皮肉都冻硬了,差不多可以说已经没有命了。

"他妈的!……"杀熊者怜悯地说着。

"摩擦他,弟兄们,摩擦他!"赶牛杖伊凡喊着,同时抓起一把雪来擦着他的脸、手和胸膛,"他的身子还暖呢,但愿能把他救过来。"

大家都忘记了自己的痛楚,一心只想救活他们遭难的同志。用力的摩擦不久就恢复了奥格涅诺夫的知觉,同时也暖和了他们自己。他们身上的血液也畅流起来。

"马上到茅屋那里去!"赶牛杖伊凡喊着说。于是三个人就抱着奥格涅诺夫的手脚,抬起他沿着鲍格丹山峰的被雪盖满了的峻坂走过去。这里,杀熊者的强壮的膂力又一次成了最大的帮助了。终于,在经过种种超人的努力之后,他们居然挪蹭到了那所茅屋。

第三十五章 在茅屋中

狄乔的茅屋是在一个山坳里的一片平地上,周围都是很高的山岗,给它挡着风。在院子的北边,宽大的栅栏里堆积着预备给羊群过冬的干草和树叶,有一个宽阔而低矮的屋顶遮蔽着。这所茅屋是牧羊人看守着他们的羊群过冬的地方,此时正有一缕青烟从屋顶上悠然升起。一只看羊狗扑到这些旅客面前,但它立刻就认出了赶牛杖伊凡,于是就在他面前撒起欢来。他们把奥格涅诺夫抬进了暖和的茅屋,继续用力摩擦他的肢体。那看羊的牧童也来帮着搭救奥格涅诺夫的生命,给他解下了鞋子,用雪摩擦着他的两脚。当他们看到奥格涅诺夫及其同伴都已脱离了被冻死的危险时,他们就虔诚地画着十字,感谢天主保佑他们逃了命。牧童在火上添了些木柴。四个人就围着火坐下,但是他们还小心地暂时不去烘烤他们的手脚。那只狗呢,很忠于它的本能,蹲在门边把守门户了。

"奥勃雷科,你的叔叔卡尔乔呢?"赶牛杖问。

卡尔乔是狄乔的兄弟,这茅屋就是由他看管的。

"他昨晚回到村里去了,我正在等他回来。"

"你的布袋里有什么,给我们一些,我的孩子,我们都饿了。"

那牧童把他所有的食品全都拿了出来:一共只有几块坚

硬的燕麦面包,几个葱头,还有一些盐和五香椒盐粉。

"有拉基亚酒吗,奥勃雷科?"

"没有。"

"好,我们来尽量利用它吧。可惜没有拉基亚酒,这位老师应该有些酒喝才容易缓过来。"赶牛杖伊凡看着奥格涅诺夫说。这时奥格涅诺夫正捏紧了拳头,痛楚得扭动着身子。

"现在好了,老师,你总算逃脱了……你看我们的斯列德那山怎么样?它真是个捣乱的家伙,你说是不是?"

"感谢天主,保佑你们大家都没事。"奥格涅诺夫说。

"啊,它从来不伤害我们这样的老朋友的。"

"你知道吗?"赶牛杖伊凡提醒说,"送给我们这场风暴的是斯塔拉山。杀熊者的话是不错的。"

"杀熊者不是吃草的。……"杀熊者自己也赞同了这个意见,他说话的声音有如沉雷一般。

狗对他吠叫起来,因为杀熊者的瓮声瓮气激怒了它。奥格涅诺夫好奇地端详着伊凡。心里不禁把他的绰号和他本人做了一个比较,结果是这个绰号实在是再合适也没有的了。这个大头颅的、粗鲁的、半野蛮的巨人,仿佛不是吃女人的乳汁,而是吃母熊的乳汁长大的。对于这样一个人物,真的找不出其他更合适的名称了。他仔细看着他那高得不相称的身材,瘦得露骨,但是却孔武有力。他那长长的、有棱角的、毛发髼髼的头颅,生着狭小的额角、略显粗野的小眼睛和巨大的鼻子,有如野蛮人那样在鼻孔边尤其阔大,还有他那大嘴巴,尽够吞下整只的兔子(据说杀熊者是吃生肉的);他那双长得过分、满是汗毛、肌腱发达的胳膊,能像赫拉克勒斯那样撕碎一只狮子。他这个人,仿佛是天生来和野兽搏斗的——因为他自己就很像一头野兽——而不很像一个牧人,因为牧羊是充满诗情画意的事情。但是他的脸上却有着一种和善与绵羊般驯良的表情,这种表情和他的形态对照之下,就使他显得很可笑了。没有一个人会想到这样一个硕壮粗鲁的、看上去似乎没有教养的人物,居然会有忠义之心和富于人性的温柔情感……然而事实竟是如此。今天黎明,在这种不寻常的时刻他追上来加入报仇的队伍,虽然几乎可以说有点滑稽,但这本身却证明了他的友爱与豪壮的心灵。他是具有自我牺牲精神的。在这些思想的影响之下,奥格涅诺夫就觉得他的脸好像变得更加可亲,甚至像是很聪明的了。

"喂,伊凡,是谁给你起的这个可怕的名字呢?"

"怎么,你不知道吗,老师?"赶牛杖伊凡接过去说,"他跟一只熊搏斗过。"

"真的?"

"真的——他是一个了不起的猎人——他还把那只熊打死了呢!"

"杀熊者,你自己讲讲,你是怎样和那只熊一起滚下山崖去的。"赶牛杖说。

"怎么,你跟熊搏斗了一番吗?"奥格涅诺夫吃惊地问。

杀熊者并不回话,只把他的手伸起来指着颈项。奥格涅诺夫方才注意到那里有一个已经结拢的很深的伤疤。于是他又把衣袖捋起到肘边,露出了另外一个也已经愈合了的伤疤,好像是被一个铁叉戳伤的。奥格涅诺夫看了这些伤痕,有些毛骨悚然了。

"杀熊者,讲给我们听听,你怎么打那只熊的。你原来是个大名鼎鼎的勇士呀。"他说。

伊凡得意地向四下里看了一眼,他那有些迟钝的目光由于骄傲的回忆而霍然闪耀起来。他就开始讲他的故事。

"他妈的……"他用他的口头禅来开了头……但是门边的狗忽然狂吠起来,马上冲出了茅屋。

"穆尔焦叫什么呀?杀熊者还刚刚讲开头呢。"赶牛杖戏谑似的说。

"卡尔乔叔叔回来了。"那牧童喊着说。

卡尔乔拿着一根棍子,背上负着一个口袋,进来了。

"怎么,有客人吗?欢迎欢迎,小伙子们!"他一边放下他的口袋,一边很殷勤地说。

"让些地方出来给卡尔乔大叔烤火。"

"哎呀,天哪,真冷——冷得可以把狼全都冻死呢!你们在什么地方赶上了大风暴?"

"就在这里,在山底下。"斯皮里顿回答说。

"可是这样的季节,能出来打猎吗?你们也不是新来乍到的,还不知道这个时令不能上巴尔干山吗?"

"哦,管它呢,卡尔乔大叔——我们是想打一场好猎,就是被这个给迷住了。你有没有带一点拉基亚酒来呀?"赶牛杖问他。

"拉基亚酒?唔,带来了;不过我带来的还有更好的东西呢。"

于是一个小酒瓶就在大家的手里传递着了。

"这种天气,还有什么比拉基亚酒更好的呢?"

"我带来了一个新闻!"大家立刻就竖起耳朵注意地听

他讲。

"今天早晨,狼吃掉了两个克里苏拉的警察。"

"有这样的事吗?"杀熊者装着吃惊的样子说。那狗又对他吠起来了。

"是的,把他们吃得连一根头发都没有剩下来。一帮土耳其人赶到那里,看到了他们,其实不是看到他们,只是看到他们的衣服碎片和骨头,是在萨拉达诺夫山岗那里。听人讲,尤麦尔哈吉阿加说这两个警察一定是牵着马的时候被狼扑上来的,他们想往这边逃,而马却往那边逃了。一匹马失踪了。那些狼大概嗅到土耳其老爷们的肉比马的味道更美,所以就抓住他们不放了。咱们喝吧,小伙子们,干杯!但愿所有的坏蛋都是这样的结局。他们原是狗种,所以还是狗会把他们吃个精光。"

于是卡尔乔拿过酒瓶喝了一口。这时他才看见那不认识的奥格涅诺夫。"这位朋友是谁呀?"他问,同时把酒瓶递给他。

"他是从卡拉·萨勒利来的,我们在巴尔干山上碰到了他。他跟我们追赶着同一个猎物。"斯皮里顿回答说。

"他是一个了不起的勇士——祝你健康,老师。"杀熊者声如雷霆似的说,引得那只狗又吠叫了一阵。

卡尔乔转身对杀熊者笑了一笑,"嘿,老熊,你干了什么好事来着?"

"我对谁都没有做什么不好的事呀!卡尔乔大叔!"

"哼!没有?你这个光棍,竟抢走了我们一个姑娘!你们两个都爱恋得有些神魂颠倒了……哦,我祝你们幸福。你给你的喜酒预备的野味在哪儿呀?"

"我把它们放在下面山谷里了,大叔。"伊凡又像雷鸣般地扯着嗓子说。

这回,穆尔焦真的发了火,竟大肆咆哮了。

"好吧,伊凡,讲讲你怎样斗熊的故事吧。"

"他吗?"卡尔乔狡狯地看了杀熊者一眼说,"他还是讲讲怎样斗斯塔依卡的故事吧。"

这句俏皮话之后,跟着就是一阵大笑。赶牛杖伊凡想知道那些土耳其人到底是不是毫无怀疑,所以就接过话题说:"那么,是这样吗? 他们是给狼咬死了吗? 土耳其人没有说这些警察是给保加利亚人杀掉的吗?"

"什么? 这是全村子都知道的事! 可怜的斯托依科老爹,天主怜悯他!"卡尔乔说,原来他误会了赶牛杖伊凡的问话。

"是的,这件事我听说过,不过我要问的是,土耳其人有没有疑心这两个警察是给保加利亚人杀死的?"

卡尔乔诧异地看着他。

"谁这样说? 谁听见过我们村子里的保加利亚人杀过警察? 我跟你们说过了,是那些狼干了这件好事,所以那些土耳其人正在预备明天兴师动众地去打猎,要把所有的狼都赶跑……这倒也帮了我的忙……这个冬天被这些野兽闹得人都不敢到野外去。干杯,小伙子们! 我们可以快快活活地过一个圣诞节了。你们不妨大家学着老熊的榜样,不过千万不要在斋期里做这种事情。喝一口酒吧,朋友!"于是卡尔乔把拉基亚酒递给奥格涅诺夫。在这种玉液琼浆的影响之下,奥格涅诺夫的气力恢复了。他举起酒瓶,感动地说:

"我们要悼念斯托依科老爹,弟兄们,他是土耳其暴政的受难者。愿天主使他的灵魂安息,并且赐给我们勇敢的心和坚强的手,去打基督的敌人,百倍地报复这仇恨。愿天主赦免斯托依科老爹!"

"愿天主赦免他!"大家跟着说。

"愿天主赦免他!"卡尔乔除下了帽子说。然后转过身去亲热地对奥格涅诺夫说:"天啊,朋友,你说得真好,你的这些话天主会听到的。然而这情形恐怕还要挨过一时,不过总有这么一天的。我们交个朋友吧——你叫什么名字?人家叫我桶匠卡尔乔·鲍格丹诺夫。"于是卡尔乔把酒瓶递给了奥格涅诺夫。

他告诉了一个假名字,就喝着酒祝福他们的结交。

客人们吃得很少,因为要节省卡尔乔的微薄的粮食,此后他们就告辞了。他送他们到门口,又对奥格涅诺夫说:"对不起,朋友,我竟没有记得你的名字——那不要紧;什么时候你走过这里,千万到我这里来聊聊,你说的话真好……祝你们一路平安!"

奥格涅诺夫的寥寥几句鼓动的话竟非常感动了这个穷苦的牧人。并不是因为这些话对于他来说完全是新鲜的,但是这个"朋友"曾经说了几个关于"斗争"的字,而这几个崭新的字却有力地打动了一根从来没有碰过的心弦,从而唤醒了他的心灵。至于这次际遇到底产生了些什么影响,我们将在下文中叙述到。

这些人一会儿就走得看不见了;当天色黑下来的时候,他们都走下山谷,回到村子里去了。

奥格涅诺夫决定在多契卡大伯的小客栈里过夜。但是他刚走进屋子,过了没有几分钟,就有十五个武装的民团团丁①由一个警察率领着走上了楼梯,而这个警察,正是上一天他在那土耳其村子里的咖啡店里看见过的。

糟啦!这回可没有一个科尔乔来给他通风报信了。

---

① 奥斯曼土耳其的一种非正规军队,乃土耳其人应政府征召组成的镇压被侵略国人民的残暴的武装组织。

第 二 部

第一章　白拉切尔克瓦

圣安得烈节前夕所发生的事件,彻底打破了白拉切尔克瓦的平静。鲍依乔的真实身份的被发现使老老少少无不感到震惊。而两个土耳其人的尸体被发掘出来,更引起了全城的恐慌。这的确是一件很糟糕的事情。且不说引起了土耳其当局的怀疑,就是周围的土耳其居民也因仇恨而骚动起来。在大屠杀的日子到来之前,他们迫不及待地进行血腥的报复。原野和道路上越来越多地倒着保加利亚人的尸体。邻近地区的交通往来变得极为危险。圣诞节大屠杀的传闻每天都使白拉切尔克瓦人惶惶不安。妇女们的惊惧更是与日俱增。人人都担心获罪。爱国宣传沉寂下来,激情开始减退。在圣安得烈节这天,警察逮捕了鲍依乔的好友索科洛夫,把磨坊主斯托扬老爹当作同谋犯抓了起来,并四处搜寻维肯蒂辅祭,不过他已不见了。村公所把拉达看成危险分子的情人,不通过校董会就擅自将她撵出学校,而米哈拉基·阿拉弗朗迦则提议暂时关闭男校,以便"换换空气"。只有麦代文基夫一人被留下——为了那些年幼的孩子。多多少少接触过鲍依乔的人都感到惴惴不安。委员会也自行瓦解了。只有快腿雅罗斯拉夫在自己镶金线的头盔的掩护下安然无恙。谁也没有去惊动这"奥地利人",他仍旧认真地给白拉切尔克瓦的居民照相。由于缺少了某种必备的显像药水,洗印出来的照片变得模糊暗黑。人们奇怪地发现有些人家悬挂着的照片简直成了黑人的肖像……在此期间,唯独这快腿还能与外地保持着一些联系。

终于,白拉切尔克瓦的惊扰平息下来了。年轻人也恢复了他们的勇气。大家异口同声地哀叹着可怜的奥格涅诺夫的遭遇,关于他已死的消息到处传说纷纭。赶集的土耳其人都说他连中三弹,最后死在阿希耶沃森林里。警长明知此事未经证实,也坚持这么说。有几个保加利亚人更是说得活灵活现,说什么伯爵是裁缝尼古拉在溪谷里发现的,随即便被尼古拉掩埋在那里了。罗沃阿玛哈吉则把鲍依乔的结局描述得更加悲惨,说他是受伤后爬到溪谷里,夜晚被狼群活活吃掉的。这些丧气的传闻使这个小镇沉浸在悲痛之中。奥格涅诺夫从英雄变成了殉道者和圣徒,成为一个传奇式的人物。一些老妇人在教堂里为"神圣的殉道者鲍依乔"点起了蜡烛。史塔夫利神父为他做了安魂弥撒——这是给保乔哈吉做安魂弥撒时,穿插在中间做的。使亡者的亲属感到惊异的是,所有的年轻人都前来参加了;还有一件事令他们困惑不解,那就是神父在祷告中提到保乔哈吉时,把他称为"殉道者",而不提他是"朝圣者"。

然而,也有些人感到高兴。他们像那些自以为是的人那样高傲地观望着。斯特弗乔夫不顾在米尔卡家里干下的可耻勾当,特别显得喜气洋洋。似乎引起大家普遍关心的鲍依乔的灾难愈大,就愈能减少他的罪孽,而他的罪孽本身也使他变得更加厚颜无耻……然而,到二月初,尤尔丹的怒火就因斯特弗乔夫同拉尔卡结了婚而平息下去了。

应该补充说明的是,斯特弗乔夫的叛卖勾当并没有被发现,因而人们的谴责与愤怒都落到了不幸的呆子蒙乔身上。他曾在修道院院长拷打下交代了自己是埋葬那两具尸体唯一的目击者,这就说明了他那些神秘的手势与咿呀声的含义,大概他就是用这些手势和咿呀声出卖了鲍依乔的。至于他是怎样和向谁出卖的,那就没有人说得清楚了。他们剥夺了他的自由,把他当疯子关进了修道院门旁的塔楼里。

至于拉达,则因悲痛而变得麻木呆滞了。那些对她热情相待的好心的人不知道该怎样安慰她才好。他们焦急地说:"这可怜的姑娘快完了。"

随着时间的推移,人们逐渐恢复了精神的活力。马尔科和米佐·倍扎岱经过多次尝试,终于将和尸体事件没有牵连的索科洛夫医生保释出狱,而这两个保释者却不知道有一个盟友暗地里促进了他们的工作。这个曾经在争取医生初次获释时也帮了马尔科忙的盟友——现在可以说穿了——就是罗沃阿玛哈吉在一天晚祷之后所猜想到的那个人:知事的太太。有一次天赐良机,把潘特弗里妻子①式的年轻的知事太太和医生撮合到一起,而医生却没有约瑟夫的坚定性足以抵抗她的诱惑……幸亏有这段已断绝了的短暂幽情,这次才又使医生得以摆脱困境:这位太太迫使知事到卡城要求把索科洛夫宣告无罪释放。

二月间,就在索科洛夫回来几天之后,卡勃列什科夫以使徒的身份来到白拉切尔克瓦,住宿在快腿雅罗斯拉夫家里。他把已经涣散了的委员会成员召集到一起,用火一般的语言

---

① 据《圣经》传说,埃及贵族潘特弗里的妻子菩蒂雯尔曾与英俊的家奴约瑟夫相爱。

鼓舞起他们的斗志,并立即带领他们去修道院。修道院院长纳塔那伊尔让他们当着《圣经》宣誓,并为复苏了的革命委员会准备起义而祝福。从此以后起义的各项准备工作又重新以不可阻挡之势如火如荼地开展起来。四月初,卡勃列什科夫再一次来到了白拉切尔克瓦。

我们就从这天起详尽地讲述我们的故事。

第二章 索科洛夫医生的病人

索科洛夫在自己房间里不安地走来走去,不时朝窗外的院子望望。现在这院子被一片葱绿的树叶掩没了。甜樱桃树和酸樱桃树鲜花怒放,仿佛是被雪花遮盖了一般。那些苹果树伸展着繁茂的枝叶,给自己戴上了白色和粉红色的花冠。靠窗的桃树和李树,满是露水,像撒满了一层奇特的珍珠。长满青草的小道,在果树的浓荫下从这花园一般的院子中间穿过。

他的变化很大,他的脸颊虽然还是那么英俊与和悦,但苍白和消瘦得如同刚才病愈的人一样。长期的监狱生活和精神折磨给这壮实而充满活力的青年打上了深深的烙印。他变得暴躁不安起来。除了他在狱中所受的许多苦楚之外,他还得知拉尔卡已和斯特弗乔夫结婚,这给了他以致命的打击。他在监狱的铁窗下像只野兽那样无援地喘息。他心里发誓,一旦有机会就要把斯特弗乔夫杀掉。因为此人是引起一切灾难的罪魁祸首,他深信叛卖的勾当也是他干的。回到城里后,医生最关切的事就是去感谢马尔科·伊凡诺夫和米佐·倍扎岱。然后他去看克莉奥佩特拉,这只熊由猎户涅乔·帕甫洛夫给他带到家里,一直饲养到今天。这可怜的野兽已长大不少,但瘦了很多。它迟疑了几分钟之后便记起了自己可亲的主人。但克莉奥佩特拉变得粗野和冷漠了。那粗暴的本性也在它身上勃发起来。它常常动不动就发怒,不怀好意地龇出尖牙。这时医生便在想象中看到那可恶的斯特弗乔夫被它猛然攫入自己毛茸茸的怀抱。于是那魔鬼似的欢乐便流露在他的脸上。但是不久以后他得知祸事是蒙乔惹出来的。委员会恢复以后,他就全力以赴地献身于伟大的事业——起义的准备工作了。至于报仇,已经作为个人的私事而在他心目中退居到不重要的地位了。与他所面临的伟大任务相比,这是一件微不足道的小事情。他决心放走克莉奥佩特拉,因为他不知道该把它怎么办。因此他叫涅乔·帕甫洛夫当天夜里就把它放到巴尔干山上去,他不忍把它弄死。

索科洛夫完全放弃了他的医务工作。他不给任何人看病,而且别人也都怕受连累而不去找他。盛药的瓶瓶罐罐、小药臼、药杵和药盒以至于他的医书都乱堆在一个壁橱里。老鼠很快在那儿咬破了医书的一半。唯独有一个病人还到他家来登门造访,就是那个快腿雅罗斯拉夫。在医生放回家的第二天,他由于粗心大意被手枪打伤了手。这不幸的事故引起了所有的市民的同情,而倒霉的奥地利人便不得不放弃拍照的行当,实际上他也很久不干这一行了。

当时,医生家有人敲门。他把眼光注视门口,出现在他眼前的正是那快腿雅罗斯拉夫。快腿依旧穿着奥格涅夫给他的那身磨损褪色的外衣,头上戴着镶金线的帽子,两颊长满了络腮胡子。他右手弯在胸前,吊在绕过他颈项的白色绷带的环套上。他缓慢而小心地迈步走过来,大概是怕剧烈动作引起受伤的那只手的疼痛。他每走一步,脸上的皮肉就紧皱一下,显出痛苦的表情。当他走进医生的房间以后,他注意地向四周巡视了一下,便把绷带扔在床上。

"早安,老兄!"他伸出了他的右手。

医生向他的手猛力地一拍。然而这位客人却没有显露出一丝痛苦的痕迹。原来快腿的受伤完全是假装的,为的是掩饰他对医生频繁的造访。

"有什么新消息?"医生问他。

"卡勃列什科夫来了,昨天很晚才来的,在我那儿。"快腿说。

"我们应当会面!"医生兴奋地说。

"他现在在发烧,一整晚都发高烧。"

"啊,可怜的人!"

"别提了,他不好好躺着,却坚持向我口述了三封长信,今天要发出去。他本来就那么干瘦,而现在都快精疲力竭了,咳嗽又折磨着他……"

"我去给他检查。"医生说着拿起他的帽子。

"不,他正在睡觉……他只叫我召集今晚的委员会,他也要参加开会。"

"不行,他应该躺着!"

"你去强迫他看看,你知道他是多么固执……你召集大家今晚去开会吧。"

"好,我去通知他们。"

快腿压低了嗓子说:

"哎，那一百块金元弄到手了吗？"

"是买枪用的吗？已弄到了，今天我们就可以拿到。"

"干得好，索科洛夫，你真有办法！"照相师叫了起来。

"别这样喊！"

"啊，你什么时候搞到了这一把短刀？"快腿高声喊着，从医生的坎肩里抽出一把亮晃晃的刀子，在空中耍弄起来。

"是伊凡·马扎尔给我做的……现在向他订货的人挤破了门。……这是好事情，是吗？"

快腿辨认着刀上镌刻的字迹。

"'C 或者 C'，这些字是什么意思？"

"猜吧！"

"索科洛夫或者斯特弗乔夫？"快腿笑着问。

"自由或者死！"①医生粗声粗气地说。一提起斯特弗乔夫，就引起他不愉快的感觉。然后他又说：

"现在，斯特弗乔夫、麦弗乔夫及他那一类的渣滓暂且不去管他。我的好朋友，我们没有时间去考虑斯特弗乔夫，也不能考虑个人逞威风还是受屈辱……一个去打老虎的人，是貌视蛆虫的。你应知道，我忘记了一切。一个准备献身革命的人，是应该忘记这类事情的。"

快腿用机灵的眼神望着他。

显然，从医生的恼怒看来，他既没有忘记，也不会这样轻易地忘记。他的心灵和自尊心所受到的打击实在太惨痛了。紧张而繁重的准备起义工作恰逢其时地使那还没愈合的创伤

---

① 索科洛夫、斯特弗乔夫这两个人名和"自由""死"这两个词都是以同一个字母开头的。"自由或者死！"即"不自由，毋宁死"的意思。

的痛楚麻木了。他对这些事情的关注占据了他全部身心,使得他无暇顾及别的事。他用这种沉醉于事业的办法来漠视自己精神上的痛苦,如同借酒浇愁一样。但当他比较冷静,并陷入沉思的时刻,痛苦的思绪又重新泛滥起来,像蛇蝎一样无情地咬啮着他。

但坎多夫在院子里的出现,结束了使医生窘迫的谈话,并吸引了他的注意力。

"他是什么样的人?"快腿问。

"坎多夫——在俄国学习的大学生。"

"我知道,但他这个人怎么样?"

"他是个哲学家,外交家,社会主义者,虚无主义者,鬼知道他还是什么……总之,他这里有病……"

索科洛夫指了一下自己的脑门。

"他不想参加人民的事业吗?"

"不想,这对他有什么用处?看来他只想到俄国去弄一张毕业文凭。"医生气愤地说。

"唉,这些有学问的乌鸦!我真受不了他们!"快腿叫喊起来,"只要看到他们之中哪个家伙拿到毕业文凭,你就再也不要指望他有人味了……人民和自由他们都不需要……给他们安逸、女人、明哲保身的处世哲学吧!他们整天地费尽苦心,难道是为了来保加利亚搞什么起义,还会打起提灯去找狄亚倍吉尔或绞刑架吗?"

"快腿,这不对,你看,你自己就有毕业文凭!"

"我?上帝保佑!"

"真的,鲍依乔倒没有这个东西……"医生说。

"如果我有文凭,我也就成了这种蠢驴……假如你从哪个医学系得了博士学位,而不是在阿尔巴尼亚的山沟里,你就会想赚钱,而不是起义……"

这会儿那大学生已走到门廊里来了。

快腿立即把绷带挂到脖子上,手套在里面。因为那大学生的脚步声已到门边。

"嗯,差点儿忘了,拿点硫酸盐给卡勃列什科夫。"

医生刚给他一包药粉,就听到敲门声。

"Entrez!①"医生喊道。

坎多夫进来了。快腿雅罗斯拉夫毕恭毕敬地向他鞠了个躬,就走出去了。坎多夫满腹心事的样子,根本没有觉察到他。

坎多夫穿着扣得整整齐齐的有些磨损了的暗绿色外套。同样颜色的裤子紧紧地裹在腿上。高高的红色的帽子和他那暗黑而憔悴的脸相很不和谐。他脸上带着几分忧愁,心事重重,那充满幻想的目光中也显出一种忧郁的神情。不难看出这个青年的内心深处隐藏着某种既克制不了,又不能由别人分担的心事和痛苦。一个时期以来,他完全过着孤僻的生活。

医生请他在房间里的一把椅子上坐下。索科洛夫自己坐在床上,对这个意外的造访感到非常诧异。

"您好吗,坎多夫先生?"索科洛夫问他。心里想着这大学生似乎有点什么病似的。于是他注意地打量着他那乱蓬蓬的瘦削的脸。

"上帝保佑,我还好。"坎多夫简短地、不经心地回答。从他那充满活力的目光和他额上跳动着的血管看来,显然是另

---

① 法语:"进来!"

有某种重要原因使他来到这里。

"我很高兴,看得出来您调养得很好。"

"是呀,养得好多了,我很好。"

"就是说,您还要去俄国吗?"

"不,不去了。"

"根本不去了吗?"

"永远不去了,我要留在这里了。"坎多夫用干涩的嗓音说。

医生奇怪而又带点讥诮地注视着他。这眼光好像在说:"老兄,为什么不到学院和哲学家那里去?这儿的一切都将着火燃烧,这儿没有你干的事。"

霎时间沉默笼罩了一切。

"也许你想当教师?"医生带着轻蔑的关怀说。

坎多夫的脸有点儿红了,他没有作答,却突然问道:

"索科洛夫先生,委员会什么时候开会?"

这样勇敢的提问使医生大为惊讶。

"什么委员会?"他做出一种什么也不明白的样子问道。

坎多夫脸更红了,他激动地说:

"你们的委员会,不要隐瞒了,我什么都知道……谁参加了委员会,在哪儿开会……我什么都知道,你别瞒我了……"

"奇怪,您怎么会知道这许多的,既然您并不感兴趣……不过就算是那样吧……您想说什么呀?"医生问,一面用坚决而又挑衅的眼光望着他。

"我想问你们不久要开会吗?"坎多夫坚决地重复着说。

"今天晚上就开,先生!"医生用同样的调子回答。

"您是主席,是吗?"

"是的!"

"我要求您一点事。"

"什么事,先生?"

"我请您提出让我入会。"

这个大学生的声音因激动而颤抖着。

医生有些发愣了。对于坎多夫这个意外举动他完全没有料想到。

"怎么回事,坎多夫?"

"纯粹是作为一个保加利亚人……我也想工作。"

索科洛夫跳了起来。

"伸出手来,兄弟!"他热烈地紧握他的手,并亲吻他,然后说,"坎多夫先生,大家将会非常高兴地看到您到我们中间来。像您这样的力量,袖手旁观才是罪过呢……我们的斗争是伟大的……祖国在召唤着我们……让所有的人都成为……荣誉和光荣属于你,坎多夫! 我告诉朋友们后,他们会感到多么惊奇啊! ……把你的手给我吧,兄弟! ……"

"谢谢,医生,"深深激动的大学生说,"您将看到,坎多夫将不会是没有用的……"

"啊! 我知道,我知道……但为什么奥格涅诺夫让你加入的时候,你当时不同意呢! ……啊! 当我想到他时,我真痛惜死了……我的不幸的鲍依乔! 为什么不让我去死,而让他活着用自己的言语和行动去唤起民众? ……你知道吗? 坎多夫,他是真正的英雄,伟大的灵魂……啊,我们要狠狠地为他流的血报仇……我们将要让那些野蛮人的母亲痛哭不已。"

"是的,报仇。"坎多夫回答道,"这也是现在激励着我的唯一的感情,像奥格涅诺夫这样的人物是不会饶恕凶手的。"

"报仇,狠狠地报仇!"医生高嚷道。

"晚上委员会就召开吗?"

"是呀,在米佐大爷那儿,我们一道去吧……"

"刚一接收我,我就要在那儿提出建议。"

"什么建议?"

"把杀害奥格涅诺夫的凶手干掉!"

"他不止一个,朋友……他们是好些……上哪儿能找到他们?……你要问的话,那就是整个土耳其帝国……"

"我看,罪犯只有一个!"

医生诧异地看着他。

"一个,他就在我们眼前……"

"在我们眼前?"

"是的,造成他死的真正的罪人。"

"啊,坎多夫大哥,向一个呆子报仇值得费气力吗?……蒙乔是个思想不清楚的人。这个可怜的人自己也不明白自己干了叛卖的勾当……他对鲍依乔那么友好……别说了,别说了……"

坎多夫脸涨红了。索科洛夫的劝告使他感到委屈。

"您误会了,索科洛夫先生,误会了,谁说蒙乔来着?"

"那么你说的是谁呀?"

"说的是斯特弗乔夫!"

"斯特弗乔夫!"医生惊异地嚷道。

"斯特弗乔夫,他是叛徒,我知道得最清楚。"

"哼,这个卑鄙的家伙!最初我也怀疑过他!"

"我可以肯定,是他向土耳其人出卖了一切的……蒙乔完全是冤枉的……你们都轻率地责怪他……就在斯特弗乔夫受到羞辱的当天晚上,他唆使当局到磨坊边去挖掘,并通过麦代文基夫的卑鄙行为发现了奥格涅诺夫的名字。所有的罪行都是他干的,一切不幸事情的祸根都在他身上……我知道这段丑恶历史的全部底细,有可靠的材料。"

"啊,这魔鬼的崽子!"

在最后的几分钟里,坎多夫的身影在索科洛夫面前逐渐显得高大了。当他看到这位大学生为了证实他对现在所献身的事业的忠诚而决心采取如此暴烈的行动,进行如此可怕的冒险,想杀死这神圣事业的敌人斯特弗乔夫时,就更加深受感动。这一番热情要是换了别人会显得有些叫疑,但在坎多夫身上却显得异常真挚,这明显地表现在他那不平静的火一般的眼光和那因激动而抽搐的脸上。

索科洛夫久久地看着坎多夫的眼睛。接着他跳了起来,说道:

"等着,我们会把这个无耻的家伙送到魔鬼那里去的……今晚委员会就决定……"

"好。"坎多夫嘶哑地说。

"啊,他来了。"索科洛夫说,这时他看见一个穿着相当讲究的法兰西服装的、白脸蛋的漂亮青年走来。

看来,医生是在等着他,因为他的到来使医生兴奋起来。

"这是一个病人吗?"大学生问道。

"是的,对不起!"医生说着跳出了房门。

医生回来时,脸上带着满意的神情。

"这位先生是谁呀?"坎多夫看着往回走的青年的背影问。

"潘乔·狄阿曼迪耶夫,最近从加布洛沃一个中学来的。"

"怎么？是那个坏蛋斯特弗乔夫的内弟,吸血鬼尤尔丹的儿子吗？"坎多夫问,"你们是朋友？"

"我们不是朋友,我们比朋友和兄弟还亲密,我们是同志,他也是委员会成员。"

第三章 两个极端

尤尔丹财主很快地变得年老体衰了。胃病使他在床上躺了好长时间,因此对他的脾气发生了很大影响,他变得愈加暴躁和容易动怒了。

那天早晨,天气很好,他居然能踱到郊外的一个园子里去走走。这是一个很宽阔的园子,四周围着坚固的墙,里边种满了果树和花卉,真是一片郁郁葱葱。这个在家里闷了好久的病老头儿在这样的花园里顿时感到轻快惬意。凉爽而清新的空气和春日的阳光使他增加了不少生气。当他走回家去的时候,他的脚步已经稳定得多了。但是,正当他走到他的女婿家、瑾卡的根科家门口时,忽然感到一阵虚弱。他的两条腿就仿佛不听指挥了似的,于是就走进女婿家里去休息。

瑾卡家的根科站在院子里,显得更加矮小、干瘪和猥琐了。他手里抱着一个才几个月的孩子,以一个奶妈的姿态把他哄着摇着,而孩子却在拼命地哭。

尤尔丹走到院子里那张铺着呢绒垫子的长椅旁,颓然坐下,皱了一皱眉头,问道：

"哼,你已经变成一个奶妈了吗?她到哪里去了?"

尤尔丹所说的"她",是指他的女儿。

根科窘急起来(这实在是他的正常态度),结结巴巴地回答说:

"她很忙——所以我来看尤尔丹乔①,她要我带他,让我抱抱——她今天有许多事情要做呢。"

"她没有叫你拿起纺线杆吗?"尤尔丹轻蔑地笑着问。

"瑾卡,给我弄一杯咖啡来。"他并没有看到她在哪里,就高声地喊着。

"她在忙着和面,她很忙哪,爸爸,因此我才带孩子。咖啡吗?我给你煮去,马上就来。我知道她放咖啡和糖的地方。"根科讷讷地说,把孩子放在他外公的膝上就走了去。

那孩子哭得更响了。

尤尔丹不觉大怒。他把这哭闹的孩子放在长椅角落里,站起来就嚷:

"你们都躲到哪里去了?你们是人,还是蠢驴?瑾卡,瑾卡,死东西!"

"是你啊,爸爸,早安!你身体可好?你看,多么好的天气,真是应该出来走走。"瑾卡大姐满面春风地笑着,从门槛边一路说着过来。

她身上围了一条蓝布大围裙,两只袖子卷到胳膊肘,头上的那个绿颜色的头巾推在脑后,漂亮的脸上扑满了面粉。这样的装束使她显得很标致,使人想起佛兰德斯派②的风俗画

---

① 尤尔丹乔即"小尤尔丹"之意,根科的孩子以外祖父的名字命名。
② 十八至十九世纪西欧影响较大的美术流派。

中所常见的那种典型妇人。

"你在做些什么？你那亲爱的丈夫对我胡扯些什么呀？你为什么弄得满身的白,活像个磨坊老板娘？这里连弄一杯咖啡的人也没有了吗？"这老头儿以盛怒和权威的口气埋怨着。

"很对不起啊,爸爸,因为我也动手做事啦。我马上就给你去弄一杯咖啡来。根科！你又到哪儿去了？马上把尤尔丹乔抱到摇篮里去,最好把他哄睡了。"

"你在做什么？烤什么东西呀？"

"我烤,我烤……需要烤……我们又不是坟地上的石头,那样无动于衷,我们都是保加利亚人,可不是吗？"瑾卡大姐爽朗地大笑着说。

"什么保加利亚人？你到底在烤些什么呀？"那父亲气冲冲地问。

"面包干呀,爸爸。"

"面包干？"

"是啊,不是需要吗？"

"你要面包干做什么？你们要去洗温泉澡吗,要不,你们又想去胡闹些什么？"

瑾卡没有回答,只是高声地痴笑着。

尤尔丹疾首蹙额地看着她。他向来就受不了他女儿的那种老是不成体统的嬉笑。他这个女儿的脾气是永远挺高兴的,而他却是个极容易生气的性子,他们父女俩的脾气完完全全相反。

她走近了些,轻轻地说:

"现在谁还想去洗温泉澡？我们是为了别的事情而预备

面包干的,这是给小伙子们预备的。"

尤尔丹莫名其妙地看着她。

"什么小伙子们?"

"就是那些勇敢的保加利亚小伙子们呀,爸爸,当他们到巴尔干山上去的时候要用得到的。"

"你到底在胡说八道些什么小伙子们呀,死东西?"尤尔丹越发诧异地问。

瑾卡又走近了些,说:

"就为了那个起义……委员会不是已经下了命令吗?"于是她又大声笑了起来。

尤尔丹跳起身来。他简直不相信自己的耳朵。

"什么起义?什么委员会?是说一场暴动吗?"

"是的呀,就是一场起义啊!我们再不要这个可恶的苏丹来统治我们了。"瑾卡大胆地说,但是她随即就闪开了,因为她父亲已经举起长烟袋管来打她了。

老头儿气得脸都白了,颤抖得像一片树叶,他使尽全身的力气嚷着:

"什么,你这头蠢驴,你这个没有脑筋的东西,你也要去搞暴动吗?你难道没有纺线杆和针线吗?竟跟那些强盗和无赖的思想走,还要用面包干去喂他们。你自己不觉得丢脸吗?你这个疯子!你也不要苏丹管了,很好。贱货!我倒要知道,苏丹有什么地方错待了你们?是他把你们的孩子抢去了吗?他触犯了你们什么呀?她却要去打倒苏丹,她是在预备家破人亡啊!你在那里看什么,你这个可怜虫?你也跟她一样想法吗?你也想去跟着那杆旗子跑吗?"尤尔丹咆哮着对那正在门口惊慌地探头探脑的根科说。

瑾卡家的根科嘴里嘀咕了几句话,就躲到屋子里去了。瑾卡在屋里已经解下围裙,匆匆穿整齐了她的衣衫,因为她看见她父亲的喧嚷已经引来一些好奇的人聚在门前。当她一看见根科,就拾起一只拖鞋,往他脖子上打去。

"你这个没用的家伙!你为什么要告诉他我在烤面包干?"

根科,由于他高傲地意识到做丈夫的尊严,并不委屈下来回答他的老婆,而是勇敢地闯进了隔壁的房间,把房门安全地锁上了。现在他已经在他的背脊和他老婆的拖鞋之间架起了一道屏障,所以就得意地叫起来:

"你来打呀,只要你打得着!我是你的丈夫,你是我的老婆。好,你来打给我看看!"

但瑾卡大姐并没有听见他。她已经走到院子里,因为她那气得浑身发抖的父亲早走到街上去了。

当他走到家里,他已经精疲力尽了。他累乏得喘息着穿过了院子,就在通向二层楼的扶梯的最下一级上坐下来休息。

尤尔丹财主已经是怒不可遏了。不错,虽然他在家里关了好久,可是也有些风声曾传到他耳朵里。不久就要有一次起义,这秘密消息可以说是已经不值钱了——连聋子都听到了。据尤尔丹所知,这是在帕纳丘里什特附近的深山密林里准备的,所以这一蓬野火会在离开他的家很远的地方燃烧起来。但是今天,从他那个没有头脑的女儿嘴里,他才知道白拉切尔克瓦原来也开始起火了,天哪,那些土耳其人都在做什么呢?他们难道都是聋子和瞎子吗?难道都没看见土耳其帝国在怎样地被颠覆吗?他心下想。

在他右边,他听见有孩子们的声音。这声音是从离他头顶稍高一些的窗口里传出来的,这就是储藏室的窗子,储藏室就是靠这窗口透进来的光线照亮的。尤尔丹站起身来走上扶梯。走到第三级的时候,他不由得站住了,从窗洞里望进去。他看见他的两个小儿子(那大的一个还不过十三岁)在那里,站在烧得通红的炉火边,忙着配制些什么东西。他们都在专心一意地工作,竟没有看见他们的父亲的头在窥探着。

一个孩子拿了一只铁的平底锅在火上烘,很用心地注视着锅子里的东西。另一个孩子正在用一把刀子切削和刮光一些发亮的铁球,在他面前已经堆起一大堆了。原来这是一些铸成的枪弹:他们正把铅熔在锅子里,然后倒入模型。

"你们这些小贼——你们这些蠢驴!"尤尔丹看懂了他儿子在做什么之后,马上气疯了似的叫起来,同时就转身举起他的长烟袋对他们挥舞着。

那两个孩子急忙逃出了他们的兵工厂,像一阵风似的从储藏室里奔到街上,一下子就不见了。

"他们在给我败家了,这些小贼——这些杀人犯——该死的东西,连他们都在准备暴动了!"尤尔丹嚷着,急急忙忙走上了扶梯,因为愤怒竟像过电似的刺激了他的双腿。

在上面走廊里,他碰到了他的老婆。

"怎么,多娜,莫非你也入伙了?"他显出凶恶的神情问,"我的孩子都疯了——你们是在要我的命啊!——在我老态龙钟的时候来折磨我!"

他喘息着说,完全衰乏了。

他的老婆很诧异地望着他。

"潘乔!潘乔!"他叫着,"他到哪里去了?我要问问他在做些什么事。如果小的在做枪弹,那他一定在铸大炮了——

这一批流氓!"

"他不在家,"他老婆说,"他到卡城去了。"

"他到那里去见什么鬼?"

"说不定是给那皮革匠送一百个金里拉①去了。"

"什么!是给屠松团长②吗?他应该明天去的,混蛋!为什么没有先问我一声就走了?"

于是尤尔丹财主走到他自己的书桌边。急忙打开了抽屉,在抽屉里的书籍纸片中间乱翻了一阵。可是他的钱袋没有了,却在纸堆里找出了一管精良的勒富歇③手枪。

"这管枪是从哪儿来的?这是谁的?什么人翻过我的桌子?我要找我的钱袋,可是却找出了一管手枪!"

"除了你自己和潘乔之外,谁来翻你的书桌子?"他的老婆说。

"哎呀,这头蠢驴一样的崽子——这个无赖!他成不了人,他是皇帝的敌人,是个暴乱分子。分明是他教那两个小的去做枪弹的。他们都在搞名堂,都在给他们自己的颈项搓绞绳!这是什么混蛋世道,照这样下去,连我的猫都要变成暴乱分子了!基里亚克来了吗?"

"他在这里,正在打货包哪。"

尤尔丹就急急向斯特弗乔夫所在的那间房走去。

---

① 土耳其旧币单位。
② 屠松团长是当时驻卡尔洛沃城的土耳其军政长官,卡尔洛沃、索波特、克里苏拉三城均归他管辖。此人以残忍著名,是镇压一八七六年起义的主要刽子手之一。
③ 勒富歇(1802—1852),法国制枪师。

第四章 丈人和女婿

斯特弗乔夫作为他丈人做买卖的同伙,此刻正在由两个工人帮着把一批家制的装饰服装的绒绳打包,预备在圣乔治节送到朱玛依的集市上出卖。因此,为了工作方便起见,他脱掉了外衣和那顶土耳其式的毡帽;他的脸,虽然因为工作紧张而通红了,但依然保持着令人厌恶的内心枯竭的表情和那种冷漠严酷的神色。

他的妻子拉尔卡靠窗站着,穿着一身朴素的蓝色衣裙,正在捆好了的包裹上缝着布制的商标。在她那变得更加姣好和妩媚的安详洁白的脸上看不出她的不幸遭遇:她那违背自己意愿的婚姻。她质朴单纯,在那样专制的家庭教养中没有受到一点浪漫主义精神的熏陶。她忍着痛苦,暗暗含着眼泪去举行婚礼。然而时间搭救了她,正如在许多类似情形下通常发生的那样:她已经习惯下来,逐渐和新的环境因循妥协了。她不爱斯特弗乔夫,也不可能爱他;但她却屈从于他,害怕他。而他对她也没有更多的要求,他以获得一笔巨大的遗产来代替获得她的一颗心。自然,他也远远没有接近她的心。成为尤尔丹·狄阿曼迪耶夫的直接继承人,这就已经使他心满意足了。

他一看见尤尔丹额上现着深深的皱纹,脸色灰白,浑身颤抖着走进来,马上就撒开了手里拉着的打包绳子,拉尔卡也丢下了手里的针。

"基里亚克，"他一进门口就说，"这个屋子里仿佛就只有我跟你两个人是苏丹的忠实人民！每一个人都参加了造反，连猫都加入了；他们都在买手枪、造枪弹……他们在预备杀人放火，可我们却在这里预备送货去赶集。我是病了一些时候，至少你一定已经听见和看见这种事情的，然而我们在这种强盗造反的时候还要把这许多钱花在这些货物上。"

两个工人悄悄地溜了出去。

斯特弗乔夫对他诧异地瞪着眼。

"你在呆看些什么，你这笨蛋！"尤尔丹喊叫着，"我告诉你，我的孩子都得了委员会瘟病了，是的，尤尔丹财主是最忠于苏丹陛下的，知事和总督也常到这里来。如果连我的孩子都做了乱党，你想别的人，普通老百姓会怎么样了？几个流氓就在我们鼻子底下组织委员会，而我们却像些傻瓜一样站着向四周空看！"

"我刚才正想在今天就去报告知事。"斯特弗乔夫说，"他们是在倍扎岱的园子里开会的。叫警察去把他们抓起来审问。打上二百棍子，他们就会从头到底招出来。我早就应该把这种反对国家的可恶的宣传禁止掉……谁要是不满意这里的政府，他就到那教师克利门喜爱的莫斯科去好了，可不能让他们烧掉我们的屋子。"

斯特弗乔夫开了门，对门外的一个人窃窃私语了一会儿。

"你知道这些蠢东西是哪些人？"丈人问道。

"领头的就是索科洛夫！"斯特弗乔夫说，他偷偷地瞟了拉尔卡一眼，他的面孔由于狠毒而变了样。他对医生的这种仇恨里掺和着一种隐隐的火炭一样的强烈的妒忌；而他的铁石心肠还能够有的这点爱，也就只有这一种丑恶的表现形式了。

"什么,又是那个捣乱的家伙吗?"

斯特弗乔夫走到他脱下的那件外衣边,伸手在衣袋里掏着。

尤尔丹注意地看着他。

"这是我昨天在街上拾到的一封信,正好在你家前面。"

"这是什么信?"

"这是索科洛夫署名,寄给帕纳丘里什特的,看起来是给他们这一类流氓的。"

"讲些什么混账话?是杀人放火,和诸如此类的事情吗?"

"倒不是这些,表面上看来,是一点没有问题的,不过我可以发誓,这里一定有别的含意。"斯特弗乔夫说,又把那封信打开来,"可是,扎曼诺夫一定会把这里的意思看懂和解释出来的,他是一只鼻子挺尖的猎狗,他能嗅到一百里以外的乱党呢。"

这时拉尔卡的面色苍白了。她从房间里溜了出来,跑到楼下母亲那里去了。

"什么事呀,拉尔卡?"她母亲问她。

"没有什么,妈妈。"她用微弱的声音说,随后坐下来,用双手撑着脑袋。

她母亲正忙着炒菜,没有注意女儿,同时她自己也感到烦躁不安。她一面用锅铲在锅里拼命搅动,一面在咒骂她的几个儿子。

"该杀的!统统给我死光算了!这些家伙迟早要送掉他父亲的命的!……刚刚恢复一点,就又要倒下了。该死的起义!就是因为它,所有的人都成了好斗的公鸡,都疯了。还有瑾卡,那疯婆子。连那个笨货根科也是这样,他们还要用面包干去养活那些坏蛋!让那些家伙噎死去吧!"

这时,瑾卡大姐进来了。她母亲立刻把自己的气恼对她发泄了一番。

"你恼些什么呀,妈妈?你应该高兴才对呀。财主家的太太应该做榜样啊。"

"闭嘴,瑾卡!"她母亲对她大叫一声,"你发疯了!我不要听你的话!"

"我没有发疯,我不过是一个爱国的保加利亚妇女!"瑾卡激昂地回说。

"爱国的保加利亚妇女?因此你才天天打你的丈夫吗?"

"我打他是因为他是我的丈夫。那是另外一回事,那是内政。"

"哎哟,你这个疯子!你难道要比你父亲更像一个保加利亚人吗?要是让他知道了你从索科洛夫那里弄报纸来看,他一定会把你狠狠地打一顿,不管你已经是四十岁的婆娘了。"

"妈妈,你像茨冈人说瞎话!到上一个圣诞节我才三十二岁哪。我自己总知道我的年纪的。"

但这一场对话却被女用人打断了。

"多娜太太,你快去吧!尤尔丹老爷不好了。"她惶恐地说。

"果然——现在看吧!啊,我的天!"那太太喊着,急忙赶去看她的丈夫,她把锅子留在火上,也来不及拿下。

她在上楼梯的时候就听到尤尔丹连连惨叫的声音。尤尔丹忽然得了肠绞痛症,她在楼上的房间里见到他由于腹疼难忍而在地板上滚扭个不停。他的面孔很苦楚地歪扭着,脸色发青,咬紧的牙关里迸出绝望的、死命的叫声,然而这并不能减轻他的痛楚;这些声音使家里的人都满心惊慌,甚至使街路上的人也听见了。

一个工人立刻被派去接雅涅利医生,但他回来说,没有找到他。雅涅利医生恰巧到卡城去了,于是他们只好乞灵于土法了。但是,无论用药敷、摩擦或熏鼻,全都无济于事。病人依然痛得乱嚷,把身子缩成一团,有时还满地乱滚。

尤尔丹太太简直不知道怎么办才好。

"要不要去请索科洛夫医生来?"她征询似的问着病人说。

斯特弗乔夫显出不赞成的神色,对她喃喃地说了一些话。

"前年我生病的时候,我是请他治的,他把我治好了。"她回说。于是又回头向她丈夫说:"尤尔丹,让我去请那医生来吧。"

尤尔丹做了个不赞成的手势,仍旧叫喊着。

"你听见吗?我要去请索科洛夫医生了。"尤尔丹太太劝诱似的问他说。

"我不要他!"老头儿迸出了一句话。

"你不要他,但是我不想听你的话!"尤尔丹太太果断地说。于是,转身对一个工人说:

"乔诺,马上去请索科洛夫医生来!"

乔诺就站起来向门口走去,但是他刚走到门边,就被尤尔丹的一种近乎号哭的可怕叫声喝住了。

"你们不要找他！——我不要那个强盗流氓到我家里来！"

尤尔丹太太无可奈何地望着他。

"那么,你要死吗？"她喊起来了。

"是的,我要死！滚开去,不要在我眼前,你们这些可恶的东西！"老头儿咆哮着。

两小时之后,病情渐渐缓和下来。斯特弗乔夫看看丈人的情形好转了,就急忙穿上衣服赶到衙门里去了。这时天正下着雨。

在楼梯上他遇见了一个身材矮小的人。

"喂,"他问,"你看清楚了吗？"

"是在那里,在倍扎岱家里。"

"仍旧在园子里吗？"

"不,天下雨,改在地窖里了。我发现了他们……我是很机灵的……"

这个人就是卡尔纳里客栈老板拉契科。现在他在尤尔丹家做临时用人,同时充当他女婿的奸细。

"给我拿伞来。"

一会儿斯特弗乔夫便很快走出了大门。

拉尔卡在门边听到了他们的谈话。她用奇特、诧异和惶恐的目光望着自己的丈夫。然后迅速走上了楼梯,消失在一个房间里。

第五章 叛 卖

斯特弗乔夫到了知事那里,见到扎曼诺夫也在座。他们正在掷骰子①。

扎曼诺夫是土耳其政府雇用的特务,按月到菲利波波利斯的衙门去领薪水的。他的年纪不过四十五岁上下,可是相貌却显得更老些。他生着一张阔大的、干巴巴的脸,皮肤黝黑,一双黑眼睛虽然略微有点钝晦,却老是在转动;他的表情显得凶恶而使人憎厌。他的胡子修得很短,他的已经花白了的、油垢的头发长长地,从后面鬅鬙地拖出,露在那顶土耳其高毡帽底下,前面也露出了他那日渐加甚的秃顶。他穿了一套本地出产的紫色呢衣服,已经很破旧了,那条黑呢领已经油腻得使人生厌。他的个子很高,身材匀称,但略微有些驼背,仿佛是被人民的憎厌所压弯的。这个人的整个仪表显示着贫困和蛮横无耻。他通常住在菲利波波利斯,但不时到附近各城镇去走走。他是白拉切尔克瓦出生长大的,所以他认识每一个人,大家也都知道他。在这个时候他来到这里,凡是唯恐被侦查出来的人,都感到悚然不安。显然他是带着不可告人的使命到来的。他一到这里,总会使碰到他的人都感到惊慌和憎恶,但是,这情形,虽然他自己也知道,却并不使他有什么羞愧之感。他总是无耻

---

① 在一种特制木板上玩的骰子戏。

而自负地面对着那些最蔑视他的眼光,仿佛在说:"有什么可奇怪的呢?各有各的行业。我也要活命呀。"他已经拜访过几个当地的要人,用借债的名义向他们勒索了钱。自然,对于这样诚实的一个借贷人和这样友善的一个同乡,谁还敢拒绝他的要求呢?或许他已经知道了有些事情在白拉切尔克瓦进行着,因为他每碰到一个年轻人就鬼头鬼脑地微笑着问:"你们的武装预备得怎样了?"而且,为了使被问者心里越发慌张,他还会再轻声地加上一句:"你们什么也干不成的啊!"这样说过之后,他就扬长而去,让那个年轻人心里害怕。前天他曾向委员会主席说过这些话。因为他要说这种不祥而讨厌的话,所以,当他在路上走过的时候,大家都远远地避开他。

斯特弗乔夫看见有这一位有权力的同僚和知事坐在一起,就高兴得容光焕发了。他对他们愉快而亲热地寒暄了一阵之后,一面和扎曼诺夫握手,一面坐下来看他们掷骰子。

那个老知事,穿着一件扣上扣襻的黑色短布袄,还在专心致志于他的戏局。斯特弗乔夫进来的时候,他只是不声不响地打了个招呼。等他们一局掷完,斯特弗乔夫马上就开始办他的公事。他把他所听到的关于把白拉切尔克瓦也卷了进去的革命动乱的种种消息都一五一十地告诉了知事。

知事自己也曾听到过一些关于那些非伊斯兰教人民要暴动的消息,但是他认为这是不值得注意的儿戏。因此就像当时一般土耳其官吏的态度一样,听其自然,置之不理。

但是,现在斯特弗乔夫却跑来给他除去了眼前的翳障,他才吃惊于这件坏事的规模。他就严肃而询诘似的看着扎曼诺夫。

"赫里斯塔基①先生,这是什么意思?火已经在我们周围烧起来了,而我们还在这里掷骰子!"

"我到这里还没有几天,不过基里亚克所告诉你的事情,我都知道,此外还有许多别的呢。"

"你知道这件事情,可是你没有通知我!你为苏丹陛下真是尽到了职责!"知事很不高兴地大声说,"这位先生却表现了他是苏丹宝座的一个更可靠的支柱。"

"我不过是尽我的职守罢了,知事大人。"斯特弗乔夫说。

扎曼诺夫听了这话,额角上冒出了大颗汗珠,他很恼怒地说:

"这里发生的事情,跟别处所发生的相比,简直是小巫见大巫。如果这里有一根稻草在冒烟,那么帕纳丘里什特那一带就有一个大草垫子在冒烟。但是帝国政府并不是聋子,也不是瞎子——它看到了冒烟,但它不动声色——它不过在等待时机罢了——它是有理由的。如果我们首先大惊小怪地乱动起来,听风就是雨,那就会犯大错误。我们在白拉切尔克瓦所看到的,只是别的地方升起的冲天烟柱的影子罢了。据我的意见,我们应该小心地注意着、等待着,而不要操之过急。"

这些话知事很听得进去,因为恰恰和他的无为而治与绝不负责的宗旨相吻合。

斯特弗乔夫很不痛快地看出了这情形。他知道扎曼诺夫

---

① 估计为扎曼诺夫的前名。

是利用这种伶牙俐齿的解释以掩饰他自己的疏忽与对国家利益的缺少热忱。

"赫里斯塔基先生说得好轻松啊,"他就奸狠地说,"他在这里一无家眷,二无产业——这里他连一片破毡子都没有。万一明天就出了什么岔子,他能丢掉什么东西?"

"这是胡说,我抗议!"扎曼诺夫愤怒地叫起来,他脸色苍白了。

"你的话不错,先生。我得立刻把这些乌龟王八蛋抓起来。"知事说。

斯特弗乔夫脸上显得得意扬扬了。

"唔,我想过了,我也同意这个意见。把这些蠢驴统统抓起来吧。"扎曼诺夫态度忽然变得很凶狠,过了一会儿说。

"用通常的说法,就是我们一致了。"知事说着,满意地叹息了一声。

"我们今晚上就把他们抓起来。"扎曼诺夫说。

"他们在哪儿开会?"知事问。

"在米佐·倍扎岱家里。"

"在倍扎岱家里吗?哦,我现在懂得了。一个人要是比莫斯科人更像莫斯科人,他不可能是皇上的盟友……谁是他们的头儿?"

"那是索科洛夫医生。"斯特弗乔夫回答。

"什么,又是索科洛夫?他接替了那个总督吗?"

"是他,知事大人,不过如果跟索科洛夫的新花样比起来,那总督的花样就不过是儿戏罢了。"

"还有些什么人?"

"两三个解聘了的学校教师,还有几个流氓。"

知事看了一看他的表。

"此刻他们在那里吗?"他问。

"是的,在地窖里。天晴的时候,他们一般在花园里开会,一边召开他们的委员会,一边喝拉基亚酒。"

"唔,你说该怎么下手?"

"他们总是在天黑下来的时候离开米佐家的。派一些警察去等在门口,等他们出来就全都抓住,一股脑儿带到这里来。"

"这不好,"扎曼诺夫说,"这样做只能把他们本人抓起来,却得不到一点证据,因此他们可以完全不承认的。我们一定要闯进米佐的家,到他们开会的屋子里去,就是说,在犯罪的现场抓住他们。我们要把他们的一切文件、记录和档案全都搜到手。那时,事情就千真万确,黑是黑,白是白,他们就不能用'我不知道,我没听说过,没见过'这一套来抵赖了。我可以亲自审问他们。"

这个说法使知事中意了,连斯特弗乔夫也欣然赞同这个主意。此刻这个特务在他面前是一个很有能力的人,而他的热心也并不比他的才干逊色些。

"不过我们必须等到天黑才去动手,"扎曼诺夫又说,"这些缉捕工作只有在黑暗里才做得成。"

"就决计这样吧。"那知事得意地说,同时拍起掌来。

一个警察走了进来。

"警长在这里吗?"

"谢里夫大人一会儿就回来。"

"他一到就请他进来。"那知事吩咐道。警察随即退了出去。

"哎呀,我忘了一件事。"斯特弗乔夫转身对扎曼诺夫说。这个特务正在阴郁地沉思着什么,他额上那些深深的皱纹仿佛反映出他心底里策划着的阴谋诡计。

斯特弗乔夫从衣袋里摸出一封信,展了开来。

"这是什么?"扎曼诺夫忽然从他的默想中醒过来说。

"这是索科洛夫写到帕纳丘里什特去的一封信。"

"是吗!"

"一定是什么人失掉的。可能是他们的送信人……今天我在我丈人家门口街上捡到的。"

"那里面说些什么?"扎曼诺夫连忙问,同时伛身过来看那封信。

"这是用密码写的,写给一个叫作鲁卡涅切夫的人。他是一个普通老百姓,一个帕纳丘里什特的鞋匠,他每礼拜到卡城集市去总得走过这里。但是我断定这封信一定是给另外一个人的——很可能是写给帕纳丘里什特委员会的。"

"你这张纸是什么东西?"那知事好奇地问,因为他们俩一直说着保加利亚话。

斯特弗乔夫就给他说明白了。

"念出来,念出来,让我们听听。"知事说着,就预备注意地听了。

于是斯特弗乔夫把这封信念了出来:

鲁卡大叔:

想来你们全家都好,你太太的病想必也好了。你一定要把我的药片继续给她吞服。你的生意好吗?已经有半个月没有见你经过这里,想必不是因健康不佳之故。下回你到这里来,请到雅纳基药房给我买十格罗什的贝拉多纳①,因为我这里已经用完了。

向你全家致意。

索科洛夫

"这封信无疑地是用暗语写的。"扎曼诺夫说。

"把它翻译成土耳其话给我听。"知事吩咐说。

"老实告诉你,这封信可以说很有意思,也可以说是毫无意思,看你怎么去了解它。"斯特弗乔夫对知事说,于是就逐句翻译给他听。

"等一等,"知事听了开头几句就插嘴说,"这'药片'一定就是指枪弹了。"

"恐怕是的。"扎曼诺夫同意说。

于是那知事以一种骄傲自满的神气从嘴里喷出一口烟,然后又聚精会神地听着。

斯特弗乔夫继续翻译下去。

"且慢,"知事又打断了,"他问生意好吗。我懂得了,这就是问:'你们准备工作进行得怎样了?'我们可也不是那样笨的啊。"于是那知事颇有意味似的对扎曼诺夫挤挤眼,仿佛表示"你别弄错了——修斯尼知事是一个狡猾的老狐狸,谁也骗不过他。"

斯特弗乔夫又继续翻译下去。当他译到"想必不是因健康不佳之故"一句时,那知事又打断了他,转向扎曼诺夫询问道:

"赫里斯塔基先生,这些关于生病和健康的话倒有点不很明白。你怎么解释这些话?"

---

① 一种药用植物,译名颠茄。因下文有谐声关系,故用音译。

"我想在碰到'生病'的字眼时,我们应该理解成'健康',反过来也如此。"那特务很郑重地说。

那知事沉思了一下,就装出了一副完全懂得这个聪明深奥的答话的样子。

"一定是这个意思。"他得意地说。

斯特弗乔夫又开始读下去,当他念到"贝拉多纳"这个词,那知事又打断了他,并高兴得叫喊起来:

"啊,这回就毫无疑义了——那个老太婆特贝拉·鲍娜也是有份的。哼,我每回看见这个老母牛走过,就觉得她身上有很多鬼名堂,一定是她也在阴谋危害国家。"

原来知事所说的是一个胖胖的老妇人,年纪已经六十五岁了,人家称她为特贝拉·鲍娜①,她每天早晚两次绝不耽误地到教堂里去,总得经过衙门。

斯特弗乔夫和扎曼诺夫微笑着。他们给知事解释了这里所说的"贝拉多纳"乃是一种能制药品的花。

"再读下去,读下去。"知事有点不好意思地说。

斯特弗乔夫就继续译述下去:

"'向你全家致意——索科洛夫。'完了,大人。"

那知事嚷起来:

"'向你们全家致意'。这就够明白了。总而言之,这封信从头到底都充满了造反的气味。"

"是的,可是你一点儿毛病都挑不出来。"斯特弗乔夫很不高兴地说。

---

① "特贝拉"在保加利亚语中是胖的意思,"鲍娜"是那妇人的名字。这里指知事无知,把药名和胖妇人鲍娜混为一谈了。

"的确有点含糊。"扎曼诺夫说。

"的确,不清楚,不清楚。"那知事说,"不过我们不明了的地方,可以叫那医生自己来讲给我们听。"

"不过,现在能找出它真正的意思,那就有趣了,"扎曼诺夫聚精会神地看着信说,"把这封信交给我,让我去找出它的奥秘。我那里有一个解读各种造反信件的秘诀。"于是他把那封信塞进自己怀里。

"很好,赫里斯塔基先生。"

斯特弗乔夫站起来鞠了一躬,准备告辞了。

"那么,就这样决定了吧?"他又说了一声。

"决定在今天晚上,"那知事说,"你放心去睡觉吧——代我问候尤尔丹财主。"

斯特弗乔夫脸上显出了十分满意的神情,辞别了知事,当他走到衙门口的时候,扎曼诺夫追上了他。

"今晚你不会离开了,对吧?你要去指挥逮捕那些先生的事啊。"斯特弗乔夫说。

"那是在我掌握之中的,我负责。"那特务回答说,接着又马上说,"基里亚克,借一个里拉给我,明天还你;我恰巧短一些钱。"

斯特弗乔夫皱一皱眉头,向他的背心袋里摸索着。

"把这两个卢布拿去吧——身边只有这些了。"

扎曼诺夫大把钱接了过去,但又轻轻地说:

"再添些,我还不够呢。如果我把你今天做的事情告诉了斯特兰焦夫,你就要倒霉了。"为了表示这个威胁只是开开玩笑,他笑了起来。

斯特弗乔夫惶恐不安地对他看着。

"扎曼诺夫,要是明天我听说索科洛夫和他那一伙都给关了进去,我准保送你十个里拉。"他郑重其事地说。

"很好。不过现在请再给我三四个格罗什,让我去吃饭;今晚免得我兑散这两个卢布。多谢多谢。再会了。"于是赫里斯塔基转进另一条街,回到他所住的小客栈里去。他刚走到查乔夫哈吉家的门口,就碰到了史塔夫利神父,并拦住了他。

"祝福您,神父!"于是他吻了神父的手,"您好!您的身体怎么样?收入怎么样?现在出生的多,还是死亡的多?"

"唔,还是结婚的多些。"神父勉强微笑着说,就想走过去,因为这个特务的锐利的眼光威慑着他。扎曼诺夫一把抓着他的手,瞪着眼看他。

"这真是结婚的好时光,因为明后天可能是基督第二次降临的世界末日了。"于是他对神父颇有意味似的睐着眼。接着,马上就改变了口气说:"神父,你借我五十格罗什好不好?明儿早上还你,我现在正有点急用呢。"

神父皱着眉头说:"一个神父是没有钱的。不过随你要多少祝福我都可以给你。"他希望借这个开玩笑的回答脱身。

扎曼诺夫严肃地对他看着,轻轻地说:

"快给我五十个格罗什。你的儿子甘乔是委员会里的文书。我只要说一句话,你们就都完了。"

神父登时就面如死灰。他摸出了一个奥国金元,在和扎曼诺夫握手告别时,把金元塞在他手里。

"再会,神父。你在祈祷的时候可别忘记了我啊。"

"亚纳歹玛①。"神父喃喃地说着走开了。

雨仍旧在细细下着。

"伙计,拿个火盆给我生一盆炭火来,好不好?"扎曼诺夫对那跟他进房来的茶房说。

那茶房吃惊地看着他,仿佛要说:"你这个人怎么啦?这个季节你还要烤火吗?"

"去呀,赶快去生一盆炭火来!我跟你说。"这特务脱下了他那件湿透了的外衣,重新吩咐道。

那茶房就去用一个铲子兜了些炭火来,放在一只从床底下拖出来的火盆里。

"好了。你去做你的事吧!"待那小伙子一走出门,他就把房门锁上了。

于是他从怀里掏出那封从斯特弗乔夫那里拿来的信,展了开来,把那没有写字的背面向着火耐心地烘烤着。等那信纸完全热透之后,就取下来仔细视察:他的脸上顿时显出了好奇与满意。这一张刚才还是雪白干净的信纸,现在已经满是深黄色的密密麻麻的字行了。原来这已是众所周知的事实,各个委员会所发出来的信都是用一种隐形药水写的,只有在烘热了纸之后才看得出那些文字。在背面总是写一些不相干的普通书信文字,万一这封信落到官府手里,也使它无法追究。不过,照例,一个秘密如果已有两个以上的人知道,那就不是秘密了。所以这个随处留心的扎曼诺夫早已懂得了这个法子。

---

① 教士的口头语,意为"被咒逐者"。凡看见了邪恶鬼怪及不祥之物,就念这个词,以资辟除。故用音译。

这封信是由委员会主席索科洛夫署名的,内容是白拉切尔克瓦委员会的一些决议和计划的记录。

把这封危险的信仔细看过一遍之后,扎曼诺夫的那副丑陋的脸上露出了一种无法形容的微笑。他拿出铅笔来在那主席签名底下的空白地方写了一些字。

于是他又急急地出门,向衙门那边走去。

第六章 一个女人的心

斯特弗乔夫从丈人家出来,到知事那里去。他的妻子在他走后,马上也从家里走了出来。

午后天就开始下雨了。现在虽然下得比较小,但却下个不停。天上布满了阴暗而厚重的云层,看来雨要下到晚上去。

她打着伞,在街上急速地走着。她是那样的惊恐与惶惑,连向她问好的人她也一个没有回答;也没有感觉到雨趁风势淋湿了自己的右半身,一直湿到肩头。她很快地来到广场,男教堂就在这里,穿过它的院子就可以进到女修道院。

一直到了这时,她才在一座房子的屋檐下停下来。她惊奇于自己为什么会来到这里。这里和斯特弗乔夫的住宅正好处于相反的方向。她想起她是要去把索科洛夫从即将发生的危险中解救出来。她不明白自己怎么会这样爱他,她没有经过仔细的斟酌,不问自己该如何行动,只被一种无形的力量推动着,就决定这样做了。到了这儿她才稍稍清醒,开始茫然地思忖着该如何帮助他。对她来说,这是多么困难的事啊。她知道此刻斯特弗乔夫正在知事那里,正在向他提议去逮捕索科洛夫;她也知道索科洛夫现在是在米佐大爷那里开会。但如何去向他们报警呢?她想,要是自个儿跑到米佐家去,装着去探望他的老伴,把事情告诉她,这样似乎也不大合适,不成体统,甚至很鲁莽。她和米佐家本来比较陌生和疏远,而且米佐大爷又曾和自己的父亲因一件讼案而闹翻过。自己又是在这样的雨天去到他太太那里做客,实在有失体面和使人感到窘迫。再说她,斯特弗乔夫的妻子,如此热烈地关心索科洛夫那个年轻英俊而又轻率的人的命运,只要对他有利,竟然不顾习俗和身份,这怎么好向米佐薇查说出口呢?此外,她这样做岂不是无意中败坏了丈夫的声誉,使人们知道他是叛徒并使他蒙受羞辱吗?因为即使隐瞒他的名字,人们也会觉察到她所搭救的人就是斯特弗乔夫叛卖的牺牲品。再说,他今天到过衙门里,这肯定也会被人发现。天哪,为什么他会是这么一个坏人?……这些思想闪电一般地在她脑子里掠过。啊,不,可怕,可怕的事情,不能这样做……雨下得更大了。她站在屋檐下,如同陷入重围一般,孤立无援,手足无措。她巴望着看到一个认识的人,能托他捎个信。但此时此刻却没有人路过这里。天下起倾盆大雨来了。雨柱简直从空中直泻而下,街道上和她置身其中的广场上空无一人。她懊丧地喘息着,深感自己是多么地可笑与不幸,而要成为一个有远见的人又是多么不容易啊。她在人家当街的屋檐下倚墙而立,觉得自己的处境十分狼狈。只要迈出二十几步就可进入修道院,到她姑母那里去。但是她不想去,到那儿去也无济于事,不会得到什么帮助。那里肯定不是她所要去的地方。当她的内心因痛苦而翻腾,为索科洛夫的安危急得发疯时,她一分钟也不能待在修女那儿去听她那些无用的说教。在这种令人惆怅懊恼的处境中,唯一能够使她有所慰藉的是那四面包围她的暴雨,也许这也能阻止那些衙门里的警察。她确信索科洛夫还没有遭到袭击,因而还存在着一线希望,尽管这希望十分渺茫。

忽然,一个令人欣喜的念头照亮了她的头脑:"有了,到奈德科薇查婶婶家去,"她对自个儿说,"让她们家的塔沙去送个信。"

真的,到住在近处的奈德科薇查婶婶那儿,拉尔卡可以像对自己人那样,倾吐一切,并可将这个郑重的使命放心地托付给她的儿子。

于是,她离开了那避雨的屋檐,顶风冒雨,奋勇向前。她蹚着混浊的水流行进,这时突然涌来的积水涨高了,淹没了她半截小腿,她从广场直往上走,狂风暴雨向她脸上猛扑过来。

她浑身透湿地来到婶婶这里。婶婶见她在这样的雨天到来,感到十分惊讶:

"哎呀,你淋成什么样子了?这么大的雨上哪儿去?快把裙子脱下,全湿透了。"婶婶在前廊里迎着她喊道。

"婶婶,塔沙在家吗?"

"从早晨起就没着过家……他是个待不住的人,你不是知道吗?你找他有什么事?"

"再见了,婶婶。"于是拉尔卡重又拿起了伞。她就像喝醉了酒的人一般。

"哪儿去?哪儿去?"婶婶诧异地喊叫她。

拉尔卡一下子跳到了街上。

幸而雨已经停了,太阳刺破了云层,重又露出愉快的笑脸。

静谧的空气中,仍在洒落着微微的、几乎看不见的水珠,在阳光辉映下,就像一个大蜘蛛网的缕缕细丝一般。天空中呈现出一道奇妙的长虹,它把自己五色缤纷的一端伸向那黑黑的山岭的峡谷。家家庭院中树木的叶丛显得更加鲜嫩、青翠和生意盎然。云块迅速地逃散。蓝色的天空威风凛凛地舒展起来。街道上出现了行人。拉尔卡感到自己的精神比方才振作了一些,心里比以前轻松了一些,这道使天空充满生机的彩虹给她的心灵也注入了希望。她带着一颗战栗的心注视着她所遇见的每一个人,只望能遇见一个亲近点的熟人。

忽然,她一下子想起了那个奋不顾身地把奥格涅诺夫从同样险境中救出来的瞎子科尔乔。

"天哪!但愿现在能碰到科尔乔!"她喘了一口气,向迎面而来的那些毫不相干的淡漠的脸孔扫了窘惑的一瞥。

机缘常常在和人们开玩笑,也常给他们的命运以最奇妙和意想不到的转折,此刻它也来作弄一番了。在只离拉尔卡五十来步远的地方,她真的瞥见了科尔乔。他一只手拿着拐棍在从容地探步前行,另一只手则支着撑开的伞。

她喜出望外,激动万分。于是立即改道而行,去追赶这瞎子。科尔乔正走在通向倍扎岱家的街道上,他也许是到他们那里去的。因为拉尔卡从拉达那儿知道,科尔乔可以自由参加委员会的会议,而且从不放过。她加快步伐匆匆赶去,步子越迈越快,只差没有大步跑了。她的两眼盯着那瞎子矮小的身躯上过长的黑呢外套,还有他头上的那把大伞。路上遇见的任何人她都视而不见,既没有看见用左手向她打招呼的快腿雅罗斯拉夫,也没有看见迎面而来向她说话的斯米昂哈吉。她就是遇见斯特弗乔夫本人也不会认出他的。两三分钟之后,拉尔卡赶到了瞎子身后两三步远的地方。科尔乔总是显出一副盲人耽于幻想的模样,安详地走着。当拉尔卡赶上了他时,她便向周围环顾了一下,没有看见有任何危险的目击者,就轻声地喊道:

"科尔乔,科尔乔!"

因过于激动,她的声音停滞在口中,连她自己也没有听见。

这时科尔乔已转身走入伊凡·杜多的皮匠铺中。他这么快,这么突然地消失,使拉尔卡感到好像有某种无形的力量把他从小店敞开的大门中拖了进去。

拉尔卡又成了孤身独影。她一个人置身于这条热闹的街上,但她却感到好像在荒原中一样。她只瞥见这片荒野里有个黑乎乎的东西在晃动,那便是一个背上扛着枪的警察。然而她似乎看到这是五个、十个、二十个,甚至一大群……她感到头晕目眩,心乱如麻,不知自己是醒着还是睡着,只是下意识地继续往前走去。

她记不清自己走过了哪些街道,是什么时候和怎样到家的。她全身都在发烧,头在嗡嗡作响,全身筋骨都好像七零八碎地松散着一般。她感到极端难受与虚弱,好容易才走到自己房中昏昏沉沉地倒在长榻上。

拉尔卡得了严重的寒热症——这样的高烧很快就会把她带进坟墓的……

第七章 委员会

这次会议没有在米佐大爷花园中那棵玫瑰香苹果树和大黄杨树下召开,因为下雨而改在他的屋子里进行。

斯特弗乔夫派去的那个人已清楚地窥见了他们。

在矮矮的长榻上坐着十米个委员会的成员。他们中间还有几个我们熟悉的人。首先是这屋子的主人、索科洛夫主席、迪姆乔神父、弗朗戈夫、波波夫、尼科莱·奈德科维奇、刚被大家鼓掌吸收的坎多夫,还有刚从罗马尼亚回来过复活节、经过多次忏悔和恳求之后才被吸收的弗拉丘先生。他在圣安得烈节之后不久就逃到了罗马尼亚,并真诚地保证不再参与政治。后来他顺利地到达了布加勒斯特,在那里发现自己处于安全的境地,便依旧成为热烈的爱国主义者和共和主义者。在流亡者面前他总是以一个从绞索下逃生的受难者的身份出现。后来他匿名写了有关保加利亚建立共和国的意见书,但正致力于在米兰大公统辖之下建立巴尔干联邦的卡拉维洛夫①却批驳了他这个大作。弗拉丘又把它呈交给波特夫②的《旗帜报》,然而它在那里也遭到了同样的命运(当时波特夫正醉心

---

① 留本·卡拉维洛夫(1837—1879),十九世纪保加利亚民族解放运动的领导人之一,也是著名的批判现实主义作家。
② 赫甲斯托·波特夫(1848—1876),十九世纪保加利亚民族解放运动的卓越领袖和杰出的革命诗人。

于全世界的社会主义)。于是弗拉丘便穿起流亡革命者的服装①,佩带着武器,像刺猬一般怒发冲冠地去照相。但后来他发现将这些扰乱人心的照片四处散发是不明智的,便和主张共和国的论文一起收了起来……在米佐家开会的其他成员还有伊利亚·斯特兰焦夫,他是一个靴匠,从前是个流放犯,他又名可怕的屠夫。另一个是商人赫里斯托·甫拉戈夫。还有一个是浪子迪莫,又名贝兹·波代夫,人们还叫他消息通,他也是个皮鞋匠,跛足并经常参加策划。

还有一个成员缺席未来,这就是潘乔·狄阿曼迪耶夫。他带着一百个里拉到卡城去买枪支,而不是按他父亲的吩咐把这些钱交给屠松团长。

天已经黑了。

从中午开始的会议仍在继续进行。看来还要延续到夜里。此外,卡勃列什科夫热烈而动人的言辞也打动着委员们的心弦。他们就这样静静入神地倾听了两个钟头。

在那些准备一八七六年四月起义的使徒中卡勃列什科夫是最受爱戴的有独特性格的人物之一。他是一个二十六岁的青年,中等身材,相当瘦弱,脸色憔悴而带黑褐色,长着小髭胡和一头漆黑的头发。他不时用手指将头发往上捋,但一些散乱的发束却依旧耷拉在那使他显得聪慧的宽阔的额头上。一双灵活的眼睛,有着富于洞察力的火一般的光芒,时而闪现出一种先知者的睿智,时而显出诗人的激情。这也使他那历尽辛劳的枯槁的脸庞增添了不少容光,并显得悦目多了。谁的目光也不及他的锐利,它像明镜般反映出这瘦小纤弱的体魄

---

① 指当时流亡在罗马尼亚的保加利亚革命者所穿的一种服装。

中的那坚强剽悍、桀骜不驯和深不可测的灵魂。

他穿着一件深蓝色呢子的长外套、黑色的西服裤子和背心，因为经常骑马旅行和运动而磨损得很破旧了。就在这时他也不断地在屋子里来回走动，慷慨激昂地大声说话，但有时却被剧烈的咳嗽打断。

"是呀，援助，主要的援助在我们自己身上。我们已经很强大，我们足以对付腐朽的土耳其。土耳其很虚弱，财政上已经崩溃，土耳其人民已赤贫化，他们将退居一旁，他们自己也在轭下呻吟。土耳其的军队已士气沮丧，不值得去注意它了。你们看看黑塞哥维那起义的例子吧，派去数以千计的土耳其军队，起义仍旧热火朝天。这又是谁发动的呢？是一些为数不多的人。当我们起事的时候，这个腐朽的动摇的国家又能干些什么呢？……一天之内我们将会有十万人起义，那么让他们派兵吧……先往哪儿派？况且仅仅只有我们吗？土耳其西面是塞尔维亚和门的内哥罗的雄鹰——他们已准备乘虚而入；在土耳其的后面有希腊，它也不会袖手旁观……黑塞哥维那和波斯尼亚的整个土地都会燃烧起斗争的火焰。克里特①也是这样……此外你们再加上君士坦丁堡的革命吧，它只等待一个动乱的时机，就会打倒苏丹阿齐斯……到处都乱了……我们的起义将成为土耳其帝国的葬礼！"

在半明半暗的天色中他的目光像两支火炬一般熊熊燃烧。

"你还忘了一点，"米佐·倍扎岱说，"还有俄国。伊凡老爷爷将从北面扑向君士坦丁堡。那它就完了。先知的预言会

---

① 希腊境内，爱琴海中的一个岛。

一字不差地应验。"

他通晓那个尽人皆知的马丁·扎德克①的预言,并且对它深信不疑。

"哪些地方准备起义?"弗朗戈夫问道。

"整个保加利亚!"卡勃列什科夫回答,"普罗夫迪夫和帕扎尔吉克地区在做准备。罗多彼山区的村庄,包括巴塔克都秘密武装起来了。特尔诺沃、加布罗沃和舒门的起义将使东部保加利亚燃烧起来。在西部没有任何土耳其军队。科普里夫什蒂察、帕纳丘里什特和斯特列恰的人将守卫斯列德那山的隘口。你们和你们这一带山两边的邻近地区将占领巴尔干山,而巴尔干山是百万土耳其兵也无法夺取的要塞!保加利亚会像一个人一样一跃而起!我们的起义在欧洲历史上将成为奇迹!欧洲将惊奇得咬住嘴唇!……我告诉你们,土耳其政府不会用武力来扑灭起义的。它将和我们讲和……对它来说,没有别的出路……"

卡勃列什科夫说得无比兴奋。作为一个才气横溢的人,他必定清楚地看到了眼前的形势,尽管这个形势有虚假的形象。他被自己思想的力量所吸引,认为一切办法都足以实现他的思想。只有这种对于自己为之奋斗的神圣事业的崇高信念才能解释这颗赤胆忠心所作的真诚的或不真诚的保证。他把这些保证阐述得那么动听和使人信赖,以致没有引起任何反对意见。大家对卡勃列什科夫说的一切都心悦诚服。显然,一切都会这么发生。

---

① 马丁·扎德克据说是一本预言书的作者,该书系用德文写的,十八世纪末曾在俄国出版。书中预言了近一世纪的政治大事,也包括预言奥斯曼帝国的崩溃,因而在保加利亚流行。

"假如土耳其政府和我们讲和,我们要提些什么条件呢?"波波夫问道。

"要是不讲和,他们还有什么出路呢?"迪姆乔神父指出。

"它是屁股底下烤鸡蛋,处境不妙啊。"贝兹·波代夫说。

"这是以后的事。"卡勃列什科夫说,"现在所要想的事是:保加利亚从多瑙河到阿尔达,从黑海到爱琴海,成为附属于苏丹的内部自治公国,主教区不动,向土耳其纳贡,建立保加利亚的军队,其中军官一半是土耳其人,开始的时候……"

"那公国的大公呢?"赫里斯托·甫拉戈夫问道。

"是呀,大公呢?"贝兹·波代夫接着说。

"一个欧洲国家的王子!"

"哎哟!"

"可是关于俄国你什么也没说,它会像米佐大爷说的那样帮助我们吗?"神父转而问道。

"神父,你可别变成了孩子。"米佐没好气地嚷道,"它还能不帮助吗?……俄国将军从现在起就等在布加勒斯特了!"

说着,他疑惑地望着卡勃列什科夫。大家也都把目光转向他,希望听听他对这个问题的肯定意见。卡勃列什科夫明白这一点,于是便做出一副神秘的样子,轻轻地、机密地说:

"只要枪声一响,双头鹰①就会在我们头上展翅飞翔!"说着,他神态庄严地望着。

大家的脸上都闪着光。

"我想,"弗拉丘先生开始说,"最好是共和国,它可称为

---

① 沙皇俄国的国旗上有双头鹰的图像。

'巴尔干共和国'。"

"成立王国也可以。"弗朗戈夫发表意见说。

"啊,这可有点咽不下去。"迪姆乔神父说,"别的饭菜你是不吃的。"

"嗨,不管怎么样,只要我们能解放就行。"

"我也主张共和国。"另一个说。

"哎,我们已经说过了,这是另一回事……如何管理国家,谁是大公,等等,让我们交给戈尔恰科夫,让外交官们去伤脑筋吧!"米佐大爷说。

"得了,得了,先生们。"索科洛夫嚷道,"你们东拉西扯,海阔天空地谈得够多了。时间宝贵啊。等明天巴尔干山上的枪声响起来的时候,我们还没有决定这个问题:是共和国还是一出闹剧呢……而现在工作等着我们……让你们的那些共和国见鬼去吧!还没骑上驴,就摆动了两条腿……我提一点,希望我们的会上少来点政治空谈,把它留到甘科的咖啡馆里去讲吧。"

"对。"卡勃列什科夫说,"需要的不是空话,而是工作……形势我已向诸位谈过了,现在就看诸位怎样行动,不要浪费时间了。"

"真的,我们有这个弱点:爱好空谈。难道鲍依乔——天主宽恕他——批评我们还少吗?这简直是白拉切尔克瓦人的天性。"米佐大爷说。

"啊,先生们,奥格涅诺夫的死,不论对诸位还是对保加利亚,损失是太大了。"卡勃列什科夫痛心地说完,就深深地叹息着。

提起奥格涅诺夫,每个人的脸上都黯然神伤。他的去世如同在他们之中留下了一个像深渊一样的空白。他们面面相觑,陷入了沉痛的默想之中。奥格涅诺夫血迹斑斑、令人惊惧的惨相立刻浮现在他们眼帘,但又不可捉摸,在他们的心上好像压着一颗沉甸甸的子弹。他们似乎因为英雄已经逝世自己却还活着而感到异常内疚。

第八章 科尔乔的激情

前廊里急骤的跑步声吸引了他们的注意,他们便起身向窗外张望,但脚步声已经在门边响起了。

"这是科尔乔!"奈德科维奇说。

"你没有看清。"米佐不相信地说,"瞎子怎么能这样奔跑呢?"

"可不能凭揣测。"迪姆乔神父提醒道。

委员们不由自主地震颤了一下。与其说门被推开了,不如说门被打穿了。

科尔乔一阵风似的冲了进来,喘息不止。

所有的人都发愣地等待着。

"这儿都是我们的人吗?"他上气不接下气地说。

"都是我们的人,什么事,科尔乔?"米佐大爷问。

"Viva!① 万岁! 欢乐和光荣属于我们! 高兴吧,兄弟们! 发狂吧! 我也要发狂了!"科尔乔如同一个疯子一般喊

---

① 意大利语:万岁!

着,并把帽子往上扔,双手鼓起掌来,两脚跳起一尺高。他偶然地摸着了米佐大爷,就在他的嘴上、脸上、耳朵和肩上……乱吻起来,几乎使他窒息。米佐大爷吓得直往后退。这突如其来的、歇斯底里一般高兴的举动使大家惊呆了。他们都以为这可怜的瞎子忽然精神错乱了呢!

"你怎么啦,科尔乔?"医生关切地问,一面从他脸上搜寻着癫狂的征兆。

"嘿!你们还没有猜到吗?他活着!"科尔乔喊道,并且奔向医生说:"Viva!我的小伯爵还活着。"

"怎么?鲍依乔?"

这句问话同时从十几个人的嘴里冲了出来。

"他活着啊!"

"科尔乔,你是开玩笑,还是有人骗了你?"米佐大爷严厉地说。

"嗨!他活着,活着,米佐大爷!我握过他的手,摸过他的脸颊,听过他的声音,几乎看到了他!你们还不信吗?"

科尔乔真是说得千真万确。他们互相诧异地看着。

"在哪儿?"

"就在院子门外等着,他派我来先告诉你们……我一开门他就抓住了我。一摸他的手我就认出来了……"

就在这时他们看见院门开了,一个老乡走了进来。他戴着一顶破旧的帽子,裹着一件肥大的乡间大氅,手里提着两只鸡,他的一只眼睛大概有眼病,用布帕包扎着。

要是在别的场合,谁也不会想到,这个农民就是奥格涅诺夫。现在大家一眼就看出是他了。他们与其说是用眼睛看出了他,还不如说是用心灵认出了他。

米佐大爷跑到大门边,故作镇静地嚷道:

"佩特科大叔,来,来,让我们看看您怎么样啦?"

但可怜这副主席的嗓子好像被谁掐住了似的,显得滞涩而嘶哑。

奥格涅诺夫被雨水溅得满身是泥,他缓缓走过院子,用沉重的步子登上台阶,一面用低沉浑厚的嗓音说:

"我的泥鞋会弄脏你们的坐褥,米佐大爷,那就请你原谅吧……"

说着奥格涅诺夫便走进了屋子。

大家都奔向前去,拥抱这死而复生的伙伴。询问呀,感叹呀,激动呀,真是说不出的高兴。看来倒是奥格涅诺夫最平静。

当他们都平静一些后,米佐大爷含着眼泪对奥格涅诺夫说:

"主席,就位吧,会议还没完呢!"

"我同意,但只管今天这个会议。"鲍依乔微笑着说,并在一个角落里坐下了。

此刻大家都看见他的眼睛也是湿润的。由友情和共同思想联系起来的同志们对他的这种诚挚而热切的关怀,使他从心底里深深地感动着。

米佐大爷指着坎多夫说道:

"你看,坎多夫今天也成了我们的弟兄了。"

奥格涅诺夫的视线与坎多夫的相遇了。

"坎多夫先生,保加利亚值得我们为它出力。"

"甚至于献出生命。"坎多夫回答。

米佐大爷非常满意地看着奥格涅诺夫,真感到无法形容的高兴。

"现在我们不会轻易放走你的,鲍依乔。"他说着,走到前廊里喊道:"维利扎里,从地窖里拿二十根劈柴,搁到这里来。"

他的儿子从隐蔽的库房里拿来了二十支枪,并把它们立在门背后。

"现在你把大门锁上,再插上闩!"

第九章　奥格涅诺夫主持会议

会议在奥格涅诺夫主持下继续进行。

卡勃列什科夫已经退席,他正害着热病。

会上研究了许多重要问题。其中之一是保卫城市的问题。因为市民们慑于土耳其人要来袭击的谣传,经常处于紧张状态之中。甘乔·波波夫被派去组织夜间守卫城郊的秘密防卫队。会上还通过了各种麻痹警察嗅觉的防卫措施,宣读了帕纳丘里什特委员会的来信,这封长长的来信包含了对委员会的各种指示、命令和部署,要求委员会的行动与起义的总计划相一致。信上有本科夫斯基①的签名。斯特兰焦夫则提出了已经提取和分发的弹药清单及尚未付清款项因而还扣留在卡城的枪支账目。

"这就是说筹措武器装备的工作进行得不错。"奥格涅诺夫发表意见说。

"我们可以和整个土耳其联队交火,也可使我们在战壕

---

① 十九世纪保加利亚民族解放运动领袖,四月起义的组织者之一。

中抵挡二十天。"迪姆乔神父说。

当然并不是真有什么壕沟,神父指的不过是城外那些菜园子矮矮的围墙罢了。

"如果他们用大炮来打我们呢?"奈德科维奇问。

"那就坏了!"迪姆乔神父焦虑地说。

"我们也可安上大炮嘛。"弗拉丘先生发表意见道,"我很愿意献出我家的木臼①,它会像克虏伯大炮那样轰隆作响……别人也会这样做!那就成了整个炮队了。"说着,弗拉丘骄傲地向周围看了看。

"你的木臼有什么用……从老太婆那里收集破木臼,说来也是笑话。"奥格涅诺夫不同意地说,"不用说,大炮确是很需要。大炮齐轰,可以使敌人丧胆……用樱桃树干可做大炮,只要把里面好好掏空,用铁箍牢牢箍上就行了。这样的大炮在波兰起义中是有过的。"

奥格涅诺夫的意见受到一致同意并被通过了。

"那个桶匠会来干这项工作的。"米佐说。

"那个桶匠吗？我们认识他。"奥格涅诺夫高声说。

"你认识他吗？那个桶匠,是个挺好的人!"医生说。

"那樱桃树呢？谁愿让别人砍掉他的樱桃树呢?"甫拉戈夫问。

"嗨,这是小事。"佘德科维奇说,"由我负责办!"

"行,行,炮队的组织工作就委派给奈德科维奇了。"奥格涅诺夫笑着说,"现在再研究其他问题。还有什么事呀,甘乔？"

---

① 舂米的器具。

"最重要的是钱的问题。尼科尔乔从卡城来信,要我们最迟明天去付清买枪的欠款,马上把枪支取出并运回来,他不敢在库里放得太久……他怕土耳其人探听出什么风声来。"

"这很重要。"奥格涅诺夫说,"我们应该火速行动。如果武器被发现了,他就会遭殃,还有别人……"

"不只这个,付出去的一百里拉也都会白费的。"医生说。

"要尽快把枪支起出来,晚上把它藏在这儿……还需要多少里拉?"奥格涅诺夫说。

"还需要差不多二百里拉。"

"我们手头有吗?"奥格涅诺夫问。

委员会异常热烈地讨论了这个问题。有人提议用自愿捐献的办法来募集这笔款项,但被认为不可能实现而被否决了。米佐·倍扎岱提议挪用学校的钱,今后由未来的公国偿还给镇公所。这个提议也没有站住脚。接着又有人提议向库尔卡借钱,并以大家的签名来做担保。这个建议被认为最不可取而未通过。钱的问题使大家感到万分为难,一筹莫展。

所有这些现在看来使人发笑的事情,当时被人们格外认真地思考和做着。他们透过想象的三棱镜看到的事业所具有的魅力和新鲜之感模糊了他们的理智,只有对一种事物的狂热信念才能驱使他们的思想达到如此盲目的地步。

奥格涅诺夫眉头紧蹙地倾听着这些谈话。

"我去筹这笔款!"他忽然说。

大家都惊奇地望着他。

"到哪儿去筹?"甫拉加①不禁问道。

---

① 甫拉戈夫的简称。

"这是我的事。"奥格涅诺夫答道。

这个回答煞住了其他人再三询问的勇气。

甘乔·波波夫要求发言。

"先生们,已经很晚了。在会议终止之前,有件事情也应该完成。有些新的成员,还没有在共同策谋起事的誓约上签字。请他们把自己的名字签上。"

于是他把文具盒放在他们面前。

新的成员是甫拉加、弗拉丘先生和坎多夫。

后面两人毫不迟疑地签了字,但前一人提起笔来内心却不无斗争,他窘困地说道:

"兄弟们,如果这文书被截获,我就会毫无缘由地完蛋了……"

"怎么毫无缘由地完蛋了?你不是一个共同策谋者和一个革命者吗?"弗朗戈夫问。

"我是这样的人,兄弟们,但我有家室……"

"我们也有家呀,签上你的名字吧,白纸上留下黑字。"迪姆乔气愤地说。

"甫拉戈夫,可耻!"奥格涅诺夫严厉地喊道。

甫拉加精神颓唐地签了字。但他没有像在商业往来文书中那样写"赫里斯托·甫拉戈夫",而是改变了写法。按照人们通常称呼他的那样写成:"里斯托·甫拉加"。他要这样的花枪,是为了防备万一。

第十章　一个一八七六年的特务

外面天色已经暗黑。

"主席先生,"到现在一直沉默的坎多夫开口了,"我发言。"

"我也要发言,"弗拉丘先生响应道,"我提议会议暂停。"

还有一些人也支持弗拉丘。

"我要发言!我提一个别的建议,是关于斯特弗乔夫的。"大学生强调说。

"幸亏我想起来了。"弗朗戈夫打断他说,"今天斯特弗乔夫与扎曼诺夫一道去衙门里看知事……而他手下的狗腿子臭屁精拉契科则到这里来兜圈子,当我们走过花园小门进来时,他在那里张望。"

"拉契科?"奥格涅诺夫不由自主地说,"我认识这个混蛋,是在卡尔纳里客栈里……"

"怎么!你真的捆绑过他吗?"

"他讲过这么一回事,但谁相信他呢?我们不是以为你死了吗?他有点爱瞎扯。"

"他向你们说的是真话。"奥格涅诺夫说,他今天在委员会上述说自己历险的经过时,没有想起这个小小的插曲,"且把这撇开不谈吧……斯特弗乔夫还在搞特务活动,干老行当?哼,这个卑鄙的家伙!"奥格涅诺夫的脸因愤怒而涨红了。

"我要发言!"坎多夫喊道。

"坎多夫,说吧!"奥格涅诺夫说。

"我很肯定地知道,斯特弗乔夫出卖了奥格涅诺夫。他是这许多不幸事情的罪魁祸首。"大学生说。

这时他的眼睛像两块煤炭一样闪烁着,用询问的眼光盯着奥格涅诺夫。

"不,不是斯特弗乔夫,是蒙乔。"大家都不赞同地说。

"你们完全受骗了,诸位!"大学生忽然站了起来,他无比激动地把自己一次偶然的发现向大家揭露了出来。他用无可辩驳的证据来阐明自己的看法。

此刻,抑制不住的怒火在每个人的胸中燃烧着,会上充满一片愤怒的喊叫声和咒骂声。斯特弗乔夫的面纱已完全被撕落下来了。

奥格涅诺夫低下头,额上掀起了愤怒的波纹:

"本科夫斯基说我们都是些老太婆,他说得有理。"

"你看,就是今天晚上他也在盯我们的梢。"

"谁知什么横祸会落到我们头上。"

"我们这样抛头露面地活动,这么疏忽大意,我都有点感到害怕。"弗朗戈夫说。

"奥格涅诺夫,把你的意见说出来吧!"索科洛夫转身对他说。

奥格涅诺夫正在深思着什么,他蓦地惊醒过来说:

"我的看法是:我们干了很人的蠢事,没有及时消除他干叛卖勾当的机会。"

"用什么办法可以做到这一点呢?"迪姆乔神父问道。

"干掉他,处死他。"

"革命的法规只规定了这样的惩罚。"波波夫发表意见道。

顿时沉默笼罩了一切。

"诸位！我提议让我在这些日子里去处死斯特弗乔夫。"大学生高声说。

所有的人都惊奇地看着坎多夫。

"坎多夫！你太着急了,斯特弗乔夫是我的,别人没有权利！"医生高声嚷道,他的眼睛被疯狂的仇恨之火燃烧着。

"怎么？"坎多夫失望地喊了一声,"我最先提议,也是最先发现他的罪行的。"

"斯特弗乔夫该是我的祭品,我谁也不给。"索科洛夫不高兴地嘟哝着。

坎多夫依旧抗议着。

"抓阄,抓阄！"有几个成员喊开了。

但无论是坎多夫还是索科洛夫都不同意抓阄,因为都怕抓空,就好像这不是为了去杀一个人,而是为了去争夺王位一般。

这时,奥格涅诺夫威严地说：

"如果说谁最有权处死那个叛徒成为一个问题的话,那么我就剥夺你们两人的这个权利,因为我是他的受害者,我比你们有优先权。但我有个不同的意见:立即处死他可能有碍于我们的事业,我看现在干掉他还不到时候。我建议:对斯特弗乔夫的惩罚安排在革命爆发的第一天,他将成为革命的第一个祭品。"

这个高明的建议被通过了。

坎多夫感到很不自在。索科洛夫脸上则显出胜利者的自得。好几分钟他陷入了沉思默想之中,置身于人们的谈话之外,目光注视着空间。最后,他的眼神不平常地闪烁起来。两道可怕的皱纹集中在他的前额,而他的嘴唇上却抖动着一种魔鬼般神秘的笑容。

于是他立即起身向外走去,他打发人去通知涅乔·帕甫洛夫今夜不要放走克莉奥佩特拉,因为可以用它来对付斯特弗乔夫!他为那个叛徒设计好了一个恐怖的末日。

不一会儿他回来了,正赶上大家在谈论扎曼诺夫。

"前天我遇见他从普罗夫迪夫回来。"甘乔·波波夫说,"他一下子凑到我身边来,劈头就对我说:'你们的事进行得怎么样了?'他一边问,一边挤眉弄眼,暗示我他所指的是什么事。他那样紧紧盘问,是想从我嘴里掏出点什么话来。和他说话的那会儿工夫,我已经汗流浃背了。我总觉得这该死的东西已探听到了点什么。"

"让这异教徒的孝子见鬼去吧。"米佐气愤地说,"他是我的亲戚,可是比发臭的死尸还使人恶心。"

"这个恶棍使多少母亲流干了眼泪。"迪姆乔神父说,"即使一个满身罪孽的人,只要能除掉这个坏蛋,他在上帝面前也会变得像天使那样纯洁……"于是迪姆乔神父从怀里掏出一瓶拉基亚酒,虔诚地举起来喝了一口,并把它递给斯特兰焦夫。

就在这时响起了猛烈的敲门声。

所有的人都惊跳起来。一个叛卖行为的幽灵一下子呈现在他们的面前。

索科洛夫抓起手枪,立即跑到门边。

"谁在敲门?"他问。

一个低低的声音回答:

"开门!"

"是扎曼诺夫来了。"米佐的老伴悄悄说。

不管这句话说得怎样低声细气,这可恶的名字仍旧传到了委员们的耳里。他们都警觉起来。

医生重新把门闩好,随后走到神龛前打开一封信,在长明灯下读着。

不一会,他的脸变了样,回到同志们跟前。他的双颊因惊慌和震动而绷得紧紧的。这使大家的心都忐忑不安地跳了起来。

"是出卖吗?"大家的眼睛都在询问地看着他。

"这是什么信?"奥格涅诺夫问。

"我们前天寄给帕纳丘里什特委员会的信,现在退回来了。你们看是从谁那儿退回来的!"

于是他把信递给奥格涅诺夫。

"你读这几行!"他加上一句,并指着信上落款的左面。

奥格涅诺夫读着:

主席先生:

您很不检点,把信件掉在路上,竟让斯特弗乔夫先生拾去了。今天我在知事那里从他手里拿到了这封信。我们将信上有关"贝拉多纳"的那一页用土耳其语译给知事听了。而药水写的这一面是我单独一人后来在炭盆上烘出来读了的,所以你们不用着慌。今天晚上本来还有一场风暴将降临到你们头上,但现在已云散天晴了。这是你们应该感谢我的!不过你们以后到其他较隐蔽的地方去开会为宜。祝你们成功与胜利!

保加利亚的叛徒与特务

赫·扎曼诺夫

现在大家都茫然若失了。

"这封信是怎么落到斯特弗乔夫手里的?"奥格涅诺夫在惊愕之余气愤地问道。

"潘乔拿去交给送信人的,看来是他弄丢了。"医生解释道。(事实上信是今天尤尔丹财主的女仆在窗口给潘乔的上衣抖灰时,掉到街上去的,而潘乔还没有发现衣兜中信已丢失。)

"偏偏让斯特弗乔夫拾到了! 现在你说说,这不是鬼使神差吗!"坎多夫说。

"谁能说没有天意呢!"奈德科维奇补允说。

"天意却以一个特务的面貌出现了! 谁会想到,扎曼诺夫身上会有这种正义之感!"弗朗戈夫说。

"看来,我们受惠于他的比我们所知道的更多。"甘乔·波波夫说道,"他还提到什么风暴,莫不是我们差点被包围和抓住了吧?……你们不是也听到了斯特弗乔夫曾到衙门里去过,他的人在我们进屋时还监视过我们吗?"

"那么这个人身上也有点德行了!"奥格涅诺夫惊奇地说。

"还有不少爱国心,正如你们所看到的。在解救我们时,他的签名也会把他暴露的。"奈德科维奇说。

"诸位,"奥格涅诺夫用极其庄重的口气高声说,"这就是时代的征兆! 当土耳其的官方特务变成爱国者和我们的同盟者的时候,这就意味着我们正在一个伟大的时刻进行工作,人民在精神上已准备好,他们为迎接一个伟大的战斗已经锻炼成熟了!"

"这会儿扎曼诺夫对我来说已成了圣徒。"米佐大爷感动地说。

于是，刚才大家绷紧了的脸现在又显得安详而精神焕发了。应该指明的是，事实上这个可怜的扎曼诺夫迄今未曾干过任何政治叛卖勾当。尽管流言蜚语，耸人听闻，他从事这个特务生涯的目的，完全是为了向土耳其人和保加利亚人那里榨取一点钱财。为了征服后者，他还不惜采取威胁的手段，但他却从不比这走得更远。自尊心在他身上已经消失，但良心依旧存在。显然这个不幸的人生来不是做特务的，而是万恶的现实把他推向了这条肮脏的道路。值得再提到的是：当他把信交还给委员会以前，他已经机智地说服知事延期进行搜捕了。

后来他被流放到小亚细亚，恰巧在圣斯特法诺大赦令①签字时死去了。

第十一章　维　肯　蒂

奥格涅诺夫向同志们道了晚安之后，就走向那通往城郊的街道。不一会儿他来到了城外通往修道院的路上。他四周的大自然沉睡着。道路两旁的核桃树和灌木丛与其他的物体混杂交错，在梦呓般地喃喃低语；远处山涧发出的呼啸，就像天堂中美妙动听的瑟拉菲姆之曲的伴奏一般，洋溢在宁静之

---

① 一八七八年三月俄、土在圣斯特法诺镇签订了和约，结束了持续两年的俄土战争。这里所说的大赦可能是和约中的一部分。

中。因黑夜而似乎移近了的斯塔拉山的幽暗而硕大的身影默默地耸立在星空中。

奥格涅诺夫在高大的修道院的门前停了下来,在门上敲了几下。一会儿一个仆役前来探问是谁,给他开了门。他自称是辅祭的叔父。修道院的两只凶猛的狗向这个夜来的客人扑了上去,但当它们认出是他时,便转而摇起了尾巴。他悄悄地走过那通向里院的第二道门,走过了两棵白杨树,就在辅祭的修道室门上敲了几下。

房门开了。

"你是什么人?"辅祭问道,他一下子竟没有认出乔装了的奥格涅诺夫。然后,便突然双手抱住了他的脖子。

"鲍依乔,鲍依乔,是你呀?"

可怜的维肯蒂因为高兴而两眼热泪滚滚。接着就向他发出了一大堆问题。奥格涅诺夫简略地向他讲述了一切,然后便结束自己的谈话说:

"但我来这儿是为了别的事情,不是向你来讲自己的经历的。"

维肯蒂奇怪地望着他。

"真的,这个时刻是什么风把你吹到这里来的?"

"你放心,现在不像去年那样到你这里来寻找避难所,而是有别的事。不是为我,是为了我们的事业……我是想要让你立点功勋。"

"说吧。"维肯蒂惊慌地说。

"耶罗泰神父在做什么?"

"他到教堂里做祈祷去了,像往常那样。"维肯蒂疑惑不解地回答。

奥格涅诺夫在思索着。

"他在那儿要待很久吗?"

"平常要待到三点半钟,这是他的习惯。现在已是两点了。你为什么问这个?"

"你知道他的金币藏在哪儿,是吗?"

"我知道。干什么?"

"坐下,让我告诉你为什么。"

辅祭坐了下来,眼睛盯着他的客人。

"我们明天必须付出二百里拉的枪支费。对于我们的组织来说,这笔钱是必不可少的。如果明天不把枪支从卡城取出就危险了……必须搞到这些钱。我已向委员会承诺了,我将提供这笔钱。"

"你打算怎样呢?"辅祭问道。

"必须向耶罗泰神父要到这笔钱。"

"怎么,向他要?"

"我说的不是这个,他不会自动地把钱拿出来的。"

"那么?"

"我向你说过了,我们去拿。"

"就是说,我们把钱偷走!"辅祭提高嗓门说。

"对了。他又不需要钱,而人民的事业却异常需要。应该把它拿走——或者说偷走,随便你愿意怎么说都行。"

"怎么,奥格涅诺夫,偷窃?"

"嗯,偷窃,神圣的偷窃。"

辅祭惶惑地看着奥格涅诺夫。这个主张与他自己为人正直的准则确是太相违背了,因而使他感到异常窘迫。如果这话出于别人之口,那一定会使他愤怒万状。"神圣的偷窃!"

他一生中第一次听到这样的词句——而且是从一个最正直的人的嘴里说出来的！这个曾经使他神往和倾倒的奥格涅诺夫,此刻对他来说,已变成较为难于捉摸的人物了。不过他现在也仍然处于他那强大的魅力的感召之下。

"你看怎么样,维肯蒂神父?"奥格涅诺夫严肃地问。

"你劝我做的是我无能为力的事,我不能狠心像强盗那样偷窃我的庇护人。这是不光彩的事,奥格涅诺夫先生。"

"解放保加利亚是不光彩的事吗?"奥格涅诺夫问,同时用目光扫射了他一下。

"不,那很光彩。"

"那么,为它服务的办法也是很光彩的。"

辅祭感到他面临强大的对手,然而他却决心与他对垒一番。

"但请你想一想,我必须去偷窃一个像父亲一样的抚养人。我必须去抢劫一个善良的也是一个爱国的人,这使我的内心非常困窘……你处在我的地位,就会明白,这种偷窃是多么不近人情……"

"那是神圣的!"

辅祭惊奇地望着他竟如此轻描淡写地讲述这件令人难以容忍的事情。

"去向他明要比较好,他可能会给的。"

"耶罗泰神父是修道士,不会轻易拿钱出来的。"

"我们去向他要吧,谁知道,他可能会拿出来捐献……"维肯蒂用央求的口气坚持说。

"为了向他要,就得向他说明一切。而他又与尤尔丹·狄阿曼迪耶夫很亲近……每次进城,总是径直往他那里去……反正,我知道,他一定不会给的,我们只会浪费宝贵的时间。快点儿吧,维肯蒂!"

"但这是多么可怕啊!明天我怎么和他对面相见呢?而且当他发现钱数短少时,——他是必定会发现的,他就会怀疑我的。他知道,只有我知道他的秘密……"

"你不用等他怀疑你,也不用像被判罪的人那样去和他打照面。"

辅祭瞪大着眼睛呆望着。

"怎么?你叫我在事情发生后逃跑吗?"

"不,相反,你明天就应该跪倒在他面前,向他忏悔……如果他是一个善良和爱国的老人,像你想象的那样,他就会原谅你的。而且我相信,在钱丢失了以后,会比钱在箱子里琅琅发响时,使他更不惋惜一些。"

维肯蒂开始深思起来,他完全被奥格涅诺夫这一席话所感化了。眼见在这场精神战中自己是不能取得胜利了。

"决定下来了吗,维肯蒂神父?"

"这是件多么为难的事啊,兄弟。"辅祭简直带着哭声说。

"当你下定了决心,就容易了。"

"但我从来没偷过!"

"我也没杀过。而一旦需要时,我就像宰两只老鼠一样,杀掉两个人。你可明白,当时,在我面前的是两只武装的野兽。"

"你的事倒比较容易。在你面前的是两只野兽,而我面临的是自己的恩人,是一个无依无靠的老人,他相信我就像相信他自己一样。"

"那么,你连手指头也不敢去碰他一下了。下决心吧,是时候了。拉科夫斯基①说过:'时间稍纵即逝,世纪插翅飞驰。'以他为榜样吧,他为了建立义勇军团,洗劫了他在那里做客的基普利昂修道院。拿出勇气来吧,维肯蒂,奥格涅诺夫决不会给你出坏主意的。"

"啊,等我清醒一下吧!"维肯蒂说,并用手支着脑袋。奥格涅诺夫默默地看着他。维肯蒂没有经过很久的思想斗争,便抬起了头说:

"我去!"他舒了一口气。

"你从哪儿进去?"

"当然从门里进去。"

"怎么,耶罗泰神父不锁门的吗?"

"不是,是我的钥匙能开他的门。这是我偶然发现的,有一次他丢了自己的钥匙,我就给他打开了门。"

"那么他的箱子怎么打开呢?"

"钥匙在他那件紫色棉袄的口袋里,棉衣现在挂在墙上……要是钥匙不在,就把箱子撬开……他从来没有在三点半钟前离开过教堂。我还有一个钟头……啊,鲍依乔,你这该死的……"

"听着,把刀子也带上。"

"我要它干吗?"

"谁知道,可能会需要它。"

"怎么?要我杀人?"辅祭生气地嚷起来。

"武器给人壮胆。听着,我陪你一块儿去。"

---

① 拉科夫斯基(1821—1867),保加利亚民族解放运动领袖,革命民主主义的思想家,也是反奥斯曼土耳其武装斗争的组织者与指挥者之一。

"我不需要你,你这个杀人犯!"辅祭几乎是恶狠狠地说。

奥格涅诺夫现在兀自惊奇于这个刚才还是那样胆怯和自尊的青年所下的蛮不痛快的决心。

"你现在不怕有罪了吗?"奥格涅诺夫笑着说。

"如果有神圣的偷窃,也就有正义的罪行。"辅祭开玩笑地说。

"这是新基督教学说的教义守则。"奥格涅诺夫以同样的态度回答,"并且是更正确的。"

"我们到地狱里才能弄明白这点。"

于是辅祭打开了自己的门。

"你就在这儿等着吧,不要作声。"

"祝你顺利,马到成功!"

维肯蒂穿着软底鞋走了出去。

院子里是一片宁静与黑暗,笼罩在它上面的葡萄架使黑夜变得更加深沉与神秘。周围的凉台无声无息,那上面的窗户如同一些向黑夜里注视的眼睛。半路上辅祭向教堂里窥探了一下,只见耶罗泰神父正在读经台上阅读经文,他便匆匆往前走去。潺潺的泉水发出的单调音响掩盖了他的轻微的脚步声,甚至当他走过那微微入睡的鹅群时,也没有把它们惊醒。当走近修道室的门时,他感到自己的腿不由自主地发软打弯,就好像走了好几个钟头的路程似的。他的心异常猛烈而痛楚地怦怦跳动。辅祭感到他的力量随同他的决心一起减退了。刚才那样轻而易举下决心采取的行动此刻却显得如此艰难和可怕,使他有些力不能支了。仿佛他身体里有一个人已经觉醒,在向他呼喊,在谴责他,并把他牢牢地钉在地上了。他不知不觉地摸到了身上那把匕首,为什么把它带了来?……他简直有些害怕自己了!他想,这究竟是怎么回事呢?他竟然来到了这里,站在耶罗泰神父的门前?原来他现在是要去偷窃!并且还是去偷窃自己的恩人!这一切的变化是如此之快!难道不是在做梦吗?……是什么力量把他推到这里来的呢?明天醒来之后他维肯蒂辅祭就成了小偷、贼,甚或是坏蛋了!他的整个生命就维系在这个漆黑的夜晚上了……可是,他又想:不能再退回去,退回去也是不行的。

维肯蒂鼓起勇气靠近了房门。

修道室的窗户全是黑洞洞的,周围像坟地一般寂静。他倾听了一两分钟便开起锁来。钥匙轻轻扭动了几下锁就开了。他推门走进屋里,只见长明灯若明若暗地闪烁着,向神龛投射着惨淡的光辉。维肯蒂摸索着找到了挂着的棉衣。他手伸向衣袋,掏出了钥匙,接着就跑着钻进了那敞着门的储藏室。在那儿点燃了蜡烛,走到两只箱子旁边,把蜡烛粘在一只箱盖上,随即跪在另一只箱子前面,但他的腿有点哆嗦,他便盘腿坐了下来,然后打开那发出微微响声的箱盖。只见里面摆着一些钱包,其中有一个是绿色的,还有其他珍贵的物品:琥珀大念珠、金色的俄国圣像、银制的糕点匙儿和盘子,还有珍珠做成的十字架和一束来自圣山①的复制画卷。维肯蒂摸着钱包,其中两个他已辨认出是装着大面额钱币——卢布和白花花的土耳其银币,另一个装着每枚二十生丁的零钱。金币在绿钱包中闪闪发亮。他从中数

---

① 指希腊北部的阿索斯山,山上有许多东正教修道院,藏有很多宗教书籍、圣像和宗教画幅,是信徒朝圣之地。

出整整二百里拉放在衣襟里。这是一堆亮光光的金子。维肯蒂不是一个财迷,但这些金属熠熠发光的模样却使他感到眼花缭乱。他想,这就是为什么世上发生最可怕罪行的原因,人们的整个一生都是为了获取它而奋斗着……这不就是用它可以买到整个世界的东西吗?!为了拯救保加利亚,也一样需要它,千万人的鲜血与生命还不够……可是,这里难道是老人的全部黄金吗?据传说,他拥有数千里拉,维肯蒂觉得有些不解。然后他就抓起一把把金币,装进自己的口袋。

忽然他感到身后有什么响动。他转过了身子。

在他后面站着的是耶罗泰神父。

第十二章 绿 钱 包

老人魁梧的身躯几乎顶到天花板。他长长的银髯飘拂在胸前。干瘪而和蔼的宽脸膛被烛光微微照亮,看起来那样安详,就像他的目光一样。

他不声不响地走过来,维肯蒂跪了下来。

"我的孩子,我能相信自己的眼睛吗?"老人由于内心激动而声音颤抖地说。

"宽恕我吧!"维肯蒂举起了紧握着的双手哀求着说。

耶罗泰神父站住了,望着他,只见维肯蒂那张苍白失色的脸显得茫然无措。困窘的心情使他的四肢僵如木石。他凝然不动,活像教堂里的一尊雕像。

修道室里一片死寂,好像这里并不存在两个活人似的。

"维肯蒂辅祭!什么时候可恶的魔鬼钻进了你的灵魂?从什么时候起你有了这种贪图黄金和偷窃的邪念?至圣的主耶稣啊,宽恕我这有罪的人吧!"

老人画了个十字。

"站起来,维肯蒂辅祭!"他厉声喊道。

维肯蒂像被弹簧弹起来似的站了起来。他的脑袋像折断的树枝那样低垂着。

"告诉我,你为什么要在半夜三更跑到这间屋里来?"

"宽恕我吧,宽恕我吧!我错了,耶罗泰神父!"维肯蒂像哭似的断断续续地哑声说。

"我的孩子,求上帝宽恕你吧……你走上了邪路;我的孩子,你正在毁灭自己,把肉体和灵魂都毁掉了。是谁教你犯下这桩致命的罪行的?"

"神父啊!宽恕我吧,我不是为自己来偷窃这些钱的。"维肯蒂颓唐沮丧地低声诉说着。

"为什么你受了这种诱惑呢,维肯蒂?"

"为了人民的事业,神父。"

老人惊讶地注视着他。"什么人民的事业?"

"就是我们现在正在进行的事业,保加利亚起义的事业。我们需要钱……所以我才敢来拿你的钱。"

老人慈祥的脸豁然开朗了。他那双由于上了年纪而迷蒙的眼睛闪出了亮光,甚至因为涌出泪水而变得湿润了。

"你说的是实话吗,辅祭?"

"是实话,神父,我可以用上帝的圣血和保加利亚的名义起誓……我偷这些钱是为了大家的需要。"

一种新的感情使老人的脸焕发出异彩。"为什么你不向我要呢？孩子！难道我不爱保加利亚吗？你看，也许今天，也许明天，上帝就会把我这个罪恶的灵魂收了去，我的遗产能留给谁呢？你们这些年轻的保加利亚人就是我的继承人……我们上了年纪的人不懂也干不了……可是伟大的主却早就帮助你们，让你们去把基督徒从可诅咒的异教徒手中解救出来了。你为什么这样望着我？难道你不相信吗？你过来，过来。"

于是他握住惶惑不安的维肯蒂的手，把他领到壁橱前面，从那里取出一个绿色封面的大本子。他用老年人颤巍巍的手翻开它说：

"读读这里，孩子。现在我无须再隐瞒了。上帝宽恕我吧！"

维肯蒂读到了这样几行字，那是修道士亲笔写的：

"一八六五年二月五日　汇敖德萨市×××先生阁下二百奥斯曼里拉①，作为五名保加利亚孩童之学费。

"一八六七年九月八日　汇加布罗沃市×××先生阁下一百奥斯曼里拉，作为五名保加利亚孩童之学费。

"一八七〇年八月一日　汇普罗夫迪夫市×××先生阁下一百二十奥斯曼里拉，作为五名保加利亚孩童之学费。"

耶罗泰神父用手指沾了一下唾沫，翻到另一页说："你再读读这里！"

维肯蒂读道："谨此嘱咐，绿钱包中所存之六百奥斯曼里拉全数遗赠予在圣斯巴斯修道院出家之克里苏拉人维肯蒂修

---

① 土耳其统治保加利亚时期的币制名称。

士,作为他赴基辅进修神学以效忠保加利亚之用。"这段文字,在老人一旦突然亡故时可以起到遗嘱的作用。

这一切使维肯蒂觉得像是做梦一样。他不敢抬眼正视老人的目光,因为这目光像两块灼热的煤炭在燃烧着。他只用万分崇敬而感激的心情吻了神父的右手,感激的泪水涌满了他的眼眶,他羞愧地垂下了眼睛。

耶罗泰神父了解和同情可怜的维肯蒂辅祭。他鼓励辅祭说:"我的孩子,别难过啦,上帝会宽恕悔过的人的。你的愿望是好的,值得赞扬,万能的上帝会看到的。来吧,现在说说你需要多少钱买武器?"

"两百里拉。耶罗泰神父,您是圣人!您的英名将流传万代!"心潮澎湃而深受感动的维肯蒂辅祭喊道。

"千万不要信口胡言,亵渎神明,我的孩子!"老人严肃地回答,"把你需要的钱拿去用吧,听从上帝的旨意去拯救保加利亚吧!我祝福你们,如果再需要什么,就来要吧。至于指定给你的那笔款子……"

"耶罗泰神父!我由衷地感谢您的宽大和仁慈,可是我已无权再享用它了。我也不愿离开保加利亚,我将为它的自由战斗到最后一息。我现在从您身上看到了爱国的榜样。"

"维肯蒂辅祭!"老人接着说,"好啦,孩子,抓紧时机为保加利业效力吧。确定了给你的那笔款子仍将放进绿钱包里,不用担心。只不过我将把它放到更稳妥的地方去,因为偷窃的人并不全是像你这样的善良的天使。在我死后记住我吧……"

维肯蒂像喝醉了酒似的从耶罗泰神父的房间里走出来,

跑着穿过院子。当他冲进自己的房间时,他已浑身颤抖得一点力气也没有了。

奥格涅诺夫吃惊地望着他。"出了什么事啦?你耽搁了多久啊!你的脸色为什么那样苍白?"他性急地问道,"你为什么不说话呀,维肯蒂!钱拿到了吗?"

维肯蒂翻抖着衣袋说:"钱都在这里!"金币滚落了一地。

"你拿了多少?"

"他全给我了。"

"谁?是耶罗泰神父给你的吗?那就是说你问他要的啰!是你找他的吗?"

"不,是我正在偷的时候被他撞见了。"

"啊!"

"啊,奥格涅诺夫!我们干了多么愚蠢的事啊,我的兄弟!我们多么不了解耶罗泰神父啊!对你来说,这没有什么关系……可是对我呢,我在这里生活了三年,受过他三年的恩泽。我不能原谅自己干了这种事情。今天晚上好像在我眼前落下了闪电,它使我睁开了眼睛,感到痛不欲生……是的,我宁可少活二十年也不愿在我的一生中出现这样一个时刻。我似乎还算个爱国的青年,一个满腔热忱的保加利亚人,可是我已经被这位默默无闻、即将沉入坟墓的人影的平静而伟大的心灵,和他那朴素的爱国情操压倒了。想想吧,我的兄弟,他是正当我的衣袍里兜满了金币、停留在箱子前面的时候撞见我的。"

接着辅祭便详详细细地叙述了事情的经过。

"怎么?难道是他今天出来早了吗?"

"还是那个时候,不过我在院子里犹豫了一阵,耽误了时间,却没有注意到……你设身处地想想我当时的处境吧。"

奥格涅诺夫叉着手,非常吃惊地站着。

"这个人简直是圣人!"他说。

"兄弟,我不是跟你说过我们可以去要吗……"

"我对修道士的爱国心没有好感。"

"你难道不能放弃这种毫无道理的看法吗?你跟那个卡拉维洛夫一样,脑子里总以为修道士是一种远古时代的动物,只知道吃和睡,他们身上裹着厚厚的一层脂肪,整天同修道院里的雄猫聊天打发日子!……你还笑呢,你竟忘记了一系列有着这种称号的人民活动家:从一个世纪前写第一本保加利亚历史的帕伊西①一直到为保加利亚献出生命的列夫斯基辅祭!修道士从来没有置身于保加利亚的运动之外。昨天还有一个修道士向这里的委员会宣誓入会呢。再说今天晚上的例子难道还不能使你信服吗?"

外面鸡叫了第一遍。

"晚安。"奥格涅诺夫在长榻上睡下去说。

"晚安,如果对海杜特也有安宁的话……"辅祭回答说,一边吹熄了蜡烛。

然而在他们眼前无法抗拒地长时间显现着耶罗泰神父的高大的身影。

耶罗泰神父属于那种非常可爱的人,他们出身于修道院的修道室,却为保加利亚的复兴做了许多工作。他还是涅奥

---

① 帕伊西(1722—1798),保加利亚民族解放运动初期的启蒙者,著名历史学家。

菲特·鲍兹维利①的挚友。如果说他的环境没有帮助他用精神的力量为保加利亚的觉醒效力的话,那么这个环境允许他通过派送几十个少年到各个学校去学习,来推动保加利亚的民族复兴运动。尽管他是个普普通通的修道士,远离了世俗的欲念,然而他的心却为保加利亚而忧伤。他没有家室,没有亲戚,保加利亚就是他的一切,它领受了他的全部热诚和爱慕。他认为自己能对人民有一丁点儿用处,就是幸福;他的布施善行始终是秘密进行的,只有上帝才是他的见证人。他这颗笃信上帝、朴实单纯的心时刻提醒自己,不要因为行了善而骄傲;这颗心害怕尘世上的谄媚的喧嚣,那却是爱虚荣的伪善者贪婪地追求的。他听从救世主的忠告去行善,这只手做,却不让另一只手知道。他交给好些私人一笔笔款子,资助正在求学的少年,所提出唯一的条件就是在任何情况下都不宣布真正布施者的姓名。他对自己度过这漫长一生的办法感到满意,等待着安安静静地死去。

在这桩对他说来是最后一次的光荣壮举之后不久,耶罗泰神父就悄悄地去世了。

人们打开他的箱子,只找到一只装满钱币的布袋,那是留给穷人和供他的丧葬用的。

维肯蒂没有出现在最后这一幕上。他在前面叙述的事情发生后的第二天,就羞愧难容地离开了修道院,到克里苏拉去了。

---

① 鲍兹维利(1785—1848),保加利亚宗教界人士,从事教育事业。

第十三章 重 逢

昨天,科尔乔从米佐大爷家出来,便到拉达那里去领报喜的奖赏。他一路上乐颠颠地连跑带跳,引起了路人的惊奇。

这次,科尔乔决心想使自己沉稳一些。但他那使壮汉都为之惊诧的像豹那样的蹦跳,却会把那个惶恐不安的姑娘吓坏。然而要他控制住自己,又是他力所不能及的。他感到,对自己这种极度的兴奋哪怕只施加顷刻的压抑也会使他窒息。当他快走近拉达的屋门时,他的心在急速地怦怦跳动。为了使自己镇定下来,他勉强唱起了自己那首戏谑的赞歌。

拉达的房门立即开了。

"科尔乔,欢迎,欢迎。"

"拉特卡①,这儿没有外人吧?"科尔乔问。

"和往常一样,只有我自己,科尔乔大哥。"

科尔乔激动得喘不过气来。

"坐下歇一会儿,科尔乔。"拉达以为他是累成这副样子,便要他坐下。

他站在她面前,用两只失明的眼睛直瞪瞪地望着她的双眸。

"拉特卡,该给我报喜的奖赏!"他忽然说。这是他对自己理智的规劝所能做的最大的让步了。

---

① 拉达的爱称。

拉达的心七上八下地忐忑跳动,她感到一定有什么可喜的,甚至是喜得惊人的消息。一定是哪个天使把这个科尔乔带到了这里。

"什么事,科尔乔?"

"拉特卡,高兴吧,痛痛快快地高兴一番吧,听到没有?……为什么人们叫你拉特卡①?"

为了控制自己,科尔乔像孩子似的蹦跳着唱起歌来:

赛拉菲玛修女,
温柔的海露维玛,
美丽的艾诺哈,
是修道院的光华……

拉达没有说话,她猜到了。她只是低声地说:

"科尔乔,不要吓唬我啊!"

"我没有吓唬你,我是告诉你,让你高兴……他……他活着!"

科尔乔没有恪守自己刚才在街上打定的主意——原来他决定要一点儿一点儿地将这可喜的消息告诉拉达。这对一个正常人是比较容易做到的,因为周围的万千事物的印象可以削弱他内心激荡的感情。而对一个处在一片黑暗汪洋中的盲人来说,现在他只觉得自己被一线光明所照耀,被一种欢乐所陶醉。这种感情如果不能尽快地用言语表达出来,就只得用蹦跳和欢呼来表达了。总之是一样——应该毫不拖延地倾吐自己的心曲。

---

① 拉特卡与"高兴"一词源于同一字根。

这时姑娘的心已经预感到科尔乔的话是什么意思。她紧紧地靠在墙上,才不至于激动得晕倒在地。

有些气质脆弱的人,不能忍受巨大的痛苦,也不能经受巨大的欢乐。而拉达却忍受了一切。当她还是如此年轻健壮的时候,极度的紧张使她的心灵变得更加敏感。也许她内心的潜在本能早就是这样的了。此刻她疯狂地叫喊起来:

"他活着!我的上帝,他在哪里?谁告诉你的,科尔乔?活着,他活着鲍依乔!啊,亲爱的,我不会高兴死吧!我现在该做什么呀?"

眼泪帮了她的忙。泪水把使她窒息的沸腾的感情流出了很大一部分。

科尔乔已经平静下来,向她详尽地讲述了在米佐·倍扎岱门口突然遇见鲍依乔以及后来的情形。

"他什么时候来?"

"傍晚,天快黑的时候来。现在他们很忙……"

"啊,天哪,天哪!"拉达把两手紧捏在一起,她不禁破涕而笑了。在这样的时刻,她显得惊人地美丽。

"科尔乔,谢谢你!科尔乔,谢谢你!"她沉浸在欢乐之中说。

科尔乔带着一颗轻松的心走了出来。他这颗温柔而诚挚的心因别人的欢乐而感到幸福。天赋使他失去了一切,却给他留下了这种寻求慰藉的本能……

拉达此刻不知干什么好。怎样才能等到这个亲爱的客人呢?怎样向别人掩饰他的到来呢?向房子里的人说还是不说好呢?到他们那里去吧,她简直会在他们面前发狂,而待着不去呢,她又急不可待。为了消磨这段把她和鲍依乔依然隔开的漫长的时刻,她开始操持起家务,打扫房间,修饰头发和衣着,然后在镜子前面梳妆打扮起来。当她看见自己姿容美丽时,便对着镜子嫣然一笑,伸了伸舌头。然后便像五岁的孩子一般用一只脚在地上奔放地旋转起来,嘴里哼着歌。这些歌的意思她不加注意,也不去听它。她的心思只注意着房门,那儿稍微有一点儿动静,就使她像一只惊弓之鸟一样战栗一下。现在她是如此的幸福啊!

一直到当天傍晚,天快黑下来的时候,奥格涅诺夫方才从修道院动身,来看拉达。她住在利洛薇查奶奶家一间单独的小房间里,这间房子在那长形的、果木荫翳的院子的底端。外面紧挨着房间有一条长凳,拉达白天就在那里的树荫下做活计或看书。

她好像已经盼望了两天,眼睛都累乏了。这漫长而烦闷的时光,充满了焦急的等待、热情的冲动和担惊害怕的情绪,使她觉得比几个世纪还长。她急不可待地溜到了院子里。

夜幕降临了,空中的星星像晶莹的宝石一样闪闪发光。洁净而安宁的空气中传来了邻居院中沁人肺腑的花草的芬芳。一棵枝叶繁茂的刺槐散发出特别浓郁的香气。所有树木的叶簇都带着甜蜜的睡意在窃窃私语,并被温和的夜风抚弄得微微战栗;这没有月色的夜晚的静谧是如此的奇妙与神秘。长凳上方的屋梁上两只燕子被拉达的动作惊醒了,睡眼惺忪地探头向巢外望了望,然后又互相偎依着……似乎有一种爱的气息和某种美妙的不可捉摸的欢乐在四周荡漾着。所有这一切:这蓝色的天空,这宝石般的星星,这空气、树木和那松软巢窝中温存着的燕子,还有花儿和香气,都给拉达的心灵带来了幸福和平静,似乎在向她叙述着安谧、爱情、诗意和连绵不断的甜蜜的亲吻。

拉达渴望与期待着……

当她终于听到奥格涅诺夫敲门的声音时,她感到两腿都发软了。但是她还是赶紧跑过去开门。

这一对情人紧紧地拥抱着,亲了一个热烈而长久的吻。

整个欢喜的心情都在再三再四的接吻和几句断断续续的话里表现出来了。

在最初的一阵激动之后,这两个满心欢喜的情人才慢慢沉静下来。他们的高兴是无法形容的。拉达的脸上闪耀着爱情的光辉,是那样的妩媚动人。而在她的眼里,鲍依乔穿着这套农民服装显得更加英俊,他那男子汉相貌上的聪敏而富于表情的线条也显得更加突出了。

"你怎样了,亲爱的?"他温存地问,"可怜的孩子——你一定受了不少的苦。是我害了你,是我让你做出了牺牲,拉达。可是你却一句话都不责备我,你的心灵永远充满着爱,你那颗温柔的心生来就只是为了哭泣,为了寻求爱怜和娇抚而存在的。原谅我吧,原谅我吧,拉达,亲爱的!"于是奥格涅诺夫紧紧地握着她的手,陶醉于她那双亮晶晶的深邃的大眼睛里了。

"原谅你吗?我不会原谅你的。"她撒着娇假装着气恼地说,"你这些话是什么意思?难道你以为,当我认为你死了的时候,我会不难过吗?你连信都不捎一个来!啊,鲍依乔,鲍依乔,你再不要去死了,为了天主的缘故!我不会放开你的,我要永远跟你在一起——永远护卫着你,就像保卫着眼珠子那样。——我要深深地爱你,我要让你特别快乐。你受了很大的苦,鲍依乔,是不是?啊!我真是疯了!我甚至忘记了问你,这些日子你是怎样熬过来的?你到底受了哪些折磨,这几个月,——啊,在我看来,简直是几个可怕的世纪了。"

"我走了很多的地方,拉达,还经历了许多危险;但是我们有一个天主保佑着,所以我们又见面了。"

"不啊,不啊——你一定要详详细细地把一切都告诉我——我要知道呀。关于你,他们编造了许多可怕的故事和谣言,一个比一个可怕呢。我的天主呀!人们怎么会残忍到捏造出这些事情来啊!你讲给我听吧。鲍依乔!现在你活着,而且是在我身边,所以我可以放心大胆地听你讲一切经过的事情,不管它们是多么可怕,也无妨了。"

于是她恳求似的看着他,显示了说不出的热爱与同情。

鲍依乔不忍拒绝她的要求。她的要求是合理的。况且,他也乐于而且也渴望向一个心爱的人,向一颗能够共鸣的心,讲述一下自己的心境;那些身受灾难和不幸的回忆,在幸福的时刻叙述起来,就具有一种特别动人的美妙。于是鲍依乔便把他自己离开白拉切尔克瓦以后所经历的种种事情讲述了一遍,虽然讲得很简要,但并不像昨晚在委员会上和后来对维肯蒂说的那样枯燥和疏略。她一边听着,心灵的激动就从她那清晰的孩子般稚气的眼睛里映射出来;他从她的双眸中一会儿看到她在害怕,一会儿看到她的同情与哀怜,一会儿又看到她在高兴和得意;她热心地把每一句话都听进去,对每一件事情都感同身受和担着心事,而那非常甜蜜的、使他感到兴奋同时又使他心驰神往的眼光也始终没有一刻离开他。

"啊,鲍依乔!一定有人出卖了你!"当他讲到在阿尔特诺沃村的小客栈里被土耳其人袭击的那个故事的时候,她惊慌得叫起来。

"我不敢说——我不愿意错怪一个保加利亚人。说不定是我自己在那土耳其人的咖啡店里,有什么不小心的举动,露了马脚。"

"以后呢?"她焦急又激动地问。

"我在房间里听到土耳其人的脚步声,立刻就明白他们是来找我的。当下我的眼前变得一片昏黑。我看一点希望都没有,我简直完了。我就拔出手枪,站在门后。我有六颗子弹——五颗送给他们,留一颗给自己用。"

"啊,天啊!天啊!那是什么关头!可我竟一点都不知道——说不定当时我正在这里笑呢。"

"那时候你一定正在为我祷告,拉达,因为天主又哀怜了我,把我救出了一个明摆着的灾难。"

"天主显现了一个奇迹,鲍依乔!"

"是啊,如果你要这样说的话,真可以算是一个奇迹。它使那些土耳其人变瞎了眼。他们不走进我的房间,而走进了院子边的第一个房间里去了。后来我才知道,在我进店前一会儿,来了一个从普罗夫迪夫来的收账员,一个希腊人,他住在我隔壁的那个房间里。这个人的面貌看来和我有点相像,因此就把那个在上一天看见过我的警察弄糊涂了。"

拉达叹了一口气,才轻松下来。

"我听到了他们的说话声,知道他们弄错了人,也知道再过一会儿他们就会来找我的。这时,把我和他们,和死,分隔开的只有一分钟的时间了。我已经记不清当时怎样折断了一根窗棂,跳到底下的路上——实际上,底下并不是路,而是一道结了冰的河。冰被撞破了,我就跌进深到膝盖的冷水里。

当我挣扎着到达干燥的岸上,我听见一阵震耳欲聋的枪声——大约有五六支枪从那窗口对我射击着。他们没有射中,于是我就没命地飞跑。我简直不知道在黑暗里究竟跑了多长时间,跑过了哪些地方。"

"他们在追你呀!"

"是的,我听见他们在背后追了一程,后来就没有声响了。我已经跑进树林里了。天已经漆黑,而且风又刮得凶。我的衣服冰冻得像木板一样硬。我向西走了约莫两个钟头,一路都在矮树林里走,最后走到了奥夫切里村,人差不多已经半死了。那里,好心人把我收留下来,给我烤火,把我暖和过来,只冻伤了一个脚指头,但是感谢天主!……我在那儿住了半个月,可是又怕连累人家(我好像一路在连累别人遭殃),于是我就动身到皮尔多普去,因为穆拉利斯基的兄弟在那里当教师。我在他那里病了三个月,害了一场大病。"

"可怜的鲍依乔!你整个冬天都在山野里挨冻,你真是一个十足的殉道者了。"拉达哀怜地说。

"这个年轻人,穆拉利斯基的兄弟,有一颗比黄金还珍贵的心——他像一个母亲似的照顾我。"

"这是一个多么高尚的保加利亚人!"拉达感激地说。

"是呀,而且还是一个伟大的爱国者;我给他哥哥帮了一次忙,他竟两倍三倍地报答了我。"

"后来怎样了?"

"我病好后,他给了我一些钱和这身新衣服,他含着泪送走了我,我就来这里了。"

"那么没有人认出你来吗?啊,鲍依乔,在这里你得小心些啊!"

鲍依乔本来已经除下了他的便帽和蒙在眼睛上的绷带。现在他就走到镜子前面,又戴上了帽子,把头和脸都化装了一下,回转身来对着她,竟大大地改变了形貌。

"现在你还认得出我吗?"

"你就是戴上一副假面具,我也还认得出你的!看你,是在怎样地瞅着我啊!你这样子真是滑稽啊,鲍依乔!"说着她就愉快地大笑起来。

"因为你爱我,所以你认得出我;但是陌生人怎么会看得出是我呢?"

"啊,仇人的眼睛也是很厉害的。可不能开玩笑!"

"对付这种人,我预备了这个家伙。"奥格涅诺夫说着就撩起了他的外套,露出那插在腰带里的两支手枪的枪柄和一把短刀的刀把。

"凶手!修女罗沃阿玛哈吉说得一点都不错!"拉达笑着说。

"如果我是一个凶手,那么你就是一个极端相反的了——你是一个天使!"

"你不要取笑一个可怜的女孩子。"

他又坐了下来。

"好吧,说下去,你是怎么到这里来的。你所说的穆拉利斯基的兄弟是些什么人?"拉达问,因为她听他已经两次提起这个名字了。

"那就是快腿雅罗斯拉夫的兄弟。"

"什么,就是在这里的那个德国人吗?那照相师吗?"

"是的,拉达,这是一个假名字;他的真名字叫多勃里·穆拉利斯基。他既不是一个德国人,也不是一个照相师。他是在旧扎戈拉暴动后,从那里跑出来的。我把他掩护在这里,叫他顶了这个假名字。他是我的一个老朋友,一个很忠诚的人。如果有必要的时候,你可以放心大胆地去求他。"

拉达吃惊地看着他。

"为什么我要求告外人呢?并没有这个需要啊。你知道,我自己还有点积蓄,有教书时的薪水,可以生活下去的。"

"我是叫你不必把他看作一个外人。"

"可是,你又要到哪里去?"

"我还要走的,拉达。"

"又走?什么时候走?你难道又丢开我吗?"

"就在今天晚上,再过两个钟头。"奥格涅诺夫说着,掏出表来看了一看,重又放进了衣袋里。

拉达的脸色变得煞白了。

"你走得这样快!我还没有来得及好好地看看你!"

"我一定要在天亮以前赶到卡城。我有任务。况且,我不能在白拉切尔克瓦再多待下去,这对我是不够安全的。我没能去感谢马尔科大爷,他这样好心地待你,而且待我不也是这样吗?啊!在我们中间,真有些心地高尚的人,拉达,因此使我就愈加爱我们的保加利亚了。我这样地热爱我的祖国,也因为它养育了像你这样可爱的人物啊。"

"啊,鲍依乔,你为什么要走呢?啊,天主!……不,最好是带了我一道走。你是应该走的——你已经献身给保加利亚了。带我离开这个黑暗的城市吧,你把我去安顿在一个我可以常常看见你的乡村里——不,如果你愿意的话,让我也为人民做一些工作。我也是一个保加利亚人,而你的理想就是我的理想,鲍依乔,如果你为保加利亚而死去,我就跟你同死。

可是千万不要再让我们分开了——留我一个人在这里,为你受尽千般的惊恐,经常不断地听到关于你的坏消息,那是多么地可怕啊!啊,天主!现在我们在一起是多么幸福啊!"于是她把两手搭在他的肩头上。

"拉达,我也看得出来,你在这里的处境是多么艰难。"奥格涅诺夫忧心忡忡地说,"你没有告诉我的那些事情,我也猜想得出来。我的仇人在这里迫害你,是不是?人们的仇恨不会宽恕你,这我是知道的。可怜的拉达啊,你成了偏见和人们卑鄙行为的牺牲品。这里的罗沃阿玛哈吉还不止一个呢,我知道。而你都默默地忍受着,你简直是个英雄,为了我的缘故,忍受了种种的苦难。可怜的天使啊!那个使我全心全意去做的伟大的事业竟不允许我抽一分钟出来想想你的处境。我真是十足的自私自利了——这是我的错处。原谅我吧,我的宝贝!"

"啊,鲍依乔,鲍依乔,如果你再留下我一个人在这里,我仿佛觉得会永远失掉你了!我永远不能再见到你了!"拉达说,她的眼睛里含着泪珠。然后她又轻轻地以祈求似的口气说:"不要把我留在这里吧,鲍依乔;不管你是死是活,我都要和你在一起。我不会妨碍你的,我会帮助你,我什么事情都会给你做的;只要让我常常看得见你。"

"不,你没有什么事情可做。革命所需要的是一个男子汉的力量、残酷和无情,而你却是一个真正的天使。况且,你已经尽了你的责任,你做的那面狮子旗将会号召和鼓舞我们。一个保加利亚的姑娘能够做这件事,那已经够多的了。"

说到这里,他心里忽然转了一个念头,就接着说:

"你听我说,拉达,你愿意不愿意到克里苏拉去,到穆拉利斯基太太那里去做客？现在她住在克里苏拉。这件事情我可以安排的。那边也有种种危险；但是至少可以避开这里一些人的阴谋诡计。"

"你要我到什么地方去，我就到什么地方去，只要我能够看见你。"

"目前我在那地方四周的村子里做宣传工作，所以常常要经过那地方的。下一回我再到白拉切尔克瓦来，就要发动起义了。在那个时候以前，我们可以常相见，拉达；此后呢，那只有天主知道，到底谁能在这一场斗争中保全生命；因为这是一场伟大而残酷的斗争。只要天主保佑我们的事业，只要我们的祖国，这个受尽了千辛万苦的祖国，能够从这一场斗争中站起来，即使是血迹斑斑，然而却终于获得了自由，那么我就是死也高兴。我留在世上的唯一的悲伤就是死要把我和你分开，真的……因为我对你的爱情是无限的，亲爱的，我整个心都完全被你占有了，它是属于你的；但是我的生命却属于保加利亚。我会知道，在这个世界上，至少有一颗心会怜惜我，会在我那个没有人知道的坟墓上洒一番眼泪。"

鲍依乔的脸上掠过了一片乌云。

拉达无比激动地拉着他的手。

"啊，鲍依乔，你不会死的。天主会替保加利亚留下你这样的英雄，那时你会很光荣，鲍依乔。而我呢——啊！那时候我是多么幸福啊！"

鲍依乔不相信似的摇着头。

"好吧，亲爱的。"他说着，又沉吟了一会儿，于是握着她的两手，接着说：

"拉达，无论前途怎样，我都要有一个纯洁平静的良心……我可能会牺牲,真的,我几乎是感觉到了这一点。"

"啊,别说了,鲍依乔!"

"你听着,拉达!我是可能会牺牲的,因为我要去面对死亡;但是,我却希望我能够尽量为你感到放心。你已经把你的命运和我的联系在一起了——唔,我,一个判过刑的人,一个流放犯,你的爱情已经使我万分幸福了,你已经为我牺牲了你的比生命更宝贵的东西——那就是,你的好名誉;为了这件事,你受到了人们的残酷的谴责;而你却为了我的缘故而忘却了一切。如果我死了,我一定要知道,在天主和世人面前,你即使不是一个幸福的人,也至少是一个清白的人。我希望你把我的姓,奥格涅诺夫,加在你的名字上。这个名字没有任何不光彩的地方和污点,拉达。等你到了克里苏拉,我会去请求神父给我们办婚事,我还要设法给你安排将来的生计。我父亲是个有钱人,他爱我,他一定会依从他的独生子的遗愿……本来这件事我想就在这里办好,不过现在不可能;我们自己可以做到另外一点……我没有戒指给你,拉达,不论是金的或是铁的——我身边带着的铁器是给敌人预备的。但是我们实在不需要这种东西;天主在我们头上,这个伟大而公正的保加利亚的天主,被蹂躏的人们的天主,伤心人的天主,灾难深重的人类的天主,他在上面会看见并且听见我们的。"

于是他拉着她的手跪了下来:

"让我们在天主面前立下誓约。他会保佑我们的诚挚的结合。"她也在他身边跪下了。

于是他们的嘴唇里发出了只有天主听见的声音。

第十四章　樱 桃 树

清晨,太阳又灿烂辉煌地照耀着,蓝色的天空散射出喜悦的光芒。

各处的园子都在散发着芳香,沾满了露珠的玫瑰缀着粉红色的花蕾;绿叶茂密的果树,穿着白花制成的盛装,使白拉切尔克瓦的每一个院子里都显出了欢乐的气象;夜莺歌唱着,燕子在空中穿梭来往,不断传来它们悦耳的啾啾声。它们陶醉在空气、阳光和自由之中。自然界的一切都充满了生命与青春。天与地联结起来形成了一幅由晨曦、阳光、色彩、歌曲、芳香、爱情和欢乐所组成的生气勃勃的图画。

在这时候,马尔科·伊凡诺夫站立在城外一条僻静的街尾,正在敲一户人家的大门。

那扇门立刻就由一个下身穿着肥裆裤,上身穿着衬衣,没戴帽子的魁梧的年轻人打开了。

"是不是他们把那株树运到这里来了?"马尔科轻轻地问。

"是的,运来了,马尔科大爷,请进来!"于是那年轻人走在他前面引路,指着一道门说,"他们都在那里,您进去好了。"

这时那道门恰巧开了,马尔科首先看到摆在这间屋子里的就是一截树干。这是一截樱桃树干。

我们的老相识桶匠卡尔乔正高高地站在一堆木材上,

用一把大螺丝钻钻着那直立起来的樱桃树干的上端,而那下端是牢牢地支撑着的。大颗的汗珠从他那疲惫的脸上淌下。

"祝你顺利,卡尔乔,"马尔科微笑着说,一边很感兴趣地看着他的工作,"很有进展,很有进展,瞧这玩意儿。"

"唔,什么事情都只怕功夫深的人呀!"有人插嘴说。

马尔科回头向左边一看,才看见米佐·倍扎岱在墙边蹲着。

"嗷!米佐先生,您好。"马尔科亲热地说着,一面伸手给这位委员会的副主席。

"我们今天有一个会,我路过这里,就决定进来看看我们的卡尔乔干得怎样了。"

"你们在什么地方开会,在野外吗?"马尔科一边坐下来,一边问,眼睛还盯着那树干。

"今天就在绿豁开会。"

所谓绿豁是城北一个光秃山岗的谷地,那是斯塔拉山的第一层高地。在扎曼诺夫带信来的那个重要的夜晚以后,委员会每次开会都得换一个地方。这天就选定在绿豁里。

卡尔乔忙得满脸通红,浑身是汗,他那双有力的大手还在用一个人螺丝钻在树干上挖洞。他时常把那工具抽出来,清除一下木屑,向那窟窿里张望一眼,然后再继续工作。现在这个窟窿已经达到了所要求的标准——那就是,深到离开那树干的粗的一头只有两掌宽的距离了。那地方是要留着做火门用的。卡尔乔仔细地清除了那些木屑,闭着一只眼睛往里窥视了一阵,吹了一口气,于是扬扬得意地对他的客人看着。这两个客人也就站起来往窟窿里看。

"唔,一康塔尔①重的炮弹也放得进去了,"米佐说,"但是我们要用它来放榴霰弹,可以多打死一些邪教徒。你的樱桃树要创造奇迹了。"

马尔科的脸色得意得发着光。因为,老实说,这株樱桃树是从他园子里砍来的。在过去一段时间里,马尔科的思想观念发生了很大的变化。在白拉切尔克瓦掀起的革命热潮不能使他总是那样不闻不问和无动于衷。他开头感到一点兴趣,继而有些惊异,最后就有些震动了。他心里想:如果这种事情真是像人们所说的那样,在全国到处都展开着,那么,整个土耳其帝国不是真会火烧起来吗?连孩子们都在武装起来的时候,难道还不能说土耳其帝国的丧钟已经敲响了吗?谁知道呀?……这个思想压倒了他的顾虑,同时也加强了他对于将来的信心。他为人正派,头脑清楚,一点幻想都没有,他终于被普遍的热潮所吸引,而开始相信了。这种革命的流行病,居然传染了这样一个谨慎而正直的保加利亚人的心灵……

但这种心理过程并不是在一瞬间完成的。坚定的认识,唯有经过一连串活生生的事实的影响,才能获得。最初,当他在去年的秋天,看见土耳其人愈来愈横暴残酷的情形,他就自言自语地说:"这样的生活——难道是生活吗?"

这是他思想上的第一次冲动,是他迈出的第一步。

后来,在本年春季,从卡勃列什科夫出现之后,他看到了那些年轻人的兴奋,他们坚决地准备着那疯狂的,然而却是很崇高伟大的事业,有一天他就对他的老婆说:

"谁知道呢?假如疯子动手去干的话,他们有时倒会成

---

① 康塔尔是土耳其、埃及等地的重量单位。

功的。"

最后,在复活节,当他们在咖啡店里谈起了这种活动的种种困难,以及它可能产生的可怕的后果时,马尔科不痛快地对阿拉弗朗迦说:

"米哈拉基,一个人如果连吹鼓手的费用都要计较的话,他就一辈子都结不成婚了。"

六个月以前他常提到的是"地狱的底层"这句话。

而史塔夫利神父则用别的谚语来附和他:"没有艰辛与困苦,便没有幸福。"

但是,让我们指出,马尔科所赞成的实在只是起义的准备,而不是起义本身。他不像米佐那样热心到一定要发动起义的程度,也不像奥格涅诺夫那样对于这一次斗争的成功抱有盲目而坚定的信心,情愿把一切都放进去孤注一掷。他以为白拉切尔克瓦是应该有所准备的,这样才可以在那些土耳其团丁从斯特列玛河谷地的许多土耳其村庄涌来进行袭击的时候,将他们打退。因为白拉切尔克瓦已经在他们的包围之中,而且他们早已在虎视眈眈。如果保加利亚全境都燃起了革命之火,那自然是另外一件事情了。但是谁能担保它一定会发生呢?无论如何,白拉切尔克瓦是应该有所准备的。

因此他主张要有武装。他说:"以后,时间会教导我们的。"

三天之前,尼科莱·奈德科维奇曾经到他家里,讲起了他想弄几株樱桃树的树干,却无法得到。

"你可以来把我的樱桃树砍掉。"他说。

但是,无论是由于人的自私心抑或是由于做父亲的一种自然的关切,他不许他的儿子们去参加这种事情。他希望他们不被那股他自己没有抵御住的洪流卷进去。他要做一种不可能的事情。"家中有我一个已经够了。"他心里想。他的思想没有完全转变过来,因此就产生了这种种动摇和矛盾。总之,马尔科代表着人民起义队伍里的温和派,这种人物是在任何场合都值得尊敬的,唯独在革命里却不然,因为革命正是要运用暴力和极端来达到它的目的。这种温和派往往起着阻碍革命车轮的作用,但是在当时的具体情况下,也许不一定如此……

卡尔乔开始在那樱桃树上凿火门用的窟窿,使它成为一尊真正的大炮。他用一把很细的钻在树干后端的一个刨光了的树疖上打这个洞。很快就完工了,他对准那里吹了一口气,就有一蓬木屑从炮口里冲出来。

"好了,这样就可以说是做好了!它一定可以把那些土耳其人痛打一顿,我相信。"卡尔乔得意地说。

"做得好,卡尔乔,你将来也会是我们的炮手。现在只等那个铁匠利洛大叔来给它包上铁箍和其他铁活,就成了一门地道的克虏伯大炮了。"米佐说。

"啊,它会发出多么大的吼声啊!"马尔科说。

"我们要把它放在绿豁上面的山顶上,我们可以从那里控制整个山谷。不论他们在什么地方出现,我们都可以毫不容情地轰击他们,那是一个极好的据点。"

外面有了一阵脚步声。

"是我们自己人。"米佐说,他已经盼咐了外面的小伙子,只让自己人进来。

进来的是波波夫,委员会的文书。他向米佐和马尔科问了好。

"你来这儿干什么,甘乔?"那主席问道。

"我正要到绿豁去,走在路上想起了到这里来,看看我们的大炮做得怎样了。"

"正好,正好!今天我们大家一定都要出席这个会,决定一下,到底派什么人到帕纳丘里什特去。他们要我们派一个代表。我赞成派索科洛夫去。"

"他们要一个代表做什么?"马尔科问。

"参加那里的大会。"

"大会吗?什么样的会?"

"唔,那就是要决定什么日子起事的大会啊。"

"他们很可能定在五月一日。"甘乔说。

马尔科吃了一惊,脸色发暗了。

"啊,要晚一点才好。至少要等我们收完了玫瑰花再说。"米佐说。

"怎么,我们也在那时候起事吗?"马尔科问道。

"各地要在同一天发动起义的。"

"你们别干这种蠢事!"

"不管是不是蠢事,非干不可。"米佐干脆地说。

"你难道以为我们准备了这许多时候是闹着玩儿的吗?"甘乔又说。

"打他个落花流水,丢盔卸甲,马尔科大爷!"卡尔乔激愤地说。

"我一向以为我们只是看到别处发生些什么事情,为了保卫自己,抵抗那些民团,而预备武装的。我很怕落得只有我们给人家付吹鼓手的钱。"马尔科说。

"如果白拉切尔克瓦耽搁一刻儿的话,那真是丢脸和不守信誉的事——全国都要在同一天起事——就能把土耳其人解决掉了!"米佐激动地说。

马尔科想了一想。

"你是不是确实知道会这样的呢?"他问。

"怎么不知道?我们不是小孩子。为此我才请你参加委员会——让你亲眼看看那些信,亲耳听听卡勃列什科夫和鲍依乔的话。"

马尔科不信似的摇着头。

"你自己晓得情况,这是一回事情;人家告诉你的,又是另外一回事情。我们应当三思而行。不要使我们变作第二个旧扎戈拉啊。"

米佐忍不住了。

"现在完全不同了,马尔科,别孩子气。我跟你说,这回是全国都要发动的。一切都组织好了,只要告诉我们是哪一个日子就成了。"

"好,如果全国都发动的话,我一定也拿了枪去干。但是,万一不是到处都发动,而只有我们在发动呢?这就是我们要搞清楚的。"

"全国都会起来的!"

"谁知道呢?"

"我说一定会的,马尔科。你要不要我发誓?"

"那不必了。"

"你真是一个地道的怀疑者多马①。"

"我也想和他一样,一定要自己的指头摸着的才相信。

---

① 见《新约·约翰福音》第二十章,又见《路加福音》第二十四章。

我们是在用我们的脑袋打赌啊,朋友!"

"你决心干好了——我们一定会胜利的!"

"为什么?"

"因为土耳其已经快倒了。"

"为什么他们一定会倒呢?"

"因为这是命中注定的,土耳其一定要倒的!"

马尔科知道米佐又要引证马丁·扎德克的预言了。

"我可不信这种新预言。历书上尽管预言着下雨和风暴,可是到了那一天,天气还是挺好的——这些都是胡说。"

"不,不,马尔科,扎德克的预言是另外一回事——连那些有学问的人都相信他的。"米佐热忱地说。

"够了,够了!你老是搬出扎德克——别理这个扎德克吧!"

米佐生起气来。

"如果你不相信扎德克,我还可以给你看一个比扎德克的更深刻和明白的预言呢。"

"是谁的?"

"这是天机。只有圣灵才想得出来。凡人的智慧是不能发现的。"

于是米佐就伸手到怀里乱摸了一阵。

马尔科诧异地看着他。

"哎呀,哎呀——我把笔记本忘在家里了,"米佐很恼恨地说,"不过不要紧,我还记得起来。如果这个东西再不能叫你相信土耳其会倒掉,我就只好让你去自找烦恼了。一个聋子永远不会听到鼓声的。"

于是米佐拿出了他的文具袋,把笔蘸着墨水,又向衣袋里摸索了一阵。

"你身边有没有一张白纸?"

"没有。"马尔科也搜摸了一番他自己的怀里,回答说。

"不妨,我就写在这上面吧。"

于是米佐伛身在那大炮上,就在炮身的光滑的平面上写起字来。

马尔科惊奇地看着他。

一会儿就写出了几行字来——那是一些教会斯拉夫字母①和阿拉伯数字,整齐地排列成下面的次序:

T(=300) y(=400) P(=100) Ц(=900) I(=10) A(=1)
  K(=20) E(=5)

П(=80) A(=1) Д(=4) H(=50) E(=5)

这些字母连缀起来就成为这样一句:ТУРЦИА КЕ ЛАДНЕ(土耳其将亡),而这些等值数字加起来恰巧是它的命定要灭亡的年份:一八七六。

是谁编排了这个奇妙的组合,是谁发现了这个巧合的呢?谁的智慧在黑暗中捕捉到这只萤火虫,把这个不可思议的机缘,阐释出来的呢?谁都不知道。新派的人以为这不过是一种偶然的巧合——而老年人却认为是一种天意的启示。

理智所不能了解的事,偏见却这样给了一个解释。

米佐·倍扎岱解释了这个隐语的双重意义,马尔科又亲自验算了一遍。

他惊异得一句话都说不出来。

～～～～～～～

① 斯拉夫文字古时最初用于教士抄写及译述宗教书籍,故称教会斯拉夫文字。

米佐喜不自胜地在那里看着。一种骄矜自满的神色从他那乌黑的炯炯发光的眼睛里闪了出来,他对马尔科的惊异所抛来的嘲讽似的微笑,仿佛在怜悯马尔科的疑虑,同时也在表示他的得意、幸运和喜悦。他的目光、他的微笑仿佛在对马尔科说:"好,现在,你说吧,听听你的意见吧!马丁·扎德克的预言不好——那么这个呢,嗯?现在你总明白倍扎岱是什么人了吧?"

当这两位头面人物在辩论的时候,他们没有注意到已经有好几个委员会的成员悄悄地走了进来。他们也都是顺路走进来,看看这个白拉切尔克瓦的兑房伯兵工厂的。不久,又有一些人也同样偶然地来了,因此,除了贝兹·波代夫之外,所有的委员会成员都在这里了。

"今天我什么地方都找不到那浪子,"伊利亚·斯特兰焦夫报告说,"他一定在哪个酒店里喝醉了。"

"啊,这样无节制地喝酒多糟糕。"迪姆乔神父从他那随身带在衣袋里的小酒瓶里喝了一口说。

委员会的成员都对这座大炮的壮观欣赏不已。它像一个巨大的怪兽横陈在他们面前,既无头,又无脚,背上生着一只眼睛,尾巴上长着一个可怕地裂开的嘴,正待喷出火和熔岩来。它那略带黄色的光滑的肚皮上,显着米佐大爷所写下的那些神秘的文字——奥斯曼帝国可怕的"弥尼,提客勒,乌法珥新"①。

土耳其将亡——一八七六。

---

① 据《旧约·但以理书》第五章载,迦勒底王伯沙撒被杀和国家覆亡前,在墙上显现了这三个词,哲人但以理解释出这预言,很快就应验了。后世将这三个词用作"灭亡"之意。

"小伙子们,"副主席说,"我们今天不是约定了到绿豁去开会吗?"

"是的,是的。我们去吧!"

"但是我们都在这里了。为什么不就在这里开会呢?如果你们问我,我是赞成这里的,尤其是因为有这个熊在我们面前。"他指着那大炮说。

副主席的这个好主意获得了一致的赞成。

"那么,大伙就坐下来吧!"

"但是你坐在什么地方呢?"

"这就是我的宝座了。"米佐说着就爬上了那大炮的脊背。

于是会议就开始了。

第十五章 马尔科的新祈祷

马尔科从卡尔乔的工场里出来,一路深思着;因为他在那里的一切所见所闻都使他产生了深刻的印象。

"谁知道呢? ……"当他走过一直延伸到这里的那些菜园的时候,他自言自语地说。

他沿着白拉切尔克瓦城东的河流走着,那条河是从巴尔干山上经过崎岖的山坡奔腾跳跃着流下来的。他在那儿看了一眼他自己的菜园子和园子里已经砍掉的那棵樱桃树所留下的树墩。他对这景象微笑了一下,然后又往回走,从那些园子和草地里穿过,走上那条直通到卡城去的主要大街进城。当他走过那些吉卜赛人在城边一片空场上搭起的那些帐篷时,他看见在尘土飞扬中,有一大队人正在起劲地跳霍罗舞①。显然是附近有个穷人在结婚,这里所有的邻里街坊似乎都参加了这场喜事,因为那霍罗舞队非常之长。

"世界就是这个样子!"他心下想,"那边,他们在预备好了大炮;而这边呢,他们在结婚,一点都没有想到明天。"

但他立刻就发现了,即使在此地,革命的气息也未始没有:原来那舞队是由贝兹·波代夫带领的。这个贝兹·波代夫虽然稍微有点跛腿,却是一个出色的舞蹈家。他正在一边舞蹈一边挥动着一块白手帕,他跳得狂放而独出心裁——使那跟在他后面的长长的队伍旋绕成各种极其古怪的曲线和图形:一会儿,这个舞队变成一个整整齐齐的半圆形;再一会儿,它就像一条卧蛇似的环绕着他了,随即它又伸展开来成为一条直线或表现出各种幻异的形式了。每当他变换一个新的步法,翩然向前舞动的时候,他那宽大的裤筒就忽闪忽闪地飘荡着。

马尔科慢慢地走近这个正在跳得兴高采烈的舞队,于是看清楚了贝兹·波代夫已经喝得醉醺醺的了,他领导着那变化自如的整个舞队,并且那样趋前跃后起劲地舞蹈着,使人家以为他是在带头进攻 个要塞呢。他的热心一直传到排在队尾的那些五六岁的孩子们。他示意那些乐师停止奏乐,接着这些跳舞的男男女女自己和着舞步唱起歌来。舞队随着歌声而宛转盘旋,马尔科听到他们唱这样一首歌:

亲爱的卡琳娜,你期待着

---

① 保加利亚民间舞蹈。

科留哥哥今天到来吗?

科留哥哥今天会来

送一串礼物给你吗?

给你的雪白的颈项送一串项链,

给你的纤腰送一条腰带,

给你的金发送一块头巾,

给你的小脚送一双拖鞋。

于是那舞队更加狂热地继续飞舞下去。

马尔科立停在一家锻铁铺的屋檐下休息,同时欣赏着这欢快的景象。

很快,贝兹·波代夫看见他了,就立刻离开了舞队向他这边跑过来,但依然挥着他的手帕,按着音乐的节奏在跳着。他那白白的、瘦长而颧骨突出的脸上,长着红红的胡髭和闪映着蓝色的眼睛,这时显出了一种由酩酊大醉所产生的狂欢和粗野的兴奋。而他之所以如此贪杯,是由于他心灵上有着一种激烈的,使他难以支持的惊恐不安的情绪。

"乌拉!马尔科大爷!为你欢呼,为保加利亚欢呼!还有它的一切光荣的子民!给斟一杯酒,马尔科大爷!谢谢!乌拉!为斟酒的人欢呼,对不起,马尔科大爷,我已经醉透了——真是——不过我的头脑还是清楚的,是我喝酒,而不是酒喝我。是的,我是一个多愁善感的保加利亚人。因为人民在受苦难——所以我要说:'我们已经做够了奴隶,喝够了酒!我们与其这样屈辱地活下去,还不如死了的好。'他们也许会说:'你醉得像一个俄罗斯的傻瓜了。'谁要是这样说,他就是一个叛徒。我是在为保加利亚,这个土耳其的可怜的奴隶,而心痛啊!我们所要的是我们的权利,做人的权利!我们不要财富,我们不要妻子。但是你也许要说,人们在这样的时刻不是还在结婚吗?好吧,我来回答你:这就是人民……如果明天发下命令来:前进,把你的房子烧掉,都到巴尔干山里去!……一个怕鸟的人是决不肯种粟子的,你只懂得一个字……一切像你这样的爱国者万岁!我要吻他们的手和脚!至于像尤尔丹财主这种人——我简直要用燧石把他的皮剥下来。还有斯特弗乔夫呢?这只狗我们就别去提它了,它的日子长不了,怎么的,我简直醉得像一个——像一个……这是对人民的热爱,才使我喝醉酒的。时候近了。假如我今天还活着,明天,说不定我就变成了鬼,化为乌有,变作影子。一句话,世界就像蠢驴一般。谁要是为祖国而死,他就将永远地活着。乌拉!保加利亚万岁!而我是什么?我是一个怕清水的驴子……"

贝兹·波代夫忽然住了口,因为他看见有一个土耳其人骑着马走过,这是近来很少见的事。他就指着那土耳其人唱起来:

> 战斗已经开始,
> 我们的心在激烈跳动,
> 我们的敌人已近在咫尺。
> 忠实而团结的队伍啊,勇敢向前,
> 我们再不是顺从的奴隶!

"前进呀,前进呀!"贝兹·波代夫喊着,仿佛他正在指挥着一个看不见的队伍,向那土耳其人冲去。

那土耳其人回转头来看见贝兹·波代夫向他走来,就停住了。贝兹·波代夫跑了二十来步远,就赶到他面前,对他嚷道：

"土耳其佬，你到哪儿去？你怎么敢玷污这块神圣的土地。这块土地是保加利亚的——你的国家在亚细亚的荒野里。马上给我回到那儿去，捣乱去吧！下来，你这个畜生，给这块神圣的土地亲个嘴。你要是敢说个不字，就让魔鬼捉去你们的苏丹，和他的男奴，还有他的嫔妃！……"

那土耳其人听不懂贝兹·波代夫在说些什么，但是看出他已经喝得大醉了；于是他有些慌乱了，他立刻把马一夹，动身就走，但是贝兹·波代夫向前追上了他，拉住了缰绳不放。

"你要什么呀，财主？"那土耳其人着慌地问。

"下来，否则我要喝你的血了。"贝兹·波代夫凶狠地吆喝着，一边拔出了他那柄亮晃晃的刀子。

那土耳其人腰带里也有武器，但是他竟忘记了，因此就战战兢兢老老实实地下了马。

"你要什么，财主？"他又问了一句，他被对方的那种凶暴的神色吓坏了。

"你到哪儿去，土耳其人？"

"到卡城去。"

"什么时候到麦加去？"

那土耳其人完全失去了神智——他的声音仿佛停滞在胸口似的——好容易嗫嚅地说：

"财主，放我走吧。"

"来，我们一起到麦加去，"贝兹·波代夫喧闹着，"等一等，让我骑在你背脊上——你们已经在保加利亚人背脊上骑了一千年了。"于是贝兹·波代夫敏捷地跳上了他的背脊，两只手紧紧地勾住了他的颈项——"走吧，到麦加去！"他喊着。

于是,在聚拢来的众人的面前,在阵阵喊叫和哄笑声中间,那土耳其人只得背驮着贝兹·波代夫向前走动。

那匹马悲哀地跟在它的主人后面。

"谁知道呢?谁知道呢?"马尔科一面走回家去,一面喃喃地说——他还没有从刚才所看见的事情的震惊中平静下来。他已经活了五十岁了,很记得当年保加利亚人是不准穿戴绿色衣着的,而且每碰到一个土耳其人,保加利亚人必须立刻下马致敬。他也曾亲自看到、经历和忍受过那么多顺民的屈辱,而现在他竟不相信他的眼睛了。他现在所看见的是,在大庭广众面前,在上千个看客面前,居然是一个土耳其人服从于一个跛脚的保加利亚醉汉的命令,而跨下马来了。这个土耳其人竟会忘记了他的武器和他的土耳其人的派头,而乖乖地让贝兹·波代夫把他当作一头牲口,在众人之前让一个浪子骑在背脊上。这一切事情都是那么简单,那么突然——那么可怕的突然!然而这决不是偶然的事情,也决不仅仅是一个醉汉的恶作剧——说不定在昨天还是不可能的,而今天却可能了,而且每个人都笑着,都在拍手喝彩,仿佛这是世界上最自然的事情……这是什么时代?为什么今天这个顺民会变得这样大胆,而统治者会变得这样听话呢?难道是这个帝国的丧钟真已敲响了吗?倍扎岱和那些年轻人果真是正确的吗?

"谁知道呢?谁知道呢?"

在沉思中他不知不觉几乎撞上了那些刚散学出来的小孩子。他们都是麦代文基夫的学生,排成很长的双行队伍。他们步伐整齐地行进着,像兵士们一样,听着那走在旁边的班长的指挥,而他们的将军则走在前头。马尔科的小儿子阿森擎了一根棒,上面系着一块红色的手帕——这就是他们的旗帜。

马尔科吃惊地站着。

"他们全都发疯了,从老头儿起,一直到吃奶的孩子!"他心里想,"都动起来了!"

他拉着阿森的耳朵,微笑了一笑,问他:

"你擎着的是什么东西呀,你这个小傻瓜?"

他怀着宽慰的心情想起,他的几个大儿子还没有受到影响,他也没有在他们身上看出那蔓延到各处的——连他自己也包括在内——革命精神的传染。

"至少不要让他们牵连进去。他们可别像我这样搅进这锅粥里去。我这辈子就这么回事了,他们可应该活下去……"

但是一个痛苦的思想又向他袭来,他气恼地说:

"怎么,这些小流氓的血管里难道没有热血吗?难道我把他们养大就为了做商人的吗?……可是不——不啊——让他们不要牵连进去吧,一家一个已经足够了。"

这时太阳刚巧到了中天。

马尔科很不舒服很烦恼地回了家,他走进他的房间,先把挂在墙上装在枪套里的手枪察看了一番,然后把那隐藏在门背后的一个大壁橱打开了,想把新的燧石放进两管老旧的手枪里去,这还是他的祖父传下来的东西,一直当作废物似的丢在那个壁橱里的。这个壁橱非常暗,可以把它当作藏匿东西的密室用。他想摸到这两管手枪,可是没有摸到。于是他只好点起一支蜡烛来照看。当他把蜡烛台端进壁橱里之后,他简直大吃一惊。因为他看到的不是两支老旧的手枪,而是满满一壁橱的步枪和各式手枪。这简直是一个完备的军火库！同时，这个武器库又像是一个衣橱：在一个角上，挂着许多背包，粗革鞋，毛巾裹腿，镶边绲穗式样奇特的法国式制服，还有许多别的离奇古怪、形状可疑的东西。

他就叫老祖母伊凡妮查，她立刻就来了。

"妈妈，谁开过这个壁橱了？谁把这些乱七八糟的东西放在这里的？"

老祖母吃惊地看着他。

"谁开过？你以为是我吗？还不是他们！瓦西尔，迪米特尔，基罗，他们整天进进出出，在这里翻箱倒柜，把蜘蛛网都扫光了。谁知道他们在那黑暗的角落里找些什么啊？"

马尔科立刻就烦恼起来。

"这些小毛贼也见鬼了。"他抓着头皮说。

他举着蜡烛在那壁橱前又站了一会儿，看了看，然后，脸上显出无法描摹的神气，喃喃地说：

"疯了——疯了！天主保佑他们！"

于是他把那橱门关上了。

他一直走到神龛前，在救世主的圣像前深深地躬下身来。他在念着一些他那本经书里根本找不到的祈祷词……他是在为保加利亚祈祷！

第十六章　一个民族的疯狂

真的，到了春天，革命运动就跨着大步发展起来了。革命运动的主要地区,整个色雷斯①西部,这年春天简直像一座火山,那沉闷的隆隆声宣示着快要到来的大爆发。川流不息的使徒和宣传员跋涉往来于山林原野里,组织着斗争。他们到处受到同样的欢迎——每一个人的臂膀向他们伸开着,每一个人的心都铭记着他们的话——全国人民都如饥似渴地要听他们的那些关于自由的激昂的演讲,而且大家都急着为自由而背负十字架到新的各各他②去。历史上那些形成一个长长行列的先驱者已经为保加利亚开拓了精神的园地,而且在那里播下了觉醒的种子。这光荣的行列,始于帕伊西,一个修道士,而终于列夫斯基,一个辅祭——这两个人后来都成为圣徒了——他们都播种和灌溉了这块土地;帕伊西曾经从阿索斯山的顶峰为它祝福,而列夫斯基则从绞刑架上为它祝福。

二十年前,拉科夫斯基到一个村子里去只不过隐约地宣传了起义——因为村民的震怒,他不得不化装为女人才从村民的绳索下逃脱了生命。而现在呢,当人民听说有一个使徒要来了,他们不是派缉捕队去抓他,而是派代表去欢迎他。他们倾听他的演讲,他们把那些鼓舞生命的话一句一句地吞下去,简直像干焦的喉咙遇到了清凉的饮料。只要向他们说一声:"准备好,我们必须不怕牺牲!"立刻教堂就会献出它的神父,学校会献出教师,田地会献出耕者,母亲会献出她的儿子。这个思想以不可抗拒的力量在到处渗透,它席卷了所有的地方:巴尔干山和原野,穷苦人的茅棚和僧侣的修道室。即使那些财主们,他们是与一切民族发展的利益对立的一个名声很

---

① 即今保加利亚南部。
② 意为骷髅地,基督被钉上十字架之处,后借喻为"殉国之地"。

坏的阶级,即使这些人,对于这种在周围每个人的头脑里燃烧着的思想,也抵挡不住了。不错,他们参加爱国运动的人数比较少,但是他们也没有妨碍爱国运动,因为他们没有出卖它。出卖同志等种种卑鄙的事情后来多起来了,几乎比比皆是,人皆为之,但都是在这次革命惨败以后,那是在这种情况之下常有的事。有些人不顾历史的真实性,而以偏颇的态度,想使人认为这种普遍的爱国热忱,仅仅为脚穿粗革鞋的阶层所有,这是徒然的。革命精神,正如那个发火的撒拉弗①一样,把它的翅膀同时伸展到农民和大学生身上;黑皮帽和红毡帽②,教士的便帽和绅士的高帽,同样都受到影响的。正如在保加利亚所有的进步斗争中,科学和十字架,也就是宗教,是站在第一线的,保加利亚新的殉难烈士名录清楚地说明了这一点。诚然,无论过去和现在,斗争的主要成员总是来自人民大众的,但是人民大众力所能及的则只是贡献出众多的数量,而赋予它以思想和灵魂的则是知识阶层。

革命的热情一天一天地高涨起来,任何事物都受到了影响。它每天都在发展到更广大的幅度,获得新的力量。准备工作也以不懈的热情进行着,年轻人和老人表现得同样地起劲。农民不去耕田,而赶着做枪弹。市民都不去经心他们的商业了。各地的委员会和帕纳丘里什特的中央委员会里,昼夜不停地来往着秘密信件。年轻人整天在百夫长与什长的指挥之下练习枪法;女人们都在缝毛巾裹腿,编织绒绳和做弹药;老太太们则忙着和面和烤面包干;皮鞋匠专做些背包、子

---

① 据《旧约·以赛亚书》第六章载,发火的撒拉弗以火为人涤罪。
② 黑皮帽是土耳其式的羊皮帽子,农民所戴;红毡帽也是土耳其式的帽子,用红毡做的,上面缀一个黑穗子,市民及知识分子所戴。

弹带、军靴和诸如此类的起义用品，甚至那些村长、税吏、市长和其他官吏也都热心地参加这些准备工作。每一个村庄里，武器、子弹和火药的储藏一天一天地多起来了——火药是土耳其人自己供给的；挖空了树身、刨平了两头、箍上了铁圈的樱桃树做成了大炮，建立了炮兵队，用银丝绣上怒吼着的狮子的锦旗，奇异的革命流亡者的制服，教士穿的闪亮的祭服和十字架，还有教会的幡旗，都是这一场即将到来的斗争的装饰品。即使在儿童的游戏中，也可以感觉到这种普遍的疯狂的影响：孩子们把木块、皮球、风筝、陀螺都丢掉了，现在他们自己制作假枪和木刀，在街上玩模拟士兵的军事演习的游戏了。惊奇的老人都说这是一个天主的感应。事实上，除了"土耳其将亡——一八七六"这个奇妙的启示在到处传播着，困扰着那些最怀疑的人的思想之外，那种预示着可怕的风暴即将来临的上天的先兆是不存在的；相反，这一年，春天来得非常早，整个色雷斯都像伊甸园了。玫瑰园里，那些花开得空前地繁茂和艳丽，农田也预卜着神奇的丰收。可是，唉！它们却无人收割了。

　　人民在悄悄地成长，
　　几天如同几个世纪。

　　至于土耳其政府面对着这样公开的肆无忌惮的宣传，这样喧闹地进行武装和准备在保加利亚发动起义，竟至装聋作哑，这是什么缘故呢？这个问题的唯一的解答，就是他们的盲目和看轻了这些顺民的力量的成长壮大。"他们不过是一些野兔子在闹着玩罢了。"那些心满意足的官员说。"他们不过是些欢呼的群众罢了……"那些倨傲的统治者轻蔑地嘲笑着说。有些字眼是一个时代的标记。"欢呼的群众"这个名词，表现了保加利亚人经过了三十年的斗争而终于获得了教会的自治权及从这一场胜利斗争中所发生的民族意识的觉醒。但是这些在一八七〇年为欢庆保加利亚东正教会的建立而畅饮的群众，到了一八七六年都变作革命分子，而忙着准备枪弹与大炮，以欢迎保加利亚的自由了。

但那些土耳其人却看不清楚这种改变：他们不能跟着时代前进，又看不出人民思想的进步。不过即使他们看到了，现在也已经太迟了——因为他们的牢狱不够大，而他们的镣铐也太短了，不足以控制这个巨大的思想，这个看不见的能排山倒海的"马尔科王子"①了。

后世的人一定会感到惊异——我在叙述些什么？就是我们这些熟悉历史上一切先例的人，对着这些人民的精神上的痴狂和崇高的热情，也会感到非常吃惊的。他们准备和一个军事力量依然很强悍的大帝国去斗争——他们仅仅凭借那些使人发笑的无力而落后的手段去从事准备，期望以此能推翻这个帝国，并想在它的心脏地区，即马尔科·伊凡诺夫在不久以前说过的那个"地狱的底层"，与它分庭抗礼。他们除了自己的热忱和幻象以外，不去寻找任何可靠的盟友；他们的热忱，只不过是点之即燃、瞬息即灭的干草；而那幻象则不过是旋即化为乌有的魅影而已。历史上也很少这种近于疯狂的民族自信的例子。保加利亚的民族精神从来没有发扬到这样的高度，而且以后也未必再会高涨到如此程度了。

～～～～～
① 保加利亚和南部斯拉夫民族传说中的英雄人物。相传他是一个能飞马跨山的巨人，本为反抗恶势力、为民除害的君王，后演绎为人民反抗外敌的力量的化身。

我们特别注意这一次斗争的序曲,因为只有这个序曲是动人的,而且它可以作为一个标尺,用来衡量播植于肥沃土壤上的那个伟大理想所产生的力量。至于随着这个序曲而来的斗争本身,那就和它的名字不相称了。

所以,著者也不打算描写这一场斗争。只是由于本书故事发展的需要,我们和这一场斗争中的一个插曲不期而遇,这就是我们在下面所叙述的情节。从这个插曲里,我们可以看到这一场革命运动——最光辉的希望——的惨痛的失败。

第十七章 一个耳光

在我们跟着马尔科·伊凡诺夫从卡尔乔的大炮工场走到他们家的军火库的那天早上,甘科咖啡店里正烟雾腾腾,一阵欢快的哗笑声回响在空中。

这是伊凡乔·约塔引起的。弗朗戈夫正在读奥地利对东方政策的喉舌《权利》报,读到"Drang nach Osten"①这几个字时就结结巴巴起来。伊凡乔·约塔马上解释说,这就是"咱们亲爱的赶牛杖"的意思。于是引起了哄堂大笑。

只有坎多夫一直默默地待在墙角落里,也不笑,似乎没有看到也没有听见周围发生的事情。他的心思大概萦绕在别的地方。他那苍白消瘦的、沉思的脸上流露出异常悲痛的表情,好像有一种难以表达的苦闷。这同周围人们的无忧无虑、笑

---

① 德语:进击东方。与保加利亚语"咱们亲爱的赶牛杖"的发音近似。

逐颜开的表情形成了鲜明的对照。

笑声沉寂下去了,因为这时教堂里的弥撒刚散场。咖啡店里的人隔着玻璃窗往外望,傻瞪着街上走过的那些穿着节日服装的男男女女。

拉达走在最后面的一批人中间。她穿着朴素的黑色衣裙。内心的幸福使她双颊红得像两朵绽开的牡丹。她吸引了许多人的视线,其中有不少是不怀敬意的,甚至还有轻夷的目光,因为这些日子盛传着一种对拉达极不愉快的流言。罗沃阿玛哈吉散布说,拉达在夜深人静时接待过许多化了装的情人。她还赌咒发誓说这是她亲眼看见的。

其实是有人偶然碰上了奥格涅诺夫从拉达那里出来,却没有认出他来。消息传到修女的耳中,她就千方百计要把它从女修道院里散布出去。流言蜚语从女修道院传到了城里。爱搬弄是非的人如饥似渴地听了进去,于是拉达的名字就在喋喋不休的人们和鲍依乔的敌人的谈话里流传开了,他们在她身上发泄对鲍依乔的报复心理。

只有拉达什么也不知道。她正沉浸在幸福之中,她不会从邻居的目光或者从别人狡狯的嘲讽中猜出那些把她当作牺牲品的无情的诽谤。坎多夫却是异常地愤慨了。

在拉达给过咖啡店前面的时候,斯特弗乔夫俯下身去,带着恶意的奸笑向麦代文基夫悄悄地说了些什么。那个教堂唱诗班领唱人转过身,看了看刚走过去的姑娘,狡黠地眨了眨眼。悄悄的耳语便传开了,引起了许多人的不怀好意的冷嘲热讽。扬扬得意的斯特弗乔夫还不以此为满足,他诙谐地念起了造反歌曲里的名句:

人民的爱啊,你到底对谁忠贞不渝?

接着就下流地咳嗽起来。

大多数人都明白他指的是什么人,他们会意地互相交换眼色。

斯特弗乔夫故意把谈话引到这个题目上来。于是讥笑、戏谑和尖刻的恶毒中伤都对着这个不幸的姑娘袭来。一直在耐心听着的坎多夫再也憋不住了。

"这些讥讽的话是说谁的?难道是说拉达·戈斯波日娜的吗?"他问斯特弗乔夫。

咖啡店里鸦雀无声。

"你问这个干什么?就算是说拉达·戈斯波日娜,你又怎么样?"斯特弗乔夫毫不客气地回答道。

"如果你说的是她,那我可以告诉你,你是个造谣生事的下流坯!"大学生气呼呼地喊了起来。

"是我下流还是你下流——这可以让大伙来评评。要说我造拉达·戈斯波日娜的谣——那可对不起。你去问问,连狗都知道这事……我奉劝你,还是别瞎费劲儿去为一个不要脸的姑娘辩护吧……别当这种可笑的骑士了!"

坎多夫勃然大怒。他走到咖啡店中间,脸色苍白,浑身颤抖地说:

"你凭什么粗暴地攻击一个无依无靠的姑娘。把你的话收回去!"

"那你得给我证明,你的姑娘一个星期以前没有秘密接待过客人,一个大姑娘……"

斯特弗乔夫没有来得及把话说完。

"这个秘密的客人就是她的未婚夫鲍依乔·奥格涅诺夫。你这卑鄙的家伙!"坎多夫大声吼叫起来,同时使劲地揪了他一个耳光。

清脆的巴掌声在咖啡店里回响。斯特弗乔夫被打得晕头转向,踉跄几步,接着就一下子猛扑到大学生身上,大学生举起了手杖。在场的人把他们两人挡开了。咖啡店里一片嘈杂声。街上好奇的人们簇拥在玻璃窗前观看。

斯特弗乔夫的半边脸被揍得通红,气得发了疯似的窜出咖啡店,直朝衙门奔去。他决心利用这个机会向坎多夫和拉达进行报复。他要让知事传讯这两个人,叫他们供出奥格涅诺夫,然后下令把大学生撵走,那姑娘就会把脸丢尽的;要知道今天这场争吵正是因她引起的。

可是他在街上遇到了家里的女仆,她告诉他说,给病重的拉尔卡请来的医生已从普罗夫迪夫来到了,于是斯特弗乔夫只好转身回家去。

第十八章　坎多夫

坎多夫所说的那句话使在场的人感到震惊。最吃惊的要算斯特弗乔夫了。这些话像晴天霹雳一般。可是头脑发热的大学生的感情冲动对他并没有什么不好的后果。

事情发生时,一些机灵的人就想到坎多夫的爆发还有比他性格上的骑士风度更深一层的原因。一个人如果没有别的更加隐秘的动机的话,一般不会为与己无关的外人陷入这样不可遏制的愤慨,以致引起偏激的行为。从这件事和经常在事后被细心的旁观者觉察到的一些别的迹象来看,坎多夫自己对拉达·戈斯波日娜并不是毫不动心的。

人们没有猜错。坎多夫确实是爱上了拉达。这是怎么发生的呢？事情很简单。

这个年轻的大学生是属于那种热情澎湃的人,他们总感到只有崇拜一种理想,生活才有意义。这种人只有沉醉在强烈而疯狂的热情之中,才能自由地呼吸……

年轻而热情的理想主义者坎多夫来到保加利亚时,已被偏激的理论和原则弄得神魂颠倒了。他向往忠诚献身的精神,鄙视庸俗腐朽的生灵。但在同生活的初次遭遇中,他就对自己过去深信不疑的教义发生了动摇。他看到这里对它完全是陌生的土壤,他再也不能继续膜拜那破碎了的偶像。于是他要在保加利亚寻找新的、现成的偶像。

但是在他看到保加利亚之前,他的心却被另一个神祇占据了——他遇见了拉达。

这发生在去年奥格涅诺夫离开白拉切尔克瓦不久之后。这种感情开始是淡淡的,接着在他心中迅速长大、膨胀起来。它完全控制了他,变成了一种热恋。坎多夫渐渐脱离了周围的人,不关心他们的利益,避开了喧闹的场合,堕入了梦幻般的冷漠之中。只有见到拉达时他的情绪才活跃起来。这种情况一直继续到今年春天。有一天他终于惊醒过来,恍然大悟,生起自己的气来。他认为这种恋情是卑鄙的——对他的朋友奥格涅诺夫是卑鄙的。而对他决心献身的保加利亚来说,这却是犯罪的了。

他对自己害怕起来,想随着时光的流逝赶快把这种恶魔般的感情扼杀,把它从心中消灭掉。他想,只有用另一种更强烈、更有魅力的感情才能把自己拯救出来,使自己获得新生。

他决心全力投入正在准备的斗争中去,投入茫然不可知的危险的境地中去,沉浸到斗争的汹涌的波涛中去,让疯狂兴奋的情绪和革命的沸腾生活的炽烈气氛占领和陶醉自己……他想用撒旦来赶走魔鬼。于是我们看见他突然去找索科洛夫要求加入委员会,还建议刺杀斯特弗乔夫。

正是处决奸贼——行刺这么一件新鲜的工作,一件伴随着可怕的紧张,但在当时情况下却是高尚的工作,对他具有最大的吸引力。他渴望着这次处决的行动,因为他把它看成一个熔炉,想通过它使灵魂变得朝气蓬勃、焕然一新;在刺杀奸贼的同时,他也将杀死心中另一个可怕的敌人——拉达的迷人的形象。

是的,首先要行刺,要经过鲜血和革命的洗礼……这是拯救自己的可怕而有决定性意义的一步。

起初,在他惊惶不安的心中刚刚产生这种想法,还没有向委员会提出的时候,他一连几夜都反复玩味着它,陶醉在其中,他热心地爱抚它,像母亲对疼爱的孩子那样……他在漫长的失眠之夜梦想着,策划着刺杀斯特弗乔夫的方案,整个人沉浸在热烈的思绪里,整个精神世界都被占据了,不容别的感情和欲望冒出头来。这时坎多夫想起了拉斯柯尼科夫,这个陀思妥耶夫斯基笔下的英雄也是为了人类的幸福去策谋杀害放高利贷的女人的。[①] 那个人物是多么可爱,多么动人心弦,而他们两个人的处境又是多么相仿啊!这种偶合使坎多夫精神振奋,怡然神往,惊叹不已……拉斯柯尼科夫像一个光芒四射的鼓舞人心的典范,像理想中的人物那样高耸在他心中。

---

① 见俄国作家陀思妥耶夫斯基(1821—1881)的《罪与罚》。

他甚至还想采用拉斯柯尼科夫杀害老妪的办法,在长大衣里面腋下缝上绳子的两端,把斧头的一端插在绳套里,这样便不会有人知道他携带杀人的武器了。

幸而或者不幸的是这次行动延期了,以致坎多夫的计划像硬纸板搭成的塔那样坍塌下来,他陷入了绝望的境地。可是革命像一只不可捉摸的野兽那样竖起了全身鬃毛,喷射着烈焰,站在他的面前,这稍稍抚慰了他的不幸。然而他内心的斗争仍然继续着,不断发展着。尽管他把全部热情都献给了革命事业,但他对拉达的眷恋之情却一刻也没有放过他。她总是碍手碍脚地闪现在祖国形象的后面,出现在他内心的更深处,带着自信的神气,用怜悯的眼光望着这个偶然闯进她家的匆匆过客。

但愿他的心灵能滋养和包容这两种恋情:一种是由理智和意志强加在他身上的,一种是出自本能的。但愿他的心灵能使它们默契,平衡,互相抵消!他感到惊奇的是,奥格涅诺夫怎么能以同等的热情爱恋着保加利亚和拉达,一个人怎么能分成两半却仍然精神饱满,精力充沛,怎么能觉得平静甚至感到幸福?在两种伟大的感情的重负下,这个博大而丰富的天性却能这样自由自在地呼吸,这究竟是怎么一回事啊!大概是这两种感情相互协调,提供了新的勇敢精神,增添了新的鼓舞力量吧!

他多么羡慕麦代文基夫的那种可笑的恋情,只要一声熊吼就会把它治好!

今天坎多夫在打嘴巴时感到自己处在一种奇怪的状态之中。他已经献身于保加利亚,可是偏又爱上了拉达。这样一来,他自然而然地把工作中的同志奥格涅诺夫变成了情敌。

共同的思想使他与他亲近,而共同的恋情又使他与他疏远。

他用愤慨的激情惩罚了对拉达名誉的玷污,同时也为奥格涅诺夫报了仇!

这真是可怕的矛盾。内心的矛盾尽管很激烈,但并未持续多久。心灵取得了胜利。总之,本能压倒了另外的那个精神世界。坎多夫全心全意投入了新的爱情。

他突然走出大学的教室,落入生活的海洋,真像从天空落到了地上。他怀着由于缺乏生活经历而易于轻信的赤子之心,丝毫没有准备去接受生活的考验。可恶的命运给他的第一件东西就是这个爱情。他像以前投身于社会主义理想那样,以毫无保留的热情献身于这个爱情。不同的只是,他以前在那个理想上用了头脑,而在这里只用心灵,这是一颗没有理性、没有经验、没有任何哲学家的智慧所能驾驭的奔放不羁的心。

至于这种热恋能否得到报偿,就是说坎多夫能否使这种恋情得到相当于它的分量的成功,那就是另外一回事了。也许最痛苦的失望,最严重的折磨会毒化他的一生……然而任何一个堕入情网的人都不会向自己提出这样的问题。如果他向自己提出这样的问题,他就不是在热恋之中了。爱情的字典里是没有问号的。

其实,坎多夫也知道拉达有了心上人,可是他顾不上这个,满腔情火仍然越烧越旺。爱情是盲目的。难怪古希腊艺术中常把爱神塑造成长着双翅、蒙着眼睛的形象。

当拉达以为奥格涅诺夫被打死而沉浸在极度悲痛之中的时候,她没有注意去想大学生的偶然造访是怎么回事。后来他来的次数越来越多,还有偶然(其实也是故意找机会)同她的邂逅。随着时间的推移,这种情况仍然不断发生。最后拉达以女子特有的敏感觉察到大学生对她的异常态度。这种初萌的感情与日俱增,在每次见面时它的迹象也越来越明显了。

起初拉达感到惊奇和困惑;后来她索性装作什么也没有察觉的样子——谁知道呢,也许这种感情惬意地刺激着她的自尊心;最后她被这种恋情的越来越强烈的力量惊怔了。不过她是一个很腼腆的姑娘,她没有勇气去把这种感情粗鲁地冷却下来,或者对这个体贴入微、真挚至诚的崇拜者关上大门。这使她完全解除了武装。只有像斯特弗乔夫那样的人才能使她有打嘴巴的勇气,现在拉达却不知所措了。

她对坎多夫仍然那样客气,把他当作奥格涅诺夫的朋友,当作一个高尚的人。这可怜的人以为有礼貌地接待他,用黑眼睛的火焰去医治他的心,就可以减轻他的渴望——她明明知道他的渴望已达到了何等程度。她真是一个蹩脚的医生。她和坎多夫都不知道,医治这种病症唯一的良药就是别离。保加利亚谚语说得好:"看不见的眼睛是容易忘掉的。"

第十九章 清晨的拜访

昨天,坎多夫和斯特弗乔夫吵过架,回到家里,情绪一直很激动。他关上门,捧起一本书,一口气读到了晚上。只有当他用铅笔在书上做记号时,才稍停一下,接着又聚精会神地读着,连午饭也不吃。母亲叫他吃饭,他就推说头痛。晚上也没有吃饭。他一连几小时躺在长榻上沉思默想,睁大眼睛望着天花板。直到夜深人静时,他才起来,坐到桌旁,写起信来。一直写到半夜。后来又倒在长榻上,不想睡着,而是要幻想下去。蜡烛一直点燃到天亮。第一缕晨曦透进房里,照射在神志恍惚的大学生的脸上。他惊醒过来,睁开了由于睡得不安稳而显得疲惫和凹陷的眼睛。他走到桌旁,把信重读了一遍,然后折成四叠,找了一下信封,没有找到,只好把信放回桌上。

"现在就送去呢,还是以后再送?"他悄悄地问自己。又站着沉思了一会儿。

"不,以后吧,以后再给她……等我见到她时再给她。"接着就匆匆地准备出门了。

他刚走到街上,就发现时间实在太早。太阳才露出地平线,拉达住的那幢房子在对面的房上投下了影子。他凭经验知道,要等影子移到街当中的水坑时,那位姑娘才出来浇利洛薇查家的园子。那时她穿得整整齐齐,才是适合拜访的时候。坎多夫在街上遛来遛去,一会儿望望利洛薇查家的院墙(拉达就住在那个院子深处的一个房间里),一会儿又望望屋子的影子。影子从对面房子的墙上非常缓慢地爬下来,水坑旁边还有一大块地方被阴影笼罩着。就是说还要等个把小时,太阳才能照到街路中心。于是坎多夫只好背着手,继续在街上溜达;他踅进旁边的小巷里,生怕引起经常遇到的行人的注意……耀眼的阳光已照亮了整个斯塔拉山,照亮了城旁高处的墓地、红瓦的屋顶、白色的烟囱和朝东的窗户。早起的咖啡店老板已经打开店堂,束着围裙的杂货店老板正在打扫店铺门前的石砌路面。花边工匠在水泉旁的石板上捶打花边,人们开始在街上穿梭来往。动作和生活又开始了,城市里响起了日常的嘈杂喧闹声。

但是这一切坎多夫都没有注意到。不论是太阳、喧哗声、行人,还是他身旁沸腾的生活,都引不起他的兴趣。他只看着、想着、等着一样东西——影子。它离那个宝贵的界线——水坑越来越近了,这界线就是他痛苦的热望的终点,也是这个长得像世纪的时间的终点。屋影总算退到了水坑旁,街路的那一半完全沐浴在阳光里了。坎多夫仿佛觉得太阳这会儿才升起来。他快步走到利洛薇查老太太家的小门前。他凝望着这扇坼裂了的橡木门,它又矮又小,钉着砸扁了头的大铁钉,一个个锈钉头把门弄得斑斑驳驳像是布满了污迹。他知道这扇门上有多少钉子,有多少刮伤的痕印,有多少裂缝。他知道开门时它会怎样吱嘎作响像只被惹恼的狗。这扇门像一个长着眼睛和耳朵,能发声音的活东西。他每次走进去,这扇门在他心里引起多少痛苦、紧张和甜蜜的感情!而他每次走出去,这扇门在他背后关上时,它的响声又多么像丧钟,冷漠、讨厌而不祥地刺透他的心!

小门突然打开了。从门里走出来一个穿着肥裆裤、戴着帽子的粗俗的保加利亚人。坎多夫很想迎上去打听一下拉达,可是他胆怯了。他激动地望着这个粗俗的人,甚至还怀着一丝妒意。他又踱起步来。过了好一会儿,小门又打开了,这时坎多夫的心怦怦地跳起来。

门里走出来了利洛薇查老太太和拉达。她们急急忙忙朝街的那一头走去。直到这时坎多夫才听到响亮的钟声。"大概是什么节日吧,她们两人上教堂去了。"他暗自思忖着。他像被钉住了似的站在原地,一动也不动,目送着远去的姑娘。她没有看见他,因为她出门走到街上,一直低垂着眼睛。他下意识地注意到,她已经换上了新的黑色衣裙,也不像平时那样罩着镶白边打着裥的灰布围裙。她的脸上泛着美丽的玫瑰色红晕,稍微有点严肃。她可真是迷人啊!

大学生长久地等待她回来。一个、两个钟头过去了。他气恼地听到钟声一会儿停了,一会儿又响起来。这枯燥无味、响亮而令人心烦的钟声不断刺激他的神经,使他难以忍受,陷入了绝望的境地。

"这是什么见鬼的节日?"他恶狠狠地反复问道,"她跟着这个该死的老太婆上哪儿去了?这愚蠢的钟声是怎么一回事?人们喜欢这些节日吗?……我干吗需要这种偶像崇拜者的节日呢?"这些感叹的话语不时从他嘴里吐出来。他守在这条街上,然而拉达却一直没有出现。

阳光早已越过了水坑,占据了街路的另一侧,它爬上了利洛薇查老太家房子的整堵墙。街上的行人熙熙攘攘地纷纷来往。在他们中间看不到拉达,也看不到利洛薇查老太。钟声还在响着。

"这个渎神的节日到底是怎么一回事?"大学生又气呼呼地咆哮起来。可是他不想去打听。如果他去问,那他所问到的第一个人就会告诉他的。可是他为什么要去打听呢?他早就不知道日子,也不记得时间了。春光正明媚,可是他却没有注意天气。春天美得难以形容,像中了魔术那么迷人,可是他心里却翻腾着这样苦难的海洋,春天对他说来有什么意义呢?大自然一点也不羞涩,它好像在跟他开玩笑。他厌恶地朝什么地方唾了一口。大概是在诅咒大自然。但是不久以后,他就为自己不耐烦的感叹找到了答案。

第二十章　坎多夫的疑团增大了

从街的另一头传来了尖厉而单调的童声合唱。这个声音烘托着另一个悠扬地唱着教堂歌曲的更高亢苍劲的嗓音。这个奇怪的音乐会越走越近，声音越来越响。这时出现了一队提着灯、举着圣幡、捧着扎上黑绸结的白色长烛的孩童。在他们后面跟着一群孩子，唱诗班领唱人麦代文基夫同孩子们走在一起，再往后是穿着祭服的神父。空中弥漫着乳香的气息。这是给拉尔卡送葬的队伍。这个受尽折磨的女人是昨天晚上咽气的。

全城的人几乎都来送别她的遗体。这个女人年纪轻轻就不幸夭折，使大家心中充满了哀伤。每个人都赶来向死者告别，在她到墓地去的最后一段路程上表示哀悼。无论是对她父亲的厌恶，还是对她丈夫的憎恨，都阻止不了这些送葬的人们。拉尔卡十分讨人喜欢，她性格温和，心地善良；她的形象能从人们心中驱除一切世俗的邪念。特别多的人参加她的葬礼（她那悲恸欲绝的父亲不惜花钱办得尽量隆重和阔绰），使葬礼显得更加肃穆动人。然而，最能吸引人的莫过于对拉尔卡生病和致死的原因的流言蜚语，也正是这一点使她的姐姐怎么也不能平静（拉尔卡临终前把一切都告诉了瑾卡大姐）。可怜的死者使所有的妇女都流下了眼泪，连与她家毫无关系的男人也哭了。以委员会成员为首的全体青年怀着深切的悲痛和哀思来了。他们抬着灵床行进。

送葬的队伍走到坎多夫像木桩似的站在那儿的广场上,人们放下了灵床,准备再念一遍祈祷文。这时坎多夫才看见死者。他一下子就认出了拉尔卡。

她平静安详地躺着,长长的眼睑紧闭着,像睡着了一样。她那白得像大理石的脸沉陷在松软的枕头中间,几乎无法看清;她那娇小的身躯淹没在年轻的妇女们送来陪葬的、层层叠叠的用春花扎成的花圈和花束中间。在她的两肩上各放了一束珍贵的白玫瑰,她的鬓发里也插着白玫瑰。这都是从她亲手栽种的花枝上摘下来的。她的手像用大理石雕成的艺术品一样白皙优美,交叠在她身上穿的结婚礼服上。在她塌陷下去的胸前放着"圣母殉难像"。鲜花的芬芳和安魂用的乳香混杂在一起散发出醉人的气息,萦绕在广场上,使人神魂迷惘。

灵床刚一放下,母亲就扑到女儿身上,撕裂人心地尖声痛哭起来。她用两只胳膊搂住女儿,像疯了似的把脸埋在鲜花和服饰里,然后接连不断地说出了一大串表现母爱和绝望的话语。这些含混不清的、断断续续的、丧失理智的痴情的话使人听了像钢针戳在心上那样难受,毛骨悚然。她的每个字眼都像从心上揪下来的一块肉,每一声喊叫都像不可言状的无边的苦海。四周的哭声和呜咽声越来越响了,不论是亲人还是外人,全都泪流满面,用手帕使劲捂着嘴,生怕哭出声来。可是穿着丧服显得更加妩媚的瑾卡大姐却克制不住自己,号啕大哭起来。她的父亲被两个人搀扶着,摇晃着满头白发,心碎欲绝。斯特弗乔夫没有戴帽子,用手帕捂着眼睛,笔直地站在灵床旁边。可是他没有流泪,只见平时发红的脸现在变得苍白了。他茫然地望着周围,好像什么也没有看见。在离他不远的地方,可以看到索科洛夫浅色头发的脑袋突出在人丛中。他盯着死去的拉尔卡的脸;他用目光搜索着,默默地记住这个他曾如此爱恋过并且也同样爱过他的牺牲者的形象……他们是完全可能变得非常幸福的啊!可是命运啊,命运!……突然间他看到了站在附近的斯特弗乔夫。他们的目光相遇了。索科洛夫用可怕的目光逼视着他,高声对他说:

"先生,是你的卑鄙行为害死了这个女人!你必须先向我,然后再向上帝作出答复!"

祈祷结束了。母亲的哭声重新又划破了晴空。灵床抬起来,送葬的队伍又向前移动。坎多夫几乎是下意识地加入了人群。他的脸色依然像先前那样宁静。他看到的这幅动人的情景一点也没有触动他。相反地,甚至有一种毒辣的满意心情使他喜形于色,因为他知道,拉达作为拉尔卡的女友,一定会在这里的。这么说,他能在这里见到她了。一眼望不到头的忧郁的送葬队伍只能在他心中引起这样一个想法。他在妇女们的前后左右看来看去,却没有看见拉达。他注意了每一件黑色的衣裙,每一张漂亮的面孔,可是拉达没有在这些人中间。他往后站了站,让别的送殡女人从他身旁走过去。他那像鹰隼一样犀利的目光枉然扫射着、寻找着、搜索着像河水一样从他面前涌过的人流。突然他看见了利洛薇查老太,就急不可待地在她周围搜寻起拉达来。拉达不在!他的心像被揪住了一样。怎么?难道拉达不在这儿?难道她没有来参加好友拉尔卡的葬礼?这不可能,不可能,不可能啊!于是他又冲进人群里去找她,可是还是没有找到。怎么?难道拉达真的不在这里吗?那么她究竟到哪里去了?她是跟利洛薇查老太一起出门的,利洛薇查老太又把她带到哪里去了呢?在这种时候,让她孤零零的一个人待着吗?对拉达来说,今天还能有什么事比为心爱的好友送葬更重要呢?莫非她就在这里,而他眼花缭乱,没有看见她?然而他却看见了老太太!马上跑过去问她吗?疯疯癫癫,太不像话了!可怜的大学生并没有发觉,他在悲痛的送葬行列里东张西望,横冲直撞,本身就很不像话,早已引起了人们的注意。

当人们从一条小街拐出来时,街对面有人吹唢呐,擂起了鼓,跳起了欢快的霍罗舞。在悲哀的气氛中,这种娱乐马上显得极不协调,而且也是极不敬神的。送葬队伍中不少人脸上都流露出憎恶和气愤的神情。这时音乐停止了,霍罗舞散开了,它像被魔技点了似的消失得无影无踪。静谧又笼罩了一切,街上只听见孩童们和麦代文基夫唱挽歌的声音。坎多夫走在队伍的最后面,他突然听见背后响起了沉重的脚步声,不由得朝后看了看。原来是消息通和另外几个人离开了霍罗舞的人群,赶来参加送葬。消息通喝得醉醺醺的,歪戴着帽子,脸色异常激动。他和他的伙伴们匆匆忙忙追赶着队伍。坎多夫听见贝兹·波代夫用沙哑的嗓音边走边说:

"来呀!你们别变成蠢驴,都来吻吻她的手吧!⋯⋯让我们来对她说:'好妹妹,再见了,到天国里去吧!'为人民而死的人,虽死犹生!你们明白吗,笨鸭子?⋯⋯即使你们都喝醉了,也得清醒清醒⋯⋯让我来告诉你们——低下你们的榆木脑袋,向这个神圣的灵魂行个礼。告诉我,世上有多少这样的人?奸贼像海滩上的沙子那样不计其数⋯⋯可是你们没有见过大海,所以别做蠢驴,要从人们的话里汲取营养⋯⋯"

消息通刚说完这一大篇话,恰巧看见拉契科从他们身边跑过,他送什么东西到教堂去。于是他就用命令的口吻喊道:

"喂,等一下!我要问你点事……瞧,这个人就是斯特弗乔夫的奸细!让这种卑鄙的家伙都死光吧!"他对伙伴们说。

拉契科看见消息通满脸愠怒的神色,便从另一条街上跑走了。

"抓住他!我要问问他有什么权利用他的名字搞臭这条街!"贝兹·波代夫大声喊道,于是大家都追赶起可怜的拉契科来了。拉契科又轻又瘦,跑起来像根羽毛,比喝醉了酒的追逐者跑得快多了。不一会儿,他就和他们一起消失在街角上。

坎多夫心不在焉地漠然看着这一切。他低下头,仍不知不觉地随着送葬的队伍走去。不久就跟着人们一起走进了教堂。

第二十一章 安魂祈祷

在街上像潮水那样涌过来的人群挤满了教堂的大厅。

灵床安放在主教讲坛对面一块雕着双头鹰的四方形大理石板上,这里成了手执燃烛的人们走动和聚集的中心。

开始庄严地读起了安魂祈祷文;香炉里的青烟袅袅腾起,升向穹顶。祭坛前面的大烛点燃了,吊灯也打开了,整个教堂里灯火通明。这耀眼的光芒稍微抚慰了沉浸在悲痛之中的拉尔卡一家人。

人们以同样的理由邀请克利门老师致悼词。他作为神学家,有卓越的口才和成套现成的圣书故事。可是他因为身体不适,没有接受这个请求。人们又请了弗朗戈夫,他迟疑了一下便答应了,接着就踏上了主教讲台的第二级台阶。神父们的唱诗中断了,教堂里安静下来。

教师十分激动地望着死者,用刚劲有力的颤悠的声音开始说:"兄弟们,姐妹们!"

可是这时他不得不停下来。教堂门口发生了什么不寻常的事情。人们簇拥在那里,骚乱不安起来。可以听到没头没脑的悄语声,后来变成了吃惊的喊叫。这种骚乱逐渐蔓延,不一会儿就传到了靠近死者灵床的前几排人中间。出现了可怕的骚乱和惊慌。

"他们来了!"有人喊道。

"妈呀,天呀,他们来了!"靠里面一点的妇女尖声叫喊起来。

"谁来了,啊?"教堂里的男人问。

"土耳其人来了!土耳其人来了!"

马上出现了一片混乱:尖叫声、哀号声和惊慌失措的呼喊声充满了神圣的殿堂。人们像受惊的畜群那样乱跑起来,不知躲到哪里去才好。一大堆人围住了尤尔丹和斯特弗乔夫这两个财主。他们满以为这些财主在土耳其人面前有威望,可以从他们那里找到庇护,同他们一起得到宽恕。然而大多数人都惊恐万状,在教堂中间穿梭似的跑来跑去,狂奔乱窜,呼号不已。年轻的妇女时时尖叫起来,随即便晕倒在地上,也没有人去援救她们;有几个老妪跌倒在祭坛的台阶上,接着就被人踩死了。每个人的脸上都流露出不可名状的恐惧;大部分人的脸色都比死者拉尔卡还要惨白。只有坎多夫一个人对周围的一切完全无动于衷。他交叉着手凝然不动地站在灵床跟前,忧伤地望着死者。

这时,从高处回廊里传来了索科洛夫的声音:"大家不要惊慌,没有出什么事啊!"

混乱一开始,他就登上了回廊,从上面的窗口眺望教堂外面广场上的情景。不过他没有看到任何令人不安的事情。根本没有出现土耳其人;相反,他只看见消息通和他的伙伴们跑进了教堂的前厅。于是他便声嘶力竭地从上面喊了起来,想把群众的情绪稳定下来,可是在一片喧闹声中人们无法听见他的声音。

于是又有人喊起来:"乡亲们,安静一点,没有出事啊!"

"那么是谁吓唬我们的?"有人喊道。

"是谁骗人?"

这时消息通和他的伙伴们气喘吁吁地跑进了教堂,一面画着十字。他们根本没有想到自己竟是骚乱的起因。原来跑在他们前面的拉契科慌慌张张地冲进教堂时,有几个老妇人问他为什么跑得这么急,他说:

"他们追来了!"

"什么人追来了?"

"浪子,还有好多,好多……"

人们以为他说的是:"强盗,很多,很多……"

对于一个多月来一直担着心,害怕土耳其人来屠杀的老百姓来说,这已经足够了!于是出现了这么一场骚乱。

第二十二章　哲理和两只麻雀

坎多夫没有等葬礼结束就走到了街上。奇怪！他这会儿反而觉得精神振作了一点。死的形象自然而然地抑制了他的心灵中与世俗利益相关的各种冲动。人体易朽的观点削弱了灵魂对尘世的依附。忧虑、热切的追求、欲念、对生活的渴望全都在永恒的地平线上显得黯然失色，成了憧憧幻影，十分可笑。

"瞧，这个拉尔卡已经死了，今天她是一具尸骸，明天她就会变成尘埃。她是多么苍白，多么可怕啊！她死了，死了！可是拉达却不在这儿！啊，拉达出了什么事啦？这个姑娘怎么会把我迷住了，真是奇怪。谁看见我，都会说我发疯了。我怎么知道自己没有发疯呢？为了什么？为了她。她是什么人？为什么我要这样无休止地受折磨，我要这样长时间失眠？是啊，这一切都是为了什么？无非是为了一个女人，为了另一个拉尔卡。她明天也会死去，也会变成尸骸和尘埃的。如果我看到她这样躺在灵床上，被人送到墓地去喂蛆虫，我会不会再爱她呢？多么愚蠢，多么卑劣！是啊，说实在的，这个拉达是什么，这种塞满了我的肉体和整个宇宙，塞满了天堂和地狱的是什么呀，什么也不是，什么也不是。她是什么？她只不过是一具披着肮脏血肉的骨骼……一大堆骨、肉、血、筋、纤维、神经、器官、内分泌腺、组织、软骨和腥臭的气味，这就是拉达，她明天也会腐烂，也会变成脓血和尘埃的。呸！我爱的就是这一切！我竟为她失魂落魄！我的万能的灵魂，神圣的理智，我的无休止的思想都附着在这个愚蠢易朽的东西上，都粘在这个蜘蛛网上了！多么可怕，多么疯狂啊！为什么我早些时候没有清醒过来，没有对自己说：坎多夫啊，你的志向是另一回事，它比跟在女人衣裙后面呻吟要远大得多。在我面前展现着多么宽广的前景：两个奇妙而伟大的世界向我敞开了怀抱：一个是科学，一个是祖国。那些世界里有多少生活，多少丰功伟绩，多少光荣和斗争，多少奇迹啊！可是我却看不到它们，只看到这个可怜的生灵。如果我没有见到她，我永远也不会觉察到她生存在世上，连她自己也不会理解为什么生存。耻辱，耻辱，真是耻辱！我早就应该看到这个拉尔卡，意识到我的灵魂已被多么微不足道的东西拴住了。如今我的灵魂振奋得像只雄鹰，它扑动和张开了翅膀，像鹰一样自由自在地冲向无垠的天空……哦，我是多么幸福啊！"

于是坎多夫沉浸在这种鼓舞心灵的思绪之中，往前走去。他觉得沉重的包袱已经从肩上卸下来了。他胜利地微笑着，为内心的这场斗争结束得如此笨拙可怜而感到惊奇。他像人们从窗户里扔掉没用的碎碟子那样，把拉达从心里扔了出去。现在拉达的形象远远出现在无边的朦胧之中，面色苍白，郁郁不乐，毫无生气，就像突然从睡梦中惊醒似的。他感到自己浑身是劲，像是换了一个人。如今障眼的面纱落下去了，他看清楚了，认识了一切，对周围发生的一切都感到兴趣，对生活中细微的事情都要过问。他以从未有过的礼貌态度向遇到的人打招呼，他同帕夫拉基·奈代夫谈起他的玫瑰，问他去年的卖价，今年估产多少支①玫瑰油。

---

① 装一克玫瑰油的玻璃瓶叫一支。

然后在一家杂货店买了半奥卡①樱桃,兴高采烈地回家去了。

他高高兴兴地往家里走,好像不是刚参加了葬礼,而是刚参加了婚礼回来似的。经过一个花园的围墙时,从他头上纷纷扬扬地落下了一阵雏菊似的白色花雨。他抬头望去,原来是从一枝伸到街上的李树枝上撒落下来的花瓣。两只麻雀在枝头嬉戏,用尖喙互相啄吻着……坎多夫看了呆若木鸡!他的全部辩词和哲理碰到了这个爱情场面就像烟云一样消失了。他松开了手里握着的包樱桃的手帕,两只手抱住额头,就这样站了很长一段时候。

"你病了,你病了,坎多夫,"他绝望地悄悄对自己说,"你病了,我的兄弟,维特②大哥,去看看病吧。"他又信步往前走去。"是的,治病,治病,要根治才好!"他反复说着,"可是,如果这是身体生病,那还好治。然而这创伤是在心上,这种病可不能用热烙铁治。怎么?我为什么不去跟普罗夫迪夫来的医生谈谈呢?医生不但能治身上的病,一定也能治心上的病。这是明摆着的事。可惜这儿没有精神病专家,因为我是疯子,是的,我是疯子。没关系,去找他也行。谁知道呢,也许能听到什么治法——总会有点用处的。反正我不会损失什么。可是对医生说心里话,倒是一件困难的事。我会变得很可笑。不,不行,得用别的办法……"

于是他就向普罗夫迪夫的医生居住的那所房子走去。

---

① 保加利亚旧时重量单位,一奥卡折合一点二八公斤。
② 指德国作家歌德(1749—1832)笔下的维特。

第二十三章 治病良药

坎多夫走到医生的门前站住,擦了擦脸上的汗,敲起门来。

"Entrez!"屋里有人回答。

他走了进去。医生就站在他面前,这是一个约莫四十岁的瘦高个子,一张凹陷下去的苍白消瘦的脸上长着稀疏的络腮胡子,眼睛里流露出狡黠戏谑的神情。他穿着坎肩,正往箱子里收拾东西,显然他正在准备动身。在给拉尔卡送葬以后,他在这里就没有什么事可做了。正在这时坎多夫登门来访问他。

"请坐吧,先生,"医生恭恭敬敬地招呼他说,"这里很乱,请原谅。"这种彬彬有礼的接待使大学生增添了勇气。

"对不起,医生先生,打扰您了,我只想占用您几分钟时间。"

"哎,医生看病人嘛,别过意不去。医生没有病人就不高兴,正像病人没有健康一样。"

他一面说着这种不祥的笑话,一面向客人愁容满面的消瘦的脸投去了富有洞察力的一瞥。

"您怎么啦?"

"谢谢,我身体挺好,"大学生装出笑脸回答道,"我只是来找您给另一个人出出主意。"

"他是这儿的人吗?"

"是这儿的,可是……"

"那您为什么没有把他带来呢?您瞧,我没有时间了。"

坎多夫有点发窘。"怎么跟您说呢,医生先生?确切地说,我是为了一个文学方面的问题来找您的……"

医生奇怪地望着他。

"您能为我解决一个使我十分难办的心理问题吗?这个问题恰好是同医学问题一致的。"

医生疑惑不解地等着下文。

"我正在写一部长篇小说。"坎多夫一个字一个字地结结巴巴地说道。

"怎么,难道您是作家吗?"

"不,我只是试着在写一部长篇小说。小说的主人公疯狂地、不顾一切地热恋着一个人,而她却爱着另一个人。这种狂恋会使小说的主人公自杀的……"

"过去我在维也纳看过一本德国小说,"医生说着搔了搔耳朵上面,竭力回想着,"书里说的也是这样的爱情……"

"是歌德写的维特吗?"大学生兴致勃勃地问道。

"是啊,是歌德写的一本小说,"医生想起来了,"书中的主人公自杀了,是吗?"

"是的,可是我却要救活我的主人公……"

"让他死更好些,告一段落吧,别让他再受罪了。我们对病人也是这样的。这是最好的治法。"

医生这样说着,又不怀好意地笑了笑,表现出医生特有的那种冷漠。他们惯于用无动于衷的态度对待病人的痛苦和死亡。

坎多夫的脸色变得刷白。"不,这会给读者一个坏的榜样。自杀也是有感染力的。"

"您写的主人公是哪国人?"

"是保加利亚人。"

"是保加利亚人吗?恐怕保加利亚人不大受爱魔的折磨,他们的心是用水牛皮裹着的。您知道什么是爱魔吗?就是 Amour désespéré①。"

"是的,狂恋。"大学生声音嘶哑地说。

"可是我不知道有哪个保加利亚人是死于热恋的。早些时候有个小伙子上吊死了,可是他是因为犹太人破产,使他也受到连累才自杀的。"

"然而我写的主人公正像我告诉您的那样,医生先生。"

"是的,这是个例外,我知道,"医生打断他的话说,"正因为他是保加利亚人,我们就不应该让他自杀,这样写是不真实的。他应该受折磨。"医生又令人讨厌地笑了笑,同时看了看怀表。很明显,他觉得时间紧迫。坎多夫注意到他的不耐烦情绪,便急急忙忙地说:

"我正是为这个来找您出主意的,医生先生。故事的发展要求我的主人公活下去,去干许多别的事情。可是我得先把他从这场使他麻木和死亡的可怕的狂恋中拯救出来,他才能去做那些事情。怎么能让这件事进行得最自然最逼真呢?"

医生好奇而仔细地凝视着坎多夫,这是他行医以来第一次遇到这样的问题。他竭力想从客人的眼睛和容貌上看到点什么,似乎想发现他的弦外之音。这眼光使大学生感到困窘,

---

① 法语:狂恋。

一片不适时的红晕布满了他黝黑的脸膛。当医生那没有血色的薄嘴唇上泛出一丝戏谑的嘲笑时,大学生就变得更加困惑了。

"我明白了,明白了,您是在找一种治疗最厉害的心理顽症的药。"

"是的。"

"这类药品是有的,可惜它的疗效并不像奎宁对于疟疾那样有把握,坎多夫先生。"医生又凝视着坎多夫。

"请您告诉我最有效的药吧,医生先生。"

"我先要向您推荐一种老婆婆用的药。您得去找一种老婆婆们叫它厌恨草的草药(我忘了它的拉丁文名字了)。星期五晚上把它煎好,不过要放在没有烧过的瓦罐里煎,然后在您的主人公睡着了的时候,把汤药泼在他身上,他就会马上恨他所爱的人了。"医生笑了,坎多夫却皱起了眉头。

"您并不是在正正经经地跟我说话,医生先生。"

"您不愿意这么办吗?"医生笑着说下去,"那么我要劝您把他送去喝忘川①的水了,喝了就会忘记的。您知道忘川吗?"坎多夫被这种粗暴无礼、不合时宜的玩笑和问话气得满面通红。

"可惜忘川早已干涸了。"医生补充说。

坎多夫站起来想走。医生向他摆摆手,露出严肃的神气,"好,您听着,为了让您的那个人物不爱他所爱的人,最好让他同样疯狂而盲目地爱上另外一个人……"

坎多夫不同意地摇摇头:"这是用妖魔去换鬼怪啊。"

---

① 古希腊神话中冥土的一条河,饮了这河的水可以忘却往事。

"是的,是的,"医生咧开嘴笑着说,"还有另一种治疗方法,那就是让他过放荡的生活,让他把灵魂和感情都沉浸在情欲的享受里……让他变得像野兽那样凶残,就会忘掉这一切的。"

坎多夫厌恶地皱紧眉头:"我还要他去完成许多大事呢。况且我那主人公的本质是高尚的,他不能堕落成为禽兽。"

"嗯,那就是另一回事了……如果您写的主人公是这么一位温文尔雅的先生的话,我只有一种治疗方法了。可是这种治法是姑息治标的,您知道什么是姑息治标吗?"

大学生又皱起眉头,不过他表示肯定地点了点头。

"您可以让他离开他所爱的人;送他到远处去旅行一两年,把他送到很远很远的地方去。比如说,让他去巴西,让他航行到北冰洋,让他被冰山围困在那里九个月,只靠吃鲸鱼油过日子。或者如果您怕他在那里会着凉,会害浮肿,那么就把他送到撒哈拉大沙漠里去,当某个黑人部落的酋长,让整个部落听从他的指挥……"医生一面揶揄和笑谈着这些办法,一面站了起来。坎多夫也站起身来。"谢谢您,医生先生,您的指教使我受益匪浅。"他伸出手去告别。

"再见,我很高兴,祝那位生病的先生和您本人健康长寿。"

可是当坎多夫走近门口时,医生一本正经地对他说:"先生,请付诊金……我们当医生的就靠这个生活啊。"

坎多夫惊讶地望了他一眼,随即伸手到背心里,掏出一个卢布来放在桌子上,匆忙地走了出去。

"这个捣乱的家伙,"医生自言自语地说,一边小心翼翼地把那个卢布放到钱包里,"好像他能把我蒙骗过去似的。

我从他说第一句话就知道,他是在为自己看病……我敢打赌说,他正像只山雀那样恋爱着,他梦想有什么快刀斩乱麻的好办法……Dumstein①。"接着又动手收拾起东西来。

"这个爱开玩笑的人,"坎多夫走到街上以后想道,"他毕竟在许多枯燥乏味的话语里也说出了一点有道理的东西。他说得对:只有别离,我只有远远离开这里才能得救。应该到另一个天地去,到另一个地方去,到地球上的另一个角落去,那里不会有什么,不会有什么使我再想起她。是啊,我现在想起来了,在这种情况下,人们总是劝人离得远远的,总是劝人出走的!他们会把我送到那个饶舌的维也纳家伙暗示我去的忘川旁边。赶快走吧,赶快走吧,坎多夫!到莫斯科去,到莫斯科去!"

坎多夫被自己这个想法激动得满脸发光,他暗自赞赏这个救命的抉择。嘴里轻轻唱起了一支俄罗斯流行歌曲的副歌来:

啊,莫斯科,莫斯科,莫斯科!
　金黄色的头顶!
啊,莫斯科,莫斯科,莫斯科!
　金黄色的头顶,
　　雪白的石砌成……

他三脚两步赶回家,对家里人说,他明天就要回莫斯科去学习了,然后十万火急地收拾起上路的行装来。

当天晚上,他就收拾好了箱子,打好了小行李卷,沉沉地

---

① 德语:傻瓜。

一觉睡到天亮,因为他已经一连好几夜没有睡着了。

　　第二天早上他醒来时,感到心情愉快,精神饱满。为了使自己不再想拉达,他尽力去想旅行和即将在白石砌成的莫斯科度过的新的生活。他用赞叹的感情轻轻唱起来:

　　　　远离了你,我心中痛苦,
　　　　我亲爱的莫斯科,
　　　　那雄伟的俄罗斯国土,
　　　　显现在林立的钟楼中间!
　　　　啊,莫斯科……

　　家人给他牵来了将驮他穿越巴尔干山的马匹。"到莫斯科去!到莫斯科去!"他说着又往箱子里放了几本遗漏的书籍。当他在窗前俯下身子时,无意地向街上望了一眼,却看见了利洛薇查老太和另一个老太太在那里。他打了一个寒战,禁不住聆听起她们的对话来。

　　"那么说现在,你利洛薇查嫂子,又只剩下一个人了?"

　　"唉,有什么法子呢?昨天我把拉达送到克里苏拉去了。她走的时候那副伤心的样子,我看着心都碎了。唉,愿上帝保佑她吧。"

　　坎多夫像遭雷劈那样怔住了。一个小时以后,他动身到克里苏拉去了!

　　就在这一天,尼科莱·奈德科维奇和弗朗戈夫注意到大学生发生了奇怪的变化,感到非常惊讶,就到他家去看望他,却得知他已去克里苏拉"走亲戚"了。

　　房间里依然乱作一团:箱子敞开着,东西扔得到处都是。

桌子上堆着一摞俄文书。客人从封面上的书名,就知道这些都是伦敦和日内瓦出版的无政府主义、社会主义的书籍。最上面是一本长篇小说:陀思妥耶夫斯基的《罪与罚》。桌子上还摊开着另一本长篇小说:《少年维特之烦恼》。这本书里有好些行,甚至整页整页都用红铅笔画了杠杠。这些书说明坎多夫的灵魂在内心彷徨的愁苦荒漠里跋涉所停驻过的地方。是啊,这儿还有一封写给拉达的敞着口的信。

于是客人全都明白了。机敏而细心的奈德科维奇把信藏在自己的小钱包里,以免落入别的不知分寸的人手中。

第二十四章 波澜迭起

拉达到克里苏拉去,是非常仓促和意外的事。早晨,当坎多夫在她的院门外徘徊的时候,就有一个可信赖的克里苏拉人来到她这里。他是从卡城驾着他的牛车回克里苏拉去的,他告诉拉达说鲍依乔请他顺便载她到克里苏拉去。

当她得到这个她所期望的消息后,就想立刻去吻别夜里刚刚去世的女友拉尔卡,她将用眼泪去向她作最后的告别。她已经很久不能到尤尔丹家中去,不能见拉尔卡了。然而现在到死者跟前去,既不会引起谁的惊异,也不会激起谁的不满。她是拉尔卡的朋友,这就足够了,谁也无权禁止她向一个死者告别。因为死神所到之处,门户不再掩闭:大人、小孩、朋友、敌人,在死者的永恒之门面前都同样受到欢迎。尤尔丹家中的人感动地向一旁移了移,给她让出道路,于是拉达跪在拉尔卡面前,一把抱住她,含着泪水,吻着她的前额说:"啊!妹妹啊!拉尔卡,你怎么了啊!"家人们都号啕痛哭起来。他们扶起拉达,把她送到门外。她几乎要晕倒了。

到了克里苏拉,她就住在穆拉利斯基太太那里。这位好心肠的穆拉利斯基太太自己也才在克里苏拉住了不久,她慷慨地答应了奥格涅诺夫的请求而收留了这个无家可归的姑娘。

这屋子的窗子向北开着,可以望见克里苏拉全城和那山谷,还有斯塔拉山。巍峨的里巴里察山峰(本地人叫作维刃山)还戴着它的冬天的雪冠,耸峙在这个躲在它陡峭的南麓的小城上。那些过着游牧生活的甫拉赫人①的畜群散落在草茸茸的小山上放牧,那些小山随处都有甫拉赫人的奶制品作坊。这座城市的东边,是被许多高峻的巉崖和表土疏松、碎石脱落的山坡所包围着——一部分是童山,一部分是葡萄园和玫瑰园。一条小路蜿蜒到山顶,一直通到山那边被称为兹利多尔的悬崖边,通到斯特列玛河盆地去的大路也是从那儿经过的。克里苏拉的西南两边,也被许多小山包围着。因此,它是深藏在一个很深的山坳里,上面遮盖着青翠的草木、果树和玫瑰园,使空气中充满了芳香。在冬天,这是一个孤寂而悲凉的地方;但现在,这却是一个引人入胜的小天地,又清凉,又多荫,又芳香四溢。

昨天,也就是拉达到达克里苏拉的第二天,坎多夫也来了。他是来拜访一家亲戚的——这是一个亲近拉达的振振有

---

① 甫拉赫人,系保加利亚人对罗马尼亚人的另一种称呼。此处专指在巴尔干山区过放牧生活的罗马尼亚族人或讲希腊语的部族。

词的借口。

当天他就来看拉达。拉达还在为拉尔卡的死而伤心落泪,坎多夫明白自己的来访不合时宜,但他还是感到轻松与愉快,他甚至感到幸福,因为看到了拉达。

今天,他一大早又来了,他看到拉达更加悲恸欲绝。一则是为拉尔卡的死,二则是担心鲍依乔的下落。因为传说科普里夫什蒂察即将发生起义,拉达在这种抑郁的景况中,看到坎多夫也感到很高兴。

"请你告诉我,坎多夫先生,出了什么事吗?"她不安地问。

"人们在讲着起义的事情。"坎多夫冷冷地回答说。

"那我现在怎么办呀?我的天!鲍依乔又不在这里。一点不知道他的下落。"

坎多夫漫不经心地向窗外看着里巴里察山峰的一个什么地方。

"你以为怎样,坎多夫先生?"拉达焦急地问。

"什么,我吗?"

"是啊!"

"关于起义吗?"

"是啊,关于起义。"

他毫不经意地,连头都没有回过来,就回答道:

"起义,起义!他们会厮杀,会开枪开炮,许多人会死掉,都为了解放保加利亚啊……"

"那么克里苏拉会怎么样呢?"

"也许这里也要打起来的,不过,反正都是一样。"

"这话是什么意思?反正都是一样,那么对于你呢?"

"啊,对于我,也反正都是一样。"

坎多夫以这样漠不关心的态度回答着,好像他在形容新西兰人民的风俗。但是,在他这种显然毫不关心的态度之下,在对于将决定保加利亚的命运的大事情的冷淡态度之下,却隐藏着极度的失望。然而,他和拉达都没有感觉到。

"既然到处都要爆发起义,那你现在打算做什么呢?"拉达问。

"该做什么我就做什么。"

"这是什么意思?你不去打吗?"

"我能做什么呢,拉达?我只会做一件事情,那就是死……"坎多夫沉郁地说。

这时,门上有了轻轻的敲门声,接连打了三下。

"是鲍依乔!"拉达叫起来,就跑去开了门。

奥格涅诺夫走了进来。他化装成一个农民,满身尘土,显出十分疲惫的样子。他刚从帕纳丘里什特回来,曾经参加了梅契卡的大会①,那会上决定了五月一日为革命爆发的日子。他现在急于要赶到白拉切尔克瓦去,对于最后几天的准备工作进行一次最后的检查,而且要在这预定的日子在白拉切尔克瓦举起革命的旗帜来。他特意经过克里苏拉,来和拉达道别。但是当他走到郊外的一座作为使徒们避难用的屋子里时,他收到了一封从白拉切尔克瓦来的信,于是他没有去看别人,赶着来找拉达。

他停下脚步,向那安静地站在窗边的坎多夫冷冷地锐利

---

① 梅契卡是帕纳丘里什特附近的一个村子,各地革命委员会代表于一八七六年四月十三日在此村的山中开会,讨论五月一日起义的部分工作。

地看了一眼。

拉达喃喃地说了几句话,表达她因为他回来而感到的欢喜,但当她注意到奥格涅诺夫改变了脸色,她就仿佛被钉住了似的呆立着了。

"我应该道歉,在大清早打搅了你们的谈话。"奥格涅诺夫苦笑着说,面色变得苍白。

他勉强地看了拉达一眼。

"鲍依乔,怎么啦?"她向他跟前走去,嗓子有些喑哑地问。

"真会装蒜!"奥格涅诺夫冷冷地说。

她冲上前去拥抱他,但是他却闪开了。

"简单点吧,你大可以给我免去这种脉脉柔情了。"他又情绪激动地转身对坎多夫说:

"坎多夫先生,我简直找不出话来感激你,你居然应邀而老远地从白拉切尔克瓦赶来。"

他的激愤使他说不下去了。

坎多夫从窗口回过身来。

"应邀?什么邀请?"他冷冷地问。

"这些话是什么意思,鲍依乔?"拉达也诧异地问了一遍,"坎多夫先生是来看他的亲戚的。他——"

她说不下去了,就哭起来。

她之所以哭是因为她第一次不得不违心地,也是不幸地说一次谎话。他们在白拉切尔克瓦的那一次短促的会晤中,她既没有时间,也没有想到把她一直所不敢逐之门外的坎多夫对她表现的种种奇怪的殷勤举动告诉他。而现在,奥格涅诺夫发现坎多夫在她屋子里,而且又在这样的大清早。显然,这个大学生屡次来访问她的事,已经传到他耳朵里了,而这个该诅咒的机会又恰好在她还不及解释之前,越发增加了他的疑心。

拉达希望坎多夫出来说明,以解除她的困难,然而坎多夫却默不作声。

"坎多夫,你也给我说几句吧,我会高兴的。"奥格涅诺夫冷嘲热讽地说,同时又对自己的对手轻蔑地看了一眼。

"我什么都不会对你说——我在等着你说。"那大学生冷冷地回答。

"不要脸!"奥格涅诺夫喊叫着说,对他们两个扫了一眼。

坎多夫的脸色愈加惨白了。他那受伤了的自尊心使他突破了阴沉的冷漠态度。

"奥格涅诺夫!"他猛厉地叫着。

"再叫得响些!——试试看,吓吓我!"鲍依乔用同样的口气说。他的下巴气得在发抖了。

拉达赶忙奔向他,生怕他会做出什么鲁莽的举动,她是知道他那发作起来就无法控制的暴躁脾气的。

"天啊!鲍依乔,你怎么啦?等我把一切都解释清楚吧。"她哭着说。

奥格涅诺夫以摄人的眼光看了她一眼。

"不必了,拉达;别低三下四地流这种眼泪了,这正是你常备着的。我这个傻瓜,一直以为你是天真无邪的。我在你身上浪费了那么多爱情——我简直是把自己的心丢在大街上。真是瞎了眼!"

"鲍依乔!"拉达绝望地哽咽着。

"够了!从此以后,我们之间没有关系了。真相已经大白了。我简直是迷了心窍！以为你会爱我这样一个前途只有酷刑和绞架的流浪人，而不知道有这些风流骑士在侍候你，既会高谈阔论，学问又好，又是忠实可靠的胆小鬼！天啊！这是一个多么卑鄙的世界啊！"

他转身向门口走去。

"奥格涅诺夫！把你说的话收回去！"坎多夫冲他喊道。

奥格涅诺夫停住了。

"我还要再说一遍呢——这是卑鄙和无耻！这是肮脏地滥用了友谊的信任。难道你不承认这明显的事实吗？"奥格涅诺夫说着，对这个大学生射出了火焰样的目光。

"收回你的话，否则就是死！"那学生激愤得咆哮起来。

"死？这是只配去恐吓那些躲在女人裙子底下而想救保加利亚的革命分子的！"

坎多夫冲到奥格涅诺夫面前，想打他的头。他所有的那些被幽闭了好久的苦痛，像怒潮般地向这个间接造成他的苦痛的人一下子迸发了出来。

奥格涅诺夫是个强壮有力的人。他把坎多夫摔回去，一直撞着了墙壁，马上从腰带里拔出两支手枪。

"我不愿意像一个脚夫似的打架——你拿这支枪。"于是奥格涅诺夫递给他一支枪。

拉达害怕和绝望得像疯了一般，她打开了一扇临街的窗子，大叫起来，希望引起过路人的注意。

正在这个时候，教堂里的钟声响了，响声非常洪大，那些回声在空中震荡着。当奥格涅诺夫擎起手枪，准备递给他的情敌的时候，听到钟声，就站在那里一动不动了。外面已经有了急骤的脚步声，大门就砰的一声被打开了。

一些全副武装的市民冲进了屋子。

"起义开始了!保加利亚万岁!"他们叫喊着。

"在什么地方集合?"奥格涅诺夫匆遽地问。

"城外,在兹利多尔山上,靠近修道院那边。赶快去。"于是这些起义者一哄而出,沿路高喊着:"保加利亚万岁!"又唱起那革命歌曲来:"战斗已经开始……"

钟声狂乱地响着。

奥格涅诺夫转身对坎多夫说:

"现在我有点事情。如果这件事情之后我还活着,我一定会来使你满意的。现在呢,你就陪着这位小姐,别让她受惊吧。"于是他就奔出了门。

拉达完全被这场新的祸事吓坏了,她已经晕倒在靠椅上,听见了她刚才的叫喊而赶进来的穆拉利斯基太太正在忙着把她弄醒来。

坎多夫听着钟声,像一个在梦里的人;后来他从地上拾起了一封团皱了的信,这是从奥格涅诺夫手里掉下来的。他把这封信捡起来看。

他念着下面的句子:

"伯爵!人有几个朋友不是坏事。坎多夫这个人你用一口袋黄金也难换到。你要知道,他待在这儿期间,是一刻都没有让你的单纯的鸽子、圣洁的天使孤身独处的。今天坎多夫到克里苏拉去了。是从你的小鸽子那儿得到了一纸短笺——因为你使她太担心了,她只得叫坎多夫去安慰她……愿你的拉达幸福,你的朋友也幸福,羡慕你!你还得知道,我向你说明的是个'秘密':除了神父和村里的人,只有你不知道了。嗨,你快解放保加利亚吧,我们将要推选拉达·戈斯波日娜做皇后。"

这封信昨天不知是由什么渠道送来的,信上没有署名。

坎多夫把这封卑鄙的诽谤书撕碎了,吐上一口唾沫,就走了出去。

第二十五章 起 义

自从克里苏拉起义到现在,已经有五天了。

每一个人的脸上都显得异常紧张,一切别的工作都停止了,一切别的兴趣都被遗忘了。全城都是刀枪林立。在激动与期待中,大街小巷都显出一种如醉似狂的气氛。在这五天中,克里苏拉的人民仿佛经历了几次人生,仿佛度过了五个世纪的恐怖、希望、感奋和绝望。他们所看见和做了的一切事情,以前感到还是很远的将来的事情,现在却觉得像是一个噩梦,把他们引到了疯狂的地步。

在四月二十日那天,克里苏拉派到梅契卡参加大会的代表从科普里夫什蒂察回来了。科普里夫什蒂察就在这一天宣布了起义,所以那代表一回来就拥抱着在家的同志,告诉他们起义的时候已经到了。于是为首的那些同志们就在小学校里开会,在唱过了"战斗已经开始,我们的心在激烈跳动……"这首歌之后,卡拉焦夫上去作了一次慷慨激昂的演说,于是克里苏拉就在市民的热烈欢呼和教堂里的钟声中宣布了起义。立刻就有许多信件分送到别的巴尔干山区城市的委员会去,要他们也跟着起义,以支持这个从克里苏拉和科普里夫什蒂察开始的运动。什长和警卫队长都派定了,大家都急忙赶回家里,拿出枪械,武装起来。他们开枪射击,或是追逐那些设法逃到山里去的警察,但都没有成功。男子汉都被召集在城外的各个高地上。在每一个这种战略地点,都配置了十五人至二十人的警卫队,以保护城市,防御袭击。又掘好了许多壕沟,给这些警卫队做防卫用。城里的从十八岁到五十岁的男人差不多全被征派到这些警卫队里去了。现在,没有一个人准许进城或出城;食物及其他必需品都由各人的家属送到他的岗位上去。这些起义者各人都以自己所能得到的武器来装备他自己。

第二天,教堂里举行了一个庄严的弥撒,女人和教士(因为男人都在他们的防御工事里)都跪着为保加利亚脱离羁轭而祈祷。市民中间的知名人士,那些热心参加这个运动的人,举出了一个军事委员会,又举出了一个总司令部。正午,那面绣着狮子的大幡旗很庄严地护送到兹利多尔峰顶,并交给一个特别警卫队保卫它。这一天的其余的时间,都花在指派各个重要防御地点的指挥员,开掘一个弹药库,和安排其他一切关于装备起义人员和保卫城市的事件上了。但是他们所能从外界得到的消息却不够使他们感到鼓舞:因为,除了斯列德那山里的城市①之外,并没有别的城市起来。到了夜里,这些起义者就很为沮丧了。

四月二十二日,起义者杀了两个土耳其人——都是旅客。现在,血已经流了,事情已经绝对地决定了。但是他们还没有从高地上瞭望到斯特列玛河边土耳其村庄上升起火光。原来

---

① 即指科普里夫什蒂察和帕纳丘里什特。

这是一个约好的信号,它表示卡勃列什科夫已经把附近的保加利亚村庄发动起来,使他们放火烧了土耳其村庄。于是他们就开始在山里给他们的家眷寻一些躲避的地方,同时又派人到科普里夫什蒂察去乞援。

到了天亮,这些起义者变得阴郁起来,渐渐地失去了勇气。四月二十三日圣乔治节并没有使任何人觉得高兴,那召唤信徒去祈祷的钟声,沉闷而愁苦地响着,倒有点像丧钟了。但是忽然间,钟声变得有生气了,而且很得意似的,许多人的脸上登时闪出欢喜的光辉;原来沃洛夫①从科普里夫什蒂察来支援了,带来了一支生力军,一共有五十人,多数都是斯列德那山区村子里的农民。他一直走进教堂,在那儿庄严地做祈祷。钟声还在更欢快地响着。做完了礼拜,沃洛夫和他的一小队人,由教士唱着颂诗陪伴着,开进阵地。那儿有几个被拘捕了的土耳其人和吉卜赛人,当场就以间谍罪被判处了死刑。他亲手用他的刀杀死了一个。把这几个人结果了之后,沃洛夫一个人又回到科普里夫什蒂察去了。这一天的其余时间,都花在完成壕沟上。

第二天,他们又消沉下来了。那些瞭望哨兵虽然密切注意着他们所渴望着的土耳其村庄上的火光,可是始终没有看见。原来卡勃列什科夫没有完成他的使命,已经回到科普里夫什蒂察去了。在起义的开头几天设法来到克里苏拉的几个旅客说,那边一切都很平静,不像有马上要起义的样子。从上一天起,就没有旅客来了。反之,倒是有一群一群的骑在马上

---

① 帕纳约特·沃洛夫(1855—1876),也是此次四月起义运动中主要的领导人之一。起义失败后,流亡到罗马尼亚边境,溺死在扬特拉河中。

的土耳其人,可以远远地看到。他们开了一阵枪,又退了回去。人们的消沉愈加厉害了。最有勇气的人(这种人数量在一天一天地减少下去)的鼓舞、假的胜利消息、苛刻的责难,这些都不足以恢复群众的信心了。

到了四月二十五日,克里苏拉保卫者队伍中的沮丧情绪越发严重了。他们看出他们已经孤立无援,——那就是说,他们已面临着无可避免的毁灭。这是很明显的事实。这个城市所能贡献出来的保卫者,至多二百五十人,并且是四下里分散开的,是不足以抵挡从东西两面冲上来的那些凶猛的土耳其团丁的。至于科普里夫什蒂察,它自己也需要救援,又怎能盼望它派来生力军呢?消沉与绝望蔓延到每个工事里。纪律愈来愈乱了;抱怨、数落、悔恨,这些涣散士气的先锋队,代替了开头几天的一切热忱。敌人还没有看见呢,但是大家都感觉到他们已经在又可怕又避免不了地走近来了。这一群革命党现在宛如一支未经打仗就已败阵的军队,又像一群颤抖的鹿,被围困在一个无路可逃的角落里,听着冲上前来的猛兽的咆哮。有少数人总算还能振作精神,还有更少数的人至少还怀着最后胜利的一线希望。在精神的苦痛之外,还加上肉体的辛苦:冷风在夜里从巴尔干山上吹下来,把那些在潮湿的、连火都不生的战壕里过夜的保卫者们都冻僵了。这些可怜的裁缝,一辈子都是手拿缝衣针在和平的劳作中过活,现在忽然变成起义者而使用兵器了,这的确是可怜的。到了夜里,大家都又冷又不能合一合眼,蹲在那些壕沟里,抱怨和叹息声到处都可以听见。

"祝福咱们这个国家,亲爱的!"在起义的头一天,老妇人们在街上碰见的时候,还这样互相招呼着。

"咳!我们遭殃了,兄弟!我们完了!"现在,连那些以前最热心的策谋起事的人也这样窃窃私议着。

绝望随时都在加深。这是很清楚地印在每一张憔悴的脸上的。然而,并没有人谈起退却或逃走,虽则每人心里都存着这种念头。

这些都是今天每一个高地上壕沟里的哨兵的心理状态。在兹利多尔山上,那最主要的防卫据点也是这样,或者说,差不多也是这样。

第二十六章　兹利多尔的大炮

在克里苏拉城东北的兹利多尔山峰,是一个极有战略价值的据点,它俯瞰着四周的许多山谷,而且控制了从克里苏拉到斯特列玛河谷去的那条山道的要隘。人们可以从那地方看到一连串无穷尽的起伏不平的童山一直伸向东方,哨兵的岗位就沿着这一连串的山头布置过去。

兹利多尔山头的守卫兵是最多的。那里又增援了一批沃洛夫从斯列德那山带来的人员——这些人都是一个被击溃了的小支队的残余者——这些守卫兵都准备以一阵密集如雨的枪弹来回击敌人的第一场进攻。

今天,这些守卫兵显得特别生气勃勃。这些人的眼睛里流露出了朝气。但是他们并不面对着敌人可能袭来的方向,而是面对着克里苏拉城所在的那个山谷。

每一个人都聚精会神地望着那沿着峡谷蜿蜒而来的小

路。一个身材魁伟的人,肩膀上扛着一个很长的、白色的圆柱形的东西。他背后跟着一个农民打扮的很壮实的胖女人,背负着一个显然是很重的东西。

引起每一个人的注意的,就是这一双男女,而他们的这种兴奋是有道理的,原来这一双男女正在把大炮运到兹利多尔山上来。

所谓大炮,实在只不过是一棵樱桃树身做的炮而已,那就是这个身材魁伟的男人扛在肩膀上的东西。

那些弹药——包括碎铁片、子弹、钉子、马掌铁,等等——就是那女人背上所负荷的。

这些起义者的眼睛里都闪着满意的光;这是笼罩着整个兹利多尔山的普遍的热忱。

终于那个身材魁伟的人到达了山顶,满身湿透了从额上和颈项里流下来的汗。

"他妈的!"他喊着,把那个置敌于死命的武器放落在地上。

那些守卫兵都怀着好奇心聚拢来看这尊大炮。像这样的大炮还有二十尊左右,预备分配到别的工事里的,不过此刻它们还在城里。这一尊是运到此地来试验它的力量、它的爆炸力和它的射程的。人们把它拖到最高的地方,让它能够轰击山道和那些童山。他们把它里面填满了弹药,用许多木桩紧紧地把它固定在地上,还在后面挖了一个大坑以保卫那些炮手。

那些起义者都急于要听听这第一尊保加利亚大炮的吼声。大家都怀着孩子气的高兴和说不出的热忱。有些人甚至感奋得掉眼泪了。

"孩子们,听听巴尔干雄狮的吼声吧……它的声音会震撼苏丹的皇位,向全世界宣告说,斯塔拉山已经自由了!"兹利多尔防卫兵的指挥官喊着。

"这声音会使斯特列玛河流域的我们的弟兄们都警觉起来——会唤醒他们的责任心——他们就会拿起武器来冲向我们共同的敌人!"另外一个人说。

"我们在这里统领着整个山谷;只要那些暴虐的土耳其人敢露脸出来,我们一定会把他们打个落花流水。"

"我们决不让他们有一个活着,他妈的!"杀熊者伊凡嚷道,他还在用他的帽子擦拭他那火辣辣的流汗的脸。

原来把这尊大炮扛上山来的巨人就是我们的老朋友杀熊者;其余的那些东西是他的老婆运上来的。他们俩早在一个月之前就搬到克里苏拉来了,因为在这里找到了工作,而且热心地参加了革命。

那炮手拿着火绳,预备开炮了。

"且慢,代尔乔,我们不要吓坏了妇女和孩子们,我们应该先打个招呼。"裁缝尼亚古尔说。

"一点也不错,"有人说,"我们要派一个人到城里去把这个消息喊一遍,因为还有些孕妇呢。"

"派人进城去,不是徒然浪费时间吗?最好还是让嗓子最响的人在这里喊一声,每个人都能听到的。"

"杀熊者,杀熊者。"那些知道他的肺力的人争着说。

杀熊者欣然答应担任这个新的任务了。他先问应该喊些什么,然后仔细地记住了,就走到对面的那个山头上,使他和城市的距离近些。

他挺直了那魁梧的身躯,鼓足了胸脯,抬起了头,张大嘴巴拉长了声音大喊道：

"喂,同胞们！注意啊,要放大炮了,是试炮啊,他妈的……妇女和孩子们不要害怕,让他们放心好了。现在还没有土耳其人来,还没见他们的影儿呢,他妈的！"

他把这个通告重复喊了好几遍,每遍之后休息一两分钟,巴尔干山中的回声响应了他那洪大有力的声音。结果城里每一家人家都听到了。在这个安民告示发出以后,他们就动手放炮。代尔乔打了一个火,点着一大束火绒,再把这束火绒缚在长竿上,于是远远地将那长竿头上的火凑到炮身的火门上。那些火绒燃烧起来,冒着烟,青烟升起在空中。在狂热地盼望着轰响的情绪中,这些起义者后退了很远;还有些人躲到壕沟里去,使自己什么也看不见;有些人甚至用手指塞住了耳朵,眯着眼等候着。几秒钟过去了,在这几秒钟中间,他们的神经之紧张真是可怕的、无法形容的。导火索上边依旧冒着青烟,但没能把它点着。人们的心都跳得快炸开了。痛苦的境地使大家觉得难以忍耐。终于,导火索发出一团白色的火光,它也冒了烟,忽然间那大炮里发出了一个疲弱的、怒意的和沉闷的声音,宛如一块干木板折裂的响声,或者又像是一声尖锐的咳嗽,整个炮身上都蒙了一层浓烟。

这么一声咳嗽便使那尊大炮裂开了,那些炮弹只从炮口喷出了几步远。有许多人甚至连轰响声都没有听到。

有一个人说,不知道他是开玩笑还是当真的,他还以为这是杀熊者伊凡放出的响屁呢。

这不幸的结果分明显出了那尊大炮的缺点。于是他们赶紧忙着改良其余的那些大炮,用坚牢的铁箍和绳索一匝又一匝地把炮身紧紧地箍起来,有几尊炮的里头还镶了铅皮。当天就往每个工事里运去两尊大炮；它们都装钉在牢牢打入地里的木桩上，把火药一直填到了炮口。还在炮后面挖好给炮手隐蔽用的大坑，每一尊炮都只预备用一次，而且各自对着一个方向。

在这里我们还应当附带说明，当时竟没有一个人想到把这尊保加利亚大炮已经"炸过"①了的消息通告给城里人。因此，那些可怜的妇女和老奶奶们都用棉花塞住耳朵，在等候那劈破空气而震动全城窗户的大炮声，一直等到晚上。

第二十七章　盘　查

奥格涅诺夫这时正在兹利多尔和斯塔拉河中间的高地上，在靠东边的一个工事里。这个工事与兹利多尔的工事有着同等重要的战略地位。但是它有一个优越的条件，就是从这里可以望见斯特列玛河谷的一部分。在东面几个光秃秃的小山岗后面远远地呈现出深邃的河谷的一片翠绿。守卫工事的三十来个起义者因为天气炎热，全都光着膀子，只穿一件小背心，面带污垢和愁容来回走动着。这里也像别的工事那样，笼罩着一片沮丧的气氛。

奥格涅诺夫穿着起义者的服装，腰里像往常那样插着两把手枪，正站在掩体外面的土坡上，用望远镜往山谷里看。他望着蓝色的青烟，有些人误认为那就是盼望已久的火光。

---

① 此处保加利亚语动词可作炸裂、放枪炮及完蛋解释，有双关之意。

奥格涅诺夫放下望远镜,从土坡上走下来,心情阴郁地悄声说:"那不是的,那是斯列德那山上有人在烧炭。"

这时,他看到杀熊者押着一个不属于这个工事的陌生人走来。这是一个小个子保加利亚人,长着一张呆蠢的面孔,穿着磨旧了的肥裆裤和短皮袄,肩上背着一只花布袋。

"一个奸细!"杀熊者说道,"是我们在河谷里抓到的。我们盘问过他了,他像个白痴似的一声不吭。你命令我们怎么处置他吧!"

奥格涅诺夫的脸上不由自主地露出了笑容,他认出这个人原来是臭屁精拉契科。

拉契科是昨天离开白拉切尔克瓦到拉曼拉里去给土耳其人缝补衣裳的。白拉切尔克瓦的许多穷人都用这种自由手艺勉强糊口。这个人愚昧无知,根本不知道白拉切尔克瓦在准备着什么,也不知道这边发生了什么事情,因此当他在拉曼拉里非但找不到缝缝补补的活计,反而被怒气冲冲的土耳其人用劈柴在背上抽了几下,又被粗鲁地骂了一顿,撵了出来时,他感到非常惊奇。为了不空手回去,他决意到附近的克里苏拉去一趟。然而土耳其马队的出现又把他吓了一跳,于是他便走进斯塔拉河谷,想从这里绕道到克里苏拉去,就这样他落到了前沿哨兵的手中。

"你到这里来干什么呢?嗯?"奥格涅诺夫问道。

一直被这些全副武装的人吓得魂不附体的拉契科(他误认为这些人是强盗),现在才稍微定了定神。尽管他对奥格涅诺夫有些不愉快的回忆,但是在这些稀奇古怪的人中间,他还是把他当成了自己人,当成了朋友。拉契科的舌头灵活起来了,他原原本本地向他述说起自己的经历来。

鲍依乔听他说昨天才从白拉切尔克瓦出来,便喜形于色。

"白拉切尔克瓦的情形怎么样?"

"没有什么,没有什么,谢天谢地,没有……"

"没有什么"这几个字像针一样刺痛了奥格涅诺夫。

"别撒谎,老实说!"

"没出什么事,你放心吧,没出什么事。"

"怎么,那里没有发生什么事情吗?"

"相信上帝吧,什么事也没有……你要我起誓吗?"

"这个蠢家伙什么也不知道,"鲍依乔愤懑地想道,"他是不是在欺瞒我们,他难道真是土耳其人派来的吗?为什么只有他能过来,别人都过不来呢?"于是他用火辣辣的眼光盯着他。

"你听着,老老实实地说,不然我就叫人在石头上撞扁你的脑袋!……"鲍依乔突然气得涨红了脸说。

"不,老师,你把这个人交给我吧,"杀熊者插嘴说,"我要他的脑袋;我要用于揪断它,把它填到炮膛里,一下子打到拉曼拉里去,让他向土耳其人报告他在这里看到了什么……"然后这个巨人就像鹰隼似的瞪着身材矮小的拉契科。

"我全都说,我全都说……"拉契科害怕地嘟囔着说。

"记住我说的话!"奥格涅诺夫说。

"记住了,记住了,告诉你,我记住了……"

"你真是昨天从白拉切尔克瓦出来的吗?"

"是昨天出来的,是昨天出来的。在太阳还那么老高的时候就出来了。"

"那里有什么情况吗?"

"什么也没有,你放心吧。"

"你为什么离开了斯特弗乔夫?"

"是他把我赶出来的,愿上帝杀死他吧。要是我不说老实话,我就不叫臭屁精拉契科。人生在世只求留个好名声……"

奥格涅诺夫向他挥了挥手,叫他别再说下去了。"你昨天离开白拉切尔克瓦以前看见过什么人?……看见过索科洛夫吗?"

"看见过,不过不是昨天——是前天,他跟那个德国人一起走进他家去。"

"那里没有什么骚乱吗?"

"没有。"

"土耳其人去了吗?"

"连只狗都没有去过。"

"知事没有抓过什么人吗?"

"没有听说。"

"那么全都很平静吗?"

"我说,你就相信我吧……"

"那里的人在谈论些什么呢?"

"人们谈论得挺自在的……"

"怎么挺自在的?"

"每个人都在忙着自己的事,譬如说我吧,是个有家室老小的人,背上布袋就出来串乡找活儿干了。你会说,真可耻——这并不可耻,伯爵,臭屁精拉契科还是这么个人,老老实实的人。我问你,人活着为了什么?还不是为了在世上留下个好名声……"

鲍依乔用力攥紧两只手。他多么想从这个呆头呆脑的家伙的嘴里掏出哪怕一点点关于白拉切尔克瓦的最近动静的消息啊。可是他经过又一次徒劳的盘问以后,就完全相信从他的嘴里什么也不可能了解到。原因很简单,拉契科什么也不知道,而更重要的是白拉切尔克瓦确实什么动静也没有。

"你要做什么,伊凡?"奥格涅诺夫看到杀熊者在翻查俘虏的布袋,就问道。

"这几把剪刀难道我们不需要吗?还是我笨得像头牛呢?"伊凡说着从布袋里掏出了一把大剪刀、一把小剪刀和一把折叠起来的铁尺。

"你要这些玩意儿干什么?难道要割掉他的耳朵吗?"

"大炮需要呀,他妈的,不是需要弹药吗?"杀熊者说着就把大剪刀拧弯了,掰成了两截,又把每截放在膝盖上撅了一下。铁条吭当响了一声,他的每只手里就拿了半截。铁尺也让他像折筷子似的用手折断了。最后他回到俘虏身边,警告他说:"记住,你要是不老实,我可要拧断你的脑袋,把它揪下来填到炮膛里去的!"他恶狠狠地望了一眼那个白拉切尔克瓦人的小脑袋,似乎真要把它填到炮膛里去似的。

"伊凡,你回兹利多尔去吧,把这个人留在这里。他不是奸细,只不过是个大笨蛋。"

拉契科听到吓人的杀熊者要走,顿时舒了一口气,如释重负。"对不起,伯爵,我可以给这些强盗缝补破衣服。只要有活儿干,一个人凭良心干活,他不会因工作感到羞耻……"

"你说谁是强盗?"奥格涅诺夫严厉地问道。

拉契科压低了嗓门神秘地说:"这些人,上帝保佑,这些强盗差点儿要了我的命……"他用眼睛扫了一下那些守卫在工事里的人们。

"让这个人参加挖掩体吧!"奥格涅诺夫对他们喊了一声,接着就走开了。

第二十八章　士气沮丧

一个什长走到奥格涅诺夫身旁。

"什么事,马尔切夫?"

"事情不妙,"那什长轻轻地说,"阵地上的士气开始沮丧了。"

奥格涅诺夫阴沉地皱起眉头。

"谁动摇了士气,就得立刻判处死刑。"他怒气冲冲地说,"你注意到了哪些人,马尔切夫?"

那什长说出了四个人的名字。

"把他们叫来!"

于是那些被告发的人就来了。他们都是上了年纪的裁缝和商贩。

"是你们吗,先生们,在动摇年轻人的士气?"

"我们没有动摇什么人。"其中的一个没好气地回答。

"你们知道不知道,在这样紧要的时刻,这种行为该受什么样的处分吗?"

他们并不答话。但是他们的缄默并不是表示害怕,反而是表示了他们的固执。

奥格涅诺夫气得按捺不住了,然而他竭力约束他自己,心平气和地说:

"回到你们的岗位上去吧,诸位。我们已经开始了我们的革命,现在要后悔已经太迟了。我们一定得在此地抵挡住敌人,谁都不应该总是瞟着克里苏拉。你们要保全你们的家眷和房子,最好还是留在这里,而不是回到城里去。不要逼我采取不得已的办法,我要求你们。"

但他们并不走开。

奥格涅诺夫诧异地看着他们。这显然是一种抗议。

"你们还有什么话要说吗?"

他们彼此望了一眼,最后,有一个人开口了:

"我们不是干这种事情的。"

"我从来没有拿过枪。"另外一个补充说。

"谁拿过枪呢?"第三个说。

"我们不会杀人。"

"你们害怕了,是不是?"奥格涅诺夫问,他想用这句话使他们觉得丢脸。

"唔,如果我们说是……这也不是一种罪孽。"

"是的,我们害怕了!"那第一个开口的人愤怒地说。

"我们都有老婆和孩子呀。"

"我们的性命又不是路上捡来的。"其中最大胆的一个愤愤地说。

"跟保加利亚的解放比起来,尤其是跟保加利亚的名誉比起来,你们的性命、家眷和房屋算得了什么!"奥格涅诺夫用气得发抖的声音喊起来,"我再跟你们说一遍,不要表现出你们是些懦夫,而逼得我用最严厉的手段来对待你们!"

"我们从来没有动过枪,造过反。你放我们走吧!"

奥格涅诺夫看出他们的固执不是用温和的话可以战胜

的。他发起火来,但是还竭力保持着沉静。他心里很悲哀地感觉到:唯有极度的绝望与害怕,才会使这些懦夫敢于并且下定决心向他们的指挥官公然承认自己的害怕而不觉得羞耻。

从这样的公开的自白发展到惊慌的逃亡,只不过一步路罢了。他决计不再姑息了。这种情绪决不能任其发展开去,以致影响别人也濒临这种极端的地步。首先必须整顿纪律。

"你们到底肯不肯回到自己的岗位上去?"他果决地问。

他的眼光阴沉沉的,心跳着,他静候着他们的回话。

正当此时,他的背后忽然起了一阵喊声。他转身去一看,在山下的平地上,杀熊者正在追赶一个吉卜赛人。其余的起义者都簇拥过来观看他们赛跑,并用大声吆喝着给杀熊者加油。杀熊者迈开他最大的步子竟追不上那个赤脚而矫捷的吉卜赛人。有几个人甚至举起枪来向那吉卜赛人瞄准,但奥格涅诺夫命令他们不要开枪。这个逃亡者显然是匿伏在克里苏拉直到今天,正想逃到一个土耳其人的村庄里去。在起义开头几天中设法逃跑了的那些吉卜赛人,是最早向土耳其人报告克里苏拉起义的消息,以及关于阵地防守的布置情况的。由于天性和利害关系,他们都是土耳其人的忠实党羽,无论是在这里或任何别的地方,在类似的情况之下,他们都表现出这种倾向。杀熊者还在跨着大步像旋风一样飞奔着追赶那吉卜赛人,但是那吉卜赛人还是跑在前头,因此这两个人愈跑就离工事愈远了。那吉卜赛人差不多已经跑出了射程。忽然他惶惑地站住了:因为在他前面出现了两个负责望哨的起义者,于是他就被两面夹攻了。这时杀熊者已经赶到跟前,纵身一跳,向他扑去,两人就同时滚倒在地上。工事里的人高兴得呼喝起来。许多人招着手对他们喊:

"带到这里来——这里来!"

杀熊者追得又气又恨,破口大骂,一面押着那吉卜赛人走过来,他的骂声很清楚地传到工事里的人的耳中。

不一会儿,那逃亡者就被押回来了。

那些起义者把他围起来。暴怒的表情使他们那灰心丧气的脸上显出了些活力。大家都认识这个吉卜赛人。他已经两次企图从克里苏拉逃走了——第一次是一个禁闭在城衙门里的土耳其人交给他一个秘密情报,叫他送到拉曼拉里村去,但是他没有逃成,只被严密地关押起来。现在,这回可不能饶赦了。

那阵地指挥官转身走向什长,他们低声地讨论了一会儿。

"是的,是的。"最后奥格涅诺夫说,"现在任何姑息或是慈悲,都是有害的。看见了处死,也许会使这些懦夫胆壮一些。不过必须先由军事委员会判决才行。马尔切夫,你立刻到兹利多尔去一趟,把此地所发生的事情打个报告。我个人的意见和请求是判处死刑。马上去吧。"

于是那什长走了。

奥格涅诺夫转身严厉地对一个年长的起义者说:

"马林大叔,把这个吉卜赛人看守起来。"

于是又对两个年轻的说:

"小伙子们,把这些懦夫带到那一边去;把他们的枪缴下,把他们监禁起来等候命令。"

这四个丧失了斗志的起义者面色都像死灰一样了,但是他们只得顺从地向监禁的地方走去。

第二十九章 洗 礼

奥格涅诺夫很激动地在战壕边上走来走去：他的阴郁的思想使他瘦削的脸上增添了很多皱纹。

他回身走向一群正在用劲挖掘一道新的壕沟的起义者，无意识地看了他们一眼，没有发觉拉契科在向他表示友好的讪笑。他又走上了沟沿，用望远镜仔细瞭望东方的天边，然后，面色显得更加忧郁，回到了原来的地方。

"这是一个什么民族！一个什么民族啊！"他喃喃地说。

马尔切夫回来了。

"判决了——死刑！"他喘息着喊。

"军事委员会宣判的吗？"

"是的，死刑，立即执行！"马尔切夫高声地说，然后又轻轻地添说了几句。

奥格涅诺夫满意地点了一下头。

"死刑，立即执行！"这句话是远一些的地方也听得到的；因此，这句话一个人一个人地传开去，一直传到监禁那些犯人的角落里去。

这些犯人的脸色，刚才是像死灰一样，现在却白得像殓布了。

他们才知道这儿不是闹着玩的。在他们看来，军事委员会霎时间就变得仿佛是一种可怕的、威严的、铁面无私的东西——就像命运之神一样，只有天主才在它之上。

一个起义者走到奥格涅诺夫跟前。

"那些犯人悔过了,他们请求宽恕。"

奥格涅诺夫冷冷地回答道:

"已经宣判了,现在已经太迟了。"于是他用命令的口气说,"勃莱科夫,你再带上尼亚古尔、布拉戈依、伊斯克罗夫把这四个犯人带到下面山谷里去执行判决。军事委员会的判决必须一字不差地执行。"

勃莱科夫对这一切感到很愕然,但也只好去执行这位阵地指挥官的命令。

没有一个人作声给这些犯人辩护,因为谁也不愿意被认为和他们怀着同样的思想。每一个人都觉得他自己的生命掌握在军事委员会手中。这个军事委员会,是唯一的法官,是一个不能上诉的地方。

四个犯人由指派了的四个人押着,穿过工事,沿着山坡走到山谷里。

"把那个吉卜赛人也带下去!"奥格涅诺夫喊着。

然后他轻轻地对什长吩咐了几句,那什长就急忙跟着他们下去。

选定了的行刑地点是一片低湿的绿草地,有一条小溪从那里流过。四周都是山岸。奥格涅诺夫所在的工事在西面山顶上。工事里所有的人都聚集在那里俯瞰着执行死刑。

小溪的左方有一株橡树,树身的一半被雷电烧焦了。

两个起义者先把那吉卜赛人带到那里,就用他自己身上的大红腰带把他绑在树干上。

恐惧使这个家伙一声都不响了。血正从他的裂了口的嘴唇里流出来。

在不远的溪岸边站着另外那四个犯人,等着轮到他们就刑。他们的脸相都已经吓得变了样子。

马尔切夫喊道:

"把他们也带到这里来!"

于是这四个犯人便向那边移动过去。其中有三个人的腿脚已经不听使唤了,那些押解他们的人不得不架着他们,把他们拖到什长指定的那个地方去。

马尔切夫把他们排列在离那吉卜赛人十步远的地方,可能是要他们就近看一看那个可怕的景象,也就是他们待会儿会让群集在山崖上的共同参加起义的同志们看到的可怕的景象。

他们并没有被绑起来,但是恐惧已经麻痹了他们的力气,甚至没有一个人想到要逃走,当然,这也是不可能的。

接着是一分钟死一般的寂静。

于是马尔切夫响亮而庄严地宣称:

"吉卜赛人迈赫麦德,住克里苏拉城,已经连续三次企图越狱逃跑,怀着卑鄙的目的向保加利亚的敌人效忠,现奉最高委员会判决,立即处以死刑,以儆效尤!"然后,他转身向另外四个犯人说:"你们,转身向迈赫麦德立着!"

他们都自动地遵命转了身。

"给他们每人一支枪!"

那几个押解犯人的起义者心情异常激动地把自己的枪递给了他们。那些犯人接过了枪,他们的脸色都惊吓得失神了。

"现在,按我的口令,对他开枪。一!二!三!"

一阵轰响震撼了附近的山崖,一股浓烟笼罩在这四个人的周围。

那吉卜赛人还照样靠着树直立着,一颗子弹都没有打中他。显然是他们没有对他瞄准。但他已经像个死人了。

"丢脸啦,你们!再来!"马尔切夫怒声喊道。

于是他又喊了一遍号令。枪声又响了。这回,那吉卜赛人的头垂了下来,两只手也向下悬吊着。

山头上响起了鼓掌声。

"这就是你们这回所受的惩罚了,让你们受一次血的洗礼。你们应该感谢奥格涅诺夫的宽宏大度和军事委员会的宽大啊。"

当这四个人明白了他们已经得救之后,他们最初是茫然四顾,仿佛刚从噩梦中醒来似的。

一丝喜悦的笑容,隐约出现在由于恐惧而变得惨白的面颊上。

工事里又哄起了一阵高兴的掌声。

第三十章　斯特列玛河谷燃烧了

"奇怪——奇怪,真是莫名其妙!真是可怕!到现在还没有一点动静!他们在做什么呢?白拉切尔克瓦到底怎么样了?他们静得像死人一样!一声不响!静得多么可怕。我简直想都不敢想,难道他们都已经袖起手来,主张明哲保身了?难道那笨蛋没有讲明真实情况?可是那里有索科洛夫,有波波夫,还有贝兹·波代大——都是我的雄鹰!都是热心而经过考验的好汉。他们还在等些什么?难道他们在等我吗?不错,但是如果我不能赶到,或者万一我被打死了,难道他们就不动手了吗?要不然,他们都是聋子和瞎子,因此他们看不见。克里苏拉起来了,科普里夫什蒂察起来了,帕纳丘里什特也起义了,斯列德那山燃烧了!唯有斯特列玛河谷还在沉睡!也许发生了什么不幸的事情?或有什么意外的阻碍?但这是不可能的:如果白拉切尔克瓦本地不能发动,至少也应该派一支十来个人组成的小支队来鼓励鼓励别人呀。然而,它却无所作为,一动不动,各方面的情况都说明了这一点。可曾经有过那样的热情高涨,那样周到的准备工作呀!别的地方,是不是也这样呢?要是这样的话,保加利亚就会面临着上帝的谴责与全盘崩溃!"

奥格涅诺夫心里充满了这些悲观思想,他今天化装成一个土耳其人,小心地从斯塔拉河谷向斯特列玛河谷走去。

我们已经知道,在四月二十日那天,他经过克里苏拉,打算到白拉切尔克瓦去,想在全面起义的日子,在那儿发动起义。但是,在他到达克里苏拉的当天,那儿都已经到了起义的时刻。他恰恰在一种可怕的内心痛苦的状态中,赶上了革命的爆发,因此就盲目地参加了这一个行动,希望在斗争的风暴中忘掉他的苦痛,并作为争取祖国自由的战士而牺牲。但是敌人始终没有出现。克里苏拉和河谷之间的一切交通都被切断了。奥格涅诺夫一直留在防御工事中,接连五天五夜不知疲倦地忙着组织保卫工作,心里焦急地等待着白拉切尔克瓦起义的消息……奥格涅诺夫痛心地诅咒着把他带到克里苏拉来的那个机会。他看到这种不祥的沉默对于起义者的士气所发生的可怕的影响,和对于整个运动的破坏作用。虽然他郑重地保证白拉切尔克瓦一定会马上起事,而且其他的城市也一定会跟着起来,虽然他用这些话鼓励他的伙伴,然而竟毫无效果。最后,连他自己都绝望了,而且恐惧地预料到克里苏拉乃至整个革命的崩溃。于是他决定采取一个勇敢到几乎不顾一切的措施——那就是冒险穿过那些狂怒着的土耳其村庄而去发动起义。

他这个计划的确是要冒极大的危险。但是白拉切尔克瓦的起义乃是一个火种,它将使斯塔拉山麓的预备起事的其他地方都立刻燃烧起来。这样,土耳其人的力量就会被分散掉,克里苏拉也就得救了,于是革命的烈火就可以延伸开去——于是,谁知道呢?革命会胜利……历史上有过许多伟大的转折都系于一些细微的关键。因此,这种结果是很值得冒险去争取的,而创功勋的也自有人在。

当他走到河谷的时候,已经到了正午。此刻这里正是繁茂的时候,充满了幽荫和青翠。清澈的溪水从芳草地里流出,经过那些枝叶扶疏的橡树。玫瑰花的香味浓郁得使空气都重浊了,仿佛置身于一个得宠的后妃的闺房里。这个在蔚蓝的天空和愉快的阳光之下的河谷,真是一个迷人的好地方——简直像一个地上的天堂了。但是景色一点也引不起这个行人的注意——他宁可看见它在火里燃烧。

他所走的路要穿过离克里苏拉最近的土耳其人的村庄拉曼拉里。他毫不畏惧地走近了那村庄。当他穿过村庄外面的那些玫瑰园的时候,他被几个显然是在负责巡哨的武装的土耳其人喝住了。

"你从哪儿来,老弟?"

"从阿尔特诺沃米。"

"到哪儿去?"

"到阿希耶沃去。那边平静吗?"

阿希耶沃是离白拉切尔克瓦最近的一个土耳其人村庄。

"那边很平静,感谢真主。"

奥格涅诺夫觉得心里一阵疼痛。

"你最好在这里住下来;明天我们要去打克里苏拉了。"

"我看看再说吧。再会。"

于是奥格涅诺夫走进了那村庄。

他看到那里非常热闹,街上挤满了人,一群一群武装的土耳其人熙来攘往,咖啡店里都挤满了,饮食店和小酒店里也满是人。显然有好几百个土耳其人从邻村来到这里,准备攻打克里苏拉。拉曼拉里是他们集合的地方。虽然心里在替克里苏拉的命运担忧,可是奥格涅诺夫还更着急地要想打听到白拉切尔克瓦的好消息;总还相信它会在最后关头起事。于是他便打定主意,想走进一个白拉切尔克瓦人开设的小酒店里去。但又恐怕被人出卖,就不进去了。他一路走过去,同时用眼睛打量着该走近哪一群土耳其人才好。他偶然走过一座清真寺,一看,里面也挤满了人。门口站满了信徒,人们还在络绎不绝地到来,分明是那儿有什么非常的事情。奥格涅诺夫猜到一定是有阿訇在说教,像火上加油似的煽动这些已经狂怒了的群众更加疯狂起来。一种按捺不住的好奇心促使他混进这一群信徒里去。果然他没有弄错——这时,那说教者登上了那个在清真寺里当作布道坛用的木几上。灯光之下,奥格涅诺夫立刻就看到这并不是一个普通的乡村阿訇,而是一个苏甫达①,可能是特地从卡城来的。

---

① 土耳其语中的"神学大师",其地位比阿訇高。

顿时寂静笼罩了一切。

那苏甫达开始扬扬自得地说了：

"真正的信徒们！从前，在我们的伟大的历代苏丹的光辉统治之下，全世界一听到'奥斯曼利'①的名字就发抖。东方和西方都在他们面前低头屈膝；五洲四海都向他们奉献贡礼，有多少国王和后妃都来俯伏在哈里发②的宝座前面，舔那儿的神圣的尘土。那时真主是伟大的，而他的神圣的预言者穆罕默德也是伟大的。但是现在，我们对天神犯下了大大的罪孽，我们放纵于酒色，我们和邪教徒交结朋友，并且袭用了他们的法律。因此，天神抛弃了我们，让我们给那些被我们征服的人去玷污，给那些被我们踏倒的人去践踏。哎，真主！真主！请把天使阿兹拉依尔③的火剑赐给我们，让我们用你的敌人的血去濡染东方和西方，让我们把四海染作殷红，使诸天变得光耀。这是我的祈祷，真正的信徒们！磨砺你们的刀子，用祷告来祈求神灵，备齐你们的武器，你们要准备好，因为时候已经来到，我们要用邪教徒的血来洗掉我们的羞耻，为了那独一无二的伟大的伊斯兰教的天神的荣名……"

那说教者用这样的精神来开始他的煽动的演说，这个演说很长，他的上百个信徒都出神地倾听着，眼睛里闪着炽烈的光。

"原来在这样做，"奥格涅诺夫没有听完就离开了，当他

---

① 此词源出于奥斯曼帝国的建立者奥斯曼（1259—1326）。意为"奥斯曼的"，亦即"土耳其的"。
② 穆罕默德之继承者，亦即伊斯兰教领袖之意。
③ 伊斯兰教中四大天使之一，专司战争和死亡，手持火剑，所至之处，必有焚杀。

走到街上的时候,心里这样想,"就是说,关于这些说教者的传说确是真的。当我们在宣传着发动起义反抗土耳其的时候,他们的使徒却在宣传着消灭保加利亚整个民族!这个斗争将是一场激烈的斗争——它是一个民族对一个民族的战争。我们不能再受蒙蔽了,保加利亚的国土不大,它容不下两个民族!好吧——就这样吧——不能退却!对保加利亚来说大势已定了!我们神圣的梦寐以求的革命是怎样开始的啊!啊,天主!保佑保加利亚吧!"

于是他在广场上走来走去。祈祷已经做完,那些听众也都散出来了;他们分成许多小组,在刚才那一番演说的影响下,他们还在叽叽喳喳地谈论着。奥格涅诺夫走近其中的一群人身边,听听他们在说些什么,随即他就明白了目前的情况。最初,克里苏拉的起义的确使附近村庄里的土耳其人惊慌了,因为他们以为俄国军队来到了克里苏拉。在这种恐惧的压力之下,他们预备带上家眷去逃命了。但是,随后就有那些从克里苏拉安然逃出的土耳其人来告诉他们,同时也由于那些起义者的笨拙,使他们了解到他们所要对付的只是一些普通的老百姓,大多是些裁缝、织工,还有几个学校教师;这情形立刻就恢复了他们的全部勇气与信心。他们决定不等正规军队的支援,自己去对付克里苏拉人。奥格涅诺夫又听说这些拉曼拉里的村民已经从计划得很巧妙的侦察中获悉了全部防御工事的配置和实力。明天早晨,屠松团长就可以从卡城到达这里,他还要带来一些民团团丁,那时他们就要立刻去攻打这反叛的城市了。

这些发现使奥格涅诺夫震惊。现在他更清楚地意识到,赶紧使别的保加利亚城市也起义,这是非常必要的行动。

必须赶在屠松团长之前。

他马上出发向东走。

他一点不受干涉地穿过了那个名字叫作特基亚的土耳其人村庄。这个村庄只有在西边有人警戒着,这表示了东边不会有什么危险。这里他看出人们也在加紧活动;这里也在等待屠松团长到来;都准备加入他的队伍。

"一分钟都不能失掉了!去白拉切尔克瓦——去白拉切尔克瓦。一定要让屠松团长先到我的白拉切尔克瓦的铁胸前去碰碰。一定会这样,不错,一定会这样,只要我一到那里……只要找到贝兹·波代夫一个人,我就可以宣布起事,半点钟之后,就会有五百个人来站在我们的旗帜底下。白拉切尔克瓦将燃烧起来,或者是由于起义,或者是由于失败而被纵火焚烧。前进,前进!啊,天主,给我翅膀啊!"

于是奥格涅诺夫兼程向白拉切尔克瓦赶去。他觉得大约再走两三小时,他就可以远远地望见城里的那些白色的烟囱,和教堂的尖角形的前楣了。他的心由于疯狂的喜悦而激烈跳动起来。

离开他刚才走出的村庄不远,路就穿到一个林木茂密横贯平原的峡谷里。当他走到这里的时候,仿佛听到远远地有鼓声和唢呐声。可能是哪个土耳其人村庄里有人家在小喜事,这显然是很不合时宜的了。但不久一切都静了,他也就忘记了他刚才所听到的声音。当他穿出到峡谷的另一头时,鼓声和唢呐声又响起来,这回是非常近了。他爬到高处,吃了一惊,从山顶上看到了一个使他惊慌失色的景象。

在他前面的平原上,黑压压地挤满了土耳其人,跟着这野蛮的乐声前进着。几面红旗飘展在空中。这一群人毫无秩序地、纷乱而喧嚷地走了过来。枪、镰刀、斧头、长矛,都在太阳光中闪烁在那些民团团丁的肩膀上和缠头巾上。由于正午的炎热,大多数人都只穿着背心和衬衫。这一个浪潮,扫过一个土耳其人村庄,就卷光了那个村庄里的人。在这样一群疯狂的人中间,一点纪律都没有;只有一个凶恶野蛮的目标维系着他们,鼓动着他们,驱使着他们前进,那就是:血和战利品。为了前者,他们扛着枪和刀斧,准备去杀戮;为了后者,他们后面跟着一连串的大车,用以搬运战利品。这群被狂热所陶醉了的暴徒配合着鼓声和唢呐声前进着,缓慢地,但是不可抗拒地,像一阵蝗虫似的向前涌来。

在他们前头,马上骑着一个又高又瘦又黑的人,缠着一幅白色的头巾:这就是他们的首领。

他示意那些吉卜赛乐人,叫他们停止奏乐。

"哎!这儿来,穆斯林!"他向奥格涅诺夫喊着。

奥格涅诺夫走近去,深深地打了一躬。

"你打哪儿来?"

"从特基亚来。"

"那边怎么样?"

"没有事——都很好,感谢真主!"

"他们怎么说——克里苏拉那边人多不多?"

"很多,他们说——安拉保佑苏丹!"

"是些什么人?"

"莫斯科人,他们说。"

"闭嘴,你这个乌龟王八蛋。他们不过是一些可恶的老百姓罢了。"

"恕罪吧,团长大人。"

"你到哪里去?"

"到卡城去。"

"回去跟我们一起走。"

奥格涅诺夫不由得面色发白了。

"团长大人,请放我——"

"往回走!"屠松团长吆喝着,踢着他的马前进了。

队伍又向前走了——鼓和唢呐又响了起来——人流把奥格涅诺夫带了回去。

要想反抗,或是冲过这些蜂拥麇集、遍地皆是的暴徒,那简直是不可思议的。所以,这个不幸的人,怀着绝望的心情,只得跟着他们走。他完全被压倒了——他的最后一线希望都破灭了。他机械地向前走着,仿佛在一个梦里,被这个人数和野兽般的兴致都随时在增加的、喧闹的人群驱赶着向前走。这个人群的浪潮把他向来的路上推回去,推回去,一直推向那些光秃秃的山岗。这些山岗背后,就是克里苏拉了。

第三十一章　一个新的企图

晚上,屠松团长的一群人到达了拉曼拉里,由于人数的增加,情绪变得越发疯狂了。在那里,又有许多从附近村庄里来的土耳其人等着加入他的队伍。因此,屠松团长就可以有两千人的力量在明天去进攻克里苏拉了。

拉曼拉里村子挤满了人。它简直容不下这许多新的来客。幸而夜色很好,大多数人都在街上睡下了。

奥格涅诺夫无可奈何地学着他们的样。

在一个白拉切尔克瓦人开设的小酒店对面的小丘上,他独个儿躺下了。

时候虽则已经很迟,那挤满了人的小酒店的窗子里还亮着灯光。

奥格涅诺夫别无他法,只好决心不睡。他今晚必须设法逃出这个挤得水泄不通的土耳其人的黄蜂窠——到明天的话,这就不可能了。

他一边沉思,一边注视着那个小酒店的明晃晃的窗子。他思忖着如何通过把守着四周村口的密密麻麻的哨岗。

由于他穿着土耳其服装,又会说地道的土耳其话,他想这个企图一定可以很容易地达到。但是,天啊!就算他逃跑成功了,就算他安然无恙地回到了工事里,又有什么用呢?

白拉切尔克瓦还是毫无动静,而克里苏拉呢,无论如何也逃不掉毁灭的命运。

要想在当夜到白拉切尔克瓦去,这几乎是不可能的事;因为把守在村子东头的哨兵,已奉令不让任何人出去,以禁止逃兵。到明天白天,就会更加不可能了。老实说,即使可能出去的话,他现在也不想到白拉切尔克瓦去了。他觉得,在这样严峻的时刻,他没有权利不在克里苏拉。他的不在,会被人家认为是一种卑鄙的逃亡。不,这且不必去想它。要紧的是,他怎么能送一个信给白拉切尔克瓦呢?他能不能做一次最后的尝试呢?于是他用尽了脑筋来策划这件事情。

最后,他想出了一个主意。他决定去跟那个小酒店老板商量,明天早晨派他的一个儿子到白拉切尔克瓦去一趟。为了安全起见,这个孩子可以随便跟一个过路的土耳其人结伴同走,因为明天刚巧是卡城赶集的日子。

这是一个似乎可以办得到的主意,虽则实现这个主意仍有很多困难,但由于它很重要,却是值得去努力和冒险的。当前就面临着一个严重的危险:他首先必须向那个未必可靠的小酒店老板暴露自己的真面目,也就是把自己的命运交在他手里了。

幸而他认识那小酒店老板和他的家属,因为老板的大儿子是他的学生,这多少也让他放心一些。

他从小丘上站起身来,大胆地穿过了院子的大门,走过了院子,走近院落尽里边,靠近马厩的一个小房间的小窗子旁边。他就在那里来回地踱着,等着偶然有机会见到那一家的人。他不敢去敲窗打门,因为怕这声音会惊动土耳其人。

他来回地踱了好久,竟没有一个人进出。无疑地,那老板和他的几个儿子都在忙着照料店务,只有他的妻子和小一些的孩子在那个房间里。所以,最后他还是决定鼓起勇气来敲门。

但是机缘却来帮了他一个忙。那门开了,一个女人走了出来。奥格涅诺夫认识这就是老板的妻子。她挟着一筐大麦向马厩走去。可能是因为他在暗地里,所以她没有看见他,也可能把他当作一个来看自己的马的土耳其人,而没有注意他。

奥格涅诺夫匆匆赶上去,用保加利亚话清楚地说:

"晚安,阿甫拉美查大婶。"

她吃惊地,甚至可以说是害怕地,回转身来。

"您不认识我了吗?"他又用很客气的口吻说,为了镇静她的惊慌,他连忙说明了自己的身份。

"我是奥格涅诺夫,你儿子南科的老师。"

"是谁,是伯爵吗?"她诧异地反问,同时把那筐大麦移到另一只胳膊底下,"你在这里做什么?"

接着,她仿佛忽然明白了他的处境。

"来,到屋里去……等我把大麦倒在马槽里,我们一起到屋里去。"

不多一会儿,阿甫拉美查和奥格涅诺夫已经穿过小小的前廊,走进一个黑暗的小房间里。她擦着火柴,点亮了一盏白铁灯,于是立刻就有一道微弱的光照亮了那房间和她的客人。

"打这扇门出去就是我们家的菜园子,从那儿翻过爬满荆棘的篱笆就可以到街上了,你晓得这个也许会有用处的。"阿甫拉美查轻轻地说,指着一扇小得仅容一个人匍匐而过的活络门。"但是,你到这里来做什么呀?"她问。

"我是从克里苏拉到白拉切尔克瓦去的,但是在特基亚村外碰到了屠松团长,他把我截回来了。"

为了她的这番热情和好意,奥格涅诺夫觉得他应该对她十分忠实才是。要是没有她的帮助,他是什么事都做不成的。

阿甫拉美查深表同情地看着他。

"天啊,天啊!那些可怜的克里苏拉人:他们会遭多大的罪呀……这一伙人都是冲着他们去的啊。"

"克里苏拉一定会被打垮的,阿甫拉美查大婶,它会变成监牢和焦土。所以我要尽力去救它,可惜我没有法子到白拉切尔克瓦去。"

"你要到那里去做什么呢?"

"我要去把白拉切尔克瓦也发动起来,还有附近的那些村子。到那时屠松团长就只好撤回去了。"

"但愿天主消灭这个黑吉卜赛！那么你现在打算做什么呢？"阿甫拉美查问，不知道奥格涅诺夫要她做些什么。

"你们的南科呢——在这里吗？"

"在啊。"

"还有库兹曼呢？"

"他也在这里。"

"他们在哪里？"

"在店里帮他们的父亲干活，还得看住这些畜生，防备他们偷东西。"

奥格涅诺夫想了一会儿。

"我们能不能派一个人，南科或者库兹曼，明天早晨到白拉切尔克瓦去一趟？"

那母亲惶惑地望着他，脸上流露出不安的神色。

"他可以跟一个住在本地的相识的土耳其人同去。明天是卡城赶集的日子，一定有许多人从拉曼拉里到那边去赶集的。"

"是的，不过这样做是很可怕的呀，老师。"

"如果他跟一个土耳其人同走，就没有什么可怕的了。况且，那边很平静，没有人会碰他的。"

"那么你要派他到那儿去做什么呢？"

"只要替我送封信去给我的一个朋友，马上就回来。他在明天中午就可以回到这里了。"

阿甫拉美查想起鲍依乔前面说过的话，猜到他要她的儿子送到白拉切尔克瓦去的是怎样一封信，她的脸色就愈加忧虑起来了。

463

"哦,老师,这件事我要先问问他的父亲。"

"阿甫拉美查大婶,请你不要把这件事情告诉阿甫拉姆大叔。你能不能悄悄地把南科叫来,让我跟他谈谈?"

奥格涅诺夫知道他从前的学生是很崇拜他的,只要他吩咐了,什么事情都肯做的。

可是那女人的脸色却更严肃了。

"不行,不行,我做什么事都要阿甫拉姆答应的。"

"可是阿甫拉姆大叔不会让那孩子去的。"

显然,酒店老板娘刚才对他的好感,现在已经完全消失了。她心里一下子想到了种种危险,如果她儿子到白拉切尔克瓦去的话,这些危险就会落到他的身上。她在这个陌生而可怕的客人面前,感到恐慌了。她心里暗暗后悔刚才没有立刻把他打发走,于是局促不安地向四下里看看。但是她的善良的心却不允许任何无情的念头钻进她的脑海。

奥格涅诺夫看出了她心里的剧烈的动摇。他明白了,和一个优柔寡断的女人去解决这样重要的问题,是不可能的。时候已经不早,他应该设法逃走了。于是他决定尽快弄清底细。

"好吧,阿甫拉美查大婶,去把老板请来吧,我来跟他谈一谈。"

"我去跟他悄悄地说一声。你等在这里,记着那扇活络门,要是有什么动静的话,心里有个数。"

于是她走了出去。

第三十二章 阿甫拉姆

奥格涅诺夫一个人待在屋子里。他决心跟阿甫拉姆很坦率地说明一切。他必须完全信赖这个人,把自己托付给他的人格。他所想要达到的目的,只要能够达到的话,就是牺牲了百来条像他那样的性命也是值得的。无论如何,阿甫拉姆是一个保加利亚人;他也许会拒绝他的请求,但决不至于出卖他。他听见外面过道里响起了轻轻的脚步声,只有一个人的脚步声,他猜想一定是阿甫拉姆来了。于是他在门边静候着。

门开了,那小酒店老板进来了。他那圆圆胖胖的脸上堆满了微笑。他一走进来就把门关上。

"哦,欢迎,伯爵,欢迎你!你好吗?好,嗯?你真是好心,来看看我们,谈谈天;唔,我很高兴。我们都很高兴看见你,我家小也高兴得很,如果孩子们晓得了,他们会不高兴吗?哦,南科已经有六个月没有看见你了,他常常说起你待他多么好。欢迎欢迎——瞧,瞧,这有多好啊!"

他的高兴和欢喜仿佛竟是无边无际的。

奥格涅诺夫很受鼓舞。他大胆地开始工作,简单地把他自己的处境告诉了阿甫拉姆,接着就把刚才对他的妻子提起过的请求又说了一遍。

阿甫拉姆的脸色昂得越来越高兴和满意。

"行啊,行啊,行啊!怎么会不行呢?这太好了,还用问吗？——谁不愿意为祖国多做些事呢？"

"谢谢您了,阿甫拉姆大叔,"奥格涅诺夫感激地说,"在这个伟大的时刻,每一个保加利亚人都应该为祖国做出牺牲或贡献力量。"

"当然,谁不愿意出力呢？恐怕没有一个保加利亚人不愿意的！对这样神圣的事业,谁要是不肯出力,他就该受天主的惩罚了。这是做好事,这是做好事。我们该派哪一个孩子去呢？"

"派南科去吧,他年纪大些,也老练些。"

"行,行,他是你的学生,他是甘愿为你牺牲头颅的。我一告诉他,他就会高兴的,你那封信写好了没有？"

于是阿甫拉姆的声音欢喜兴奋得发抖了。

"我马上就写。"于是奥格涅诺夫在衣袋里摸索了一阵,"你身边有纸吗？"

那老板从身上掏出了一张皱皱巴巴的纸,递给奥格涅诺夫,说道:

"好,你写信吧,我到店里去看一看。你是知道的,那些家伙都是贼。"

"快些回来,阿甫拉姆大叔,把南科也带来。我告诉过你了,我不能耽搁,马上就要走的。"

"我一会儿就来。"于是那老板,对他的客人做了最后一次兴高采烈的微笑,开门出去了。

奥格涅诺夫一下子就写好了他的信。措辞是这样的:

> 起义已经如火如荼了！勿再迁延！望立刻宣布起义；并派一分队从背后袭击屠松团长,另派一分队去帮助各村起事。要有勇气和信心！我马上就到你们那儿来,

为保加利亚效命。革命万岁!

奥格涅诺夫

他心里庆幸着自己的成功。他简直没有想到阿甫拉姆会这样爽快和爱国。现在他性急地静候着他们父子的脚步声。街上的喧哗声和犬吠声隐隐约约地传到这个僻远的小房间里。灯火已经在熄灭下来,忧伤地闪烁着,散发出一缕浓烟。

忽然他听到隔壁房间里传来一个撕裂人心的尖叫声——这是一个女人的哭号。

奥格涅诺夫打了个寒噤。

他听出这是阿甫拉美查的声音。

这一声哭号是什么意思呢?他不由自主地恐慌起来了。

他在半明半暗中倾听着,仿佛听见有脚步声从马厩那里走开去。

他赶紧跑到那活络门边,想把它打开。但是他用尽力气还打不开,好像是紧紧地钉牢了。这真是一个可怕的处境,他不觉毛发直竖起来。

"他们把我出卖了!"他心里想。

这时,他听见那活络门上有了声响,好像锁眼里有人在插进钥匙。忽然那扇门开了,夜间的空气从门外清冷地吹进来。奥格涅诺夫向这个通到园子里去的黑洞窥张出去,看见了一个人的脑袋。

这是阿甫拉美查。

"快出来吧!"她轻轻地说。在昏暗的灯火里,奥格涅诺夫可以看到她满脸都是眼泪。

他爬出了那个门洞,来到园子里。

"往这边走。"阿甫拉美查指着篱笆边一株李树,轻轻地说,接着就在黑暗中消失了。

奥格涅诺夫翻过篱笆,走到一条僻静的后街上。

他急忙沿着这条街走去,又走过那小酒店的前门。

在那儿,他碰到一群武装的土耳其人。他们正从大门走进去,扑向院子尽头。

奥格涅诺夫也在黑暗里消失了。

第三十三章 夜

奥格涅诺夫,经过了许多艰难险阻,终于回到了工事里,那已经是午夜以后好久了。

守卫工事的人们还都醒着;他们在黑暗中躺在从家里带来的草垫和毯子上。他们盖着粗呢大氅,一边看着没有月亮的、星光璀璨的天空,一边在轻声地谈话。奥格涅诺夫毫无声息地走到他们中间,体力和精神全都乏极了地倒身下去。他想集中他那些散漫的思想,或者至少小睡一下(那是他非常需要的),使他能够精力充沛地应付明天。但是他的思想像一群受了惊的蜜蜂似的四散飞舞,而睡意也从他的眼皮上逃跑了。在一场战斗(或者还不如说是一场灾难)的前夜,要入睡是不容易的。

在他旁边,一小群躺在附近的起义者正在低声交谈:这些谈话引起了他的注意。

"随便你怎么说吧,我们反正都完了。"一个人说。

"兄弟,他们欺哄了我们,他们欺哄了我们。"另外一个人叹息着说。

"我们听信了那些流氓的话,真是傻瓜!我们自己烧了自己的屋子。"第三个人说。

"到底我们为什么要起义?"

"现在再说它,已经来不及了。"

"那么该怎么办?"

"我们该想办法才好。"

"办法只有一个,那就是逃跑。"一个奥格涅诺夫很熟悉的声音说。

"是的,是的,'逃走妈妈'是不会哭的。"

"那么,'留下妈妈'呢?"①另外一个人说。

"我们最好还是明天往沃利什尼察那边逃跑吧。"

"最好现在就跑。"

"不成,跑不掉,我们会给哨兵挡住的。"

"明天吧,明天吧。"

"是啊,趁乱跑掉。"

"到那时大家都要跑了,也许别人会赶在我们前头的。"

"不过要当心,别给奥格涅诺夫那畜生看见!"

"哼!他昨天就已经跑掉了。"

"他跑了吗?"

"是呀,就只有我们这些傻瓜才留在这里。"

奥格涅诺夫跳起身来喊道:

"胡说,你们这些不要脸的家伙,我在这里!"

一听到这个从黑暗里发出来的可怕的声音,他们立刻都

---

① 原文把两个词化作拟人称的比喻。

静下来了。

奥格涅诺夫怀着愤慨和恐惧的心情听了他们的谈话。无疑地,这表现着这个工事乃至一切别的工事里所有的起义者的普遍的情绪。说话的人中间有一个人的声音,仿佛是他早已很熟悉的,但是他想不起来到底是什么人了。

"我的主啊,我的主啊!"他心里想,小心地把大氅的前襟裹裹紧,以抵挡寒冷的夜气,"情况变得多糟啊!多么令人失望,多么可耻的背叛啊!在发生了这种情况以后,谁还顾惜——这种可恶的生活,或是想再活下去啊?明天我们就得打仗了,我已经可以预料它的结局。人心都已经慌乱,对于死的恐惧已经使他们的手软弱无力,使他们的心昏聩不明,然而当初他们来的时候却是抱着必死之心的。整个人民当初是奋发激昂的——它怀着希望——它有信心,像个孩子一样,而现在呢,它却像孩子似的发抖了。一些人的懦怯已经传染给许多人。白拉切尔克瓦和别的城市使我们的希望落空了,使克里苏拉的人心瓦解了。这是卑鄙的行为——这是对于一个共同事业的可耻的背叛。这个阴谋的城市专会发生叛变,专会养育叛徒。它能够养育像坎多夫、阿甫拉姆和拉达这样的人!啊!这个拉达,使我受了多少罪啊!我现在愿意死,我会诅咒着生活而死去!我的主啊,我是多么愿意被爱情的光辉照耀,深信至少有一掬至诚的眼泪会洒在我的没人知道的坟上,而死得幸福骄傲啊!但是,当世界上的一切对你说来都已死去,当你看见你的两个伟大的偶像——爱情与革命——都已掉在泥淖里,而你所热爱的理想都已被埋葬,这时候,死又是多么痛苦和失望啊!但是,对于像我这样一个不幸的人,死又是多么向往和必需的啊!"

山风冷峭地吹过沉睡的山谷。一阵沉滞而不祥的簌簌声从四周的那些丛莽里响起来，黑暗使得这个响声更加阴森可怕。所有的山峰、幽谷和周围的小山，整个大自然，仿佛都恐惧得呜咽了。星也在天空里仓皇不宁地闪烁着。间或有鸮鸟的怪叫，然后重又笼罩着一片死寂。山风悲怆地缓缓掠过躺在壕沟旁边的起义者的头顶，像是遥远的呻吟。这声音在他们心中引起了痛苦的反响，使他们不时惊醒过来，环顾着黑暗的夜色，随即又不安稳地睡过去，在梦里不断看见恐怖的魅影，又不断在凛冽的寒风中颤抖着醒来。

终于，克里苏拉城里此起彼伏的鸡叫声划破了夜空，使孤寂的山里充满了它的生气勃勃的声音。它预报着黎明、金色的太阳和又一个阳春佳日的到来。

第三十四章　晨

尽管心里非常烦乱，奥格涅诺夫终于睡着了，而且足足沉睡了两小时。人们深信，这种沉睡，也正是那些被判死刑的人在临刑前夕所常有的。在黎明时候，他醒来了，向周围仔细望了一下。整个大自然都醒了。到处的景物依稀可见。最后一颗闪烁的星辰已经从监灰色的天空消失了，而那天空呢，愈到东方就愈加明亮。一道红光长长地抹在山顶上，仿佛远处有火光照耀。浓雾依旧笼罩着里巴里察山的壑谷，但它那积雪的皇冠却被东方的旭光照映成玫瑰红的了。只有鲍格丹峰还裹在雾中，呈现出一副凛然不可侵犯的神气。但是雾渐渐地消散了,日光越来越有劲了,四周围的那些青翠的小山、树林和溪谷,都在这春晓的蓝天底下愉快地微笑起来。可以听到晓莺的歌声在树林中啭响。

奥格涅诺夫站起来,朝那些睡在工事里的起义者扫了一眼,他们都把身子裹紧在羊皮和大氅里,嘎吱嘎吱地咬着牙。接着他就移步向兹利多尔走去,想跟参谋部讨论讨论形势。

不久,他就走进了那条小路所通过的山谷里,看不见了。

现在天已经大亮,太阳已经高高地升起。

工事里的起义者都已起身,开始在什长的监督之下挖掘新的战壕。因为昨夜有一小队人增援到这里来,使人数增加而需要增加新的战壕。他们现在仿佛精神抖擞了些。马尔切夫已经悄悄地对他们说过,奥格涅诺夫一直侦察到了特基亚,并且了解到白拉切尔克瓦可能就在今天起义。这个消息稍微恢复了些他们的勇气。小伙子们振作起来了,脸色开朗了,甚至兴高采烈起来,有些人还唱起诙谐的歌来。保加利亚人爱说的笑话也马上听到了。许多说笑都集中在昨天被派去执行那吉卜赛人死刑的四个克里苏拉人身上。

"你们只离五步远还打不中迈赫麦德!还得开第二枪。可怜的人,他的罪现在已经降在你们身上了。你们给他延长一分钟寿命,就等于让他受一百年的罪。他已赎了一切罪孽了。"有一个人说。

"你们这些混蛋,"另一个人说,"你们把他说成一个殉教圣人了。现在,他准是跟穆罕默德一起在天堂里了。"

"瞎说,"第三个人说,"迪乔和乌鸦斯达曼分明把他扔在那儿的水坑里了。所以现在他是跟青蛙在一起了。"

他们都大笑起来。

"嘿,离得这样近,可是连一颗子弹都没有打着他!"另外一个人说,"在这样的距离里,我吐一口痰也能吐着了。"

"我敢打赌说,你们压根儿没有对他瞄准!"

"当然没有——这样的距离,连我的祖母都会打着他的。"

"我们倒是瞄准了的。"那四个人中的一个说。

"你们瞄准了,也许眨巴了眼睛吧。"

"那倒是真的,我开枪的时候,忽然眨了一下眼。"

于是大家又大笑起来。

另一些人则拿拉契科的名字开起玩笑来。

"喂,我说,臭屁精,是谁赏给了你这么一个响亮的名字呢?"一个人问道。

"拉契科,你的名字本来不是这样的,是你瞎编的。"另一个人逗弄他说。

拉契科被人们挑逗起来了:"谁瞎编的?你们可以去问伯爵!"

"不,不,你是瞎编的……快证明你真的是臭屁精……"这个开玩笑的人还告诉他需要拿出什么证据来。

"你们知道吗?他昨天把我们当成强盗了……"

"有道理,"另一个人说,"杀熊者抢劫了他:拿走了他背包里的剪刀和尺子。"

"是他拿走的,是他拿走的,他就这样从我的背包里拿走了,这个坏蛋。"拉契科一口咬定说。

"他要这些东西干什么?"

"砸碎了做炮弹呗。"

"哼,那我们能把塞瓦斯托波尔都攻打下来呢!"

"如果我们的炮兵也像兹利多尔的炮兵那样,我们一定能把土耳其人揍得片甲不留。"

"那么克里苏拉公国也就会永远存在下去了。"另一个人笑着说。

"那些人在打什么信号?"有一个人望着东边说。

大家就都朝那个方向看去。

那些瞭望哨兵向工事发出已经看见敌人的约定的信号。还有两个哨兵急急忙忙地赶到兹利多尔炮台去,把他们所看见的详情报告参谋部。

这两个报信的人刚跑到兹利多尔炮台的时候,就有两队骑马的土耳其人,每队有二十多人,已经在拉曼拉里那个方向出现了。一队顺着大路走,另外一队在田野里行进。那些起义者心情激动地瞭望着,看他们后面是否还有别的队伍,但是什么都没有看见。

立刻就有两支数目比土耳其人更多的步兵从工事里冲下山去迎击敌人了。较大的那一支队伍是从兹利多尔出来的。

"带队的是谁?"那些起义者互相问着。他们都诧异地看着那个带队的将官。

"是奥格涅诺夫呀,你难道看不出来吗?"有几个人立刻同声回答。

"是伯爵啊,是伯爵,我敢打赌……不管他穿什么样的衣服,我都能认出他来。在卡尔纳里客栈,他骗过了你们,只有我看出了真相。"

可是没有人听拉契科的唠叨。

那些土耳其人,一看见保加利亚人冲过来,就站住了,而且退却了。

"他们逃跑了。"有人高兴地说。

"今天打不起来了。"

"据我看,白拉切尔克瓦也会给他们找点麻烦呢。"另外一个人说。

于是,在这个工事,又响起了一片忙碌干活的声音和兴高采烈的谈话。

第三十五章 战 斗

已经到了正午,太阳正升在最高的地方。

守在奥格涅诺夫的工事里的起义者,已经吃过了午饭,正在忙着把剩余的干粮收拾到背包里去。他们的一星期没有擦洗过的憔悴而蒙满了尘土的脸上,显出了不安定的情绪,沮丧的表情又出现在那些脸上了。早晨的那个小胜利曾经使他们的精神稍微振作了一下,但是这只维持了一会儿。他们知道,如果决战不在今天,那就无可避免地准在明天了。他们感到风暴很快就要来临。他们时时以不宁静的眼光瞭着东边的那些童山,那儿布设了不少瞭望哨兵。

太阳炙烤着。在上一晚就搬来安置好的炮队的右面,奥格涅诺夫正在和几个起义者忙着赶完一个新的战壕。他干得汗流浃背。因为昨晚参谋部派了十来个人增援这个工事,所以战壕不够用了。

"老师。"一个年纪大约五十岁光景的农民走过来说。

奥格涅诺夫转过身去。

"什么事,马林大叔?"

这个维里戈沃村的农民递给他一张草草折成四叠的纸。"有人带给你一封信!"

"谁送来的?"鲍依乔没有展开,就先问。

"杀熊者伊凡。昨晚他在这里找你,可是没有找到你,所以他交给了我,让我等你回来时给你。"

"是谁叫他送来的,他说了没有?"

"是那个女教师。"

奥格涅诺夫觉得心痛得缩了起来,仿佛有条蛇在那里咬了一口。他把那封信团皱了,想把它扔掉;但一想,这样一定会给人家注意到,因此就随手塞进了外衣袋里。他急忙更努力地干起活来,似乎想把因看见这封信而引起内心不平静的苦痛强压下去。

"在这时候,这个拉达为什么要给我写信,她要我做什么?难道最后我不会看到战斗,碰上死神,结束这一切吗!"

这时,显然有什么特殊的事情发生了。所有的人都簇拥在战壕前面的土坡上,向东边看着。

奥格涅诺夫也抬起头向那边的光秃秃的山丘望去,看见那边的瞭望哨兵正在发出报警信号,还听到了几响枪声,这是表示发现了大量敌人的信号。

他们很快就朝这边退过来,叫着:

"来了——好多好多土耳其人来了!"

工事里登时出现了混乱状态。那些守卫者面色苍白,从这里蜂拥到那里,不知怎样才好。

"各就各位,我命令你们!"奥格涅诺夫愤怒地嚷着,从枪堆里拿起了他的那支马提尼枪。

奥格涅诺夫的这个命令使起义者清醒了,他们才各自回到壕沟里自己的岗位上去。

在关键时刻,一个人的勇气和镇静会像魔法一般影响群众,使他们服从。那时候,谁愿意谁就可以当带头的人。

这时,有几个人从前哨阵地精疲力竭地跑来。奥格涅诺夫迎着他们走过去。

"你们看见了什么?"他问。

"土耳其人来了——可怕的一大堆——准有上千人的样子。路都给那些土耳其团丁遮黑了。"

奥格涅诺夫做了个手势,叫他们别作声。

"站住!"他向战壕喊着,因为看见有几个守卫者不坚守岗位,擅自离开了战壕。

"许多,许多人!"有几个人把头伸出在土坡上,喃喃地说。

"各就各位——准备好武器!"鲍依乔威严地发着命令。于是他们又回到自己的战壕里。

"他们来了!"

的确,远远地,在从平缓的山后伸延过来的大路上,已经可以看到一支密集的庞大队伍的排头了:它的长度随时在增加——仿佛是一条无限长的大毛虫在缓缓蠕动。这就是屠松团长的部队。它走得愈近,就显得人数愈多,愈可怕。这些土耳其人是排成四列纵队前进的:二十面小旗和三面大旗,有白的、红的、绿的和其他颜色的,在这支队伍上招展着。它不久就占满了从库拉到白拉沃达的一段大路——大约有两公里的距离。

起义者的队伍里又纷乱起来了,谁都不能坚守在自己的岗位上。大家都直起身子,胆怯地朝四面张望。

唯有奥格涅诺夫的严厉的眼色才稍微能约制他们一下。

那黑色的纵队继续在大路上前进,一直到井边才停住,离开那工事大约只有一个枪弹射程的距离。

于是,从兹利多尔的防御阵地上开出了几枪。奥格涅诺夫的工事里,也在他的命令之下,放出了一排枪。大炮也吼了起来。浓烟遮蔽了所有的战壕,枪炮声划破了空气,在四围的山里激起了回声。

那队伍的前几排里,有几个人被打倒了。

这时,奥格涅诺夫一眼看见有三个人正向通往斯塔拉河谷的路上奔去。这些是趁着硝烟弥漫与大众纷乱的机会溜出工事,想要逃走的起义者。奥格涅诺夫本能地认出他们就是昨晚躺在他身边策划逃跑的人。

他们正想从一个山崖下面溜走,奥格涅诺夫几步就赶到那崖石边上。他们正拐入一条被山水冲成的狭窄的小路,一个一个地爬下去。

"回来!回到你们的岗位上去,先生们,要不然我就开枪了。"他把枪对着他们喊道。

那些逃兵转回身来,吓呆了似的站在那里,一动也不动。他们都没有把枪带来。奥格涅诺夫认出其中的一个就是维肯蒂辅祭,他刮光了胡子,改穿了起义者的服装。这可怜的年轻人羞得面红耳赤。

他们无可奈何地转回来了。

"马林大叔,把这几个胆小鬼带到这儿来,押进壕沟里。谁要是再想逃跑,你有权把他的脑浆打出来。"吩咐之后,奥格涅诺夫就急忙回到他自己的岗位上去了。

"哼,你们这些胆小的家伙,就是要逃跑,至少也得先放一阵枪再走呀。"马林大叔呵斥他们说,把枪口对紧了他们的背脊,押他们回战壕去。

指挥官的这个威严的措施把其余的起义者也镇定了下来。他们克制住畏惧的表现,但也只有几分钟而已。大部分人的嘴唇都裂开了,流着血。

那些土耳其人还是一枪都没有放。被这边工事里放出去的第一阵排枪所打中的人们倒下,曾经使他们的队伍混乱过一阵。他们把受伤的人抬到附近的玫瑰园里,便匆匆地撤退了。这最初的胜利使起义者的士气振作了一些,他们向敌人继续进行猛烈的射击。整个山脉好像都在连续不断的枪声中战栗着。一蓬一蓬的白烟浮起在许多山顶上,指示出那些工事的方位。甚至当土耳其人已经退到了射程以外,他们还在不停地开枪。在那一群土耳其兵的后面,远远地可以看到有几个骑马的人。这就是屠松团长的总参谋部。撤退下去的人走到他们跟前,密密地围着他们,在那儿待了一个相当长的时间。显然是在讨论和修订进攻的计划。过了一会儿,果然看见这群土耳其人中起了一阵骚动:他们分散为好几个小队。接着,像在一个信号之下,这些小队都野蛮地呐喊着猛冲过来了。有些人沿着那些光秃秃的小山头向大山冲来,有些人向兹利多尔的山涧冲去,还有一些冲向斯列德那山,冲向斯塔拉河谷,——通到克里苏拉去的路就是从这里经过的。此外,还有些人冲向葡萄园,向着奥格涅诺夫的工事冲来。当他们距离得还很远的时候,起义者就放出了一排枪,但土耳其人却是冲到射程以内才开枪的。

几分钟之内,整个工事都被连续不断的射击所放出来的烟雾掩蔽了,但是开枪的人却随时都在减少下去。奥格涅诺夫的脸全给火药和泥土沾黑了,汗水沿着两颊流下来,冲成黏糊糊的道道。他被血腥的气味和从头顶上呼啸而过的枪弹声弄得晕头转向,一会儿站起来放一下他的马提尼枪,冒出一缕白烟,一会儿又缩进他的战壕里。

他根本不向四周看,隔一会儿就喊着:

"打呀!开枪呀!勇敢些,弟兄们!"

忽然他听见马林大叔的声音就在他旁边,这老头儿正在对一个人说:

"蹲下来,蹲下来,孩子,你要给打着啦!"

奥格涅诺夫不由得向右面看去,从被风吹散的硝烟中看见一个起义者正在向敌人开枪。这个人挺身直立着,完全迎着敌人的火力。这样的勇敢简直是疯狂了。

奥格涅诺夫吃惊地认出,这个人竟是坎多夫。

他感动得不由自主地走到他身边,在烟雾里向他伸出手来,说道:

"把你的手给我,老弟。"

大学生回过头来,以沉静而冷漠的眼光看着奥格涅诺夫,但是用力地握住了他的手。这两个冤家对头的握手表示了他们在流血的祖国面前媾和——或许还表示了永别。

当奥格涅诺夫握着坎多夫的手的时候,一股鲜血从这大学生的胳膊上流到了奥格涅诺夫的手上。

奥格涅诺夫看见了这血,但他并不觉得惊骇,也不觉得感动,甚至没有明白这股鲜血的含意。最使他诧异的乃是,坎多夫竟然也在这里。

原来这个大学生在紧跟着奥格涅诺夫离开拉达的房间之

后,就去发放枪支的地方,从那里来到了斯塔拉河附近的工事里。他是昨天晚上被派来增援的队伍中的一员。奥格涅诺夫一早上都在聚精会神地忙着干活,竟没有看见他。

奥格涅诺夫往后退了一步,转身向四周看了看。

这时他才吃惊地看到那些战壕里差不多都已经没有人了。那些起义者都已溜出了工事。连坎多夫在内,一共只剩下五六个人还在那里继续开枪,枪声也寥落下来了。别的工事里的守卫者仿佛也都跑掉了,因为那里的枪声也在逐渐稀少下去。而敌人方面的枪弹,现在却更密集地打过来,所以,谁要是把头伸到战壕外面去,就非常危险了。

奥格涅诺夫感到异常绝望,而且愤怒得简直要发狂了。他和他的寥寥几个勇敢的同志坚持着这一场实力悬殊的战斗,决心死在他的岗位上。现在,在东面的各个工事中,只有他们这个工事还在开枪。

"哎哟,妈呀!"他听见身旁一个锐急的呼痛声。

奥格涅诺夫被这个呼声吓了一跳,回头往这呼声传来的左面看去。就在他旁边的战壕里,倒着维肯蒂辅祭。一股鲜血正在从他的脖颈和胸膛之间涌出来,染红了身边的土地。枪弹打在致命的地方,血已经洗净了他的污点。

马林大叔把这个尸体移到一个遮棚底下,准备由另一些人将它运进城去。但是那儿实在已经一个人都没有了。整个山头都空无人迹。

死一般的静寂主宰着这些空阒无人的战壕。仅有寥寥的枪声间或在城北与城西的那几处还没有受到威胁的山头上响着,毫无帮助地声援着奥格涅诺夫的工事。而敌人的枪弹,现在已经像铁屑被磁铁吸引住那样集中在奥格涅诺夫的工事上。那些土耳其人仍然聚集在一起,不停地开枪前进。他们小心翼翼地穿过介于工事与他们的阵线之间的那些葡萄园与玫瑰园,每碰到一个掩蔽物,就伛下身去,互相对视一下,本能地卧倒,唯恐被山上飞来的枪弹打中。他们占领了一个个早些时候在混乱之中被放弃了的工事。他们没有找到起义者或他们的尸体,却找到了许多武器、弹药、背包、衣服和其他战利品。他们甚至找到了上一天晚上抬到山上去的那些樱桃树炮——每一个工事里都有两三尊。除了两尊以外,这些大炮里都装着火药。然而在惊恐的当儿,竟没有一个人想到点燃导火索,也许已经缺乏了这样做的勇气。

现在,土耳其人已经占领了可以俯瞰全城的沙伊科维茨高地。城里的人从街上向他们射击,他们的掌旗手和另一个人被打死。但是这场战斗和整个城市的命运,已经分明有利于屠松团长的部队。城里已有好几处冒烟起火了。土耳其人像黑黝黝的一群乌鸦扑向一具新的兽尸似的,从山上冲下来,扑向不幸的克里苏拉。

第三十六章　拉　达

当克里苏拉城外山顶上响起第一阵枪声,宣布决战业已开始的时候,城里那些极度惊慌的人们,就向科普里夫什蒂察那个方向逃奔。他们走的是斯列德那山中名为沃利什尼察的隘口。有一条同名的小河发源在那里,在克里苏拉城的西南方汇入斯塔拉河。

拉达的居停主人穆拉利斯基太太匆匆收拾了她的最值钱的东西,呼集了她的孩子,准备和别人一起逃难了。她到拉达那里劝她一起走。但是她费尽了唇舌,拉达很坚决地不肯跟她走,一定要留在这屋子里。好心的穆拉利斯基太太甚至噙着眼泪跪下来,苦苦哀求她立刻就走,因为她不能在这样一个可怕的命运中把她丢下。在耸起于城旁的高山岗上,已经可以看到那些土耳其人了,所以每一刻时间都是很宝贵的。

"你走吧,亲爱的阿妮查姐姐,带着你的孩子们走吧,让我留在这里,我恳求你!"拉达这样说着,一面用手把她的居停主人向门口推去。

穆拉利斯基太太震惊地看着她。她毫无办法地合拢双手。从窗口里,已经可以看到土耳其人在向城里冲来了。她真不知道如何是好。

显然,只有极度的失望才能使拉达变得这样失去理智的固执。而事实上,她的确是被一种很深的失望所困恼着。

自从奥格涅诺夫和那个大学生发生那一次可怕的龃龉之后,她因为被她的爱人轻视,而受到沉重的打击,一直感觉着苦痛和沮丧。当时,她正在情绪混乱的时候,未能替自己辩白,而从那时以后,她就没有再看见他了,因此,奥格涅诺夫到如今还坚持着他那可怕的成见,对她怀着极其憎恨和嫌恶的心情。如果他死在这一场战斗里,他一定会嘴里说着诅咒她的话,心里怀着强烈得难以忍受的苦痛而死去。这样一想,她心里就非常难过,简直一刻儿都不得安宁。她的良心在谴责自己,因为她本来能够安慰他,解开他的疑团,然而她竟一点都没有去做。这个高尚的人会绝望而懊丧地死去,他已经去寻找死亡了——他并不怕死。她有责任至少使他死得更轻松一些,更安心一些。况且,或许她还可以把他从死神的魔爪下解救出来,因为那时或许他就不一定要死了。她或许能把他保全下来,为了她自己,也为了祖国。但是他一次也没有回到城里来过。她虽然有过好几次,用了种种借口,想到工事里去看他一看,哪怕让他的火辣辣的眼光充满哀怨地看她一眼也好,可是这些企图都没有成功。人家毫不容情地不准她到那里去。她的唯一安慰就是同她的邻居,杀熊者的新娘子斯塔依卡会面了。那杀熊者曾经因为种种使命回到城里来过三次,每一次都顺路回家去看看他的老婆,同时也告诉她一些奥格涅诺夫的消息。因此拉达从斯塔依卡那里了解到奥格涅诺夫还健在着,虽然意志非常消沉了。但是她所能知道的,也仅仅是这一些而已。在这六天中——对于她,那简直就等于几个世纪——她对鲍依乔的爱,是在与她的痛苦一齐增长着,——他是这样地勇敢和不幸啊!现在,这种恋情差不多已经发展成为对他的崇拜了。在她的心目中,他俨然是一个英勇的骑士。她仿佛看见他全身披挂,头上环绕着灿烂夺目的光轮,英武地表现了大丈夫的壮美,在那边的山头上从容就义,唇边还带着一丝苦笑,而并不回过头来对她(没有了他就活不下去而又被他的轻蔑所辱的人)望上最后一眼,也并不悄悄说上一句最后的诀别话。昨天晚上,她第一次见到了杀熊者伊凡,就控制不住自己的感情,对他痛哭起来。那好心的伊凡竭力安慰了她一番,并且答应马上把她用铅笔匆匆写成的信带给鲍依乔。(为了我们已经知道的那些原因,这封信在战事开始的时候才送到奥格涅诺夫手里。)但是她没有得到一点回音,甚至连一个口头的回话都没有,因此,她的痛苦与失望就愈加深沉了。她觉得,如果鲍依乔把对她的蔑视带进坟墓里去的话（那显然是她逼他进去的），她也就不想活下去了。既然爱情与幸福的泉源现在已经枯涸，她觉得生命也就成为可憎的东西了。今后，她还有什么可留恋的呢？失望、痛苦、悲哀、世人的轻视和绝望——永久的绝望。对她来说，生命还有什么意义呢？谁还需要她的生命呢？她还能依靠什么人而无须感到卑微呢？在她眼里，白拉切尔克瓦现在显得黑暗和可厌，像一座坟墓一样。她是不是还要回到罗沃阿玛哈吉那儿去屈服于她呢？还是到马尔科那里去求他的保护呢？她有什么脸这样做呢？她会在那个善良的人面前羞愧死的。他一定已经听到了对于她的那些下流的诽谤，无疑地，他也会懊悔当初待她的好处了。因为拉达在离开白拉切尔克瓦的当天，听到了使她在当地无颜见人的可怕的流言。不啊，不啊，只有鲍依乔一个人才能够安慰她，解救她。然而万一他死了呢？这位穆拉利斯基太太还想要活下去，这是不错的。她还有值得活下去的理由，因为她还有人爱。但是她，拉达呢？她已承担不起这个不幸的重荷了，她太脆弱了。在这个忧伤的世界上，她已经毫无牵挂，没有东西能把她维系在这个世界上了。不过万一鲍依乔竟不死呢？他会多么可怕地轻蔑她，因为她不能替自己辩白啊！一切现实都是不利于她的。他那被伤害了的自尊心决不会饶恕她的。打在他的心上和他的傲气上的那一击实在太沉重了，所以鲍依乔会永远不要再见她的。她知道，在有关名誉的问题上，他是绝不让步的。不啊，不啊，她应该死。现在，她一定要在这个英雄的城市的高贵的废墟上，迎接她的从容而光荣的死。让穆拉利斯基太太走吧，而她将留在这里死去！不错！既然鲍依乔没有吩咐她活下去（没有一句回话来向她致意），那么她就应该死了。如果他没有死的话,也好让他知道,拉达是一个规矩的姑娘,保加利亚姑娘是不怕死的,她是为了表示对他的爱而牺牲自己的。

这些思想,或是诸如此类的思想,是一个非常不幸的温柔而多情的灵魂在绝望中产生出来的,当穆拉利斯基太太痛哭流涕地拉着她,求她一道走的时候,这些思想像云一般地浮翔在拉达的头脑里。但是拉达始终没有被穆拉利斯基太太说动了心。

这时,街上传来了保加利亚人的喊叫声。穆拉利斯基太太向窗外一看,她看见那些起义者都在没命地奔逃。她叫住了其中一个人说:

"怎么啦,赫里斯托大叔,山上怎么样了?奥格涅诺夫在哪里?你们往哪里跑呀?"

那起义者喘着气回说:

"完了,阿妮奇卡,我们打败了!奥格涅诺夫吗——他还在那儿,可怜的!到处都乱七八糟了,赶快往沃利什尼察逃吧!"

于是那些起义者就跑掉了。这个赫里斯托显然是从奥格涅诺夫的工事里逃出来的。拉达像一个发了疯的女人似的尖叫起来。于是,穆拉利斯基太太看看毫无办法把她带走,只好离开了那屋子。

这样做正是时候,因为拉达随即就听到城北角上有许多妇女的绝望的呼叫声,那地方已经被土耳其人践踏了。当她满心悲哀而神情恍惚地站着的时候,她从窗子里看见有一群土耳其团丁手里拿着明晃晃的刀从一条街上冲过来,他们追上了两个保加利亚人,就立刻把他们砍倒了。她很清楚地看见一股鲜红的血从那两个倒在地上的人身上冒出来。她看见了死——那可怕的死,并且是最可怕的样式的死,于是她觉得非常害怕起来。生的欲望在这个年轻姑娘的心里以巨大的力量觉醒了,把一切其他的情感都压了下去,使她刚才由于绝望而产生的决死之心也完全被麻痹了。

她想逃走,她想从死亡中,或者也可以说是从这些好淫好杀的敌人所可能给予她的命运中,救出她自己来。她打开门正想跑下楼去,却听到有人在敲院子门,接着门很响地给打开了。从果树的枝叶丛中,她看见一个武装的汉子,后面还跟着另外一个人,急急忙忙地向她所惊呆地站立着的楼梯走来。她惊醒过来,立刻反身跑进自己房里,把门闩上了,吓得半死似的想躲到对面的角落里去。她还没有来得及躲好,已经听到门外发出一阵可怕的咆哮声,而门上也在重重地被敲打着了。因为门打不开,那个要进来的人就用斧子样的东西砸起门来。那扇门吱吱嘎嘎响了一阵,就从一边裂开了,立刻就有一支枪筒从裂缝里伸进来,于是那扇门就给撬开了。拉达听见那干燥的门板在铁器捶击下坼裂的声音,又看见一只大脚踢了进来,于是就相信那敌人马上走进房里了。

一种无法形容的恐怖攫住了她,使她的一切想法变得阴暗起来。与即将降临在她身上的恐怖光景相比,她觉得还是死要好上千倍。于是她就跑到供圣像的地方,在长明灯的昏暗的火苗上点旺了一支小蜡烛,急忙跑到屋角里。那边的桌子上放着一袋火药,显然是那些起义者忘记拿走的。拉达就走近火药袋,右手拿着蜡烛,用左手的食指去挖那个拴紧的布袋口,想挖开一个洞把火点进去。一会儿她就弄开了一个洞。

这时,房门砰的一声倒在地上,一个彪形大汉踏进了房里。

这个出现在门槛上的,原来竟是杀熊者伊凡。

他背后的那个人是斯塔依卡。

拉达没有回头去看他们——她正在把蜡烛凑到火药上去。

第三十七章 溪流和人流

这时候,奥格涅诺夫正在遥远的山里。

他是在有些土耳其人已经爬上土坡,另一些土耳其人从附近的工事向他瞄准的时候,最后一个离开工事的人。他浑身都是血迹,被火药熏得黝黑,穿着被打穿了两个洞的上衣。他是像奇迹似的从敌人手中和从枪弹底下逃出来的。他本来是去寻找死亡的,但是,那个比任何意志更强烈的保全自己的本能,却救了他。

现在,他正站在沃利什尼察山顶上,那小溪就在左边的那个山岗底下流过。

眼泪淌过他脸上的血迹、汗水、火药的熏烟和尘垢流下来,奥格涅诺夫哭了。

他光着头站在那里,看着革命破灭的可怖景象。

在他脚底下的山谷里,有一大群惊慌的起义者、妇女和孩子,都是在极度惊慌的情绪中奔向这山里来逃生的。这些不幸的人的呼喊声和怨苦声都可以从他站立的地方清楚地听到。

焚烧着的克里苏拉城正在他对面的山坡上。

忽然他的眼光落在他那沾有血渍的右手上。他想起了这是坎多夫的血。想到坎多夫便又联想到拉达。他的毛发都直竖起来了,他摸索着口袋,掏出了那封团皱了的拉达的信,把它展开了。

他看着底下这几行由一只颤抖的无力的手用铅笔匆匆写就的信:

鲍依乔!你不屑一顾地离我而去。我却没有你就活不下去。我恳求你给我一个回话。如果你愿意,我就活下去——我是清白无辜的。回答我吧,鲍依乔,我痛苦极了。如果你不给我回话,那么就永别了,永别了,我的亲爱的人;我将葬身在克里苏拉城的废墟底下。

拉达

奥格涅诺夫的脸上显现了说不出的苦痛。他对城里看着,那儿火焰正在很快地蔓延开来。各处都有新的火苗从屋顶上蹿起来;它们伸出灰红色的舌头舔着天空。滚滚浓烟卷起在城上,和天空中笼罩着全城的云层混成一片。这样一来天就黑得更早了。火焰飞快地向四面八方扩展,它的红光映照在山岗上、里巴里察山的山坡上,和斯塔拉河的河水上。奥格涅诺夫想眺望穆拉利斯基太太所住的那座两层楼房。一会儿居然被他看见了,而且还心惊肉跳地认出了拉达房里的那两扇窗子。火还没有烧到这座房子,但四周围的房屋已经全都着了火,看来它马上也会烧着的。

"啊,这个可怜的姑娘,她还会在那里!啊,可怕啊,可怕!"于是他纵身冲下山坡,一直向山谷奔去。他发疯似的冲过许多山石和丛莽,回身向着溪口,也就是向克里苏拉跑去。

沃利什尼察这条狭窄的山路已经被各式各样男女老幼的难民塞满了。这群惊悸了的人,沿着整条溪流移动,有点像另外一条溪水在向相反的方向流着。由于惊慌和混乱,在一小时之内克里苏拉城就逃空了,而在这个山谷之中却挤满了人。每一个人都在气急败坏地奔跑,好像背后有人追赶似的。有些人是匆匆地抓了几件衣裳就逃出来的,有些人背着各式各样的包裹、家具或其他杂物,不少人简直是在匆忙中瞎抓了几件最没有用处的东西。这个情况有时竟有点可笑。例如有一个富有的户主,竟夹着一口大挂钟逃出了家门,这玩意在此时此地是一点也不需要的。还有一个女人竟带了她的筛子来,这个东西相当妨碍她的奔跑。还有些老妇人和小姑娘赤着脚在石子小路上奔跑,而手里却提着自己的鞋子,为了免得磨坏它们。奥格涅诺夫随时都和这些惊悸的人群撞在一起,或者被那些晕倒在地上,绝望地呼号着,却没有人来搀扶她们起来的女人绊跌了跤。他光着头,心惊肉跳,毛骨悚然地看到这些可怕的景象,于是失魂落魄地向城里奔去,一心只想去救出拉达来。他在所碰到的那些惊吓得变了样的女人的面孔中,本能地寻找着拉达,接着再往前跑。这些人在他看来都是陌生的(他们都是幻象),在他看来,他们是不存在的。他甚至竟不了解他们为什么要逃跑——他不关心他们,他们也不关心他——竟没有一个人觉得诧异,而问他一声:为什么人人都在往前跑,而你却在往回跑。没有思考,只有小路一条。每走一步,那些恐怖的景象就愈多、愈可怕。在山道的一个转弯角上,他看见一个奔跑得精疲力尽,被吓得魂不附体,而浑身沾满血迹的小女孩,跌倒在溪水里,正在狂呼救命。再走过去一段,他又看见一个婴儿声嘶力竭地哭着找母亲,显然他是因为累赘而被他的母亲所遗弃的。许多老妇人、男人、女人跨过这个可怜的婴儿,可是都好像没有看见和听见。每一个人只想着他自己。恐惧使人心都变硬了。它是自私主义的最高度最可厌的形式。就是无耻也不至于像恐惧那样使人的面貌变得如此卑劣。奥格涅诺夫不由自主地站住了,伛身下去把这个婴儿抱起来,再往前赶路。在路旁的一个丛莽中,有一个妇人躺着,她的脸色因苦痛而变了样子。她伸出双手,哀求走过的人帮助她。呻吟声、哭号声和孩子们的尖叫声,闹成一片。而这时候,好像是要使这一切的不幸达到极点似的,一阵瓢泼大雨落下来了。它在疲惫不堪的逃难者头上呼啸作响,使山中充满了隆隆的回声。这雨愈落愈凶,浮着泡沫的流水顺着山坡流向溪里,浸湿了这些不幸的逃难者的脚,雨点打在他们的脸上,又渗透了他们的衣裳,使他们冻得发抖。孩子们被他们的母亲强拖着,拼命哭喊,一步一滑地跌在雨水里。这些哀呼声愈来愈响了。

  山路两边的崖壁上响起了这痛苦狂叫和风雨的回声,它同涨水的溪流的咆哮声融成一片。忽然,在一群迎面走来的难民中间,奥格涅诺夫认出了一个女人——这是他在人群中看到的第一个熟人。原来这就是穆拉利斯基太太,她手里抱着一个婴孩,背后跟着三个大一点的孩子。奥格涅诺夫涉过混浊的溪水,向这个疲乏的女人走去。

  "拉达在哪里?"他问。

  她张开嘴,但已经气喘得不能回答了,只能向城里指指。

  "还在你的屋子里吗?"

  "是的,是的,赶快去!"她仅能说出这几句话。

  穆拉利斯基太太实在很衰弱,几乎不能继续赶路了。由于她紧张地走这条难走不过的山路,她的眼睛奇怪地凸出着。但是调换了一次手,她又有了体力。她那天仙一般的孩子使她又产生了精力。

"你把这个孩子抱到哪里去?"她用微弱的声音问,在雨声中,差一点就听不出来。

奥格涅诺夫低头一看。他简直不知道自己还抱着一个孩子,也记不起他曾经拾到这个孩子。这会儿他才觉着这个小生命的重量和他那尖厉的哭声。

他茫然地对穆拉利斯基太太看着。

"交给我吧,交给我吧。"

于是她从奥格涅诺夫手里接过了孩子,把他窝在左边的湿漉漉的胸口,而右边则窝着她自己的孩子,她就这样走了去。

当奥格涅诺夫走到沃利什尼察溪口的时候,天色已经很黑了。从那地方可以看到整个克里苏拉城。雨已经打熄了城里的大火,但在黑沉沉的城里,随处还有火苗在屋顶下摇闪着,从窗口里射出微红的光来。不时可以听见远处有一座屋子发着响声崩坍下来,于是火焰就迸发出来,延烧了别的房屋。忽然,奥格涅诺夫看到有一个新的火头在城南冒起来。很大的火焰发出噼啪巨响和闪光蹿向空中,火花飞溅着往四面八方散落下去。奥格涅诺夫认出了这就是穆拉利斯基太太的屋子。是的,就是这所屋子在燃烧。这时,那楼的上层在一阵火焰与黄烟中倒了下去。拉达的房间就在那层楼上!

他像疯了似的冲进那些挤满凶悍的土耳其人的正在焚烧的街道,一会儿就不见了。

第 三 部

第一章　觉　醒

几天之内,各处地方的起义①都被扑灭了。

斗争一败涂地,它转而为惊恐。革命——随之而来的是投降。在我国的历史上纵然有过许多同样神圣和不成功的起义,然而却没有一次像这样悲惨而不光彩。

这一次四月起义,恰如一个流产的婴儿一样,在最热情的冲动中成了胎,却被他的母亲在分娩时的恐慌中窒息了。他在出生之前就断了气。

这一次起义是没有历史的——因为它短促得不成其为历史。

美好的希望,坚深的信念,巨大的力量和热忱,几世纪的苦难所积聚下来的这些财富,一下子全都化为泡影。这真是一种可怕的觉醒啊。

它使多少人殉难——多少人牺牲!多少人家破人亡!唉!虽然也可以算一点英雄主义,但这是一种什么样的英雄主义啊!

---

① 一八七六年四月起义期间斗争最激烈的是帕纳丘里什特、科普里夫什蒂察和佩鲁什蒂察等地。

佩鲁什蒂察成了萨拉戈萨①。但是佩鲁什蒂察在世界历史上却没有地位。

巴塔克②这个名字从这场斗争中,从火焰和烟尘中腾起,飞过全世界,而永远铭记在各国人民的记忆里。

巴塔克是代表这场革命的专有名词和普通名词。命运有时真会说这种双关语。在这一事件中,命运给我们显了灵,它给了我们巴塔克,也给我们送来了亚历山大二世。③

如果这个运动,及其不幸的结局,没有发展成为民族解放战争的话,那么它一定会受到各方面的无情谴责;理智的人会说它是狂热,人民会说它是耻辱,而历史呢——这个只会奉承胜利的老娼妇——则会把它说成是犯罪。只有诗歌会饶恕它,并给它戴上英雄的桂冠,以纪念那种爱国的激情。这种激情曾使温顺的安纳托利亚的裁缝和织工,带着他们的樱桃树做的大炮,站到斯列德那山的高峻的山顶上去。

这真是一种诗意的狂热。因为年轻的民族,正如年轻的人们一样,是充满了诗意的。

*　　　*　　　*

奥格涅诺夫已经在斯塔拉山上流浪了三日三夜了。他始

---

① 西班牙阿拉贡省的省会。在一八〇八年至一八〇九年间,该城人民誓死抵抗拿破仑的侵略大军,结果失败,人民因战斗及饥病而死者数千,这场战役使该城在历史上享有盛名。
② 巴塔克是一八七六年四月二十一日起义的大村子。四月二十九日,被土耳其人镇压,焚掠全村,片瓦无存;所有的保加利亚人都被杀戮,无一幸免,是此次起义运动失败后被屠杀最凶的地方。土耳其人对巴塔克的大屠杀,引起了欧洲进步人士的公愤。
③ 指一八七七年俄国沙皇亚历山大二世对奥斯曼土耳其宣战。

终向着东方走,想到白拉切尔克瓦再下山去,尽管他一点都不知道那边的情况。在平时,从克里苏拉到白拉切尔克瓦,不过六小时的路程;但对于一个从枪林弹雨中逃出来的起义者来说,六十小时都不够。

白天,奥格涅诺夫蜷伏于森林和丛莽里,他像野兽一样睡在树洞中,以免被缉捕队看见。到了晚上,他就在黑夜的风雨里,被巴尔干山的雪峰上刮来的寒风冻得颤抖着,沿着又黑又荒凉的小路胡乱走,因为不辨方向,有时并不向前走,反而向后走。他靠吃草活命——就是说,他饿得比狼还厉害。他不敢到那些稀疏地散处在巴尔干山上的茅屋里去乞食——因为那里,由于恐惧,大多数人家的门都被叛卖或狂吠的恶狗把守着。

当他在某个山顶遇上黄昏的时候,他常常看见南边的天上显出一片红光。最初,他以为这种天空中的现象是由于夕阳的映照。但是,到了夜里,这混浊的红光却显得格外明亮,而且占据了天边更宽阔的地方。它很像一片北极光映现在南方。

这是使许多繁荣的村庄夷为灰烬的大火映照出来的红光。

这是一派可怕而壮观的景象。

十一夜,从巴尔干山的缺口里,可以向南看到更宽阔的景色。奥格涅诺夫恐惧地看到沿着斯列德那山的一排烈焰。它像一个从二十个火山口同时喷发出来的火山。熊熊大火把耀眼的尘雾抛向整个天空。

奥格涅诺夫揪着自己的头发。

"毁了,保加利亚毁灭了!"他望着这火光,绝望地说,"这是我们那些神圣的努力的全部结果啊。我们的崇高的希望就被窒息在血和火里了!我的天主啊!我的天主啊!而在那里,"他又指着克里苏拉的方向说,"我的心已埋在那里了。我的两个理想,我所崇拜的两个偶像,同时都被打碎了。一个倒塌在极度的惊恐之中,另一个倒塌在变心的羞耻和坟墓之中。现在,我就像迷了路找不到自己的坟墓的没有生命的幽灵!"

的确,如果说他不像一个幽灵,至少也像一副骷髅了。

土耳其统治者已经明令每个牧羊栏和保加利亚人的茅屋,不得接待任何形迹可疑的过路人。那些保加利亚人甚至做得更过分:他们追踪这种人,并且马上去报告缉捕队。他们的残忍心理甚至还会把一个受伤的或是饿得半死的起义者,用一颗子弹结果掉。而半个月之前,这些茅屋的主人还曾经欢迎过革命的使徒们,把他们当作最亲密的客人呢。这座斯塔拉山,已不是传说中被歌颂过的好汉们的慈母,而成为一个可恶的继母了。危机四伏……城市和村庄里的恐怖与卑怯已经转移到最荒僻的山林深处,已经占据了它的绿林丛莽和最荒凉的地方了。

第二章 牧人的面包

这天早上,奥格涅诺夫正在光秃秃的阿姆巴里察山的东边,靠近奥瑟姆河支流的一个山头北山坡的小丛莽里。

因为饥饿与脱力,他已经虚弱得不成样子——他饥肠辘辘,胃里除了苦涩的草和野菜之外,就没有别的东西了。在百步以外,有一座羊栏。面包、干酪和羊乳,那里一定都有。现在他正如神话里的那个坦塔罗斯①一样,在一条他无论如何也喝不到的清冷的泉流旁边,被判处了永远干渴的刑罚。

但是一只狼,决不会在一群羊前面白白等着饿死的。护羊狗的牙齿并不比饥饿的折磨更厉害。因此,奥格涅诺夫就决心学习狼的榜样。他走出了丛莽,涉过了小溪,稳步地向牧羊人的茅屋走去。

那茅屋里只有两个女人,一个老妇人和一个年轻的媳妇。她们正在补破衣服。此外还有两个小男孩,正在编着什么东西。那些护羊的狗或许是在附近跟羊群在一起。

那两个女人一看见这个光着脑袋,衣着古怪,两眼凹陷的陌生人,就尖叫起来。

"你来诸(作)②什么的?"有人在外面喝问。

接着出现了一个身材高大、头发花白的老牧羊人,肩膀上扛着枪。

奥格涅诺夫认得这个牧羊人是希腊人耶尼,他常常到白拉切尔克瓦去出卖黄油。耶尼也认识他的。

"早安,耶尼老丈!给我一块面包吧,看在天主面上。"鲍依乔赶紧说,表示他并非来意不善。

那牧人把他从头到脚看了一阵。不管他认出了他没有,总之这一番考察仿佛并没有给他什么好的印象。他皱着眉头走进屋里,掰了半个面包,同时跟一个孩子低声说了几句话。

---

① 希腊神话中主神宙斯之子,因犯杀子之罪,死后被罚入冥土,受饥渴之苦。
② 指希腊牧羊人发音不准确,下同。

"这个给你,你阔(快)揍(走)吧,我不相(想)朝(找)麻烦。又(有)人会开(看)见你到这里来的,基督徒。"他把面包递给奥格涅诺夫,冷冷地说。

奥格涅诺夫谢了他,就赶紧转身向山谷跑去,想仍旧在昨晚过夜的那个丛莽里躲起来。

"天啊!"他苦痛地寻思着,"这个半开化的希腊人怜悯了我,而昨天那些保加利亚人却咒骂了我,还叫他们的狗把我赶了出来呢。"

奥格涅诺夫迫不及待地贪婪地吃着面包,由于热望他的两眼发亮了。饥饿使他眼中的高尚的火焰里混杂了呆滞而像野兽般凶猛的光芒。在这个时候,即使他自己的父亲要拿走面包,他一定也会拒绝的。于谷霖伯爵为了不致饿死,甚至吃了自己的孩子。① 饥饿是比绝望更可怕的参谋。

鲍依乔在山涧里喝足了溪水,然后走上山坡,想躲进丛莽去。这时,他已感到食物的仁惠的作用了,因为他的力气仿佛都恢复了。但是当他刚刚走到丛莽边,远远传来一阵声音使他回转了身。从那羊栏所在的小山上,有一群契尔克斯人②正在向他跑过来,而且在挥手叫他站住。几条猎狗在他们前头奔跑着。(大家都知道,在那些悲惨的日子里,缉捕队主要都是由契尔克斯人组成的;他们带着许多训练过的猎犬,会像追踪野物那样追踪人而向他猛扑上去。)耶尼老丈站在小山上,披着他那粗呢做的短上衣,好奇地看着他自己安排下的这场狩猎。因为,在他掰下半个面包来给这个亡命者的时候,他

---

① 见《神曲》第三十三篇于谷霖在饿塔的故事。
② 长期居住在北高加索的民族,强悍尚武。其中有一部分迁入奥斯曼帝国境内居住,被统治当局利用来镇压革命者。

已吩咐他的孩子到隐蔽在附近的缉捕队去报信了。

好客和叛卖——这两件事情同时和谐地存在于这个野蛮的游牧人的冷酷的心肠里。他居然完全自觉地做了这两件事：救济了饥饿的熟人，算是尽了人道的责任，而又检举了乱党，保证自己不会有麻烦的后果。现在，他正在安详地看着这场狩猎活动。

奥格涅诺夫看到了大难临头，就运用他那没有失去的意志（大多数人在危急的时候，往往会失去意志），马上估量起机会来。在山涧对面，有一个小丘，它或许可以掩蔽他一二分钟，躲进从另一边冲下山来的缉捕队的目光。在这短短的时间里，他也许可以躲进那个丛莽里去，但是这对他并没有什么用，因为他们一会儿就会追上他的。想用奔跑来避开枪弹与猎犬的追逐，是不可能的。在山涧的小溪旁，在被冲刷得疏松的岸上，生着许多低矮的箐薮，但是他也不能躲到那里去，因为，即使他能逃过追来的人的注意，那些猎犬也一定会把他找出来的。到处都是死路一条！然而鲍依乔却没有时间再踌躇了——他必须立刻打定主意。于是他本能地挑选了那个山涧，然后就像离弦的箭般奔下山坡。倾斜的山坡使他跑起来很省力，不一会儿他就涉足于涧底的箐薮中了。小溪两岸都是累累的岩石，在岩石底部，有许多很深的洞穴，好像是人工挖掘出来的。奥格涅诺夫就爬进了这样一个野兽藏卧的地方，决心以他的生命换取一个高昂的代价。

他把手枪握在手里，倾听了几秒钟：这几秒钟简直像几个世纪那么长。犬吠声在逼近，但一会儿又低下去，渐渐地竟没有声息了。他等候着。这是怎么回事呢？那缉捕队显然已经迷失了方向，但这不会长久。奥格涅诺夫想他们一定在那丛莽中搜索他,在那里找他不着,他们自然会到山洞里来搜索的,而那些猎犬就立刻会发现他了。这些动物的本能是决不会一错再错的。他自己都不知道这种焦急的等待或者说长时间的折磨持续了多久。他的眼睛凝视着山洞和那些在水边簌簌抖动的被阳光照得发红的草莽。他随时都准备着看到猎犬(这种畜生仿佛主宰着他的生命)的鼻子嗅进他所躲藏的洞穴里来,或者听到它的吠声。

忽然他听到了一声犬吠。他的眼睛马上瞪大了,变得很凶猛,他的毛发都直竖起来。他痉挛地捏紧了手枪准备着。

第三章 往 北 去

奥格涅诺夫所听到的近在右边的犬吠声只响了一声就不再响了。现在他听到了另外一种声音,是人的脚步声。是啊,有几个人正从山上朝这里走下来,他们脚下踏的沙石滚动,正落在他所躲藏的洞口。不久他就看见两只穿草鞋的脚经过他的洞口——跟着又是两只,也走过去了,紧接着又走过了一个人,他们全是静悄悄地不声不响走过去的。后来出现了第四双脚。他没有走过去,而是立停了伛身下来。奥格涅诺夫看见了一个蓬乱的长形的人头的侧影——简直是一个猩猩的头,生着这个脑袋的人正在缚他的绑腿布上松散下来拖着的带子。

奥格涅诺夫像尊石像似的等待着,把手枪对准了洞口。

那人头朝洞里望了一眼,就直起身来,接着在静寂中响起了一声尖厉的呼哨。这显然是在招呼其余的那些人回来。

那人头又伛下来向洞里窥望——奥格涅诺夫打定主意要开枪了。

"你是什么人?"一个洪亮的声音问。

"是伊凡吗!"奥格涅诺夫喊了起来。

果真就是杀熊者伊凡。

"怎么,原来是老师!"其余的人也都伛下身子喊起来说。杀熊者伊凡不等他请,首先钻进洞来,眼睛里噙着泪水,紧紧地握住奥格涅诺夫的手。其余三个人也跟着进来了。他们都是从克里苏拉亡命出来的。

鲍依乔的第一句话就问:"那狗叫是怎么回事?"

这几个克里苏拉人回说:

"并没有狗——那是杀熊者装出来的。"

奥格涅诺夫才想起了这个巨人的惯技,不禁笑了。于是他就接着问了他们许多话。

"我们简直把事情弄得一塌糊涂。他妈的!"杀熊者用他的雷霆之声喟叹着。

"勇敢些,伊凡! 不要灰心,大主不会抛弃保加利亚的!"

"可是克里苏拉已经完了。"一个克里苏拉人消沉地说。

"它只剩下一堆灰烬了,这会儿还在燃烧呢……"第二个人接着说。

"唉! 唉!"第三个人叹息着。

"现在去懊丧这些事情有什么用处,弟兄们? 我们寻找过幸福——可是失败了。现在需要的是勇气和耐心。牺牲不会毫无结果的……你们吃过东西吗?"

"从我们逃出来以后,就没有看见过一块面包。"这几个克里苏拉人差不多哭着似的回说。的确,这是不消说的:奥格涅诺夫一眼就看到了他们的饥饿与憔悴的脸色。他把自己吃剩的面包分给了这些客人。

他们都贪馋地吞嚼起来。唯有杀熊者推却不受。

"把这面包留给你自己吃吧,瞧你瘦得都快成圣徒了。我这里有吃的。"于是杀熊者从布袋里取出了一只剥了皮的血淋淋的野兔子。他割下一块兔肉,蘸了一些盐,就用他那副锐利的牙齿大嚼起来。

"怎么,这不是生的吗?"

"管它生不生,对于肚子饿的人反正都一样。亡命的起义者是不能生火的啊,"杀熊者咀嚼着那多筋的兔肉说,"这些基督徒怕吃荤腥,他们情愿像乌龟似的吃草过活。"他舐去嘴唇上的兔子血,又这样说。

"你怎么打死这只兔子的?你开了枪吗?"鲍依乔好奇地问道。

"我因为没有碰到野猪,所以才打了这只兔子;要是我碰到一头野猪的话,我一定会用手抓住它,掐死它的。"

的确,杀熊者是在一个丛莽中把这只野兔子截住,捉到它的,没有开枪打它。

"可是你怎么会躲到这个熊洞里来的?"杀熊者向那山洞的四壁看着问。

"因为刚才有一个契尔克斯人的缉捕队在追赶我,不过我不知道他们怎么一来又找不到我了,他们还带着狗呢。"

"哦,因此你才问起狗叫的事情来,是不是?我明白了,那些狗一定是闻到别的野物了,很可能是一只野兔子,于是它们就去追赶那个东西了。一定是这么回事……我杀熊者对于这些玩意儿是很在行的。"

"一定就是我们刚才看见在那边山头上走的那些异教徒了。"其中的一个说。

"但愿天主毁灭了他们!人们为了躲开那些缉捕队,简直无法露脸了。巴尔干山上全给土耳其人和契尔克斯人挤满了。愿天主保佑你,因为你给了我这块面包,奥格涅诺夫。要是没有吃的,我就会完了。"

奥格涅诺夫这才宽了心。他知道他又被一个奇迹救了命。这是他碰到过不止一回的事情了。

"那么你们现在要到哪里去呢?"

"我们想逃到罗马尼亚去。你呢?"

"三天来我一直在往白拉切尔克瓦走,可是你们看,我才走到了哪里?"

一个克里苏拉人插嘴道:

"啊,白拉切尔克瓦人真刁滑。他们没有起事,没有动静。"

这是用一种气愤的口吻说的:他的气愤与其说是因为白拉切尔克瓦没有起义,倒不如说是因为妒忌它没有像别的地方那样遭难。唉!人的本性就是这样的,如果一个人知道别人也在遭受他的苦难,不管是他的朋友还是亲戚,他就会觉得他的苦难容易忍受些。在我们心灵中猛烈生长的这种残酷的感情也能激发一个兵士发挥英雄主义,使他在身边的伙伴一个个倒下来的时候,还能不怕死亡,勇往直前。如果让这个英雄独自去面对危险,他就会惊慌得逃跑了。所以,我们有一句俗话:"大伙儿一起受苦,譬如吃场喜酒。"

"你们听到什么白拉切尔克瓦的消息没有?"奥格涅诺

夫问。

"我们不是告诉了你吗?他们表现得挺刁滑。只有我们是准备解放保加利亚王国的啊!"

"这事真奇怪——奇怪极了!"奥格涅诺夫寻思地说,"白拉切尔克瓦早把一切都准备好了啊。"

"好了,别管它了——能保全下来,也很好。如果他们那边也烧得精光,有什么好处呢?"

"喂,许多村庄都烧成了灰烬,那有什么稀奇啊,"另一个人说,"你没有看到夜里天空多么红吗?"

"是的,我看见了。"奥格涅诺夫郁闷地说。

"这个世界真是一下子全崩溃了。这难道是起义吗?这简直是丢脸!而我们呢,我们这些可怜的傻子,还上了当。让那些欺骗了人民的人向上帝说个明白吧!为什么他们不等事情统统都准备好,就忙着动手呢?"

奥格涅诺夫静静地听着这些责难。这些话使他很伤心,但是他却不生气。因为这些话,虽然说得并不很公平,却是这些家破人亡的人们嘴里很自然地说出来的。他自己心里也曾经不止一次责难过人民,正如他们责难自己的领袖一样。失败者的悲惨而合乎逻辑的结局,往往是这样的。

"得了,抱怨有什么用处,——你们老是沮丧抱怨,好像天知道出了什么事。这是天主和圣母注定了的,即使克里苏拉完了,保加利亚也没有完,不是吗?"杀熊者竭力想安慰大家,就这样说。

"喂,伊凡,你的老婆怎么样了?你把她送到哪里去了?"鲍依乔问。

"你说斯塔依卡吗?哦,她挺好,没灾没病的。我把她送回阿尔特诺沃去了,从那儿——哎呀,糟糕,我忘了把那女教师的事情告诉你了!"

奥格涅诺夫听了这话,就心惊肉跳起来。他对于拉达的命运,已经有了一种预感,可是怕从别人那里听到可怕的事实真相。他在那天晚上亲眼看到拉达住的那所房子倒塌下来,房子的残骸在烈火中燃烧。那姑娘如果没有先自杀,一定也就在当时葬身火窟了。他赶到得太迟,来不及救她,所以这个思想,就像一个沉重的秤砣似的压在他的心上。此外,还有一种他不想搞清楚的感情,也在他心里搅动着,使他苦痛得很。

"她真危险,差一点就死了,这个美丽的姑娘。"

"怎么——她还活着吗?"鲍依乔嚷起来。

"她活着,活着,老师。要不是我杀熊者的话——"

"那么她现在在哪里?"鲍依乔兴奋地问,仿佛想从伊凡的那张粗糙而和气的大脸上,一下子把事情整个弄清楚似的。

"别担心,我已经把她交到好人手里了。"杀熊者安慰他说。

鲍依乔感到了一种莫可名状的慰藉。他的脸上露出了光彩,对这个巨人感激地说:

"谢谢你,谢谢你,伊凡!你把我从可怕的苦痛中解救出来了!"

"哎,"伊凡接下去说,"好就好在我那斯塔依卡来通知我时正是时候。那女房东阿妮奇卡在逃难出门的时候正巧碰上了斯塔依卡,就对她说:'斯塔依卡,快去告诉伊凡,那就是我,说拉达不肯走,我千求万恳她都不肯走;你们可千万不要让她待在那儿,赶快去逼她走吧。'我听了这话,他妈的,我还能让她待下去吗?当我走到那里的时候,她把门反锁上了。

我打门,叫喊;她就是不开门——我只好打破了门走进去。一进去,你知道我看见了什么?她站在桌子旁边,手里拿了一支点着的蜡烛,正在凑近桌子上的一个麻布口袋去。"

"那是火药袋吗?"奥格涅诺夫惊叫起来,想到拉达给她自己准备了这样一个死法,不禁毛骨悚然。

"是啊——那正是火药。它能够把她炸得粉身碎骨,飞到天上去。这可真是个痴姑娘!可是我当时却没有想到这是火药,"杀熊者又说下去,"我就一直朝她走去。巧得很,不知是天主保佑,还是从门口刮进来的一阵风,把那蜡烛吹熄了。'你在这里干什么呢,老师?'我问她,'大家都逃难去了,你还在这里做什么?'于是我就拉着她一口气往巴尔干山里跑,斯塔依卡跟在后面。斯塔依卡一路在安慰她,可是她一路上直唉声叹气,哭个不停。哎,老师,你知道她为你流了多少眼泪啊!当时我听说你已经死了,可是我不敢告诉她。我就说:'他平安无事,老师,你不用担心,老师。'可是我们不是已经耽误了时间吗……沃利什尼察已经满是土耳其人了,简直没有法子走过去。进退两难了,怎么办呢?于是我们就走进了树林,半夜才走到我们的村子里。我把那老师和斯塔依卡交托给我的小舅子,自己就回斯塔拉山来了。原来你还活着——真是见鬼!"

奥格涅诺夫一声不响地握了握杀熊者的手。

"我把她们放在阿尔特诺沃,不过现在她们一定已经在白拉切尔克瓦了。她们准备化装成土耳其女人,让沃尔科第二天早晨把她们送到那里去。因为阿尔特诺沃现在也有许多土耳其人,待在那里也是可怕的;而人家说白拉切尔克瓦却很平静。你要是到那里去,老师,请你找到斯塔依卡——就是我的老婆——替我问她好。告诉她,你在这里看见过我,我身体很好。再告诉她,我尽吃烤兔肉和白面包过日子,叫她不用惦记我。"

"好的,伊凡,不过我现在大概不会到白拉切尔克瓦去。"

杀熊者诧异地看着他。

"怎么!你不是要到那里去吗?"

"现在我不想去了。"

"那么你想到哪儿去呢?"

"再说吧。"

"那么跟我们一块儿上罗马尼亚去吧。"

"不,你们只管自己去吧。而且最好分头走,大伙儿在一起走不很妥当。"

暮色已经笼罩了整个山涧,山洞里已很暗了。溪水呜咽地流着。天黑下来,这些亡命者几乎彼此都看不见了。杀熊者和那几个克里苏拉人站起来准备上路。

"老师,让我们在临走之前吻三次吧。只有天主知道我们中间谁能活下去!"杀熊者说。

于是他们互相亲吻作别,就此分手了。

奥格涅诺夫独自留在那里。他伏在地上,像一个女人似的抽噎起来了。

在他胸中沸腾着的苦痛的火山现在一下子化成了大股的热泪。这个钢铁般的男子汉,生平第一次放声痛哭起来。他的坚强的意志正在瓦解。苦痛、极度的失望、良心上的折磨、对于无数无畏牺牲者的哀痛,加上那彻底摧毁了的爱情、忧愁、得不到安慰、孤寂和生活的茫无目的以及一连串的回忆,有的是光辉的,有的是阴沉的,但同样都是苦痛的:这一切都包含在他的眼泪之中了。对于那些在他和他的同志们所煽动起来的火焰中牺牲了一切的可怜的人们,他曾经鼓励过,然而现在,他自己却消沉而颓丧起来了。他一声不响地把这种可怕的惩罚带给他们。在克里苏拉人面前,他曾经努力克制住自己,可是他的心滴着血,就像一条受伤的蛇似的在他的胸中扭动着。还有那个拉达,在那里哭泣的拉达,他也忘不了她。在为祖国悲伤的时候,他的心却为另一种悲伤而哀痛,这是他很生自己气的地方,但是他竟无法控制自己的心。算了,让它去哀痛吧,现在什么都完了,没有宽恕,没有和解,他再也不想回到白拉切尔克瓦去了。可是那颗该死的心却发疯似的把他拽到那里去,像是叫他去找他的另外半个人。不,不,他不愿再回到那里,再回到他的爱情的摇篮里去了。这个城市,现在,在他看起来,已经黑暗得像坟墓一样了。他在克里苏拉的时候,曾经对她说过,他们之间的一切都完了,因为她背叛了自己的感情。他曾经用眼光蔑视了她,用轻夷来作践了她。不错,他也曾想冒着生命危险从克里苏拉大火中救她出来,但这并不是也不可能是出于爱情,而是出于另一种感情,也许是一种骑士精神吧。而且这是他不自觉做了的,无法解释的。是啊,现在他不愿意到那儿去看见那个已经被他唾弃了的偶像了——就是从远处看也不想:他的自傲心已经在抬头。他要到罗马尼亚去;不管怎样,他要像许多别的人一样设法逃到罗马尼亚去。在白拉切尔克瓦,他只好像一只野兽似的躲起来,也可能被敌人出卖掉;况且,他在那儿也已经没有什么可做的了。在罗马尼亚,这片自由的好客的国土里,他或许还可以为保加利亚做一些工作,直到它的疮痍平复。在那里,他可以自由自在地生活下去。往北去——往北去!

于是奥格涅诺夫往北进发了。

天上满布了云层。漆黑的夜色笼罩着山里静寂的丛莽。

他整夜地翻山越岭,尽力避开原先走的方向。他的新决心使他刚才吃下的东西所增加的力气鼓得更足了。

可是天明时分,他站在一个山顶上。从这里看到南面有一片绿油油的美丽的谷地。他认得这就是斯特列玛河谷。白拉切尔克瓦就在这个山脚下。他只好默然地顺从了命运的摆布。

第四章　旗

奥格涅诺夫,仿佛从一场酣睡中惊醒过来,才知道自己弄错了方向。他以为向北走,却走了相反的方向,可是现在已经迟了。

现在天亮了,他正在白拉切尔克瓦城附近的那个童山上,一点丛莽或其他可资隐蔽的地方都没有;他知道,如果退回去,那就是疯狂地自取灭亡了。他唯一的办法只有往下走到修道院旁那条山溪的深谷里去,那儿是很好的隐藏地方,然后从那儿转道到白拉切尔克瓦去。他必须屈从于命运的意志,他决心到咋晚一夜都想逃开的那个地方去。

像坎多夫一样,奥格涅诺夫也是初次恋爱。在这场不同于一般的情场角逐中,他是一个新手。

一个受了伤的人通常会憎恨打他的对手,而一颗受折磨的心却会更爱自己的心上人。不仅如此,这颗心还容易原谅阿尔弗莱·德·缪塞①会说这是宽恕。在恋爱问题上被伤害了的自尊心叫作嫉妒,它如果不除掉使他受打击的人,就要向这个人索取医治伤痛的良药。前一种情形比较容易度过,也更干脆些,那是用更强烈的疼痛来压制住这种疼痛。后一种情形则是用止痛药膏涂在伤口上,然后用热烙铁炙烤。可是大多数人采用第二种办法。爱情这种最自私的感情往往倾向于和解。

幸而奥格涅诺夫内心的创伤是由于假想拉达不忠实而引起的。只要一次合情合理的表白就可以消除他的痛苦。需要有机会,这种机会就在眼前,而奥格涅诺夫却认为这是命运的暗算。

因而当他走到修道院旁的山溪的源头,看见了多石的山坡上的那些稀疏的枞树林的时候,立刻就改变了主意。

"不!"他说,"我可以在这些枞树林里待一天,等到晚上我就往回走。我要设法在一个巴尔干山村里换一身衣服,然后再到罗马尼亚去。决不,决不去找拉达!"

于是他在松树干中间躺下休息,厚厚的落叶和野草丛把他掩盖得一点都看不出来。他就在那儿躺了好几点钟,耐心地等候天黑。

将近傍晚的时候,奥格涅诺夫忽然看见在对面山头上有一个黑色的东西在风里招展,好像一只大鸟在空中伸展它的静止不动的翼翅。他诧异地看着这个东西。

"这是一面旗啊!"他惊奇地说。他借着落日的余晖,确实看清楚了这是一面竖立在山顶岩石上的红旗。风正在静静

---

① 缪塞(1810—1857),法国浪漫主义诗人。

地吹拂着这面旗,白拉切尔克瓦城里也一定会看见它的。

那面旗的附近看不见一个人。是谁竖在那儿的呢?为了什么缘故呢?这是起义的记号吗?奥格涅诺夫认定是这个缘故了,因为没有别的理由可以解释它为什么竖立在那儿。

奥格涅诺夫再也克制不住自己。他不顾一切警惕的想法,跃出他所躲藏的地方,匆匆跑上了他刚才下来的那个山头,向白拉切尔克瓦城里望去。他仿佛听到远处传来隐约的枪声。那枪声是从什么地方来的呢?他睁大眼睛向着这个城市望去。由于空气异常清朗,他突然望见在城的尽头有一蓬一蓬的白烟,好像是从火器里发出来的那样。

"是起义了,这是白拉切尔克瓦起义了!"他高兴地喊起来,"我的忠实的朋友索科洛夫、波波夫、消息通和米佐到底没有袖手旁观。看来,现在别的地方一定也已经起义了。这面旗一定是约好了的暗号。被压住的火焰又燃烧起来了。起义了,我的天主!希望还没有完全破灭呢!"于是他就像长了翅膀似的沿着滑溜的草坡向那陡峻的山涧冲去。

第五章　墓　地

奥格涅诺夫从修道院旁那个幽暗而多石的山涧走出来的时候,天已经完全黑了。

他走过了修道院,但是心想并没有进去看看纳塔那伊尔神父的必要,因为他已经丧失了不少宝贵的时间。白拉切尔克瓦终于也起义了,这个思想激励着他,使他恢复了全部体力和精神。

他走上了进城的大路,不久就在黑暗中看出了那些熟悉的房屋、烟囱和果树的黑沉沉的轮廓。于是他离开了大路,爬上耸起在城北的那座小山。学校就是在这座小山上。

他在小山顶上瞭望城中,全城都在沉睡着,没有一处有亮光,没有一点特殊的声音或其他的迹象表明这个城市已经起义了。只有像平时一样的狗叫声。这使奥格涅诺夫诧异起来,他竟不知如何是好。下山去,走进城里去叩打朋友家的门吗?他想这样做是鲁莽的。于是决定先到附近那所男校去,他可以从那个管门的老妇人那里打听到城里的情况。他翻过男校西边的围墙,跳了进去。朝四面看了看,才发现自己是在一片墓地里。原来院子的大部分都被墓地占去了。在墓地中间,有一座古老的教堂宁静沉寂地矗立着,它本身就像一个巨大的坟墓。在院子尽头,可以看见学校大楼和其他建筑物的庞大的黑影,整个都隐没在黑暗里沉睡着。奥格涅诺夫看到各处都是这种死一般的静寂,而不是一个起义的城市里所必然会有的喧闹与混乱,便心惊肉跳地感到了不祥之兆。同时还有一阵寒气仿佛从那些坟墓的可怕的沉静与黑暗中吹了出来:这些坟墓默默地竖立在奥格涅诺夫的眼前,呈现出夜色赋予它们的各种古怪的形状;它们像一些活人,或者说,像一些死人从坟墓里直起了半截身子。他心里不禁感到一阵不愉快的紧张,暗暗地想赶快离开这个黑暗而神秘的冷冰冰的地方。在这种时候,人的灵魂真会被不由自主的恐惧所控制。在我们同另一个世界接触时,我们的本能忍不住要打寒噤。盖在尸体上的棺盖把两个世界隔开了,使它们互不相识,互相仇视。神秘与黑暗唤起了恐惧之感。夜是敌人,而坟墓是秘密。

在夜里走过一个墓地,很少人能胆大得毫不心凛,即使有不信鬼神的人在这种时候还会大笑——恐怕他的笑声也会使自己惊慌了。如果哈姆雷特①夜里一个人走进墓地,他是不是还能够那样轻松地嘲笑那些骷髅呢?

忽然,在黑暗中,奥格涅诺夫(现在他的眼睛已经习惯于黑暗了)看见一个微弱而静止的亮光,像一只眼睛似的,从那教堂的一个低矮的窗户里透出来。那里一定点燃着一盏长明灯或蜡烛。这个微弱的光正是一个令人愉快的谐音,是在这个一片漆黑和寂静的城里所能看见的唯一的活的东西——它闪烁得这样地殷勒亲切,差不多是很高兴的样子。被一种克制不住的好奇心所驱使,奥格涅诺夫就轻悄悄地穿过那些坟墓,走近那个闪烁着亮光的窗子,向里面望去。蜡烛在一个柱子前面的黄铜大烛台上燃着,它那微弱的光仅能照亮烛台四周的地上很小的一块地方,所以教堂里其余的地方都在黑暗中。在那个微明的光圈里,奥格涅诺夫看见停放着一些形状不很清楚的东西。这是些什么东西啊?他把前额紧贴在冰冷的坡璃上,更仔细地望进去。这回他看清楚了。是三个人体躺在席子上——三具尸体。他们身上和席子上有许多深色的血迹。蜡烛光在这场面上投射了一道恐怖阴森的闪闪烁烁的光芒。那些死人的歪扭的脸和张开的嘴,显出他们是死得很痛苦的。其中有一个人的眼睛瞪得很大,仿佛在严厉而固执地看着教堂里黑暗的穹顶上的什么地方。另一个人稍微扭向这边。他的一只被烛光照射着的眼睛仿佛正对准奥格涅诺夫

---

① 在莎士比亚所著悲剧《哈姆雷特》中,哈姆雷特大白天走入墓地,嘲笑了一些骷髅。

的窗子瞧着。于是这个使徒就觉得毛发竖立了。然而他竟无法离开这个窗子。那死人的眼光似乎把他钉住在那里了,它用烛光映照出来的非人世的光芒盯住他,竟像是一只活人的眼睛在看着你,他认得你,也希望你去认识他。忽然奥格涅诺夫失声惊叫起来。他认出了这个人,原来是坎多夫。他的脖子上有一个黑洞洞的窟窿。他是被杀死的。

奥格涅诺夫赶紧避开这个可怕的景象,马上转身往回走。他在好几座坟墓上磕磕绊绊,它们也在黑暗中恼怒地叫喊起来。当他重新回到围墙脚下时,才站住了,神志也清醒过来。他想弄明白这一切都是怎么一回事。坎多夫怎么会带了伤跑到白拉切尔克瓦来的?他和那两个人又是怎么在这里被杀死的?巴尔干山上的旗和城里的枪声,还有这种静寂,都是什么意思呢?对于这些疑问,奥格涅诺夫竟找不出一个答案来。不管怎么说,这里显然是遭逢到严重的不幸了。于是他寻思着下一步该怎么办。完全不明白城里的情况,半夜三更贸然闯进这死寂的城里去,敲人家的门,这是很冒险而荒唐的。笼罩着白拉切尔克瓦的这种可怕的寂静使他寒心。它比最烦人的喧闹声更为可怕,像一个陷阱一样。他决计回到修道院旁的山涧里去等待天明,然后再考虑以后的行止。

于是他又爬出了围墙。

第六章 送信的小姑娘

奥格涅诺夫在修道院溪边的一个磨坊里过了夜。

大清早,他就爬上了圣泉①后面的那个山坡,那里矗立着许多奇形怪状的岩石,仿佛一尊尊偶像。他就隐伏在这些岩石背后,一点也不会被人发现。这个观察哨居高临下,从这里可以看见山下的一切动静。

山谷里还是不见人迹。溪水从岩涧中流过,发出琤琮的响声。磨坊和几个在转动的水轮子咕噜咕噜地响着,增添了这个深山幽静处的回响。天色蓝得叫人高兴,充满了清晨的亮光,这时太阳刚照上了巴尔干山巅。早来的燕子在空中穿梭似的来往,呢喃不绝地互相追逐,沐浴在看不见的波浪之中。晓风把那些长在岩石上的小树苗吹得摇来摆去。金黄色的阳光渐渐爬上了绿色的北山坡——照到了黑色的松树林,倾泻在平滑的草地上,还给奥格涅诺夫所驻足的山顶镀上了金色。但是直到此刻,山谷的路上还没有人走过。奥格涅诺夫在那个地方等得心焦起来:情况不明真使他受不住了。他密切注视着那个山谷,希望看见什么人,好向他打听城里的消息,而且,如果可能的话,还希望向这个人讨一套衣服,那么走进白拉切尔克瓦城去时,就可以减少些危险了。然而山下竟没有人出现,于是这个亡命者越来越不耐烦了。只有溪水的喧声在应答他那不安定的心灵。

终于他的眼光发亮了。一座磨坊的门开了,走出来一个小姑娘,到溪水边去洗脸。

"这是玛丽卡啊!"奥格涅诺夫高兴地对自己说,因为他那尖利的眼光已认出了她就是已经去世的斯托扬老爹的孤

---

① 东正教徒在宗教节日往往到圣泉去参拜及漱洗,以为这种祝福过的泉能治百病及祓除不祥。

女。现在他才记起,她在父亲死后,就到叔父的这个磨坊里来打杂了。真是老天爷来帮助他了。

他一下子就跑到了溪水边,躲在一块大石头背后,叫起她的名字来。

玛丽卡已经在用裙子擦干她的脸。听到唤声,她回过身来,等到认出了探出半截身子的鲍依乔,就向他跑过来。

"是你吗,鲍依乔大哥?"她问。

"到这里来,玛丽卡。"奥格涅诺夫把她叫到一个藏身的地方。

这姑娘把眼睛睁得很大,又惊又喜地对奥格涅诺夫看着。他的脸色憔悴得可怕,衣服上沾着污泥和血渍,光着头,精力消竭得不成样子,正是一个人经过了十几昼夜与艰辛、失眠、追捕、饥饿、风雨和其他种种危险搏斗过来的那种样子。换了随便哪一个人,出现在这个时候和这个冷静的地方,都会使这个姑娘吓一跳的,但是奥格涅诺夫却使她产生了一种异样的好感。

"城里情况怎么样,玛丽卡?"这是他的第一句问话。

"土耳其人在那里呀,鲍依乔大哥。"

奥格涅诺夫用两手捧着头,寻思起来。

"昨天城里开枪是怎么一回事,那里出了什么事?"

"昨天吗,鲍依乔大哥?我不知道,鲍依乔大哥。"

"你没有听见那些枪声吗?"

"没有,鲍依乔大哥,昨天我不在城里。"

玛丽卡不知道该回答些什么,但奥格涅诺夫却懂得是怎么一回事了。一定是城里曾经企图起义,但立刻就被土耳其人镇压下去了,现在土耳其人正控制着白拉切尔克瓦城。就是说,他来迟了一步。如果他早到一两小时,他也许会使整个事情有不同的发展方向。这种耽搁,就是往往使整个民族的命运受到影响的种种天数之一。

寻思了一两分钟之后,奥格涅诺夫问道:

"磨坊里还有别人在吗,玛丽卡?"

"只有明乔叔叔在那里——他还睡着呢。"

"玛丽卡,你认得索科洛夫医生住的地方吗?"

"认得,他住在雅基美查老妈妈的屋子里。"

"不错。你还认得快腿住的地方吗,我说的是那个德国人,生着络腮胡子的?"

"是专印小黑人的那个吗?"

"是的,是的,玛丽卡。"奥格涅诺夫微笑着说,他在笑她这句话简直是对那可怜的照相师的天真讽刺。

"你能不能替我送一封信给他们,亲爱的?"

"行啊,鲍依乔大哥。"那姑娘欣然答应了。

奥格涅诺夫在外衣袋里搜寻了一下,掏出一支铅笔和一张团皱了的纸。这就是拉达的信。一看见这封信,他苍白的额头上就渗出了汗珠。他的手颤抖着把那张纸的空白的半页撕了下来,摊在一块石头上草草写上几个字,然后把它折拢来。

"玛丽卡,你把这封信去送给索科洛夫医生,如果他不在家,就送给那个德国人。好好地把它藏在怀里。"

"我知道。"

"如果他们问你,我躲在什么地方,你就告诉他们——不过只能告诉这两个人,你听清了吗?你说我在汉巴列夫磨坊背后的那座荒废了的磨坊里。"

玛丽卡不由得对那山谷的北头看了一眼,那座孤零零的半坍的磨坊就在那里。

奥格涅诺夫没有把自己的名字和藏身的地方写在纸上,恐怕万一这张纸送不到目的地,反而落在危险的人手里。他虽然很相信玛丽卡的忠诚,但也不敢托她光带一个口信去,因为怕她的天真和单纯会坏了事。

为了使她更牢地记住这些嘱咐,认识任务的重要性,他又轻轻地说:

"如果你失落了这封信,玛丽卡,或者受了骗,对别人说你看见过我,或是说出了我躲在什么地方,那么土耳其人就会来杀我的。小心些,亲爱的。"

听了这几句话,玛丽卡的脸色马上就显得严肃而害怕的样子,她的手不由自主地摸了摸刚才把鲍依乔的那封信塞进去的靠近腋下的地方。

"我要去告诉叔叔一声,就说我到城里去买面包了。"

"很好,玛丽卡——千万记住我叮嘱你的话呀。"

玛丽卡就走进磨坊去了。

鲍依乔仍然藏到一块大石头背后,等着看玛丽卡出发进城。

他整整等了一小时,心里感到非常不安。

终于他看见那姑娘赤着脚,在尖棱的石块铺的路上疾走而去,他目送着她走向白拉切尔克瓦。

第七章 玛丽卡的失败

玛丽卡走到修道院前面的那块草坪上，就喘着气停了下来，不安地向四下里张望，但是看到并没有什么人在注意她，就急忙继续赶路。她沿着进城的大路走，一路上都没有碰见人；就是那些田里也没有人，她刚要走去的那条街也同样空无人迹。忽然玛丽卡站住了。她看见三个土耳其人正从这条街的那一头走过来。一看见这些人，她心里就害怕起来，不假思索地转过身子，逃进玫瑰园和菜园里，想走另外一条街打西面进城。这样一来她多走了许多路，而且使她和索科洛夫医生家的距离拉得更远了。终于玛丽卡走到了城的西面。右边是一大片光秃秃的田地，左边是城市，一条狭窄的街道穿过两边两排低矮的店铺。街上完全没有人；看不到一个保加利亚人，也看不到一个土耳其人在走动。所有的铺子的门，和装着百叶窗的窗子，全都紧闭着，这样的冷清反而使这个天真的姑娘镇定下来了，她就顺着这条街跑去。她刚走了十来步，就有什么东西使她回转身来，登时惊慌得呆住了。原来在离她不远的田野上，正有一大股烟尘高高地腾起，而从这烟尘中发出了一阵沉重的脚步声、马蹄声和嘈杂的人声。随即，就可以从烟尘和喧闹声中看清楚这一阵纷乱的来源了。原来这是屠松团长的队伍，在克里苏拉的废墟上掳掠了三天之后，旋风似的奏凯回来了。步卒和骑兵混杂在一起行进着，满载着武器和战利品。不一会儿，这批人就像一阵浊浪似的涌到了街上，把街道挤满了。他们狂野地喧嚣着走了过去。这只是全军中的一部分,是几百个民团团丁,都是白拉切尔克瓦东面邻近村庄里的居民。现在他们打着旗帜,带着他们所能拿的全部战利品,踏着凯旋的步伐前进着。还有许多拿不动的战利品就装在一长列的大车里,跟在队伍后面走来。为了方便起见,这些团丁把他们从不幸的克里苏拉人家里抢劫得来的最好的衣服都穿在身上,因此,这些嗜血成性的乌合之众又显得可笑的样子——这个队伍颇有些像亚洲风味的化装舞会的行列了。尽管天气炎热,许多人却穿着猞猁皮和貂皮的贵重女皮袄。有些团丁,显然是由于故意亵渎,甚至还穿上了从克里苏拉教堂里掠来的金线织成的祭服。他们的那个首领,屠松团长,则穿了一件灰色开士米的、用红布镶着边、拖着很长的红色流苏的质地精美的欧式晨衣。后来才了解到,原来屠松团长并不懂得这种衣服的用处,他以为这是一种华丽的外套,很适宜于他回到白拉切尔克瓦来的凯旋仪式。

只有一个活的战利品装点着他的凯旋,那就是一个被反绑了两手的俘虏:臭屁精拉契科。

这是一派使人憎厌的景象。

但是玛丽卡几乎没有看到。当这群人刚一出现的时候,她就溜开了这条街,穿进另外一些冷清而沉寂的街走了。她终于走到了索科洛夫医生的住处。她推推门,门是闩住的。她只好敲了几下。

"谁在敲门?"一个老妇人在里边问。

"开门,雅基美查老妈妈。"气喘吁吁的玛丽卡吃力地回答。

"你到这里来有什么事?"

"我找索科洛夫医生。开门呀——开呀!"那姑娘带着哭声说。

老妇人恼怒地叽咕了一些话,但是终于把门打开了。

"你找他有什么事?他不在家。"她冷冷地说。

"他在哪里,老妈妈?"

"你先告诉我,我才能告诉你。从昨天起大家都在找他,可是直到现在都没有找到他。你走吧。"

于是那老妇人把门砰的一声关上了。

玛丽卡狼狈地站在门外。

她转身就走。那照相师的家就在附近,她就去推那一扇门。

"小姑娘,你要找谁?"一个衣衫褴褛、面色苍白的驼背妇人迎面问她。

"找那个德国人。"

"你要找他做什么?"

"你让我进去找他!"玛丽卡说着,就把这妇人推过一边,想冲进门去。

"你发疯了吗,孩子?那德国人不是给他们杀死了吗?"那衣衫褴褛的妇人生气地回说,一把就把玛丽卡推到了街上。

这几句话把这个受惊的女孩子吓呆了。现在她想到鲍依乔一定也会被杀死的,想到那些土耳其人正是来找他的。她又想到那些土耳其人会查到她身上的那封信,因为有人报告了他们,说她身上藏着一封鲍依乔的信。现在她该怎么办呢?她向四下里看了一转,才看到街上空荡荡的,一个人都没有。于是她害怕得哭起来了。正在这个一筹莫展的时候,有人从背后撞了她一下,她回头一看:原来是科尔乔。

他孑然一身在街上走着,用手杖敲着石子路面,像是在梦中,脸上布满了愁容。

"你为什么哭呀,我的小姑娘?"这瞎子问,把他那双白眼珠盯着玛丽卡,好像要认出她是谁的样子。

如果玛丽卡对科尔乔更熟悉一点的话,她一定会违背奥格涅诺夫的命令而把这件事情原原本本告诉他,那么科尔乔就可以代替索科洛夫了。但是她却害怕这个陌生人,而连忙跑到街对面,接着就拐进别的街上去了。

"站住,站住,玛丽卡!"科尔乔叫了起来。就在这一刻里,由于他的神奇的感觉,他从她的哭声中认出了这是斯托扬老爹的女儿。他刚才曾经紧跟着她去敲过索科洛夫家的门,向那老妇人打听医生的下落。从那老妇人嘴里,他得知有一个小姑娘刚才也来寻过医生。有一种预感告诉他:这个姑娘就是玛丽卡,如果她来找过医生,那一定是有什么很重要的事,而她那惊慌的哭声也显然是因为找不到医生引起的。在这样一个时候,究竟是谁派她来找索科洛夫的呢?只有不知道此地发生了什么事情的人才会这样做——那么一定是外面的人了。会是"他"吗?因为从昨晚就有一个风声,说鲍依乔并没有遭难,而是逃到山里去了,可能现在还在那里流浪呢。会不会鲍依乔到了修道院旁的溪边,就是玛丽卡跟她的叔父住着的磨坊那里,所以派她来把这消息通知索科洛夫的。是的,是的,这个玛丽卡真是一个天主的使者。这种猜测使感情丰富的科尔乔的心异常兴奋起来。他一边喊着一边向前走去:

"玛丽卡!玛丽卡,走过来!我的孩子。"

可是竟没有人回答。

科尔乔失望得叹起气来。

这时他已经走到了广场上。

这地方可不是冷清无人的,他听到了喧闹的说话声和马蹄踏在石头路上的踢踏声。

总之,是一大群人。

人们讲的都是土耳其话。这是怎么回事?

科尔乔吃惊地站住在咖啡店附近,听人家在说些什么。

他听到里头有个人在高声地说着保加利亚话。

"哼,你们看——他们干了多么不要脸的事,竟想把我们这个城都烧光!差一点儿没有把我们像狗一般地全都杀死,也差一点儿没有把所有的屋子都夷为瓦砾。现在那些匪徒都跑到哪儿去了,我要问问他们,他们造反是听了谁的意见?现在把他们带到这里来,让我来给他们宣读罪状。造反,不错!反谁?反苏丹,反他们的父亲和恩人。他像爱护眼珠那样爱护我们,不让我们受到伤害,而这些人却要反他!我们已经有好几百年受到苏丹宝座的保护了,我们的祖祖辈辈和我们自己,连我们的子孙也会过上再好也没有的日子。我们要有点头脑才好,别让鬼迷了心窍,谁要是不喜欢住在这里,他尽可以到莫斯科去。我们是无所谓的。"

科尔乔听出这是尤尔丹财主的声音。

"苏丹陛下万岁!"另外有一个人高喊着。

科尔乔听出这是弗拉丘的声音。

这两个人代表了当时使人丧失理性的惊慌情绪。前面那一个令人憎恶,因为他说出了心中的老实话——在起义爆发以前,他也是这样说,这样想的。后面那一个却使人厌弃,因为他是自己人中间的卑鄙可耻的分子。他的欢呼没有人响应,跟着的只是一片寂静。按目下这种时势,似乎尤尔丹派是对的,弗拉丘派是忠诚的。对于失败者的任何诽谤都是允许的,因为胜利者的任何暴行都是可以宽恕的。Vae victis。①

所以,这一次四月起义的惨败,可怕的倒不在于巴塔克的大屠杀,而在于失败所带来的耻辱。

科尔乔深深地叹息着。

他转身向瑾卡大姐家走去。

第八章 牧　场

那天,快到正午,有一家人坐在城郊一片美丽的牧场上的绿树荫下。牧场的南端有一道石砌的围墙围住了一个园子,那园门就是对着牧场开的。北面展现着斯塔拉山的全景,有许多光秃秃的山峰和陡峭的山坡、许多峡谷和一片片风景如画的平原。

这个牧场和园子是尤尔丹财主的,坐在那里的就是他的一家人。除了这些人以外,就看不见再有别人在走动了。确实,自从起义失败以后,城里已经安定了些,街上也有了人,可是还没有人敢走出城到郊外去,不管是为了办事或是散散步欣赏一下大自然的美景。只有尤尔丹一家人才有这么大的胆量。

因为尤尔丹太太,由于爱女拉尔卡之死,伤心至极,生了

---

① 拉丁语:让失败者受难吧。

一场大病,好些日子起不了床。医生竭力主张给病人换一个环境,所以今天才把她从后院里穿过许多别人家的园子抬到城外的尤尔丹的园子里来,让她在这里散散心,呼吸一下新鲜空气。她马上感到散心对自己的病有了好的作用。现在,他们又从园子里走到牧场上来了。牧场上有两条大水牛正在吃草,它们也是尤尔丹的产业。

一个警察坐在旁边,保护财主一家人的安全。

那里头有两个人并不是这一家的。一个是丰腴而强壮的乡下女人,还有一个就是拉达。

这个乡下女人就是杀熊者的新妇斯塔依卡,她是前一天刚被瑾卡大姐雇用了来帮做家务的。瑾卡大姐也招待拉达住了下来。尤尔丹太太和尤尔丹家里的任何人都没有反对收留拉达。反而,因为看见了拉达,他们家中亡故的拉尔卡的好友,仿佛使他们得到了一种甜蜜而悲伤的安慰。于是,他们对这个无家可归的可怜姑娘的态度,已不像从前那样轻视与仇恨,而变得更加富有人情味了。

我们已经知道,斯塔依卡和拉达是在克里苏拉交成朋友的,她们俩都是在那个城市毁灭的时候逃出来的。亏得斯塔依卡,伊凡才能及时赶到,救出了拉达。一路上,她竭力安慰这个姑娘,两天前,当她们到达白拉切尔克瓦之后,拉达已经不肯离开她了。虽然她是那么朴实,还有点粗野,可是她却很懂得拉达的苦痛的处境,也分担了拉达的忧愁。刚才正有人讲起鲍依乔,那个修女罗沃阿玛哈吉一口咬定说他已经在战斗中被杀死了,这句话使斯塔依卡不禁哀怜地看了看拉达的脸,只见那脸色登时变白了。对于这个若无其事地讲到鲍依乔的死的修女,她心里就一下子痛恨起来。

"竟像她亲眼看见那老师被杀死了似的。她为什么这样高兴呀,这只老猫头鹰?"斯塔依卡很气愤地对拉达轻声说。

"别响,别响!"拉达低声回答说。

斯塔依卡又听了一会儿他们的谈话,又对拉达轻声地说:"拉达,这个黑猫头鹰长着胡子呢,为什么她不刮掉?"

拉达不由得微笑起来。"别响,亲爱的。"

斯塔依卡还是第一回看见罗沃阿玛哈吉;她不知道这就是她女主人的姑母。为了泄恨起见,她刚才在这个修女的念珠线断的时候,偷了她几颗玛瑙念珠;现在,她正在狡黠地偷看那修女在四处寻找念珠的狼狈样子。最后,斯塔依卡扯了扯拉达的衣袖,笑出声来了。

"你在笑什么,斯塔依卡?"瑾卡大姐问。

"我在笑这个乌鸦①哈吉为了两颗玉米豆大的念珠受了多大罪。"

"是罗沃阿玛哈吉,亲爱的。"拉达小声纠正她说。

幸而斯塔依卡的不礼貌的话没有被人注意到,因为这个当儿,大家都回过头去看那个刚从城里来的斯特弗乔夫了。尤尔丹财主的亡女的夫婿还没有去丘缪尔金。他的上任因发生骚乱而推延了。

他一来,大家都盼望着他能说点什么。他立刻就起劲地讲述他所参加的代表团的这一天的功绩。这个以尤尔丹·狄阿曼迪耶夫为首的代表团,是在那天被派出去欢迎前来攻打这个起义的城市的屠松团长,并请求宽恕的。经过了许多困难和曲折,这代表团总算完成了任务,搭救了白拉切尔克瓦,

---

① 保语中"乌鸦"和"罗沃阿玛"音似。

使它免遭克里苏拉的命运,但有三个附加条件:第一,全城必须立即交付屠松团长一千里拉作为给他部下的慰问金,以抵偿他所应允给他们的赃物;第二,所有的武器,包括小刀在内,必须全部上缴;第三,所有嫌疑分子必须解送官府。

这样的彻底投降,没有从特拉什利的迈赫麦德手中解救巴塔克,却救下了白拉切尔克瓦。屠松团长只率了一部分军队进城,来接收武器。于是尤尔丹财主和斯特弗乔夫就被目为本城的救星了。斯特弗乔夫一边很自负地讲述这些事情,一边不时以阴狠的眼光睒着拉达,而拉达却看都不去看他。但是,有这个可恶的人在这里,总使她心里感到沉重。他那种厚颜无耻的语调刺激着她的神经,他的每一个声音都使她心里觉得难受。她把他看作那个摧残了她的幸福的厄运的化身,他使她感到莫可名状的恐怖与厌恶。"我的天主啊,"她心里想,"这许多善良的人都被杀死了,而这个恶魔却高高兴兴活着呢!他现在受人尊敬,出人头地,莫不是因为他这样坏和这样可恶?"但是,忽然她以充满活力的眼光转向斯特弗乔夫,因为他正讲到鲍依乔,而且在提起鲍依乔的名字的时候,他也不像往常那样,显得格外高兴。

"这么说,这个流氓还活着?"修女罗沃阿玛哈吉怀疑地问。

"他活着,逃到山里去了,"斯特弗乔夫说,"但是我说不准他现在是不是还活着。说不定现在秃鹫正在什么地方啄他的骨头呢。"

拉达怀着一种苦痛的激情把手紧紧按在胸口上。

"我告诉你们,那个伯爵还活着—— 他是不会死的,"斯米昂哈吉说,"他已经死过那么多回了,可是每回都活了过来。我简直不信。这使我想起了,我在摩尔多瓦的时候,人人都说海杜特扬古列斯库已经死了,连报纸上都登载了这件事……'早安,扬古列斯库先生。'我对他说,他只拿了我的表去,因为我对他说了'早安'。我的意思是说,他竟没有杀死我。我这意思是说,强盗是死不了的。"

于是斯米昂哈吉很友善地对拉达睐了一下眼,仿佛对她说:"记住我的话,伯爵还活着。"

"但愿这个恶棍别到此地来,他会把这个城也像克里苏拉一样烧光的。"

"只要他敢来……还有那个混蛋的养熊的家伙,真得把他抓起来,给他点厉害看,像对坎多夫和别的那些人一样。"斯特弗乔夫说。

"啊,真可怜,不过也没什么,总得牺牲几个人,来搭救千万个人。"有人说。

"当然。他们到我们这里来做什么,这些流氓!"

"他们来做什么?他们是来躲藏的啊。"瑾卡大姐兴奋地说。

斯特弗乔夫吃惊地瞪着她。

"唔,瑾卡,照你的意思说起来,尤尔丹爹爹是做错了吗?"

"不,他做得很好;你和爸爸都做得很好!哎,你们好像是犹太人或者土耳其人,而不是保加利亚人!你们想想,那些人到底是为了什么人,为了什么事去死的呢?"瑾卡大姐的脸涨红了,她的眼睛也亮晶晶的了。

"你疯了,孩子,你疯了。"她那生病的母亲呻吟着说。

"照你的意思,"斯特弗乔夫冷嘲道,"对你的这些朋友,这些屈驾光临我们这里的爱国分子,我们倒应该派小学生去唱歌欢迎他们,还应该敞开大门请他们进来,给他们每人献上一个奶酪酥饼,正像前些时候有人给他们烤面包干那样。"

"我知道,我知道,"瑾卡大姐怒冲冲地打断他说,"你们会把他们出卖给土耳其人,杀死他们,枪毙他们,喝他们的血,就像昨天对付那些小伙子那样!你们看到坎多夫的母亲怎样昏倒在街路当中吗?啊!拉尔卡,亲爱的妹妹!我的天主——我的天主啊!"

于是瑾卡大姐靠在一株核桃树上,把手帕掩住那泪如泉涌的眼睛,高声哭号起来。她的突然恸哭是由于想起了昨天被杀的起义者。但是当时在场的人却以为她是为了拉尔卡,因为她念叨着她。拉达噙着泪匆匆走到她身边去安慰她。亡人的名字搅得尤尔丹太太心乱如麻,于是她也伤心得哭起来了。

她们的悲恸使斯特弗乔夫气急败坏,他明白她们是在哭那些起义者。

那个警察听懂了些他们的谈话,就走近斯特弗乔夫和斯米昂哈吉身边,轻轻地说:

"你们听到过一个消息没有?说是又有一个从克里苏拉来的委员会分子已经下山来到了修道院旁的小溪附近了。"

"什么!这是谁告诉你的?"斯特弗乔夫惊骇地问。

"是那个吉卜赛女人阿拉比业说的,她在采草药的时候看见过这个人。"

"什么时候?"

"今天中午。"

"她去报告了没有?"

"我不知道。"

"应该快点去报告,"斯特弗乔夫从草地上抓起他的毡帽,嘟哝着说,"我们今天千钧一发,几乎见鬼去了,现在却又来了一个强盗。"

"就是那个人,我敢说。"斯米昂哈吉突如其来地说。

"谁?"斯特弗乔夫问。

"那伯爵呀——我不是说过他还活着吗?"

"那就更好了——这样就又会有一场屠杀了。"

斯米昂哈吉说这些话完全是不由自主的无意中的,现在却害怕起来了。他的脸色变得惨白。

"基里亚克,你这就去吗?"

"这就去。"

"这关你什么事?别去招惹那可怜的人吧!"斯米昂哈吉用恳求的口气说,"我们总可以在城里找一个角落把他藏起来的。大家都喜欢这个伯爵。"

"你疯了,哈吉!"斯特弗乔夫大叫起来,同时恶狠狠地瞪了他一眼,"我们应该拯救白拉切尔克瓦……"

于是他也不和众人告别,匆匆地往城里去了,那警察陪他走到围墙边,一路上继续窃窃私语着。

斯米昂哈吉像给雷震了似的呆立着。

第九章 一个同盟者

斯特弗乔夫的突然离去并没有引起这一家人的注意,因为大家正在围着那个伤心难过的尤尔丹太太,想方设法慰藉她。

"太太,你们还是回到园里去吧。我看见我们土耳其人正在穿过瓜田往这边来了。"那警察说,他走过来拿起了他的枪,又赶到正在等着他的斯特弗乔夫那里去了。

尤尔丹老太太站起身来走进园子里去。瑾卡大姐用手支着她的两腋,扶着她走,其余的人都跟在背后。走在最后的是拉达和斯塔依卡。斯塔依卡紧紧地捏着她朋友的手,说道:"拉达,老师还活着,你听见了吗?"但拉达并不回答,她已沉浸在新的痛苦之中了。因为一种预感告诉她,在这一天从巴尔干山上下来的,又是斯特弗乔夫自告奋勇地要出卖的这个克里苏拉灾难中的受难者,一定不是陌生人——可能就是他,因此她由于说不出的惊慌和恐惧而感到心都缩紧了。

"噢,看那个打赤脚的小姑娘,她在跑什么?"斯塔依卡说,她停下来指着一个正在穿过牧场跑来的小姑娘。

这就是玛丽卡。这女孩子正在忧心忡忡地回家去,因为奔波了好几个钟头都没有找到索科洛夫医生的下落。现在,她看见了拉达就高兴了,因为这是鲍依乔的唯一亲近的人,而她一定可以帮助她的了。虽然并没有忘记鲍依乔的叮嘱,但是她觉得拉达一定不是什么危险的人,大概鲍依乔忘记了对她说也不妨去找拉达大姐,而且可以向她多讲几句。

拉达站起来迎接她。

"这里来,玛丽卡。有什么事,亲爱的?"

那小姑娘跑到那里就站住了,胆怯地回头看了一眼,就问:

"拉达大姐,你知道那医生在什么地方吗?"

玛丽卡惊慌得有些张口结舌了。

"那么是谁叫你去请医生的,亲爱的？有人生病了吗？"拉达又问了一遍。

"不是,拉达大姐,叫我来的是——鲍依——"

玛丽卡害怕得不敢说全这个名字……

但拉达马上懂得了。她感到一阵晕眩,惶恐地向四周张望了一下。这时斯特弗乔夫回转来了,他用他的鹞子眼睛紧盯着玛丽卡。他已经注意了她,就为了这个原因特地回来的。

"你手里拿的是什么东西,小姑娘？"他问。

玛丽卡的脸色倏地变得刷白。她虚怯地退缩了一下,把手藏到背后去。

"把那张纸给我看看,小姑娘!"他说着,就向她走去。

那小姑娘发狂似的叫起来,穿过牧场,向池塘方向逃去了。

斯特弗乔夫心里涌起了浓重的疑云。他猜想这个惊弓之鸟似的小姑娘企图藏过的那张纸条里一定有什么重要的秘密。他已认出这是斯托扬老爹的孤女。她为什么来找拉达,谁会在这个时候派这个小姑娘给她送信来？会不会是奥格涅诺夫？那个从巴尔干山里下来的乱党难道真是他吗？这些思想使他感到阴险的欢喜,因而连脸上都发了光,所以他紧紧地追赶着玛丽卡。

拉达焦急得吟叹不止,她目不转睛地紧盯着那惊恐万状的玛丽卡。而玛丽卡呢,因为看见那个小牛倌正在池塘边,就回身向另一个方向跑去。这么一来,她就会自投罗网地跑到斯特弗乔夫的掌握之中了,因为他正在劈面迎来。

玛丽卡看到了这个新的危机就又惊叫起来,好像在吁求什么人帮助她对付这个残暴的追赶者似的……

斯塔依卡非常惊异地看着眼前发生的这些情景。她不懂得斯特弗乔夫为什么这样急着要抢到那张纸条,但是从拉达的脸色上,她看出了不能让这张纸条落到他的手里。当她一了解到这个情况,就立即像一只野鹿似的奔向牧场,很快追上了斯特弗乔夫,一把抓住他的外衣后缘,把他拖住了,让那小姑娘有时间脱身。

斯特弗乔夫回过身来,打量了一下这个乡下女人。她竟如此大胆,简直使人无法相信。

"大叔,你为什么紧追这个小姑娘呀?"斯塔依卡怒气冲冲地问,依然拉住他不放。

"放手,你这个猪猡!"斯特弗乔夫一边鄙夷不屑地怒骂着,一边挣扎着脱了身,"啊!我懂得了,是她派你来的,你这个混账的乡下贱货……科斯塔,科斯塔,混账东西,快抓住她!"他向那个尤尔丹的小牛倌厉声喊着,那个牛倌听见玛丽卡的尖叫声正吓了一跳。他马上就拦阻了她的去路。这可怜的小姑娘看见又有一个人来捉她了,就惊惶地停了一下,随即像一只被包围的小鹿似的反身再跑,钻到两条水牛中间去,仿佛是到它们那里寻求援助,以抵抗正在追捕她的那些人。

这时,斯塔依卡的野性发作了,她想扑到斯特弗乔夫和那牛倌身上去,他们站在她的面前,活像两只母鸡碰上了一只老鹰,但是,因为看到了拉达正在焦急地打着手势,招呼她回去,她就茫然地站在原地不动了。

这个不知所措的乡下女人不敢再上前去救援玛丽卡了。她痛心地看着那个可怜的小姑娘,半死不活地,晕倒在两条水牛中间的草地上。自从磨坊里的那个恐怖之夜以后,玛丽卡每逢受到惊吓,就会晕厥过去的。一条站着的水牛把它的庞大的头俯在这一动都不动的姑娘身上,温和而怜惜地嗅着她的脸,然后又把它那潮润的鼻子仰起来,一面安然自若地反刍着,一面以它那双巨大的蓝眼睛漫不经心地向四下里睃望。

斯特弗乔夫急忙扯开玛丽卡胸前没有扣好的衣扣,探手到怀里去搜索,因为他看见她跑走的时候把那张字条塞在那里了。但是他竟没有找到。他们又在她身子底下和周围的草地上仔细寻找了一番,可是那封信竟不见了,仿佛沉到地底里去了。

斯特弗乔夫盛怒地回转身来。

"难道是这个家伙把它吃掉了?"他凶恶地看了一眼那头水牛说。

高里奥,这头水牛,仿佛懂得人家疑心它偷吃了似的,大大地张开了它那满是泡沫的嘴巴,只有一些嚼过了一半的粘满黏液的青草挂在嘴角里。

斯特弗乔夫愕然地站在那里,简直弄不明白这张纸片到底跑到哪里去了。

"一定是这个小贱货把纸条丢掉在草地里了。"他说,于是他和科斯塔俯着身子再向草地里去寻找。

玛丽卡一会儿就醒过来了。她第一个念头就是摸她的怀里,当她发觉那里已经没有东西的时候,就惶恐地哭了起来。这可怜的孩子爬起来呜咽着走了。

斯特弗乔夫和那小牛倌在草地上找了好久。最后,斯特弗乔夫便匆匆地进城去了,可能他已经找到了那张字条。当他走过拉达身边的时候,他向她投射过一道野兽般的凶恶的目光,说道:"我们今天就会看见他的头插在杆子顶上了!"

拉达由于这些纷扰而心慌意乱,呆若木鸡地伫立着。斯塔依卡直挺挺地站在水牛跟前。她也分担着拉达的惊慌,但是她不懂得为什么拉达不让她帮助玛丽卡逃走。她还在恶狠狠地朝斯特弗乔夫走去的方向看着,一边无心地抚摸着高里奥的长着棕红色卷毛的脑门。

高里奥嗅嗅这个抚爱着它的陌生人的手,就转过身子去,移动了一下前腿。

"那张纸片在这里了,拉达。"她忽然叫起来,就从地上拾起了一个泥污的纸团,原来刚才是被踏在那水牛的蹄下。高里奥在嗅着晕厥过去的玛丽卡的时候,恰巧踏上了这张小纸条。

拉达急忙抓过了纸条,双手颤抖着展了开来,匆匆地看了一遍。

"是鲍依乔写的!"她喊着。

她情绪激动得几乎晕过去了,于是立刻把手按在胸脯上。

小纸条上只有两行字:

我已经从巴尔干山下来了。

尽快把衣服和消息带来,或派人送来。

纸条上并没有署名。

拉达把这两行字读了又读,这时忽然心里一阵颤抖,因为她注意到这几个字是写在那恐怖的时刻她托杀熊者带去的那封信的空白地方的。她用铅笔写的签名"拉达"也随着纸片撕下来了。她的眼泪又流满了双颊。

"这封信里怎么说呀,拉达?"斯塔依卡问。

"他活着,活着呢,亲爱的。"拉达由于激动而急促地说。

斯塔依卡显出了满脸的欢喜。

"老师还活着,拉达!我不是跟你说过吗,那个乌鸦什么都不知道,她还胡讲那些关于老师的事情呢……"

"他还活着,亲爱的,鲍依乔还活着。你去告诉瑾卡大姐,说我身子不舒服,我回家去了……可千万不要提起这封信!"

于是她就向那瓜田走去。

第十章 爱情——英雄主义

现在,拉达最需要的就是摆脱外界的干扰,集中她的思绪,作出一个迅速的决策。她躲进附近的一个灌木丛中,避开人们的视线,开始紧张地思考着眼前的处境。事情是非常严重了。鲍依乔的生命已系于一发,而他自己还一点都不知道,因为那个吉卜赛女人所看见的只能是他……不错,不错,一定就是他。必须立刻把这个危险情形通知他,并且还得供给他逃走所需要的东西。对于她,一个女孩子,这却不是一件容易的工作:郊外现在是一个人都看不见的,只除了偶尔有些土耳其团丁在四野里巡行打劫……她一想到可能会碰到这些凶残的家伙,就毛发凛然了。但是当事情与鲍依乔的生命有关时,她就会在任何危险面前都无所畏惧的。她的爱情会抵挡住一切天意或人为的暴虐的。是的,她得立刻就动身……但是他还要衣服呢,当然,要的一定是老百姓的普通衣服,以避免人家的疑心。化装妥当之后,他甚至还可以走进白拉切尔克瓦城里来。但这却是一个很大的困难。她现在能从什么地方去弄到这些衣服呢？谁肯冒着这种明显的危险借衣服给她呢？当这个每一分钟都很紧要的时候,她哪能有那么多时间去找衣服呢？接着她猛然想到了另外一个问题,那是早该想到的:奥格涅诺夫到底躲在什么地方呢？那纸条上并没有写明。可能是为了小心起见,他曾托付玛丽卡把这个秘密口头告诉索科洛夫的。而现在玛丽卡已经走了！哎呀！为什么刚才没有想到先问一问鲍依乔在什么地方呢？感谢天主,至少她知道了他是在修道院的山谷里;她刚才听见那个警察这样说过的。那修道院的山谷是很人的,但是她将仔仔细细地找遍整个山谷,一定能找到鲍依乔的。但是,啊,天啊！他的敌人不会耽搁那么多时间;他们很准确地知道了他在什么地方等回信啊……但是她一定会找到他,她一定会比他们先到,因为她的脚一定要长上翅膀走啊。现在她无法办到的只有一件事:找衣服！可这又是他最需要的东西！天啊！天啊！时间过得这么快……而又没有一个可以商量的人!

这许多思绪和盘算都在一霎之间飞快地闪过她心头。她决定离开这个藏伏的地方,马上就赶到修道院的山谷里去。但是,她首先透过灌木丛向园子那方向小心地窥望了一下。她看见门边有一个戴着土耳其式大毡帽,穿着一套灰色呢衣的人站着！起先她以为是斯特弗乔夫。但是再一看,却不是;这个人比较矮些,而且神态又很不同。她认出了这乃是瞎子科尔乔。她的心不由得高兴地跳起来了,虽然科尔乔,因为双目失明,在这件事情上,对她不会有多大的帮助,但是至少她可以和他商量商量。天主才会在这时候派他到这里来的。

但是她又担心地看到科尔乔已经踏上大门的门槛,要进到园子里去了。

她就高声叫喊：

"科尔乔大哥！科尔乔大哥！等一等！"自己马上就向他奔去。

科尔乔听见了她的喊声，就停步了。

拉达一眨眼就奔到了他身边。

"科尔乔大哥！"

"拉达！我正在找你呀。"那瞎子说。跟着就挨近她一些，轻轻地说："鲍依乔没有死！"

"是的，是的，他还活着，科尔乔大哥。"拉达喘息着说。

"他在山里。"科尔乔又说。

"不是，科尔乔，他已经下来，到了修道院的山谷里了。"

科尔乔的面孔突然显出一阵激动。

"你说什么，拉达？"

"他在那儿了，他现在已经在那儿了，科尔乔大哥，我刚收到他的信。他要衣服，科尔乔大哥，他一定要换衣服才行。已经有人去报告土耳其人了，那些吉卜赛人看见过他……但是我会跑去通知他，他会逃跑，他们抓不到他；不过，他需要衣服，否则无论跑到哪里，人家都会看出他是参加了暴动的。我的天主啊！我的天主啊！……时间要来不及了……"

拉达急得几乎要哭泣了。当她断断续续地诉说着自己的焦虑的时候，科尔乔已经想出一个办法来了。

"衣服可以有的，拉达。"他说。

"哦，科尔乔大哥，你告诉我！……我们到什么地方可以拿到衣服？"

"就在附近，一个朋友家里。"

"快,科尔乔大哥,请尽量快一点……"

"你在这里稍等一分钟。"

于是科尔乔匆匆地转身跑回去了。

拉达站在檐下,焦急地等着。才过了一两分钟,但是拉达已经觉得仿佛过了几点钟了。况且,她还害怕有人会走出园子来,发现她独自一个人待在这里,神情又是那么沮丧。

在焦灼苦恼之中,她不禁唉声叹气了。

但是在这当儿,有一个女孩子拿了一个包裹向她走过来。

原来那瞎子把一顶土耳其毡帽、一套灰呢的长外衣和裤子,打成了这个包裹。这是他刚才自己身上穿的。他的善良心地还使他想到了另外两件东西,是拉达在慌乱中忘记了的:原来在衣袋里,他还放了一个面包和一百格罗什。

但是拉达对这包衣服看都没有看。她从那女孩子手里接了过来,就急忙穿过瓜田往北跑去了。

"我的天主,我的天主!"她苦痛地想着,"他已经不要再看见我了!我有什么地方对不起他呀?我是爱他的呀!"

我们刚才已经交代过了,郊外荒寂得很,没有一个保加利亚人敢出城来;只有些土耳其团丁有时在那里巡搜;而对于一个孤身的姑娘,这危险性就更人更可怕了。

但是拉达连想都没有想到这些。

衡量伟大的爱情的只有一个伟大的尺度:自我牺牲精神。

第十一章 一个土耳其团丁

奥格涅诺夫,躲在那个荒废了的磨坊里,正在等候有什么朋友出现,或者至少是玛丽卡。

这个被废弃了的磨坊,已经坍塌得七零八落,孤零地屹立在山谷的最上游,离开那轰响的瀑布已经不远,再过去就没有别的建筑物了。

墙上洞开着几个大窟窿,那是从前安门窗的地方,一部分屋顶也给强劲的山风掀掉了。

那颓垣断壁的缺口正好给奥格涅诺夫利用做垛口,他可以从那里窥望那条沿着溪流通到瀑布边,再向右转顺着悬崖峭壁一直蜿蜒上山的小路。

他在这里已经等了很久,心里焦躁不安;时间一小时一小时地过去,已经到了下午,而山谷里,一眼望去,还是空荡荡的杳无人迹。

奥格涅诺夫的心情非常烦乱,一种可怕的吉凶未卜之感随时都在剧烈起来,从而陷入一种难以形容的惊恐惶惑的情绪之中。

他极力揣度着这样的耽搁是由于什么缘故。但是他所能推测到的最坏的情况就是玛丽卡找不到那医生和快腿雅罗斯拉夫,因为他们也许不得不躲起来了。他一点都没有想到眼前的每一分钟都会给他带来祸及生命的危险。他也想不到他在这里的消息不但朋友知道了,就连仇敌都同样地知道了。

他更不会想到他的命运将决定于谁能抢先到达此地；到底是朋友先赶到呢，还是仇敌先到？

这时，他吃惊地看见有人从那条山路上走过来了。这是一个土耳其人。身量魁梧，个子高大，头上裹着绿色的缠头巾，武装带上挂着一柄长长的土耳其式弯形腰刀；他穿着肥裆裤，肩上挎着一个皮背囊。这可能是玛丽卡对他讲过的那些土耳其人中的一个。是一个民团团丁。

但是他到这里来做什么呀？

奥格涅诺夫掣出他的手枪，小心注视着。那团丁还在跨着大步顺着这条路走过来。

他渐渐地走到和这个荒废的磨坊并排的地方，相距约五十步开外，但是他没有回过头来看看就径直地走过去了。

奥格涅诺夫觉得很奇怪；但是他不得不屏息木立，动也不动一下。现在他所能做到的只有一样：观察和等待。

那土耳其人一路走去。他踏着垫脚石过了溪，又穿过那些在山崖下茂密丛生的荒草，才立停了。奥格涅诺夫看到他刚巧站在那条上山去的小路口。他不禁脸色发白了。这条路是他在万一需要的时候逃进巴尔干山里去的唯一通路。那些峻峭而巇险的山崖从别处是无法通过的。奥格涅诺夫惊呆了。这个人会不会是来堵他的后路的？他后面还有人跟着来吗？

这时，那土耳其人摘下了缠头巾，想把那松散下来的边缘再缠卷上去。因此这个团丁的整个的脸和头部都显现在奥格涅诺夫的眼睛里了。

现在他看见的是一张年轻俊美的脸，生着一个宽阔饱满而又白净的天庭，头上的金黄色秀发显得蓬勃奔放。

奥格涅诺夫不由得惊叫起来——于是,他倏地站到空的窗洞那里,把两个指头塞在嘴里,打了个呼哨。

尖锐的呼哨声响彻山谷,在山崖上激起了回声。

那团丁抬起眼睛察看着声音所来的空磨坊,当他看见奥格涅诺夫在挥手向他打招呼的时候,就飞快地奔上前去。原来这人便是索科洛夫。

这两个朋友亲热地拥抱了一阵。

"怎么,鲍依乔,鲍依乔!你还活着吗,兄弟?你在这里做什么?"索科洛夫激动得流着泪问。

"你呢,医生,为什么穿成这个样子?"

"你在这里做什么呀,兄弟?你什么时候来的?"

"昨天晚上——你为什么耽搁了这许多时候?"

"我吗?"索科洛夫困惑不解地问。

"是啊——大概玛丽卡很晚才找到你吧?"

"哪个玛丽卡?"

"怎么——她没有找到你吗?"奥格涅诺夫惊讶地嚷着,"我在今天早晨托她去给你送信的。"

"谁都没有找到我——而且谁都没法找到我。"索科洛夫回说。

奥格涅诺夫吃惊地看着他。

"那你到这里来做什么?你是来找谁的?"

"我吗?我在逃跑。"

"逃跑吗,医生?"

"是呀——你从我的衣服上就会看出来的。"

"你就是这样离开白拉切尔克瓦的吗?"

"我是昨天晚上设法出城的。今天一整天都躲在汉巴列夫的磨坊里。"

"怎么,我们整天都是紧邻,可是大家还都不知道?真是怪啊!怪啊!可是玛丽卡到哪里去了呢?"奥格涅诺夫说,他又担心起来了,"现在你打算到哪里去呢?"

"到山里去。我等着给我送护照和钱来,一直等到此刻。可是现在我不离开你了——我们活也在一起,死也在一起。啊!鲍依乔,鲍依乔,我们的祖国遭到了多么可怕的灾难啊;什么人会想得到啊,兄弟!"

"坐下来,坐下米,让我们谈谈。"

第十二章 一个没有起义的城市的故事

这两个朋友一起蹲伏在一个角落里,把过去九天中克里苏拉和白拉切尔克瓦两地所发生的事情互相讲了一遍。从索科洛夫的话里,或者说得更适当些,从他的总结里,奥格涅诺夫现在才明白了一切,找到了这个不解之谜的答案……白拉切尔克瓦的确没有马上跟着克里苏拉起义。它没有起义,这跟别的许多城市和村庄是一样的,那些城市和村庄也都为起义做了同样的或者更好的准备,然而都由于起义爆发过早而断送了……得到克里苏拉起义的第一个消息时,那里的委员会就分成了两派——一派人主张只是在本城受到攻击的时候才奋起自卫,避免给敌人造成进行镇压的借口,而如果外面有起义的队伍来增援时就随之起事;另一派人的意见是,不管怎么样,义旗必须立刻就树起来。还有第三种意见,而且是一种普遍的意见,就是主张降服的。当委员会正在决定要举起义旗的时候,委员会里那些最热心的分子,如医生索科洛夫、波波夫、消息通贝兹·波代夫,都被诱骗到史塔夫利神父的地下室,被关锁在里头了。同时有一个以财主尤尔丹为首的代表团被派到卡城去,代表白拉切尔克瓦表示效忠与顺服,并且请求派一支守卫队来保护他们。

那个对于起义已经有些心慌的政府,马上很高兴地接受了这个请求,派了五十个团丁到白拉切尔克瓦来把城里所有的武器都缴收了去,并且要留驻下来守卫它。不多时就有整堆的步枪、手枪和刀剑堆起在衙门的院子里了。这个避雷针——降服——救了白拉切尔克瓦。只付出了一个牺牲——马尔科·伊凡诺夫,他因为那棵樱桃树而被戴上镣铐,徒步押解到普罗夫迪夫城去了。究竟是谁出卖了他,还无从知晓。

五天之后,也就是昨天,有一面旗帜出现在巴尔干山顶上:这件事情登时引起了许多猜测和传说,因而升起了新的希望。城里大大地兴奋起来,据说有好几千起义者,由俄国和塞尔维亚军官统率着,正从巴尔干山上下来援救白拉切尔克瓦……并没有人确实知道这些意外的救兵是从什么地方来的,他们仿佛是从天上降落下来的。卡勃列什科夫常常说有一支神秘的军队会在预定的时候前来增援,因而那些最怀疑的人也开始相信了。每一个人都兴高采烈地看着那面旗帜,看着巴尔干山的顶峰。有些人甚至觉得好像看见许多荷枪的人站在山岗上——原来他们把丛莽错认作军队了。另外一些人则眼光更加锐利些,还能够看得出其中的莫斯科人,因为他们认出了那些巨大的毛茸茸的羊皮帽子。于是史塔夫利神父来开了他的地下室的门,对那些俘虏说:

"再要把你们关锁在这里,真是罪过了,孩子们。米佐是对的!快来看看山上有些什么呀……"

这三个囚犯就冲出了大门。半点钟之后,他们率领二十来个鞋匠攻占了衙门,控制了知事、武器和政权!全城都在狂欢之中。白拉切尔克瓦起义了。拉达精心绣制的那面狮子旗,迎风飘扬在广场的中心。但是,差不多在同一个时候,一个可怕的消息传来了,它使每个人的心里都着了慌。有一个放牛的人从山上飞奔下来,说巴尔干山上根本没有一个人。而屠松团长却已经出发到白拉切尔克瓦来,要把它夷为平地了!同时,兑里办拉失败的消息又使这种惊慌加倍增长。三个克里苏拉起义者从山上下来,躲在城一头的那个小学校里。这三个人是手臂上受了伤的坎多夫,和两个克里苏拉人。那管屋子的老妇人收留了他们,把他们藏在小学校的顶棚里。她又拿面包给他们吃,因为他们两天来除了野菜之外没有吃过别的东西;并且依了他们的请求,去把他们的消息通知了快腿雅罗斯拉夫。他就把衣服、毡帽和烟草给他们送了去。他们还没有抽完第一支烟卷,就从屋顶的罅缝里看见那小学校已经被土耳其人四面包围了。这时,快腿也还在顶棚里,一点没有逃走的希望。那些已经窜进学校院里的土耳其人就在外面从窗子里对顶棚开火了。两个年轻的克里苏拉人都受了伤,他们从上面走下来投降,当场被土耳其人砍死。快腿从顶棚上跳下来,连开了两枪,打伤了一个土耳其人,但是立刻就中了十几颗子弹栽倒下来,也惨遭杀害。只剩坎多夫一个人没有下来。每一支枪都对准着顶棚的开口处,预料他是会从这里出现的。但是他并没有露面。忽然那棚板,因为早已腐朽了的缘故,崩塌了,坎多夫就跌到一个阳台上。他马上站起来,凭栏而立,交叉着臂膀,喊道:"开枪吧,我准备好了!"

那些土耳其人以为他是首领,而且准备投降了,因为他讲的是保加利亚话,他们没有听懂。所以他们都等着。

"开枪呀,你们这些野蛮人,保加利亚人是死不光的!"他又嚷着。这回他们懂得他的意思了。回答他的是三十支枪向这个近在咫尺的靶子同时射击,但是好像竟没有一颗子弹打中他。他跑过阳台,从楼梯上冲下来,穿越院子,向教堂奔去,通向教堂的路是畅通着的。他们又开了一排枪,也没有奏效。他一直奔到教堂门口,才有两颗子弹打中了,他就倒在教堂里头。他们也砍死了他。他们又从那里开始,四处搜寻医生。有些市民也加入了民团的队伍,帮着寻找。不管是死的或活的,必须抓到他,以避免屠松团长对这个城市的震怒;所以必须牺牲医生以拯救白拉切尔克瓦。到了夜里,他所躲藏的那一家人家的主人吓极了,把他赶出了门。一支缉捕队循踪而至,终于在街上看见了他。可是他跑得飞快,把他们甩在后边了。当他沿着那条很长的缪赫留佐夫街奔逃时,他一路试推着那些经过的大门,希望可以闪进一家去;谁知每一扇大门都关得很紧,他只好继续逃跑下去。当他跑到广场时,他觉得好像有两批人在追赶他了,因为前面又有十来个人在拦着路。这时他赶紧向左转个弯,折进另一条街;那些追的人一下子失掉了踪迹。于是他才有机会停下来休息几秒钟,喘一口气。但危险还是很大。缉捕队一会儿就要闯到这条街上来搜索了,如果不是在这里,也会在另外的地方追上他的,而且由于繁星闪烁,夜色的晴朗,他也不容易逃过他们的枪弹。要想往城外逃,那简直是毫无理智的行动。每一个出口都有哨兵严密地把守着。只有一条救命的路了——那就是躲到一个朋友的家里去。幸而他想起迪姆乔神父的家就在附近。他急忙跑到那里去敲门,开门的是迪姆乔神父自己,他也是委员会的一个成员。

"神父,让我躲一躲!"医生说。

"不行,不行,医生!人家已经看见你到这边来了,这也会害了我的。"那神父低声说着,轻轻地把他推出了门……心神慌乱的索科洛夫真的听见那些缉捕队已经在从对街赶过来了。他盲目地再往前跑,竟然冲进了一条死巷。那条巷的尽头,住着一个他的亲戚。他推开了门,求告着让他躲避一下。

他的亲戚奈乔大伯立刻就看出情况的严重了。

"你是铁石心肠吗,医生?你要把我的屋子烧光吗?你知道我是有妻儿子女的呀。"说了这些话,他就抓起医生的手,开了门请他出去。医生只得急忙溜出这条死巷,走进了彼得甘乔夫大街。厄运把他引向了他尽力躲避的那些人,他跑着劈面碰上了追他的人群。

"你要是不站住,我们就开枪了!站住,医生!"一个保加利亚警察在他背后喊。的确,索科洛夫真的站住了,但是并不站住在那个尽职的保加利亚警察所命令他站住的地方,而是在他跑过去的另一个地方,是在萨拉弗夫家的大门前。因为他是他的家庭医生,又是好朋友,所以决心到那里去试试他的运气,撞侥幸地去敲了门。

"谁在打门?"萨拉弗夫在里头问。

医生就回答了。

但是大门并没有打开,这个逃难者听到萨拉弗夫把里边的屋门也砰的一声关上,此后里面就毫无声响了。

第十三章 故事续

"无耻啊！我的天主！"奥格涅诺夫听了索科洛夫的叙述，就非常痛苦地说。

"我跟你说，兄弟，城里现在是一片恐怖与混乱；到处都是叛卖和卑鄙……它已经不是从前的那个白拉切尔克瓦了。"索科洛夫灰心地说。

奥格涅诺夫长长地叹了一口气。

"叛卖和卑鄙吗，你说？那是每一次不幸的革命必然产生的畸形儿。它们当然是跟着来的，正如疆场上的厮杀过去后，恶狼和乌鸦就会跟着麇集而来一样。不过，把那面旗竖在山顶上的到底是谁呀？其实那只是在木杆上扎起的一块红手帕。"

"我不知道是谁。"

"你想是谁干的？"

"土耳其人。"

奥格涅诺夫诧异地看着他。

"不错，是土耳其人，"那医生接着说，"因为那是昨天出现的，当时屠松团长已经从克里苏拉动身，开往白拉切尔克瓦来打算毁灭这个城市了。听说他在进军克里苏拉的时候就威胁地说过他要这样做，只不过要找一个借口。无疑地，也是出于同样的险恶用心，他们还散播谣言，说有大队人马开来支援我们了，而事实上我们等到的却是屠松。"

"这样说来,今天他就应当在白拉切尔克瓦了。"

"是呀。"

"现在那儿一定在发生可怕的灾祸了!"奥格涅诺夫激动地说。

"唔,发生的倒不是灾祸,而是卑鄙龌龊的勾当,"医生回答说,"我今天派到城里去的人回来说,屠松团长已经赦免了白拉切尔克瓦,因为他们派了一个代表团去隆重地欢迎他。这个人路过衙门的时候,看到院子里堆集了许多武器,都是市民自己缴出来的——那樱桃树做的大炮也在里头。唉!可怜的马尔科大爷!我最怜惜他了!……"

奥格涅诺夫也叹着气。

"是的,可怜的马尔科大爷!他是最苦的了……他是由于别人的卑鄙叛卖而牺牲的——坎多夫也是。"索科洛夫又说。

"是谁出卖了坎多夫和他的同志的?"奥格涅诺夫问,额上蹙起了很深的皱纹。

"怎么,我忘记了告诉你——这是尤尔丹·狄阿曼迪耶夫干的。那个愚蠢的老妇人去偷偷地告诉了神父,神父就去告诉尤尔丹。他还亲自在广场那里吼叫,督促那些团丁:'开枪啊,你们还磨蹭些什么?我们在这个城里不要有强盗和奸匪。'"

"我的天主,我的天主!可怜的坎多夫!我看见他在克里苏拉阵地上像一个英雄似的作战,而他的死也不失为一个英雄!昨天晚上我看见他的尸首的时候,使我感到多么可怕的震动啊!可是,你后来到底怎么逃出来的呢?"

"我到底逃进了一个屋子……你猜是谁家的屋子,鲍依乔?"

"当然还是哪个朋友的家,而不会是尤尔丹财主的家。"

"那些朋友们,还有那些和我们共同宣过誓的人们,都毫不知耻地把我赶出来了,就像我刚才给你讲过的那样。"医生愤愤地回答,"他们都给我吃了闭门羹。"

"那么究竟是谁的呢?……详细点说下去吧。"

"好吧,"医生接着讲,"后边的缉捕队已经快追上来了,我已经到了穷途末路的地步。这时我想到了只有绝望时才会采取的一招:从守城岗哨的枪弹中冲出去,奔向城郊的田野,我想试一试,而且也只剩下这个从两面火力夹攻中逃生的机会了……我跑到了距离沃尔乔围墙三十来步远的地方。但就在那围墙附近一个陈旧的板栅栏后面却埋伏着暗哨。这时我身旁的一个大门略微打开了一些,我听到咯吱一响就停了下来,定睛一看,才辨认出眼前是米尔卡·托多里金娜家的大门。在门槛里站着的就是这个姑娘。我走近她身边,对她说:'米尔卡,他们在追捕我,你能把我掩藏一下吗?''请进来吧,医生先生!'她回答说。于是我就进去了。瞬息之后,缉捕队跑过了这个大门,继续追赶下去。"

"原来是她把你救了?"奥格涅诺夫嚷着说。

"对的,鲍依乔,就是米尔卡,一个放荡的姑娘!这次神灵显圣竟借用了米尔卡·托多里金娜的形象,就是说借用了一个堕落、被人们唾弃的、可耻的米尔卡·托多里金娜的形象……可怜的姑娘!她没有什么害怕的,没有什么可失去的,没有什么可惋惜的……"

"不管怎样,那么多人都由于明哲保身而表现得冷酷无情,那么多人都真实地暴露了自己的卑鄙无耻,而这个放荡的姑娘却显示了高尚的英雄主义!"奥格涅诺夫说,"天主啊,天主啊,人们的豪迈气概都隐匿到哪里去了呢!"

"我想现在他们正在白拉切尔克瓦翻砖揭瓦地搜捕我呢……只要捉得到,让他们去捉吧!"

"现在你想怎么办呢,医生?打算到哪里去?"

"到罗马尼亚去,当然。"

"是的,我本来也想到那儿去,可是那面旗子把我诓下山来了。"

"我也上了当,它可把我骗上山来了……不过你能穿这套衣服走吗?你连顶帽子都没有!"

"就是为了这个,我才托玛丽卡进城去捎信给你,要你给我送些必要的东西来。真奇怪,她会在什么地方耽搁这样久呢?"

"现在不用了,"医生说,"等天黑了,我们可以到汉巴列夫的磨坊里去,利尔科老爹会找到你所需要的东西的。运气好得很,我刚巧带着一张旧护照,你可以用……背包里还有吃的东西。"

"很好。不过我来这里的打算不是想再逃走。我是满以为到这里来会赶上起义的。"

"而结果却是一团糟,"那医生烦恼地接着说,"我们空白闹腾了一场,只不过是给全城招惹来一场祸患……"

"有没有得到什么别处的消息?"

"只有种种谣传,说到处都是一样的大祸临头……起义没有能扩展开,都是以失败告终的……这个你一定知道得比我多些。"

"是的,我在山上就看到有二十来个地方同时在起火。"

奥格涅诺夫说。

"啊,兄弟,我们的人民还没有成熟到足以完成这件事的程度!我们的估计发生了严重的错误,"医生说,"现在,保加利亚为此而付出了极大的牺牲,而且是白白的牺牲!"

"估计错了吗?的确,我们是估计错了。但是革命是必须发动的,也总会有牺牲的。我甚至还希望我们的牺牲能够更多些,更可怕些。我们不能用武力来摧毁土耳其,但是我们至少可以用我们遭遇的这种骇人听闻的惨祸、用我们的苦难和牺牲、用我们保加利亚躯体上涌流出来的血河,去赢得全世界的同情。这些都表示了我们的存在。没有人肯为已死的民族去费心——只有活着的民族才有活的权利。如果欧洲的各国政府不帮我们讲话,他们就不配称为基督徒和文明人了!反正是一样,即使得不到任何结果,我们也没有什么可后悔的。我们已经尽了一种做人的责任:我们曾试图用我们的鲜血去换取我们的自由——但是我们失败了。这固然是一件可以抱憾的事情,但是没有什么可以感到惭愧的。如果我们老是袖手不动,如果我们糟蹋了自己的理想,忘记了保加利亚今天沉沦在其中的血和火,那么,这就是我们的耻辱和罪孽了!"

"奥格涅诺夫,"医生沉默了一会儿说,"据我看来,仿佛此时此刻只有我们两个人是这样想的。保加利亚所有的人都因为自己遭遇了灾祸而在咒骂我们。你去听听看,每个人都以为斯特弗乔夫才是对的。"

第十四章　一番重要的谈话

在他们的谈话中，奥格涅诺夫这还是第一次听到斯特弗乔夫的名字。他皱着眉头说："怎么，这个卑鄙的家伙还活着吗？"

"卑鄙的家伙？"医生转过身来对他说，"斯特弗乔夫现在是城里最聪明、最忠诚、最受尊敬的人物了。我没有来得及喝掉他的血……你知道吗？我的那只克莉奥佩特拉就是给他准备的……他和尤尔丹都在弹冠相庆，他被看成为本城的救星了……至于我们，如果他们看见了，就会把我们像狗一般打死的。"

"不管怎样，他是个卑鄙的家伙。可怜的拉尔卡一定是很不幸的。"

"怎么！你还不知道？拉尔卡已经死了。"

"死了？真的吗？"

"她是在四月十八死的。"医生喃喃地说。

"这短短的时间里，有多少的不幸啊！就是他把她害死的，这个恶棍！"奥格涅诺夫喊着。

"是的，是他害死她的。"

医生噙着眼泪给他讲述了拉尔卡死去的原因。

奥格涅诺夫握着医生的手，心情非常沉痛。

"唉！兄弟，我们大家都一样的不幸啊。"

索科洛夫疑惑不解似的看了他一眼。

"拉尔卡,这个你心爱的人,"鲍依乔悲哀地接着说,"现在已经在坟墓里了,还有一个我心爱的人,也是在坟墓里……对我来说她是永远地消失了。"

"不,你的拉达还活着呢,她在白拉切尔克瓦呀!"医生嚷着说。

"活着?不错,她是活着——但对于我,她已经死了。"

索科洛夫诧异地对他看着。

"是的,对于我,她永远是死的了。"鲍依乔阴郁地重说了一遍,"可怜的坎多夫!天主让他的灵魂安息吧!为什么偏偏是我没有死呢?"

医生惊愕地望着奥格涅诺夫。

"鲍依乔,你是不是在克里苏拉跟坎多夫吵过架?"

"是的,吵得很凶。"

"为了拉达吗?"

奥格涅诺夫皱起了眉头。"现在不谈这件事情吧。"他说。

"可你发疯了吗,鲍依乔?你怀疑拉达?真是令人气愤!"

"令人气愤?我起先以为她是纯洁无瑕的,兄弟——可是结果怎样呢?"奥格涅诺夫痛苦地说,"我信任她,我爱她,而且是这样热烈地爱她!那时,我觉得我的祖国都更可爱了,我的自信心都更强了,我的勇气更大得不可限量了!然而我遭受了怎样的打击啊!你想想看……哦,我只要告诉你,事情发生之后,我在克里苏拉打仗,并不是为了要战胜敌人,而是为了想在敌人的枪弹之下死去。别再和我提起这件事了!"于是奥格涅诺夫沉痛地低下了头。

"你给人家骗了。拉达是很忠实地爱你的,而且现在也还爱着你;但是她真不幸,给人家冤枉地骂着——第一个就是你。"医生愤愤不平地说。

奥格涅诺夫以谴责的眼光看着他。

"医生,为了替可怜的坎多夫留下个好的记忆,请你不要提起这件伤心的事了。"

"也正是为了要替坎多夫留下一个好的追忆,所以我要澄清你对他的怀疑。你不要以为他有什么卑鄙的行为。不错,他醉心于拉达。你知道,他是一个喜好想入非非的人,很容易被感情所驱使。他那种不可解释的迷恋使他抛弃了社会,抛弃了委员会……但是这种迷恋丝毫都没有改变拉达的感情;他也从来没有提出过什么无礼的要求去侮辱她……她呢,由于一些贞淑之感,也绝口没有把这件事情告诉你,但是她向拉尔卡诉说过坎多夫这种单相思的痴情。噢!幸亏现在我想起来了,这里有一封信,是他在四月十九日写给她的,就是他尾随她到克里苏拉去的那一天。这是奈德科维奇交给我的。你看吧。"

于是索科洛夫就从他的钱夹中抽出了坎多夫的信,递给奥格涅诺夫。

鲍依乔急忙把这封信看了一遍。他的眼睛里充满了眼泪,脸上立刻就闪现出一种幸福的表情。

"多谢你,索科洛夫,你的话给我从心头上卸下了一副可怕的重担。你使我清醒过来了,使我的心灵复活了。"

"苦命的拉达,如果她知道了这件事,她会多么高兴啊。我没能见到她,但是我听说她在为你而伤心绝望,因为她也像大家一样,以为你已经死了。在我们动身以前你写几句话给她送去吧,安慰安慰她,可怜的孩子。"

"我怎么给她写呀?"

"你一定要写的,道义要求你该这样做啊……"

"不对,提起人的道义,我就不该给她写信就算完事,而是应该亲自去到她面前跪下来请求她的宽恕。我对拉达的残酷已经到了卑劣的程度了。"奥格涅诺夫嚷着说。

"不错,我本来也应该劝你这样做的,无奈现在却不可能啊。"

"也许是不可能的,可我还是要去。"奥格涅诺夫坚决地说。

"你怎么能到白拉切尔克瓦去呢?"医生吃惊地喊着,"啊!这简直是发疯。现在城里形势非常严重。尤尔丹和斯特弗乔夫现在已是那里的救主了。你进城去是徒然送死而已!"

"医生,你是知道的,当我遇到名誉攸关的时候,我是不大顾到我的生命的。屠松的全部军队也挡不住我。我一定要去请求备受折磨的拉达饶恕我,由于我的残暴行为,使她痛苦绝望,使她竟想在克里苏拉的烈火里寻死。"

于是奥格涅诺夫把那件事情简单地讲了一遍。

"这样说来,我也不阻拦你了,兄弟。"医生感动地说。

奥格涅诺夫想了一刻儿,又安详地说:

"况且,还不止此——拉达是我的;我在上次离开这里的时候就和她举行了婚礼,我们是在上帝面前完成婚礼的。我们虽然没有交换戒指,可是我们已经交换过庄严的山盟海誓。我决不能把她丢下不管,你理解吗?如果我能够平安到达罗马尼亚,我一定要让她来和我共同担受一个流亡者的贫困和艰苦的生活。啊!她会多么高兴地来分担我的命运啊,正如她在这里分担我的命运一样!在恋爱上,她是坚贞的典范,医生,就是拿全世界来跟我交换她的心,我也决不肯的。"

医生的脸上也露出了激动的情绪。

"天一黑我就去,今晚就回到这里来,而且会安全地、完好无损地回来,请你相信这一点。我不会也不肯死去,医生,因为拉达还活着,而保加利亚还没有解放!"

第十五章　会　合

医生正在从一个墙洞里向外窥望。

"有人来了,"他说,"是玛丽卡!"

奥格涅诺夫也回头向山谷里看着。

"不,这不是玛丽卡;她没有这么高,而且她穿的是蓝衣服。"

"这个人穿黑的,还带着一个包裹。"

"拉达!"奥格涅诺夫一边喊着,一边倏地跳起身来。

医生也跟着跳起来了。

奥格涅诺夫站直在磨坊门口,挥着两手招呼着。

拉达,已经在崖石间乱走过一阵寻找鲍依乔,现在看见了他。她马上向他奔过来,一会儿就到了磨坊里。

"拉达!"

"啊,鲍依乔,鲍依乔!"她呜咽着,几乎接不上气了,把他的头紧紧地贴着自己的脸颊。那医生深为感动地在旁边看着这景象。

"你怎么会到这里来的,亲爱的拉达?"奥格涅诺夫等情绪镇定下来之后赶忙问起。

"玛丽卡把你托她送给医生的那封信交给了我。啊,鲍依乔!你为什么这样折磨我啊?"拉达淌着幸福的眼泪说,"现在你不恼我了吧,是不是?你没有道理恼我的……没有缘由的,这你是明白的。"

"饶恕我吧,我的宝贝,饶恕我吧!"于是鲍依乔吻着她的手,"索科洛夫刚才解除了我的迷误,我自己也由于这种迷误而经受了多么可怕的折磨!我正要进城去跟你赔罪,请求你宽恕我的残酷,我是不配得到你这样一个天使的爱情的。你把以前的事忘记了吧,饶恕了我吧,你肯不肯,拉达?"于是奥格涅诺夫心荡神移地注视着她那双泪汪汪的饱含着极度幸福和无限爱恋的眼睛。

但是拉达忽然脸色白得像一张纸,从鲍依乔身边跳开来喊道:

"快跑,鲍依乔!我忘记告诉你了。快跑!有人看见过你在这里了,土耳其人就要来了!赶快,赶快,逃到山里去吧!"拉达惊慌地一遍一遍地喊着。

"什么?"索科洛夫问,好像有点不信他自己的耳朵。

"一个吉卜赛女人看见过你,就到城里去说了,这还是我见到玛丽卡之前的事情。我到这里来的时候,看见有一群人从葡萄园那里向这边赶来了,他们是来找你的,鲍依乔。天主啊!我忘记了,这是应该先告诉你的。我在山谷里找你耽搁了整整一个钟头。我们以后再会吧。现在你们赶快逃!逃!"

虽然奥格涅诺夫的特长是能够在危急的关头保持镇静，但是这个可怕消息的到来却恰恰在他和拉达意外会晤的幸福和愉快时刻，而且她在爱情的英雄主义之光中又显得格外美丽和妩媚，因此他完全张皇失措了，不能迅速地作出决定。在这难得的相会之际，竟要骤然别离，他觉得他无力做到这一点。事态的这种突变简直令人惊心动魄。然而时间却是非常宝贵的。

"我们逃走吗？可是你怎么办？"鲍依乔问。

"你别管我，不要担心我——你们快逃吧！把这个拿去，衣服在里头，走吧，鲍依乔！别了，以后再会吧！只要你活着，我们将来总会见面的，会相聚到一起的。鲍依乔，亲爱的鲍依乔……不论在什么地方……别了！"

于是拉达把包裹递给了奥格涅诺夫，扯着他的手强把他拉到这座荒芜的磨坊的门口。

"不行，"奥格涅诺夫断然地说，"我不能就这样丢下你。万一那些野蛮人抓到你呢——"

"是啊，鲍依乔，他们就要来了呀！"

"他们来了，不是就要把你一个人堵在这样荒野的地方了吗？这些畜生！不行，还是让我留在这里为保护你而死去，这样更好些……"

但是鲍依乔立刻就觉得这种一拼死活的决策是毫无理智的，是完全无用的。他猝然问拉达道：

"拉达，你能跟我们一起走吗？"

对于这个极其意外的提议，拉达马上很高兴地回答：

"好的，好的，鲍依乔！我愿意跟你到天涯海角去。我们逃吧，鲍依乔！"

奥格涅诺夫的眼睛里闪烁起亮光。

"只要我们能够占住瀑布上面的那个'小椅子',我就可以在那里抵挡他们一直到晚上,而你就可以把拉达带上山去了。"索科洛夫说。

的确,在那瀑布的上边,矗立着一些尖锐的山岩,人家管它叫作"小椅子"。一个武器充足的人伏在这些岩石后面,可以打退整营人的进攻,而守住那条沿着巉岩峭壁逶迤而上通向山里的唯一小径。

现在不能再耽搁了。

"上山!"奥格涅诺夫好像一个指挥官发出命令似的喊道。

他第一个走到门口,就从那儿向山谷里巡睃了一眼。

但是已经太迟了。

在溪对岸的山崖上,在那些嶙峋的怪石之间已经黑魆魆地挤满了土耳其人。他们已经在那些岩石和丛莽背后隐蔽起来,只有一些人的头和枪口露出着。山顶上站着一个穿白裤子的人,正在向磨坊指点着。这就是那个吉卜赛女人。有些土耳其人已经爬上磨坊这边的山岩上,蹲到岩石后面了。

奥格涅诺夫和医生知道他们已经被包围,这时他们就根本不再去想逃走的事情,因为这已是不可能的了。

那些土耳其人依旧在警戒地继续向这边推进,不时地在每一处峭石和可掩蔽的地方停下来隐蔽一下。大约总共有一百人光景。

那条通到山谷里去的小路却还是畅通的。

鲍依乔转身对拉达说:

"拉达,你往这条沿溪的小路走吧。"

但是忽然一个可怕的思想使他的脸色沉滞下来,他又说:"不,还是留在这里的好……"

拉达的目光也表示了同样的决定。

"跟你在一起,跟你在一起,鲍依乔……"她柔声细语地说,把两手交叉在胸前。

这许多忧愁、爱恋和饱经凄风苦雨的钟情都可以从她的眼泪汪汪的眼色中看出来!她是充满了这种从容就义的精神啊!

奥格涅诺夫和索科洛夫计算了一下他们的子弹。

"十八颗。"医生说。

"足够光荣地死了。"奥格涅诺夫轻轻地说。

这一次的袭击是屠松团长亲自带队和指挥的。在他出现于山岩上之先,他已把山谷封锁起来了,所以就完全包围了那些乱党,或者还不如说,那一个乱党,因为他相信只有奥格涅诺夫一人在这里。

在下令开枪之前,屠松团长吩咐部下先用土耳其话对他喊话:

"投降吧,委员会的总头目。"

只有山里的回声在答复他们。

拉达哑然无声地蜷缩在一个角落里。

"勇敢些,拉达!"鲍依乔凄然地说。

她只是做了一个手势,仿佛在说:"我在克里苏拉是害怕的,因为那时你把我抛撇掉,我是孤零零一个人在那儿,现在,我却不怕和你同死,因为你爱我了……你瞧着吧。"

鲍依乔懂得了这个无言的回答所表示的英勇的意思,他的眼睛潮湿了。

时间一点一点地挨过去。奥格涅诺夫和索科洛夫紧靠着墙以资掩护,手里紧紧地握着他们的手枪。他们留神观察着两边的山岩,准备随时听到枪声从那儿响起来。

这样又过了分把钟。显然这是屠松团长允许了的延缓。

于是从那山峡的东西两边,从山谷里,响起了一阵枪声。这几个被包围的人听见子弹嗖嗖地掠过洞开着的磨坊屋顶,有的枪弹穿过墙上的窟窿,打到石头上,撞击成扁饼,然后无力地跌落在他们脚边。

巴尔干山谷里震荡着轰鸣的枪声。

忽然枪声停了。

虽然磨坊的四壁已经千疮百孔,但它还是掩护了这三个不幸的人。一个都没有打着。只是拉达已经躺在地上,失去了知觉。这个可怜的女孩子的勇气已经消失掉了。她的头帕早已落了下来,她的乌黑的头发卷着波纹披散在肩膀上和尘埃里。

第二排枪一定不久就会打来,拉达,这样躺在那里,就只好委命于子弹了。

奥格涅诺夫伛下身子,把她抱起来,放到一个最安全的角落里,用包裹垫着她的头。他轻轻地推动她一下,想把她唤醒,但是她没有醒过来,依然是毫无知觉地躺在那儿,对于周围所发生的事情,一点都不知道了。奥格涅诺夫看着这张美丽的惨白的脸、闭着的眼睛和没有血色的嘴唇,想着在一会儿之后他就得和这个已与自己的命运联结在一起的不幸的姑娘永别,他极其痛苦地预感到她将会有怎样的命运,因为他的手马上就不能保护她,使她免遭那些野兽的凌辱了,想到这些,他的脸上就显现出一种绝望的无法忍受的悲哀。

"难道还要我亲手杀死她吗?"他沉思着。

因为磨坊里没有任何回答,那些包围的人胆子大起来了,就推进到山岩脚下,逼近山谷。磨坊四周的包围圈又缩小了些,采取决定行动的时候来到了。

"投降吧,委员会分子!"

还是没有人回答。

立刻就有一阵密集的子弹射向那磨坊。随着排枪声的加剧,那些土耳其人也愈走愈近了……从磨坊里始终没有声音这个事实上,他们断定那个躲在里面的乱党是没有武装的。子弹一直像雨点般地落在墙上。土耳其人的进攻开始转为冲锋。

现在土耳其人已经非常逼近了。时间到了。于是奥格涅诺夫站到一个窗口旁,医生则站到门旁。

他们互相望了一眼,各自掣出手枪,向汹涌而来的敌人猛烈开火。这个意外的答复打倒了三个土耳其人,也暴露了磨坊里所有的实力。那些土耳其人才知道守在磨坊里的竟不止一个乱党。这却使他们慌了,但也只是顷刻间的事。这些克里苏拉的胜利者鼓噪着一拥而上,冲向这个危险的围墙。有一部分人从周围的山岩上射击,另外一些人则封锁住墙上的所有缺口,使里面的人无法在那些地方闪现出来射击进攻的部队。真正的冲锋开始了。

"医生,我会牺牲的!永别了,兄弟!"鲍依乔说。

"永别了,兄弟!"

"医生,我们谁都不能让他们活捉了去啊!"

"当然,谁都不能。我还有四颗子弹了。我留一颗给自己用。"

"我留两颗,医生。"于是奥格涅诺夫不由得回过头去看看拉达。她还躺在那里,但是她的脸已经白得像纸一样了;她的左胸口有一股鲜血在缓缓地流出来,在她衣裙的褶皱处积成一摊血泊。原来有一颗弹回来的流弹打中了她。她已经死去。她已经在晕厥中不知不觉地长眠了。

鲍依乔离开了他原先站立的地方,走近她身边,他跪下来,握起她那已经变凉的手,在她的冰冷的嘴唇上长长地亲了一个吻;接着在那血液已经冷凝的额头上频频地吻了又吻。如果他曾经说了些什么话,曾经在这最后的一吻中轻声地对她说过些诀别的话,说了一句:"安息吧,拉达,我们不久就可以再会!"在外面的枪声和里面的子弹呼哨声中,也是无法听到了。他用自己的风衣给她盖好。当他站起来的时候,两行热泪从他的脸颊上淌了下来。

这些眼泪代表着一片悲哀的海洋……

可能——谁知道呢?——这里还掺和着一种对天主的热诚感激之情吧!……

第十六章 毁 灭

在这个只有半分钟之久默然无声地做最后诀别的当儿,索科洛夫一个人抵挡着百来个进犯的敌人。忽然他回头看见了拉达……于是他的头发都倒竖起来,眼睛里喷出了火焰,像一只老虎的眼睛。他不顾一切危险,全身直挺挺地站到门口,仿佛在嘲笑着那些枪弹,他用纯粹的土耳其话喊骂着:

"你们这些该死的狗东西!每一滴保加利亚人的血,你们都得付出很高的代价!"于是又用手枪猛烈射击。

现在这群人就以加倍的疯狂冲向这个难以攻取的堡垒——因为这个坍毁的磨坊的确仿佛变成一个堡垒了。有人发出一声野兽般的嚎叫,跟着就是一排枪,震撼着空气。

"啊!"医生叫了一声,丢掉了他的手枪。一颗子弹打穿了他的右手。说不出的恐惧与绝望显现在他的脸上。奥格涅诺夫还在对敌人开枪,也浑身都是血了,他看见了索科洛夫的情况,就问:

"痛吗,兄弟?"

"不是,我把最后一颗子弹都打出去了——我忘记了。"

"拿去,我手枪里还剩两颗,"奥格涅诺夫说着把他的手枪交给了索科洛夫,"现在让他们看看一个保加利亚的使徒是怎样死的!"于是他从医生的腰带中拔出了那长长的土耳其弯刀,他从门口蹿出去,忽左忽右地向敌人丛中砍杀过去。

半小时之后,全队的土耳其人,胜利而狰狞地,把奥格涅诺夫的头插在高举着的木杆顶上,魔鬼般地狂欢着从山谷里奏凯回去了。那医生的头,已被他们的长刀剁得粉碎(是那医生自己先用一颗子弹打穿了自己的头的),不可能当作战利品了。拉达的头出于政治的原因被留下了,屠松团长到底比他那个同僚特拉什利狡黠得多。

队伍后面跟着一辆辆大车,满载着死伤的人。

这群乌合之众发着狂野的叫声,来到了城里。城里已经比一个被遗弃的墓地更冷清更荒凉了。他们把那件战利品竖立在广场上。

只有一个人,像一个幻影似的,晃晃荡荡地踅到那边去。

这就是蒙乔。

当他认出这是他所敬爱的"俄罗斯人"的头的时候,他的眼睛里闪射出了一道疯狂的愤怒的目光,于是他满口喷着唾沫星,爆发出一阵对穆罕默德和土耳其苏丹的破口大骂。

土耳其人就把他吊死在肉店门口了。

这个傻子是当时唯一敢于表示抗议的人。

一八八八年写于敖德萨

"外国文学名著丛书"书目

第 一 辑

书 名	作 者	译 者
伊索寓言	〔古希腊〕伊索	周作人
源氏物语	〔日〕紫式部	丰子恺
堂吉诃德	〔西班牙〕塞万提斯	杨 绛
泰戈尔诗选	〔印度〕泰戈尔	冰 心 石 真
坎特伯雷故事	〔英〕杰弗雷·乔叟	方 重
失乐园	〔英〕约翰·弥尔顿	朱维之
格列佛游记	〔英〕斯威夫特	张 健
傲慢与偏见	〔英〕简·奥斯丁	王科一
雪莱抒情诗选	〔英〕雪莱	查良铮
瓦尔登湖	〔美〕亨利·戴维·梭罗	徐 迟
欧·亨利短篇小说选	〔美〕欧·亨利	王永年
特利斯当与伊瑟	〔法〕贝迪耶	罗新璋
巨人传	〔法〕拉伯雷	鲍文蔚
忏悔录	〔法〕卢梭	范希衡 等
欧也妮·葛朗台 高老头	〔法〕巴尔扎克	傅 雷
雨果诗选	〔法〕雨果	程曾厚
巴黎圣母院	〔法〕雨果	陈敬容
包法利夫人	〔法〕福楼拜	李健吾
叶甫盖尼·奥涅金	〔俄〕普希金	智 量
死魂灵	〔俄〕果戈理	满 涛 许庆道

书　名	作　者	译　者
当代英雄	〔俄〕莱蒙托夫	草　婴
猎人笔记	〔俄〕屠格涅夫	丰子恺
白痴	〔俄〕陀思妥耶夫斯基	南　江
列夫·托尔斯泰中短篇小说选	〔俄〕列夫·托尔斯泰	草　婴
怎么办？	〔俄〕车尔尼雪夫斯基	蒋　路
高尔基短篇小说选	〔苏联〕高尔基	巴　金等
浮士德	〔德〕歌德	绿　原
易卜生戏剧四种	〔挪〕易卜生	潘家洵
鲵鱼之乱	〔捷〕卡·恰佩克	贝　京
金人	〔匈〕约卡伊·莫尔	柯　青

第 二 辑

荷马史诗·伊利亚特	〔古希腊〕荷马	罗念生　王焕生
荷马史诗·奥德赛	〔古希腊〕荷马	王焕生
十日谈	〔意大利〕薄伽丘	王永年
莎士比亚悲剧五种	〔英〕威廉·莎士比亚	朱生豪
多情客游记	〔英〕劳伦斯·斯特恩	石永礼
唐璜	〔英〕拜伦	查良铮
大卫·科波菲尔	〔英〕查尔斯·狄更斯	庄绎传
简·爱	〔英〕夏洛蒂·勃朗特	吴钧燮
呼啸山庄	〔英〕爱米丽·勃朗特	张　玲　张　扬
德伯家的苔丝	〔英〕托马斯·哈代	张谷若
海浪　达洛维太太	〔英〕弗吉尼亚·吴尔夫	吴钧燮　谷启楠
哈克贝利·费恩历险记	〔美〕马克·吐温	张友松
一位女士的画像	〔美〕亨利·詹姆斯	项星耀
喧哗与骚动	〔美〕威廉·福克纳	李文俊
永别了武器	〔美〕欧内斯特·海明威	于晓红

书　名	作　者	译　者
波斯人信札	〔法〕孟德斯鸠	罗大冈
伏尔泰小说选	〔法〕伏尔泰	傅　雷
红与黑	〔法〕司汤达	张冠尧
幻灭	〔法〕巴尔扎克	傅　雷
莫泊桑中短篇小说选	〔法〕莫泊桑	张英伦
文字生涯	〔法〕让-保尔·萨特	沈志明
局外人　鼠疫	〔法〕加缪	徐和瑾
契诃夫小说选	〔俄〕契诃夫	汝　龙
布宁中短篇小说选	〔俄〕布宁	陈　馥
一个人的遭遇	〔苏联〕肖洛霍夫	草　婴
少年维特的烦恼	〔德〕歌德	杨武能
德国，一个冬天的童话	〔德〕海涅	冯　至
绿衣亨利	〔瑞士〕戈特弗里德·凯勒	田德望
斯特林堡小说戏剧选	〔瑞典〕斯特林堡	李之义
城堡	〔奥地利〕卡夫卡	高年生

第 三 辑

书　名	作　者	译　者
埃斯库罗斯悲剧二种	〔古希腊〕埃斯库罗斯	罗念生
索福克勒斯悲剧二种	〔古希腊〕索福克勒斯	罗念生
欧里庇得斯悲剧二种	〔古希腊〕欧里庇得斯	罗念生
神曲	〔意大利〕但丁	田德望
西班牙流浪汉小说选	〔西班牙〕克维多　等	杨绛　等
阿拉伯古代诗选	〔阿拉伯〕乌姆鲁勒·盖斯　等	仲跻昆
列王纪选	〔波斯〕菲尔多西	张鸿年
蕾莉与马杰农	〔波斯〕内扎米	卢　永
莎士比亚喜剧五种	〔英〕威廉·莎士比亚	方　平
鲁滨孙飘流记	〔英〕笛福	徐霞村

书 名	作 者	译 者
彭斯诗选	〔英〕彭斯	王佐良
艾凡赫	〔英〕沃尔特·司各特	项星耀
名利场	〔英〕萨克雷	杨 必
人性的枷锁	〔英〕威廉·萨默塞特·毛姆	叶 尊
儿子与情人	〔英〕D.H.劳伦斯	陈良廷 刘文澜
杰克·伦敦小说选	〔美〕杰克·伦敦	万 紫 等
了不起的盖茨比	〔美〕菲茨杰拉德	姚乃强
木工小史	〔法〕乔治·桑	齐 香
恶之花 巴黎的忧郁	〔法〕波德莱尔	钱春绮
萌芽	〔法〕左拉	黎 柯
前夜 父与子	〔俄〕屠格涅夫	丽 尼 巴 金
卡拉马佐夫兄弟	〔俄〕陀思妥耶夫斯基	耿济之
安娜·卡列宁娜	〔俄〕列夫·托尔斯泰	周 扬 谢素台
茨维塔耶娃诗选	〔俄〕茨维塔耶娃	刘文飞
德国诗选	〔德〕歌德 等	钱春绮
安徒生童话选	〔丹麦〕安徒生	叶君健
外祖母	〔捷〕鲍·聂姆佐娃	吴 琦
好兵帅克历险记	〔捷〕雅·哈谢克	星 灿
我是猫	〔日〕夏目漱石	阎小妹
罗生门	〔日〕芥川龙之介	文洁若

第 四 辑

一千零一夜		纳 训
培根随笔集	〔英〕培根	曹明伦
拜伦诗选	〔英〕拜伦	查良铮
黑暗的心 吉姆爷	〔英〕约瑟夫·康拉德	黄雨石 熊 蕾
福尔赛世家	〔英〕高尔斯华绥	周煦良

书 名	作 者	译 者
月亮与六便士	〔英〕威廉·萨默塞特·毛姆	谷启楠
萧伯纳戏剧三种	〔爱尔兰〕萧伯纳	潘家洵 等
红字 七个尖角顶的宅第	〔美〕纳撒尼尔·霍桑	胡允桓
汤姆叔叔的小屋	〔美〕斯陀夫人	王家湘
白鲸	〔美〕赫尔曼·梅尔维尔	成 时
马克·吐温中短篇小说选	〔美〕马克·吐温	叶冬心
老人与海	〔美〕欧内斯特·海明威	陈良廷 等
愤怒的葡萄	〔美〕斯坦贝克	胡仲持
蒙田随笔集	〔法〕蒙田	梁宗岱 黄建华
悲惨世界	〔法〕雨果	李 丹 方 于
九三年	〔法〕雨果	郑永慧
梅里美中短篇小说选	〔法〕梅里美	张冠尧
情感教育	〔法〕福楼拜	王文融
茶花女	〔法〕小仲马	王振孙
都德小说选	〔法〕都德	刘 方 陆秉慧
牛	〔法〕莫泊桑	盛澄华
普希金诗选	〔俄〕普希金	高 莽 等
莱蒙托夫诗选	〔俄〕莱蒙托夫	余 振 顾蕴璞
罗亭 贵族之家	〔俄〕屠格涅夫	陆 蠡 丽 尼
日瓦戈医生	〔苏联〕帕斯捷尔纳克	张秉衡
大师和玛格丽特	〔苏联〕布尔加科夫	钱 诚
茨威格中短篇小说选	〔奥地利〕斯·茨威格	张玉书 等
玩偶	〔波兰〕普鲁斯	张振辉
万叶集精选	〔日〕大伴家持	钱稻孙
人间失格	〔日〕太宰治	魏大海

第 五 辑

书 名	作 者	译 者
泪与笑　先知	〔黎巴嫩〕纪伯伦	冰　心　等
华兹华斯 柯尔律治 诗选	〔英〕华兹华斯 柯尔律治	杨德豫
济慈诗选	〔英〕约翰·济慈	屠　岸
汤姆·索亚历险记	〔美〕马克·吐温	张友松
大街	〔美〕辛克莱·路易斯	潘庆舲
田园三部曲	〔法〕乔治·桑	罗　旭　等
金钱	〔法〕左拉	金满成
果戈理小说戏剧选	〔俄〕果戈理	满　涛
奥勃洛莫夫	〔俄〕冈察洛夫	陈　馥
谁在俄罗斯能过好日子	〔俄〕涅克拉索夫	飞　白
亚·奥斯特洛夫斯基戏剧六种	〔俄〕亚·奥斯特洛夫斯基	姜椿芳　等
复活	〔俄〕列夫·托尔斯泰	草　婴
静静的顿河	〔苏联〕肖洛霍夫	金　人
谢甫琴科诗选	〔乌克兰〕谢甫琴科	戈宝权　任溶溶
维廉·麦斯特的学习时代	〔德〕歌德	冯　至　姚可崑
叔本华随笔集	〔德〕叔本华	绿　原
艾菲·布里斯特	〔德〕台奥多尔·冯塔纳	韩世钟
豪普特曼戏剧三种	〔德〕豪普特曼	章鹏高　等
铁皮鼓	〔德〕君特·格拉斯	胡其鼎
加西亚·洛尔卡诗选	〔西班牙〕加西亚·洛尔卡	赵振江
你往何处去	〔波兰〕亨利克·显克维奇	张振辉
显克维奇中短篇小说选	〔波兰〕亨利克·显克维奇	林洪亮
裴多菲诗选	〔匈〕裴多菲	孙　用
轭下	〔保〕伐佐夫	施蛰存

书　名	作　者	译　者
卡勒瓦拉（上下）	〔芬兰〕埃利亚斯·隆洛德	孙　用
破戒	〔日〕岛崎藤村	陈德文
戈拉	〔印度〕泰戈尔	刘寿康